印度：
百万叛变的今天

〔英〕V.S.奈保尔 著
黄道琳 译

India:
A Million Mutinies Now

南海出版公司

新经典文化股份有限公司
www.readinglife.com
出　品

目 录

虚构与非虚构

——关于《印度：百万叛变的今天》的一些话

《印度：百万叛变的今天》是一本长书，也是我最长的书之一。长书（必须说）比短书要难写一些，而对我来说这一本尤其重要。这本书完成二十年后，我依然清楚地记得当时的辛劳与抱负。

最早开始写作的时候，我以为我将只写小说。在我看来，成为一个驾驭想象力的作家是最高贵的事情。但写完几本之后，我发现我的素材——我脑海中的素材、我的背景最终所能给予我的素材——不足以支撑我的抱负。

这种抱负源自我所了解（或我自以为了解）的十九世纪欧洲的伟大小说。我说得这么谨慎，是因为在开始写作之前，实际上我并没有大量阅读。我现在明白了——我想这是我一直有所感受但不曾明确成形的观念——那些小说诞生于比我所处的世界要远为壁垒分明、智识上有序并充斥着各种信念的社会。假装自己来自一个同样完整有序的世界，在某些方面会使写作变得容易一点。我所讨论的秩序，简单来说就是常规，是确定了电视情景喜剧基调的有限舞台。这个有边界的舞台的规则非常少，也很容易理解；混乱的外部世界没有侵入并消除其中的魔法。我可以尝试那样写作。但若如此，我将无法再进一步。我将不得不过分简化，回避很多东西。这将与我作为一个作家所设定的目标相悖。

我必须对自己的世界诚实。它更具流动性，更难描摹，无法以任何常见的十九世纪的方式展示给读者。关于我自身、我的家庭或者背景的简单语句都必须要有具体的描述。

我一九三二年出生于大西洋彼岸的英属殖民地特立尼达。特立尼达是委内瑞拉和南美洲的近海岛屿。在我出生之时，这个小岛以农业为主（特立尼达同委内瑞拉一样富含石油，刚刚开始开发）。大约五十万人在此居住，种族混杂，其中我所处的亚洲印裔移民社区（根据宗教、教育、财富和种姓背景被明确划分成几部分）大约有十五万人。（我在其他地方反复阐释过这些事，但认为有必要在这里再提一下。）

对那片土地我并没有深沉的热爱，也不喜欢那种殖民地的小格局。我认为自己是来自世界古老文明的一个漂泊者，期盼尽快参与到那个更大的世界里去。一九五〇年，我十八岁，获得了一笔奖学金，得以离开。我去英国接受大学教育，随后有了成为一个作家的抱负。此后我都不曾真正返乡。

作为一个作家，我的世界充满逃离和未完成的经验，充满多种文化和移民生活的琐碎和片段：一八八〇年至一九〇〇年间从印度到新世界，一九五〇年从新世界到欧洲，这些事情无法组成一个整饬的背景。它缺乏有根可寻的社会的那种稳定性；那才是产生了十九世纪伟大文学的地方，即便是托尔斯泰的一则童话或者寓言片段，背后都蕴含着一个完整真实的世界。很快，正如我所言，我发现自己已经来到了岛屿零散素材的尽头。

但写作是我的志业；我从未想过成为除作家以外的其他什么人。作为一个作家的实践加深了我一直以来对人与叙事的迷恋，并愈加渴望参与到更广大世界中去，而这种迷恋又转向一种理解历史潮流的愿望，正是历史潮流创造了我本人身处其中的流动的现实。作为一个作家，我非常有必要介入这个更广大的世界。我不知道该如何开始，没有前例供我参考。

小说写作的经验并不能帮助我。最好的虚构写作从内省开始，而不是渊博的知识。在这个更广大的世界中，我是一个局外人；我所知不够多，也无法让自己的知识足够多。反复犹疑之后，我意识到自己必须与这个世界进行最直接的接触。我必须与我虚构写作的实践背道而驰。我必须使用自己的方式，尽可能真实地记录我的经历。因此我的写作有了分类：自由无限的虚构作品与严谨持重的非虚构作品，二者互相支持、互相滋养，是我试图理解这个世界的愿望里互为补充的两个方面。虽然我最初的想法是成为高贵的驾驭想象力的作家，但现在这二者在我心目中没有轻重之分。

在实践这种新方法的时候，我首先要面对与我祖辈相连的土地，印度。我不是局内人，即便是在长达数月的旅行之后；我同样也不能认定自己是局外人：印度和印度的观念一直以来对我非常重要。因而面对印度时，我总是很矛盾，难以得出一个最终的结论。我一共写了三本关于印度的书。它们都是也必须是非虚构作品，但也像所有虚构作品那样个人化、纷繁复杂乃至强烈地情绪化。《印度：百万叛变的今天》是印度系列的第三本，写于第一本印度作品完成的二十六年后。作者用了二十六年时间，超越个人发现与痛苦，展开分析，最终得出那个简单并压倒一切的看法：印度最重要的，需要去深入接触理解而不是从外部旁观的，是那里的人。

这本书还探讨了一个更深入的观念：最简单地说，印度一直在变化之中，遍布这个广阔国家的男人和女人，走出了父辈和祖辈那障碍重重的道路，背离了后者的期望，还希冀更多东西。这就是题中所言的“百万叛变”，并不是指遍地都有游击战。几乎每个以英语为母语的人都对一八五七年短暂的印度反英起义有些印象，英属东印度公司雇佣军中的印度士兵对英帝国的殖民发起叛变，他们困惑而愤怒，但缺乏一个可见的明确目标。我书名中所说的百万叛变表明的是，眼下正在发生的一切指引了一条更真实、更普遍的道路。

在二〇一〇年，印度崛起得到承认的当下，如此表述似乎合情合理。但在一九八八年我开始写作这本书时，情况有所不同。当时的印度充斥着一种虔敬的甘地式的悲观，在印度这样的悲观情绪还常常表现出某种自我满足甚至愉悦。城镇中闲聊者的谈话都是关乎堕落，对先前传统的背弃：政治与犯罪相连，到处都是腐败。这些都是典型的陈词滥调，毫无深度，不是基于对这个国家的真正了解；但可以从这儿往下挖掘。这正是我展开关于“叛变”的观念的背景。

这不是我的空想。在这二十六年间，我在印度进行了大量的辛苦旅行。作为一个作家，一个自由的人，与大部分被家庭和工作羁绊的印度人相比，我获得了关于这个国家更多层次的、更多样的知识。我在远离大城市的地区度过了许多个星期。在印度朋友和官员的热心帮助下，我得以体验各地的生活，包括那些贫瘠的甚至被划为禁区的印度农村，尽管一次只能停留一两周。我也得以对小镇生活有所了解。我并没有将自己所见的全部写出来。那些经验被存储起来，然后我有了那个想法，扩展那些经验，完成一个大部头，以人为主题，而这个关于印度的全景式描述将在一个广泛的意义上涵盖或者解释这个国家未来二十年乃至三十年会发生什么（因为我相信如果可以准确把握当下，就能预测未来）。这就是我对我的英国出版商们所说的。他们喜欢这个想法；他们真的在十分钟之后就买下了它；没过几天，我就发现自己已经身处孟买的泰姬陵酒店，惊叹着自己的宏大计划，而且并不确知我可以怎样以人的角度解读这个庞大的城市（外面是显然无法穿透的午后人群，在暗沉的阿拉伯海旁边的印度门附近缓缓移动）。当然，这个城市的背后还有这个国家：

记忆中被太阳炙烤着的无休无止的在公路和铁路上的旅程，现在都令我感到后怕。

我在那家豪华酒店度过了空白、慌张的四天，令人沮丧的是我有意识地记下日记，却无话可说。我不喜欢日记体，它会模糊视线。我偏爱距离，以及记忆的筛选功能。现在我想到了一个可以比较的人，易卜生，他更像是诗人而非剧作家，他努力地用日记记下一八六九年苏伊士运河开通时他在那里的旅行。那是有重大历史意义的日子，也有壮阔的景观：按理说这太适合记在日记里了；但从外部观察，只处理事物的表面细节，一定令易卜生厌倦不已；于是他干脆停笔不写了。或多或少与此相似，我在孟买几近崩溃，放弃了沉闷的日记，转而寻找新的开始。

酒店休息室的大公告牌上登了一位房客或者说“内设”的卜卦者的广告；那四天，我常有前往求助的冲动，去问问究竟还要不要写这本书。但我不必那么做。一个人在焦虑时会做很多事，比他所以为的更多。这本书就这样有了开头——我想到了开篇那句“孟买人挤人”——然后迅速向后展开。

观念是抽象的，只有包裹上人与叙事才能成为书。读者一旦进入这本书，翻阅前面数页，就会发现自己陷入了一种双重叙事。有一个被介绍给我们的人的直接叙事；还有一个更大的外部叙事，使得这本书各异的篇章共同组成一个整体。这并非偶然。严肃的旅行是一门艺术，即便没有伴随着反思性写作；这本书所涉及的特殊的艺术在于预测，我所遇到的许多人中，究竟哪些人能够最好也最符合逻辑地推进我的故事，而不需要任何生搬硬套。

我必须依赖当地人的介绍，但要向他们说清楚我寻找的是什么并不总是那么简单。许多人被新闻采访报道影响甚深，以为我是在为我所关心的各种事情寻找“代言人”。实际上我探寻的是某个更深切、更是侵入性的东西：在这个古老国度永不休止地为新思想、新政治、新商业观念做出调整的时候，寻找到可以阐明其中某个侧面、某个新转向的个人的鲜活的经验（请允许我使用这样的表述）。因此，在这本书里，一种经验催生出另一种经验，一个主题演绎出另一个主题。

还有一份幸运，一天在孟买的泰姬陵酒店，并没有一个清晰的缘由，我决定做一件在印度信仰中不祥的事，沿逆时针方向游览这个国家。如果我选择顺时针方向，去北方，到德里、加尔各答和旁遮普的话，会太快进入这本书的主旨部分，从而使这个国家其余的地方在后文拖拽，差不多就是“反高潮”的写法了。而先去南方（我事实上也是这么做的），就是用一种全新的方式处理那些重要议题，比如种姓制度对印度科学发展的影响，南方延续了一个世纪而鲜有人知的种姓战争，以及对婆罗门的驱逐。这些内容可以让读者（以及作者本人）为问题重重的北方做好准备：加尔各答、勒克瑙、德里的英国身影，过去一个世纪的所有历史，就在现状之下。

经常有人问我，在旅行的实际过程中我是怎样做笔记的。我不用录音机，只用笔和笔记本。由于见到一个人时我无法确定他是否对我的目标有所帮助，通常开始之时我会依简单对话而定。我不会直接亮出笔记本使对方感到害怕。如果我认为听到的内容是我所需要的，我会告诉那个人我想过一会儿把他的话记录下来。随后我会让那个人重复他的话和我不完全了解的事情。我手写记录，也写下背景、讲述者以及我自己的问题。一般而言，讲述者看到我在用笔记录时，第二次叙述都会讲得慢一些，也慎重一些，但他的话依然保持着正常叙述的节奏。一个小时可以完成大量工作。我不做任何修改、润色。

抱负远大和复杂费力的书并不总是成功的。不过据说这本书的平装本在英国已经重印了三十六或三十七次。我为如此好运感到惊叹。

（陈蒙 译）

第一章　孟买剧场

孟买人挤人。那天早上从机场进城走了一段距离之后，我开始觉得人行道和马路上的人潮大得不寻常，可能发生了什么状况。

由于人潮，进城车速缓慢。在一些十字路口，车流被红灯、警察或两者同时阻挡下来；这时候，人行道上的人群更加骚动，匆匆蜂拥穿过马路，他们穿的浅色薄质衣服构成一大团泡沫，仿佛从哪个看不见的闸门奔流而出，如果闸门不再关上，穿越马路的人潮将到处流窜，一辆辆破烂的红色大客车和黑黄两色的出租车也会困在人流中而动弹不得。

坐在出租车里，我四周都是烟雾、热气和杂音。阳光炽热，空气窒闷，客车排出的废气中的粉尘开始沾在我的皮肤上。马路和人行道上那些人的情况应该更惨。他们有许多看来却像是刚刚洗过澡，额头才点上吉祥痣；有许多则看来是盛装打扮：也许这些是在欢度什么重要节日的孟买人。

我问司机今儿是不是公共假期。他听不懂我的问题，我就算了。

孟买继续呈现它的面貌：现在马路两旁是孟买的公寓，这些混凝土建筑上面几层因为孟买的气候、烈日、大雨和高温而发霉，下面几层则似乎由于人行道上的人群而覆满污垢；人群留下的污垢就像潮痕那样慢慢往上升，要跟霉斑会合。

就算脏兮兮的小店也有亮丽的大招牌；画出这些色彩缤纷、富有创意、水平不俗的作品的人，显然对拉丁文和梵文（或天城文[①]）的书法掌握得不错。通常，在这些商店前面和招牌下方只有尘土；偶尔可以看到沮丧、黝黑的人坐在尘土上吃东西，除了食物之外他们对其他一切视若无睹。

招贴板上有大张的电影海报，电线杆上则是较小张的。初来乍到，实在很难把海报所推销的爱情故事跟路上的人群联系在一起。更加突兀的是银行和航空公司的英文广告，以及《印度时报》的一百五十周年特刊（“美好的时光，悲伤的时光，变迁的时光”）：对一个刚搭乘夜间班机抵达的人，这些广告所暗示的城市犹如不知用什么法子从眼前的人流中酿造出的琼浆——一种独特、浓醇的烈酒。

人潮还是没有减少。这时我注意到，这人潮有一大部分在另一边的人行道上排了一条长龙，宽有三至五人。队伍不断加长，虽然有好几大段似乎静止不动，它还是以极慢的速度移动着。我这才发觉，我坐的出租车已经在这队伍旁边行驶了一段时间；到此刻为止，它或许已经有一英里长。穿卡其制服的警察维持着横向道路的通畅。

这些人在等待什么？他们有多大可能得到想要的东西？纵使在烈日之下、在黄浊的废气之中，他们看来还是安安静静、心满意足。他们穿的是不错的衣服，简单、印度式样的衣服。后到的人急急忙忙、几乎跑着加入队伍，然后他们就耐心等着，似乎准备等上一大段时间。我没有注意到队伍的前头，不知道那边有什么。马戏团？我想我没看错，在这条路前端有几张马戏团的海报。或者是什么电影明星到场？队伍中的

①印度通行的文字，用来书写印地语等语言。

人倒并没有那份热切。他们卑微、黝黑、有耐心；他们表情严肃，穿的是最好的衣服。我这才想到，早先在前面的队伍中有一些不知是什么的旗帜和标志。

抵达孟买市中心的旅馆时，我打听出这天并不是公共假期。虽然在我看来人群很大、队伍很长，报纸应该有所报道，我询问的旅馆工作人员却不知道那是怎么回事。孟买市中心某个地方有好几千人刚刚参与了一件大事，可是那件事跟这里毫无干系。

我打电话给一位认识的人，一位作家。他知道的也和旅馆的工作人员一样少。他说那天早上他没有外出，而是一直在家里撰写一篇要在《雅士》杂志[①]上发表的文章。他写完文章后打电话给我，说他对这件事有两个推测。第一个推测是，我看到的人群可能在排队领取电话号码簿。新版号码簿分发得并不顺利——这里是孟买嘛。第二个推测是他从女佣那里听来的。那位女佣在我打过电话之后来上班，她说今天是安贝卡博士的生日，在我从机场进城途经的郊区有盛大的庆祝活动。

安贝卡博士曾经是印度境内一度被称为“贱民”的人们的伟大领袖。他在当时比圣雄甘地更有分量。他在世时不乏荣耀和权力，他是印度独立后首任政府的司法部长，也是印度宪法的起草者。但是，他却抑郁而终。是他而不是别人鼓励贱民——甘地口中的哈里真、神的子民，如今以他们自己的称法叫作达利特[②]——摒弃奴役他们的印度教，改信佛教。在他的想法有机会改变或发展之前，他于一九五六年辞世。

在安贝卡博士所代表的种姓中，没有其他领袖有像他那样的权威和声望。他一直是他们的领袖，比任何人都更受他们敬仰，可以说，他已经成为他们心目中的神。我听说，每个达利特家庭里都挂着一幅安贝卡博士的相片。这张相片我看过许多次，令我纳闷的是，他们没有使用

①孟买当地的英文男性杂志。

②意为“受压迫者”。

质量好一点的相片。这幅安贝卡圣像犹如旧式报纸印刷术所复制出来的灰色护照相片：领袖的容貌被减化成黑点和白点的组合，凝固在四十或五十年代的形象里；他的脸颊有点丰满，并无其他特色；他戴着一副学生型眼镜，身上的外套和领带让他看起来有一分半殖民地社会的体面气派。相片中人穿外套、打领带，这在印度倒是不寻常。但这也不算突兀，因为这形象正好跟圣雄甘地的手织衣物及腰布形成对比。

看来，人潮应该是为了安贝卡博士而来，而不是为了领电话号码簿。队伍里的人群确实展现了从事宗教活动时应有的宁静，他们的举止就像正在做正事积功德的人。如果说群众是在庆祝安贝卡博士的生日，那也可解释我先前见到的旗帜和标志。我所看到的人群正在膜拜他们的领袖、他们的圣者、他们的神，这样做时，他们同时也膜拜了自己。

那天稍晚些时候，我跟旅馆的一位主管攀谈。他想知道我对孟买的印象。当我提到那些为安贝卡而来的群众时，他在那一瞬间有点吃惊，也不知该如何回应。然后，他一反彬彬有礼的旅馆待客之道，露出烦躁和不悦，他说："这个国家越来越不像样了。"

这跟我多次听到的关于印度的说法基调一致。印度变了，它不再是先前那个美好稳定的国家。在那段争取自由的日子里，政治活动参与者们追随甘地，也穿着手织衣物，视之为奉献和服务的标记，也是他们与穷人站在一起的象征。如今，政治人物身上的手织衣物却代表权力。随着工业化和经济发展，人们忘却了昔日所推崇的事物，现在，大家只看重金钱。三四十年来在经济发展方面的巨额投资只落得一个结局："贪污舞弊"、"政治犯罪"。虽然寻求着发展，印度却落得更加破败。当前，任何人对任何事都没有把握；一切皆瞬息万变。警察、窃贼、政客：这些角色已经没有差别。随着财富累积——孟买那些拥挤、丑陋的摩天大厦所宣示的财富——许多被长久掩藏的分歧也暴露了。这些具有分裂性、层次较低的忠诚——对区域、种姓、家族等各方面——是如今印度人生活中显而易见的主导因素。

就以达利特来说，如果这些人仍然只是圣雄甘地眼中的神之子民哈里真，大家不妨给他们一些帮助和同情，偶尔把他们当作行善的对象，那么当天早上安贝卡的生日纪念活动便不会让任何人兴起世风日下之叹了。然而，先前被称作哈里真的人如今已经取得一些财富，受过一些教育；因为这些变化，他们也发展出集体归属感和政治意识。他们不再只存在于抽象的领域。他们已经开始为自己而行动；就像印度的优势群体强调其独特性那样，他们也成为了重视本身独特性的一群人。

在孟买这个城市里，达利特的独特诉求或许还不是最重要的。我住的旅馆外就是“印度门”。这是英国人留下的建筑：雄伟挺拔的拱门，纪念英王乔治五世于一九一一年踏足印度的事迹。拱门跟帝国主义的这层关联如今已成为“印度门”浪漫情调的一部分，其周遭铺设石板的空旷场地则是人们午后常去散步的地方。在那帝国纪念建筑两旁，有人竖起几个简单而相当小的牌子，在白底上用黑色天城文字母写了一个词——把这个城市的名字写作 Mumbai，而不是 Bombay①。

那些写着 Mumbai 的牌子道出了存在于这城市内部的冲突。孟买是个大都会。从一开始就是如此，后来的发展也是如此；它吸引了来自南亚次大陆各地的人。在独立后的印度，孟买却落在马哈拉施特拉邦境内；六十年代中期，马哈拉施特拉人便发动了区域本土化运动。他们争取的目标是把马哈拉施特拉邦变成自己的地方。开始时，运动攻击的主要对象是来自南印度的贫困移民，不过其他人也感受到了威胁。这个运动叫作湿婆辛纳，意为“湿婆的军队”，名称源自十七世纪马拉塔②民族战士领袖湿婆吉。报纸并不支持此项运动，把湿婆军分子视为“法西斯分子”。

①孟买的英语旧称。

②聚居在马哈拉施特拉邦境内的一个民族，擅长战斗与宣传印度教。

但湿婆军持续壮大，两年前，它在选举中控制了孟买市政府。

市政府建筑属于英国统治孟买的时代里那种信心十足的维多利亚哥特式风格。宽大、牢固的楼梯一边有上蜡的木质扶手，扶手下面是维多利亚式的金属雕饰，走上楼梯就是会议厅。厅内墙壁下半段镶着厚实的红褐色木板。在市长座位四周，桌椅排列成弧形及半圆形。市议员座椅的布面是绿色的，但市长的椅子却是橘黄色的。橘黄色是印度教的颜色，在这里是湿婆军的标志。会议厅一侧廊台下的哥特式拱门上悬挂着橘黄色的布。布前是一尊青铜色的湿婆吉半身雕像，雕像头顶的布上有一面圆盾和两把交叉的剑的图案，也是青铜色的。

在市长座椅后的墙上，以及几个（由灰色大理石支撑的）哥特式拱门上方，高高挂着殖民时代一些著名印度裔孟买老市长的画像。画像中的人颇有威严，他们戴着假发或祆教[①]徒小帽或穆斯林头巾。这些人的威严，以及他们的威严在另一个时代可能激起的民族自尊，这些如今都走进了历史。

会议厅的格调如此完美，气势如此宏伟，建筑设置如此周全，令人很难想象湿婆军那种简单的橘黄色就能把这一切一笔勾销。这让我想起塞浦路斯岛上尼科西亚的天主教大教堂：穆斯林占有了它，清除了其中的大多数摆设，然后挂上写有《古兰经》经文的旗帜。这也让我想起十七世纪的马拉塔人：他们在莫卧儿[②]人和英国人之间乘隙活动，入侵的范围北及德里，东达孟加拉，最后征服远在南方的坦朱雷，自立为王。

从机场进入孟买的访客也许看得到一团人潮中那些矮小黝黑的身影，看得到尘土和废气，看得到在混凝土建筑之间挤成一簇的临时木屋，以及从这些木屋中延伸出的遮蔽物——像寄生关系般簇拥彼此，看得到不知要伊于胡底的人间惨象。然而，在这个市政会议厅里，在湿婆军的

①即琐罗亚斯德教，流行于古代波斯和中亚等地。

②1526 年至 1858 年统治南亚大部分地区与中亚部分地区的王朝。

橘黄色和交叉剑上，你只看得到战争和征服的讯息。

这使得独立运动看起来像一段过渡时期。独立像某种革命般降临在印度；如今，在那场革命中还有许多场小革命。发生在孟买的情况也见诸印度其他地区：安德拉、泰米尔纳德、阿萨姆和旁遮普等邦。过去因为外来政权，抑或由于贫穷、缺乏时机或自卑而蛰伏的数十种特殊的身份认同，如今在印度各地开始苏醒。就好比那位旅馆工作人员，他对印度及其发展原本有另一番期望，如今却产生疏离和危机感，那可是一点都不奇怪。

我自己在一九六二年首度造访印度时，也有类似的疏离感。对我来说，那是一趟具有特殊意义的旅行：我以十九世纪出国的印度契约劳工后代的身份前往印度。从十九世纪六十年代开始，这种移民的招募工作便持续进行着；他们主要来自东部恒河平原，然后从加尔各答的转运站被送往大英帝国的各个角落甚至其他地方的种植园，从事为期五年的劳动。包括我祖先在内的人们前往太平洋上的斐济，印度洋上的毛里求斯，南非，西印度群岛的一些领土，尤其是英属与荷属圭亚那和特立尼达。我的祖先前往特立尼达——照我的推算，应该是从十九世纪八十年代开始的。

这些海外的印度人群成分复杂。他们构成了小型的印度，其中有印度教徒和穆斯林，以及各种不同种姓的成员。他们是弱势群体，没有代表选举权，缺乏政治传统。由于语言及文化的不同，他们不仅跟周围其他人没有接触，跟印度本土（离特立尼达和圭亚那有好几个礼拜轮船航程之远）也没有接触。在这些特殊情况之下，他们发展出在印度不可能存在的对印度人社群的归属意识。这种社群意识的力量可能会凌驾于宗教和种姓之上。

上个世纪末，三十几岁的甘地前往南非，开始在当地的印度移民之间从事活动时，他所发现的正是这种印度人社群的观念——当时，他几乎没有任何政治或历史或文学的观念。也就是在他在南非停留的十五年间，甘地意识到自己肩负着领导一次全印度的宗教政治活动的使命。

我出生于一九三二年，印度独立前的十五年。在成长过程中，我对印度有两个概念。第一个概念是我的祖先来自那个国家——这不是当时的我乐于深入探究的。我们是一个农业族群。在特立尼达，我们大多数人仍然在殖民制度下的甘蔗农场工作；我们大多数人过着穷日子，许多人住在茅顶土墙的小屋里。移民到新世界让我们摆脱了印度农民逆来顺受的古老习性，使我们心怀抱负，但是在大萧条年代，殖民统治下的农业社会特立尼达却提供不了什么机会。因为看到周围的贫穷，因为觉得世界是一座牢狱（我们四处碰壁），我的先人为了改善处境而离开的那个印度便在我心中成了最可怕的地方。这个印度存在于我自己的心中，有别于我从报纸和书籍上读到的印度。这个印度——或者说，这种对我们原居住地所产生的焦虑——就像是盘踞在心头的恶魔。

还有第二个印度。它跟第一个印度相辅相成。这第二个印度是独立运动时期的印度、伟人辈出的印度，也是拥有伟大文明和伟大古代历史的印度。当我们处于种种困境时，是这个印度让我们得到慰藉。它是我们的身份认同的一个层面；在多民族的特立尼达，我们所发展出的这种认同已经变得更像民族认同了。

我一九六二年初访印度时，心中所想的正是这种认同，但到了印度，我却发现它在那里并无意义。印度人社群的概念——也就是涵盖整个大陆的印度身份观——只有当那个社群规模很小、属于少数民族并孤立隔绝时才会有意义。印度挤满了几亿人口，混乱和裂隙是其严重问题；在这里，泛大陆的认同概念根本得不到共鸣。人们需要的是一些能让他们为自己定位的较低层次的概念；他们在区域、家族、种姓和家庭这些较小的群体里找到了稳定的依靠。

这些是我几乎无法理解的群体。它们不可能在特立尼达给我任何慰藉，不可能抵消我心中那恶魔似的另一个印度，一个贫穷卑微得令人不敢想象的印度。一九六二年，我就目睹了这样的印度，我由于持有关于印度身份的念头而无法接受它。在印度街头和乡间所见到的贫穷景象令我不悦并感到威胁，又使我被心中那个恶魔折磨。那种贫穷离我已有两个时代之远，但我觉得自己比碰到的大部分印度人更接近它。

一九六二年，尽管有了五年计划，全民选举已经成为事实，社会主义和升斗小民是热门话题，我却发现对大部分印度人而言，印度的贫穷仍然是一个浪漫的概念；它在人们心中激起虔诚和凄美的哀愁，它是这个国家独特性的一部分，更是达成甘地之摒弃物欲精神的手段。

我认识某个经济周刊的一位编辑，他心地善良、工作认真，后来成了我的朋友。有一次我们在孟买谈到贱民，他问我："你有没有看到我们一些贱民的美？"这位编辑毕生为印度效命，贱民地位的提升是其中一部分，他这样说的时候充满了仁厚的情怀。

这里有一个矛盾。我所设想的泛大陆的印度身份随时会使社会的紧张关系浮现；要是抱持这样的理念，我便很难在印度从事有效的工作。相较之下，印度人所持的种姓或群体稳定观就有比较明确的诉求；这使得他们一方面可以身心无恙，另一方面又能在别人或许会望而却步的环境中工作——只是卑微、于事有补的工作，不是什么革命大业。我在乡间停留数周，跟印度行政服务局的一些年轻官员住在一起时，看到的正是这种情况。

千千万万人长年那样工作着，心中毫无突显自己的念头。独立后四十年以来，这已经成为举国投入的巨大工作，其成果如今明显可见。看似突发的变化其实早就在规划之中。你看得到财富增加，你看得到曾经的穷人如今显露出新的信心。那信心的一方面是新特性新身份的崛起；这些使印度人感到不安，就和一九六二年我仅以"印度人"身份前往印度时，种姓、家族和区域认同令我不安一样。

过去被称为贱民的人在拥挤的马路上排了一英里多长的队伍，他们前来向他们那位早已过世的圣人致敬——那位在其圣像中穿西装、打领带的安贝卡博士。他们所表现的尊严是过去看不到的。可以说，这是甘地等人致力实现的；可以说，这验证了自由运动的正当性。但是，这也可能被视为对许多印度人习以为常的稳定的威胁，一个中产阶级成员可能会顿时陷入焦虑，觉得这个国家真是每况愈下。

孟买的股市景气了好一阵子。二十九岁的证券经纪人巴布赚了一大笔钱，数目比他父亲干一辈子活的所得还要多。巴布的父亲在英国殖民时代移民到当时为英属印度一部分的缅甸。缅甸独立并退出英联邦时，巴布的父亲跟其他印度人一样被迫离开。回到印度后，巴布的父亲从事自营股票证券买卖。他仔细阅读报纸的财经版，收入还算差强人意。“从事股票交易，”巴布说，“如果十次有七次获利，那就算干得不错了。”巴布的父亲未受过正规教育，在他自己看来，他算是干得不错了。

巴布受过较好的教育，又是在一个规模大了不少的经济体中从事交易，就算以他自己的标准来说也算是干得相当不错。他说，过去五年情况特别好，他认为下一个十年也会相当好。

但是巴布已经开始感到焦虑不安。他不知道印度商界近来所表现的攻势会导致什么结局；他无法确定，像他这样具有强烈宗教意识的人在新局势里会适应到什么程度。他也开始产生某种他父亲从未意识到的恐惧：二十九岁的巴布活在革命和混乱的可怕威胁之下。他一方面担心个人的损失；另一方面，他的担忧也源自他在宗教方面的思虑。

巴布生于一个耆那教家庭。耆那教是在佛教之前从印度教衍生出的一个古老教派，其信徒所要达到的境地是他们心目中的绝对洁净。他们不吃肉，不吃蛋，不杀生。耆那教徒每天早晨都要沐浴，以没有用针线缝过的布覆体，然后赤脚走到寺庙祈祷。不过，耆那教徒在印度却以擅长经商而闻名。

巴布的办公室位于孟买的股票交易区。从街道上，访客不易看出这一地段跟孟买市中心的其他地区有什么不同。巴布上班的那栋高楼的大堂有种特殊的印度风味：你能想到，为了保持洁净，每天都有人拿着有点脏的抹布把那地方上下擦一遍，他也在每个电梯的折叠式铁门上留下了一抹黑色油污——有点像每天一次为神像点上檀香油膏。每个电梯都用潦草漆成的板子标示着号码，每个电梯前都有一小排左拐右弯的队伍，大厅里的人群因而拼出了一幅花形图案。

在我们下电梯的那个楼层，墙壁上还看得出那块有点脏的抹布的痕迹。不过，在高层安静了许多的走廊里，人们显然不像在楼下时那么紧张地注意举止，避免失态。他们有时会找个角落，有时不管三七二十一，远远往墙上吐出一口口以抛物线飞射的含渣的红色槟榔汁。

走过不拘小节的这一幕，我们来到办公室。桌子，职员，办公设备。墙上挂着加框的彩色印度教神像，其中有些还装饰着花环。巴布办公的地方是靠里的一间小室。计算机屏幕闪着绿光。一面墙上并排挂着三幅神像。最右边是骑虎的女神难近母[①]，相框玻璃上有个金盏花花环。

我向巴布问起难近母。他并未直接回答。他开始谈起他的耆那信仰，以及那信仰对他的工作上有什么用处。

他说：“基本上，我们没有嗜杀的本能，而那却是企业家应该具有的。”

我说：“你倒很成功啊。”

“我们是做贸易的。”对他来说，这是重要的区别。“经营企业需要

①湿婆神妃，强而有力的女神，由几位神的愤怒之力结合而成。她手持阿耆尼的标枪、湿婆的三叉戟与毗湿奴的铁盘，骑着狮子或老虎，常以脚踩威胁世界安定的牛魔的姿态出现。

有嗜杀本能，做贸易则不必。这就是为什么耆那教徒不涉足企业界。如果我在证券交易所做买卖，而某位仁兄不肯把钱付给我，我可不会雇个帮派分子去处理。同样的事要是发生在建筑业，他们就会那样干——如果我是建筑承包商，我就必须跟帮派打交道。”

“这情况有多久了？”

“在城市里越来越严重。一九七五年”——那是甘地夫人宣布戒严的时候——“以来，所有帮派头子都不再干走私，改做建筑。他们的手法之一是‘劝说’人们搬离某块土地，以便在上面盖房子。”

这是许多人谈到的话题。这是印度企业和政治“犯罪”的一环。

巴布说：“这是个问题。我不知道这个，”他指指自己的房间、里面的计算机，以及外头的办公室，“还能持续多久。目前我们的情况还不错。我们是吃素的，但我不知道我们这种可以不必出去跟人打斗的情况还能持续多久。”

在那场所强调素食，听起来有点奇怪。但素食在巴布的宗教信仰里是基本要素。面对着生活的纷扰、变动及无常，坚持洁净的素食可以让人找到依靠。那是对意志和德行的磨炼，可以让人免于陷入其他种种极端，包括“出去跟人打斗”。

巴布身高中等。他的素食和运动——没料到是篮球——使他拥有一副结实、修长的身材。他硬实，肌肉倒不是那么发达，说来有点妙，他的样子倒真像耆那教的一尊光滑的大理石雕像。他的眼神沉着，他的脸庞近似方形、线条分明，他的皮肤平滑、没有疤痕。

他认为，如果贸易的性质有所改变，如果嗜杀本能也在这个行业滋长，那么耆那教徒只有奋战，否则就必须投降。从他的话听起来，耆那教徒似乎至今都倾向于投降了事。他们已经离开建筑业。就像德里的情况，他们在孟买也不再从事那些令他们必须随身携带现金或贵重财物的行业。

他再度谈起他的宗教。当他提到女神难近母时——他好整以暇地回到我先前的问题上——他并不把她说成是具有特殊属性的神祇；在他话中，难近母就是单纯的神。

“一旦有重大事情发生，我就不得不想到神的旨意。今年初我父亲因心脏病过世，遭遇这种事的时候，我会觉得其中牵涉到我无法扭转的外在因素。

“我现在使用计算机，像发达国家的人一样。我曾经想过，要是我在股市有所斩获，那是因为我会利用这些新科技。其他时候——我父亲过世，像这种事发生的时候——我又觉得我的才智或冲劲根本不值什么。你看，我在这里干这一行。我预测股市动向和股价波动。你也知道，干这行的人都像着了魔。可是，我突然间有这种感觉——我无法预测我的未来。就是在这种时刻，我感到有神那样的力量存在，我想要有信仰。

“过去一年来，每当我兴奋或非常悲伤时，就会产生那种感觉。先前，我会把兴奋表现出来，你能看出我的兴奋。现在，我知道到了末了，兴奋过后，可能就会有什么伤心事发生。因此，何必兴奋呢？”

“年纪较大的会这样想，我可以理解。你年纪可不大。”

“我们在孟买证券交易所有一句口头禅：‘你看过几次迪瓦里？’”迪瓦里就是印度教的排灯节。“那意思就是说，‘你年纪有多大？’我那位拥有这家公司的朋友只有三十岁，过去五年来他的事业做得相当成功。他受过两次所得税突袭检查，也经历过几番浮沉。他五年之间经历的种种可能不少于我父亲一辈子的遭遇。因此，我们说重点不在于你看过几次迪瓦里，而是你放过多少鞭炮；这对我也适用，不但对工作，也对生活。我每天早上都到寺庙去。我祈祷主要是为了控制某些情绪反应。”

“悲伤？”我想到的是他父亲。

他听错了我的话。他以为我说的是“贪婪”[1]，因此他说：“贪婪和恐

①“贪婪”为 greed，与“悲伤”grief 发音接近。

惧，两种和我的工作有关的反应。我走进寺庙，双掌合十，在那边停留五分钟。”

“你这时在向谁祷告？”

“所想到的世界主宰。”

“你心中没有特定的神？”

“如果你正好手头有交易，你会想到女神吉祥天女拉克什米；别的时候则可能是辩才天女萨拉斯瓦蒂。吉祥天女是财富女神，辩才天女是智慧女神。我一想到贫民窟里的小孩，就会同时想到神。那时我会想，我是从某个特定子宫里生出来的——所以今天我人在这里，而不是那边。为什么我在这里，而不是在贫民窟那边？我从小学到大学所受的制式教育都无法回答这个问题。答案是：神。我每天会想到这些两三次。”

“你父亲也有这些想法？”

“我父亲是白手起家。他只是有执照的证券商，并不是什么证券公司的股东。他必须花更多心血在工作上。一般来说，你得先把吃住解决了，才会去想这些其他的事情。虽然我父亲一定也有过同样的想法，但他必须先以家庭为念。跟他比起来，我在更年轻的时候就有了更好的处境。这是我会有这类念头的原因之一。”

“没有一点攻击性的人在商场上会成功吗？”

“攻击会导致恶性循环。我举个例子。我们这里有一个叫安巴尼[①]的人，再过两三年他将成为印度最大的企业家。你可以从这个人的例子中明白印度工商企业到底是靠什么成功的。他是个干练的管理者，也是干练的操纵者。这两者有所不同。管理者负责企业组织的安排，操纵者处

①德鲁拜·安巴尼（Dhirubhai H. Ambani，1933－2002），唯一一家进入全球财富五百强的印度企业诚信化工集团（Reliance Industries）主席。安巴尼有印度“化工大王”之称，他从一名加油站工人起家，一手创立了印度最大的私营企业诚信化工，每年缴税高达二十亿美元，占印度国内生产总值的百分之三。

理外务。安巴尼有先见之明，但最重要的是他也有攻击性。如果你拿他来跟塔塔和比尔拉等老企业家比较，他要比他们先进了一个时代。比尔拉有各项政府许可，他创办了种种企业，生产货品。这位安巴尼更胜一筹。他只依自己的心意制订或废除公司策略。他看到了市场上对聚酯纤维的需求。这东西亮晶晶，耐用得不得了。在印度大家买不起太多衣服，这东西最能派上用场。于是他就做起聚酯纤维的生意，还不让别人也来掺一脚。在这之后，他使出下一招——生产用来制造聚酯纤维的原料。这时，他要别人去制造聚酯纤维，他便可以把原料卖给他们。这种纵向的产业整合终将让他掌握印度纺织工业。聚酯纤维将是市场上最大宗的产品。

“如果我想在印度做起任何企业，我就必须这么做。诸如此类。

“但事情还有另外一面。这里有一家叫巴扎吉的公司。它是全世界第二大的小型摩托车制造商。三年前日本厂商进入印度时，我们认为巴扎吉很快就会关门大吉，但它不但没有关闭工厂，事业还扩张得远远超过所有其他品牌。巴扎吉本人是哈佛毕业生。不过他那一家人倒没有什么新作风，他们的生活都还遵照所有的印度文化和习俗。他们被征收百分之九十七的个人所得税，遗产税税率高达百分之八十，但今天他们的财富还是相当庞大。这让我相信它还行得通。”

他所说的“它”是指印度传统生活方式，符合“所有的印度文化和习俗”的生活方式。

巴布说：“这里的重点是你刚才问到的，就是说要怎样才能不靠攻击而成功。问题在于克制。在我那些荤食的朋友身上，我找不到素食者所表现出的意志、克制和品格。我们最初开始吃素的时候从未想过这些事情。现在回头再看生命的种种，我们发现荤食确实有问题。”

巴布对自己的未来有一点打算。他想再工作十年，发挥一下他具有的商业才能。他想在那十年间赚到足供余生花用的钱，然后献身公益活动。不过，他对这个计划有些不确定；他尤其感到犹豫的是，离开职场是否真的明智或真的有用。如果他去亲自从事公益活动，那不是浪费了他的天赋吗？如果他继续留在商界，把获利——肯定会增加的——捐出来做公益活动之用，那不是更能实现他的社会关怀吗？

这些念头令他不安。他也不能确定自己的动机是什么，而这令他更加不安。他认为，以他所过的生活形态来说，在这时对穷人的同情只是“伪善的”。

“如果我说我应该从事公益活动，那我为什么还在这间空调办公室里？如果我有真实的感情，我应该到贫民窟那边去工作。我可能直到四十岁都还会像伪君子那样过日子，然后才开始做真正想做的事。目前我在事业上的回报相当好。这让我觉得应该更加卖力，让我觉得没有资格享受这些奢侈。

“想从事公益活动时，上一代的耆那教徒是去建造大理石寺庙。我们觉得那不太合适，或许因为寺庙已经那么多了。我们想到的是孤儿院和医院。我们这一代对公益活动比对宗教还要重视。”

“你对贫穷现象真的像你所说的那么不安？”

“我确信将会有一场革命，就在一代或两代之内。收入的差距早晚要改变。想到那问题，我就不寒而栗。印度人笃信宗教，听天由命，这点我相当确定。就像我，受了这些年的教育，也相信命运会决定我的未来——我终究要听从它的安排。这说明了为什么我们还没有闹过革命。如今，纵然人们笃信宗教，由于越来越严重的挫折，革命终会发生。容忍的限度已经不能再扩大了。”

“你认为会是什么样的革命？”

“不会有任何模样，只会是全盘混乱。”

对某些人——譬如湿婆军——来说，这场革命已经开始。我认识了尼基尔，一位年轻的杂志记者。一个周日早上，他带我到孟买郊外的塔纳工业区去看一位湿婆军的“地区领导”。湿婆军在塔纳有四十个分部——单单一个郊区就有四十个分部，每个分部都有一位像我们要会见的巴提尔先生那样的领导。

塔纳在孟买北边，距离孟买有一小时火车车程。车厢空间宽敞，只有基本设备，这样的车厢正是为了运送孟买郊区的大量乘客，不必讲究，金属杆、撑架和螺栓都没有涂上油漆。每个车厢都有一个显眼的金属卷标，上面是制造商的名称：加尔各答杰索普公司，以前是英国人的公司，现在则为印度人所有。

我们经过一栋栋污黑发霉的公寓建筑，沼泽和排水沟，已经转成褐色的作物，灰尘、小孩，还有总是见得到的小屋，以及依附着它们、以破布为顶的遮蔽物——现存的小屋、茅屋或遮蔽物为新来者提供一面现成的墙，这些是不断涌入孟买的一波波人潮，他们有时在一夜之间就把历时数年的重建成果化为乌有。早期，湿婆军曾想把马哈拉施特拉邦变成马哈拉施特拉人自己的地方，在当时展开运动，反对其他邦的居民迁入孟买。只要看看火车外面的景象，就可以明白其中的道理。在车程一小时之外的塔纳，人们仍然意识到居住空间在此也是那么昂贵。火车站附近一条工薪阶层居住的巷子里——就在那些颜色鲜艳的摊子过去一点的地方，摊子有的摆水果，有的摆廉价手表，还有的摆周日早晨穿戴的俗丽服饰和亮丽的市集货品——一套简单的公寓就要卖二十五万卢比，大约一万英镑。

巴提尔先生房子的门在这条巷子一侧的小弄里，小弄两边各有一栋两层楼建筑。巴提尔先生住在右边那栋旧房子楼上，左边那栋尚未完工、建筑样式有点突兀的房子看起来会是一间大宅。小弄底的院子很像西班牙港[①] 古宅的后院，户外活动繁多，难得闲下来，沿着院子后墙盖起的小

①加勒比海岛国特立尼达和多巴哥的首都，为该国的工业和商业中心，自古以来即为加勒比海重要的转运站。

砖屋摇摇欲坠，和孟买的情况一样拥挤，人们就这样将就着使用那么一点空间。

后墙另一边的空地或院子里，在离墙不远处有栋不小的饱受风吹雨打的混凝土结构建筑，看来原先的计划已被取消，建造中止了。要是这栋建筑顺利完工，它会挡住射入巴提尔先生院子的一部分阳光，院子也会令人觉得受到束缚。由于后边没有阻挡，巴提尔先生的院子在目前情况下倒出人意料地没有压迫感，虽然人那么多，噪音那么喧嚣——此起彼伏的声音、这样那样的事全部混在一起，结果像是海浪的呼啸。

向上通往巴提尔先生住宅那一层的木头楼梯很陡（为了节省空间），必须小心攀爬。楼梯的构造有点意思，每块厚梯板都以接榫的方式跟两侧的木板相连。在楼梯顶端的阳台或走廊上有脱在屋外的鞋子和拖鞋，不过，没有人要我们脱掉鞋子。

房间内已经有了一位访客。他是位督察，身穿卡其制服，坐在巴提尔先生旁边的扶手椅里。督察也没有脱掉靴子。那是一双相当炫目的靴子，看来应该是私人行头，不是警方提供的。靴子长及脚踝，软皮材质，上面有细巧的凹凸花饰，是棕红色的。

督察的年纪在四十上下。他神态严肃谦恭，但无失尊严。巴提尔先生蹙着眉头，或许那表情是他权威地位的一种表征。他身材矮小，已经开始发胖。他还年轻，将近三十，坐着的姿势突显了有点发福的肚子。看来他是在最近才有肚腩的，对它还感到不自在，同样的，他也还不太适应开始变得浑圆、把裤管绷得紧紧的大腿。他在客厅里光着脚。这是一般习俗，但也显示了他的特殊地位：他是在家中见客的地方要人。

那个周日早晨，督察前来寻求湿婆军帮忙解决发生在当地的“调戏夏娃”问题。在印度各地的公共场所，针对妇女的性骚扰频发，通常是偷偷摸摸的，有时则相当明目张胆。督察手头正在处理的这桩案件已经使当地的两个群体对立了起来。在人多、空间拥挤的情况下，情绪容易失控，麻烦也随之而来。

客厅墙壁被刷成了粉红色，有水磨石地板。就家具和装饰来说——如果不细究不同年代的风格差异——它很像我童年时在特立尼达见过的房间：在一些开始觉得日子过得不错、开始看重自己身份的人家里，你见到的就是这样的房间。客厅中有一台索尼牌电视机，附加录像机。电视上铺着一块有图案带花边的布，布上有个洋娃娃。粉红色墙上挂着几节有塑料扶桑花叶装饰的塑料框。房间一角有张双人床，上面整齐、有角度地摆着两条褪色的粉红靠枕。巴提尔先生的几件衣服吊在某种挂钩上。

巴提尔先生的母亲坐在开着门的左边门廊的水磨石地板上。另一头的房间应该就是厨房。我仿佛闻到一股从那边传过来的煎鱼味，不过也可能是我搞错了。或许巴提尔先生一家人不吃鱼，在印度，这类细节是很重要的，甚至关系到严重的种姓问题。总之，我闻到饭菜的味道，显然是这味道——正当督察和巴提尔先生谈话的时候——使一只长有虎斑的姜黄色小猫从客厅一头走到巴提尔先生母亲坐着的门口。这只猫出乎我意料：我以为印度人不怎么喜欢猫。这是一只印度猫，长颈细足，只有腹部丰满一点，比英格兰的肥猫来得瘦小可怜。

巴提尔先生的母亲穿着一件红色或粉红色的有图案的莎丽，她用一种能分别裹起双腿的方式系莎丽。她身材很矮，一身大多是松弛疲乏的肌肉，还戴着一副厚眼镜。她坐在门口为的是享受这周日早晨有客来访的时光；不过，从她的神态可以清楚看出，她并不想干涉儿子必须处理的任何大事。

表情严肃、令人注目的督察终于起身。他说，巴提尔先生能够如此理解让他感到欣慰。涉及调戏夏娃事件的两个群体各有不少支持者，足以在当地制造严重的麻烦——他这么说，针对这类事件，警方的立场是设法调解。然后，他告辞离去。我听得到他穿着皮靴的脚又轻又慢地走下那陡峭的楼梯。

巴提尔先生眉头蹙得更深，双唇紧闭，等我说明来意。他不懂英语，只会说马拉塔语，尼基尔为我翻译。我说，我首先想了解这个地方，还有巴提尔先生的家庭。

巴提尔先生说，他一家一直住在这里，这块地方。他父亲在孟买市中心一家工厂的器具部门工作了四十年。工厂制造什么？巴提尔先生和他母亲都不知道。工厂现在已经停业关门了。重要的是他父亲有固定的工作。因为这一点，他们小时候没有吃过苦，直到父亲在一九七五年过世之后，他们一家人才尝到苦头。印度没有养老金制度。

巴提尔先生脸庞黝黑、方正。他蓄着短髭，头发已经开始稀疏。

父亲过世之后，他外出工作。他在一家晶体管工厂的包装部门找到一份工作。是一位表姊妹介绍的。她就在那家工厂上班；事实上，她现在还在那里上班。他在包装部门的薪水不多，每天工作八个小时，月薪只有三百卢比。虽然不喜欢，为了糊口他也不得不从事那份工作。他在工厂里结交了不少朋友，其中许多目前还有来往。

他从未认为自己和家人是贫穷的，他从未认为自己是富裕或贫穷的。他一向觉得自己属于中产阶级——就印度人对这个名词的理解而言。他的话响应了耆那教徒证券商巴布所说过的：一个人必须先顾好吃的跟住的，才会去注意别的事情。巴布事业成功，才使得他产生他较为困顿的父亲从未有过的社会关怀；同样的，虽然湿婆军议论着马哈拉施特拉人的贫困，只有当他们脱离了绝对困苦的情境时，才会有那种想法。

在那里成长时，巴提尔先生的抱负是怎么产生的？他是否从小就有雄心？是的。他从小就想成名。他并不想因为什么特定的事而成名，他只是想成名。有一阵子，他认为他应该成为一位著名的板球运动员。现在他不再有这种抱负，他在这方面的雄心已经减弱。他只想执行党的最高领袖要他从事的工作。

他在十岁时首次见到领袖——就在此地，在这片地区。那应该是一九六九或一九七〇年。有一天他看到一张宣告领袖即将来访的海报。当时，他从未听人提过领袖：湿婆军只成立了三年，领袖还没像后来那么有名。但巴提尔先生注意到了那张关于领袖来访的海报，那是在伽巴提节[1]期间。现在，在巴提尔先生的言谈中，宗教和湿婆军政治开始产生联系。

伽巴提，或称伽尼萨，即印度教的象神欢喜天，长着和善的长鼻、明亮的眼睛，大腹便便。他在马哈拉施特拉邦备受崇拜。他在巴提尔先生宅内占有相当重要的位置，这家人在屋内摆了一幅伽巴提神像。每年都有为象神欢喜天举行的节日，历时九天，每天都有一项重大活动。巴提尔先生小时候每天都会去参加活动，每年都不例外。

通过尼基尔的翻译，他用马拉塔语告诉我说："我得到的一切福分都是象神欢喜天所赐。每个月有一天是拜象神的日子，那时我就跋涉一百一十公里前往巴里的象神欢喜天大神庙去祭拜。"他母亲（肤色比他白许多）在一旁不停点头。

索尼牌电视机后方的墙上挂着一幅供奉在巴里的那尊神像的彩照或图画。象神的大肚腩是大剌剌的醒目红色，看来并不那么慈祥。

我问道，他家人是否向来把象神欢喜天视为好运的赐予者。他回答说是。在他自己的生活中，他是什么时候第一次把象神欢喜天跟好运联系在一起的？

他搔搔稀疏的头发。那只姜黄色虎斑猫，也许是小猫崽，现在坐在先前督察坐过的椅子底下，小心扫视着四周。巴提尔先生的母亲坐在门口的水磨石地板上——那地方像是她专用的座位——抬着头，似乎也在回想她儿子第一次得到神佑时的情景，厚镜片在她的眼睛上投下光圈。

摆着对称长枕的床铺上方的墙上有一管日光灯。印度人使用日光

①始于 1893 年，是马哈拉施特拉邦特有的节日。

灯，因为便宜。那面墙上有两扇小窗。一扇装了垂直的铁条，另一扇的铁条——为了变化及风味——则是横向的。两扇窗的帘子同一式样，都在两个地方用带子扎起。

这间粉红墙壁的小室倒是塞满了令人注目的东西：下过不少心思、充满自豪的摆设。房内有一座衣橱，还有一台大约三英尺高的黑框玻璃柜。柜上有一根相当大的多色蜡烛，跟索尼电视上的洋娃娃构成平衡。架上的东西包括一组不锈钢大杯及八个有花纹图案的瓷杯。那玻璃柜和里面的东西——除了大铝杯外——跟我童年时代见过的一样。它们在这里还被颇为齐全地保存着：看到它们，我满心好感。

巴提尔先生终于说："我从来没认真上过学，只是到处游荡，打打板球。最后他们说要把我撵出学校。我就向象神祈祷。我告诉他，如果没被退学，我就会去巴里朝圣。我没被退学，女校长改变了心意。她找我去，说那次只是给我警告。"

他记起这件事，也同时记起了象神欢喜天给他的其他护佑。"我母亲在三四年前生了场病，高血压。她住院，必须戴上氧气罩，还说不出话。我前往巴里的象神庙，献上花环和椰子。回来时，我母亲已经好了许多。"

他说这些的时候，他母亲——并非如我先前所想直接坐在门口地板上，而是坐在一块约一英寸厚的薄木板上——双手合十。通过尼基尔的翻译，她告诉我她合十是在感激欢喜天。

他甚至在出生的过程中也得到了神的保佑。那是在一九五九年。他们这个地区发生了严重的暴动，有人投掷石头。要叫出租车并不容易，但他父亲找到了一位愿意设法把巴提尔太太送到医院的出租车司机。出租车必须在暴动的人群里行驶五公里才能到公立医院。这辆车子安全抵达，他母亲一进入医院就生下了他。

母子两人轮番说着这故事，坐在地板上的母亲再度合起双掌，说那是欢喜天的庇护。

然后，大约在两年前，他面临了一次严重的危机。这危机涉及他的政治生涯，历时九天。对于处在焦虑中的人，那可是一段相当漫长的时间。他前往巴里朝圣，向象神欢喜天许愿，说如果能脱离这次危机，他会向他献祭一百零一颗椰子。

那不是用金钱向神行贿吗？

“我的信仰有现实基础。我可不会用一百零一颗椰子求神让我成为印度总理。”

他对象神欢喜天的信仰是否来自内心深处并一直存在？或者他只是在祈祷之后想发现某种神迹？

通过尼基尔的翻译，他说：“甚至在情况不对劲的时候，我也听得到内心的一个声音。我想，你可以称之为自信吧。”尼基尔说出他用来表示“自信”的马拉塔语“atma-vishwas”，那是象神欢喜天最珍贵的恩赐。

我问：“你怎么把一百零一颗椰子运到神庙？”

他告诉我更多关于象神节的情况。每年，你都得向神像制造者购买一幅新像。随你自己的意思，你先把神像放在家里多久都可以，但在庆典结束时必须把它丢掉，或把它浸入水里。他们一家人的做法是把神像放在家里一天半，然后把它沉入离家不远的一座湖里。他母亲一辈子最大的期望，就是雇一支乐队把象神像从神像制造者那边迎回家里。最近她总算做到了。她的另一个儿子找到一份非常好的工作，他们一家请了一支乐队把神像迎回家中。把神像从家里送到湖边时，也有那乐队同行。

听着这些关于象神欢喜天、神庙、朝圣、许愿、献祭等等的话，我开始稍微意识到土地对巴提尔先生一家这类人所具有的神圣性，他们在生活中偶然感受到的荣耀，他们所接触的美好事物。他们的世界包括肉眼见不到的东西。塔纳是一片工业郊区，但那片土地本身历史相当悠久。它有自己的神圣本质，同样，这些人在这里可以自然地适应许多不同的感受。

就在举行象神节的好日子期间——就在这里，在这个地区，在我先前走过、只观察到表相的那些巷子里——十岁的巴提尔先生看到了那张宣告湿婆军领袖即将来访的海报。为了一睹那位领袖的风采，他去参加了集会。在当时，领袖自己发行了一份周刊，他更为闻名的身份是著名漫画家。小男孩巴提尔看到领袖时，并不觉得他在身材容貌上有什么出众之处。他看到的是一位瘦子，戴着眼镜，穿着纽扣全部扣上的长外套。但当领袖开始说话时，男孩的血液便“沸腾”起来。领袖的演讲历时三十至三十五分钟，末了，像年幼的巴提尔一样，那些因想到马哈拉施特拉邦的真正主人必须承受的所有不义而热血沸腾的人，开始为领袖高声喝彩。

“那时你年纪还那么小，能理解那些有关马哈拉施特拉人受到歧视的话吗？”

“能。我不时听到别人谈论穆斯林和外地人如何对马哈拉施特拉人不好。我在家里听到这些,在街上也能听到。我哥哥时常向我提到这些。”

“你父亲呢？”

“他对这个完全没兴趣。”

父亲不像儿子那样,过的是安稳的日子。巴布父亲的情况也是如此。

在此之后，虽然十岁大的男孩有很长一段时间没有再听到激昂的湿婆军演说，他却开始为党部张贴海报和悬挂旗帜出力。后来，当他父亲过世、他到晶体管工厂上班以后，他开始在晚上为党从事政治活动。他找到新工作之后，仍然继续为党工作。他的新工作是处理输出劳工到迪拜及中东地区的事务，相较在晶体管工厂所得的三百卢比，他这时的月薪是九百五十卢比。他负责面试申请者。

他不想自己前往中东赚一笔？

“我没通过大学会考。到了那边也只能做些低贱的工作。”

“你不觉得把人从这里送到穆斯林国家有些不妥吗？”

“并非所有穆斯林都是敌人。”

那时他在党部的工作是晚上在湿婆军办公室值班，听取人们的投诉。湿婆军一向看重事务的社会层面；在这方面有许多可以做的事。人们需要帮忙。有些人一天只有四小时有自来水供应，在许多建筑里，二楼以上就取不到水。甚至在他被任命为湿婆军的地区领导——这是三年前的事——以后，他还继续从事这类民众服务。譬如说，我们刚到达时，有一位妇女跟他母亲一起在厨房里。她是来抱怨关于自来水接管方面的问题的。为了接水，她付了某人一千卢比，但到目前管道还没接上，也见不到半滴水。地区领导必须关心人们的疾苦，那在政治上会有利于党。

他的血还会沸腾吗？或者，在湿婆军获胜、他自己也跻身地区领导之后，他已经变得比较平静了？

他的血还会沸腾。“离这里大约二十五公里，有一个叫毕万迪的地方。当印度在板球比赛中输给巴基斯坦时，那里的人——那里的穆斯林——会在市场里燃放鞭炮。小时候我对这事没什么办法，现在，我可无法忍受了。过去有几批穆斯林从毕万迪来到塔纳这里，当地人对他们恨之入骨，在一九八二年跟他们起了冲突。当地人闯入穆斯林的商店，抢劫货品来转卖，一条毛巾卖两个卢比。现在穆斯林又回来开店，可是他们不敢再嚣张了。湿婆军是很有力量的。我就这么告诉你吧：有些穆斯林甚至会捐钱给湿婆军。”

尼基尔自行问道：“那不是勒索吗？”

巴提尔先生不那么认为。

我想知道——考虑到他对象神欢喜天的尊崇——哪一样对他更重要：宗教或政治？在尼基尔的马拉塔语翻译里，这问题变成了“达摩或拉吉尼提”？

巴提尔先生说：“达摩。”宗教。但这并不是他先前谈到的对象神欢喜天的私人信仰。随着湿婆军的成功和扩张，湿婆军的理念也变大了：巴提尔先生心目中的宗教是印度教本身。“有人阴谋想把印度教从地球上铲除。”那是穆斯林的阴谋。正因为这一点，最重要的是维护印度教的生存。

另两只印度猫或小猫崽也跑到客厅里来了——一只是虎班猫，另一只是姜黄色的，它们好奇地到处走动。巴提尔先生家的几位朋友或亲戚也来了，他们想听听巴提尔先生对访客说了什么。我问道，如果印度的工商业持续像这段时间一样成长，印度教还能继续存在吗？

他看不出这其中有什么矛盾。“如果你想生存，就必须赚钱。”

“这不符合甘地的立场。”

“我对甘地没什么好话。他主张逆来顺受。我认为，如果有人甩你耳光，你一定要直起腰杆问他为什么甩你耳光，或者回他一个耳光。我痛恨非暴力主义那套主张。”

这态度呼应了他的马拉塔战士自尊。我想知道，他对马拉塔的历史有多少了解。在这个地方，在这些狭窄的巷道里，人们有怎样的历史观念？他可知道湿婆吉的生卒年月？

他知道。他说：“一六三〇到一六八〇，这些我都知道。湿婆军把马哈拉施特拉人从灾难中解救出来。但接着又来了英国人，他们使所有其他人陷入灾难。”

我可以理解这里所牵涉的较大层面的社群意识，亦即印度教徒与穆斯林的冲突。但我很想知道，在像这样一个人们拥挤而居的工业地区，种姓制度具有什么意义。湿婆军跟达利特的关系如何？就我所看到的一点来说，达利特已经开始有自信，也就是象神欢喜天赐给巴提尔先生之物之中的“atma-vishwas”。这是否在他心中引起了一些共鸣？他对印度教的关怀是否也使他对达利特产生一点同胞之情？

他变得僵硬。“我们跟他们没有争执。他们不把自己看作马哈拉施特拉人或印度教徒，他们是佛教徒。”

他们不是因为种姓偏见才被迫脱离印度教的吗？他对他们没有同情？他小时候曾在聆听领袖谈到马哈拉施特拉人遭受歧视之后热血沸腾。他不认为达利特也会有同样的感受吗？

他不认为如此。达利特的愤怒是达利特领导人，以及一些以美国黑豹党[1]为师、自称为达利特黑豹党的人士出于政治目的而煽动起来的。“他们没什么理由愤怒，他们不像他们自称的那样受过苦。目前的达利特组织都跟穆斯林团体挂了钩。”

我问尼基尔事实是否如此。他说是的。“那两个阵营，达利特和穆斯林，都没有归属感。有人便认为可以把他们结合在一起。”

没有归属感：这是常听到的话题。巴提尔先生现在属于胜利的一方，但他的血还会沸腾。就是在当前，他还觉得他所属的群体会沉沦，别的群体正等着来践踏他们。仿佛在这些拥挤的小空间里，没人真正有归属感。每个人都觉得另一个人、另一个群体在一旁笑着，每个人都活在被围困的感觉中。

这时候应该随巴提尔先生前往湿婆军的办公室了。我们向他母亲告别。她仍然坐在地板上，只抬起头，双眼消失在厚镜片的同心圆下方，随后又双掌合十。我们一行跟着几个前来听巴提尔先生谈话的人离开粉红色的房间，穿过脱在门口的拖鞋和皮鞋走进前廊。

我们先到前廊尽头观看屋后的景象：倚着后墙搭建的小砖屋，隔壁被弃置的结构——上头有生锈的钢筋从混凝土中露出。跟着我们的一个男人用英语说：“没有许可。”这么说来，尽管四处看来杂乱无章，还是有什么市政规章在运作着。

我们走下陡峭的楼梯，进入两栋房屋中间的通道，然后转到阳光照

①美国黑人激进社团，创建于1966年，主张以武力获取权利。

射下的柏油巷里。往右边走不远便是湿婆军的地方支部，巴提尔先生坐镇之处。就结构而言，这只是一个混凝土箱子，单间小屋，但外部的装饰让它看起来像一座碉堡，屋顶上有形式化、非常简单的枪眼，混凝土墙漆成灰色石块和白色砌缝的模样。在巷子里的灰尘、垃圾、破败建筑的衬托之下，它显得相当突出。它看起来像舞台布景，或是游乐场内的什么设施。但它令人想起马拉塔人的战士传统。那传统不是虚假的，湿婆军在当前的势力和组织也不是虚假的。

之前我们进入巴提尔先生的客厅时，并没有人要我们脱鞋。现在，从巷子走进湿婆军办公室之前，我们就得先脱掉鞋：这里虽然比他的客厅灰尘多，却是巴提尔先生真正的圣殿。房内的墙壁漆了蓝色，地板用石板铺成——马哈拉施特拉人在建筑上很擅长使用石材。

靠内墙有一张办公桌，以及一把像王座的高背椅。我们一进屋，巴提尔先生立刻坐到高背椅上，仿佛那是这个地方的礼仪的一部分。桌前有九把铁质折叠椅，这些是供访客使用的，漆成跟墙一样的蓝色。在巴提尔先生椅子上方的后墙上挂了一幅老虎图：老虎是湿婆军的标志。那面墙上仅有的另一幅图是湿婆军领袖的相片。桌上摆了一座青铜色的湿婆吉半身雕像。桌子再过去的角落里，一个没有跟墙壁摆齐的基座上另有一座类似的半身雕像。这两座雕像是用石膏做的，额头都刚抹上檀香油膏——那是神圣的标记。门口附近有一个深绿色铁质高档案柜，照明使用日光灯。一面墙上所挂的布谷鸟自鸣钟——令人想起巴提尔先生的客厅——是这小室里唯一的装饰品。

这间湿婆军办公室就是湿婆军的碉堡，塔纳一地就有四十座像这样的碉堡。就某方面来说，这只是摆摆拳头、做个架势而已；在另一方面，它却又是如假包换的。这片地区时常发生群体斗殴。有些发生于湿婆军和达利特——特别是自称黑豹党的达利特——之间，也有些发生于湿婆军和某些国大党团体之间。这些斗殴可不是儿戏，有时还会出人命。他们使用的武器是刀剑和强酸。湿婆军也会为了不让支持者受到罪犯和恶棍侵害而出战。湿婆军的一些支持者像我们从火车站走来时所见到的那类摊贩，不时会有人向他们索取保护费。

当我们在办公室里交谈，巴提尔先生往后靠在他的高背椅里，尼基尔和我则在我们的蓝色铁椅（边缘的蓝漆已被磨掉，露出铁锈）里向前倾的时候，巷子中传来一阵脚步声。那声音听起来几乎像有什么小事故即将发生。后来，我们看到数名年轻男子从门外的阳光中走过。他们被铐上手铐，一条看似崭新的绳索绑住每个人的上臂把他们连在一起。被绳子绑住的男子分成两列，他们被一队穿卡其制服的警察驱使或引导着前进。警察没有叫嚣，不慌不忙，也没有动粗。

尼基尔说："这可是违反宪法的，你不能把人就那样用手铐铐起来。最高法院有一项决议。"

那些被带走的男子看来穿着盛装。他们的衬衫干净、时髦，其中一人的衬衫上有垂直的黑色和银色条纹。这些男子年纪很轻，身材修长，有几个瘦子。

那个先前对着巴提尔先生家后面那栋未完工的混凝土结构说"没有许可"的男子现在又简短地说了几个字，解释我们所看到的情况，同时以印度人的方式摇头表示肯定。他说："没买票。"没买什么票？

火车票——我身边每个人都知道，也都急着解释。

巴提尔先生对我们所见的这一幕有什么想法？

他反应很平静。"这是司空见惯的事。他们正被送往监狱，得在里头待个三四天。有些是穷人家，有的则只是出于好玩。"

我们走出办公室，来到巷子里。警察和犯人几乎已经看不见了。这件小事故结束了，巷子又回复了原样。

在巷子一侧的沟渠里（情况或者比沟渠还糟），我看到暗棕绿色的水中有只动物。是一条狗？一头母牛——一头印度品种的小型母牛？或是一只小牛？很难在深色的水中看清那只深色的动物。然后圆圆的口鼻部出现，那粉红色的东西就平平浮在水面上：那是一头猪。现在，眼睛可以看清了，我又看到前方有几只黑白两色的小猪在污黑的水里冲撞；从远处看去，它们不规则的白色斑纹在黑色沟渠里有如光点或泡沫。

先前说了“没有许可”及“没买票”的那个人这时说：“达利特猪。”

他这话是什么意思？许多印度人，包括印度教徒和穆斯林，都把猪视为不洁之物，有些人连看到这动物都无法忍受。让这些（没几个人敢碰触的）猪在这拥挤的地方到处走动，达利特是否在故意挑衅？

不是那么回事。

刚说了“达利特猪”的人又说：“达利特在星期天吃猪肉。”这么说来，不但猪使达利特跟其他人有别，达利特在吃猪肉这件事情上还有些规矩。那人进一步说：“他们也卖猪。”

就在巷子前头不远处——那队警察先前走过的地方——有许多小男孩用一个老旧光滑的灰色网球玩着板球游戏。湿婆军的碉堡；穿着漂亮衬衫、上了手铐、绑了绳子的修长年轻男子；从半个地球外引进的时髦绅士游戏——板球：在这里，这一切都一览无遗。能清楚看到的还有许多：就在表面之下，人们的情绪和需求、神秘和荣耀的念头强烈跃动着。

在孟买市中心穆罕默德阿里路附近的一片白墙上，我看到用黑色大字写出的这个标语：伊斯兰解放人类。

穆罕默德阿里路有它的名气。它是孟买市中心穆斯林区的主要道路。这片地带被冠上“贫民窟”的名称，时常为了令人不安的问题上报，因此大家都习惯用新闻用语来描述它。人们说这里“有动乱之虞”，说它是“引爆点”，集体暴动可能从这里开始，而且一经点燃就会像燎原之火。

这里拥挤不堪，有每一种气味和吵闹。在阳光下，使用掺了煤油的燃料的汽车所排出的深褐色废气看来像一团热雾。它使皮肤感到灼热，在肺里面撕扯着。这是整体压迫感的一部分。在烟雾中看去，那句关于伊斯兰教的标语如同一声尖叫。标语的字体跟它所在的墙壁一样高，是用英文写的。它不是给贫民窟居民看的，它的对象是外来的人，例如想挑衅的湿婆军成员。

尼基尔认识一位住在穆罕默德阿里路附近的年轻人。这年轻人名叫安瓦。有天傍晚，安瓦在下班后带我们到他住的地方看了一下。安瓦身子很瘦小、虚弱，看起有什么遗传病。不过，他对穆斯林信仰的热忱却有弥补的作用。他充满活力。

傍晚的穆罕默德阿里路上交通堵塞，商店和人行道也像马路一样拥挤。电灯光线像是构成了天花板或遮篷，挤压着下面的一切，跟热腾腾的废气一起加重了拥挤、摩擦、在困苦中求生存的感觉。噪音太大，在出租车里根本没法交谈。

我们在一个地方下车，随安瓦远离灯光和废气，来到一个突然变得狭窄的处所。窄巷接着变成更小的弄，两旁是低矮的小屋。在一段距离之外，穆罕默德阿里路灯光辉煌，噪音喧嚣；但在这里，灯火灰暗，巷弄里尽是阴影，近旁只听得到来自屋内的微弱声响。我们身处的贫民窟并非不受管制。巷道笔直，铺了柏油；而且虽然规模很小，整个地方的布局和房舍都有规律可寻，犹如公建住宅区的模样。安瓦说没错，我们来到的正是市政府所建的住宅区。

他的房子属于一排装上铁丝网的水泥屋的一小部分。前面房间的墙壁从地面以上两三英尺起用水泥建成，再上去则是铁丝网。房间一侧的铁丝网上遮了一块白布，把安瓦的房子跟邻居隔开。那块白布挂在铁丝网的邻居那边。安瓦的房子——这排建筑物的一部分——大概只有九英尺宽。铁丝网和墙壁都漆成蓝色。前房可能有六英尺深，一边有条通道，在那里有个嵌入水泥壁的架子，架上有皮鞋和拖鞋。这通道通往中间的主屋。安瓦说，再进去是厨房。

中间主屋的上部是一个睡觉用的夹层。这夹层上的卧室可是相当重要的，如果没有它，像这样的房子便没什么用，无法为一家人提供生活空间。我这才第一次听说到孟买人睡觉用夹层。接下来的日子里我还听人说了许多，才开始了解大家庭——不一定是贫民窟居民或夜宿人行道的流浪汉——如何住在一个小房间里。在孟买各处，一到晚上，客厅的功能就改变了，像安瓦这种房子的各部分（通常是中间的主屋）就变成只用来睡觉的地方。一个睡觉用的夹层使房间内的全部空间都得到了充分的利用。

我们进屋之前，先在安瓦房外的巷子里谈了一阵。我们的谈话让另一栋建筑或同栋另一部分的一位年轻男子走出门来。他身高中等，体格不错，穿着干净的背心和卡其裤，看来像休闲的打扮。我一时间感到惊讶：在这么窘迫的地方怎么会跑出这样身材适中、穿着得体的人？他来到幽暗的巷子里，一言不发地站在他那部分领域里，我们也停止交谈，然后，仿佛因为感到先前在外头谈论这住宅区的房子有点轻率或不礼貌，我们几乎是为了隐私而进入安瓦家那间有铁丝网的前室的。那年轻人回到自家的前室，在那边待了一会儿。在阴暗的灯光中，可以在铁丝网他那一边的白布帐子或帘幕上看到他或是他的淡淡身影，大小时时变化着，犹如木偶戏的投影。

安瓦家里的人为我们的来访做了准备。为了对尼基尔和我表示尊重，前室的绳编床上已经铺好干净床单。在安瓦的邀请下，我们就坐在那张床上。接着，安瓦的父亲从中室走了出来。现在，他是我们的主人了。安瓦被派去买柠檬汁。

安瓦的父亲也身材矮小，但没有安瓦那么矮小，他看来虚弱多病。我心想，儿子的病应该有一部分遗传自父亲。他肤色很黑，蓄着浓密的胡子。那把胡子似乎是老人在仪表上唯一花了心思的地方，修剪、梳理得相当有门道，还呈波浪状，闪闪发亮。那不只是在仪表上花心思而已：在印度，不同群体的男人蓄不同模样的胡子，安瓦父亲的铲形胡子是穆斯林的胡子。那是胡子直截了当的信息。

他说，他六十四岁了。在尼基尔和我开口之前，他进一步说，他知道他的样子看起来老得多。这的确是真的：我原以为他年近八十。他说，欧洲人不像印度人那样显得老。这他是清楚的。他曾经在一家意大利公司上班，见过七十岁的欧洲人还是健健康康，工作卖力。印度人老得那样快，是生活条件造成的。譬如在这里，他们不但有汽车废气，还有从一家纺织厂排放出来的废气。无论怎么说，他总有六十四岁了。这可是值得一提的，毕竟他父亲只活了四十年。

安瓦带了几瓶冰柠檬汁回来。一瓶瓶柠檬汁按正式礼仪被呈送给客人。我们喝了一点——柠檬汁很甜，似乎含有化学添加剂。我们想随便聊聊，只是这空间里人实在太多，各种声音从四面八方一起传来；那块白布帘（挂在铁丝网分隔的另一边）开始让人觉得用意不明，恐怕暗藏着什么敌意。

我问老人这住宅区是否有小偷。我之前想到，这毫无遮掩的生活空间以及（像公社的）公共环境，或许为居民提供了某种保护。

老人说，每天都会发生好几起盗窃案，每天都有好几回争吵。争吵还算是比较糟的事，其中许多是因小孩而起。有人会打别人家的小孩，后者的父母亲因此大为光火。

他遭遇过每一种困境，安瓦也是如此。或许——如果在这些境况之中，这类事情还有好坏之分的话——安瓦的境遇比较惨，因为他比较敏感，受教育程度较高，而且在外面的世界里，要在他所选择的技术行业中生存比较困难。

我把玩着手里的柠檬汁，想着父子两人在这个场所表现出的旧式礼节，他们还维持着人性尊严，老人毫无怨尤地承认别人较健康，较有精力，生活条件较好——想着这些，我开始对他们两人产生好感。我觉得，如果我处在他们的位置，被局限在孟买，在这个地方，在这一排房子里，我也会是个激情的穆斯林。我在特立尼达的印度人社群里长大，身为少数族裔的一分子，我明白，如果你觉得所属的是个小社群，你就永远不会离弃它，境况越糟糕，你越会坚持做自己。

因为老人在他家的前室——这铁丝网围起来的空间——以主人身份招待客人，而安瓦只是他的儿子，我们只能中规中矩地交谈。我觉得不应该问难以回答的问题。如果要把话题从老人还幸运地拥有的那份兼差上引开，如果要让安瓦更加侃侃而谈而不怕被旁人听到，我们得找其他地方。

因此，我们细心地——为了怕发生意外——把柠檬汁瓶子放到蓝色水泥墙上的铁丝网前，已经有点焦躁不安的老人完全看懂了我们的用意。他不再谈话，制造了一个空当，我们便告辞了。

我们再度走到窄巷，在这里，幽暗的灯光投射出一大片又一大片的阴影。角落边，有个小孩蹲在一团亮光中大便。在一户人家的前室里，一台摆在低架上的彩色电视机闪烁着，却没有人在收看。安瓦说，他们自己家没有电视。他父亲说，看电视违反伊斯兰教规。

我们走到这片低矮住宅区的尽头，也就又回到了狭义上的孟买。走过一条分隔的巷子或道路，是一栋高耸的公寓建筑，那是敌人的所在地。安瓦说，那是一栋湿婆军的建筑。一发生事端，住在那些公寓里的人就会向住在下面的人扔瓶子。

过了那栋建筑，我们来到喧嚣的大道上。我们前往一家安瓦熟悉的奶品店：日光灯管、瓷砖、灰色大理石、水槽、玻璃杯和不锈钢大杯子。

我问安瓦："那么，你随时都紧绷着神经？"

尼基尔把他的回答间接翻译出来："那可让他快神经崩溃了。"

他小口喝着所点的牛奶。他跟他父亲一样疲惫，瘦长的黑脸颤抖着。

现在，尼基尔直接翻译。他说："那些小孩。小孩之间起了冲突，然后演变成大人之间的血仇，我对这感到束手无策。邻居之间随时都会打起来。如果双方分别是印度教徒和穆斯林——印度教徒在这里属于少数——就会扩大成集体暴动。板球比赛时，情况变得很糟。去年举办世界杯时——单日国际板球赛[①]——印度和巴基斯坦两队的比赛让大家紧张不安。后来，两队都没有进入决赛。当巴基斯坦在第一轮半决赛输给澳大利亚时，印度教徒乐疯了，他们丢石头，打破了小屋的石棉瓦屋顶。"

那些打斗让他多么不安！他跟他父亲都忧心忡忡地谈到邻居间的打斗；我想知道他们是否就在谈着自己。我试着问个究竟。我问起他血仇的事——他一家人是否受到了什么影响？

他的回答出人意料。"我的兄弟们是有点名号的'棍大'——恶霸。他们可不是好惹的。因为这点名号，邻居们不敢轻举妄动。"

凶悍的兄弟们——他们在身材上总该跟安瓦和他父亲很不一样。凶悍的兄弟们，不好惹的人——但他们让安瓦自己说起话来也颇具威风。他们全住在那间小屋里？

我问安瓦："你家隔壁那个人，那个出来瞧我们的人——你跟他处得如何？"

"他在孟买城外的一所学院就读。你大可想象我的兄弟们是什么样的人——我有六个兄弟，而我父亲还得出去工作。"

这里有什么家庭内部的分裂。也许安瓦所谈的那些恶棍兄弟不是一母所生的。

他说："我不当他们是兄弟。"不过，他口气又立刻软化了，"环境使他们变成那个样子，他们必须当恶棍才能生存下去。我告诉你一件事，你就会知道我的兄弟有多蛮横。最近大家都在报上读到某位老大刚成为

① 自 1877 年开始的国际板球赛国家队决赛时段越来越长，导致各国代表队的抗议，自 1972 年开始，国家队间的决赛时段改为一天。

孟买黑道新头目的报道。前不久这位老大被雇来干掉我们这里的某个人，他先来这地头了解情况。你很难相信，我的一位兄弟就跟他打了起来。”

“那位老大要干掉的是什么样的人？”

“那个人从事把人送往中东的行业——人力输出，他应该是吞了什么人的钱。不过，我的兄弟认为那位老大侵入了他们的地盘。他跟那位老大互相辱骂，双方都说他们要先看对方会采取什么行动。我的兄弟弄来一辆大使牌汽车，他们在里面放了家伙。他们准备对那老大的地盘下手，但有人先向警察通风报信，于是我的兄弟被捕了。他们在两三天后被释放，是这里某个人把他们保释出来的。”

“这么说，你兄弟有钱？”

“他们赚了钱，然后开始赌博。”

“你会说他们也紧绷着神经吗？”

“他们看事情的角度跟我不同。一旦有机会，他们可以毫不犹豫地出卖性命。这都是环境造成的。”

就像先前谈到左邻右舍都怕他兄弟几分时一样，现在说起这些恶棍兄弟随时可以豁出生命，从他的话中也听得出算是骄傲的口气。

我问起一九八四年的暴动①。人们谈到那几次暴动时，总把它说成孟买的可怕事件，也是具有标志性意义的历史性事件。

他看似吹着牛奶想让它冷却，但牛奶并不热。他总是张开双唇，像在吐着气。这只是他瘦脸上肌肉的习惯动作，是他的脸部颤抖的一部分。

他说：“就在那一阵，我开始决定起身战斗。那是我中学的最后一年。滨海大道附近有一个穆斯林坟场，我们必须在接近斋月的某一天到那里去一趟。我们这里有一群人一起前往。凌晨两点时，我们往回走。我们之中有些人戴着穆斯林小帽。我们经过一个湿婆军的大本营，在那里被

①指甘地夫人被锡克教侍卫暗杀后，印度教徒和锡克教徒间展开的一连串暴力事件。

投了石头。我们向几个警察报案。他们不但不理睬我们的话，还跟踪我们走了两英里。他们认为我们是挑起事端的人。这是我们所看到的暴动的第一个征兆。在那个晚上之前，我们没看到什么即将出事的端倪。事实上，真正的事端发生在很远的地方，大约离这里二十五公里。”

奶品店里，安瓦的话变得不容易听清了。现在除了路上的车马声，还有店内怒气冲冲的话语——印度人特意拉高的声调，以盖过人和机器所发出的大部分声音。最主要的则是像蝉鸣般起起落落的汽车喇叭声。

安瓦说：“我们凌晨三点左右回到这里。我们之中有些人被石头砸得流血。人们问我们发生了什么事。我可得告诉你，那一夜是拜拉特夜[①]，穆斯林是彻夜不睡的。

“到了隔天我就忘了那件事。不过，当我跟一个朋友前往附近的一间房子时，却看到里面全是武器。那是某个老大安排的，他的手下搞来这一大堆家伙，准备报复。没多久，这地带就开火了。整天都有不得外出的禁令。后来，五人以上的集会不得举行。在聚落本地”——就是他所住的地方——“警察也渗透进来，检查谁拥有武器。”

“警察的出现是否让大家平静下来了？”

“我可以这么告诉你，我对警察没有信心。在这里，你不能公开杀牛——你得到规定的屠宰场去杀。不过，送给警察一点红包就可以了。在必须杀羊献祭的宰牲节期间，大多数穆斯林会把羊带到屠宰场去杀，但这里有一些坏蛋却执意要在大家面前杀羊。这是向警察挑战的行为，为了显示男子气概。警察来了，那些坏蛋说：‘你们要插手干涉，就别想活着回去。’”

他已经偏离了一九八四年暴动的主题，转回恶棍的话题。

①原文 shab-e-baraat 是阿拉伯语，穆斯林相信，伊斯兰历八月十五日夜晚，真主会开启饶恕之门，诚心悔罪者均可受到赦免，记录个人一年善恶的天使将于这一晚更换新的文卷，故又称“换文卷夜”。这一晚，全印度的穆斯林都会彻夜不睡，诵经礼拜，以求恩赐和赦免。

我问："跟警察的这些争吵让你兴奋？"

他以几分严肃的口气说："是令人兴奋，我看了喜欢。因为警察歧视穆斯林，那种事才会发生。穆斯林也瞧不起警察。"

"这样你来我往有什么意思？"

他没有直接回答。他说："穆斯林当中没有几个懂道理的。"他一个字母、一个字母说出他想用来表达"懂道理"这意思的乌尔都语字眼"samajdar"。"这边没几个受过教育的穆斯林，受过教育的人绝不会介入那种争吵。"他对好斗者的态度似乎有了些许改变。

"那事态就这样持续下去？"

他以那种既忧愁又认命的奇特口气说："我看不到解决的办法。会是没完没了的。"

"那一次暴动是怎么结束的？"

"甘地夫人来了，要大家想办法解决问题。事情是解决了，但随后又再次爆发了。"

我想到窄巷、低矮的铁丝网住宅，还有房子里脆弱石棉瓦屋顶下的睡觉用夹层。"暴动期间的生活是什么样的？大家还睡得着吗？"

"一有暴动，你就不知道睡觉是怎么回事了，你根本睡不着。如果跟你信奉同一宗教的人受到攻击，而你却袖手旁观，那可是犯了大罪。"

"你不觉得像你这样的人应该设法搬去别的地方？"

"我不能那样做。"我预料到他会这么说。"我在这里有许多亲人，穆斯林必须尽亲属之间的义务。"亲属、信仰、社群：这些构成一个整体。

"你对弟弟或刚要踏入社会的人有什么建议？"

他的建议无关乎离开或逃脱。他想到的是更属于当下的事，是关于在这里生存下去的问题。"我会告诉他，说除非他面对的人犯了错误，否则别轻言报复反击。"

"犯了错误？"

“譬如说，有人诋毁你。”

里里外外的诋毁、争吵、打斗：他生活的世界就是这些，他的体力也很难应付这些。

我提起我看见的标语：伊斯兰解放人类。

他说：“我完全同意。”

“你是从什么时候开始接触伊斯兰教的？”在他所住的这个地方，他哪来的时间、隐私和安静？

“从父母那边认识的，我也读过《古兰经》。”

“孟买有那么多人自认为知道怎么解放人类。”

他似乎改变了观点。“世界就是这样的。人们组成群体时，每个人都会说他的群体比别人的好。”

我又想到他家附近那户有彩色大电视的人家。我问起他们。

“他们是做生意的，制造成衣。他们赚了一些钱。”

做生意赚钱的人却还住在这里：这又证实了人们所说的，在孟买，你只要有个栖身之处就够了。只要有睡觉的地方——人行道上、小屋里、房间一角，任何地方都可以——你就找得到赚钱的活儿。可是——那户有电视的人家有点炫耀吧？

那户有电视的做裁缝的人家并没有炫耀，安瓦这么说。但是，我的问题触及了什么。他说：“他们知道他们的宗教不允许看电视。”接着，像先前发生过好几次的那样，安瓦让他的语意柔和了一些。“不过，他们不想让他们的小孩到别人家看电视时被赶走，那会引起麻烦的。”

“你认为，为什么孟买的黑道老大里有那么多穆斯林？”

“我跟你说过了。穆斯林当中没几个受过教育的人，他们小时候就走了歪路。”

“这些大哥，他们信教吗？”

“他们都是伊斯兰教的忠实信徒。”

“信仰的捍卫者？”

“他们无可避免要为伊斯兰而战，那是种矛盾的角色。他们会继续干犯罪的勾当，同时，他们也会阅读《古兰经》，每天朝麦加跪拜五次。社群里这些人不受赞赏，但老大们对待一般穆斯林的方式却让大家觉得服气。”

“他们是社群的战士？”

“他们推动着我们的地下组织。它叫 Tanzeen-Allah-ho-akbar，是一位老大在暴动之后成立的。我们定期开会，决定策略。我们每月开会一次，没事时也是如此。”

“你觉得你们那里的孩子会变成什么样？”

“他们的未来会很惨。那些孩子都见过凶杀和暴行。”

“你见过凶杀？”

“是啊，是啊。”他不是以美国或英国人那种点头的方式表示肯定的，而是依印度人的习惯一边说是，一边左右摇头。

奶品店老板已经开始对着整店客人大声抱怨坐在最里头的那桌人——他指的是我们——他说那桌人坐了太久。我这趟可会给他一笔不小的生意，只是他还不知道。我背对他坐着，也觉得不该回头去看他。我想，如果我们四目相对，他可能会更加恼火。尼基尔——他一直面对老板坐着，也不时向我们报告老板的情绪状况——替每个人点了一客印度甜乳蛋。已经喝了两大杯牛奶的安瓦开始吃起他那份油腻而沾满糖浆的乳制甜点——又是不断对着它吹气的样子。

他说：“我在十岁时第一次目睹凶杀。我们几个人在居民区里打羽毛球。附近有一间小屋，里面两个男人吵了起来。这两个人晚上通常睡在同一辆手推车上。他们年纪都在三十岁左右。他们争吵后，我看到其中一人逃跑了。我们过去看个究竟，就见到手推车上那个人的头几乎被砍断了。他还没有断气，正在临死的痛苦挣扎之中。”

“他穿什么衣服？”

“内衣裤、短裤和汗衫。痛苦挣扎的身体把手推车掀翻了。”

“有人跑过来吗？”

“只有我们六七个小孩。他身体落到地上时，往我们身上溅了一些血。我吓得要命。”他开始笑，一边吃着甜点，吸吮着铝质汤匙里的浓糖浆。这是他这个晚上第一次笑。“我们还是小孩，没想到应该报警处理。我们第一个反应是离开，回去把上衣的血迹洗掉。”

“在那之后你见过几次凶杀案？”

“十次或十二次吧。”

“你为什么笑？”

“在我们这里是稀松平常的事。那些凶杀案的起因都是鸡毛蒜皮的事。譬如说，有一天两个撑伞的男人轻轻撞了一下。其中一人回头想打对方，后者急忙跑进一间屋子里，追打他的那一个也跟着跑进去。我就在那里跟朋友谈话，看到了这事的全部经过。追赶的人掏出一把刀子，当场把另一人杀了——就那样干掉了。这地方的人有百分之八十都随身带着武器。”

奶品店老板并没有因为我们额外点了东西而平静下来，还在继续抱怨着。安瓦吃完他的甜点时，我们准备离去。我又想到有大电视的那户人家。

“有电视的那家人——他们信教吗？”

“他们很虔诚。他们在某些方面比较虔诚，某些方面不那么虔诚。”

“哪些方面比较虔诚？”

正式跪拜五次——但在安瓦和他父亲看来，那份信仰虽然执着，却有一些缺失。

“你能设想自己没有伊斯兰信仰的日子吗？”

“不能。”

"它给了你什么？"

"手足之情，各方面的手足之情。伊斯兰教不鼓吹歧视，它教人互相扶持。如果有一个盲人要过街，穆斯林不会先查明他的宗教是什么，穆斯林不管如何都会帮忙。"

"你觉得你们的聚居区会变成什么状况？"

"我看不出有什么解决之道。"

"就这样一直下去？你真认为你到了你父亲的年纪，情况还会一样？"

"没错。"

"你从没考虑过离开？"

"目前没这打算。"

"你是逊尼派教徒？"

他露出惊讶的表情。他没想到我对逊尼派竟然有所了解。对他来说，他的教派信仰可算是秘密，不是外人能够真正弄清的。

我想知道在他的聚居区里有没有其他穆斯林团体或教派，于是问他，那边是否有伊斯玛仪或阿默迪教派信徒。他说他从未听说过这些团体。有什叶派吗？

"社群里没有什叶派教徒。"

"那不奇怪吗？"

"我看不出有什么奇怪的。"

他的正统信仰是他唯一能够依附的纯正之物，他无法设想没有它的日子要怎么过。它是严格的信仰，在其中没有电视，没有让异端存在的空间。它的许多教规和庆典及禁忌都是让安瓦的世界得以完整的一部分。除去这信仰的一项规定，其他一切都将不保，一切都可能开始瓦解。譬如说，穆斯林男子应该蹲着小便。安瓦的一位同事后来告诉我，说他坚持在工作处的现代马桶上使用这种姿势小便——虽然那着实折腾了他一番。

许多你在街道和办公室见到的人都生活在狭小的空间里。每天早上，他们睡过觉，干净而精神抖擞地从这些小空间里出来。整个家庭——可不是贫民窟居民或夜宿人行道的人——就住在一个房间里。他们可能在同一个房间里住上一个时代。

拉欧提先生在那样的家庭里长大。他是湿婆军最早的成员之一，是一九六六年湿婆军首次会议仅有的十八名参与者之一。现在，湿婆军在孟买市的选举中获胜之后，身为市政常委会的主席，他是有分量的人士了。他在维多利亚哥特式的市政大厦里有自己的小办公室，还有附设的等候室，一位秘书，几把供前来请愿的人坐的直背椅。不过，他这辈子的前二十八个年头都住在他出生的那个房间里，地点在孟买市中心的达达尔郊区。

在达达尔，拉欧提先生目前住在他于三十几岁时改行做承包商后自建的一栋高楼顶层。但是他住了大半生的那间单房公寓仅在步行距离之外。有一天早上，他带我去看了一下。

我们搭电梯来到他那栋建筑的地上一层，走到外面多沙的前院，从建筑里一条两边排列着挂有时髦招牌的商店的通道，由前头走到后方，最后再从后方走到下一条大路上。拉欧提先生在这一带是相当出名的人物，他走这一趟可引起了一点小骚动。大家都对他恭恭敬敬的。没几个人能这样只走几步路就回到往昔（还是衣锦荣归呢）。

我们很快就从大路的人行道上转入一个有栋双层老建筑的院子。我们绕行到后面，沿着建筑侧面的阶梯爬上顶端的阳台或走廊。这阳台（像下层的一样）贯通建筑两头，地板是按照马哈拉施特拉风格用石板铺成的。各个房间的门都开向阳台。最尽头的房间就是拉欧提先生一家人住过的地方。

我们从门口往内瞧，看到新完工的木质装潢和油漆，风格和颜色都是属于当代的。“做了一些整修。”拉欧提先生说。隔壁的房间比较幽暗和简陋，倒更像是拉欧提先生待过的地方。它大约有十五英尺长、十英尺宽，后侧有间厨房，另有一个储藏和睡觉用的夹层。这层的所有房间共用一间浴室和厕所。

在我们来这里之前，拉欧提先生说过：“我父亲要我们好好做功课。你看了那地方，就会知道那有多难。”

现在，站在他走过和跑过几千次的阳台，看着下面那个他应该跟这栋建筑所有房间的所有人共用过的院子，我想知道在这片小空间里日子是怎样过的，五个兄弟，两个姊妹，外加父母亲，这家人是如何挨过来的。孩子如何在这地方睡觉、玩耍、准备功课？

拉欧提先生说，他父母会在清晨四点钟把孩子叫醒。从四点到七点之间，他们必须做运动，跑步、俯卧撑，还要做功课。他们得在七点前做完这些。七点之后有什么问题？是建筑和院子里的那一堆人？是噪音？拉欧提先生说：“是气氛。”

身为湿婆军的大人物之一，拉欧提先生以强硬作风闻名。当我被带到办公室见到他时，他对我也有些粗鲁。不过，等他知道我并非为了撰写另一篇不友善的访问而来搜集资料，知道我对他的背景和经历更有兴趣之后，他的态度就不一样了。他也有兴趣谈自己的生平。他心目中看到的自己是一个奋斗过的人。

他说，他现在是市政常委会的主席，但是，一九六五年他二十一岁时在市政府谋得的第一份工作只是个小职员，月薪二百一十八卢比，相当于十六英镑。我们开始谈论正题时，他几乎立刻提到了这件事。接着他又提到另一桩：他说，小时候他会帮父亲做棺材。

我喜欢这个细节，他也喜欢。他想谈谈那则故事的其他部分。他邀请我前往他在达达尔的公寓住宅，还在一早派了他的大使牌汽车来接我。车窗装的是孟买流行的那种暗色玻璃；车内有两台塑料电风扇吹着，令人觉得还算舒适；仪表盘上方摆着一幅代表力量的神祇哈努曼的小画像。

我被带到拉欧提先生那层公寓时，他还没做完礼拜。等待的时候，我走到阳台上，纵览孟买全景。出乎意料的是，从这个高度看去竟是一片绿意。拉欧提先生结束礼拜之后，我走进客厅，他这就开始谈了起来。

“我出生时，父亲在印度全国广播电台担任技师。那是一九四四年。他每个月赚三百卢比，算是够用了。在成长过程中，我一直自认为属于下层中产阶级。我们买不起什么奢侈品，倒是可以糊口。早上我们通常会吃一种用浸泡过的小麦做成的粥，叫 satva。吃那东西会让你身强体壮。要花两个钟头才能把粥煮好。

“我在马拉塔语学校读到十一年级，然后进入大学。大约在这时，我父亲从电台退休，开始打起各种杂工。他的收入减少了很多。他曾经在电影摄影棚做木匠，每次总要工作好几个钟头，月薪却只有七十五到九十卢比。

“他到棺材店当过木匠，我有时会跟他一起去。做棺材是相当专业的工作。要做好肩膀那部位的弧度可不简单。必须用整片的木板，不能切割。棺材的底板还得非常好才行，因为整个身体的重量就压在那上面。做一副小孩的棺材，我们可以拿到四安钠[①]，也就是四分之一卢比。中型棺材可得十二安钠，较大型的六英尺或六英尺五英寸的棺材则可拿到一又四分之一卢比。那只是工资。一天下来，我们能做五六副棺材。一般而言，没有人会去做棺材，那是没有种姓地位的人才做的工作——有种姓地位的人不干那种活。我们为了钱才做。

“我父亲希望至少一个子女成为医生。我妹妹被一所科技学院接受了。我自己也修了综合科学课程。在这之后，我的第一个目标是参军。我想当军官，但找不到人给我门路。我在一九六二年加入印度海军训练班，也参加了各种考试——该做的都做了。但是，我的年龄却比规定的

①印度旧货币单位，一安钠相当于十六分之一卢比，1960 年停止发行。

大了一个月。我只好又回到家里。接着，我想成为工程师。要在孟买上个学校可不简单。我被修拉普尔理工专科学校接受了——那学校离这里可有一段距离。我父亲说他负担不起，他确实是没办法。修拉普尔的学杂费每月要两百卢比。我只好放弃了那个机会。那是一九六四年。来年，我到邦政府的职业介绍中心去登记。我们还住在那单一的房间里。我在圣沙勿略工学院上夜校。

“你看，我这一生就已经有过这三次失败：未能加入军队，年龄太大无法参加海军训练班，没法就读工程学校。在那个年纪，这些都是挫折。那是男孩可以立下雄心的年纪。如果没有这样做，他就会失去方向。

“我的父母给了我支持和鼓励。我也一直没有放弃要在这辈子做点事的目标。我有自信。”

我想起塔纳的湿婆军地区领导巴提尔先生针对自信所谈的话。自信，或称“atma-vishwas”，是象神欢喜天赐给他的东西。我问拉欧提先生，他是否也认为自己从象神处得到了自信。

他说，他的自信得自较广义的宗教，而不是象神欢喜天这个特定的神。“他不是一位特别的神。在印度，一切事物都从象神欢喜天开始，印度教的礼拜仪式都以他起头。我们的宗教是从小就开始信奉的，它是我们生命不可分割的一部分。每一个印度教家庭都会做晨间礼拜。我们做礼拜时会穿特别的衣服。宗教确实让我们得到信心，它锻炼了我们的性格。

“我们这就谈到我生命中最重要的一个层面了。我跟你提过我的失败和挫折，说过我怎样放弃机会，到邦政府的职业介绍中心去登记。一九六五年，我在孟买市政府找到个小职员的工作，薪水是两百一十八卢比。那算是好薪水吗？对没有收入的人来说，能够得到多少都算是好的。那时，我最大的愿望是我妹妹能成为医生，就像我父亲所想的。我们最终替她拿到了医学院的录取通知书。她还得到了三份奖学金，分别来自不列颠协会、塔塔基金会和另一个机构。我们选择了塔塔基金会的奖学金。它提供全额学费，书籍则由其他人补助。”

在这期间，拉欧提太太进出客厅好几回，但都刻意不让自己成为焦点。现在，她微笑着拿一本翻开的相簿走向我们。她先前听我们谈到宗教，这时她要我们看的照片就是在一个宗教场合拍的：她一个儿子的入法礼[①]。这提醒了拉欧提先生；他到里面拿出他做礼拜时所披的那条没缝针线的棉布——淡紫色，上头有一段是另一种颜色。拉欧提太太肤色白皙，容貌端庄，就像在许多印度家庭里那样，她对丈夫那种单纯和明显很自然的奉献令人难忘。

拉欧提太太退了下去。打开的相簿搁在沙发上。拉欧提先生继续讲他的故事。

“我必须在这里谈点别的。一九六二年，就是我开始在市政府工作的前三年，也是我刚开始遭遇失败和挫折的时候，我接触到一本叫《马尔米克》的周刊。这是第一本使用马拉塔文的漫画周刊，负责编辑的是巴尔·撒克里。整本周刊的内容全部出自他自己、他弟弟和他父亲三人之手。每期《马尔米克》的封面上都有一幅大漫画，就是这些封面的东西吸引了我的注意。当时那本刊物的销售量有三四万。

“接着到了一九六五年，我妹妹上了医学院，我在市政府做小职员，我父亲在摄影棚当木匠，这时《马尔米克》开始影响我的想法。每个礼拜，这刊物都会提到小老百姓在孟买和马哈拉施特拉所受到的种种不公不义。巴尔·撒克里和他父亲在刊物中所表露的情怀也深深打动了我。我甚至设法想跟巴尔·撒克里见面。那时他住在湿婆吉公园。”

拉欧提先生向西边一片绿树摆手：在这个高度，整个孟买一览无遗，从南边的印度门和碉堡区，到北边的山丘和郊区——从这个高度看下去，所有污秽都被绿树掩盖住的这个大都市，真可说是拉欧提先生独占的。

---

①印度教礼仪，限于三个高级种姓。入法礼标示男子进入婆罗门教四期中第一期，即成为正式教徒。

“一九六六年五月，《马尔米克》上刊载了一个青年组织即将成立的公告。它的名称将叫作湿婆军。我开始到巴尔·撒克里的住处走动。事实上，一九六六年六月十九日那天是在他家剖开椰子的。”对印度教徒来说，在做一件大事之初，剖开椰子的动作代表一种礼拜或宗教仪式。“在场的有十八个人，早上八点二十分。”

“时间是一位大师选的？”

“不是，择日不如撞日。我是在场的十八个人之一。十八人之中有四位是巴尔·撒克里自家的人：巴尔大人本人、他父亲、他的两个兄弟。第一次会议持续了大约半个钟头，是在他们小屋子的主屋举行的。身为长者，那房间由他们的父亲使用。他用一台马拉塔文的打字机撰写所有东西。那台打字机目前还在那屋子里，作为他的纪念。想出湿婆军这个名称的是巴尔·撒克里的父亲。它听起来让人觉得对劲。在那次会议中，我们宣誓要扫除平民所受到的不公平待遇。

“湿婆军就是这样开始的。巴尔大人会在各地召开小型会议。湿婆军成立四个月之后，他宣布针对不公平待遇的问题举行一次群众大会，时间定在一九六六年十月三十日。反应非常热烈，来了四到五拉卡。”也就是四十万到五十万人。“城里几间健身学校开始热心起来。”

什么健身学校？我从未听人提过。

“开设健身学校是马哈拉施特拉的传统。我父亲太穷，没办法让我们上健身学校。不过，我先前说过，他要我们在早上跑步，做运动。自从我们伟大的圣人拉姆达斯[①]的时代以来，马哈拉施特拉就一直有健身学校。他是湿婆吉的导师。”湿婆吉，十七世纪的马拉塔民族战士领袖，马拉塔军事盛业的缔造者。“拉姆达斯是很务实的导师，他的启示包括：你必须运动，保持身体健康。拉姆达斯有一句名言：‘口说无用，行动

①圣人拉姆达斯（Saint Shri Samarth Ramdas，1608－1681），曾在马哈拉施特拉邦受外来专制暴政统治时鼓舞当地人民，后来被湿婆吉接受为古鲁，并向他请教政事。

为是。'”

拉欧提太太此时又来到客厅，这一次，她带来一本马拉塔文的厚书。那是一本拉姆达斯的诗集，印刷精美的现代版本，还附有书衣。这又提醒拉欧提先生到里面拿出另外几本马拉塔文的大部头书：其他著名古代马拉塔导师——迪内希瓦里、屠卡兰、艾克那什——的诗集。我对这些人物不算真的了解。这些书看起来都很新，而且印制精美，但它们体积庞大，不易翻阅，让我觉得它们比较像是家中的神圣物品，而不是拿来读的书籍。这些书被一本本递给我，我拿在手中一阵之后又把它们传回去，然后，书就一本接一本被摆在沙发上，旁边是那本打开的相簿，里面有几张拉欧提先生在他儿子的入法礼中披着那块做礼拜时所用棉布的照片。

我说，我很难理解在孟买这种背景下，在拉欧提先生成长的环境中，人们怎么还有办法接触到圣书。

他说这不成问题。“在传统马哈拉施特拉家庭里，长辈会在早晚吟诵着著名大师的作品中的‘sloka’，也就是诗节。因此，不管他实际上是否读过圣书，小孩子都知道那些诗节。现在则是放录音带。”

拉欧提先生客厅一角就有一个小架子摆满了这种录音带。从放置的物品看来，那角落应该是个神圣的地方。

他说：“马哈拉施特拉是圣人之地。”他放了一段录音带，里面吟唱的是拉姆达斯的诗篇，其韵律让我想起四十多年前我小时候听人吟唱过的《罗摩衍那》[①]。拉欧提先生说，拉姆达斯的诗篇能够留下来是因为它们的韵律。“拉姆达斯的 sloka 有一种特殊、简单、反复的韵律。”它们的音乐性并不单纯为了音乐。“它们针对的是心灵。每一个马哈拉施特拉人，包括住在茅棚里的，也都有文化。”

他关掉录音机，回到湿婆军的早期历史。湿婆军是圣人之地的武装

①意为“罗摩之路”，是古代梵语史诗杰作，叙述罗摩（Rama）从恶魔拉摩那（Ravanna）手中拯救其妻悉多（Sita）的故事，恶魔住在楞伽（今斯里兰卡）岛上。

组织，很快就受到了欢迎。正当湿婆军扩张的时候，拉欧提先生自己的境遇却衰落了。一九六六年六月湿婆军成立，四个月之后举行的那次群众大会使它成为孟买的一股势力：在这期间，拉欧提先生的父亲过世了。

“那时，全家的担子都落在我的肩膀上，我必须继续在市政府当小职员。我告诉过你，我的首要目标一直是参军，这时我报名参加空军飞行员的体能测验。我在孟买通过了初试。在我那个测验中心应试的一千五百人当中，只有十二个被选中到班加罗尔进行复试。我是那十二人之一。我前往班加罗尔，通过了空军的各种能力测验。不过，我却败在最棘手的测验——机械方面的考试上。在那场考试中，你必须在五分钟内回答一百个问题，问题来得那么快，把我难倒了。在这方面，我没有得到指点。你得事先练习怎样在五分钟内回答一百个问题。现在有学校专门训练人们应付那种考试。那年头可没有。我对服务本来压根就不感兴趣，却必须在市政府工作，因此这次考试失败更加深了我的挫折。”

我先前从别人的话中就注意到“服务”（service）这个词在印度的用法。一方面，它跟“公职”（civil service）意思相近；另一方面，它又接近老派英国人口中的“service”一词所指的仆役工作（domestic service）。在印度，这个词的含义介于两者之间。“服务”在印度指就业；它同时也指替别人工作、为薪水工作、倚赖别人。（譬如，塔纳的巴提尔先生谈到他父亲在一家工厂的工具部门工作了四十年时，就说他父亲曾经“服务”过。）

“但在我妹妹拿到医学学士学位之前，我必须继续在市政府服务。我在一九六八年结了婚，是岳父母催我成婚的。那时我在沙勿略工学院读夜校，倒是希望等到毕业之后再成家。我们是恋爱结婚的。”

他用了英文的“love match”，把两个词的发音紧紧连在一起，又把“love”说成跟“how”同韵，因此那两个词听起来像马拉塔语。

“我们属于不同种姓。那时我兼职做家教，她是我的学生之一。我们就是这样谈起恋爱的。”市政府小职员兼做家教这件事倒出乎我意料。“她过去就住在那边那套屋子里。”

从我们所在的大楼顶端，他抬手指向不远外的一簇绿树和屋顶：从这里看去，孟买是个一望无际的都市，但他一直在狭小、村落般的空间里来来去去。

“两边家庭都反对我们交往。双方种姓不同，不过差别不是那么大。种姓不是反对的理由。在我这边，家人不赞成自由恋爱，我们向来是由家长提亲。”也就是媒妁之合。“她那边也是一样。因此，我的丈人家——或者说，后来成为我丈人家的人——就逼我成婚。这婚姻又让我多了一个担子。

“为了减轻负担，我要太太辍学工作。她放弃学业，去做接线生。那是一份公职，在邦政府的秘书处。她的月薪在一百七十到一百八十卢比之间——卢比贬值之后，大约相当于九英镑。这是一九六九年的事。我们在一九七〇年生了一个孩子。不过，太太有了服务工作，我也没那么为此担心。

“一九七二年，我妹妹终于拿到了医学博士学位。有一天十二点钟，她打电话告诉我说她通过了考试，当天，我就辞职离开了市政府。我服务了八年——在那段时间，依照我父亲的意思，我妹妹为成为一名医生而求学。她当上医生那天，我就辞职了。我没有别的工作，但我还是辞职了。我们所能依靠的只有我太太的收入。她在邦政府秘书处的工作只是临时的，幸好她接着在市政府找到了接线生的工作。没想到我才一走，她就到了市政府。”

在市政府服务的后几年，拉欧提先生也参与湿婆军的活动。湿婆军已经崛起，开始游行，成为人们畏惧的对象。一九六八年，它在市政委员会赢得超过三分之一的席位。它倡议重划马哈拉施特拉邦的边界。它发动罢工，使孟买停摆了四天。从南印度来的移民对湿婆军特别畏惧。而我们目前所在的郊区——看得到巴尔·撒克里住处附近的湿婆吉公园，也看得到当时拉欧提先生一家人还在其中一个房间居住的那栋双层公寓住宅——达达尔，正如拉欧提先生所说，是湿婆军带来地震的“震中”。

我自己对湿婆军那段早期历史也有一些记忆，不过，那是从另一边得到的印象。当时是一九六七年，湿婆军成立一年之后。当时，我正在一位祆教徒朋友家中做客。用那时候的话来说，他是一个“提箱仔”，指的是大公司——通常是外商的分公司——的经理人员。在当时印度工业尚未兴盛的日子里，提箱仔的工作不但稳定，甚至是崇高的。我认识的那个人娶了一位系出名门的印度教徒女子为妻。令人想不到的是，这对原本不受印度平日纷扰所影响的夫妻，如今却担心他们的“异族”婚姻会使他们两人受到当地湿婆军的暴力攻击。

那时是晚上，我们身在高处，往下看去是灯光，其中一些是贫民窟的淡黄灯火。我所理解的孟买开始改变：那些“穷人家”——下面那些人——正在获得个体性，开始主张他们在这个都市中应有的权利，虔诚（或是对处境的强烈不满，或是嫌恶）已不是行得通的因应之道。提到可能受到暴徒攻击时——一九六七年时他言辞中的激动，这次我也从那位年轻耆那教徒证券经纪人巴布的口中听到了——我认识的那个人说：“我尽量不去担心。我告诉自己，要是情况看起来不妙，就当作碰到了有点麻烦的车祸。”

一九六七年那个时候以及往后几年，湿婆军创始十八名成员之一的拉欧提先生就在市政府当一名小职员，月薪在八年之间从二百一十八卢比升到二百七十二卢比五十派沙[①]，上下班时搭乘拥挤的郊区火车，往来于上班的那栋维多利亚哥特式建筑和他于其中出生、仍然住在同一房间

①一百派沙等于一卢比。

的达达尔公寓住宅之间：那段日子里，他心中总是存在着对父亲的悼念，对妹妹的期望，还有自己未能成为军官、工程师以及后来没能进入印度海军而感受到的挫折，每天觉得在市政府的小职位——他的“服务”工作——只是一种侮辱。

在湿婆军以外，他并不是知名人物。但是，随着湿婆军的壮大，他也在其中往上爬升。他把上班之余的所有时间都献给了湿婆军。他回想说，当时他花在市政府和湿婆军上的时间加起来，每天有二十个钟头。他负责中孟买二十二个湿婆军地方组织的事务；他跟高层领导往来甚密；然后，他受命负责湿婆军的竞选事务。这时，他开始有名气了，他的名字开始出现在报纸上。

但当他于一九七二年辞掉市政府的工作时，他们全家的收入只有他太太的那份接线生薪水。然后，他似乎交了好运。离开市政府两天之后，他就在印度最有声誉的工程公司之一的管井部门找到了监工的职位。他的月薪是七百五十卢比，几乎是他在市政府收入的三倍。这是可遇不可求的运气，却只是昙花一现。他在湿婆军中的名气反而害了他。

马哈拉施特拉邦的工人开始把他看作湿婆军的组织工作人员，而不是一名监工。他们希望他出来组织工会。这种煽动可逃不过管理层的耳目。有一天，生产部经理把他叫去问话——这位经理是退役军官，正是拉欧提先生一直想成为的那种人——他是来工作的，还是来从事工会活动的？

拉欧提先生受不了这番讯问。“我是个脾气火暴的人，当天我就辞职了。我在公司干了一个月零二十二天。”

拉欧提先生在这里停了下来。他开始谈及生平中他特别想谈的部分。先前在他的市政府办公室决定跟我认真谈谈后，他马上就想告诉我他生命中的这一时期。现在，坐在家中，做完了晨间礼拜，沙发上摆着翻开的相簿和几本马拉塔文圣书，他停住了。然后他说：“我挨饿的日子就从那时开始，那是我一生中最凄惨的时期。”

但那也是他在湿婆军中大有作为的时期。

“我开始全天为湿婆军工作。家里就靠我太太的收入糊口。那时候，因为我跟太太是恋爱结婚，家中就开始产生问题了。我母亲跟我太太合不来。”

不管是恋爱结婚或媒妁之合，这是印度家庭生活中一向存在的冲突，是妇女无可逃避的宿命，就像婚姻本身或生儿育女或守寡一样。忍受婆婆的折磨乃是年轻妇女必须经历的考验，甚至是成长过程中少不了的一部分。年轻妇女好歹熬了下来。有天她自己也熬成了婆，可以折磨自己的媳妇，一生的甘苦也就扯平了。

“我终于决定离开我那个地方。”终于离开了上层走廊最尽头的那个房间。“我带着太太和孩子离开，搬去了我岳母那边。”

那地方距离不远。跟他搬离的那栋公寓住宅一样，从我们所在的地方也看得到他搬进去的那栋建筑。之后，他会在屋顶上把这两个地方指给我看：你感受得到空间那么小，距离那么短，旧地总在眼下，永远不曾真正离开过视线——也许出于这个原因，那些旧地（像舞台布景一样）就唤不起当初你曾经对它怀有的情感。

“如果我岳母给我食物，我就有东西吃。如果在那边他们不给我食物，我那天就只好挨饿了。那些日子里，我口袋里没有半毛钱，买香烟的钱都没有。不过，我是有尊严的人，我从未向人乞讨过。我宁愿挨饿，那些就是我挨饿的日子。我告诉你，从那时开始，我每天只吃一餐。早上我从不吃东西，只喝咖啡。

“在那段日子，一位舅父常来看我。一个礼拜两三次。他自己一贫如洗，但还是不时带我上饭店。”拉欧提先生把“hotel”这个字发成“ho-tal”，它更像是马拉塔语或印地语的一个字眼而不是英文，它指的是小饭馆——通常是简陋的那种。“他会请我吃一顿，只是差劲的食物，另外还有一杯茶、一根烟。

“有一天，我岳父没有回家。第二天，他还是没有回来。我们开始找他，费了一番功夫。四天之后，他自己回来了。我们在路上发现了他。他发生了交通事故，那时已经出院。在那之后，他变得‘精神有问题’，会骚扰每一个人。因此，我在白天必须避开岳母家。我几乎是无家可归，到岳母家只是去睡觉。

“后来，我岳父的一个朋友让我使用东达达尔的一套房子。我们搬了过去，我的第二个男孩就是在那里出生的。在这段煎熬期间，我太太自始至终怀着孕。我在东达达尔安顿了下来，过着平静的日子。我通常在做完湿婆军的工作之后，晚上十一点才回到那里。这是一九七三年到一九七四年的事。

“我生命的这段时期历时四年。我常常要步行好几公里参加湿婆军的会议。那时候，我没有发过任何牢骚。后来，当我被选入市政委员会，开始在那里登台演说时，我讲的内容全部来自我刚跟你谈到的这几个年头。”

他得到了什么支撑？他是否觉得受到“指引”？

他觉得受到了指引，他有一位精神导师。正如我所设想的，是客厅的神圣角落那边——离那一小架子宗教录音带不远处——那幅可能比真人大的画像，上面是一位蓄须的英俊男子的脸部。我之前进入客厅时就看到了这幅画像，不过，因为我设想那是个神圣的隐私的角落，也就没有更仔细地观察。那个人——就画像看来，他的容貌端正秀美得几乎有点不自然——曾经是拉欧提先生的精神导师。

在这接近正午的时刻，拉欧提先生想谈的是宗教。他把我带到他做礼拜仪式的房间，就在客厅隔壁。神龛设在一面墙上，深深凹入，高度及胸。神像刚刚装饰上花环。有一颗剥掉外壳的椰子，其顶端有一簇椰壳纤维。在壁龛最里头的壁面上又有一幅精神导师的画像，其大小与壁面一样，可能为了放进那空间而修剪过，但跟客厅的那一幅是相同的：这样，信徒和神龛都处于精神导师的注视之下。每天必须向神龛里献上鲜花，椰子则每个月换一次。拉欧提先生每天早晨花一个半钟头做礼拜。他坐在一张鹿皮上做礼拜，结束后把那张鹿皮卷起来，摆在一个高架上。

几天后，当我再度到他的高楼拜访他时，他把故事的其他部分告诉了我。

挨饿的日子持续了四年。突然之间，好运向他招手。他开始在一个朋友的车库——就在达达尔这里——制作家具。这对他来说是新行业；不过，他也不完全是生手。在学校选修工艺课程时，他曾做过木工和家具。现在，在朋友的车库里，他开始制作沙发和桌椅。他把所做的东西拿去卖。他发现自己有这方面的天赋。

公寓中的家具大部分是他亲手做的。靠墙有一张他特意设计的桌子。它看似一张折叠桌，在桌面两边各有一片可以翻下的侧板。但这张桌子的设计另有不同。它的中央桌面很窄，大约只有八英寸宽，因此很适合孟买住宅里狭小、多用途的空间。这个设计颇受欢迎，被孟买所有主要的家具制造厂商采用。拉欧提先生也专门制作了一种可以用来分隔房间的组合办公家具。他都根据自己的设计制作：那些点子不请自来。“我一开始做家具时就想到了这些。”他也制作房门。公寓内的门都是他自己做的。他也设计并制作了所有加上花饰的柚木门框。对他来说，这公寓是一件珍贵的得意之作，它证实了他的成就，也展现了他的才能。原来公寓里的大部分物品只让我觉得稀松平常，这时经过他的指点，我才开始看出端倪。

他的成就接踵而来。他开始承包大型建筑的木工。接着，他觉得应该直接从事建造业。在开始制作家具两年之后，他跟人合伙盖了第一座大型建筑。虽然他觉得走了一段漫漫长路，当时他却只有三十三岁。从那以后到现在，他盖了十五或十六座大型建筑。

“不过，作为湿婆军的一员，我在经商时总是尽力站在中产阶级马哈拉施特拉人的一边。因此，我没有变成拥有巨大财富的建筑商，反而愿意追随在领袖身后，遵循他所下的指示。”

这种对湿婆军及其领袖的奉献俨然是拉欧提先生宗教信仰的一个层面。他一向有勇气和自信——来自宗教信仰，塔纳的巴提尔先生所谈到的“atma-vishwas”。

“在我向上爬以及多次往下跌的时候，不管碰到什么问题，我总是勇敢面对——无论身为商人或社会服务工作者或一家之主。直到我进入大学，我父亲一直给我鼓励。然后在一九六四年，我遇上了那位在阿里巴格设立静修处的伟大圣人。”

这位就是客厅角落和礼拜房神龛后方画像里的精神导师。从拉欧提先生刚说的话听来，他是在无法就读修拉普尔理工专科学校而大感沮丧的那一年认识这位精神导师的。

“我常去见他，希望得到他的保佑。我从未向他要求什么。我去见他只为了得到保佑，只因为他是圣人而服侍他。我觉得他完全改变了我的一生。他在一九六八年辞世，但我觉得每当我需要保佑的时候，他仍然会赐福给我。虽然他的肉身已不存在于世上，但我跟家人还感受得到他的存在。你看，”拉欧提先生一边说着，一边把我带到公寓的柚木门前，“我的门没装门闩，从来不锁。”

我差点没有机会听拉欧提先生讲完他的故事。虽然在我们安排这次见面事宜时，他并没有透露丝毫信息，不过我现在知道，在我们第二次早上见面的这天他就要出门：他将到他的静修处停留九天。他独自前往，太太不随行。

“我每年都会去。每年的这九天是我自己的日子，不能给别人。”

他也做过别的朝圣之旅。他跟太太到过克什米尔的阿马尔纳特[①]石窟六次，那是位于喜马拉雅山脉一万三千英尺高处的一个山洞，自从

①意为冰林伽。“林伽”为男性生殖器，印度教湿婆神的主要象征。对应的女性生殖器像称为“约尼”(yoni)。

古印度时代以来，那里就有一项奇迹，即每年夏天会出现一个状似阴茎——湿婆的象征——的冰柱，而且随着月亮的盈亏改变大小。

他说：“我很喜欢喜马拉雅山里的那个地方。”

想成为军官和工程师的入世的人，湿婆军的运动分子，虔诚的印度教徒：他一身兼有这构成信仰和行动之链条的三个层面。

年轻的耆那教徒证券经纪人巴布谈到湿婆军——他周遭的许多威胁之一——时说：“我们所有的问题都是经济方面的，如果经济方面没有问题，我们的一切都没有问题。”

那天下午，股市交易停止之后，他带我去看他住的地方，特别是他住处四周的贫民窟。这个被称作达拉维的贫民窟有点名气，孟买有些人还会带着几分骄傲宣称它是亚洲最大的贫民窟。

我们坐在黄黑两色的出租车里，行进缓慢。阳光，人潮和喇叭声；客车排出的又黑又烫的滚滚废气；覆在皮肤上的灰尘。然后，在这一切当中，我瞥见一幅洁净的景象：马路另一边有一群系着白色缠腰布的瘦男孩在疾速走着。

巴布说，那些男孩是耆那教徒，他们是有志于宗教灵修的“牟尼”[①]，应该是某一位精神导师的信徒。牟尼没有固定的住处，他们必须四处移动，靠布施过活。他们可以在一些附属于寺庙的地方过夜，他们到耆那教徒家里要食物。

他们怎么会知道哪户人家是耆那教徒？

“通常门口会有一块木板，或是某种标记，或是某种瓷砖。现在，你还可以用贴纸。不过，大多时候会有一个随从跟着年轻的牟尼，他带着他们四处走动，告诉他们哪些人家是耆那教徒。他们说，这种磨砺的

①耆那教徒中的苦行者。

目的是为了控制自我。在耆那教里，知识是相当重要的。僧侣被视为最有知识的人，每个人都听他的话。为了成为像僧侣那样的人，牟尼便得四处乞讨食物。为了获得知识，他们必须先控制自我。”

不过，那些仪式和传统属于一个更以农牧为主的时代。在如今的孟买街道上做这些事还有意义吗？

巴布认为必须随时改变仪式来顺应环境。譬如，耆那教徒应该每天早晨沐浴，然后套上未缝针线的布料，赤脚走到寺庙。在孟买，许多耆那教徒还可以这样做。在巴布和他母亲所居住的郊区，他母亲也这样做。但巴布自己就没办法了。他可以在沐浴之后步行到寺庙，但他不能光着脚，也不能只着未缝针线的布，因为如今他是在上班途中前往寺庙的。

我告诉他我前往穆斯林地区的事，以及我跟安瓦的谈话。

他说：“可以把攻击性导向有益的方向。我们过去曾跟那些地区的穆斯林球队打过篮球。那些年轻穆斯林男孩的攻击性让他们打得很好，攻击性让他们具有嗜杀本能。”这是巴布在印度企业家身上看到，但他自己那种贸易商尚未具有的嗜杀本能。“如果我对他们动手，他们就还手。他们打球是为了胜利，而我只要打得过瘾就好了。如果他们对我动手，我不会还手，我想我顶多会提出抗议。”

他再度谈到希望在四十岁时退休从事公益活动。从先前的谈话中，我知道他对这个念头有些犹豫，特别令他犹豫的是，他可能因此浪费神赐给他的天赋——这天赋如果好好发挥，应该可以获得更多从事公益事业的资金。现在，坐在出租车里，在一片灰尘和午后强光之中，在工作一天之后，这些犹豫似乎攫住了他，让他虚弱无力。甚至对每个周日到住处附近贫民窟去做公益活动的事，他也犹豫了起来。

“每个星期天，我们一群人——主要是耆那教徒——会去贫民窟分发食物。我们从早上十点半左右开始，一天下来大概能给五百人供应食物。前来的人当中，有许多可能在那星期只吃上那一顿大餐。那一餐可以让他们有力气活下去。我这样做是为了帮助他们——这是无可置疑的。但是，我也感到内心一直存在的罪恶感得到了一点纾解。不管我为他们做了什么，我知道那些都有限度。或许，我应该设法帮他们走上自助之路。我父亲对这事的看法是：‘我会想教他们捕鱼，而不是把鱼送给他们。’如果我给他们充实的一餐，事情只是这样而已。我想我宁愿看到的是——纵使这表示只帮助五个小孩，而不是五百个——我帮助的五个人能够掌握谋生的能力。”

他心头一直萦绕着布施的念头，思考着他应该如何帮助别人，以回报神的保佑。布施如同宗教生活、审慎生活、纯洁生活的象征。

我们终于来到西恩。这是他居住的郊区的名称。他要司机绕到“公共住宅区”那边。他原本在途中就不太好的心情现在更加低落了。他谈到充斥在后街的性交易和绝望感，不过，他对我们所经过的地方一眼不瞧。“公共住宅区”只是政府盖来提供给政府雇员居住的公寓大楼。作为都市发展的一个案例，那是令人沮丧的建筑——最莫名其妙、最无人性的建筑，盖在丑陋、赤裸土地上的一座座水泥建筑，有些地方看起来像垃圾场。不过，这还不是我准备见识的贫民窟。

事实上，那个贫民窟——那个著名的贫民窟——在西恩的另一边。巴布已经不再谈它了。我开始感觉到，虽然是巴布主动提议带我去看贫民窟的，但他的心情在途中改变了，现在他已经无法面对它。

我们来到他住的那条街。那是在西恩的中产阶级地带，离公共住宅区有点距离，在大马路的另一边。这条街看来住的是有地位的富裕人家；街旁有大树，穿着体面的男女上班族等候着公共汽车。巴布在这条街上购置的公寓价格相当于十万英镑——想想看，这里离孟买市中心有一小时车程之远，近旁又有一个很大的贫民窟。这就能让你明白这里的房价到底是什么样的。它也让你了解，为什么对生存在孟买的大多数人来说，寻找空间、停留之处和睡觉的地方是一个大问题，还有为什么这城市的角落里都是小屋、棚舍及拼拼凑凑的遮蔽体。

巴布那栋大楼多沙尘的院子清扫过了，看来光秃干净。若在另一座城市，这院子会让人觉得单调。但在这里，它却显得格外干净、光秃，而且这院子的空荡仿佛正是其干净的一个方面。

巴布说："这是一栋由住户共同管理的大楼。因此，住在这里的人都是吃素的。另一栋"——旁边建筑结构相同的那栋——"住户有的吃素，有的吃荤。因为这一栋的人吃素，所以这边房价较高。要是有人煮鱼，就会有鱼的味道。如果大楼里住了吃荤的人，你有时会在院子里看到一只被绑起来的山羊，两三天后山羊不见了，你就知道它已经被宰杀吃掉了。我们小区的年轻人开始变了。到了外面，他们会觉得别人都在吃肉，会认为自己可能软弱无力，缺乏男子气概。每个人都想依自己的情况去改变事情。"那也是巴布对仪式的看法：人们时时都在改变那些仪式。

我们搭乘老式电梯上到他的公寓。他向我指出他家前门上那张区分耆那教徒的贴纸，以及其他公寓前门上的印度教标记。他家的客厅宽敞整洁，往下看是街道和对街的学校。它跟院子给人感觉相同：空荡倒像是奢侈。墙壁干干净净，水磨石地板闪闪发光。

我问他鞋怎么办，他说不用脱。后来，他说的一些话让我觉得应该不问就把鞋脱掉。我们谈到仪式中的举止，他告诉我，有一位旁遮普的朋友说过，这客厅的地板是可以在上面光脚走动的。那位朋友的意思是说，脱鞋——譬如在进入寺庙之前——这个仪式动作通常表示要在脏物上走动，为了仪式性的洁净而把自己干净的脚弄脏。

巴布说："我赞同洁净的概念，我赞同作为一种生活方式的洁净。"

他母亲走了出来，巴布做了介绍：这是一位严肃、沉默的妇女，她的一部分生命在缅甸度过，直到那个国家独立，把印度人驱赶离境。她按照印度教徒打招呼的方式合起双掌——她每天早上都光脚走到寺庙去。

“在印度，宗教渗透了每一片活动领域，”巴布说，他打开一个抽屉，“这些是公司报告。”他拿出其中一份。“这是一家南印度公司的年度报告。”他向我展示报告前的照片。照片拍的是一位圣人造访公司总部的镜头。圣人站在董事中间，每个董事都赤裸上身站着，披着做礼拜的布。

“这是我们全国经营得最好的水泥厂之一，”巴布说，“在心底，我们总认为奉行宗教仪式不会对我们有丝毫害处。既然如此，何不身体力行？我一位朋友的岳父有一次告诉我，说如果要做成某件事，你就得每天拿某些东西去喂一头母牛。譬如说小麦，每天拿小麦喂一头母牛。嗯，在我生命那个阶段，如果我想达成什么目标，可是什么办法都会试的。何况我也知道，这样做并不会伤害我自己。那何不去做呢？”

“一种以利益为考虑的态度？”

“没错。我们之中百分之九十的人遇到任何需要时都会去求神。这里有一座印度教徒去的教堂。那是他们相信的东西，但不是他们的宗教。如果你是印度教徒，怎么可以去教堂？”

壁橱中倾斜的中央架板上有一本《财富》杂志和一本《投资入门》。巴布意识到了不搭调的组合：那些实用的书籍和杂志；他自己的耆那教信仰；他对全盘洁净的追求；他所处的环境；他周周的其他信仰。

有人用不锈钢小托盘端出了茶。那是耆那教徒喝的茶——素的，不加任何蛋制品。还有一块普里面包①，几种用面粉及扁豆粉炸成的东西。

我以为巴布已经不再想带我去看达拉维那个大贫民窟了。不过，在他公寓的客厅里，他的心情又好了起来。喝完茶之后他带我去后面一个房间，让我从那边瞧瞧。贫民窟的距离比我设想的要近，就在沿着巴布家那条街后方的铁轨的另一侧。先前来到那条街时，巴布所住的中产阶级地区看来是那么有头有脸，现在所见的却只是被夹在公共住宅区和大

---

①在印度酥油中炸过、未经发酵的面包。

贫民窟之间的一块狭长地段。

他说："你会受不了那臭味的。"指的是贫民窟。

过了一会儿，像人们要出门去面对恶劣天气时那样，他毅然决然地说，我们该走了。

我们步行前去。贫民窟只在短短步程之内。我们先走过铁路上方人潮拥挤、处处灰尘的天桥，下午的人潮真是乱哄哄。才刚走下天桥，已经有点犹豫的巴布说，我们应该搭出租车。

为了让我明白贫民窟之大，他说："瞧，从这头到那头没有半栋高楼。"从这个高度看去，贫民窟尽收眼底。不然，要是在路面上移动，可能会看不到那一大片四周被远方高楼包围起来的凌乱平地。

接着，在那么一瞬间，我们就已经在贫民窟的边缘行驶。这来得那么突然，那么直接，那么势不可挡，仿佛你看到的是戏台上或摄影棚里的场景，而其中的人只是在扮演贫民窟居民的角色：前后左右紧挨着的小屋和棚子，四处可见的灰黑和泥泞，不知弯向哪里的凹凸不平的窄巷；然后是一条半边路面被挖起的大路；然后是黑泥，蹲在一个黑湖边大便的男人、女人、孩子，闪着可怕油污虹彩的沼泽和排水沟。

臭味几乎无法忍受，但也不得不忍受。因为交通堵塞，出租车停了下来。堵塞是对向几辆装了货的卡车所造成的。达拉维贫民窟也算得上工业区，这里有许多没有执照、在管制得较好的城区不可能存在的厂商，包括皮革及化学工厂。

汽油味和煤油味使臭气更加浓烈。在这臭气当中，许多光着臂膀的人忙着工作，做着我从未见别人做过的事：他们正在捆扎或拆散废布料及废纸板。有的在一团灰白色灰尘中工作——那灰尘在地面堆积起来后像是积雪，在那上面手拍足踏都无声无息。有的在路旁或小棚里工作。这是大规模的拾荒。

巴布说他难得从这里经过。在出租车里，他背对贫民窟坐着。他面向马路另一侧，那边是那几辆原地不动的装货卡车，远方则是海边的班德拉中产阶级区的公寓大楼。

车子又动了起来。走了一段路之后，巴布说："这里是穆斯林区。人家会告诉你，这里的穆斯林是基本教义派。你不觉得不管你让他们去为什么名义而战，他们都会听从吗？"

午后太阳斜照下兽皮、粪便、沼泽、化工制品和汽油的臭味，废布料的灰尘，卡车排放的琥珀色烟雾——谢天谢地，终于摆脱了这一切，进入另一个孟买，我们了解的、花了那么多时间去适应的孟买，道路铺了柏油、有巴士行驶、人们穿着轻薄衣物的孟买。

开车经过那地区已经够难了，要想象在那里过日子是什么样则更加困难。但人们还是住在那里，忍受着臭味和可怕的空气。有些人的事业就在那里。甚至也有律师住在那里，有人这么告诉我。粪便的气味是否只在边缘，在那个油亮的黑湖边才闻得到？并不是。那臭味弥漫了整个达拉维。我还在一本孟买杂志上读到一篇关于巴布那个西恩郊区的文章，里面把达拉维贫民窟描写得就像它让西恩多了波西米亚风味，给单调的中产阶级生活增添情趣：这就更加令人惊愕了。孟买可真让它的居民有了某些免疫力。

一段日子之后，当我搭出租车前往圣克鲁兹的国内机场时，我又看了达拉维另一眼。出租车司机——来自海得拉巴的穆斯林，充满自尊，在孟买住得不安心，害怕会沉沦下去，计划着不久就返乡，而同时带点神经质地看待他的车子和衣着——向我指出位于机场公路一侧的安置棚屋拆迁户的公寓大楼。往另一个方向，他向我指出达拉维扩展于其上的那片沼泽地。更远处则是那著名贫民窟的低矮的黑色轮廓。

从这里看去，达拉维显得突兀，甚至在孟买都算是多余的：按照人们的说法，它会继续存在，是因为它是选举的票仓，是制造仇恨的温床，许多人可以从那里得到利益。孟买的种种互相冲突的趋势也往那里蔓延，所有新产生的特殊性在那里都变得更加鲜明。但人们还是住在那里，遭受这额外的剥削，因为在孟买，只要有了住的地方，你就可以赚钱。

居住环境可以塑造人。就如同动物会因饲养情况而改变——饲养在小笼子里的鸡（且让我唤起四十年前的特立尼达往事记忆）被放归自由之后不会走，只会像在笼中那样半跳半飞——生活在孟买住宅那种狭窄空间里的人也逐渐习惯了那些空间，他们对另一种有隐私的生活方式会感到心神不宁。

戈提先生是湿婆军的一位高层主管。他在纺织工厂区长大，住的是分间出租宿舍——即纺织工人宿舍——里的一个房间。现在他还住在那里，虽然像他这种有地位的人可以住在更好地区的更好住宅。几年前他曾经那样做过，但结局很不如意。搬进那间单户公寓之后，他太太无法适应因为独立而宽敞得多的环境。她不仅情绪不佳，还变得相当精神失常。因此，戈提先生又搬回了分租宿舍，搬到现在住的两个房间里，回到四周有许多人的那种感觉，回到身边都是生命之声的那种情境。他再度快乐起来。

我是跟着查鲁——一位年轻的马哈拉施特拉婆罗门——一起前往戈提先生的分租宿舍。如果没有查鲁，戈提先生可能不会见我。查鲁说，戈提先生是湿婆军里几位“率性”的人之一。在查鲁的婆罗门词汇里，“率性”指的是粗暴和具有侵略性。

戈提先生住在他那栋分租宿舍的顶层。如果没有查鲁，我想我连那栋楼里的楼梯都到不了。一进入大门就闻到一股气味，看到小天井里一堆湿漉漉的垃圾和几只觅食的大猫小猫；然后，在突然变暗的通道里，一股从堵塞的排水沟里散发出的浓热气味呛住了我的喉咙——这让我觉得晕眩窒息，几乎要吐。出于他的婆罗门责任感，也因为他认为不应该爽约，查鲁（不断回头看我，有时甚至伸手拉我，像父亲把小孩从沙滩带进海里那样）一步步引着我往前走上分租宿舍的楼梯，经过几扇敞开的让你能看到里面家庭生活空间的门。

热空气应该会上升，但在高层空气却比较新鲜。一扇门外的老虎标记——湿婆军的标记——告诉我们那是戈提先生的房间或公寓。它面向大马路。几个绿框的毛玻璃小窗开着，外面是防盗的铁丝网，从窗外吹进来的汽车废气倒令人觉得清爽。

戈提先生有两个小房间。挂着帘子的门另一头是厨房。接待我们的这一间在晚上是卧室，白天则算是湿婆军的办公室。房间里有不少文件，存放在靠着侧墙的一个组合型橱柜里——这现代化的摆设令人觉得意外。一面墙上的装饰品中有张海报，这可能是某家石油公司印的，里面有一幅彩色的老虎照片以及一句英文：You observe a lot — by watching（睁开眼睛，观看宏微）。

戈提先生的父亲做过纺织工人，他每月赚四百卢比，相当于三十英镑多一点。他们一家人口不少，膝下有五男二女。家中原本有四个女儿，其中两个已经过世。他们全家所住的一个房间是标准的分租宿舍房间，面积为十英尺见方，家中孩子还小时，还相当过得去。早餐他们只喝茶，没有烹煮的食物。从早上七点到下午一点，孩子们去上学。因此，每次大约有一个月时间，戈提先生的父亲在早上可以拥有一点自己的空间。戈提先生的父亲在纺织厂轮班工作，每个月换班一次。

我想起拉欧提先生关于每个马哈拉施特拉人都有文化的那番话，于是问戈提先生他在小时候是否也上过健身学校。他说没有。不过，这问题跟他有些相关，因为接着他马上说他曾经热衷运动。我向他问起宗教。他在分租宿舍长大时，如何认识宗教，学到圣人的启示？他说他自己不是虔诚的教徒：这么说来，他在某方面已经向过去告别了。不过，他说，他父亲会在家里做礼拜——虽然他父母都没有受过教育，而且直到他上大学之前，家里没有半本书。

听起来，那是一段艰苦、吃紧的日子。不过，一家人总算熬了过来。他结婚之后，情况开始改变。妻子从她家的分租宿舍搬到戈提先生的分租宿舍，接着他们生了一个孩子。这下子，那十英尺见方的房间就住了十个人。家人之间会有“分歧”，争端不断。因此，戈提先生带着妻儿搬到火车车程三四十分钟之外一个郊区的“员工住宅”——公寓大楼里的单户公寓。

那应该能让他们过上另一种新生活——跟家人保持距离，不再有争端，空间宽敞：原先是十个人住一百平方英尺的分租宿舍，现在是三个人住三百平方英尺的新公寓。可结局却是一团糟。戈提先生的太太过去只住过分租宿舍。现在，大半天独处在自成一户的三百平方英尺里，见不到任何人，找不到半个人聊天，她恐慌了起来。她开始出现严重的幽闭恐惧症，几乎快精神崩溃。

于是他们又回到了他们生长的纺织工厂区。戈提先生运气不错，在分租宿舍找到一个地方。像他们所住的这种两房套房或公寓在孟买叫作“一屋一厨”。实际上，这间主房比标准的十英尺见方分租宿舍房间稍大。现在他们一家五口住在这里，并没有空间不够的问题。

他在一九八五年买下了这两个房间。购房方式大致如下：这些分租宿舍——其中许多已有数十年历史，早在印度工业革命之初就出现了——原本属于纺织工厂，是为了安置工人而建的。原则上，工厂老板现在还是分租宿舍的所有人，不过，老板（由于租金管制法令的关系）已经不再管理分租宿舍，实际上甚至已经放弃了它们。租户如今可以转手他们房间的承租权。买家付给承租人一笔金额，往后再向工厂老板缴纳房租。一九八五年，戈提先生为这两个房间付了三万五千卢比，大致相当于一千四百英镑。现在，他付给老板的月租只有十二卢比，相当于五十便士——从这点来看，难怪工厂老板不再管理这些分租宿舍。

戈提先生现在是有保障的承租人，他说他可以在这两个房间里永远住下去。从他谈话的样子看得出来，在先前试图挣脱之后，他现在正打算在这种地方住下去。他说，并不是每个人都跟他一样。许多做不到的人也做着公寓梦。他自己有能力，他可以从银行取得贷款，但他在目前的这个地方过得很舒服。

我在他房间比较新鲜的空气里恢复元气后，开始试着以他的眼光来看这里。我注意到几样很管用的东西。天花板上有一台吊扇，地板上有一架坚固的四脚梯，是在夹层爬上爬下时用的。夹层下方有一个储藏空间，放了各种用具：一个衣橱、一只木凳、一个晾衣架（现在挂着毛巾）、一截橡胶管、一个脚踏掀盖式蓝色塑料垃圾桶。储藏空间在戈提先生背后，靠近一扇打开的窗子。房间前部是相对而言属于办公室的地方，组合型大橱柜就在那一头。仿佛为这奢侈品感到不好意思似的，戈提先生说他是在前一年买下这橱柜的，因为在湿婆军中的职务，他必须处理许多文件。

橱柜玻璃门后面不只有文件。顶层橱板上摆着塑料和不锈钢做的大杯和盘子，其他橱板上则有照片，以及一个金色牌子，上面是我听人提过的湿婆军的马拉塔语新口号：抬头大声说“我是印度教徒”。随着声势壮大，湿婆军也想超越地域局限。现在它所寻求的是较广泛的印度教认同；有些人觉得这跟湿婆军先前要把马哈拉施特拉邦交给本地人的主张同样令人担心。

我想听他多谈一些住在分租宿舍里的情况。查鲁跟戈提先生用马拉塔语交谈了一会儿，然后查鲁做出总结。

“他喜欢住在这里。他是在这种环境中长大的。他不觉得更大的房间或公寓对他有什么不同。他不羡慕或嫉妒别人的财富。他看人只看心。”

“他喜欢这里生活的哪一点？”

戈提先生用马拉塔语回答查鲁，他描述起住分租宿舍的好处时似乎一发不可收拾。

查鲁替他翻译出来："在分租宿舍里，什么地方发生了什么事你都会知道。你知道别人家所有的动静。什么都听得到，什么都看得到。这样，大家生活在一起，互相分担麻烦。公寓里没有生命。"

这栋分租宿舍里就充满了生命。单单我们所在的顶层就有四十个房间，这四十个房间共用五个洗手间。你随时都看得到人。

"他不希望有隐私吗？"

查鲁的回答很肯定。"他不想有。他说那些想要隐私的人随时可以搬往公寓大楼。"他先前才说过，有些做不到的人居然还想搬到公寓大楼，因此这回答带有几分尖酸。"如果你为了读或写东西而需要隐私，凌晨一点之后你在这里一定能找到的。"

"他常常晚睡？"

"没错。他常常读到凌晨两点半或三点。除了这样，在这里没有别的办法阅读和写作。"

"他不认为多一点隐私会让人得到较好的教育？"

"你的智力或阅读习惯不是由你住在公寓大楼还是分租宿舍决定的，更重要的是你的倾向——你的资质和性格。"接着他提起一个近期的名例：一个当地贫民窟的孩子在马哈拉施特拉邦会考中拿到了第一名。

"他难道不该为他的追随者提供较好的生活条件吗？"

在查鲁的直接翻译下，他的回答很严厉。"我不会费力让什么人过奢侈的生活。这里是纺织工人住的地方。"

"他要这些人一直当纺织工人？"

这问题经过翻译后有点走了样。查鲁似乎把它当作针对他个人的问题，得到的答案也是个人的。

"他自己在银行有一份工作。他有一位哥哥在一家邦营公司上班，另一个弟弟在纺织厂工作。不过这位弟弟教育程度不高，他缺乏那份智力。这弟弟现在每个月赚一千卢比，那不是好薪水。要在孟买过得称心，你至少得有两千卢比的月薪。”

我试着用另一种方式再次提出这个问题。“他对这分租宿舍里的住户有什么期望？”

我又没有得到答案。这问题好像变成了对分租宿舍的未来的询问，而戈提先生所给的是针对建筑本身的答复。

“这栋分租宿舍已有九十年历史了。它的建筑结构没有毛病，还可以撑个五十年。不过，我对它的未来有些担忧。住在这里的是穷人家，如果这栋分租宿舍有所损坏，他们可没能力重建或到别处购买住宅。如果这栋分租宿舍发生什么事故，他们就得离开孟买。”

在他身后的墙上，就在夹层的下方，挂着湿婆军的图片和标志。除了那张老虎海报之外，还有一块橘黄色衬底的青铜色大牌子，上面是象神欢喜天的形象；另外有一幅加框的湿婆吉加冕的画像：这其中所传递的信息是权力、荣耀和美丽，犹如印度电影所呈现的那些。

这个信息对戈提先生应该充满了意义。我倒想知道，它是如何跟他实际上为湿婆军所做的工作以及分租宿舍的情况联系起来的。当他仔细瞧这栋分租宿舍的时候，他真正看到的是什么？现在是谁在管理这栋分租宿舍，打扫公用的部分？

戈提先生说，租户自己打扫分租宿舍。我问他，为什么他们都放着大门内那些堵塞的排水沟及腐臭的垃圾不管。

他说：“孟买永远不会变得漂亮，它有一些本质上的缺陷。排水沟在前一阵子清理过了，但又堵塞了。还有一些是人的问题。缺乏公民意识。”最后一句是用英语说的。

湿婆军既然有那套特殊的社会理念，他们不该在这方面有所作为吗？

“这是老问题了。你得从孩子身上着手，问题不在经济。这些人就顺着窗子把垃圾扔下去。”

我问起他自己的背景。他说，他一家来自印度西南部果阿附近的一个村庄。现在那边还有他的亲戚，他们每年会来住个十或十五天。他们喜欢孟买，也希望能够住在这里。不过，他们知道要在这城市过不错的日子并不简单，所以回家去了。

从挂帘子的门里的厨房传来女人的声音。这期间一直在厨房的戈提太太拉开帘子说，分租公寓有地方发生了事故。一位老妇人刚来报信，她想知道能不能见见戈提先生。

他说可以。老妇人有点失控。她站在门口，含泪说她房间里有两个孩子被火烧伤了。他们的父亲在纺织厂工作，没人能帮忙。

戈提先生立刻说，他会用自己的车把孩子送到医院去。他匆忙起身出门，把查鲁和我留在房间里。

查鲁对我进一步讲了些关于孟买人集体生活的事情。他说，大家喜欢集体生活，是因为他们在大家族里长大：那是一种充实的生活，随时都有一大群人在身边，大家族各分家之间的关系时有变化，却十分亲热。查鲁说，他太太——目前正在修儿童发展的理学硕士学位——一旦独处就无法读书，她喜欢读书时身边有人谈话。甚至在如今，他太太还喜欢待在娘家的分租宿舍，因为那边有人陪伴，令人觉得温暖，不停的人声更会让人放心。

戈提太太把厨房门上的那块帘子拉开后就没有再拉回去。我看到厨房里有个神龛柜，那只是很简单的摆设，完全比不上拉欧提先生那个嵌入墙壁的神龛。戈提先生说过他不是笃信宗教的人，厨房里的神龛柜显然是为他太太设的。

戈提先生回来时，神情有点不安。他已经把孩子送到了医院。现在，他为太太担忧。她很容易变得沮丧。她认识出事的人家，那两个孩子的事故让她的心情很糟。

另一方面，这件事也说明了为什么在分租宿舍之类的地方，湿婆军要有一位代表。湿婆军以社会服务著称，因此大家觉得可以向他求助。

我问他，分租宿舍和其他拥挤地区的集体生活是否使政治组织工作较为容易。

“分租宿舍像是个较大的家族，地区则是更大的家族。”

在其他群体里也同样容易成立组织？

他没有回答。

他是个严肃、阴沉的人。他对太太的关怀——这是他毫无遮掩地谈到的——犹如他温柔的另一面。他一九七〇年结的婚，当时他二十一岁，太太十八岁。他要告诉我们的爱情故事，在某些方面很像拉欧提先生在遥远的达达尔那边的经历。后来成为他太太的女孩当时住在另一栋分租宿舍。他开始到那栋分租公寓为一个数学不好的朋友补习，于是认识了那女孩一家人。他也开始为女孩补习，两人产生了感情。

女孩的父亲是一位教师。（戈提先生的纺织工父亲从未拥有半本书。）戈提先生从工程学院辍学时，他并不赞同。在当时，湿婆军也因为暴力倾向而风评不佳。女孩的家人认为戈提先生游手好闲。由于这家人对戈提先生的反对，他太太第一次陷入了沮丧。

戈提先生说：“她非常敏感。”

有一天，戈提先生和女孩一起坐在一家饭店里——一家 ho-tal，简陋的馆子。女孩的兄弟姊妹看到了他们。戈提先生觉得，这件事发生之后，女孩很难再回她家人所住的那房间了。因此，他把女孩带到叔叔在一栋大楼中的住处。隔天他们就结婚了。他把女孩带去叔叔家时并没有这样的打算。不过，他发现自己必须这样做，结婚完全是他自己的主意。婚礼依吠陀仪式进行，比传统的印度教婚姻仪式简单。

这么说来，他的婚姻是出于爱情的结合。他家中的其他人是否也效仿了？

他说有一位妹妹在大约一年前也是恋爱结婚的。

“这种婚姻越来越普遍，不是吗？”

“没错。”接着，尽管刚刚讲到自己婚姻的浪漫经过，他却严肃了起来。显然，他对妹妹的婚事并不满意。“除非心灵相通，否则爱情的结合无法长久。如果是为了相貌而结合，婚姻维持不下去。”

“你妹妹的爱情婚姻遭到了反对？”

他的答复有点暧昧。“没有反对。她纯粹为了相貌结婚。”

“对方做什么工作？”

“阿育吠陀派医生。”“阿育吠陀”即传统印度教医术。

“有钱吗？”

“算不错，但还不能独立门户。所以我才要我妹妹去找个工作。他们住在西恩。前不久我才替她找了一份工作。”

西恩是巴布住的那个郊区。西恩会不会就是达拉维，只是比较说得出口？

我问他：“住在西恩的公共住宅区？”

“他们住在一栋有模有样的公寓大楼里。不过，我也不是真的很清楚。现在我跟我妹妹没有什么牵扯了。我已经替她找到工作，别的我什么都不想过问。”

“那又是为什么？”

“男方在经济上不能独立。”

“你妹妹工作的收入有多少？”

“九百卢比左右。”

“你不想去看看她过得怎么样？”

“不想，不想。我已经为她找了工作。他们有一个孩子。我不想去。我妹妹跟我想法有出入，这我可不喜欢。她的生活质量很差，眼界很低。在她眼中，我的教育程度不够高。不过，我认为我的想法可比她高明。她的想法是：‘必须要有自己的楼房住宅，必须要有一大笔钱。’可是她没那个能力。”

这段话是查鲁翻译出来的，我不能确定戈提先生的意思是什么。他先前说过，他看人只看心。或许，他现在想说的是，他妹妹的物欲期望超越了她的教育程度，而这是她的荒谬之处。

“她不会跟别人配合，”戈提先生说，“我太太就可以配合。但我妹妹不能配合我太太。”也许问题就出在这里。

“你妹妹长得漂亮？端庄大方？”

“不尽然。”他用英语说出这几个字。以印度人左右摇头的方式表示肯定，又用英语说，“过得去。”然后，他重述他的立场。“我不那么看重血缘关系。我的亲人从来没有帮助过我，只有朋友帮助过我。现在我有了名声和地位，许多亲人就找上门来了。不过我不太理睬他们。”

“你为什么说你妹妹眼界很低？”

他没有回答。

我直接问查鲁：“作为湿婆军的一分子，他不是应该鼓励像他自己这样的人去追求某些目标吗？”

查鲁和戈提先生谈了一会儿，然后告诉我戈提先生的答复。“重要的是，一个人要清楚自己是否真的有条件去追求某个目标。别人时常来找我帮忙，但我不认为他们应该得到帮助。我要看他们是否值得帮助。”

我问起墙上那张老虎海报。他说那是一个朋友送的。他念出那几个英文字：“You observe a lot — by watching.”他说这句话时舌头不灵光，不顺溜。不过，他似乎给这几个字添了特殊甚至神秘的意义。我问到另一幅画中的湿婆吉加冕礼，或是觐见礼，那是哪一年的事？他不知道。

他妹妹要从这里挣脱。为此，他尚未原谅她。他也未曾原谅她所选择的恋爱婚姻——但他却认为自己选择这种婚姻是意志和个性的表现。他是个硬汉，如今他已永远离不开把他造就成这种人的分租公寓。或许，出于他所倚仗的那一份湿婆军成员的优越感，他觉得妹妹的作为——还有别的种种——不符合体面和正确的老标准。

或许那位妹妹会过得很好，或许她会有办法独立自主，不必依靠家人或家族或种姓。不过，在孟买，有人也正是因此而从缝隙掉入深渊，其中一些幸运的，则会再被冲到像达拉维那种地方。离达拉维不远处，那个在哥哥眼中怀着荒谬至极的期望、会招惹麻烦的女孩拥有一间“有模有样的大楼”里的公寓——几乎可以确定，那公寓是几天前让巴布心情低落的那些单调的“公共住宅”里的一间。

你见过的人和报纸专栏作家都说，印度社会正在“犯罪化”。他们的意思是，在印度办起事来困难重重，因此政党和商界人士只好利用帮派分子来达成目标或提高办事效率：包括防止政治背叛、募集政治献金、逼债、催收口头定下的“黑钱”。

现在，犯罪相当有利可图。帮派像政客那样争夺地盘，这阵的新闻就报道了孟买的帮派火拼。报纸和杂志上所写的这些火并，读起来很像发生在印度许多邦的那种不明就里的政治纷争。令人不明就里，因为政治本身就令人费解：没有原则或政党路线，只有政治人物。人与人之间非敌即友，帮派之间、政客之间的关系随时都在变化。像政治的情况一样，孟买拥挤街头的厮杀也是为了争夺权力和龙头地位。尘埃落定之后，报刊就开始竞相专题报道新当上孟买黑社会头目的大哥。

这位大哥在另一方面也像政客：关于他的报道那么多，访问他的记录那么多（虽然他的老巢不在印度境内，而在波斯湾的迪拜），所有这些文章都如出一辙。像许多公众人物一样，这位大哥已经被报纸定型了，他没有什么新东西可以说了。

我觉得我还是去见个排行低一点的非大哥级的人物比较好，一个不常被访问，生平还没被一锤定音，因此可能还有些话可谈的人物。我并不真的认为能够安排这样的会见——我只是个路过的访客，没有什么可以提供的。不过，孟买的帮派分子爱出风头，而且对以英文写作的人特别有兴趣。他们也想扬名国外。

帮我接头的人名叫阿吉特。有天近傍晚时，我们搭出租车前往达达尔，这是一段快让我变成识途老马的车程。我们下出租车之后走了一段路，穿过傍晚时分的悠闲人群，来到一家电影院旁边的槟榔店。我们夹在闲荡的电影观众之间，在那里等了一阵子，直到有个人向我们打招呼，接着又来了另一个人。我们跟着第二个人走。我们路过几条看来是有钱人住的街道，最后从侧门走进一栋树荫下的房子，一进门，黄昏的余晖就消失了。

这是一栋崭新的公寓建筑。我们进入的一楼公寓被装潢成一派印度式布尔乔亚家具店所展示的风味。在那些优雅的摆设当中，在非常幽暗的天花板灯光下，在一种仍然遵守印度礼节（在前门脱下鞋摆在门内）的氛围里，看着印度人的面孔表达着印度式的欢迎和礼貌，听着用印度英语讲出因为这特殊场合而兴奋的话语：在这当口意识到我跟帮派分子共处一室，很难不觉得奇怪。

小客厅内有六七个人。他们是年近三十的年轻人。除了那位此刻开始谈话的头目之外，他们的面貌跟大家心目中的大学教师或银行职员没什么两样。我们进屋时，这些人之中有许多站立着，他们继续站着。

那位头目独自坐在一张填塞得太满的鼓鼓囊囊的沙发里。他像一个施恩的王子，要我坐在他旁边。他肤色黝黑，嘴部线条优美，下唇厚实、有弧度，眼睛大而明亮，眼睑轮廓清楚，这些正是某些拉其普特[1]宫廷艺术家所着重刻画的面部特色。

我却不知道该跟他谈什么。原先我以为只会见到一个人，没想到整个房间都是人。阳光突然消失，变成天花板上灯泡的幽光，我必须用力

①印度北部刹帝利种姓之一部，属于武士阶级。

瞪视才能看清，这让我感到不适，也就更加乱了方寸。

无论访谈的内容为何，我总是希望按部就班慢慢来，小心地触及犯罪和帮派的问题，一点一滴搜集我的资料。但是，从头目的话可以清楚听出，他想单刀直入。他想马上谈正在进行的帮派火并，以及他所属帮派和他那一票弟兄的地盘。问题是，我对孟买的帮派所知甚少。我对重要人物、敌对势力和出名的战斗一无所知。因此，头目这开门见山的一番话实在是对牛弹琴。

他似乎终于看出了我的问题。他应该觉得失望,只是没有表现出来。他换个方式，开始告诉我一些基本的东西——他认为我要写的应该只是简介式的报道。他说，他知道早晚会死在警察枪下，我觉得他希望我在报道中引述这句话。然后，犹如向一名新手记者透露他认为这种记者所需要的耸动新闻材料，他告诉我他这票人所干的坏事。

他们搞一点收保护费的营生；干这种事时，他们的“同伙”是摊贩。他们也当开赌局。最近，他们开拓了新领域：他们为某个政党干了一桩绑票案，在学生联合会选举时绑架了另一政党的学生领袖。他们有一项收入不错、规模越来越大的行业：劝告人们出让享有租金管制的地契，把土地或建筑物腾出来作再开发之用。他们也干了几票“饼干”窃案——“饼干”是熔成一小块一小块的黄金，人们常常把不当收入换成这种小金块。干这种窃案还真有意思，因为失主不会去报案。偷饼干并不难，你需要的只是情报，而你可以从警方处得到很好的情报。在他们年轻一点、孟买的人们还不像今天这么有钱的时候，他们曾经做过电影黄牛票生意。做这种生意可真不赖：卖座电影上映时，你把所有的票都买下来，然后再由黄牛高价出售。不过，那是过去的事了，现在已不值得去做。有一件事他们是不干的，那就是受雇杀人；他们不能无缘无故杀人。

他以透露秘密的模样告诉我这些。他在填塞得过满的沙发上倾身靠近我，压低声音谈着。他像个介绍业务项目的生意人般谈着他的规划。他不太移动，也没有做什么手势；他的声调平稳；只能从他的眼睛里看到精力和狡黠。

房间里的其他人并没有静下来。他们时不时走来走去，从加装铁条的窗子望向外面。路灯的光现在就照在窗外的树上。有人吹了两三声口哨。接着——这是印度人的礼貌——一个人走进来，带了几瓶招待客人的冰可乐。

我看着这位头目黝黑端正的面孔，对他越发感到困惑。当然，他是在装腔作势：他那沉着的神态，他那平静地透露秘密的模样，他那毫无手势的言谈，这些都是故意装出来的。虽然有时候他的话听起来有点幽默，那可不是他的用意；他的话没有拐弯抹角；他所信赖的是权力和拳头。

房间里的另一个人也开始让我觉得不对劲。他一直站着，保持警戒，有时往窗外瞧瞧。他有一只手包了纱布。原先，我在他脸上看到教养和印度人的谦恭，后来，他的面容似乎变得空洞，令我难以意会。他或是婆罗门，或属于只低了一点的种姓。他走入了歧途。

现在我得知，他那只包扎起来的手被另一帮派的人砍了一刀：那是目前正在进行的帮派火并的一部分。头目谈着那次拼杀时，那人把纱布拆开，展示可怕的伤口和扭曲的手指：无论意志多么坚强，皮肉仍然只是皮肉。

“他没事，”头目以他平稳的声调说，“维塔尔没事。那只手还可以拿刀。”

我也不必为那伤口担心：这次被砍伤的仇已经报了。报仇的人是头目自己。有一天，他坐在附近一家餐厅——不是 ho-tal 那种小馆子，而是一家帮派分子常出入的既上道又著名的餐厅——正好看到外面车子里坐着那个下手砍伤维塔尔的人。他跑出餐厅，然后——就这样，完全没有考虑后果——向车内那家伙开枪。那人跪了下来，哭喊着，抱着头目的脚求饶。(他是这么告诉我事情经过的：那个下手的人一下子在车里，一下子又在车外。）头目放下枪，改用刀子（这样他所说的故事才会前后一致)，开始对跪在地上那家伙的肩膀下刀；他一而再再而三地砍下，但刺得不深。他对那人说："你在哭。我现在不用杀了你。你在哭，抱着我的膝盖。我又何必杀你？"

讲故事时，头子把那几句话重复了两三次。他一直没有做多少手势；现在，他却在模拟他砍那个跪在地上的家伙肩膀的短促、重复的动作。

那报仇的一幕和那个下手者抱着头目双腿的情景可真让他们一群人得意。维塔尔和另一个人附和着老大所说的话，大家都强调后来的结局。那件事过后，下手的那家伙就不是人了。他变成了笑柄；没有人怕他；他被帮派除名，目前在孟买默默无闻，没人理睬。

"维塔尔没事的，"老大说，"那只手没事，还可以拿刀。"接着，犹如我们是同事，而他正含蓄地跟我谈着我们都知道的事（也为了解释他故事中的疑点)，他说："我喜欢用刀。比较稳当。用枪比较拿不准。你开枪，以为对方死了，但子弹只打到肋骨。"

他又告诉我另一个故事。他们曾经在某个圣诞节那天到敌对帮派所办的丧礼中干了一场。他们带了刀过去，对方没有防备。在其他吊唁者还没搞清情况之前，他们就砸得不可开交。

除了屋内灯光那么暗以及人那么多之外，一开始就让我惊慌失措的事情之一是——或许因为我误解了阿吉特所说的一些话——我误以为这些人是穆斯林。接着我才发现，他们是印度教徒，他们之间有那种独特的集体情感。

到目前为止，大多是由头目开口说话。当我问到帮派中的穆斯林时，却轮到维塔尔回答。他说，他不信任自己帮派里的穆斯林，不喜欢跟他们在一起办事。穆斯林帮派分子来自贫穷地区，屋子里他们这一伙则是"中产阶级人士"。他们来自达达尔这个中产阶级郊区，就像盖瓦斯卡尔、巴提尔、夏斯特里那几位印度板球巨星一样。这时，维塔尔面无表情地看着被砍伤的手，再慢慢把它包扎起来，仿佛开着老玩笑般说："跟喝的水有关系。"

维塔尔和其他人说，那些穆斯林会犯罪是因为他们追求的目标较低。穆斯林实行一夫多妻制，家庭成员很多。然后，出于一种奇怪的弱者的自豪，房间里这些人说，穆斯林帮派分子在其社群中是英雄人物，但像他们这种印度教徒帮派分子则只是被唾弃的人。

尽管被唾弃，他们仍然是虔诚的教徒。他们自认为得到一个庙宇的女神——作欢母——的保护。她是权力女神难近母或时母的化身。

头目以全然严肃的口气说："她是代表善良战胜邪恶的女神。"

他们是虔诚的教徒：这是他们要别人知道的。他们遵行盗亦有道的法则。譬如，他们绝不会去骚扰穷人。

头目说："如果你干了那种事，穷人会诅咒你。遭穷人诅咒是很严重的事。"

他们每个晚上都睡在不同的地方。他们有安全的藏身之处，我们目前所在的房子便是其中之一。他们都不知道别人睡在哪里。每天，他们在不同的地方见面。他们有联络的方式。每天早上起床之后，他们就等待消息——关于帮派火并的消息，关于某几件案子发展情况的消息。头目说他最近结婚了，嫁给他的女孩对帮派充满刺激的生活着迷不已。

我们离开之前，头目向阿吉特要了十五份某天的报纸。那天的报纸上有一篇关于他或是提到他的文章。

他很看重那种上媒体出风头的机会，那是他打入外部世界的途径。作为一个印度教徒罪犯，他依然深信着他的宗教，依然把他的某些自豪建立在印度教徒社群之上：这样的他可真是迷失了。对他、维塔尔及许多其他人，事态相当不乐观。他们摆脱不了目前的生活，他们无处可藏。想要那样的话，他们必须远走高飞，前往印度另一端，离开帮派的势力范围。他们每个人现在都背负着罪案。头目对自己的预言也适用于他们所有人：他们都会死在警察枪下。

阿吉特和我再次走上街道时，夜幕已经低垂。住宅区街灯的黄色光线照在树上，投下幢幢阴影。主干道上货品充足的商店和摊子有明亮的灯光。根据我们先前听来的说法，这些摊子有的受到保护，这让你觉得眼前的景象有点不同。

我们刚见过的那些人几乎以拍电影的态度来看待他们的角色，他们也可能以某些电影明星为模仿对象。在他们面前听着他们谈话时，实在很难完全相信他们所说的。你所听到的很像是有关帮派、犯罪、谋杀的电影或书中的情节。他们是在吹嘘。不过，按照阿吉特的说法，他们所说的大部分是实情。房间里那几个人一共背负了八条人命。手掌被砍的维塔尔特别凶残。

他们可全都会没命。位居高位、被报刊称为大哥的帮派分子可以摇身变成政治名流；他们会得到政党和影坛的青睐，他们可以把钱投资于电影拍摄；他们可以跻身孟买的镁光灯下。但是像我们刚见过的这些处在下层和中间的人都注定完蛋了。

他们从小就开始犯罪。阿吉特说，他们在孩提时会被住处一带著名罪犯的风光所吸引，那些人可能会到饭馆吃霸王餐，到水果摊上拿走水果而不付钱——这些是很拉风的行径。孟买让人想在某些方面拉风，我们刚见过的人就是为了像这样拉风而甘愿丢掉性命的：这种心态带着几分对圈外人的悲悯，这种拉风的模样似乎表露了这座拥挤城市的困窘和紧张——每个人都想要拉风，安瓦在他的聚居区中感受到了这一点，戈提先生的妹妹在她的分租公寓里也感受到了这一点。

帮派分子到作欢母的庙宇献祭。戈提先生的妹妹虽然因为违反习俗为爱情结婚而被逐出家门，她所嫁的却是位阿育吠陀派医生，也就是满腹传统知识的人。不管传统仪式在都市里要做多少变更，还是有许多人举办。孟买市里对懂得仪式的人有需求。

那位执行仪式的专业祭司就是因此来到孟买的。他来自马哈拉施特拉南边的那个邦。他属于由齐特拉普尔萨拉斯瓦特婆罗门所构成的祭司团体。更准确地说，他来自侍奉一座著名庙宇的七个祭司家族之一，这间庙宇所供奉的神祇已经被膜拜了三百多年。

可以说，这位祭司是在静修所里长大的。他的父亲是祭司，祖父也是——他能追溯的先人仅到这里。祭司在十岁时丧父，不过他成长于一个大家庭，就由叔伯传授仪式程序和经文。

出身祭司家族让你在社群中拥有身份地位，但不意味着你会有钱。在庙里任职的祭司收入很少，小男孩也从未去外地度假。他的童年几乎完全在庙里度过，他在那里只会学习涉及宗教方面的知识。学习阶段快结束时，镇上开设了一家非宗教的现代化学院，不过他也只在那里读了一年书。所以，他可没受过多少现代教育，当他必须工作赚钱时，也没有什么现代行业是他可以从事的。

跟他父亲和祖父一样，他只能做祭司。那可不是容易的事。七个祭司家族——都是大家族——出了不少祭司，他们根本无法全部在地方上找到工作。更糟的是，当地许多萨拉斯瓦特婆罗门社群的成员都搬去孟买了。

年轻的祭司决定跟随他们，到孟买看看有什么发展。孟买不是个欢迎外人的城市，但祭司运气不错。他在城里有个姑妈，就在她那边住了一年。不过，这可不是长久之计，因为他姑妈有个儿子已近成婚之年，婚后就会把新娘带回来，祭司必须住到别的地方。还好，一时之间总有个栖身之处。

工作的机会也有了。由于祭司出身的乡间庙宇在社群里颇有名气，而且实际上由于去过那里的人都对祭司的家族有所了解，也由于孟买有人在祭司小时候就认识他，所以他不必——譬如像一位新律师等案子那样——苦苦等着人家来请他去为新公寓做乔迁或辟邪仪式。他一来到这个大都市，就马上替人家做了一些仪式。

当时他才二十四岁，是个害羞的年轻人，仍然一副乡下模样，未脱庙宇习染。在早期的那段日子，当他替人家做仪式而被问到费用时，他总是撇开钱的问题，告诉他们随意就行。人们就因此占他便宜，只是一开始他并未料到这点。他发觉之后便决定定下收费标准。如果他让客户自行决定付多少钱，有时一场婚礼只会收到区区三百五十卢比——要知道，一场婚礼下来，他常常得念经长达六小时之久，同时还得做许多繁复的事。现在，他替人做婚礼仪式的固定费用是一千卢比，对此可没有人抱怨过。

他就这样在孟买安顿下来，在他那一行树立了名号。大约一年后他姑妈的儿子结婚时，祭司已经有能力搬到别的地方。他成了一名“付费宾客”。这是孟买特有的做法，情况如下：他在别人家公寓的房间或夹层里租一个睡觉的地方。这对他就足够了。

他发现，在孟买作为一位祭司，他拥有一些优势。孟买总共有五位来自他那个社群的祭司，其中两位年纪较大，第三位则在孟买师从其父。我们这位年轻祭司可以说还留有庙宇的原味，因此老派或保守的人比较喜欢他。只有一位祭司比他年轻。

孟买还有第六位祭司。不过，他那么出名，地位那么牢固，作风那么气派，而他的仪式做法也那么现代化，应该把他当作另一类型看待。这位祭司为了适应孟买生活的步调，把旧仪式做了大幅修改，以至于可以在三个半钟头内念完通常需要六个钟头的婚礼经文。这位祭司已经六十三岁了，因为念经的速度而被称为“电力祭司”。他也把某些仪式所念的经文录成录音带，然后卖往海外的社群——主要是波斯湾几个产油国家里的。据说，一卷婚礼用录音带要价一千卢比，较短的仪式所用的录音带则相对便宜些。根据人们的说法，他在这方面做得非常成功，因此他跟太太（一位银行主管）得以到伦敦和美国度了一段长假，甚至在假期当中——真是一事成功，万事顺遂——电力祭司还替人办了三次婚礼和三次入法礼。目前他在孟买的地位相当重要，已经成为湿婆军的领袖之一，他也出资拍摄了一部马拉塔语影片。

年轻祭司这样形容电力祭司："他是个有经营头脑的家伙。"不过，年轻祭司不想跟这位老名人竞争，他不想录制仪式用录音带。他照老办法做仪式，这让他觉得很妥当。他认为还是有人喜欢这种方式的。由于孟买的交通情况——他每天来往各地可能会花上数个钟头——他一天顶多只能做三个仪式，那对他而言就足够了。

他平均每个月有一千卢比的收入（这是平均数：婚礼并不是每个月都有），对此他已感到满意。另外，他还可以拿到馈赠的食物：仪式中作为供品的大米、椰子、水果、豆类等等。献祭者摆的供品总是非常丰盛，其中一部分在仪式中用去，剩下的便由祭司带走。就这样，每天从这户人家转到那户人家（像耆那教牟尼在交通拥挤的孟买到信众家里乞食那样），我们这位祭司应该会觉得，在远方那间庙宇度过贫困的日子之后，如今他在孟买又找到了安身立命的地方。

现在他是个矮小甚至有点俊俏的三十岁男子，身高只有五英尺多一点。他面貌可亲，留着小髭，肤色跟他所属社群的其他成员一样浅淡。他穿着白色衣物。他的缠腰布有淡褐色的边饰。他戴着一串檀香木珠做的项链，用一只白色尼龙购物袋装着随身物品。他的声音跟他的微笑和眼神一样轻柔。他表现出婆罗门安详和善的典型模样：看起来，他就像他自己所说的那样欢喜无忧。

他关于仪式和食物馈赠的话——还有那只显然是用来装供品的尼龙袋——勾起了我的一些回忆。我小时候在特立尼达，祖母家那边时常有仪式进行，总有人在念诵经文或史诗。这些仪式和念诵倒并没有让我们体会到我们是什么样的人，反而更让我们明白我们在特立尼达是有别于他人的一群人。这些有时长达数天之久的念诵，使用的是一种我听不懂的语言。在我记忆中，这些事随节庆假日而来；它们在进行当中还不时——在仪式的某些阶段，当人们把净化的奶油和红糖放进献祭的火里让它烧得更旺、更香甜的时候——伴随着摇铃、吹螺和击钹的声响。

这些场合让我对宗教专家所享受的特别待遇留下了深刻印象。他们是这些场合里的主要角色，大家必须无微不至地款待他们。你得铺最好的毯子或床单让他们坐，得把最好的食物留下来，在仪式结束时毕恭毕敬地侍候他们吃。然后，当宗教的时刻已过——或者可以说，已成灰烬——而专家们也已不全然是舞台的焦点时，他们可以悄悄拿走大家丢进附有装饰的祭坛上那盆圣火里的铜板，他们也可以拿走燃烧着樟脑（圣火的象征）的铜盘里的铜板，那是先前铜盘在观礼者之间传递时，大家投入其中的：你把铜板投入盘里，手指在樟脑火焰上拂过，然后再把手指按在额头上。

对我来说，这些是久远的记忆，几乎可说是前尘往事。可是在这里，在一个意料不到的场合里，它们却是鲜活的。我是在南迪妮的公寓见到那位祭司的。南迪妮是一本广告杂志的记者。她跟祭司属于同一个社群。她自己不信也不需要仪式那一套，但她的家人似乎有时还会请祭司来帮忙。她的公寓位于达达尔，是一栋公寓建筑——共四层，每层十户——里面的一间。我们所在的是高层的公寓，这是够体面的孟买中产阶级公寓，有阳台，里外各一房。

我一边在脑海里回想着小时候在看到钱从祭坛上微热的灰烬中被耙出、燃烧樟脑的盘子内有点烫的铜板被拿起时所感到的兴奋，一边问祭司他社群里的人是否也把钱投入燃烧樟脑的盘子。他说他的社群里并没有这项习俗。不过，在传着圣火的当口，来自社群之外的人有时会把钱放到盘子里。于是，为了不失面子，社群内的人甚至也会跟着做——

而这些钱都是他的。

他向我谈到他成长其中的那间庙宇兼静修处——或称为“马特”——所供奉的神祇。那位神是作怖。他是谁？湿婆的朋友。他有什么属性？从祭司的反应看来，他似乎觉得我在考他。他说，是死亡之神阎摩的化身。

他说：“你向他祈祷，让灵魂得以安宁。”

“那不是基督教的观念吗？”

那跟基督教的观念不同。他似乎对基督教的观念一无所知悉。他轻柔地说下去，带着微笑，眼神明亮，南迪妮在一旁翻译。

“我们社群相信，人的灵魂——就是‘atma’——会跟神结合在一起。”他毕竟是一个祭司，仪式的执行者，而不是精神导师、哲学家或宗教领袖，因此他几乎立刻就向我大致描述了丧事中必须做的仪式——这次，他仿佛又觉得他在回答考题。“人死后第十四天要办一场仪式。事先必须备妥种种供品，除了死者喜欢的食物之外，还要加几样。然后还有繁复的祭拜过程。祭拜过后，要把所有供品都摆在一片大蕉叶上，留在屋外。大家等着乌鸦前来啄食大蕉叶上的东西”——印度的乌鸦相当贪婪、敏捷、机警——“如果它来，就表示灵魂已经跟神结合在一起。”

他在庙宇里所学的就是这类东西。那是繁重的课业。办丧事时有仪式，得子时也有仪式。

“有一种给婴儿做的仪式。做这仪式时必须参考《五部经》。那是一本古经，现在有印度各种语言的版本。你查阅那本书，替婴儿算命、取名。这是印度教徒普遍的做法，不限于我们这个社群。我必须学习这一套以及所有其他仪式的细节。假设你搬进一间新公寓，那么你就必须为那地方祛邪。新公寓得保持洁净，因此，你同样必须完成一套相当繁复的仪式。小孩到了八岁时要举行入法礼。当然，婚礼中也有仪式，前后六个小时，祭司要从头到尾念经。”

我想知道仪式细节是绝对固定不变的，还是祭司之间对此有争议——

就像在多年前的特立尼达，宗教专家存在争议，而有时只是为了鸡毛蒜皮的小事：譬如，印度教徒的正确问候方式应该为何。

祭司说：“近来，祭司已经开始使用快捷的方式，特别是做婚礼仪式的时候。他们认为六小时的仪式太长了。”他不喜欢捷径。“那样做毫无意义。我觉得，一旦你开始走捷径，一切就都泡汤了。”

这是另一个问题。那套几千年来层层累积而成的、复杂的印度教神学，到底有多少成分已经在孟买泡汤了？我在特立尼达时只跟印度隔了两个时代，却已经对印度教神学的许多部分一无所知——倒是印度教史诗还令我陶醉。后来，我才从艺术史里得到一些片段。失掉其环境与土壤之后，印度教神学似乎就随风而逝，一如过了几个世纪，它已经从爪哇、柬埔寨和暹罗文化里消失：当年促使人们去修筑吴哥窟的激情及信仰体系，如今不可复得。

祭司说，他一向都会仔细解释他所念的经文。他也买了几本雅利安社[①]出版的书。雅利安社是推动印度教改革的组织，本世纪初期较现在更为活跃。雅利安社出的书解释了他所进行的一些仪式的意义，让他能向信徒解释得更为清楚。他自己是否有时会弄不清楚那套神学？

“我的成长过程中一直没有离开它。它是我生命的一部分。”

“作怖，湿婆的朋友，阎摩的化身。这些本身就是难懂的概念。摆在一起，它们显得更加晦涩了。”

他再次说：“你向神祈祷，使灵魂得以跟神结合在一起。”接着，谈到不同的神祇，他说：“每个人都以不同的方式去理解神，在我们的马特里，我们把他看作作怖。这间马特已有三百年历史，这位神也已经被供奉了好几个世纪。”

“那边的神是否跟巴里的象神欢喜天很不一样？”后者是巴提尔先

---

①又译为圣社，其宗旨是要把印度最古老的经典吠陀重新确立为神启真理。

生所信的神，他赐予信徒好运和信心。

祭司说：“在我看来，所有的神都一样。事实上，象神欢喜天是我最喜欢的神，因为他是知识之神。”

“那不应该是辩才天女吗？”

“象神欢喜天的别名是智慧之神。一牵涉到神，就学无止境，深究下去总是有新的收获。你一旦进入祭司这行业，便不会想离开了。我以此为生，但同时我也通过它不断追求知识。这些年来，我的信仰持续增强，已经到了颠扑不破的地步。如果我从事别的工作，譬如说在银行工作，那么事情可就不一样了。”

祭司的弟弟在银行工作。这位弟弟也受过祭司的训练，不过他同时也曾在当地的学院求过学。祭司说，这是属于祭司阶级的年轻人现在的选择，他们纷纷避开传统行业。例如，有一位在那间庙宇受过完整祭司训练的人，目前在孟买机场附近的一家旅馆当会计。年轻一代不想干祭司这一行。祭司并不责怪弟弟到银行上班。并非每个人都有相同的信仰。纵使他弟弟先前决定到孟买来做祭司，他也很难在孟买找到住处。

“你弟弟在银行的收入有多少？”

“每个月一千两百卢比。”

“跟你赚的差不多。”如果把祭司每天受赠的食物以及布料之类算进去的话，他弟弟的收入可能就少多了。

祭司说，当初，他会因为未能到庙宇所在地的学院好好求学而感到抑郁不安。他常常担心生计会有困难。不过，他已不再为错过的教育而伤神，特别是因为他现在收入几乎跟弟弟持平，而后者还读完学院，进了银行呢。有时候，好意的人会劝他兼做点现代行业以防万一。纵使他的收入几乎不下于弟弟，在孟买还不算高。

“但是，”祭司说，“你去求职时人家开口就问：‘你上过大学吗？有没有修过这门或那门课程？有没有什么工作经验？’因此，我最好还是待在这个行业里。”

“你这么说就好像是找过其他工作。”

“没有。倒是看过许多大学毕业生找不到工作待在家里。”

纵然他不想找个副业，他一定也已经发觉，在孟买市里来来去去将会越来越麻烦，从一场仪式转到另一场仪式将耗掉他越来越多的时间。那么，为了未来着想，他不是应该盘算盘算，准备去做点电力祭司所做的那种事？

他的回答让人觉得他似乎考虑过这一点。“我不认同那种做法。”他指的是把念诵的经文录在卡带上。“你光忙着按快进和快退就够瞧了。”这两个词是用英语说的。“你注意力无法集中，仪式的目的也就完全落空了。”

我说，庙宇和静修处里的祭司或许日子过得穷，但仍不失尊严。甚至到了今天，在孟买过着祭司的穷日子大概也无损体面。情况是否会永远如此？孟买随时在变化，现在大家比过去有钱多了。作为穷祭司，他是否有被人看轻之虞？

“让别人享受财富吧。我有的是心灵的平静。”他笑着说，事实上他过得不错。现在，他不是付费房客了。他刚为自己买了一间公寓，是孟买人所谓的“一屋一厨”，一间像我们正在其中交谈的这种公寓。面积是三百九十三平方英尺，房价七万五千卢比。

我做了一番简单的计算。他到孟买已经六年了，而他说每月有一千卢比收入。那么，那套公寓的价格比他六年的全部收入还要多。他是不是贷了款？

他和蔼笑着说：“没有。用储蓄买的。”

储蓄！这样说来，他大体上只靠着作为祭司所得到的馈赠度日，为人家做仪式的收入则几乎没有动用。

他说：“我是分期付款的。因为我是祭司，建筑商给我特别通融。

他是我社群里的人。”

“在孟买没多少人有那种运气。”

他只简单地说：“我把那当作神的恩宠。”

接着我又得知，他甚至已经有了成家的念头。嫁给他的女人不会太好过，因为他得整天在外头忙着仪式。因此，他心想最好有个——他用英语说——有工作的妻子，这当然可以减轻他的负担，同时对于我可能显得相当关心的那个生活层面有提升之用。

他有没有什么娱乐？

这问得有点偏。在他看来，工作和娱乐没有区别。他是祭司，他是神的侍从，这无关乎劳动和工时。不过，这会儿他还是思索了起来。想着想着，他那双温柔的黑眼珠露出聪慧的笑意。娱乐，娱乐——什么算得上是娱乐？

他说：“我喜欢为神坛做些装饰。”

他总是往内看。这可要怎么说——我们是在孟买，一个有许多宗教、种族和冲突的大都市。他怎么看待这个都市？就说吧，当他看着印度门和泰姬陵酒店附近的观光客时有什么感受？还有那些拥挤的人群，穿着祭司服装的他在他们当中几乎免不了会特别显眼，他又有什么感受？

“我没什么感觉。我有工作，那就够我忙了。我没时间到别人家走动，我没时间瞧这瞧那的。”

他到孟买已经六年了，在预见得到的未来，他还会在这里待下去。虽然如此，齐特拉普尔萨拉斯瓦特婆罗门社群的领袖是他至今还尊敬仰慕的唯一的人。

他往内看，心平气和，把其余的世界隔离于外。或者也可以说，他让别人去打理这世界。这并不是他社群里其他人的态度（他们有些已经搬到波斯湾区，生活在穆斯林之间），不过，这却让他成了一位好祭司。

苏布洛托来自孟加拉，在孟买任职于一家广告公司的美工部门，由于为自己买或租一套公寓是遥不可及的梦想，他在这城市里只能知足地做一名付费房客。有天下午，苏布洛托带我去见他的一个朋友，一个时运不济的电影编剧。在孟买，时运不济可真就是时运不济。就这位电影编剧来说，他几乎已经沦落到跟他的电影所面向的观众同样的境地——这些人（如编剧自己后来在访谈中所说）蜂拥到热烘烘、脏兮兮的电影院里，从银幕上寻求慰藉。

编剧住在孟买中心马希姆区的一栋公寓大楼里，地点靠近一个散发着腐烂臭味的蔬菜市场。这栋公寓大楼每层十户，跟南迪妮所住的那栋一样，不过整理得没有那么好。苏布洛托和我沿着水泥楼梯往上爬时，我们从敞开的门瞥见小房间里杂乱的东西，也看到有人躺在床上或地板上午休。身处在这里的整体氛围中，我的想象力不免蠢蠢欲动，想把这些身影和姿势编排成较凶恶的情景。

我们抵达所要前往的楼层，然后沿着午后艳阳照射下的阳台或走廊走到一间刚刚刷过漆、几乎空无一物的房间。阳光斜射进这房间，投下影子；房间里靠着相对的两面墙各有一张床，另外有两把折叠椅；挂在一面墙上的三只编织篮算是简单得不能再简单的装饰，让这里有那么一点点家的感觉，或许也流露出一丝孟加拉的风情。在这些清爽的摆设——几乎像即兴使用的舞台道具——构成的场景里，有我此行要拜访的作家：穿着白色孟加拉服装的高瘦男子，四十多岁，容貌英俊，神情尖刻，看得出心中压抑着一股愤怒。我马上对他产生了同情。

片刻之后我才想到，这个如此简朴整洁的房间应是为了我们来访而特别清理过了。这是公寓里唯一的房间，两个人在其中作息。在挂着帘子的门的另一头，连着一块做饭的地方。

作家说："我是在加尔各答上学的。我老是回想起那地方。在心理上，那是我的故乡，那是让我感到愉快的地方。在那里，我觉得随时都有新玩意儿，我也在那里立志成为电影编剧。电影编剧的日子不好过——这我可知道，而且我还先当了十一年的成本会计师。那段日子正是印度想要转变成一个大工业国的时候。国内许多地方都在大兴土木，我就在建筑业里做成本会计师。我的工作地点调来调去，到过全国各处，常常待在荒凉又空荡荡的地方。我变成了流浪客，直到现在还是如此。

“在一个晴朗的日子，我就那样抛开了我的工作。事情是在这里、在孟买发生的。我随公司来到孟买。当时是六十年代晚期，孟买正在大规模工业化。我在这里离职，然后参与了许多戏剧界的活动。我在建筑业的那段日子，闲时读了不少东西。在我们所到的一些地方，根本没有别的事可做。我到了孟买后，发现这里的朋友——先前在别的地方认识的——有许多是戏剧界里的人。

“到了七十年代，许多戏剧界人士变成了电影界的人。政府设立了电影投资公司，有的是钱让你用。因此，我许多朋友从那里拿到钱，加入阵容，拍了不少好片。可是这些好片后来并没有发行上映。它们在研讨会放映过，在影展里放映过，也有不少长篇大论探讨它们。可惜的是，由于没有在院线放映，一般观众从未看过这些电影。

“让我告诉你离开建筑公司之后我怎么过日子。我跟两个朋友住在一栋高楼的屋顶上，就在水塔下面那个地方。我们贿赂守卫，就那样住了一年。城里最好的观景点，还是免费的。那是一九六九年，我二十七岁。我们唯一喝得起的是乡下的烈酒。跟守卫的约定是这样的：今天晚上我们带一瓶来，明天晚上他带一瓶来，如此轮流下去。结果是，我们在那屋顶上变成了酒鬼。没别的办法。守卫每个晚上都不放过我们——有约定在先。

“守卫来自尼泊尔，他跟我们说了当地一些可怕的事情。他告诉我们，他从故乡的村庄走了二十七天才抵达印度边界，一路上挨着饿。他来这里找工作。第一次拿到工资时，他到餐馆大吃了一顿，吃得闹痢疾。

他喝醉后常说：‘每个人都该枪毙！’我们同意他的话。

“我们会编故事，想写电影剧本。后来我们一位朋友弄到一笔钱，拍了一部电影。剧本由我们三人合写，电影上映时，我的名字却没有列在制作人员中，这是我在艺术电影方面学到的第一课。我们相当意气用事，没有去跟导演大闹一场，反而告诉他，‘我们不会再跟你合作了’。他才不在乎呢。

“我再说说如何转向商业电影。

“那时候，旁遮普的村民大量集体外迁。他们之中有许多通过蛇头偷渡到英国，没几个持有效护照等证件。商业电影界一位非常出名的演员表示，他想拍一部关于这些印度移民的电影。那位演员非常出名。事实上，他正处于生涯的巅峰。

“当时我已经离开高楼屋顶和那个尼泊尔守卫，住到供餐的宿舍去了。我跟另一个人同住。我们在那段日子从来不曾独住一房。我的室友正好在替这位名演员工作，而这位演员正在物色一位有脑筋的年轻人。这里你又学到了别的东西：他们总是在物色有脑筋的年轻人。显然我对上了号。我够年轻，那位名人也认为我脑筋够好。

“那时候我唯一别的选择是重回建筑业。波斯湾地区当时正开始对外开放，原来雇用我的公司威胁着要把我派到那边去。实际上，我跟那家公司的合同还未到期，离职——为了脱身当个无拘无束的作家——时，我的义务还没有结束。

“消息传到那位名演员耳中，这位大人物要我去见他。他的办公室在圣克鲁兹，离机场不远。圣克鲁兹部分是有钱人住的地方，部分则是很脏乱的贫民区。演员的办公室已经变成贫民窟的一部分。自从三十年前他在那里盖了办公大楼以来，草木绿地已经消失，取而代之的是贫民窟。到处都是贫民窟，在其中则是这栋破旧的办公大楼。我发现大楼的内部跟外部情况有天壤之别——装潢豪华，铺了地毯，还有中央空调系统。跟外面完全扯不上关系。我走进了一家造梦的工厂。

“办公室很大——大得不得了。我必须先走过两个房间才到得了演员的私人套房。那也是很大的房间。让我惊愕的是墙上的书。我看到一套三十卷的诺贝尔文学奖得主作品集，对面的墙上摆上了《大英百科全书》，另外还有精美的地球仪以及关于动物花卉的昂贵的大部头书。所有所谓西方电影经典的剧本摆在另一头，其实，就在他头上。

“他开始谈那部关于印度移民的电影，告诉我剧情大纲。我说……”

我插嘴问作家：“大纲的内容如何？”

“两行，只有两行。我说：‘点子很不错。’他眼睛亮起，看着我：‘这话说得很对。’

“我来告诉你一点这位名演员的事情。他一直保持着年轻的模样，就连现在也一直保持着。那时他大约五十岁，也许五十一或五十二。

“‘好吧，’他说：‘我们来安排一下情节分段。’”

我问：“他马上就要？”

“他立刻要。这是我在这新课程里学到的第一课——怎么写商业电影的剧本。

“我相当兴奋。穿过外面的贫民窟回家时，我心里想着，这是我碰到的最好的机会了。我回到宿舍。那屋子位于孟买最脏乱的贫民窟之一里头——那些最脏乱的所谓渔村之一。那天晚上我彻夜赶工。幸好我的室友是旁遮普人，知道那些移民的情况。从他口中，我对他们的特点有了一些概念。我写了几场戏。

“隔天，我把这些带到办公室去，演员在我面前读了那几场剧本——四场，共七页——然后，他拍拍手说：‘太棒了！我来读读这几页。我会拟几条戏路，明天我们再谈。’

“到了第二天，他说：‘我全想好了。’接着，他花三个钟头向我讲了一个故事——原本应该是我们一起构想的电影故事。那真是可怕。故事根本没有涉及村庄或者移民的屈辱。它跟其他所有商业电影的情节一样，内容是间谍、枪战和帮派。糟糕透顶。

“我就那么看着他。这时我脑中突然闪过一个念头：‘如果我告诉他这故事很精彩，我就有工作了。’因此我告诉他：‘这故事很精彩。’他当下就付了我一笔钱。那是预付款。我们也签了合约，条件对我相当不错。那天早上他付了我五千零一卢比。那多出的一卢比是依照了印度习俗。纵使数额是一百万卢比，人家也会多给你一个卢比。这是为了讨吉利。不过，实际上我认为，那一个卢比是因为我说故事很精彩而得到的报偿，其他的五千卢比则是因为我幸运地想到应该把那话说出来而得到的报偿。我就这样想：‘继续说故事很精彩吧。’

“花了两年才把电影拍完。我什么都没写，半行也没有。你要我对什么发誓都可以，我真的半行都没写。我只是每隔一天就去听他胡扯，不断地说：‘太棒了！’

“我只是对他唯唯诺诺就月入一万卢比。每个人都对他频频称是。这位大人物活在一个很奇怪的世界里。如果你是明星，你就会活在一个很奇怪的世界里。你会构建出一个世界，其中每个人都对你所说的话唯唯诺诺，胆敢违逆的人就会被逐出那世界——而且永远回不去。那种摒弃很像耶和华的报复之类的事。他们活在这个世界里，跟现实、观众或观众的品味都脱节了。这是那么多影片没有票房的原因。而影片不叫座的时候，总是有替罪羊。

“他会叫我前往他的办公室，名目是去讨论电影剧情，但我只是听他说来说去，谈着他准备拍摄的精彩片子。这些人啊，他们的脑袋就像里头有水在沸腾的水壶。我洗耳恭听，短则两个钟头，长则七八个小时。这可持续了两年。

“那部电影上映了。我名列制作人员名单，但我对你发誓，我没写任何东西。因为根本没有写出来的剧本。我学到下面这一点：用交谈中东拉西扯的东西就可以拍出电影。事实上，他们根本看不起作家。他们认为编剧的工作是谈话——谈场景情节，而不是写作。这样，他们不必阅读就能够对电影场景有概念。在电影界，阅读是没人会做的事。作家是异数。

“他们谈故事，他们谈场景。纵使你把场景写出来，他们也不会照着做。他们在剪辑和拍摄时都会做变更。这里的演员都自以为是作家。哪天有什么演员上场了，如果他够大牌的话，也会改变剧情。

“这是一九七二年的事。我当时三十岁，每个人都认为我是有脑筋的年轻人——直到那部电影上映。那片子砸了，几乎毫无票房。我又学到了另一个教训：电影不卖座时，总要由编剧承担责任。”

“那片子花了多少钱？”

“将近九百万卢比，真是不得了。他们盖了大房子来拍村落的场景。那些地方恐怕连大公都住不起，在电影里却是乡村小屋呢。男主角是一名失业的年轻村民，为了缝制他在片中所穿的衣服就花了十万卢比。他就穿着那些华丽的衣服去求职，老板告诉他：‘这工作不是你做的。’说这句话的人——扮演工厂老板的人——可只是个临时演员，当年一天只能赚三十卢比。他只穿自己的破旧衣服——因为你不必为临时演员提供戏装。

“我从头到尾都受不了。我恨自己参与了这部片子。”

我对编剧说：“但你知道印地语电影是什么样的。”

“算是知道，也算不知道。我看过印地语电影，但不明白它们实际上是如何拍摄的。现在，它们还是以同样的方式拍摄。怎么可能改变呢？拍电影的人都不到影院去跟观众一起看。在那段时日，他们有私人的放映室。他们从未跟汗流浃背的观众一起看电影。影院情况很糟。虽然号称有冷气，冷气设备却老是故障，影院里既闷热又潮湿，叫人直冒汗又挤得水泄不通。

“总之，我承担了责任，离开了孟买。我到处流浪了一阵子，主要在加尔各答和孟加拉。我一点都不想回到电影业里。

“可是要脱离电影业并不容易。我一位朋友想在孟买拍一部片子。因此我又回来，重新开始。当时，我在人家眼中是相当优秀的编剧，虽然我从未写过剧本。我的工作成果大多只停留在构想的阶段，而你可以有很高明的构想。这位朋友先前已有四次惨败的教训，现在他想拍一部制作快、成本低的电影。他拍这部片的目的只是为了生存下去——一部我们可以迅速杀青的电影。

“有一位著名女演员是我们这票人的朋友，我们认为可以利用她的名气。我们这就开拍了，却不知道第二天的钱要从哪里来。过了八天，钱用完了，拍摄也中断了。我们束手无策。然后——真是不可置信——有个人说他要出资支持这部片子。他是替别人出面的。实际上我相信，我们会得到资助，因为背后那个人喜欢这部电影的故事。

“故事内容是关于一个丈夫的婚外情。在印地语电影里，这类故事的结局总是一成不变，就是婚外情结束之后，丈夫哭哭啼啼回到太太身边，太太也哭哭啼啼宽恕丈夫。在我们的片子里，当通奸的男人哭着回到太太那边时，太太却叫他滚蛋。这是故事情节，好歹有人觉得不错，愿意支持。

“片子拍好了。票房很好——出乎我们意料，也出乎每个人的意料。到了电影结尾，当太太把丈夫轰出去时，女性观众会起立鼓掌。不仅在孟买，在一些较小的城市也是如此。

“我们又拍了两部片子，都非常卖座。事实上，我们还颇有名气呢。这时，我那朋友想趁热打铁——他想拍些大成本的电影。有人乐得提供资金。

“这又回到了原点，回到商业电影——对片商和明星唯唯诺诺。说真的，那时候我们分量够，应该是可以继续拍好片的。

“因此我洗手不干，又离开了孟买。有些事情你倒该知道。一路下来，电影编剧会慢慢习惯跟某个导演合作。他知道导演的风格，导演也知道编剧的路数。建立了这层关系之后，编剧便不容易跟别的导演合作了。

“于是过了四年我又回来——在那位仁兄又拍了四部票房奇惨的电影之后，我再度跟他合作。这四部片子比我们一起拍那部制作快的之前他所拍的那四部还要惨得多。我回来到现在已经一年了。

“那四年我怎么走过来的？挨饿啊。我打点杂，替人捉刀。我参与了几项有声无影的计划。现在我回来了。我在挨饿时结了婚——当时我认为正是时候。”

他那位也是孟加拉人的太太很沉默，这时她穿着干净的绿色莎丽，从帘子后面的厨房——这段时间她大多留在那里——端出茶来，放在小茶几上。苏布洛托躺在一张床上——房间里没有别的地方让他坐。

我请作家描述一下我们所在的这间公寓。

他说：“我们是在马希姆的一间公寓里。这是出租公寓，位于标准的孟买四层楼房里。我们有一个房间，十英尺见方。他们管这叫作一屋一厨公寓。”

他站起来，举起双臂——他穿着宽松的棉布长衫——望着天花板。摆出这姿势，天花板下已经没有空间了。

他说：“这是我的房间，这是我在太阳底下唯一的房间。”

这房间朝西，里面充满阳光。阳台上光线非常刺眼，以至于苏布洛托曾有一阵子想把门关起来。

作家说：“我现在手头有三部电影。在印度，单靠一部片子很难生存。这一回我发现，虽然他们不按剧本拍片，但他们比较看重剧本。希望这情况会持续下去。”

“你是否觉得，跟刚开始时比起来，你现在是更好的作家了？”

“一开始，我对电影编剧的角色设想得很高。我当时搞错了，以为电影剧本跟小说或戏剧没什么差别。我真的以为电影剧本只不过是以戏剧形式呈现的小说。现在我明白了，电影编剧必须懂一大堆电影拍摄技巧——譬如说，什么时候可以完全没有对话，什么时候又不可以。我们编写的是画面——电影编剧该做的就是这个。事实上，编剧是拍摄电影所牵涉到的各种技艺之间的桥梁；我说这话的时候，也把演员看作技师。剧本内容大部分是简短的技术性词汇——用这种方式写剧本会好得多。那些技师理解技术性的简单用语，他们可以在情感上理解。摄影师不但理解特写的画面，也理解其中的情感。在外行人看来，那种写法可能枯燥无味——像是桥梁的设计蓝图。不过，对设计师来说，蓝图里却充满了意义。电影编剧最好懂得这些拍摄方面的专业技术，否则他只是在浪费自己的时间，也在浪费别人的时间。编剧的任务其实是在为整部电影提供一个概念架构——因为其他技师在一段时间内只能处理一个场景。实际上，导演和编剧的搭配才是制作影片的主力。

“我这时已经回来一年了。前六个月很不顺利。别人对我不理不睬，因为我脱离了团队。”

“现在回顾最初跟那位演员的合作经验，你不觉得通过谈话来编电影——像他所做的那样——也是一种办法？”

作家一点都不让步。“那是要不得的做法，那种自以为是的态度——要不得。”他的思路跳过一两拍，说，“我想这次应该可以赚点钱了。我正在做的编剧工作有些收入，下个月的开销已经有着落。我这阵子开始还债了。”

“电影界有哪些好人？”

“每个人都是，每个人都不是。圈内人只在乎成败，他们膜拜成功的人。你可知道，在电影业里，成就是非常具体的。一部电影在礼拜五上档，到礼拜一你就知道它的命运。你有了票房数字，那是一点都不抽象的东西，完全是实实在在的数字。如果片子叫座，别人就会对你很好。”

刚开始时，他似乎充满愤怒，带着一种有时会转化成怨怼和自怜的嘲讽态度。一路谈下来，他心情逐渐舒缓。先前谈到编剧工作的性质时，他再三沉思，在脑中搜寻恰当的用词；当时他看起来甚至是一副自在的神情。

我想，他对电影业的态度或许已经有了改变。

他说："我渐渐不会愤慨了。"

我说："可能是因为你对电影艺术有了新的体会。"

"拍出来的不是烂片就是好片。无论好坏，你可不能否认编剧也有一席之地。那是少不了的。你还学到一点，那就是日子得继续下去。说什么生命一败涂地——没那回事，你只是在某个时候遭遇挫折罢了。要做个快乐的艺术家，就必须看开成败，尽管走下去。"

我问起他的工作方式。

"我们在旅馆住五六天，大家一起谈，把剧情拟好。然后我就单枪匹马，用四到六个礼拜的时间把剧本写出来——基本上是没有对话的连续场景。接着，有三天的时间我们又凑在一起。过后我再度单枪匹马。这次，大约两个礼拜之后，剧本就有了对话。"

他接着说了一些话，让我不禁想知道：尽管他说这次应该可以赚到钱，是否从另一方面来说他已经放弃了再度在电影界做出一番成就的念头？他说，目前他在考虑从事真正的写作，写一些刊载在印刷品上的文章。他想知道是否可以把写过或可能写的东西寄给我。

我回答说，我的判断应该不值一哂。我成年之后时间全花在写作上，每天都想着写作。我用自己的方式去写作，去体验；这两件事是相关联的。我的判断只对我自己有准头。

他微微一笑。"我对别人剧本的判断也不值一哂。"

过了不久，苏布洛托和我便告辞离去。我们走下狭窄曲折的水泥楼梯；楼梯的一侧有矮墙，梯面已经被磨得发亮。从敞开的门，我们再度看到一个个单间公寓的生活情景：房间里的人；还有，因为在那些小空间里无处存放而到处摆着的一大堆衣服。往下走，房间里传出的气味越来越强烈，脏污也越来越显眼。

我们走进明亮、满是灰尘的院子时，从上方传来一声呼叫。我们抬头，看到作家和他穿着绿色莎丽的太太站在阳台上往下瞧着我们——这栋公寓大楼总共有四十个那样的阳台，从我们所在的地方看去，它们活像剧院的包厢。阳光照在他们的头上和脸上。像突然间起了玩兴的人，他们两个微笑着轻轻挥手。

走过灰尘满地的院子，到尽头能看到一棵树种在由圆形低墙圈起的泥土里。在这一圈泥土上，有一尊黑色小像倚靠着树干，上面装饰了金盏花环。看来有人在照料。这尊像是一位活神，它的额头上有新的檀香油膏圣印。过了神像，我们就来到处处灰尘的街道上。

我们朝达达尔火车站走。路程很短，苏布洛托却不止一次为了没搭出租车而道歉。在臭气冲天的蔬菜市场外，一群男孩赤手将湿淋淋的蔬菜垃圾丢进印度本土企业阿斯霍克雷兰德公司出产的压缩垃圾车里。达达尔火车站让人有身在大都市的感觉：车站内高离地面的阴暗月台，熙熙攘攘的人群，人群中此起彼伏的声音，摊子，擦鞋的小男孩和大男人，那一截系在铁柱上慢慢烧着、让人用来引火点烟的绳子。在这里，仿佛火车和川流不息的人潮本身就足以令人兴奋。

我问苏布洛托："你觉得他这一回会成功吗？"

"不会。"我们从天桥走到铁轨另一边的月台。天桥上的所有东西都一副破旧模样，没有可以辨识的颜色，长年以来的污尘似乎已将金属侵蚀，夺去了它的光泽，也似乎穿透了每一块木头。

苏布洛托说："他并不明确。"

苏布洛托的意思是说，虽然作家说这一回可以赚钱，他却还是一直以来的样子：他并不真的想要金钱或财物。苏布洛托说，纵然结婚以后作家已经改变，他过去的风评现在也对他造成了不利影响。他太瞧不起同行，树敌太多。曾有一位蛮有影响的人要作家把某个故事编成剧本——这人在电影圈和政治界都有影响力，是目前在印度公众领域现身的那种两栖或三栖人物。苏布洛托说，作家在那位大人物的办公室读了故事大纲，觉得被叫来把那烂东西编成剧本真是奇耻大辱，一怒之下几乎把那沓纸丢到大人物的脸上。

坐在开往孟买市中心的火车上，身边响着宽大、门窗敞开的车厢发出的尖锐的金属碰撞声，苏布洛托一路谈着艺术和设计以及他希望做的工作。他在孟买只是一个付费房客，没有能力负担较高的居住费用，他认为这情况永远都不会改变。不过，他关于志向及想做之事的发言却让我觉得他不为自己着想。他先前批评作家不够实际，这恐怕同样适用于他。

铁路旁的小窝棚在车外飞奔而过，灰蒙蒙的阳光转变成金黄色。我想着苏布洛托，想着公寓中的作家：他住在那样的环境里，谈到他的行业时心思是多么投入，他在艺术上的历练是多么精深，而梦想和环境是多么不搭调。我到孟买的那第一个早上，看到人们在马路一边排起长龙，耐心等着向安贝卡博士致敬，又看到马路另一边的路灯杆上所贴的一张张小海报，宣传着孟买商业电影界所摄制的一部新片——那时候，我强烈感觉到的就是这种不搭调。

我在数年前就听人含糊地提过达利特黑豹党，除了借自美国黑豹党的名称之外，我对这个组织所知极少。这是种一厢情愿的借用，容易让人天真地认为达利特（也叫作——我们且往前回溯几个侮辱性的称呼——贱民或哈里真或不可触碰者）在印度的处境，就如同黑人在美国的处境一样。

现在，当我们多次搭乘出租车在孟买来来去去时，我听查鲁谈到达利特黑豹党的创立者。他名叫南德欧·达萨尔，在孟买也以达利特诗人著称。他现年大约四十七岁，不过，他并不知道自己确切的出生年月。他出生于离海岸一百英里左右的内陆村落，三十年前迁到孟买。有很长一段时间，他住在红灯区，与罪犯及妓女为邻。戈尔匹塔是那地区的名称，也是南德欧第一本诗集的名字。这本用马拉塔语写成的诗集出版于一九七四年，当时他或许是二十七岁。同一年，南德欧创立了达利特黑豹党，并立刻成为了孟买市中颇有政治分量的人物。

出乎我意料的是他也写诗。我没有料到，在孟买的窄小空间里，那么人挤人、乱哄哄的地方，竟然还存在着活生生的马拉塔语文学，以及这文学所依附的那些先进社会才会有的社群，诸如出版社、印刷业、经销商、评论家和购买者。这令我吃惊，就如同拉欧提先生谈到马哈拉施特拉人的健身学校时我的反应一样。

南德欧并不是第一个从事写作的达利特。早先已经有一些来自社会最底层的马拉塔语作家，不过他们使用的是拘泥于传统的书卷气的马拉塔语。南德欧最与众不同的地方在于他的文笔自然，使用的是达利特独有的词汇和表达方式。他的第一本诗集使用的便是孟买红灯区的语言。这引起了不少议论，赞美和责难兼有。

查鲁是马哈拉施特拉邦的婆罗门，对马拉塔语文学也颇有涉猎，他说，南德欧的诗中有一些词语是他看不懂的。他为我翻译出下面这首取自南德欧第一本集子的诗，题为《前往圣殿之路》。

阳光转弱
缓缓消失的时候
我在黑夜怀抱中诞生
我在一条小径上诞生
坠入破布之中

（“破布”一词原文用的是“鄙俗”的达利特用语“chilbut”。）

我出生便成孤儿
生我者魂归西天
小径上纠缠我的鬼魂令我厌烦
我无时无刻不在清洗着
那件莎丽上的污黑

（“莎丽”的原文不是优雅的字眼。作者用的是“luggude”，这个词指的是村妇穿莎丽的方式——她们把莎丽分别裹在两条腿上，因此莎丽同时也是裤子。）

我像断了根那样长大
我吃着粪便长大
给我五个派沙，给我五个派沙

（一百派沙等于一卢比。）

给你五个诅咒做回报
我在前往圣殿的路上

即使以上只是查鲁在嘈杂的旅馆大厅即时做出的粗略翻译，这首诗依然令人感动。它让查鲁感动的程度大得多。他说，这首诗所用的表达方式在马拉塔语中是绝对新颖的；他还告诉我，当代马拉塔剧作家维杰·谭杜卡认为南德欧比得上屠卡兰——我从拉欧提先生那儿第一次听到的十六世纪马哈拉施特拉诗人及圣人。

在查鲁所翻译的诗里，性爱与堕落的联想夹杂在一起，大剌剌冲击着读者的感受；不可触碰与妓院色情、分娩与破布等意象全部一涌而出，对读者的震撼形同施暴。南德欧注入政治和达利特黑豹党的便是这种激情。

不过，那个从美国黑豹党处借用的名称仿佛预示了之后的发展。跟美国黑豹党一样，这个达利特政治运动在获得成果之后也开始分裂。激情无法持续燃烧，许多成员忍不住要跟更广阔的社会妥协。虽然南德欧成为大家争相奉承的名人，他的追随者却开始流失，不多久，他的文学声望甚至也开始下滑。他的作品产量还算可观，除了诗作之外他写了两本小说。不过，他最近的书出版于一九八一年，至今已有七年之久。现在，他写的东西已经没那么多了，他还得了一种疾病，身体虚弱。

他没有电话。不过，查鲁知道他住的地方。有天下午，我们前往那里留话给他。房子离他写过的戈尔匹塔区不远。那倒不是公寓，而是独栋的住宅，位于一条还算宽阔、干净的巷子里。就在前门正对面的巷道另一边停放或弃置着一辆旧吉普车，车门敞开。此时看来有点诡谲，这辆车子正在慢慢褪色，轮胎扁平，已经没有气了，金属车身几乎光秃秃，但还有个完整的模样。

查鲁从巷中朝屋内呼叫。过了不久，一个皮肤黝黑、眼珠明亮、容貌秀丽的年轻妇女打开前门的一扇门扉。她和查鲁用马拉塔语交谈了一阵子，然后我们登上与屋子前墙成直角、从巷子直通前门的水泥台阶，进入屋内。

我们走进的房间宽度跟屋子本身一样，它是这栋屋子的主房。墙壁新近油漆过，是淡紫色，略有光泽。房间内摆了几把上了白漆的藤椅，附有深绿色的椅垫；一根坚固的横梁下用链子吊着一把柳条椅。这把吊椅颇具特色，透露了那么一点高级品位，一位穿着蓝色薄绉纱布莎丽的肥胖的年轻女子——是一位客人——正坐在上头，她把双脚搁在地板上，好整以暇地前后摇来摇去。

请我们进屋的黝黑女人是玛丽卡，南德欧的妻子。她衣装入时，身着一件由很轻的布料做成的像是农妇穿的那种长裙。她光着小脚在水磨石地板上走动时，裙子便随着晃动。她欢迎查鲁和我的时候，那清脆的马拉塔语在房间里回荡。

一面墙上挂着一幅很大的白人婴儿彩色相片。另一面墙上有几张南德欧的彩色小照：脸颊丰满，肚皮圆滚，但面容依然气势焕发。对面墙上挂的是玛丽卡父亲的相片。他曾经出过名，是民谣歌手、共产党员和穆斯林。在房间另一头，电视机后方墙上挂着一面小红旗，不远处则是安贝卡穿西装打领带那张著名灰色相片的复制品，还加了框。

主人并未向我们介绍那位穿蓝色莎丽、坐在柳条椅上的女子。我们没有和她讲过话；而她还是那样一副乐在其中的样子，自顾自地继续轻轻伸缩双腿把柳条椅摇来摇去。这会儿，她起身无声无息地走到里面去了。

接着，玛丽卡自己也进了里面，裙子随着步履晃动。过了一阵，她用一个非常好看的、不知什么东西编成的托盘端出茶来招待我们。此后我逐渐看出，玛丽卡的举动很少是随意而不经心的，对于她所做的事，或是她多少能左右的事，她总想达到美好或优雅的境界：包括她的衣着、她的步履、房间的颜色、白人婴儿的彩色大相片，甚至她养的狗——一对长毛经常梳理、在孟买的高温中略有疲态的白色博美犬。因为长得漂亮，玛丽卡在四年前买下了它们。

我们把电话号码留给她，她说她会叫南德欧跟我们联络。然后，就那么一下子，没有经过什么过渡阶段，我们已经不再身处那间客厅或大厅，转而置身于停着压破了轮胎的废弃吉普车的巷子里。在短巷尽头，我们又回到了较熟悉的孟买。

后来，查鲁告诉我说，他们——玛丽卡和南德欧——那桩婚姻是大家熟知的故事。玛丽卡用马拉塔语写过一本自传，题为《我要毁灭自己》，这本书曾经是畅销书。以马拉塔语书籍的标准来说，那代表一万本的销售量。

玛丽卡的书不但是一则爱情故事，也是幻灭和痛苦的故事。几乎就在她跟南德欧结婚的同时，达利特黑豹党开始产生大问题，南德欧的行为也变了。她受苦，遭遇骇人的事。南德欧得了性病，他继续跟红灯区的女人来往。但是因为有了一个孩子，也因为爱对方，她无法离开南德欧。她对女性自主有强烈的认同，然而由于对南德欧的爱，她在自己的生活里已经失去了一些自主性。经历十年的爱和苦之后，她写出了自传。

这本书坦然谈到性的话题；虽然马拉塔女性作家并非没写过这类东西，玛丽卡的书却因为触犯了许多人对种姓的忌讳而引起了轰动。虽然玛丽卡的父亲是穆斯林，她母亲倒是印度教徒，其种姓阶级仅在婆罗门之下。玛丽卡关于她对南德欧的爱以及后来跟他所过的不平静日子的故事让人们觉得难过，受到伤害。

南德欧那边没有消息，因此有一天晌午时分，查鲁和我又去了他家。玛丽卡不在，不过有人开门让我们入内。我们还来不及留个字条，玛丽卡就回来了。她外出购物才归来，穿着一件浅色薄绸莎丽。莎丽在她身上鼓起，布面是白底红褐色小图案。她双手只拿着几根带叶的芜菁或胡萝卜，几乎像是她衣服的一部分：在她手中，这些蔬菜看来犹如某种意大利文艺复兴时代的绘画中的象征。

接着，南德欧自己也和一位友人出现了。南德欧身材健壮、小腹浑圆、肤色黝黑，出人意料地有一副慈祥的面貌。在人群之中，他不会显得突出。我只能从他的眼睛和额头看出坚强个性的表征，不过，这可能只是因为我对他的为人已有一些认识。在他身上看不出他是诗人或黑豹党人。他有一种奇怪的沉静神情，仿佛内心的火已经熄灭。我接着想起查鲁谈到他的疾病时的那些话。不是别的，而是他的疾病——另一个外敌——终于令他虚弱，使得他变成目前我们所见到的这种温和可亲却又有点冷漠的样子。

他不会说英语。是的，他用马拉塔语对查鲁说，他乐意跟我们见面谈谈。明天吧。是的，那就过来用午餐。不方便？嗯，午餐后过来吧。两点到五点。那段时间过来。

然后，跟他同来的那个人走进里面，查鲁和我向玛丽卡告辞之后便离开了。这回碰上南德欧，安排见面的事似乎够容易了。查鲁却觉得太容易了，他对这个约定有所置疑。后来从别人口中得知，在守时和履约这等事情方面，达利特的表现颇为差劲。

查鲁所害怕的果然成真了。我们翌日又去了他家，可是南德欧并不在。我们从巷子爬上水泥台阶进入客厅或大厅时，玛丽卡透露了这个消息。我们第一次来这里时，有一位未被介绍的年轻女人坐在柳条椅上，同样的，这回在客厅里也有一个主人没有向我们提及的人：这是一位瘦黑的女子，就大剌剌睡在地板上的一张席子上。

我们随玛丽卡走进后头的厨房，然后穿过边门，来到位于屋子侧面的一个小房间。这房间有一扇高窗，其斜面窗洞深长，外面加装了铁条。玛丽卡整理过这房间，让我们跟南德欧在这里会谈。房间里有两把上漆的藤椅，一张覆着桌布的桌子，另外在一个角落里有一盏漂亮的旧式台灯，灯座由青铜色金属做成，形状是个披着衣物、高举火炬的女人。

在房间里等候南德欧时，我跟玛丽卡谈了起来。我向她问起这栋房子。我看得出这屋子有点不寻常，但我觉得自己无法准确地看出个所以然来。我用了太多从别处带来的观念去理解它。我请她为我描述这间屋子，以便我能够以当地人的眼光看待它。

我的意图通过翻译后有些走样，玛丽卡说："这是我父母亲的房子。"这么说来，这是马哈拉施特拉邦最出名的民谣歌手之一的房子，一位成功人士的房子。"这是我从小到大所住的屋子。能够留在从小就住的屋子里真好。"

她和南德欧做了一些整修。他们每两年就把房子重新油漆一遍。至于这片地区，它是劳工住宅区，不过也有中产阶级住在这条街上。住这条街的人她都认识。他父亲在世时，她们一家受到左邻右舍的尊重。

他父母亲却是异教通婚。他父亲是穆斯林，母亲是印度教徒。有没有因此造成麻烦？

"当时我不知道父亲是穆斯林。我母亲是帕塔里卜拉布，种姓阶级比婆罗门稍低一点。这些帕塔里是吃鱼的。帕塔里卜拉布是孟买最早的居民，所以他们才吃鱼。"也就是说，虽然他们的种姓阶级几乎跟婆罗门相等，但因为住在海边，所以吃鱼。

小时候她常到外祖母家住，在那边，她从外祖母口中得知了关于帕塔里卜拉布的事情。她对母亲娘家的亲戚未曾特别留意，她没有因为他们的身份地位而特意去探听他们的事。对于自己出身的那一边，她所知道的毋宁是成长过程中听到的"琐碎传闻"。

我问起她的书。她是否原先就有意写得像后来实际上那么大胆？

"我并没有那种念头。我是不得不写那本书的，没有选择余地。我无法把生命的一面跟另一面分隔开。"

她穿着一件轻布料莎丽，上面有粉红底的简单图样。她坐在一把刷白漆的藤椅上。房间里有个钢质衣柜，一片柜门上有长镜——这阵子我在孟买总能看到这种衣柜。衣柜上摆着一个褪色的小地球仪。石板或灰泥窗台的斜面做得很好。这么好看的斜面，再加上油漆的淡淡光泽，我真想抚摸一番。

她在书里——我们出发前，查鲁匆忙为我翻译了其中几个段落——

谈到对南德欧的爱时说，离开他的念头会让她感到“空虚”。我告诉她，我对此有点惊讶。

她说：“甚至现在我也还爱南德欧，愿意把一切都给他。纵使他有一些缺点。有某种线绳串着我们。就算在我不想要他的时候，我还是要他。甚至现在，不管我有什么长处，不管我有什么才能，我都会为他而把它们藏起来。我知道，要是我做了某些事情，他就会从我的生命中消失。我不想走到那一步。还有我的孩子。我们处在一种恶性的三角关系中。我爱南德欧，孩子爱我，南德欧爱孩子。”她的孩子十三岁。

南德欧在那本书中并不光彩。有些人认为那本书甚至坏了他的政治声望。在她撰写的时候，南德欧是否看过稿子？

“要是没写那本书，我肯定会发疯的。南德欧没读。他以前会读我的诗，但不读我的其他作品。我把书的稿子拿给他看，可是他没读。书出版了他才读。我可得说，那时的前一年他患了神经系统方面的疾病。”

她的体型其实并不像你从她的立姿和臀部而设想的那么硕大。她黝黑的手臂修长，甚至算得上细瘦。在她两道用眉笔画过的眉毛之间有一个大红斑。她右手腕戴了手表和手镯，左手臂上则有八九个细细的银臂镯。

“他没对那本书说什么，但他的行为起了变化。他到今天还从未向我提过那本书。但是我知道，当别人告诉他应该写个回应时，他曾经为我的书辩护。那时候他会分辩说，这个女人嘛，跟他在一起这么多年了，看事情都是用中产阶级的眼光，”——就是这种社会性的评判，或许是对她父母的屋子的评判，对玛丽卡在两人的关系中如何看待她自己以及他如何看待玛丽卡的评判——“他会辩解说，这个女人有一切权利去表达她对婚姻的感受。”

玛丽卡说，他们早期——当她开始爱上南德欧的时候——所享有的那种关系现在又恢复了一点。他的疾病还在治疗中，他已经戒了酒。过去他喝酒时，两人常为此起冲突，他也会打玛丽卡。不过她觉得，是眼看自己所发起的达利特运动迅速瓦解使他在政治上感到挫折，才导致了这种事中的一大部分。

她的谅解并未使她的处境较为好过。“我会发脾气，我会哭泣，我会大叫。我会觉得受了奇耻大辱。我爱那个人，但我从未料到我的生命会被贬抑到如此地步——而且还是在我不顾所有人反对而跟他结婚之后。因为我没有听大家的话，我觉得不能在那时候看破婚姻，并且告诉他们那婚姻有多失败。我也觉得，如果我保持沉默，我就必须永远忍受下去，而那可不是我的个性。发生事情时，每个人都用他觉得最自然的方式做出反应，我的方式是提笔写作。

“不出一个月，我就动笔了。有时在客厅写，有时在这里，就在这张桌子上。有时也在厨房里写。”从这里穿过门口看过去，厨房右边有一个门通往客厅或大厅。“没有固定的写作时间，能写就写。”

“写的时候南德欧是否在房子里？”

“大部分时间都在。”

“他知不知道你在写什么？你会不会紧张？”

“我不知道他会做什么。我想他会揍我一顿，或是把我撵出去，然后到法院告我。”为了拿到孩子的监护权。“我认为母亲应该对孩子有监护权。但根据印度法律，小孩满七岁以后，监护权就可以归父亲。因此，即使我离开，我也不敢说哪天南德欧不会把小孩带走。”她在那些痛苦时光里所写的书中，有一大半篇幅在回忆她早年对南德欧的爱。

事情开始于十四年前。当时她十六岁，有一回为了做什么功课，前往位于孟买与浦那之间的旅游小城罗那瓦拉。跟她同行的是她左倾的姐夫安尼尔，以及一位著名的马拉塔电影演员兼导演。安尼尔正在撰写一部电影剧本。

停留罗那瓦拉的第四或第五天，南德欧出现了。有一天深夜，他跟另一位达利特运动分子来到小城。玛丽卡先前已经见过南德欧，就在家里——我们目前所在的房子——见过他。南德欧会到这房子来躲藏。那是一九七四年，当时达利特运动正处于巅峰，孟买的沃尔里区常有暴动。

“他对我从来不怎么留意。这有点出乎我意料，因为这一带的男孩都觉得我有吸引力。但他就是从未注意过我。我读了他的诗，发现他有左派倾向。我把自己的诗拿给他看。

“那一回，他到罗那瓦拉来了。那时候，罗那瓦拉有浓厚的诗意，一种季风将临的气氛。看起来即将下雨，却从未下雨。我们之间有不少共同点：他喜欢雨，我也喜欢雨；他爱好诗，我也爱好诗。我们对文学的看法大致一样，就是到了今天，在文学方面我们仍然有许多共同点。那时候，我正处于那种会爱得一往情深的年纪。”

她笑了。我告诉她说，我觉得罗那瓦拉那段时日在她心里还有浪漫的余味，她听后又笑了起来，举起戴着细镯子的细手臂拍拍手。

“他还会谈到政治，说警察如何骚扰他、殴打他，我听了觉得很可怕。我想跟他亲近，但那不是性的渴望，我只是同情他，想把手放在他头上。”

“你对他的种姓不在意？”

“我没有种姓偏见。那时我不知道他的种姓，也不认为有知道的必要。”

或许这是她那位共产党员和民谣歌手父亲教育的结果。但是，南德欧所做的每一件事都跟种姓有关，他是种姓领袖，种姓依然与他相连。那天下午，在那间玛丽卡细心装潢的客厅或大厅里，有一位黑瘦、穿深色衣服的妇女在席子上睡觉。我这才从玛丽卡处得知，那女人就是南德欧的母亲。

“她七十岁。由于南德欧的政治活动和事业生涯上的起伏升落，她曾经精神崩溃。南德欧是她的独子。在七十年代运动达到高潮的那段日子里，她时时担心南德欧会被人打死。她只要打开电视，就害怕会听到这条新闻。那苦恼一直压迫着她，终于导致了崩溃。”

然而——回到早先的话题——确实，在十六岁的时候，玛丽卡不在意南德欧的种姓。

“在罗那瓦拉差不多每个人都知道我们走得很近，我们在一起大约十五天。我姐夫安尼尔会拿这个开玩笑。他有一天问我是否喜欢南德欧，他说我们很相配。那天晚上吃过饭之后，我们几个住在同一间平房的——这时还没开始下雨，但已有凉意：罗那瓦拉气候本来就凉爽——我把他叫到里面房间，避开坐在外头的那些人。我问他：‘你怎么看我？’他说：‘要我说出来吗？’”

她把双手抬高，那八九个细丝银镯子顺着她的细手臂往下滑。

“在这之后，我姐夫去找他谈，问了一些关于他的背景和想法的问题。南德欧不喜欢这样被问。我姐夫告诉他，说我是来罗那瓦拉做功课的。‘你来了之后，她就没读半个字。她还停在第一百五十三页’。”

“什么书？”

“历史方面的。于是我姐夫对南德欧说，‘你最好离开’。第二天南德欧就走了。”

她姐夫没鼓励南德欧吗？鼓励了，玛丽卡说，当她姐夫向南德欧问到他的意图时，并无不悦或责难之意，他只不过是照章行事罢了。南德欧可一点都不喜欢这样被质问，因此她姐夫请他离开。

“就在南德欧离开罗那瓦拉之前，我们以身相许。他叫我‘同志’，向我行‘红色敬礼’——共产党的行礼方式。这让我非常兴奋。离开前他录下我的一些东西——一首我早晚唱个不停的歌。后来我听说，他会把那卷录音带放给孟买的朋友听。”

他们在四个月之后结了婚。在那段女学生式恋情刚过，夫妻之间的性事一度让她颇有压力。这是她在书中坦然提到的事情之一。“成为例行公事之后，才有快感。那时候我才开始得到快感。经验使心理压力减轻。”她对男女之间在性爱上的互动相辅完全没有概念。她竟然可以将身体、将她整个人给予所爱的人，这令她惊讶，也令她着迷。她在书中写到这点，人们对她的坦白有不同的反应。有些人对她欣赏得“五体投地”，有些人把她臭骂一顿。

几乎一开始，他们的婚姻本身就陷入了另一种逆境。

“我们婚后两个月，黑豹党运动开始四分五裂。达利特住在社群角落里，人口都不多。各个角落、各个社群开始有自己的领袖，从那些地方开始传出对南德欧的恶言恶语。跟我结婚这件事增加了他的麻烦。我是著名共产党员之女，而达利特不喜欢共产党。道理很简单，因为达利特的英雄安贝卡博士不喜欢共产主义。每个达利特家中都挂着安贝卡博士的像，因此达利特恨共产党。

“第二年，一九七五年，政府宣布戒严。达利特黑豹党被起诉的案子多达三百五十件，诸如非法聚会演说、斗殴等等。黑豹党支持戒严之后，政府把那些诉讼全部撤回。南德欧并不真的想支持戒严。虽然他从未谈过这件事，我想他那时候开始觉得受到连累了。那也是我最需要他的时候——那年七月我生了孩子。我需要南德欧，却觉得他不关心我。”

“由于政治方面的困扰？”

“他的挫折和失望使他对我心不在焉。可以说，他的政治生涯影响了他的私人生活。”

“你还觉得他有吸引力？”

“多少时光已经像恒河之水那样流逝，但要是他此刻来到这房间，我会觉得自己又是个年轻女孩了。我会觉得像是刚刚爱上他。在这一点上，情况并没有真的改变。不少其他男人可能外貌更有魅力，心智更高一筹，但我不想要他们。”

我问起她南德欧作为达利特黑豹党员、身为新闻人物所过的“五星级生活”——这是非难者的说法。

玛丽卡说：“从戒严时期起，他的声望就开始一路下滑。”

南德欧母亲已经从客厅的席子上起身。我透过门看到她在厨房里——穿着深色衣服、又瘦又黑的她无声地移动，像一片阴影。

玛丽卡说：“南德欧天生就是搞政治的料。如果他明天决定要写自传，我在其中只会有一页的篇幅。这就是为什么他在政治上的起伏会影响他的私人生活。这是我在我的书里提出的问题之一。为什么我会受到牵连？为什么他没在人生的路上扶我一把？

“戒严过后，他变得难以捉摸。他的黑道朋友开始给他钱。前一天他可能会有一万卢比，后一天他就什么都没了。我们两人有个共通点：永远留不住钱。南德欧常说，只有中产阶级才把钱存进银行。他有多少就花多少——花在高级享受上。”

自从一九七五年，即其全盛期过后一年左右（也是玛丽卡在罗那瓦拉那段浪漫时日过后一年左右），达利特运动开始衰退。她用了一个英文字眼，“麻木”。运动分裂又分裂，指控与反控纷起，说是有人从什么地方盗用了公款。结果，达利特不再信任他们的领导。

这时是五点，我们已经跟玛丽卡谈了三个钟头。就在此刻——如果他依约跟我们见面，也应该会在此刻收场——南德欧现身了。他母亲还在厨房。

正如玛丽卡所说：南德欧在房子里。她意识到南德欧的来去，她心头想的是南德欧。这时她在交谈中开始显得心不在焉，针对达利特运动说了一些简单的恭维话，不过她接着又稳定了下来。

我问起南德欧一些诗中的粗暴的性爱意象，那种把性爱、粪便和堕落合并在一起的写法。她跟南德欧结婚的时候，脑中想的都是浪漫恋情，甚至对夫妻的性事也没有心理准备。在最初的惊愕之后，她是否有所改变，能够完全接受了吗？对南德欧诗中的某些东西，她还是会觉得——

就算只是一点——受不了吧？

不会，她丝毫不觉得受不了。她感受到的不只是诗中语言和意象带来的震撼，更是南德欧在诗作上的功力。“他的诗相当真实，相当单纯，那不仅是模仿而已。我把他看作最伟大的马拉塔语诗人之一。我们族里有些人改变了诗的历史，他就是其中之一。他是一座里程碑。”最后一句话她是用英语说的。

南德欧从厨房走进我们所在的小房间。他把眼镜推到了额头上。他微笑着，很有礼貌。他没有提及他未履约的会谈，只说有人在等着他，不能留下来跟我们谈。

那天他忙着政治方面的事。他说，他正在筹划戈尔匹塔区妓女的一场示威活动。他给我们看一张刚从印刷厂拿到的黑白海报。他问我想不想去看看那场示威，我说好。他给了我一张海报。我们约定好示威后次日——那时候他会比较有空——在这间屋里会谈。然后他就走出了房间。

我问玛丽卡：“他会拿他的诗给你看吗？”

“如果他在这里写了什么东西，他会拿给我看。如果是在别处写的，他会拿给身边最近的人看，不管那人懂不懂诗。”

她跟南德欧相处所感受的种种震撼——譬如在婚后头一年发现他有性病——现在似乎都已成为往事。她在书中写到了这件事，也写到了其他发现。如今她对书中写到的种种能够释怀了，她认为跟南德欧在一起的生活会永远像目前的情况那样，是“一种中产阶级的家庭生活”。此外，她也不能走任何极端：她必须时时为孩子着想。

“我希望孩子能成为我的朋友。我不希望他长大后变成他父亲一样——有那些缺点。”

“什么缺点？”

“发脾气，诅咒之类的。在南德欧心中，运动是最重要的事。因此，无论我们的关系如何，他都不会脱离运动。”

这运动现在停滞不前。人们或许会为某些议题联合起来，他们可能会呼喊口号、游行示威，但他们已经没有了方向或目的。

我向她提起从机场进城时所见到的长龙。他们等着向早已作古的安贝卡致敬时，会有什么心情？

“激动。达利特会不惜为安贝卡牺牲一切的一切。在他们眼中，他不是另一位神，他就是神，只有他是神。他们会为他杀掉自己的妻子。为了安贝卡，他们可以不顾一切。”

查鲁自行补充道：“像基督教徒眼中的耶稣基督。”

玛丽卡附和他的话。

我问她这些年来是否从任何宗教信念得到过支撑。

“不论何时有麻烦，我都只靠自己。”

“不靠信仰？”

“我对自己有信念，我只对自己的生命有信念。”

玛丽卡在那本书的第一部分如此结尾（以下引述查鲁的口译）：“在我们目前的社会中，男性的自我是最可怕的东西。女人在吹捧男性自我的同时得到不少满足。这令我想到下面的故事：有这么一棵树，它自己把树枝送给少了斧柄的樵夫……我不相信我应该为任何一个叫南德欧的人付出整个生命。”但这本书也谈到她对南德欧本人、其诗作与其主张的着迷，以及她如何因此而丧失自由。书的第二部分最后说：“这是一段受创心灵的旅程。”虽然她所做的都是为了一个男人而做，她依然总是孤独。“我孑然一身。”

查鲁和我准备告辞。这时，屋内许多细节的含意变得更明显：玛丽卡父母的相片，南德欧的彩色小照，客厅里的红旗（是玛丽卡的儿子做的），南德欧母亲那黝黑、状似阴影的无声的身形——许多年前她曾经精神崩溃（而不久后即将过世），俄罗斯文化中心颁给南德欧的加框的证书，安贝卡博士那张犹如圣像的相片，南德欧正在筹划的那场妓女集会的海报。一面墙上，在那张白人婴儿的大型相片（玛丽卡说她不知为何就是喜欢那相片）上方，有一幅她儿子所画的加框的图画：褐色的岩块、黑色的砾石、红色的太阳和黑色的鸟。用褐色蜡笔上下涂抹所画出的岩块显得饱满坚硬。我从这些笔画中看出极为精巧的手法，早先还以为这是一幅当代中国绘画的复制品。

南德欧筹划的戈尔匹塔妓女集会将在星期二举行。星期天，有一份报纸报道，我将是那场集会的“主要来宾”。翌日，其他报纸也跟着刊出同样新闻。虽然我在孟买认识的人开始打电话给我，有的表示忧虑，有的觉得有趣，我自己倒不认为那条新闻报道会有什么后果。我想，那种误解或夸张不会被放在心上。

从南德欧一副忙碌的样子以及达利特黑豹党郑重其事的黑白海报看来，我心想这次集会将是一场大规模活动。但当查鲁和我抵达现场时，却几乎看不到什么。几条巷道上横挂着达利特黑豹党的标语布条，四处有许多警察和警车，但似乎没有不寻常的骚动。

我们来得早，便有时间感受一下红灯区的气氛。我们在窄巷里绕了一遭：灯光，招牌，摊位，坐在屋外巷旁阴影中的人，其中有的坐在绳编床上；一堆堆湿淋淋的垃圾，排水沟的臭味；妓女和她们的“夫人”，放高利贷的和寻花问柳的——所有这一切构成了一幅图景，性、纯真和堕落混杂在一起，其颠覆性如同南德欧那些从红灯区得到灵感的诗作一样。

这地方的夜生活正在展开。南德欧筹划的达利特黑豹党集会——目的是要对这里可见的状况提出抗议——即将登场，却没有引起什么骚动。集会地点在一条巷子的尽头。巷中很阴暗，没有车辆往来，却在到处进行着种种活动，只在两旁的摊位和绳编床中间留出了一条通道。巷底有一个铺了白布的讲台，坐在台上的乐师在明亮的灯光中演奏着乡村乐曲。

似乎没有人来参加集会。但是当查鲁和我靠近时，带着照相机的人以及查鲁认出是报社记者的男男女女，就从暗处走了出来。查鲁和我这下可明白了，对报社而言，我们是那晚的采访焦点。

我想我们应该离开。查鲁和我转身走回巷子另一头，报社的人在后面跟着。我们走到尽头，靠近一条比较明亮的大路时，查鲁说我们不应该那样离开。那会得罪这些为了此事而牺牲一个晚上的新闻记者，他们回去之后可能会写出不友善的稿件。他觉得最好由他出面应付新闻记者——他认识他们，有些还是他的朋友——向他们解释情况。

他把我带到一个香烟摊子旁，要我站在那边等他。他往回走，不一会儿就消失在黑暗和人群里。摄影记者却没走开。他们在离我几英尺外，眼睛盯着我不放（怕我跑掉）。暗巷尽头远处明亮的白色台子上，乐手演奏着摇摆的乡村曲调。突然之间，一位摄影记者拍了一张照片，镁光灯一闪之后，摄影记者全行动起来，快门咔嚓作响，闪光此起彼落，我身边仿佛尽是发射不上天的烟火。

最后他带来了消息。南德欧已经抵达，而且——这可不寻常——玛丽卡还跟着他。这下我必须回去陪他们一阵，查鲁说；要不然，他们可能会觉得我不够意思。查鲁说，纵使我没有察觉也无法明白其中道理，巷子里这些人的种姓敌意已经逐渐升高，而我们的来去他们都看在眼里。只要有一点小差错，就会星火燎原。查鲁说，还有另外一个原因让我必须去跟南德欧和玛丽卡在一起。玛丽卡为我花了那么多时间之后，还进一步特地用马拉塔语写了一封长信给我，她要查鲁把信转交给我。

在脏湿的巷道中间，有人铺了席子，再覆上一段像是红地毯的布。我们在那上面走过，回到还在演奏的乐手那一头。我们转进一个小房间：玛丽卡身着干净的莎丽，笑着欢迎我们，南德欧也在这里。我很高兴见到他们，很高兴查鲁叫我回来。当地的妇女为我套上花环。这正是摄影记者所要的镜头，翌日上报的是这些喜滋滋的照片，而不是在暗巷里鬼鬼祟祟拍的那几张。

在回来的出租车里，查鲁翻译了玛丽卡的信：好几大张纸，字体漂亮有品位。她担心我可能没了解她的双重感受：她对自由的爱，她对南德欧的爱。但事实上，我们见面时她已经把一切都说过了。

次日，我们到他们家里见南德欧。这是我们数天前所做的约定，不过，查鲁还是有点不放心，甚至忧虑。前晚我们没有留下来参加南德欧的集会，他可能会觉得我们背弃了他。他可能会觉得我们让他在政治上不好看，至于他会因此做什么就无从得知了。他是个无法预料的人。

我们到达那房子时，玛丽卡告诉我们南德欧在家。他在里面吃饭。他出来向我们打招呼，然后又立刻回到里面。我们在客厅看到所有当天的报纸，它们已被翻开并读过了。我尚未阅读附有照片的报道；查鲁读过了。为了替我们两人告罪（也借此责备我几天前不应该不接受南德欧的午餐邀约），查鲁在玛丽卡邀请下在客厅坐定，吃起一顿玛丽卡亲自服侍的大餐。他吃光了玛丽卡端上的东西，然后又要了一些。

查鲁倒是过虑了。玛丽卡对前晚的情况感到满意。她甚至告诉我，集会中的乐手过去曾经是她父亲民谣乐队的成员。南德欧很高兴。他在后面吃饭，但那并不表示有什么事情不对劲。客厅的查鲁吃完大餐，后房的南德欧也用完餐后，大家和和气气在后房会合——那个有装着长镜的橄榄色铁衣橱及青铜色台灯柱的房间。南德欧明确表示，就像他先前所允诺的那样，他这整个下午的时间都可以给我。

不过，我心里想着查鲁说过的话，觉得不应该立刻谈到妓女集会那件事，我想应该从他的诗谈起。我向他提及查鲁为我翻译的那首早期的诗作《前往圣殿之路》，我问到那首诗及其他我所知较新的诗作中的性暴力。

他回答得很详细。或许由于还有点焦虑，或许也由于对文学话题的兴趣，查鲁总是让南德欧讲一大段话之后才开始翻译或做总结，而南德欧一边深思，一边慢慢道来。

在南德欧的马拉塔语当中，我听到他用英语讲了“跟性无关”几个字。他说《前往圣殿之路》并非他最好的诗之一。他说出他对这首诗的诠释。诗人在他的出生地就像是个孤儿，而他所前往的圣殿是真实的地方，是孟买海边一座著名的清真寺。不过，孟买是个大都会，因此诗人前往朝拜的圣殿也可能是这城市里的任何圣地。“莎丽上的污黑”及“小径上的鬼魂”是指诗人出生于其中的社会体系。莎丽上的污黑并不是性的意象——纵使是最低下的女人也会有她自己的行为规范。莎丽的污黑意指无知：诗人这一辈子花了不少时间在刷洗这污黑，这无知。

他可写过更好的诗，他说，但愿我读过其中几首。他写过一首关于水的诗，相当有名。

水也学了种姓的偏见……

对他而言，关于水的这个看法是重要的，他不止一次提过这观念。他在浦那附近的村庄长大时，当地对贱民的不可触碰性有严格的规范，水的意象便来自这些早年记忆。上层种姓使用上游河水，不可触碰者（贱民）使用下游河水，上层种姓有使用河水的优先权。

他记得中学二年级时发生的一件事。村里的小孩没有种姓偏见，他们会在一起玩。有一天，他跟几个属于上层种姓的男孩到一个池塘游泳。守卫发现了他，向他丢石头。他污染了池水。他被追赶，被丢石头。他流着血跑回自己的聚落躲起来。他母亲遭到责骂，后来还打了他一顿，怪他污染池水引起事端。

他认为自己出生于一九四〇年，但无法确定。甚至在学校上课时——这应当是一九五一年或一九五二年——属于不可触碰者的男孩也必须坐在教室外。他们不得触碰任何水源，他们只能用双手承接别人倒给他们的水。老师不能触碰属于不可触碰者的孩子，当老师要处罚来自那些种姓的孩子时，他只能拿东西砸。

他家属于马哈尔种姓。那是一个大家族：三位兄弟的妻儿加起来有二十五人左右，全部住在一套房子里。南德欧的父亲不住在那里，他留下家眷，自己移居到孟买去了。这家族有田产，他们从事耕作，也经由执行其种姓的传统义务而得到收入。

南德欧谈着他家乡马哈尔种姓的传统义务时，有一个我曾在这屋子里见过的男人来到后面这个小房间。他也是那些沉默、主人未介绍或提及、在屋里似乎可以来去自如的人之一。现在这位瘦小黝黑、蓄了浓髭、穿橘黄色长上衣的男人站在南德欧的椅子旁边，一面细心听南德欧谈马哈尔的义务，一面摇头大表赞同。

税务单位要传唤人时，马哈尔必须执行此工作。这是一项为政府所尽的公职，在旧时，马哈尔可能会为此在各种天气中长途跋涉。其他义务则是比较传统的规定。村中有人死亡时，马哈尔要负责通知死者的所有亲戚。尸体的处理也落在马哈尔身上。至于做这些工作的报偿，则是马哈尔每年三次从种姓较高的村民那边拿到一些谷物。

南德欧家那位朋友严肃地左右摇头，他的视线落在头顶和地板中间，那样子让人觉得他是一边听着南德欧的话，一边回忆着昔日情景。

他附和着说："每年三次。"

马哈尔还可以提出另一项要求。听起来，这像是他们每天做的例行公事。南德欧就此谈了不少，那位朋友则听着，望着地板摇头。

南德欧说，马哈尔可以每天到上层种姓的人家去要面包。假如一个村庄中有十户马哈尔，他们就按户平分那些上层种姓的人家，每一户马哈尔可以到某几家去要面包。做这事的马哈尔每天一大早就出门，头上顶着一个编织或金属的篮子。他来到上层种姓人家时，先向主人行礼致敬，然后再要求面包。他会要求两次。如果这时还拿不到，马哈尔则有权利要求主人无论如何都得给他面包。马哈尔每天早上都做这事。上层人家会拿出面包，他们让面包掉入篮中，不去碰篮子。

“不去碰。”那位朋友说。

这是一九五五年以前种姓制度还根深蒂固时的情况，之后，它就开始溃散。马哈尔工作的报偿不一定是谷物及某些权利，而是现金。有时候，他们甚至得不到任何东西。因此，虽然他们在村中的义务依旧不变，他们过去拥有的权利却开始缩减。当时安贝卡很有影响力，马哈尔及其他不可触碰者的成员开始提出政治要求。

在那片地区的不可触碰者之中，只有马哈尔有权拥有土地，这就是为什么南德欧一家有田产，得以通过耕作得到一些收入。马哈尔获得这项土地拥有权是由于一个有趣的原因。

以前，比德尔有一位大公要把女儿送到某个地方。自古以来，抬轿就是马哈尔的工作，因此大公便命令当地的马哈尔把女儿送往她要去的地方。这些马哈尔知道此项任务非同小可，为了避免意外或误解，他们在出发前把自己阉割了。大公的敌人却开始散播谣言，说他女儿被马哈尔非礼了。大公把他们召来盘问。他们露出下体，告诉大公，在送公主上路之前他们就把自己阉割了。大公非常高兴，便把土地赐给了马哈尔。这就是当地的不可触碰者中只有马哈尔拥有土地的原因。

南德欧讲这则传奇故事时似乎颇乐在其中，就像先前在他朋友推波助澜之下，他也仿佛以一种怀旧的心情回想起他故乡所通行的种姓习俗。我请查鲁问他这怀旧的心情，我觉得我可能听漏了什么。

南德欧讲了好久，他那位穿橘色长上衣的朋友照旧在一旁推波助澜。

最后查鲁这样报告：“他完全能意识到他所经历的痛苦。不过，他也是诗人和作家。身为诗人和作家，他想寻找自己的根。他心中永远有痛。在以前的日子里，根本没有抱怨的余地。你是马哈尔，你得做该做的事。就是这样。”

在故乡的村落里，他并非只尝过苦头。村中的老师有种姓偏见，不理睬南德欧，但这番不理不睬倒让南德欧在童年得到了一些自由。他乐得去放牛，他可以到河里游泳。

一九五八年，十七岁或十八岁、就读中学四年级的时候，他离开家乡来到孟买。他记得，那时女星娜吉丝主演的《母国印度》正在上映。他一位叔叔在贫民区的分租宿舍有两个房间。他就住在那里。这栋建筑叫“多尔分租宿舍”，名称源自多尔种姓：这个种姓的成员从事处理肉牛及制作皮革的工作。分租宿舍里的住户都属于这个种姓。因此，南德欧离开家乡的村落时并未把种姓抛开，种姓随着他一起来到孟买。

他没有就业，而是到学校读书。他在村里读中学四年级时成绩不及格，到了孟买，他却是四年级的第一名。他也在那时开始写诗。

他的诗全是不假思索就“滔滔而来”。他读了关于鲍勃·迪伦[①] 和埃尔德里奇·克利弗[②]的东西。他读了一些黑人诗人的作品，也读过李罗伊·琼斯[③]的东西。这些他读的都是英文原文。他虽然不会说，却读得懂英文。他知道那些诗人，虽然没有受到他们直接影响。他也读过艾伦·金斯堡、兰波、里尔克、波德莱尔和洛尔迦[④]的作品——后四人的作品他读的是英文翻译。

---

①鲍勃·迪伦（Bob Dylan，1941－ ），美国著名歌手、创作人兼作家。

②埃尔德里奇·克利弗（Eldridge Cleaver，1935－1998），非裔美国社会运动家，1966年成为美国黑豹党徒，1969 年流亡海外，后回国。

③李罗伊·琼斯（LeRoi Jones，1934－ ），又名 Amiri Baraka，美国剧作家、诗人、小说家。以对非裔美国人的经验的探索和研究著称。

④艾伦·金斯堡（Allen Ginsberg，1926－1997），美国诗人，以擅长吟诵著称。兰波（Arthur Rimbaud，1854－1891），法国诗人，其作品及简练玄奥的风格对象征主义运动产生过巨大影响，并成为后人热心研究的课题。里尔克（Rainer Maria Rilke，1875－1926），奥地利诗人，生于布拉格，对西方现代文学有巨大影响。波德莱尔（Charles Baudelaire，1821－1867），法国诗人，法国象征派诗歌的先驱，现代主义的创始人。洛尔迦（Federico Garcia Lorca，1893－1936），西班牙诗人、剧作家，作品题材广泛，富于地方和民间色彩，内战时遭法西斯分子枪杀。

二十世纪中叶所有重要诗人的作品他都读过。

从一段距离之外看，他的生平似乎跟一些美国黑人民权运动人士相似——他已经成为报刊时常提及的人物。而到最后，他这个人也比他所引领的运动更加有名——但在孟买这座住宅的小房间里跟他交谈，我却觉得他被囚禁在一段外人无法真正了解的印度历史中。与美国黑人相较，他更无法冲破牢狱、抛弃历史。如今，南德欧再度被囚禁在这个运动繁多、亟待解救的印度，他很有可能又一次沉陷下去。美国的黑人运动分子可以抽身而出，过安逸的生活；他却无法真的那样做。

我问道，现在他更应该算是个诗人还是政治人物。

“这两个角色分不开。我反对种姓制度，这一点我在政治活动和诗里都表达了。写诗是一项政治行动，政治是我的诗的一部分。”直到现在我才觉得可以谈到前一夜的事。

“你会继续参与妓女的活动？”

“我会继续介入各种议题。妓女是一个重大议题。”

“有没有达利特会忌妒你？”

“忌妒是有的。有人无端指控我是共产党员。”

先前他在停下午餐的片刻里出来向我们打招呼时，穿着一件淡褐色衬衫，缠着一条花色的腰布，看起来是日常居家的样子。事实上，他穿得很用心。那件衬衫式样高雅，淡黄褐色，布质厚实紧密，腰布有格子花纹。他在这房间里显得很合宜——油漆略带光泽的墙壁，以及窗台上摆在垂直铁条前的一瓶塑料花：这里样样显示出玛丽卡的品位。

我说：“玛丽卡说你的诗是一座里程碑。”

“有人说这种话的时候我都会觉得惊讶。马拉塔文学非常贫瘠。我们曾经有像屠卡兰的作品那样的好诗，然后几百年之久什么都没有。”

他现在过的是万众瞩目的公开生活。过着这种生活，他是否能够写诗？

他误解了这个问题。“我并不真的担心。我不期待受到赞美。”

“玛丽卡说你支持她出版那本书。”

他没有直接回应。“那是两种文化、两种背景之间的冲突。玛丽卡的母亲是传统的印度教徒。虽然她父亲是穆斯林，她接受的却是传统的中产阶级印度教徒的文化。”

“你为她的书辩护。”

“她的书确实对我有害。我在外面有进步人士的形象，玛丽卡的描述损害了这个形象。但是，玛丽卡并没有错。我至今一直是安贝卡的信徒。那是我生命的一部分。而我觉得玛丽卡有权利说出她对丈夫的看法。”

然后，不待我提出问题，而为了替自己做解释，他开始谈起我可能听到或想知道的有关他的事。

“一九七一年到一九七二年间我开始在政坛上崛起。在那之前，我住在下层社会的坎提卜拉区。那边钱来得快。那地方是红灯区，充满无知、黑帮和残酷。那是个残酷的地方，对我有影响，对我的个性有很大的冲击。当你年轻时，如果骨子硬、敢斗，你的精力可能把你带上好路或歪路。如果我没有特殊的过去，如果我不知道安贝卡的运动，我可能会成为黑社会的大人物，可能不会走入政治。由于我的成长经历，我整个人充满愤怒，受到一点点挑拨就会出手打斗。有几次几乎杀了人。我在孟买黑社会里无人不知。”

下午的时光已尽，黄昏就快降临。因为南德欧一直侃侃而谈，而且我还得等查鲁的翻译或总结，我们这番谈话花了不少时间。我累了。查鲁也累了。当天晚上他原本希望带太太去看来访的俄罗斯马戏团，这计划也泡汤了。我起身准备告辞，但南德欧不让我走。

他说：“你还没问到我私人方面的事情。”

接着，像在做一件应该做的事，他毫不保留地说起别人关于他的、有时用来指责他的言论。

“我开出租车，从一九六七年到一九七一年。我找过妓女，干过种种坏事。现在我倒是太正常、太有教养了。”最后这句话是用英语说的。“甚至在结婚之后，我有时还会去找妓女。达利特黑豹党分裂时，我酒喝得很凶。我创立了黑豹党，后来他们却把我打入少数派。这对我打击很大，我到现在还觉得悲哀。”

“你认为你为什么会失势？”

“我走在时代前面。我想把达利特的范畴扩大——包含所有被压迫者，而不只是不可触碰者。如果你真的要去除关于贱民不可触碰的规定，就必须走入主流。我想进入主流，所以我才会想扩大达利特的范畴。但达利特之中的反动分子却不想进入主流。他们的看法是，若要消除小群体情感，你自己就必须留在小群体里。就是这些人把我打入少数派的。”

还有他的疾病。他的病是在一九八一年得的，他最后的一本书也出版于那年。一路谈下来，他以冷静坦然的态度诉说他的生平和感受，而那位蓄浓髭、穿橘黄色长上衣（越看越像是某种宗教服装）的朋友则在一旁倾听，望着头顶和地板中间的地方，偶尔摇头表示赞同。现在，南德欧也以同样的态度谈他的病，仿佛他从自己的生命中抽离了出来，在一段距离之外观看着它。他不再期待褒奖或赞同：他说玛丽卡有权利出版那本令人颇有微词的书，仿佛他脑中从未想过另一个可能的反应：生气并且不许书出版。

他谈到自己过去的暴力倾向。现在他已经平静下来：这可能终究是因为他受到了周遭印度教文化的感染。

“安贝卡在达利特眼中代表了什么？”

“有一段时期，我们被当作动物看待。现在我们过着人的日子。这一切都归功于安贝卡。”

就像对这栋淡紫色墙壁略呈光泽、摆了白漆藤椅的屋子可以有更深的解读，同样的，对我抵达孟买那天早上在路旁耐心排长龙的黝黑男女，你也可以赋予他们更深的意义：他们不仅仅是印度的穷人，也呈现了那贫穷长久以来所孕育的残酷——他们是处在底层的人，心中充满情感。排着长龙的他们无意于政治诉求，只是在对他们所蒙受的厌弃表示厌弃。

第二章　秘书身世——印度百年剪影

尼基尔有一天说："我认识这里一个叫拉赞的人，他是一个政商要人的私人秘书。他说他一九六二年在加尔各答见过你。"

我不记得有这事，甚至当尼基尔有一天下午把我带到拉赞的办公室时，我还是想不起来。拉赞是个块头小而结实的南方人，有一张黝黑的方脸。他的办公室——或说包含他办公室的那间套房——是我在孟买所看过最宽敞的新式办公室之一。它走国际风格，采用暗淡的冷色调，且有完善的冷气设备。拉赞显然是那间办公室的当权者，他穿着淡褐色短袖中山装——它也可被当成一种印度正式服装，或仅仅是"狩猎"装。

他说："你在一九六二年中印边境战争期间或战争刚结束时来到加尔各答。你和一些电影界人士在一起。那阵子我非常热衷电影和艺术——那是我这一生中最充满希望的时期。有一天晚上活动过后，电影学会的某个人把我介绍给你。我的任务是送你回到你下榻的药品公司招待所。"

隐约浮现的那个痛苦的战争；加尔各答交糅的烟气和秋雾；电影学会里一间间天花板亮着灯的狭小房间，里面摆满老旧的办公室家具：已经记不得的那个夜晚的一两个时刻开始回到脑海中，但它们只不过是一些难以掌握的画面。至于那晚结束时的情景，我全然没有印象。

“那时我二十二岁，”拉赞说，“我在一家广告公司上班，担任职员之类的职位，月薪三百一十五卢比。有人说我可能成为助理客户主管，结果并非如此。”月薪三百一十五卢比，等于二十四英镑。

“你什么时候离开加尔各答的？”

“那说来话长。”拉赞说。

那个下午稍晚时，我们坐在孟买旧时的国际板球场——布雷波恩球场——俱乐部门外喝茶，看年轻的板球手练球（球场的另一端是一个搭有脚手架的高耸大舞台的背面，舞台是为俄罗斯文化访问团的冰上表演搭建的）。在那里，以及另一天下班后在离他办公室不远的一家旅馆的房间里，我们聊到深夜，拉赞告诉我他的故事。

“我一九四〇年生于加尔各答。我的家庭来自南部一个英治时期叫马德拉斯邦、现今属于泰米尔纳德邦的地方。我祖父曾担任坦朱雷市附近一个法庭的小官员。他为人诚实正直，受人敬重。正直是指如果有不正当的事发生，或有人拜托他做他良心无法苟同的事，他会发怒或以任何他做得出的方式拒绝。

“他有一个英国上司，他要我祖父在一项诉讼中当证人，说谎话。我只知道两个人最后大吵一架，我祖父脱下鞋子打了那英国人。我祖父知道，经过这个事件后，他在坦朱雷的日子不会好过，于是决定带着当时尚在求学的独生子移居北部。这应该是在世纪之初，介于一九〇〇年到一九〇五年之间的事。他决定搬到英国人的大本营加尔各答。他可以在那里谋生，过个像样的日子。

“在加尔各答，他和某个朋友或远亲住在一起，直到他习惯新环境。他安排儿子去学速记。南印度人，尤其是婆罗门，由于有较多机会接触英语，对英语的领会力较强，因此会担任秘书、速记员或者打字员的工作。这些大概是南印度人或泰米尔婆罗门在英治时代最普遍从事的行业——

到最近这几年，这情况才有所改变。要不然，以阶级而言，南印度婆罗门会从事教师、祭司或小职员的工作。或者，运气好的话，他们会在政府部门谋得一差半职。在那时候，月薪十卢比的政府差事是最受大家青睐的了——那是绝大部分受过些许教育的泰米尔婆罗门的最高志愿。所以他们有不少人迁移到北部，到孟买、加尔各答、德里等大城市谋生。

“我祖父安顿下来后，就住在与加尔各答隔河相望的豪拉。那是一间典型的加尔各答住宅区房子，一间‘pucca’——真正的房子，而不是‘kaccha’——未完工或随便充数的处所，而且位于体面的中产阶级地区。这些住处可以租用。那地区住着一些同样从南部迁移来的人，住在自己的同类中带给他们某种安全感。那时在加尔各答，大家对南印度人还没有敌意——那年头情况不同。事实上，那时南印度人普遍受到孟加拉人尊重。如今情况大不相同了。从六十年代以来，加尔各答的南印度人开始觉得没有归属感，尽管他们在那里已经住了好几十年。这或许是我从加尔各答搬到孟买的原因之一——但那是多年后的事了。

“我父亲在十七八岁时成为了速记员。那应该是在一九〇九年左右，他貌似在一家英国公司做事。他是个很熟练的速记员，他告诉我他的英文速记和打字速度曾经两度拿到政府的五十卢比奖金。他继续住在豪拉我祖父那里，那是一栋住宅的一部分。加尔各答没有套房、公寓或分租公寓之类的东西，只有房屋的各个部分——房东住屋子的一部分，而把其他部分稍做修改后租出去。

“在数年之间，我祖父母相继过世，没有留下多少钱财。不过我父亲那些年的工作薪水一个比一个优渥。有一段时期，在一九一五年到一九二五年间，他的收入相当不错。他不但有足够的钱把家人照顾得舒舒服服，还有余裕拥有一些象征地位的东西，譬如马匹、四轮马车等。他有几匹由穆斯林马车夫驾驭的阿拉伯马。为什么是穆斯林？因为在当时他们是最容易找到且适合做那些工作的人。在当时，印度教徒不介意穆斯林在他们身边做些可以信赖的工作。

“我自己一点都不记得父亲这段日子的情况。这些全是我大姐主动说给我听的，我并没有要求她讲。过去和我父亲十分熟识的人也对我说过这些。他们有的会说些类似下面的话：‘住在加尔各答的南印度人很少像你父亲过得那么有地位或者说格调。’我还是个孩子，还在上学时，大约十三或者十四五岁，在一些社交聚会上遇见他们时，都会听到这样的话。在那种场合，人们会谈论某某人在世时很成功，或某某人失败了，有人就会谈起父亲过往的风光。听到这些时，我感到既骄傲又哀伤。

“在这段安逸的岁月，父亲喜欢典型的英国式装束——高帽、西装、背心、双色皮鞋、领带，一应俱全。闲暇时还打网球。他在住家附近成立了一个网球俱乐部。身为南印度人，他的生活开支很节省。在那时候，不用说，所有南印度人或泰米尔婆罗门毫无例外都吃素。所以两百卢比是笔相当可观的月薪。一般家庭只要三十或四十卢比就过得去了。

“他像大多数南印度婆罗门一样，是个笃信宗教的人。除了网球，他唯一肯花时间在上面的事情就是他的礼拜和祈祷歌。他唱祈祷歌是相当出名的。他成为了那地区的社群领导人。结果，他在家里收留新移民——从南部来这里讨生活的年轻人。他供他们吃穿，教他们速记和打字。我们家里可以说有一个固定的速记班。他还帮他们在英国公司找工作。

“我父亲一向尊敬英国人。他有办法和英国人融洽相处，对英语本身又很喜爱，大概就是因为这样，他不会一味地把他们看成某种可恨的人。他从不对任何政治感兴趣。

“我父亲结过三次婚。他第一个妻子过世，于是结了第二次婚，这样第二个妻子就可以照顾他的两个大孩子。当他第二个妻子过世，也是留下两三个孩子时，他在亲人的强迫下结了第三次婚。在那时候这样的婚姻并不困难。尽管一贫如洗，泰米尔婆罗门毫无例外都很能生育。他们很乐意把女儿奉送给任何想娶她们的人，只要他们确定对方符合一些基本条件——也就是男方出身于相同的社群，并有能力供养妻小。

“一九三五年第三次结婚时，我父亲四十三岁。他的第三个妻子，就是我母亲，当时十八岁。一九三七年他们生了一个孩子，但只活了五个多月，主要是因为我母亲的健康状况很差。我出生于一九四〇年。

“这时候我父亲已经把最大的两个女儿嫁出去了，还剩一个女儿待字闺中。他还有一个第二次婚姻所生的男孩尚在求学。那些年因战争而动荡不安。我父亲那时是仓库管理员。那是一项要职——仓库里大部分的货物是进口货。仓库是日本三井公司所有。我父亲一九三六年——那时他已娶了我母亲——在日本人那里谋得了这份工作。他持续做着这份工作，直到这些在印度的日本企业随着战争爆发而关闭为止。在这之后我父亲换到刚成立的政府单位，军火暨生产总局（DGMP）。

“战争结束时我父亲放弃了这份工作。大约在这个时候，圣雄甘地的独立运动声势壮大了许多，穆斯林也变得躁动不安。一九四六年加尔各答发生了非常严重的印度教徒和穆斯林冲突所引发的暴动。

“在这之前我母亲病得很重。临终时，我母亲要求我的同父异母姐姐——她嫁了一个退役军人——将我抚养成人。所以，当我姐姐和她先生离开加尔各答时，我就跟着他们。那时我六岁。母亲在一个月后过世。

“几乎就在同时，加尔各答发生了印度教徒和穆斯林冲突的大暴动。在那些暴动中我们先前居住的房屋被烧毁了。我们早已离开豪拉，搬到市区内。当父亲在战争结束后失去他在DGMP的工作时，我们便搬进了一栋大建筑的合租单间。这就是在暴动期间被放火烧毁的建筑——连同我母亲在里面断气、存放着我们几乎所有东西的房间。

“在暴动期间，父亲不得不抛下一切坐进一辆吉普车，并为了保命，将他所有的数千卢比付给载他的人。他们把他和其他跟他一样的人丢在豪拉火车站，任由他们自己搭火车离开那城市前往选定的目的地。

“当时我同姐姐和她丈夫身在远方，姐夫在那里担任邦政府的粮食检查员。他在一九四五年从军队——奥金莱克[①]的部队——退役。先前他是一名所谓的总督委任军官，离开军队时他的军阶是中尉。这些总督委任军官在战前——当时英国人觉得他们不久将面临战争——就被征召入伍了。还是孩子时，我很钦佩他，常盼望见到他，在我心目中他是某种英雄。他总是穿得很讲究，会给我们许多礼物，例如巧克力和军中供应品。我唯一不喜欢他的地方就是他抽烟。

“我知道父亲在加尔各答的遭遇。我常看报纸上的照片，大家也都在谈论那些可怕的事件。这一连串事情：好几个月看着母亲在一个房间里慢慢死去，我老迈的父亲照料着她，然后是我被托给姐姐照顾，随着她和她丈夫搬到印度另一边一个完全陌生的地方，那里的人说的是我听不懂的另一种语言，马拉塔语——这一连串事情使我陷入一阵彻底的沮丧和忧郁。

“现在我认为那是抑郁症。那时我就坐在屋外，在台阶上，只是蹲着，把头靠在手臂上，自己一个人坐在我姐姐屋外的台阶上。我会这样坐上几个钟头，心头一团乱，不知该想什么好。

“有一天早晨，我父亲突然来到了，我想他使我的生活恢复了一点正常。然后他又离开了，答应在事情平静下来后来把我带走，回到他身边。这时是独立前夕。

“我姐夫开始旷工。他会离开我们，一走好几个星期，也不告诉我们他要去哪里。我姐姐写信向父亲求助。但我父亲自己都还没安顿下来。这时他快五十五岁了。我跟着姐姐和她丈夫搬过许多次家——我姐夫一再换工作，而且老毛病不改，一再旷工不知去向。然后我父亲把我和姐姐带到了加尔各答，他在那里终于找到栖身之处。他也在一家进口公司谋得了一份工作。那时是一九四八年一月，圣雄甘地在那个月逝世。

---

①布劳德·约翰·奥金莱克(Sir Claude John Eyre Auchinleck, 1884－1981)，英国陆军元帅，1904 年被派往英属印度服役。

“我和父亲相聚了一段时间。接着外婆把我带回她在南部的村庄，让我进入那儿的一所学校就读。但是这种村庄生活并不适合我，于是我在一九五〇年回到加尔各答，重回父亲的身边。他开始在家里教我读书。我直到一九五二年十一岁时才真正进学校念书。我父亲无法跟我去，我就自己去学校，经过测验后获准入学念八年级。

“我父亲主要教我英语。他不太重视其他科目。由于他对英语的喜爱，也由于这时他已年迈，他会要求我朗读《政治家》上的社论和重要文章，虽然我常常不懂我在读什么。他会要我在难懂的字词下面画线，让我自己写下它们的意思，作为下午的家庭作业。

“我父亲的收入减少了，所以我们那时住在房租较便宜的地区。那地区有几个留下来的英国人，住在我们附近的大屋子里，还有为数不少的穆斯林，以及同样多的英印混血儿和基督徒。我们全家——父亲、同父异母哥哥、同父异母姐姐、她的两个孩子还有我，总共六人，住在一间非常大的房间里，大约是二十英尺长，十六到十八英尺宽。我们必须和别户人家共享自来水和厕所。

“那地区的南印度人很少。我们一家人不太适应。所以我父亲决定搬到一个我们比较容易和别人打成一片，离我学校也比较近的地方。那时我已在一所南印度人的学校就读。

“我在那里读了三年。我每年在考试的时候都会出状况，就是生各种小病，所以我能一路升学，事实上只因为我的整体表现还不错。

“我们后来搬进了一套三室公寓，那时我哥哥已经开始赚钱。

“一九五五年三月我毕业了。两个月后我父亲过世了，死于一场车祸，就在离家非常近的街上。我父亲习惯早起。那天他到市场为晨间礼拜买鲜花；当他返家时，一辆逆向行驶、坐着三个人的摩托车向他冲了过来，他倒下不省人事。我们到现场时，他躺在血泊中，买的蔬果鲜花散了一地。

“我们叫出租车送他到医院，那辆摩托车上的一名男子也和我们一道，其他两个逃跑了。这个男子没有受伤，不过是装装样子而已，他看到只有我和我哥哥抱着我父亲，便在一个街角打开出租车门逃走了。父亲在医院待了三天，很痛苦的三天。他再也没有醒过，就这样走了。

“接下来我们全家必须靠我哥哥的一百五十卢比——相当于十四英镑——月薪度日。他在一家工厂当英国经理的秘书，工厂位于郊区。于是我们得离开那套三室公寓，搬到我哥哥工厂附近一个较小的房子里。

“我压根儿不敢有上大学的念头。我不想成为哥哥的负担。而且，不管如何，我想靠自己的力量。所以我决定学最容易想到的东西，比如打字。离我们新住处不远有家打字学校，学费一个月四卢比。刚开始是我哥哥付的学费，但接着我就可以赚一些钱自己付了。我在打字学校做一些零工。那时我积极地找工作，但时机不好。我常常走十或十二英里路去找一位朋友，想通过他的帮忙谋份差事。那时我大约是十六岁。”

拉赞虽然长得结实，个子却很矮。我很想知道，在他所谈到的那个时期，他的身体状况如何。

我问他：“那时候你觉得身体是强壮还是虚弱？”

“我总是觉得体力不足，但是靠自己力量的决心让我撑了下去。我告诉你我曾经做了什么。有一天，我居然找我哥哥工厂的一名英国人商量。他说：‘你太年轻，你应该上学的。’另一个我找的人说：‘你嘴上都还没长毛呢。’

“我患了好多回沮丧与忧郁症。那差不多就像我过去坐在我姐姐家台阶上时的感觉。我甚至常想结束自己的生命。有郊区火车，胡格利河也总在我心头打转。但是，一位好友的忠告改变了我的念头。

“我没有青春期。我从童年直接进入了成年。而且我感觉自己营养不良。我父亲过世后我们的食物就变差了，因为我哥哥微薄的收入得喂饱那么多张嘴。这时期使我不顺心的生活更加不快乐的，是我和同父异母哥哥的关系——他可是我们所有人的衣食靠山。我们从来都处不好。他差不多大我九岁，老是把我揍得很惨。有一回就是这种情况，他狠狠打了我一顿，我便想结束自己的生命。

“来年，一九五七年，情况好转。我和一位朋友不期而遇，他说他可以在一家玛瓦尔[①]人的公司为我找份工作。玛瓦尔人正在接收英国人在加尔各答的事业，在那时是当地的主要商人——直到现在都是。他们接收了黄麻工厂、茶园、煤矿等。

“我在一家家族公司谋到了一份打字员的工作。薪水是每月九十卢比，相当于七英镑，我就快要可以为自己买第二条长裤和一件上衣了。到公司的路途遥远，回来也是长路漫漫。那个月，我花在自己身上的钱不到十卢比，我把剩下的收入交给哥哥，作为我对家庭开销的分担。我往来乘坐二等车厢；我不看电影；我的午餐不超过两安钠，即八分之一卢比，相当于一便士。

“我进公司一个月后，一位主管把我叫过去：我打一份报告时把复写纸放错了面。我被开除了。幸好，在七天内我碰到另一个朋友——我们搭同一辆电车——他带我去见另一个雇主。这位也是个玛瓦尔人。他在他家里面试了我。他的公司是一家报社——印度当今最大的。

“我就在他们新设的广告部门上班，打广告业务报表，领一百二十五卢比的月薪。所以我的境况稍微好了一点。我拿出整整一百卢比给家里，自己只花二十五卢比，包括我刚就读的夜校的学费，我修的是中等商业课程。

“现在我们有能力搬回南加尔各答的旧家了。我们住在一套由两个家庭分租的公寓里。我和我哥哥的关系一如既往。但是，有一天我回敬了他给我的一巴掌，之后他就不再打我了。

---

①原为印度西北部的一个邦，现已并入拉贾斯坦邦。

“我和报社那伙人共事了一年。接着我离开，进入立顿公司工作，图它一天十卢比的薪水。那里的经理把我推荐给他自己所委托的广告公司，于是，一九五八年到一九六四年的六年间，我在那家广告公司做事。那就是我遇见你的时候。对我而言，那是一段好时光。我是英国文化协会的会员。对英语的喜爱使我乐于接近精通英语的人——记者、电影制作人、广告文案，以及一般的广告人。

“我喜欢广告行业，因为它与众不同。它使我思考，不会枯燥乏味。我做过的其他工作都单调无趣。而且我特别喜欢从事这行业的人——美工、客户主管、印刷商和文案。我刚进入广告公司时的月薪是两百七十卢比。一位资深主管喜欢我的英语，我就在他手下工作。他喜欢我积极工作的表现。他提拔我，让我协助他进行各种广告案。不久有人想推荐我担任助理客户主管。我和公司其他人也合得来，因为我是那伙人当中最年轻的，而且会用他们的语言——孟加拉语——和他们流利交谈。孟加拉人很看重这点。我的月薪每年会提高十五卢比。一九六四年我的月薪是三百三十卢比。他们承诺要擢升我为助理客户主管。最后，这承诺没有兑现时，我一气之下便辞职了。

“接着我成为一个广告片与短片制作人的助理，他对我有好感。我学会了电影摄制的基本技术。他给我三百五十卢比的月薪。我自己甚至还拍了几个片段。但是印度和巴基斯坦一九六五年在克什米尔发生的冲突使那种电影制作公司无法生存下去，我也就必须另找一份工作。这期间，我遇到了加尔各答文艺界的重要人物，为此我非常高兴。我一向觉得自己有一股创作冲动，但还找不到表达的方式，因为我没有稳定的生活和适当的基础。

“有人说我应该去英国。就这样，我在印度航空公司谋了份差事，为的是去英国的免费机票。工作满一年时我去了英国。但是，由于家里我姐姐和她丈夫的问题一再爆发，我必须回来。在印航工作第二年期满时，我去了趟美国。

“印航的月薪是三百五十卢比，那太低了——卢比在一九六七年贬值了。我甚至得在晚上兼一份差。最后我应征了一家制造公司的启事。多亏我的资历，我得到一份管理人员的工作，薪水是印航的三倍。老板很快把我擢升为采购部门的主管。

“就这样，在这些年之后，我终于换到另一边。但是我没有办法完全认同管理方，因为我非常清楚其他人过的是什么样的生活。接着孟加拉的政治动荡纷起。工人很难安抚。左翼分子多多少少掌控了工会和整个邦。城里的实质环境也开始恶化。越来越多公司受到玛瓦尔资本家的控制。然后是一九七三年的石油危机。我负责公司的汽油采购，真是面临了艰难的时刻。还有，作为管理阶层的一员，我必须容忍电力不足、交通不便及工人好斗等问题。你不妨说我找对了工作，但时机不对。那时早上出门上班都很不情愿。

“我在一九七三年底辞职了——因为工作本身的问题，以及加尔各答的生活环境。这些事情迫使我离开加尔各答。我想到的可以前往的地方只有孟买，因为先前在印航工作时偶尔会去那里，对那里的大都会气息和工作机会颇为向往。

“所以，在没有现成工作而且存款很少的情况下，我搬到了孟买。在孟买我和一个年纪与我相仿的亲戚住在一起，他在离孟买颇远的郊区经营一家照相馆。他没有房间，我就住在照相馆里，和那栋建筑的其他住户共用厕所，在屋外洗澡。为了照相上的需要，我们都会储水，我就用那水洗澡。

“我为自己特别做了个夹层，就睡在那里。那差不多是一般棺材的两三倍大。它就在屋顶下面、店铺前方的假天花板上面。我利用窗户铁条作为台阶爬上去，再滑进那小缝里。睡那里很舒服。风会从卷帘窗旁的间隙吹进来，我常觉得这个小夹层是我阅读及偶尔书写——写信，不是写文章——最方便的地方。

“我开始在照相馆工作时，赚的钱很少。我会把大部分收入寄给在加尔各答的家人，因为我姐姐的四个小孩正在长身体，而同父异母的哥哥这时也有自己的家庭得照顾。

“开始时，我以为我能和我的亲戚一起把照相馆生意做起来，因为我是业余摄影家，对摄影技巧略知一二。但过了一阵子后，我的积蓄用光了，结果我那位亲戚并不怎么帮忙。我需要钱时他不肯给，向他索要我花在照相馆的钱时他也不还。

“所以，我们关系很紧张，不过，因为在孟买不管要找哪种住处都是个大问题，一筹莫展的我还是继续住在那里，在我那个舒适的小洞里睡觉、阅读。眼看情况越来越糟，我决定放弃照相馆生意和依赖亲戚的所有念头。

“我的第一步是在《印度时报》的分类广告版上刊登一则广告。那应该花了我十四或十五卢比——那份报纸给求职者优惠价。我接到了四十个回复。

“我的广告大致是这样写的：‘南印度人秘书，具十年以上经验，英语能力无可挑剔，寻找广告、公关、旅游等行业的有趣职位。’我筛选接到的回复，决定不理会位于中央铁路沿线郊区的公司，特别是工厂。那里的交通状况非常不便，从我和亲戚位于西部铁路线一个半钟头远的住处到那里，必须在中途换火车。

“我决定只去赴四个面试。这四个的地点都在教堂门的维多利亚终点站附近，而且都是办公室而不是什么工厂。第一天没有什么结果。我没有接受那些工作是因为不同的原因：薪水、办公室气氛、面试官本人。事实上，我还训斥了一名面试官，因为他问我这个很荒谬的问题：‘为什么在这么多年后你要离开加尔各答？那里有那么多漂亮的女人——光是为了那里像奶糖般的女人你就应该留下来。’我觉得那太侮辱妇女了。

他大概发现了我的资历超过他所需要的。那是一家贸易公司，而他是那种没有教养的暴发户。

“我所安排的面试要花两天时间，一天两个。第一天结束时我有点沮丧。我不想回加尔各答。不过，我也不想因为没有什么钱而继续和亲戚住在一起，使自己的生活更加悲惨。所以我下定决心，若是第二天没有找到工作，我就一定得回加尔各答——我姐姐不断从那里写信到我的住处。

“第二天我从照相馆一路来到教堂门。在教堂门车站一下车，我就进了对面的沙特卡餐馆。告示板上写着：‘茶点餐饮间’。我点了一份黑绿豆米饼和一杯咖啡——黑绿豆米饼大约六十派沙，咖啡四十派沙——因为我想我已山穷水尽，所付得起的就是这么多了。

“快喝完咖啡时，我浏览筛选过的公司来函，看看我还应该见哪些人。这时我发现来自一个只自称是‘市议员’的男子的回音。他的地址在‘A’路上。我问侍者‘A’路在哪里，他说：‘你就坐在这条路上。’我发现那个市议员所给的地址只有一箭之遥。

“我朝那地址走去，发现它是位于住宅内的一间办公室。等了一会儿后，进来一位绅士，这就是我对我未来老板所投的第一眼，在那之后的十四年里我一直为他工作。他是个高个儿——不，普通高，五尺七寸或八寸吧。很白，身材不壮硕，看起来精心修饰过，穿着考究。

“他把我带到他办公室里。经过非常简短的交谈，大概十五分钟，他直截了当地请我替他工作。虽然我对这个人的利落与果决已有好感，我并没有马上接受他给我的工作机会，因为我得考虑一下他所提出的九百卢比月薪。不过他想雇用我的热切表露无遗。看起来就好像他已猜中我的处境，判断出我应该赚多少钱，所以给了我工作机会。到今天我仍然不知道他是否对我的状况、我的背景、我在办公室以外的生活相当了解。

“他要我一拿定主意就打电话给他，他希望他不用久等，因为他已经认定我就是他所要的那种人。我回到那家餐厅——侍者已换了人——仔细考虑过自己的处境后，差不多就下了结论：手上有工作总比什么都没有好。隔天我打电话给他，在接下来的那个星期一就开始为他工作了。

“当我找到这份工作时，我那位开照相馆的亲戚试图改善我们的关系，但是我已不想维系下去了。在那之后，我在照相馆的小洞里待了三个月。接着我不断搬来搬去，以付费房客的身份住在许多不同的家庭里。他们有他们自己的问题，形形色色的问题。我有一皮箱的衣服，还有另一个皮箱装书和各种玩意儿。两只皮箱的财产——那就是我所有的东西了。

“因为替这位雇主做事，我认识了重要的人物。我很高兴有那样的机会。他是个市民领袖，我也看出他是个有抱负的人。我以为我会有机会随着他高升。确实，他在各方面都高升了。比起我刚开始为他工作时，他现在更有名，更有权，也更有钱了。

“办公室里和我有往来的人会说我跟着他鸡犬升天了，但我觉得事情并未像我所期望的那样。在这里工作期间，有很长一段时间我就带着两只皮箱，继续过着付费房客的流浪生活，直到我遇见一户非常好心的人家——在像孟买这样的地方，这是非常难想象的——他们慷慨地把整个房间让给我一个人住，虽说那是一栋老建筑里的房间。那是一九八〇年，我四十岁。在那个年纪，我生平第一次拥有自己的房间。在孟买这样的地方这是个梦——在这城市里，人们必须睡在人行道上和排水管里——而这可能是我碰到的最好的事了。

“直到三年前，我一直住在别人施舍给我的地方，一栋老屋子里的一个房间，有一个四十人共用的厕所。那时我无法奢想婚姻，虽然就孟买的标准而言，我的薪水非常好，却不够买任何一种住所。但是在那之后，我突破万难，终于幸运地拥有了一套自己的公寓。

“接着有一位朋友认为我应该安顿下来了。这个朋友知道我有始有终地对我姐姐的家庭负了责任。他为我在报上的征婚版登了启事。先前，分类广告为我带来了好运，现在它又闯进我的生活，使我日后的生活改观。

“在回复朋友为我刊登的启事的人当中，有一个是我未来的岳父。在启事中，我列出了我的出身背景和年龄。我没有隐瞒任何事。我说我想要一个期望过简单生活的女士。我收到了大约九十封回信，或许有一百封。它们来自印度各地。我想我会得到这么多回复，是因为我在启事里声明：‘种姓、社群、寡妇、离婚等均不构成障碍。’不过，我倒想要一个已置身于孟买的女士，因为这可以解决许多问题。孟买的生活是这么不易——例如不懂印地语的人便有语言上的问题——而且交通很麻烦，整体而言，这里的生活方式很辛苦。要适应孟买可不是简单的事。

“和我未来的岳父交谈半个钟头，他便知道了我大致上的性格。会面的地方是丽思酒店的咖啡厅。他到我办公室来，但是我必须让他——这个七十岁的老人——在那里等一两个钟头，因为他来的时候我无暇分身。他是个喀拉拉邦人，却是个婆罗门。中等身材，秃头，说话声音小，脸上表情和举止明确透露出他的耐心。他已退休，先前是电机工程师，负责公共部门——印度工业化的一部分——采购事宜。他到过全国各地，他的孩子都有开阔的胸襟。

“这次会面过后大约一个星期，我忙了一天，下班后到他们家去，时间大约是晚上十点半。她已经睡下了，她父亲把她叫醒。我和她聊天。她在一家国有化的银行工作了十年，喜欢瑜伽，不太爱说话。她相貌平平，不胖，但她的身高使她看起来不苗条。她差不多四英尺十英寸，戴眼镜。

“大体通过她父母亲做了一些沟通之后，我觉得必须再和她见一次面，让她在父母不在场的谈话中说说自己的心思。三天后，我在她表亲家再次和她见面。这位表亲很赞同我的态度，并且为了私密性等等而做了种种得体的安排。我们一面喝咖啡，一面聊了半个多钟头——她刚从银行下班。她不太懂得穿着。我当时的印象是她不怎么在意她的打扮。

“三天后，我打电话到她办公室，这次我们在餐厅见面。我们大体上同意结婚。大约四十天后我们就结了婚。我想要一个公证婚礼——没有嫁妆、没有礼金的赠送与收受；没有亲朋好友拥在四周；没有派对、餐宴与贺礼。但是他们不想要公证婚礼。所以我请我表亲来主持仪式。我自己完全没有宗教信仰，我从来没有特别努力想了解印度教神学或教义。

“我很高兴生活终于有了目标；现在我有了自己的家庭。我结束了原来不安定的生活。那年我四十五岁，我太太当时三十九岁。我们两人等这恩宠都等了很久。除此之外，神还为我们添福：在这么晚的阶段，我们有了一个孩子。

“我仍然觉得，如果得到多一点了解和同情，我应该可以爬得更高。或者，在另一个国家也许可以。这些时候以来，让我挥之不去的感觉是，我注定只能爬到这里，无法再高升了。即使现在这个工作，我也一直觉得自己就像是船的阶梯。海水上升，船就上升，阶梯也跟着上升。但是阶梯无法自行上升。我这辈子无法独立于我的雇主而往上升。

“不过，我确实有一种满足感。虽然先前很富裕，我父亲过世时我们却几乎一文不名。早年我姐姐抚养我长大，当我姐夫遗弃她时，轮到我照顾她并抚养她的小孩。我有能力那样做。现在他们都很有作为。我把他们看作我成就的象征。

“然而，我同时也认为我会是某种创作者——就像我一九六二年首次见到您时在加尔各答所认识的那些朋友。但是那种生活和友伴总是与我擦身而过。我出道时是秘书，现在仍然是秘书，最后大概还会是秘书。我无法上升到我父亲与祖父在这个世纪初所能达到的地位。唯一的安慰是，即使是秘书，我也不像大多数其他秘书那么贫困。或许，我也不再认为自己只是秘书而已。”

第三章　打破禁锢

一抵达位于圣克鲁兹的孟买国内航班机场，我就觉得自己像是难民。入口处有一群人，来自附近、心怀不轨的年轻男子抢着替旅客搬行李，从出租车到门口只有那么几英尺远，却大敲竹杠。

警察在门口挡住年轻男子，但他们似乎对外面的人——甚至当这些人几乎走到了门口时——没有什么保护作用。年轻男子看准了这一点，每当有人抵达，就三五成群跑向前去，开始对着皮箱袋子喊叫，想制造令人错乱的慌张气氛。这些来自附近一带的年轻罪犯身材瘦小，穿着某种人造布料裁制的牛奶巧克力色的紧身裤，你看得出他们臀部和大腿的羸弱。他们脸部小而无肉，颈子看来仿佛随时有断裂之虞。虽然体格那么弱不禁风，他们可一点都不因此少了凶悍之气：他们令人想起，克鲁克香克[①] 为狄更斯作品所画的一些插图中那些瘦巴巴、楚楚可怜但内心邪恶的人物。

机场外是人群和噪音、威胁和强求，还有在午后三四点的烈日下来

①乔治·克鲁克香克（George Cruikshank, 1792－1878），英国漫画家、插画家与蚀刻画家，以幽默插画和政治讽刺画闻名。

来往往的出租车。里面也是人群，也有噪音，不过那是另一种噪音：听起来比较稳定，是什么地方也去不了的人发出的声音。印度只有一家飞国内航线的航空公司，那是家国营公司，运营状况一塌糊涂。有好几位发言人说，这家航空公司的航班一定会误点，因为其中许多由德里起飞，而德里在早晨常常有雾。此外，还有别的问题。这家航空公司从来就没有足够的飞机，而在过去数周，有几架飞机又由于各种原因停飞了。航运业务目前一片混乱。但搭乘飞机仍是科学家、政府官员、企业主管等重要人士必要的地位象征和特权，这个国家最杰出的男女随时都有一部分被耽搁在各地的机场里为时数周之久，仿佛全被施了魔法。报纸经常说，在哪个城市举行的重大会议因为飞机误点以致与会人数大减。但是，机票的需求——特别是在这度假旺季——却比以往都大。我托了一位有影响力的朋友才买到这班飞果阿的班机的票。

机场大厅里，出入港信息屏上显示着越来越多的延迟或取消的班机，仿佛发生了什么全国性的紧急状况或灾难。这许多灰白屏幕的电子信息不断无声地跳动，在人群的头顶上宣告坏消息；这一堆人虽然哪儿也去不了，却不是静止不动的，而一直在极为缓慢地移动。我自己飞果阿的班机已经晚点了五小时，这会儿，每当屏幕上出现这班次的号码（就像彩票开奖那样），它就显示起飞时间又要再延迟四小时。有些人就在大厅里等候了一整天。

偶尔会有飞机起飞的声音。这声音听起来叫人很不是滋味：这些飞机原本是人们等着搭乘的，后来却换了航班号。它们从这里起飞后要绕道经停许多地方，不知多久才会回到圣克鲁兹。

我那果阿航班的飞机将从一个料想不到的城市飞过来。一个来自德里、体格结实的男人这样告诉我，他每年因为业务要到果阿五次，因此知道航空公司的安排。这是我所能得到的唯一消息，因为到了晚上某个时刻后似乎就找不到半个航空公司人员了，甚至在名称古怪的“引导处”

服务的年轻小姐也不见踪影。那位德里来的人要我注意从那个意想不到的城市飞来的航班的抵达时刻，然后加上一个钟头的停航时间，就是去果阿的航班的起飞时间。

德里来的人说，我可不能放弃希望。他确定那航班并未取消。他有一位表亲从事餐饮承办业务——或者他是说，他有一位姻亲供应航空公司的一部分餐饮——他知道这位表亲或姻亲确实接到订单，要为当天去的果阿的航班准备全机所需的餐盒。他说，这表示航班甚至可能在午夜之前就起飞。他的话中透露了在印度门路是怎么打通的：要是你认识某某人，那人又认识跟某个重要机构有关系的某某人——甚至只是无关紧要的关系，事情就有准头了。

在这一大段时间里——午后三点左右的强光变成向晚的灰暗；黄昏降临，接着是全然的黑夜；到了现在，大厅已亮起日光灯，暗淡的灯光单调均匀——有位美国老妇一直站在她的行李推车旁边。她神情并不放松；她没有倚在推车上；那老迈的身躯显得僵硬，似乎害怕东西被偷，一副随时防范着的样子。她这时的眼睛毫无表情，仿佛进入了那种著名宗教上师所揭示的内心平静状态，不过，她会达到这境地倒不是通过密宗苦修或冥想（她甚至有可能是为了学习这些才来到此地的），而只是在一座印度机场的大厅里等了又等的缘故。她从早上就开始等，还得再等好几个钟头。现在这位美国女士的心思不知跑到哪里去了，甚至当旁边那位漂亮、丰满的印度穆斯林妇女（她自己从前晚就开始等）起身让座时，也过了半晌才发觉有人在对她说话。当她意识到这等于要她离开手推车，她那老妇的面孔一时间惊恐毕现。她一言未发，以防卫的姿势更加僵硬地站在行李旁。

她站在离办理登机手续的柜台不远的地方。那角落的冷气很大，一开始我并不觉得冷，后来才庆幸带了一件有点厚的外套。我穿上外套，但几个钟头后甚至也开始冷得有些僵硬。虽然我不情愿，却不得不起身离座，加入大厅里极为缓慢地移动的难民群。我发现一家书店，买了两本印度出版的平装书，一本是漫画家拉克斯曼的漫画集，另一本叫作《库西万特·辛格笑话集》。不出五分钟我就发现（我应该想得到这点），必须身处现实、心满意足的情况中才读得进笑话，如果你手上什么事都没有，只能一直等下去，那么这些只需几秒钟注意力的短笑话反而令人感到劳神，使情况更加恶化。还不如乖乖忍受。

机场大厦楼上有一家餐厅。体验过旅客报到柜台附近的冰冷之后，这里叫人觉得温暖得恰到好处。过了大约半个钟头，吃了一碟我不需要的腰果，喝了一壶我不需要的茶，我才发觉餐厅里那股发霉腐烂的气味不仅是因为温度高，更是因为这房间密闭，空气不流通。我这才明白，餐厅的冷气机坏了。

楼下寒冷，楼上则闷热，灰尘弥漫，令人窒息。外面没有经过空调处理的夜晚空气倒更新鲜，但若想呼吸到那空气，你得打破封死的玻璃。

就像有些人所说，如果你在小室里沉思冥想，把眼光集中在一道火焰上，那么你就可以达到心无一念的境界，同样的——就像如今，我身处这些搁浅的旅客中：他们在日光灯的淡白光线下一簇簇缓慢移动，越来越像寓言中的人物，将他们封闭起来的玻璃映出他们幽暗的身影，大多数人已失去谈话的兴致——同样的，在这种情况下，只想着我那班飞机的编号，每隔一刻钟我就发觉自己更加出神。我已经远离那天早些时候的我，变得越来越像我（意识比较清楚时）所看到的那位僵立在行李推车旁的美国女士：跟她一样，印度的建筑和航空客运也让我领会了印度教所说的万物皆空。

没有脱身的办法。随着时间一个钟头一个钟头地过去，重回孟买旅馆（还有空房吗？）或是搭十二或十四小时出租车前往果阿（那边的旅馆房间必须及时入住，否则预订就被永远取消了），这两条路越来越不可行。我只好在冷热之间游移，缩回自己的世界，对于何时可以登机起飞也就姑且听信传言了。

德里来的那人倒说对了。确实有班机飞果阿；当——时间已经不重要了——我们推挤着登上机舱后，也果真有德里那人所说的餐盒：他的朋友或亲戚为这家航空公司这次果阿航班所供应的装在灰色纸盒内的餐点（包括白面包三明治、一块不知什么做成的糕饼、一个北方出产的苹果）。飞机看起来出勤得很频繁，机上的航空公司杂志被翻得很旧。头顶上的一片装饰条板松脱了，每次空姐把它敲回去，它总会再弹出来。无论如何，经过这段极短的航程后总算到了果阿。有趣的是，最后终于下飞机走进清新的夜晚空气中时，我看到用印地语天城文字母写出的此地名称：果阿。

这时已经过了午夜一段时间。我们挤进一辆游览车，车上座位紧紧挨着，窗玻璃染过色：这一如圣克鲁兹那幅束缚情景的延续。过了一阵，我们来到曼多维河畔，在这里，旅程着实中断了。曼多维河上并没有桥。直到不久前这里还有一座桥，而且还算是新桥。那座桥存在了十年左右，有一天突然就垮了。现在过河必须搭渡船——这些简单的玩意儿虽然是在桥垮了后才造的，如今看起来却像这个世纪般老旧。有人把行李从车顶抬到印度土地上，再搬进渡船里，到了对岸，他们又把行李从渡船里搬出来，抬到另一辆巴士的车顶：在此科技退到一旁（偷偷地，在印度的夜晚里），只看得到那个许多只无力的手在做着简单琐碎工作的印度。

两三天后，我在白天看到了那座垮掉的桥，眼前只有粗大的桥墩立在那边，不见中间的桥面，这时我仿佛看到了那一天一夜漫长经历的缩影，看到了现实的破碎。

有一天在孟买，尼基尔向我谈到他虔诚的宗教信仰时曾告诉我，他有两个经常（特别是面临危机时）祈祷的对象：一个是赛峇峇——不是留着黑人爆炸头的那个当代人物，而是本世纪初的那位宗教导师[1]，另一个是圣婴耶稣像。

尼基尔出身于印度教家庭，他会向耶稣——我最先以为这是他所指的——祈祷可就有点不寻常了。不过，尼基尔特指某一个圣像，他也告诉了我他向这圣像祈祷的缘由。有一回，他在工作上碰到麻烦的法律问题，正在焦虑不安的当口，他接到一张关于圣婴耶稣像的传单。传单建议说，特别需要解厄的时候，可以每九个小时向圣婴耶稣祈祷一次。尼基尔就照做了。这表示他每两三天就有一次必须在不方便的时间起床，但也表示他过着以祈祷为中心的日子。有好几个礼拜之久，尼基尔持续向这圣婴耶稣像祈祷，让他担心的法律危机最后终于解除了。尼基尔至今一直心存感激。这想法不理性，他说。这点他知道，但他还是没法不那么想。

尼基尔一定告诉过我这圣像的所在地，只是我没记在心上。有天早上在果阿旅馆大门口，我看到一辆被照料得很好的崭新的小客车，其挡风玻璃上方漆了“圣婴耶稣”几个字。我向司机询问，他指给我看仪表板上的一尊淡黄色塑料像——有点类似玉米麦片盒里附赠的玩具。司机是信基督教的果阿人。他告诉我，真正的圣像放在果阿旧城的一座教堂里。

那是一尊著名的圣像，其灵验性已得到证实。小客车仪表板上的塑料像只不过是真品的替代品罢了。司机提到的教堂事实上就是葬着圣方济·沙勿略[2]的那座果阿旧城里著名的大教堂。

这座大教堂以及果阿旧城的其他葡萄牙建筑位于稍微远离海岸的曼多维河畔，它们在四周景观衬托下显得颇为壮观。离欧洲那么远（甚

①赛峇峇（Sai Baba，1854－1918），印度著名精神领袖。

②圣方济·沙勿略（Saint Francis Xavier，1506－1552），耶稣会传教士。1540年受葡萄牙国王之命，前往东印度传教。1542年抵达果阿。逝后葬于果阿。

至到了十八世纪，海航也需六个月），阳光那么明亮，白沙滩更应该搭配的是新世界的无人荒岛（只是在“人口灭绝”后才变成荒岛：它们被发现时一定有人居住生息），而不是经历过古老印度混乱历史的拥挤村镇。在果阿旧城这里就可以看到印度那段历史的一部分，譬如总督拱门：这原是一个王位还未坐稳的穆斯林统治者所建，葡萄牙人将他推翻后，把拱门改建成现在的模样。据说，每一位果阿新总督到任时都要按规矩从拱门下走过。

另一栋古老建筑目前是博物馆，里面有一间陈列室悬挂着历任果阿总督的画像。这些画像是分批绘制的，其中一幅是达伽马。他是传奇英雄，但他的画像——跟其他总督的画像一样——却画得很笨拙，有点像差劲的招牌画。殖民者的艺术造诣比不上他们的冒险精神。葡萄牙的富强盛况为时不久，只要回想当年情形，他们会有这项短处也就不足为奇。或许这也能解释为何离开果阿旧城就少有葡萄牙的遗迹，因此，果阿旧城那些肮脏潮湿的洛可可式教堂更加令人觉得不真实。

不过，葡萄牙帝国那么早就延伸到印度，这是至今仍叫人惊愕的事。我每天在旅馆坐下来用餐时——身处离果阿旧城甚远的曼多维河畔，只能见到几座红石建造的大型军事碉堡的废墟——看到纸餐垫上一幅在古老欧洲印刷的果阿景物复制版画时，就会想到那年份。雕版印刷的文字说明提到凶悍残暴的葡萄牙总督阿尔伯克基抵达印度的年份：一五〇九年。次年，他征服了果阿。这仅在哥伦布发现新世界诸岛之后的十八年，而且是在那发现获得任何实际利益之前。它也比柯提斯开始率兵进攻墨西哥早了九年。就印度本身而言，那时候莫卧儿大帝阿克巴[1]尚未出生。

果阿的葡萄牙人痛恨偶像崇拜，痛恨所有非真正信仰的事物；他们在这里施行宗教裁判，以火刑烧死异端；他们把印度教寺庙夷为平地：

---

①阿克巴（Akbar，1542－1605），莫卧儿帝国皇帝，1556年至1605年在位。

就像西班牙人在墨西哥所做的一样，这些葡萄牙人把果阿变成一块新世界式的空白之地。他们在印度创造了跟印度不搭调的东西，一切都变得单纯，印度的过往也就被彻底摒弃。过了四百五十年后，他们在这空白和单纯中遗留下来的只有他们的宗教，他们的语言（但没有文学作品），他们的名字，一群近似拉丁民族的殖民者，以及从他们的大教堂源起的对圣婴耶稣像的膜拜。

几乎所有其他来自葡萄牙的东西都已被殖民地的空白所吞没。果阿旧城的主要广场上曾经有一座诗人卡蒙斯的雕像——卡蒙斯写了《露西塔尼亚人之歌》（*The Lusiads*, 1572），那是一部关于葡萄牙及真正信仰在海外之扩展的史诗。独立印度收回果阿后，那座雕像被拆下来（放到博物馆里），然后，圣雄甘地的雕像取而代之，矗立在那座十六世纪葡萄牙人开辟的广场上。

卡蒙斯到过果阿、东非、马来西亚和中国，他就像西班牙的塞万提斯，是随着帝国军队四处征伐的老冒险家。他是第一个在作品中写到印度和印度人的近代欧洲大诗人，他的写作材料取自他十六世纪期间的十五年游历中得来不易的见闻。他的诗鲜活呈现了印度西南部的情景，这不仅见诸关于大公、种姓、宗教、寺庙的描述（在卡蒙斯发表那首诗之前七年被穆斯林摧毁的维查耶纳伽尔王国就在诗中若隐若现），也见诸十几个小细节：譬如，达伽马刚抵达时接见他的那位印度统治者，会随着卡蒙斯的十六世纪葡萄牙诗歌韵律嚼槟榔。

大家可能会设想，果阿应该会像它以圣方济·沙勿略为傲一样，也以卡蒙斯为傲。但他的雕像已被拆掉。而虽然旅馆的餐垫一再宣扬葡属果阿的悠久历史，同一家旅馆的书店里却找不到半本他的诗集，甚至没有一个店员听过他的名字。印度有它自己看中的东西和价值。搭游览车前来果阿旧城广场的观光客中，为了看建筑物（以及圣雄甘地的雕像）而来的反而比为了一睹大教堂中的圣婴耶稣像的少。他们会购买许多小蜡烛，在一道回廊里点燃。

果阿旧城确实很古老。从开始到现在，它走过的年头几乎相当于罗马人从最终征服迦太基到罗马帝国衰亡的年头。在这里，葡萄牙（虽然还存在于二十世纪的欧洲）只在博物馆里才见得到。新崛起的印度中产阶级成为来访的观光客。这可真是令人意想不到的历史演变。葡萄牙人于一四九八年抵达，在一五〇九年至一五一〇年之间取得胜利。仅仅五十几年后，南部的印度教维查耶纳伽尔大帝国便被一群穆斯林统治者征服，全盘蹂躏。几乎在同时，北方莫卧儿的国力也开始进入鼎盛期。就那时候的情况来看，印度教的印度既缺乏欧洲的新知识和新机械，统治者也没有国家或民族观念，甚至不具备得以使人民免于遭受外人统治的政治理念——就此看来，印度教的印度似乎会濒临灭亡，成为基督教欧洲和穆斯林世界瓜分的对象，它的所有宗教象征及深奥神学将变得像墨西哥的阿兹特克[①]神祇或吴哥窟印度教象征体系般毫无意义。

但这并未发生。虽然印度教的印度经过了历史的种种曲折演变，遭受了帝国在此部分世界的种种觊觎冒犯（葡萄牙人那次踏上印度土地就为此揭开了序幕），最后也经历了英国在印度那段无法预料的统治，它却再度茁壮了起来，变得比任何先前的印度更完整、更统一。

在果阿，历史很单纯。在长期的殖民地空无状态下，葡萄牙人来到之前的历史已经变得不重要，只不过是书本中的记载，至于葡萄牙的四百五十年统治则仿佛只是一个任何人都说得出口的抽象概念。当你离开果阿，沿着蜿蜒狭窄的山路往南或往西进入卡纳塔克邦，你又再度回到了印度及其复杂的历史中。

正如葡萄牙统治使果阿的历史变得极为单纯，英国统治也让后来的

①墨西哥印第安人，约自公元1200年起在墨西哥中部建立帝国，该帝国于1521年被西班牙殖民者征服。

印度历史有了个方向，使它变得较易理解。从某个阶段发生的事件可以看出，英国统治将成为事实，从往后的事件也可以发现，英国统治正走向终点。读到英国人抵达前发生在印度的事件，就像是读到有关某项未完成工作的许多片段描述。你所看到的是不断变化的状况，看到完成了一半又荒废了一半的事情，这种事更属于年鉴记载的项目，而不是叙事历史的范畴——在涉及丰功伟业或大破大灭的事件时，叙事历史最有发挥的余地。

在穿越卡纳塔克邦的那条路上可以遇到历史上的重要名称，比贾布尔便是其中之一。它是一个穆斯林王国的名称，建立时间几乎与葡萄牙人抵达果阿同时（事实上，果阿是从比贾布尔王国掠夺过来的）。这名称让我联想到的并不是果阿或果阿旧城，而是十七世纪一个受到波斯影响的卓越的微型绘画流派：这名称立刻使我心中涌现出绘画里的容貌和姿态，独特的颜色和服装。在这地区的历史中，比贾布尔又处于什么地位？它的存亡年代为何？疆界何在？它的统治者及敌人是谁？这一切很难记住：我必须在书中翻找，而纵使那样做了（虽然我会得知它延续了两百年），我还是只能得到关于年代和统治者的基本数据。毕竟，它的成就并不是那么显赫，不像它的艺术（以及建筑——我从阅读得知，它有某种圆顶建筑）那样，它的历史中并无引人注目的事件。因此，比贾布尔这个名称，以及南下路上所遇到的其他历史名称，都只像是老人心中偶现的记忆。

过去的王国太多，统治者太多，疆界变更太频繁。卡纳塔克邦本身是英治结束、印度独立之后的新产物，它是依语言划分而成立的邦，响应了民族主义运动所孕育的新自尊和自我意识。

这片土地是神圣的，但并非是政治历史使它如此。在殖民地果阿以外，每一块土地都受到宗教神话的浸染。故事中的故事，传说里的传说：这是人们看到并感受到的。这些关于神祇和史诗英雄的神话，赋予人们赖以为生的土地古老历史和神奇魅力。

经过卡纳塔克邦一路南下途中，到处都能看到一辆辆巴士满载衣着奇怪的年轻男子，他们穿着黑色长上衣和黑裤子。这些人看来像是假日出游的年轻男子，但身上的黑色服装却令人感到困惑。到了班加罗尔后，我得知这些穿黑衣的男人是朝圣客，他们要前往最南方卡拉拉邦的一处圣地。圣地供奉的是阿亚帕，一位远古时代的印度教统治者及圣人。前往该地朝圣基本上是印度教活动，但有点不寻常的是，朝圣者也必须向瓦瓦尔致敬，他是阿拉伯人及穆斯林，也是阿亚帕的盟友。

只有男人可以参与朝圣，前后四十天，他们必须过着悔罪苦行的日子。不能吃肉，不能喝酒，不能从事任何只是为了满足欲望的活动，也不得接近女人。朝圣最后一段路是爬上一座山，步行二十五英里到阿亚帕神庙。每年一月的某天，那里会出现一道圣光。并非每个朝圣者都是为了去看圣光，大多数人在圣光未出现的日子步行到神庙。

我是从一位在班加罗尔结识的年轻人口中得知这些的。他名叫戴维亚，工作是为一家日报撰写科学方面的文章。他出身农家，家人有时还会把自家土地的产物用夜间货车送到班加罗尔给他。戴维亚在八年前首次加入了朝圣队伍，那时他心情低落，为了大学毕业后五年几乎一事无成而感到郁闷。他认为那趟朝圣改变了他——他在其中经历了四十天悔过苦行的磨砺，上山前往圣地的长途步行，步行同伴之间的情谊，更目睹了人们开始互相扶持的情况。他也觉得，朝圣之后他在职业上有了好转。接下来，他几乎每年都会去朝圣。戴维亚不相信真的有圣光。他认为那可能只是燃烧的樟脑，是有人点燃的，尽管如此，他信仰的虔诚度丝毫未减，他对阿亚帕事迹的赞叹也一刻未停。

下面是戴维亚所讲的故事。

“阿亚帕是大约八百年前的真实人物。他的出生过程有点神奇。拉贾谢卡尔大公没有子女，他和王后向湿婆悔过求子。有一天，拉贾谢卡尔大公到庞帕河畔打猎——这条河在卡拉拉邦就像恒河在北方那样神圣：它可以洗净你的罪过——他在那里发现了一个颈上系着铃铛的小男孩。大公开始寻找男孩的父母。一位‘理希’（即仙人）出现了——事实上，那位理希就是湿婆神——他告诉大公，说孩子是要给他的。理希说，大公要把孩子带回宫里，当作自己儿子抚养。‘他是谁的孩子呀？’拉贾谢卡尔大公问道。理希说：‘男孩十二岁生日那天你就会知道。’

“于是，拉贾谢卡尔大公把弃婴带回宫里照顾。顺便一提，那宫殿如今还在。它不像你目前看到的大公宫殿，只是相当小的建筑。大公把小孩当作自己儿子抚养，大家也开始认为，时间一到，男孩将继承拉贾谢卡尔的王位。

“大公的宰相可不喜欢这码事。在大公膝下无子的那几年期间，宰相已认定他自己的儿子有一天将继承王位，因此，从一开始宰相就痛恨阿亚帕。

“阿亚帕十岁时，发生了意料之外的事。王后生了一个男孩。不过，拉贾谢卡尔对神所赐的弃婴阿亚帕已经有了深厚的感情，因此他明确表示阿亚帕仍然会继承王位。

“于是，王后和宰相开始密谋对策。他们的计划如下：王后假装生病，谎称头痛。宫廷医师——他也参与了密谋——会装出全力治病的模样。王后的头痛一直治不好，医师最后就说：‘只有一个办法可以救王后的命，她必须喝虎奶。’

“那是王后、宰相和医师的计谋，他们也照样做了。拉贾谢卡尔大公陷于绝望。如何取得虎奶？王后和宰相倒相当清楚下一步会有什么发展。他们知道阿亚帕很勇敢，他们也知道，虽然阿亚帕只有十岁，他一旦得知王后的需要，必定会出门去找虎奶。果然，阿亚帕表明了他的意愿。拉贾谢卡尔大公知道，阿亚帕去挤虎奶等于是自杀，也就不准男孩离开宫殿。但为了救王后，阿亚帕使了一招，瞒着大公溜了出去。”

故事的第一部分就这样结束。进入第二部分时，戴维亚说：“到此为止，我们谈的是历史，接下来就是神话的范围了。为了了解阿亚帕为什么会出生，我们必须回到三千年前。”

于是，随着时光倒流，我们重回神祇的年代。

戴维亚说：“阿亚帕其实是湿婆和毗湿奴的儿子。”这两位都是男神，但为了故事的需要，我们必须设想毗湿奴在此是以女神化身出现的：戴维亚对这类变化不觉得有什么不可思议。因此，前往森林去找虎奶的阿亚帕并非像王后和宰相所想的那样只是一个男孩，他是印度教三位主神中的两位的儿子。

戴维亚说：“在森林里到处走的时候，他碰到一个恶魔，并且将他杀了。”关于这个恶魔也有一则故事。戴维亚很想打断原先的叙述插入这段故事，我请他略过。

他说：“好吧。长话短说，阿亚帕在森林中所杀的妖怪或恶魔是个女妖，她当时很让众提婆坐立不安。”提婆就是神祇——住在神祇所住的地方，在那里举行集会。（阿亚帕一定是用了神祇也做不到的办法才杀死恶魔的。这里应该还有另一则故事，我几乎可以确定戴维亚知道。）恶魔被杀之后，众神非常高兴。当然，他们知道阿亚帕面对什么样的难题。“于是，”戴维亚说，“为了报恩，众神化身为公母老虎，阿亚帕便骑着其中一只回到拉贾谢卡尔大公的宫殿。大家认为那只老虎就是梵天神。”湿婆和毗湿奴的儿子骑着梵天：印度教三位主神都出现了。

戴维亚说：“阿亚帕的森林之行长达两年。王后的头痛早医好了。事实上，阿亚帕一离开宫殿去找虎奶，她的头痛就不药而愈。阿亚帕回到拉贾谢卡尔大公的宫殿那天，他正好十二岁。”

阿亚帕骑着老虎回来，这下子大家明白他是什么人了。正如那位理希——他其实是湿婆本身——所预言：弃儿到了十二岁时，大家就会知道他的父母是谁。如今，所有敌人、王后和宰相的一切计谋都像晨雾般消失无踪，阿亚帕也在适当的时候继承了王位。

那位原本想要自己儿子当王的邪恶宰相得了不治之症——真的疾病。一天晚上，阿亚帕在他梦中出现，告诉他到庞帕河里把罪恶洗涤干净。他照着做，病就痊愈了，他随后不断呼叫阿亚帕的名字，一路奔跑到阿亚帕遵照神意在一座山上所盖的寺庙。如此，这位宰相或前宰相便成为第一个膜拜阿亚帕的朝圣者。

故事中的阿拉伯人又是怎么回事？戴维亚说，他是跟真实历史人物阿亚帕有关的人，应该是一名劫匪或海盗。他被阿亚帕打败，然后变成盟友。他并未被要求改变宗教信仰，他死后，人们在他的墓地上盖了一座清真寺。这座清真寺位于上山前往阿亚帕神庙的二十五英里路的起点——神庙里每年一月十四日都会有一道圣光闪起。每个朝圣者都要向清真寺膜拜。这是为什么造访阿亚帕神庙的人中会有很多穆斯林。这也是吸引戴维亚的另一件事，他喜欢看到两种宗教的混合。

在这趟旅行之前，我从未听人说过阿亚帕神庙的朝圣活动。如果没有认识戴维亚，我可能不会觉得那些穿黑色衣服的人有什么特别，只当他们是印度拥挤人潮的一部分，也不会想问问关于他们的事。神庙里出现圣光的时候，正值印度南部举行收获祭典，北部也正好在进行大规模宗教集会。或许，这里原本有相当古老、跟季节变化有关的活动，而朝圣及步行登上圣山只是后来增加的项目。戴维亚说，这项前往膜拜阿亚帕和瓦瓦尔的朝圣活动已有数百年历史，不过近几年来不知出于什么原因，尽管需要四十天苦行及长途步行到神庙，参与朝圣的人却增加了许多。圣光出现时，可望有一百二十五万人造访神庙。有些报纸说，一年中共有二千五百万人加入朝圣队伍——不过，就算对印度来说，这数目似乎也偏高了。

也许，阿亚帕崇拜的风行是因为现在人们多了一点钱，因为路况较好、旅行较方便、车辆较多，也因为现在有更多年轻及年老的男人得以名正言顺离家一阵出外观光。开往阿亚帕神庙的客车也会像观光大巴般，有时会把朝圣者载到沿途的名胜一游——虽然这是错的，戴维亚说，因为观光游览属于娱乐，而阿亚帕朝圣者不应该从事任何被视为娱乐的活动。

现在人们手头宽裕了一点，这从果阿南下沿途的卡纳塔克乡间就看得出来。印度的贫穷依然显露在眼前，譬如垃圾堆、破败的屋舍和巷道。但种着甘蔗、棉花及其他作物的田地看来却颇为丰饶，被照料得很好，村舍通常都干干净净，有抹石灰的墙壁和红瓦屋顶。二十六年前我乘坐缓慢、一路经停的客车经过时所见到的穷困，如今大有改观。如今已看不到骨瘦如柴、眼神错乱的人。在这里，农业革命已有所成，粮食供应的增加显示了这个事实。几十万甚至几百万人在印度全国为这目标而努力，他们以最有效的方式工作了四十年：其中很少人有功名或牺牲或使命的概念，几乎每个人都只是做着分内该做的事。

这片土地的每个角落都跟神祇有关联：当其为匮乏饥荒之地时，此种关联只令人徒增沮丧；如今，这种关联倒比较有道理了。拖拉机所拖的板车上是一大袋又一大袋用麻布袋装得满满的棉花，棉花像渗出的液体那样从褐色袋子的空隙挤了出来。同时，人们在村落的庭院中做着自古即有的工作：有人打谷，有人簸谷。土地几乎称得上美丽，看在眼中几乎令人觉得舒服。

这种再生过程只能一步一步慢慢来，其中应该经历过错误、失败和徒劳。甚至现在似乎也有这种情况：某个林务单位费了一把劲，在马路两旁种植了一片片桉树。植树工作成效很好，马路两旁绵延数英里，算得上有树荫了，看来颇清爽。但这些花费数年工夫的成果现在可能都要被铲除，得把土地再度刨光，重新来过：关于桉树的最新结论是，它们是有害的树种，要吸收大量水分，不但对旁边的田地没有保护作用，反而会使之脱水。

农事正忙，路上车子很多。卡车虽然经车主用心装饰过，却像印度车子那样过度超载。卡车开得很快，一辆紧接一辆，仿佛车体绝对无法损坏，人在其中也变成了神，可以随意操纵引擎、方向盘和刹车。那天从果阿到班加罗尔途中，我看到七起严重的卡车车祸，共有十辆或十二辆车受损，也几乎可以确定有人丧命。有的卡车驶离路面，冲入池塘；有的卡车撞成一团。驾驶室扁了，玻璃碎了；车轴断裂，轮子歪成各种角度；有时候，负荷过重的卡车就像脆弱无力的动物那样翻覆了，露出破旧多锈的金属底盘及磨平的翻新轮胎。

路过这片既古老又有新景象的土地，我们来到班加罗尔城。此地海拔五千英尺，昔日以多雨、温和的气候而闻名，它的赛马场及西姆拉[①]式社交礼仪也为人所称道。虽然英国在班加罗尔设有军营或要塞，这城市却一直属于迈索尔——英属印度境内最大的邦之一。城内有一座王宫。迈索尔王族财富雄厚，仅次于海得拉巴的尼扎姆[②]所拥有的惊人却闲置的财富，但他们也以勤政爱民闻名。他们创设大学和医院，兴建水利，种植行道树，开辟大公园。班加罗尔向来是人们想避开印度的汲汲营营时的隐居所。

自从独立以来，班加罗尔变了。原先吸引退休人士的气候也开始吸引工业，班加罗尔因此发展起来。它是印度太空研究的中心，也是印度航空工业的几个重镇之一。各种科学研究机构在班加罗尔应有尽有。如今，在昔日大公的花园城市里，林荫大道上尽是三轮车和汽车的噪音、臭味和废气。它不再是可以在其中悠然漫步的城市。

---

①印度北部山城，位于昌迪加尔东北，始建于1819年，为英属印度的夏都。

②印度德干高原一个王国。

我对印度科技的发展有兴趣。是什么样的人采取行动，使印度在五十年间完成了工业革命？

在孟买，我在印度原子能委员会主委斯里尼瓦桑博士的公寓参加过一次社交聚会，当时我跟他聊了几句。他告诉我，说他祖父做过宫廷祭司，现年八十六岁、住在班加罗尔的父亲则当过老师。

到了班加罗尔大约一天后，我在向晚时分前去拜访斯里尼瓦桑博士的父亲。老人只系着腰布，额头中央有一条细直红色的种姓标记。他的容貌相当俊秀，身材修长，处处透出优雅。他的脸孔显示他过着丰富的精神生活。他拿出一张他父亲——宫廷祭司夏达戈帕查尔——的护照型相片给我看。夏达戈帕查尔穿着宫廷祭司服装，一边肩膀裸露在外。他双眼炯炯有神地直视着相机，但他的面貌却被种姓标记遮掩住：额头中央一道细直红线，从眉毛往上另有两条粗了许多的线条。这两条白色粗线是用泥土画的——现在在店里还买得到小块的这种精制过的泥土。额头上的白土标记代表君王的双脚。

他们一家在十九世纪九十年代从大约四十英里外的小镇搬来班加罗尔。在班加罗尔，夏达戈帕查尔由他叔父传授梵文及全部吠陀四书。不过，宫廷祭司收入甚微，做一个仪式仅得四安钠，或四分之一卢比，因此夏达戈帕查尔在大公的政府里另外担任低阶书记。他搜集档案文件，将它们归类装订，这项工作每月收入在十一到十五卢比之间。当时大学毕业生月薪在二十五到三十卢比之间，大约相当于两英镑。夏达戈帕查尔只在大学注册过，并没有毕业。

夏达戈帕查尔希望他儿子能通过大学考试，因为毕业生可以在政府中谋到好职位，赚的钱能比当宫廷祭司多不少。

“我们都学了梵文，都学了怎样做晨间及晚间祈祷。其实另外还有午间祈祷，但因为我们必须上学，只得在早上到学校之前做。毕业后，我到教育部求职。那是一九二五年的事。”

他的教书生涯就是这样开始的。不过，他并未抛开从父亲处学来的梵文及一般宗教知识。整个时代的科学家就在这种合流下被孕育出来——一方面是新式教育，另一方面是宫廷祭司或婆罗门艰深抽象的知识，他们对复杂仪式之正确做法的注重，他们执行某些这类仪式时的沉着。古老的印度教梵文知识——像威廉·琼斯爵士[①]那样的十八世纪晚期的学者兼官员，将其视为像希腊文般久远和深奥的知识，并用一种在活人间做考古的浪漫方式，试图将它从印度北方守口如瓶、谨守种姓规矩的婆罗门身上挖掘出来——这一套古老的知识在两百年后以最迂回的方式孕育了新的知识。

或许只是巧合，但我后来在班加罗尔遇到的两位科学家——研究学科不同，来自印度不同地区——也都有当过宫廷祭司或教士的祖父。

苏婆罗门尼安一家来自一个小村庄，在印度独立后邦领土重划后，那村庄现在属于相邻的安得拉邦。

“我祖先在那地区住了很久。在离村庄不远的小角落——就在丛林当中——有座小神庙。我家人说，那间庙供奉的神就是我们的神。

“我所知道的最早祖先是高祖父的父亲。关于他有一则奇怪的传说。据说，地方上有只老虎为害，我这位祖先决定去处理。他用毯子裹起身体，拿着一把大刀，前往老虎攻击村人的地点。他站在那里，可以说是自投虎穴。老虎真的开始攻击他，我祖先就几刀砍死了老虎。我是在小时候听到这故事的，我只听过这则勇敢对付猛兽的故事。也许夸大了。关于祖先，我只能追溯到这里。

“我家族自认为属于迈索尔邦，大公之邦。我祖母——她活到了六十年代——把世界分成三部分。第一部分是‘大公之土’（Raja

①威廉·琼斯爵士（Sir William Jones, 1746－1794），英国梵文学家、比较语言学家，曾倡导成立孟加拉亚洲学会，对印度的梵文古籍进行翻译与研究。

Seemay)，也就是迈索尔邦，这里一切事物都很美好，是像我们自己这种幸运人住的地方。第二部分她称之为‘公司之土’(Kumpani Seemay)。当时我没有把‘Kumpani’和‘Company’这两个词连起来——而‘Company’就是东印度公司（East India Company)，她到五十年代还在使用‘公司’这字眼。公司之土是印度的一部分，但不像大公之土那么美好。我们有一些亲戚住在公司之土，但对住在那边的人可得寄予同情。出了这两片地方就是其余的世界。这套想法对我祖母来说再自然不过了。

“我们是婆罗门家族。就某方面而言，我们属于祭司阶级，但我祖父不是祭司。他是个小地主，也是政府的一名小官员。作为村庄官员，他应该有十或五卢比的收入。村民会认为他的日子过得不错，但不算富裕。他在社交方面倒比在经济上过得更如意。村里有许多人比他有钱。

“我祖父认识到英语教育的重要性，坚持让儿子接受那种教育。因此我父亲——他出生于二十世纪第一个十年——成为我们家族第一个就读英语学校的男子。我父亲去申请一所学校，于是被接受了。现在想把小孩送进学校可得争破头，申请的人太多了。但当年我父亲只要申请就有学校可读。他应该是走路上学的。我们村里并没有高中，许多人要走很远才到得了学校。我自己在四十年代也是走好几英里路上学。

“我不知道是什么因素使我父亲走上科学之路的。我个人觉得印度并非没有科学传统，我认为对印度人来说科学研究是得心应手的工作。许多印度人喜欢认为他们拥有探求知识的传统，而科学正是我们一位古代科学家婆什伽罗[①]所理解的知识。今天在印度你可以买到他在公元六〇〇年或七〇〇年所写的天文学论著，另外还有一本大约同时期的著名

①印度数学家与天文学家，生活于七世纪，毕生致力于传播印度数学家阿耶波多一世的学说，名字后面一般会加上“一世”，以与十二世纪同名的数学家与天文学家婆什伽罗（1114－1185）区别。

医书也留存了下来。我倒必须说明，有一些人到处宣称任何东西——原子弹啦，火箭啦，飞机啦——都是古代印度人发明的，我可一点都不相信他们的话。

“不过，印度的科学知识没有跟上时代，从下面的事便可见一斑。牛顿一六六〇年所写的东西在印度要到十九世纪中叶才有人了解或重视。另一方面，在公元一〇〇〇年及之后一两个世纪，印度拥有一套足以让欧洲望尘莫及的知识，特别是在数学方面。在公元一〇〇〇年，印度人对他们的知识有信心。我们有证据可以显示这点。但是到了一八〇〇年那份信心消失了。罗姆莫罕·罗易大公[①]是第一位公开承认我们事实上对许多事一无所知的人。”

罗姆莫罕·罗易是孟加拉人。他倡议废除寡妇随夫火葬的殉夫制度，更广泛地说，他致力于净化印度教，将欧洲新知识引入印度。他是印度的第一个现代改革者，而他的生卒年份更令人惊讶：他生于一七七二年左右，卒于一八三三年访问英国的行程中。

我告诉苏婆罗门尼安我在某处读到的关于莫卧儿皇帝贾汗季（他继阿克巴大帝之后于一六〇五年至一六二五年在位，热爱艺术）的事：贾汗季对大西洋彼岸有一个新世界的看法嗤之以鼻。

苏婆罗门尼安说：“还有奥朗则布”——一六五〇年至一七〇〇年在位，那是莫卧儿帝国迅速衰落的时期——“谈到英国时总是一副不屑。他说英国只是座小岛，英国国王只相当于印度的大公。这是十七世纪晚期的事。

“在我自己的家族里，我祖父有种体会：我们的知识跟不上时代了，

①罗姆莫罕·罗易大公（Raja Ram Mohun Roy，1772－1833），有时被称为现代印度之父。先祖为婆罗门贵族，早年即对家族信仰表示怀疑。曾在西藏研究佛经，用波斯文、阿拉伯文和梵文写过不少著作，旨在根除盲目崇拜，并推动废除寡妇在亡夫火葬堆上自焚殉葬的习俗。1820年发表《耶稣的教训》一书，接受基督教宣扬的教义，但不信耶稣的神性和奇迹。1828年创立梵社，1830年获大公称号。

但他已经来不及做任何补救。他出生于十九世纪八十年代，五十五岁过世。不过，就像我所说，他坚持让儿子接受新式教育。

“我父亲高中毕业后，到班加罗尔来上大学。然后，他想从事研究工作。当时，印度学术研究的巨擘之一是梅格纳德·萨哈，一位孟加拉人，也是阿拉哈巴德大学的物理学教授。几年前，他发表了一篇论文，指出电离作用与温度的关联，因此名声大噪。萨哈这篇论文发表于一九二二年，他的方程式——已经被称为萨哈方程式——如今仍然是了解恒星构成的基础。顺便一提，萨哈是一位伟大的民族主义者。

“我父亲认为他应该去跟萨哈一起做研究，他也这么做了。对身为家族中第一位大学生的他来说，这必然有点冒险的意味。我想，我父亲在阿拉哈巴德的开销应该是由他父亲及岳父资助的。我父亲在阿拉哈巴德时写了日记。我的计划之一是读读这些日记。”

科学，冒险，还有日记：对新经验的渴求，以及将那些经验整理起来的欲望——对一个才离开乡下不久的人，这的确非同小可。

苏婆罗门尼安自己也热衷于分类和界定。他说：“我想，这证实了我刚才所说的两点。第一，科学传统并不是新的事物。第二，我认为我父亲从事科学研究时不会觉得那是完全生疏的事。我认为许多印度人对那些东西——科学和数学——感到得心应手。

“我父亲回来后，在班加罗尔及迈索尔邦其他地方的高中教物理。迈索尔邦在不少方面颇为先进，只是不太张扬。说来奇怪，迈索尔邦历代大公及他们所用的大臣常常有开明和前瞻的心态。他们一方面作风守旧，另一方面却又展望未来。你听过维斯卫斯瓦拉甲这人吗？他是工程师，一九一〇年左右被任命为‘diwan’，即首相。他有许多建树，使迈索尔邦成为全国的模范。一九三〇年代甘地先生来到迈索尔时，就称之为‘Rama rajya’。”

这是我在班加罗尔听许多人提过的字眼。“Rama rajya”即罗摩之治或罗摩之国——这是印度教的最高赞美：罗摩是印度教两大史诗之一的主角，善的化身，天下人无不敬爱他，无论何时何地，他的所作所为都是正确、虔诚而明智的，他既是人也是神：罗摩之治就是极乐之境。

苏婆罗门尼安说："迈索尔邦向来有仁治的传统。维斯卫斯瓦拉甲走在时代前端，他在二十年代或三十年代推动了一个五年计划。设立迈索尔大学的也是他。迈索尔是第一个供应电力的邦。统治者相当以自己的领土为荣。

"我父亲在班加罗尔定居下来，然后我祖父也搬来了这里。我们在印度式大家庭长大。我祖父对宗教方面的事很认真。他是一家之主，由他来做礼拜仪式。我想他那时候只做这件事。他在三十年代晚期过世。

"我父亲逐渐觉得，他所知所行的科学研究和他的生活方式之间可能有些冲突。科学倒确实在家里引起了若干冲突，特别是在我祖父这种对宗教非常虔诚的家庭里。我父亲觉得我们所做的许多事情没有意义。譬如，仪式和种姓隔离方面的事。

"他试图做某种调和。他发展出一套自己的看法——他认为是印度教或婆罗门式的看法，其根基是对古代印度学术及哲学的尊重。这套看法也不容忍任何他认为跟偏见有关的东西。他做过一件事——在那个时代，那不是该做也不是那么不重要的事。所有婆罗门小孩都要举行入法礼仪式——这是大事，通常在男孩六七岁或八岁的时候举行。我父亲有一位很要好的朋友，他不是婆罗门。我父亲坚持要这位朋友来参加他为自己儿子举行的仪式——事实上，那儿子就是我。这引起了一些议论，当时是四十年代。不过我父亲对这件事心意已决。

"在仪式方面，我想我父亲先是排斥它们，后来终于又有条件地接受它们。因此，晚年时他会做礼拜仪式，但尽量不引起别人注意。我记得曾经跟他争论过他的仪式做法，他说，只要仪式能让他在一天某段时间得到一点心灵的平静和隐私就够了。你可以没有矛盾地说，他一方面保守，另一方面又开明。对于种姓那种事情他是开明的，但他一点都不西化。”

我问苏婆罗门尼安：“你做礼拜吗？”

“我不做。不过，我对丛林里那座供奉我们家神祇的小神庙仍然有感情。”

“一个家族如何会有那样的神？”

“家神是别人给你的，也可能是家族在某个时期决定供奉的。或许发生了什么事情，使得一个家族的确立下家神来。或许是某位宗教导师造成的。一个人可能到某个庙求神而灵验了，于是就成为那间庙里一位神的信徒。

“我父亲几乎一生都在教书。从教职退休之后，他到一家心理卫生研究机构工作，主要做脑波图的电子分析。顺便一提，他们对一位苦行僧做过研究。他们在他头上各处接上电极，想知道当他进入恍惚状态时脑电波有什么动静。结果他们发现，事实上他很平静。

“我父亲的最后二十年花在用地方语言撰写科学书籍上。他认为那才是改革的途径——你必须用民众的语言来谈科学，而不是英语。那些书写得不错，有的还相当好。早在节约能源成为话题前，他就写过能源方面的书。他写过天体物理。他写了一本关于声音的小书，谈的是声音的物理学，试图告诉读者这门物理学跟他们所听到的地方音乐有什么关联。这本书写于四十年代，只是一本小书，过去售价只有两安钠。”那等于八分之一卢比，不到一便士。

“你在长大过程中如何看待自己？穷人家？过得还行？”

“我认为我们是中产阶级。”印度人所说的中产阶级意指虽然不穷，但还只是简朴、过得下去而已，它跟欧美的中产阶级不一样。“并不富裕，是捉襟见肘的中产阶级家庭。从来没有多余的钱，从未有过。我可得说，我们把这情况看作天经地义，不会整天挂在心上。大家庭有一些好处：事情有人料理。它就像个小国：你有朋友，你活得下去。

“我父亲从事科学研究这件事影响了我。因为他用地方语言写作，我父亲也结交了一些文学圈的朋友。家里常有关于科学、宗教和文学方面的辩论，气氛很有学术性和文化水平，很具激励作用。那个环境只在经济方面算是单纯，文化上可一点都不。这在像印度这种古老国家是相当重要的。”

我了解他的意思。我对自己在遥远的特立尼达的家庭背景也有相同的感觉——尽管不那么强烈，方式也不一样。我觉得我们通常属于贫穷的物质生活情况只是事实的一面：我们拥有的古老文明残余，让殖民地的中间时代得以发展出另一套价值和目标，而因为有了这些，我们才更有能力面对外部世界。但是，我也想起别的事：我们——有时是出于对故土的忠诚——所购买的印度书籍是多么粗劣。我记得粗糙的纸张、破碎的字体、脏污的字行、参差不齐的页边、生锈的订书针。印度这个意象是我们力量的一部分来源，也是我们效忠的对象之一。但是，另一种印象令我们想到印度的实际情况，想到粗劣的货品，想到糟糕的机器被糟糕地使用。

苏婆罗门尼安说：“回到英国人在这里的日子——我的记忆并不清晰，我是四十年代出生的——那时候美国产品很少，我们认为英国或欧洲制造的都是好东西。我们认为印度制造的东西质量没有那么好。我相信，我父亲那一代的人一定拥有某种精神或智力上的强大力量，才得以在印度的种种都如此粗劣的情况中还保持正常的心态。大家知道东西不是很好，但他们从一个真实或想象的伟大传统汲取了灵感，他们天生就感受到有一个丰富的古老文化在支撑他们。所以，你看到大家赞赏来自英国的东西，但同时我们也要说：‘那很不赖，但我们可不会因此就屈服。’”

“这不会让你对印度工业革命的前景产生怀疑，认为印度人不可能生产出令人觉得完整、真实的东西？”

“我从未对此有过怀疑。从未。我们认为这不是可不可能的问题，而是何时的问题。我们不满的是进行的速度太慢了。”

“你不觉得东西这么粗劣的情况，对人们有一些心理上的影响？”

“我那时觉得有点惭愧。大家确实觉得，许多商人生产质量低劣的东西却赚了钱，这更让人觉得他们赚的是不义之财。我们只能期望在相当久远的未来事情会有所改变。我们认为，解决之道在于印度必须有强大的科学队伍。我自己的感受掺杂着惭愧、无知和希望。我想当时这些并不是普遍的态度。针对是不是有希望这一点，大家的看法有相当的分歧。

“那时不少印度人——不是很多，但为数不少——认为英国的统治会永远持续下去。我记得最清晰的事情之一是我父亲跟我外祖父的争辩。我外祖父是医生。”

“医生！”

“我告诉过你，我们家的背景只在经济方面算单纯。那次争辩——发生在大战期间——是关于印度的未来的。我那当医生的外祖父认为欧洲西方势力何其强大，因此印度几乎不可能摆脱英国的统治。纵使英国人战败了，还有德国人。因此，他所看到的未来仍然要被西方主宰一段相当长的时间。他也认为印度人没有能力治理国事——管理这个国家，统治这个国家。”

这使我回想起另一类早年对祖国文化的感受。在三十年代晚期及四十年代早期的特立尼达，我时而会看到贫穷的印度人睡在西班牙港的广场上。这些人从印度农村移民而来，他们的劳工合同在大约二十年前就期满了，却没能从雇主手中拿到回印度的盘缠，于是变成无人理睬的穷人。在殖民地都市里，他们更因语言而孤立，他们终其一生都得在街上当游民。在还相当年幼的时候，看着这些无依无靠的人，我会觉得我们是一群投诉无门的人。我们脱离了印度的悲惨状况，却没有政治上的代言人。我们固然面对着族群外的敌人，但这并不能完全解释我们的遭遇。我年轻时便往内看，想知道那在一方面支撑和哺育我们之中一些人并使我们产生充实感的文化——包括深奥但个人式的宗教、禁忌、社会理念等等——是否在另一方面正是让我们陷入挫折的原因。

苏婆罗门尼安说："我也感受到这点，但方式跟你不同。这里有外国人，老百姓都变成了奴隶，全国受到掠夺。但这不仅是因为文化的关系，这是因为数百年来我们已经变得脆弱、停滞不前。"

他开始谈起印度历史的模式。

"我会回到阿尔贝鲁尼对印度人的批评上。"阿尔贝鲁尼是公元一〇〇〇年左右的阿拉伯裔历史学家，当时在今天阿富汗境内加兹尼[①]的宫廷内任职。我们开始交谈时，苏婆罗门尼安就提过阿尔贝鲁尼这个人。阿尔贝鲁尼的著作是后人得以了解古代印度科学与学术成就的根据之一，关于印度人对那套学术所持的自负态度，他也写了一些著名的批评。

"我们变得自大自满。这里发展出一套系统，根据这套系统，印度文化及社会组织跟统治国家的军事领袖没有关系。这个国家的运作原则认定了国王会换人做，战争会继续打，但社会将持续下去，大体上不受那些事情影响。

"这多少是印度人缺乏历史意识的原因。如果你看看印度文化保存下来的东西——我们保留了数学、天文、语法方面的书籍。我们保存了婆什伽罗和查拉卡的东西。"这两人是七世纪的科学家。"保存下来的东西之中并没有国王或他们的战役的名称——这些不属于我们的传统。我们知道谁是婆什伽罗和商羯罗查尔雅。"商羯罗查尔雅是九世纪的哲学家，他足迹遍及印度各地，复兴了印度哲学，在一些地方设立了宗教会

①阿富汗中东部城市，有伽色尼王朝遗址。

社（目前仍存在），据信三十二岁即逝。“但如果你问：‘一七〇〇年是谁在统治这地区？’大家都不知道答案，基本上他们也不在乎。

“但那正是这个国家的弱点，也导致我们在军事上被击败。在英国人统治下，情况有了改变。英国人来了之后，印度人慢慢认识到这些政治和军事上的败北是他们不能忽视的事。有些事在别的地方应该是自然的反应和自然的认定，在印度却必须经过一番思索才会有结论。这需要长久的时间。我们的觉悟来得很晚，迟至十九世纪。

“这是许多人共同的看法，所以大家要去上英国学校。我上的是一所用英语授课的学校，但学校的作风却非常印度式。主持校务的是正统印度教徒，但他们相信我们必须学习英语、科学和手工。学校的气氛很有激励的效果。我记得我的老师们对印度的未来时有争辩，甚至对甘地也存在意见分歧。现在回想起来，我还是有点难以相信，那学校里有些人确实乐于教育英才——有六七个老师吧，他们的薪水应该很少。你感受得到使命的召唤。我记得这么一位老师，他出于我现在仍无法明白的理由对我相当关心，还用自己的钱买了一本大科学家列传送我。”

“他是婆罗门吗？”

“他是婆罗门。那是一所由婆罗门发起的学校。”

我想起婆罗门对独立运动的贡献，他们对伴随独立运动而来的新兴社会理念的促进。我想起独立之后婆罗门对科学的贡献。

我说：“那么，婆罗门已经以某种方式回报了社会？”

“我不敢说他们已经回报了。他们还必须为我们社会中的许多事情负责。”苏婆罗门尼安在这里突然住口，转而谈起另一个相关的话题。“独立之后我们这个邦里发生了一场社会大革命，而那场革命是由独立所引起的。社会革命的结局是几年间政治优势便转移到不同的阶级。那是一场没有流血的革命，虽然印度境外的人对此一无所知。独立前，邦里的行政权都掌握在婆罗门手中。独立几年之后，权力易手——我指的是像世界其他地方一样的权力易手。目前的在位者属于不同的社会阶级。

“前一阵子总理的科学顾问还说，印度科学的问题在于从事科学工作的人中有太多婆罗门，而我们需要的是有更多低阶种姓参与的科学。但是，会有这么多婆罗门从事科学研究只是历史发展的结果。”

“你觉得受到了威胁？”

“毫无疑问。大学入学许可并不完全根据能力取得，不同阶级各有配额。许多婆罗门现在都觉得甚至教育也变成了难事。政府设定了配额，私立大学则太贵了。这可能是有那么多印度专业人士在国外的部分原因。”

当我从果阿搭车南下，途经杂乱但充满活力、到处可见到发展迹象的城镇，然后又路过耕耘得很好、正在采收的农田，那时我心里想着的是印度人——特别是印度教徒——的觉醒。如果苏婆罗门尼安没有错的话，那种觉醒中隐藏着一种讽刺：花了那么多心血促成觉醒的群体或种姓如今却感受到了威胁。

如果没有扩张的经济，单凭教育和抱负也成就不了什么。或许甚至可以说，扩张的经济是导致印度教育形态转变的原因。在工程师普拉瓦斯（Pravas）看来，独立之前一段时间，当英国人原先对法律与秩序的强调（特别是在一八五七年印度大起义之后）由于发展的理念而有所扭转时，经济扩张便开始了。

“许多人被卷入那段过程中。一九三〇年左右，印度有一次急速增长。一九四七年前后增长的趋势获得动力，然后经过一段高速增长期，现在则缓慢了下来。一九六二年，当我在盘算进哪家大学、做什么行业的时候，有许多种职业、许多家学校可以选择。现在，他们可要拼命竞争才有机会。不过，这些也有好的一面。

“印度人的一般心愿是在庇护下成长——这也没什么不对，只要有人为你提供。具体而言，这就是说你出去找工作，试图进入别人所设立的机构里。我们一开始就是这样被统治的。大家的态度是：‘只要地方上的情况维持不变，我才不管是谁在上头指挥。’前一阵子我在报纸上读到一篇东西，大意是说，在英国人来到印度之前，印度人就像是花园里的蜜蜂。那也没什么不好，只要有别人照料花园。当然，后来英国人就变成身兼花园的主人和园丁，即印度人所谓的‘mali’。而其他人，那些蜜蜂，则在花朵之间高兴地飞来飞去。”

“目前的竞争有什么好的一面？”

“现在，我所说的庇护底下人太多了，迫使大家得出去靠自己的本事，逼得他们必须培养出进取心。”

普拉瓦斯来自远方，印度的东部。他祖父是位祭司，父亲则在政府机关当小职员。

“那几乎是典型的印度家庭发迹史。我父亲应该是在四十年代中期进入政府工作的，那时候行政部门正要开始扩充。当时，科学、工业之类的还没什么规模，不过，结构正在扩张。这是发展的先驱。当真正的发展来临，便有了非传统的行政管理。传统行政需要警察、军队、职员和律师，非传统行政则需要实业家、技工、工程师、医生、科学家、企业家。因为我父亲在先驱阶段就进入政府，他并不是科学家。”

“你父亲读的是哪一类东西？”

“他保留了不少传统内容。他会念诵祷文。据我所知，我祖父是一位执行正统仪式的优秀的宫廷祭司。执行那些仪式是他的职业。至于我父亲，如果你要知道有什么转变的话，他念诵祷文只是因为熟悉，出于虔敬，那是向神表达感激的一种方式——从小时候开始，这些经文就一直在你脑中回响。在我看来，那跟现在年轻人所做的没有两样。他们会看着电视或听着音响，同时中规中矩或不拘小节地哼唱起印地语电影插曲。

“我父亲长得比我高。他盘腿而坐、挺直腰杆念诵经文的样子可真好看，我认为那姿势很美。我父亲七十六岁了，但他的腰杆还是直的。不过，对我父亲来说，念诵经文不再是工作，反而已‘退化’为乐趣——‘退化’一词要加引号。口舌之乐吧，或许可以这么说。也是怀旧，对恐惧的防卫。这里涉及各种各样的情感反应——由于是出于意愿而做，我统称为乐趣。

“我们住在东部一个小王国里。我祖父是王室的祭司之一。大公倒不是什么大国王，那只是个面积大概一两百平方英里的封建王国。”

一个东部的小王国，一个服侍王族的祭司。我说：“倒真是旧印度。”

普拉瓦斯说：“我个人所遭遇并接受的文化变迁的程度会让其他地方的人受不了。小时候，我们都是坐牛车回祖居地的——没有别的交通工具。或者步行。那是很晚的事，一九六〇年还是如此。根本没有我们所设想的浴室，你就到河边去解决。”

“当时你觉得苦？”

“那时候觉得很正常，村里每个人都那样做。搬离故乡后有好几年之久，每次回到那村子一两天，总觉得更像是去野餐。还没感受到穷苦，你就离开了。

“那些年头，大多数君主都会或多或少推动理智主义。那是他们引以为荣的事。就直接的结果来说，那表示他们会确保祭司级种姓——也就是知识分子——的生计不必依赖别人。于是，他们就把土地赐给宫廷祭司。土地一旦赠予宫廷祭司或任何人，便不得再取回。那是永久的赠与。收回赠礼会被看作是最卑贱的罪行。我们那个王国里有五到十个祭司家族。他们所执行的宗教仪式非常专业化，某些宫廷祭司做一类事，其他祭司做别的事。”

“他们享有特权？”

“可以说有，也可以说没有。受赠的土地算不了什么，只够种些自家用的东西，用意只是让受赠的人不会饿死。那土地让你有个最后的依靠，但也就是如此罢了。宫廷祭司没有很多衣服，他们大概有那么两条腰布之类的。跟商人，跟那些卖谷物的、卖木材的、卖油籽的、卖油的比起来，他们算是穷人了。但若和乞丐相较，倒算得上有钱。”

“也就是说，君主把婆罗门摆在一个暧昧的位置上？”

“如果你从经济角度来看，那当然显得不协调。但它也有自身的逻辑。婆罗门有地位，并且受到君主保护。对祭司有任何侵犯，都会受到君主严厉处置。君主也会鼓励知识交流。辩论啦，诵经啦，还有‘yagna’，就是大祭典。这些场合可能有其他王国的婆罗门前来参加，大家互相竞争，或者说通过竞争来合作，借此展现各自的优点。有时候，多达一千位婆罗门坐在那边诵经，但每一位都同时注意听着，想知道谁唱得好或唱得差。那正是今天在科学或学术研讨会上所发生的情况。

“有一项内在因素影响着祭司阶级，那就是，他们生下来就具有不贪求的习性，成长过程中也被这样教导。这已深入人们的内心，以至于一般人也有同样的态度。毗湿奴大神有两位妻子：财富女神吉祥天女拉克希米，以及智慧女神辩才天女萨拉斯瓦蒂[①]。这两位妻子自然是水火不容——这情况显示知性活动跟财富很难得以并存，你必须在两者中做抉择。因此，由于种种境况，祭司阶级不会追求财富，别人也不会给他们财富。这是有取有舍的最佳安排。

“在我父亲的一生中，取舍的平衡则有所不同。他不像我祖父那样生计无虞，他必须工作养家。他的日子一半花在宗教仪式上，一半花在谋生糊口上，两者必须取得平衡。

“在某些社群里，你可以得到群体的支撑。如果你属于商人种姓阶级，家里做的是油籽或棉花买卖，而你想在毕业后从事收音机买卖，你还是有同样的支撑可以依靠。你只是换了商品。你还是属于步调一致的群体。但是像我父亲那样的人情况不同，他并没有随社会一起运动——

①辩才天女通常被说成是印度教创造之神的妻子，此处所言是印度教传说中的另一种说法。

整个社会的步调根本不一致。那年代，许多年轻人做着同样的事，但每个人都独自做。我父亲不但无法清除掉障碍，而且每次返乡回到我祖父家时，总会有冲突发生。那就像是在冷与热的房间之间移动一样。”

“哪一类冲突？”

“在旧社会里，你会在遗传及交往方面保持你的洁净。你只会跟某些人通婚，你跟较低种姓的来往只限于某个程度之内。你不会吃较低种姓的人做的食物。进食被看作是神圣的事情，食物被视为对胃液的供品。什么时候可以吃，吃的时候应该面对哪个方向，谁来服侍，该吃多少：这些都有严格的规定。人们对食物注意得细致入微。不同阶级的人食量不同。譬如说，经书中就规定，很少劳动的知识分子的食量应该是一把米煮成的饭。

“印度教是建立在三元结构之上的宗教，也就是说，每一样事情都有三种选择。因此，食物分成三种：‘萨特维克’、‘拉甲西克’、‘塔马西克’。萨特维克食物有助于知识的追求、心思的明晰和意念的纯净，它很清淡，其中大部分是谷类，一些净化奶油[①]，以及较淡味的蔬菜。拉甲西克食物则适合劳动者的需要。”

（我后来从戴维亚那里得到了更完整的萨特维克饮食内容：叶菜类、牛奶、凝乳、奶油、稻米、小麦、大部分豆芽、大部分豆类（有一种木豆除外）、甘薯（但不包括马铃薯）和水果。我也从戴维亚处得知，拉甲西克食物不仅有助增强体力，还可激发勇气和热情。戴维亚列出这类食物：“乌拉得”木豆、肉类、葡萄酒和香料（真正的婆罗门不喜欢香料）。至于塔马西克食物——显然出于婆罗门的顾忌，普拉瓦斯并没有谈到这一类（我怕他会在这话题上扯远，也没有追问）——戴维亚说它们会使人懒散。不过，奇怪的是，戴维亚所列出的塔马西克清单似乎相

①去除乳清和水分，只留下乳脂肪的黄油。

当微妙，包括了一些拉甲西克食物，其中所含的一些蔬菜也似乎清淡得可以纳入萨特维克食物。以下是戴维亚的塔马西克清单：洋葱、大蒜、甘蓝、红萝卜、茄子、马铃薯、乌拉得木豆和肉类。乌拉得木豆和肉类也在拉甲西克项目中。）

普拉瓦斯说："萨特维克食物有助于脑力活动。脑力劳动者不是为了报偿才去做他们的工作，而是因为那些工作必须有人做。这类人从事他们的工作是出于内在的驱动。婆罗门跟萨特维克有相同的属性，因此他们不能吃某些食物。

"这整套东西在各方面都仪式化了。譬如，如果你父亲还在世，那么你吃饭的时候就不可以面向南方。这并不是全印度通行的禁忌，但也不只是地方性习俗。如果种姓较低者的影子投射在你的食物上，那也是严重的事。如果你吃饭的时候发生这种事，没话好说，你不能再吃下去了，因为食物被污染了。我刚才忘了提到，吃东西的时候没人可以碰你，而且你必须采取某种姿势。有些人真是所谓的'正统'得不得了，吃饭时还不可以听到种姓较低者的声音。这些人在他们屋子很靠里的地方吃饭。"

"如果因为影子或声音而必须停止吃饭，他们会不会生气？"

普拉瓦斯笑着说："婆罗门是不应该发脾气的。他们只会停下。生气不是婆罗门应有的行为，虽然我认识的婆罗门之中有许多——可以说百分之八十吧——脾气很不好。

"我父亲就在我所说的热和冷的房间之间移动。对他而言，那是永无止境的挣扎。他回到我祖父那边时，总是要面对一大堆质问。他有没有吃非婆罗门所做的食物？是不是穿了正确的衣物？在那些日子里这是重要的事。我祖父从来不穿长裤，他只系腰布。我父亲则选择中庸之道——腰布加裤子。但对他们来说，食物的问题可不能开玩笑。在那套价值体系里，违背任何规定都是亵渎的行为。

“由于成长背景的影响，我父亲对哲学有兴趣。不过，就是在那方面，他所读的内容也跟我祖父不同。我祖父使用的是纯正的梵文，也就是《吠陀经》或《往世书》[1]里所记录的原始经文。注重仪式的结果是，你通常不一定了解所做每件事的深层意义，我祖父就不见得了解他所念诵的经文。虽然不至于那么过分，但执着于仪式或许只是装腔作势。

“我父亲不需要表演，他没有那种压力。因此，他试着去了解他所读的内容。他读了很多近代哲学家的阐释，因此他也读了许多种语言相关的书。他读过孟加拉语的近代哲学著作，他读英文作品。我成长时在家里看到的就是他的一册册天城体梵文及英文书籍。他对其他学科也稍有涉猎，但核心是哲学。

“还有别的。除了往世书所宣扬的古老价值观念外，我父亲也接受了民族主义的信念——主要是甘地的。在印度，甘地主义几乎是一种集体性的歇斯底里，不过算是健康的一种。它所宣扬的其实是古老的价值理念，不过却用看似现代、非常面向群众的方式包装起来。原来的古老价值理念有知性的外表，也确实偏重知性，因此跟群众之间有隔阂。甘地找到了办法，把古老的真理变得很简单。我在成长过程中听了不少那些甘地式的口号。譬如，‘多做少说’。

“我自己的家里维持了婆罗门的价值取向，但我也经历了从旧世界到新世界、从热房间到冷房间的转变。只是这一次的转变不同于以往。没人会问我，‘你为什么穿长裤’或者‘你是不是吃婆罗门做的食物’。不过，和我父亲在他的政府职位上一样，我没有社会群体的支撑。可以这么说，我必须靠自己破门而入。”

“你为什么选择科学？”

“环境以及当时的价值取向。第三个因素是神秘感。”

---

①印度教经典的一种，共十八部，成书于公元三百至五百年间。

“神秘？”

“那是最强大的驱动力之一。所有宗教都充满了奇迹。神秘的东西吸引人，而科学有那种神秘性。我下意识里感受到了那种神秘。你把两种化学物质混合起来，颜色就变了——这是最单纯的神秘。或者，制造像电风扇那样的机器——电风扇似乎不需要什么原动力就能运转起来。

“比起我父亲从他父亲的时代走过来的转变，我的转变还多了一个层次。我对事物的看法比我父亲开明。由于我们或许可以称之为‘科学’的东西，我大概会变得经常质疑。我对仪式不那么熟悉。我父亲学到了一部分他父亲所了解的东西，我只学到一部分我父亲了解的仪式。

“一直到十五六岁，我都是在亲密的家庭环境中成长的。那个年纪正是你开始学习仪式的时候，因为在某个年龄以下你不能做某些仪式。譬如说，有些仪式只有结了婚的男人可以做。但是，我在那个年纪离了家，每年只回去几天。因此，仪式方面的东西我错过了不少，现在我对仪式也不是完全相信。

“我不做仪式，但我会怀念它们。我是在仪式中长大的，我对它们并不陌生。如果有人告诉我不可以吃拉甲西克食物——蛋或什么的——我不会觉得奇怪。跟现代营养学家不一样，我了解别人为什么会那么说。至于在哲学方面，我父亲所做的事，我做得更多。跟他比起来，我接触了更多印度哲学及其他哲学流派。我父亲从基本的吠陀哲学扩展到更广泛的印度哲学，我从印度哲学扩展到更为世界性的取向。”

我说：“以你的学术取向，你对印度教的真正了解可能比你祖父还多。”

普拉瓦斯说：“或许我更能用西方的词汇来解释它，但我不敢说我懂得比我祖父多。

“变迁是持续的过程。在一个时代期间，你只看得出一次变迁，因为一旦你看出变迁，变迁已经在你身上发生了。因此，在过去五十年之间，我只看到两次变迁，不过它们是巨变，因为那是一段持续过程中的两三个高潮。下一次巨变将发生在我儿子那一代。转变必须历经一段时日，对越往后的时代，转变的过程历时越久。

“我儿子会在许多方面经历环境的巨大变迁。家庭、学校环境、就业市场，所有这些方面。我在还多少注重仪式的环境中长大，在我儿子的环境中仪式将不再重要。不过，纵使我儿子在仪式方面失去了更多，他还是不会完全失去根，他可以在同侪群体中找到生根的土壤。会有许多人跟他一样，整个社会正朝着那方向移动。

“在我这一代里，有些人知道我所谈到的食物禁忌等，但大部分人都不知道。他们不知道过去有、现在也还有这些东西。但是，他们在日常环境里却完全没有问题。如果你过分依附以往所强调的根，你可能会没有根，变得像化石。至少在形式上，至少在风格上，你必须随着新潮流走，寻找新的根。越来越多印度人正在这样做。在一个时代之间，风格就会变成实质。你为了随波逐流而做的事——例如，对我父亲来说，穿长裤这件事——到了下一代就变成天经地义了。”

我想，他所谈的变迁可能在某方面类似于一两个时代之前发生在特立尼达印度社群的变迁。那社群是我的祖父辈移植过来的乡村印度，一个看似完整的世界，拥有它自己的语言、仪式和社会组织：一个在新世界的环境里——甚至早在我的童年时代——已经开始瓦解的印度。首先，语言消失，接着，人们不再重视和需要仪式（虽然人们早已不了解仪式的意义，仪式还是照常举行），最后只剩下群体意识、家庭和宗教关系，以及一个含糊的关于印度的印象——这个印象中的印度跟我们祖先大致上移植过来的印度非常不同（更有历史性，更加政治化）。

普拉瓦斯说：“对你来说，那变迁并没有颠覆性。”

我注意到“颠覆性”这一字眼。

他说：“那变迁不是来自内部，而是外在的。在这里，变迁是渐进的。

我四周都看得到变迁——我父亲、我弟弟、每个人都在转变。我已经分辨不出什么是新事物了。”

此外（如果把普拉瓦斯的话进一步引申），印度的新时代与我们在远方的移民社群之间还有另一个基本差异。对脱离了印度土壤的社群的人来说，印度教神学变得深奥难懂（就像对先前受到印度教影响的东南亚地区的人，它也已经变得深奥难懂）。当时，许多人对这宗教信仰并没有全心投入，许多人完全抛弃了它。那是一个更为整体的文化流失的一部分，而那文化流失使许多人对自己的定位缺乏明确的认识。但无论宗教仪式多么乏人问津，无论外表改变多少，那种情况都不会在印度发生。

普拉瓦斯说：“有一些基本原则将会留存下来。在个别行为方面——吃饭、睡觉等等——大家对细节都不会在意了。这些都会消失。但在集体记忆里，有一些河流将源源不绝。信仰以及信仰的表达方式是这些基本河流之一，尽管相关的细节会变得模糊。

“最近，电视上播出了根据《罗摩衍那》和《摩诃婆罗多》这两部史诗拍成的连续剧。班加罗尔的大多数市井小民都没有实际读过这些史诗，他们没读过这些史诗的原文、英文版或任何文字的版本。这些史诗对他们而言并没有什么值得特别注意的，反正它们就在那里。他们会知道主要角色和故事大纲，但他们不会知道详情，不会知道故事中的次要角色。不过，电视连续剧还是轰动一时。”

如今，普拉瓦斯必须面对现代印度生活的一切挫折。从他的描述中听起来，这些挫折类似外国访客所遭遇的挫折：搭飞机或火车的困难；拥挤危险的都市街道，恶臭的废气，连处理简单事情、解决日常生活中的衣食住行——毕竟，工业革命的目的就是要使这些问题易于应付——也是困难重重。

普拉瓦斯说：“有时甚至我自己也会感到绝望。要不是性格不合，恐怕我早就找上黑道了。”找黑道来摆平一些人，办好一些事。“在印度的街头可没有人遵守规矩。”那不是鸡毛蒜皮的小事。普拉瓦斯骑小轮摩托车，他来见我的时候，总是像航天员那样戴着大头盔抵达。“你觉得有点像身处丛林，这可能影响你对更多事情的看法。这可能发生，也确实发生了。实际上，生产力因此降低了。我的生产力远低于应该达到的程度。社会中的摩擦就跟机器里的一样。”

我想起他的祖父，东部小国君主的五到十个祭司之一。他赖以为生的东西极少，如果国王不再施予恩宠，只有那块种些自用作物的土地能让他不至于一贫如洗。他没有其他技能——在当时，那个小国家并不需要太多技能。那是个无常的世界，变化可能突然发生，让人承受不了。那就像一再被这支那支军队侵占的印度，那是纪念性建筑未得完工、白耗精力以至于看不出什么系统性成果的印度。那也是一片丛林。普拉瓦斯祖父是否也有类似的感受?

“我从未见过我祖父，我父亲十二三岁时他就过世了。我对他的世界没有任何记忆，不过我可以把它重建起来。他活在静止不变的社会里，他跟他的父亲或祖父没有什么差别。因此，纵使有摩擦，他也不会发觉，因为他没有摩托车。”

摩托车——普拉瓦斯先前谈到班加罗尔的交通以及他的小轮摩托。我喜欢这个比喻：它让人得以了解一成不变的往昔。

我开始想着，或许普拉瓦斯所谈到的挫折有不少源于历史，或许它们源自印度人的卑微期许——和甘地提倡使用手工织品所根据的理念一样，印度人这种近乎宗教式的观点认为一个如此贫穷的国家只有一点点需求。我想着，或许甚至在今天的印度，人们还有一种根深蒂固的心态，认为粗劣的事物也得接受：这是穷者近神那套观念的延伸，那套古老的宗教政治态度认为试图改善自己的处境乃是错误、徒劳且冒犯神祇（以及统治者）的行径。像我先前问过苏婆罗门尼安一样，我向普拉瓦斯问起，在他成长过程中，印度货品的粗劣对他有什么心理上的影响。

他说："在我成长的年头里没有太多可以拿来做比较的，我可能看过我祖父的手表，但当时我从未见过印度产的手表，因此无从比较。所以，我没有什么不好的感觉。我长大时并没有见过太多进口产品。我们使用的东西都是当地生产的，要不然就付之阙如。我们使用许多印度的手工产品——金属盘子而不是瓷器，金属盘子已经制造了好几千年。早在我出生之前，就有人制造纺织品了。因此，地方产品就足够满足基本需求了。而且，你小的时候，需求也会很少。"

对于目前所见印度产品的粗劣，他看得很开。"跟当前其他地方的产品比起来，它们算是差劲的。但若跟五十年前我们所用的那些不像话的东西比起来，它们可就有点模样了。这只表示我们起步得晚。五十年前的日本产品也是粗劣的。"

新世界真是新得很：对一些人来说，它从他们祖父的时代开始，对大部分人则是从他们父亲的时代开始的。而且，人们的移动范围那么大、速度那么快，因此许多在社会中活跃的人都有成功的故事可以谈——有时候是他们自己的，有时候是他们家人的。

我认识了卡拉。她出身泰米尔的婆罗门家族，目前替一个大机构做公关工作。她二十几岁，未婚。她工作勤劳、有条理，大家都知道她办事认真。她态度严肃、沉着，举止很有教养。但是，我对印度所知有限，特别是对她出身的南部婆罗门认识不多，也就无法猜测她的出身背景。

后来有一天，在午餐时，仿佛讲童话似的，她说她外祖父是白手起家，小时候穷得必须就着路灯读书。

（不是很多其他人据说都有同样的出身吗？不是某个地方也有另一个非常穷的男孩——没有纸笔，没有写字板——必须用一块木炭在铲子背面上做算术题吗？我把卡拉的故事当作一则虚构的传奇。可是，数周后一个晚上，我果真在马德拉斯一个婆罗门小“移民区”里看到一个小男孩拿着一本书坐在路灯下。路灯的光线太微弱，无法就着看书，但那婆罗门男孩拿着书盘腿坐在那里：那模样叫你知道，他想上进，要奋斗，有自制力，他正做着他和他父母听人谈到的好事情。）

我向卡拉问起她那位祖先的名字。那是一个王国高级官员的名字，是在独立前的印度很有名的名字。那个就着路灯读书的男孩后来获得了权力和财富。

从卡拉的举止中，我可以料到她的出身背景中有那样一位外祖父。我料不到的是——其实，只要稍加思索，便不会觉得这跟她的婆罗门出身有任何出入——她的娘家祖先中有一位遁世者，一位弃绝尘世的苦行者，在贝那拉斯[①]的河堤台阶上，在恒河畔的火葬柴堆和寺庙之间冥想。

卡拉的气质确实呈现出这些旧印度的遗风。她也知道她置身于普拉瓦斯所谈到的那股摆脱旧印度的潮流中，但她对此并没有像普拉瓦斯那样分析性的认知。当卡拉有点执迷地回想她的家族历史时，她想到的是她母亲：她母亲被卷入那股前进的潮流，陷在时代之间，生命被搅乱了。

卡拉对那则关于她外祖父在路灯下读书的故事可看得很认真。她在九岁或十岁时从母亲口中听到那个故事，后来又从外祖父那边听到了更多细节。她以她那严肃的口气说：“每当停电、灯光熄灭让人感到烦躁的时候，我就会想到他，这个家中没有半盏电灯的男孩。”男孩家中大概真的没有电灯。“这是在二十世纪初期的马德拉斯。他父母把他送到马德拉斯的祖母家里住。”虽然卡拉没说，我想这应该就是许多人的故事中所提到的移居到都市的婆罗门的一部分。在马德拉斯，卡拉的外祖父住在一间重要寺庙附近的婆罗门区域。

“我外祖父告诉过我，他每天晚上都得在寺庙等着拿‘parsad’，也

①印度东北部圣城瓦拉纳西旧称。

就是献祭的食物供品。那些供品是他的晚餐，也是他祖母的晚餐。最近我们到那间寺庙走了一趟，那是马德拉斯两间著名古庙之一，卡帕列西瓦尔寺庙。我外祖父向我指出一座狮子石雕，他说当年他经常靠或坐在石雕上，等着晚间礼拜结束后拿供品回家。庙里的祭司常骂他：‘礼拜仪式还在进行，你连好好站着都不行吗？’这一回，他年纪大了再回去，祭司就站在庙外迎接他了。

“他在马德拉斯读完中学后，到班加罗尔来准备上大学。他住在亲戚家里，自己拿到了大学入学许可。”真有意思，关于昔日的故事一再出现这个情节：没有父母或成人的帮助，小孩自己设法进了学校。“上大学的时候，他娶了我外祖母。如果我没记错，那时他十几岁，我外祖母才十一岁。当年，小孩子结婚后都住在父母亲家里，直到长大成年。我可得告诉你，就我亲眼所见，我外祖父母是一对深深相爱的夫妻。我向外祖父问过他婚姻早期的情况，他告诉我，有时候大学下课后他会到市场去为家里买些东西，包括偶尔为我外祖母——也就是他妻子——买些珠子和彩线。

“那个十一岁新娘的父亲，就是我告诉过你的那位遁世者。他小时候就在贝那拉斯做遁世者了。据说，后来成为他岳父的人不知从什么渠道得知这个远在贝那拉斯的遁世者——贝那拉斯离这里有好几百英里远——并且听人说这个遁世者命中注定要跟他女儿结婚。”遁世者是弃绝尘世的，他们没有家，也不结婚。因此，这个关于遁世者命中注定要跟某人结婚的念头真是奇怪。

卡拉说：“他们——成为遁世者岳父母的人——应该是笃信宗教的人。他们应该找过占卜之人，替女儿算了命。于是，那家的父亲就亲自或差人前往贝那拉斯，去寻找出现在他女儿命盘里的那个小遁世者。他们到了贝那拉斯，在所有圣人之间寻找，终于找到了他。他们向他提亲，但他坚决不肯，他还不想重回尘世。于是他们无功而返。后来发生了种种事，他们再次前往贝那拉斯，跟小遁世者说了些话，终于说服他放弃苦行生活，离开贝那拉斯来到这里成婚。婚后不久，遁世者的妻子发生了意外，眼睛开始失明。她结婚时是十六岁。”

“星相家没算到那次意外？”

卡拉说：“我可不知道。”她听来的这故事像是神话：其中充满神奇的经过，但也有漏洞。

“你有没有听说遁世者在妻子失明之后说了什么？”

“没人提过遁世者的反应。”

“他靠什么过日子？”

“遁世者在帕拉尼当祭司，后来又在那里当上了高官。帕拉尼有著名的寺庙，供奉的神是湿婆的一个化身。我几乎每年都跟母亲去一趟。她信赖那间寺庙。”

“那是什么意思？”

“她相信那寺庙的灵力。”

“你信吗？”

“我爱我母亲，而且我相信她。我母亲跟她外祖母——就是那位还俗的遁世者的妻子——很亲近，而且，我相信家中的人对帕拉尼的寺庙应该都有某种特殊的感情。虽然我每年都跟母亲去一次，那寺庙对我倒没什么太大的意义。我自己不是那么笃信宗教。

“帕拉尼的寺庙很有钱。一些别的寺庙更有钱，但帕拉尼那座寺庙算是挺有钱了，许多人前去朝拜。寺庙的财富来自它们所拥有的土地，以及信徒的捐献。南部最富有的寺庙之一位于提鲁帕提。关于这所寺庙有一则故事。那寺庙供奉的神斯里尼瓦萨向财富之神库贝拉借了一大笔钱。吉祥天女拉克希米会赠予财富，库贝拉却占有或存积财富，抑或把财富借贷出去。提鲁帕提寺庙的故事说，寺庙供奉的神斯里尼瓦萨把大家捐的钱存起来，准备还他欠库贝拉的债。许多人相信这故事以及这位神。庙里有一个大‘hundi’，就是大布袋，大家可以把钱丢进里面。什么东西都有人丢——黄金、银子、钻石。我相信曾经有人把左轮手枪和沾血的刀子丢进去，希望他们用那些武器所犯下的罪能得到宽恕。我还听说，最大笔的献金来自违法取得那些钱的人。帕拉尼寺庙得到的献金比提鲁帕提寺庙少得多，但还是有的。”

“遁世者就变得有权势了？”

“我的印象是他很圣洁，对权势一类的东西没有兴趣。他女儿——我外祖母——还很年轻时他就过世了。当时她大约十四岁，已经结婚了，但还住在娘家。那是风俗。在他死前，遁世者曾经告诉妻子说：‘万一你必须依靠什么人，就到我们大女婿的家里住。’因此，我外祖母就搬到她丈夫家里，也就是我外祖父家里，而她那边的家人也全跟着搬过去。”

“那桩婚事是如何决定的——你外祖父和外祖母自己决定的？”

“我们属于泰米尔婆罗门中一个很小的分支，我猜那年头人们比较看重种姓分支吧。可能每个人都有远亲关系。大家会记录下来，或者记住、注意每个人之间的关系——什么人是什么人的表亲的岳母之类的。这种对家族关系的重视到现在还残留着，人们仍然知道远亲的关系。我可就不懂这其中的道理了。”

但卡拉可以靠自己过日子。她受过教育，她有工作，她可以来去自如。如果在五十年前，她根本找不到工作，她目前所做的公关工作根本不存在，甚至连她上班的那种公司可能也不存在。五十年前，人们的想法和感觉应该不同，家族观念是有帮助的。

卡拉说：“也许两个时代以前这个世界不像现在那么让人觉得小。

“大学毕业后，我外祖父通过一项考试，进入政府部门服务。他的职位逐渐高升。他是很有干劲的人，人们称赞他的大胆和诚实。他出了好几次国。”

卡拉就是这样讲故事的。她慢慢诉说外祖父的童年和就着路灯读书那段，然后突然急转到功成名就的部分。这几乎证实了普拉瓦斯的话，即随着印度经济的发展，人们被卷入潮流，然后被带到较高的位置。

“他一生总共有九个孩子。他母亲跟他住在一起，还有他岳母和小姨子。全家只有我外祖父一个人有收入。他的钱不多，但每个小孩都去学了骑马、游泳、音乐，他们也常去远足。我确信这是他在政府中长期服务的结果。

“对我，这完全像是一则故事。我去过外祖父家里，那边可没有马和马厩，也看不到有人在游泳。我还听说，当他在一个王国任职的时候，他们一家曾住在王宫里。宫中花园里有孔雀。这些故事都是真的。不过，那是不同的时代。我不会怀旧，我只觉得那应该是个值得造访的地方。

“到了我外祖父住在王宫里的时候，我母亲已经结婚了。因此她并没有住在王宫里，只是去做客。她曾经带着小女儿搭乘快艇，当时女婴大约只有一个月大。她说她知道婴儿不会记得这件事，但是她要跟女儿分享她所知道的一切。”

虽然卡拉没有这么说，我想那一个月大的婴儿大概就是她自己。

“故事中关于我母亲婚姻的这部分是最令人悲痛的一段，谈起它让我很难受。我母亲上的是英国学校。她各方面表现都很好——音乐、运动、课业。她很大胆、很有自信。”值得注意的是，卡拉对大胆一再加以强调和赞许。“她想做许多事，她觉得应该当医生。她喜欢上学，想多学些东西。实际上，她可以说还只是个小孩。她那时读了不少东西，不少英文小说。她根本没想过结婚的事。她是个小孩，一个女学生，几乎像是个英国女学生。”一向沉着严肃的卡拉现在近乎泪水盈眶了。“她说她小时候不是很漂亮，我可知道她是个很漂亮的女人。

“她十四岁时结了婚，那是她没办法左右的事。她说她但愿别人能让她自己管自己的事。她很苦恼，她哥哥和几个表兄弟也很苦恼。那几个男孩告诉她，说她可以离家出走——而且他们会照顾她。”

“那婚事是谁的主意？”

“她父亲的主意，我外祖父的主意。”

“你有没有跟他谈过这件事？”

“没有。”

“为什么？你跟他熟啊。”

“我跟他很熟。但他现在已经跟当年不一样了，我相信如果那时候他是现在的样子，肯定不会那么做的。

“我母亲那时读十年级。对于这件事，我没有问她太多问题。我觉得太痛苦，而且，现在坐在这里，我也不能改变什么了。也许，我不想知道更多只是出于我自己的胆怯。她在学校读完书——婚后，她还在学校待了几个月。最后那几个月她处境很尴尬。大家总问她是不是结婚了——她的许多朋友是英国或英印混血女孩，她们都比她大了好几岁。她们之中许多有男朋友，那时班加罗尔有不少英国兵。那是一九四六年。”

在这则到目前为止仿佛是古老传说的故事里出现一九四六年的真实世界令人觉得不安：一九四六年，英国人还在印度，还在班加罗尔的那个驻扎区，但独立运动如火如荼，加尔各答印度教徒与穆斯林之间的严重冲突暴动也即将发生。

我说：“那一年在我听来距离现在还相当近，毛姆[①]的《刀锋》——那本关于遁世者及追求自我实现的小说——才出版了一年左右。”

卡拉说：“那本书她很喜欢，她继续读了不少书。本不该有那场婚姻，”卡拉谨慎地用克制的口气说，“他们应该让她随性发展，要是那样，她会是个伟大得多的女人。”

“你母亲没跟她父亲说婚后她在学校很尴尬？”

“我想我母亲不会告诉她父亲这个。

①毛姆（Somerset Maugham，1875－1965），英国作家、戏剧家。

“谈起接下来的这段我也觉得难受。她不能再上学读书了。婚后几年，她根本就是奴隶，为丈夫的大家庭做苦工。都是些体力活，洗衣刷锅之类的。她没有自己的时间，没有行动自由。她不能按照自己的安排回娘家探望亲人。她没有权利决定如何过日子，事情总是由别人替她做主。”

“你父亲对这一切怎么看？”

“我父亲是个安静、随和、温文的人。他家的事都是由年纪大的女人决定的。”

“你外祖父很有地位，怎么会把女儿嫁到这种人家？”

“他们一家声望很好，他们是贵族家庭，别人把他们看作慈善人士。他们大概说一套做一套吧。那家的女人有许多参加了公益组织。她们所受的正规教育比她们允许我母亲接受的程度高得多。这些都是出于双重标准，出于麻木和一点残酷。”

残酷，没错，那是印度家庭生活的必然结局。家族提供了保护和归属，让人不会陷于空虚，但它同时也是一个小国家，是个不让人好受的地方，其中充满政治，充满憎恨、分分合合和道德指控。我在大部分童年时期所见识的就是这种家庭生活：这让我很早就了解了世事之道，明白何为残酷。这让我——我猜想卡拉也是一样——渴望另一种生活，一种能够拥有自己的空间、孤独或不那么喧闹的生活。

不过，我不认为卡拉提到的双重标准是恰当的说法。印度教徒的家庭生活中充斥着种种仪式。就像人生的每个新阶段都需要举行仪式，每个人在有生之年的不同时期也必须扮演不同的角色。婆婆有责任管束幼小的媳妇，教导那些天真淘气的女孩担起生儿育女、料理家务的新职务，要她们养成顺从的新习惯，教她们对真实世界的苦与泪采取近乎逆来顺受的态度。也就是说，在传统的沿袭中，婆婆要把她们自己做媳妇时所经历的生活和所接受的观念转移到媳妇身上。对幼小的媳妇施以这样的训练被认为是婆婆的德行，至于手段的残酷，无论是多么刻意和多么恣意，都会被看作只是生命本身之残酷的一部分罢了。那家的妇女从事公益活动时，对象应该都是低了好几个阶层、境况悲惨了好几倍的人。她们会有从事公益活动的愿望，也应该是因为她们先被灌输了家庭妇德的观念。至于双重标准，那是来自另一个世界、来自卡拉目前所处的世界的概念。

卡拉说："我母亲对这一切毫无心理准备。她只是一个媳妇，家里有什么好东西或要出游，她总是最后被想到的人。车子里没有她的位置。她也还只是个小孩子，其他人都比她大得多。她有时还会挨打。"这话题让卡拉太痛苦。"她婆婆和丈夫都会打她。她一结婚，突然之间，别人就不管三七二十一要她变成大人。"

"你有没有跟你父亲那边的家人谈过这些？"

她没有。"等我知道这些事的时候，大家都已经老了许多，再去挑起口角也没有用了。那种日子持续了五年。"

"你外祖父是很有尊严和名誉的人，他没为女儿做点什么？"

"对印度教徒来说，父母是不应该过问女儿出嫁后的遭遇的。他们并非不知情，只是不该过问。换作今天，他们就会过问了。

"在那五年里，我母亲跟我父亲谈了不少。她向我父亲倾诉，最后他们决定不在那所宅子里住下去了。我父亲向尼尔吉里丘陵[①] 的一座茶叶种植园求职。他得到那份工作，他们搬了过去。

"我在那里长大，直到进入寄宿学校。那是一座有殖民风情的优美城镇。我所看到的只是殖民时代的遗风，譬如基督教文化和派对。在那里，你要信什么宗教都没关系。那边看不到定居的英国人，倒是有不少英印混血儿。房屋建筑风格属于殖民时代——高天花板、木头地板、大

---

①印度南部泰米尔纳德邦丘陵地带。

花园、门廊、离开主屋有一段距离的仆役房舍等等。住在那里不觉得有什么不对劲。”

对卡拉母亲来说，住在那房子里的日子也可能是她在五六年前被迫结束的修道院生活的翻版和重现。

“你们在尼尔吉里丘陵才开始感到幸福？”

“大概吧。但伤痕如今还在，还会觉得丧失了什么。那完全是可怕的浪费，一个没人看重的女人的潜力就那样浪费了。我现在很珍惜自由。我母亲一直告诉我教育及经济独立的重要性。”

“你还没结婚？”

“我不反对婚姻制度，但结婚不是我的目标。”

“你母亲为这个操心吗？”

“她希望我结婚，但没有特定的时限。她要我过得快乐。我觉得，跟她所经历的比起来，我所遭受的一切都会显得微不足道。”

她还是她在两三次会面中所告诉我的故事的一部分。谈着这些往事时，她充满了情绪，看不出我觉得我自己看得到的历史进步。另一天她说：“我倒是会想到每一个相关的人，有时候我会想知道他们在某些时刻的真正感觉。我想他们都很有勇气，每个人在进行他所做的转变时都表现了某种勇气。如果面临困境，不知道我是否也会有同样的勇气。”

“我想我们都无法真正明白我们祖父母们的想法和感受。”

卡拉说：“他们所处的世界实在很不同。”

卜拉卡希是非国大党执政的卡纳塔克邦政府中的一名部长，他请我在一个星期天共进早餐。部长官邸就在旅馆附近。戴维亚先过来，然后跟我一同步行到部长那里。

我们可要小心步履，在破裂或没有铺设好的小径上慢慢前进。平坦或完全铺设好的小路并不是印度的基本需求，印度城市的街道常常像是在尘土堆中弯来弯去、崎岖不平、东补西补的柏油路，而且充斥被丢弃到街上而不会被清理的东西，譬如沙子、石头、湿或干的垃圾等等：总之，一切看起来都有待完成，没有路缘石，没有围墙，什么都是进行到一半的样子——完成了一半，或是完蛋了一半。

戴维亚和我很想边走边谈，但那可有点困难。我们一直被汽车及小型摩托车所排出的污黑废气熏着。这些机动车所扬起的尘埃要很长一段时间才会落定，因此我们也走在一片尘埃中。等抵达部长官邸，我们已经成为班加罗尔街景的一部分，皮肤、衣服、鞋子、头发和眼镜上都沾满了灰尘和烟渣。

这次早餐之约让你见识到政治人物生活的一面：气氛像是专业工艺展览会场，场面充满戏剧性，步调带有美国式的匆忙。事实上，这一大早正是部长及重要政治人物非常忙碌的时刻。有事来请托的人（他们自己对这场合也有一番戏剧性的编排）摸黑起床做准备，天一亮就上路来到大人物的家门口等候——就像在古罗马，平民每天早上必须做的第一件事是跑到贵族主子的家，加入那边的人群，以此彰显大人物的荣耀。古代罗马如此这般，当今班加罗尔也是一样：一个人的地位越显赫，他门口的人就越多。

卜拉卡希的求见者倒不算很多。他的声誉相对不那么浮夸，大家认为他是个有教养、够称职的部长，一个精明而认真的政治人物，但也能保持超然立场——总之，在印度各邦的政界算是有点特立独行的人物。

他住在卡纳塔克邦政府为部长所盖的官邸。这些房子靠在一起，自成一个地段或园区。它们是两层楼混凝土建筑，漆成淡赭色，占地颇广。卜拉卡希的屋外并没有我在别人屋外所见到的大批人群，不过来求见请托的人——他们耐心等着，几乎一动也不动——也还算多，足以显示他的重要性。院子里停了几辆车，还有一些安全人员。停泊在那里的车子令人想到特权：看起来，车主似乎可以轻易见到部长。

那个星期天早晨，戴维亚和我属于那类访客。我们也没说什么，但似乎大家都知道这点；于是，虽然我们一路走来全身脏兮兮，求见者还是见到我们就后退，在中间让出一条通往卜拉卡希官邸前门的小路。从外面看，那栋房子也不过就是一座房子。事实上并非如此。我们走过几间污秽的有点官厅模样的房间，它们可能是某个政府部门常用的办公场所，也看似配置了政府职员。然后，我们来到一间比较属于私人范围的客厅。虽然比较私人化，但还是有官厅的气氛，房间中央有张矮桌，桌子四周有不少低扶手椅。桌子上整整齐齐摆着两排互相交叠的当天报纸——都是平平整整、刚刚送到、尚未翻阅的，每份报纸只看得到报头。有些报头的文字是英语或印地语，其他的则是方言。

一如向来的作风，卜拉卡希并没有让我们等候。几乎在有人去向他通报我们已经抵达之际，也在我有时间拿起一份报纸之前，他就从一间内室出来迎接我们。出现在我们眼前的是一位四十多岁的男人，身材瘦小，动作敏捷，神态自信，而且看来有点风趣。他立刻把我们迎到隔壁的餐厅——房子的这一部分可就相当私人了，其气氛甚至跟客厅大为不同，从大餐桌的摆设看得出这将是一顿非常讲究的印度式早餐。我们才坐定，穿了一袭新换的蓝色莎丽的卜拉卡希夫人就出来上菜：亲手为丈夫上菜是保守派印度教徒妻子必须做的事情——这是一项义务，但以她丈夫的身份来说，如今也是一项稀有的荣幸。她可以如此贴近部长，如此服侍部长，这不知令多少在外边等候的人羡慕不已，不知有多少人会认为她很有福气。

我向部长问起那天早上来求见的人，那些在前门外等候、以为我们的地位高高在上而让路的人。卜拉卡希说，那些人中最重要的是一位政府雇用的乡村财务人员，他被控从他负责征收的土地税款中侵占了五千卢比（大约两百英镑）。这个人已经被停职。那天早上，他从两百英里外坐了一整夜车来见部长。卜拉卡希跟他谈了七八分钟。那个人说他已经把五千卢比归还了，希望卜拉卡希帮他复职。卜拉卡希回答说他无能为力，部里的调查必须进行下去。事情就这么了结了：经过两百英里的夜行、部长官邸门外的晨间等候以及七八分钟的接见，那位乡村财务官员也只能搭车回他的村落去。

卜拉卡希的妻子不断端出一小盘又一小盘配菜，同时从已经摆在桌上的大盘里为我们添菜。她不时端出刚出炉、热腾腾、酥脆又膨松的普里面包。

卜拉卡希一边用手指优雅地吃着，一边说："那家伙这下子会告到高等法院——等部里的调查结束之后。"

我说："那么他的饭碗就有保障了？"

卜拉卡希说："如果高等法院认为部里的调查在程序上存在漏洞……"

"十之八九会有。"戴维亚说。他也是这边一点、那边一点吃着。

卜拉卡希说："如果确实在哪项程序上有漏洞，他会复职，并且拿回停发的薪水。在停职期间——他被停职了——他可以拿到一份基本生活费，数目是薪水的百分之七十五。"

我说："他这类人有什么样的出身背景？"

卜拉卡希说："这类人通常是农民或民间工匠的儿子。他在政府工作的薪水大约是一千两百卢比。"相当于四十八英镑左右。"那就是为什么村里每个人都想在政府里谋职——除非他们拥有不错的土地。如果他败诉了，将会一无所有，必须回去务农维生。"

我们所谈的那个人三十六岁，有三个小孩。他来找卜拉卡希是因为他住在卜拉卡希的选区。那是在贝勒里区域内，而那边的农耕条件显然很不好。在卡纳塔克邦，贝勒里被称作"炎热地带"，夏季气温高达四十一摄氏度。

卜拉卡希说："他那五千卢比可能是在一两年间逐步侵占的。有人到他那里缴土地税，他反而吞了钱。数目不大，一次二十五卢比左右吧。

他在收据上做假。后来，有位上级官员不明白为什么这边那边的农民没有纳税。他做了些简单的调查,看到了假收据,那个笨蛋就被逮了个正着。”

戴维亚说：“他可能还会觉得不公平，因为他周围有那么多职位比他高的人也在贪污，却安然无事。”

我问卜拉卡希：“那个人有没有趴在地上抱着你的腿？”

卜拉卡希以诙谐的口吻说：“他可能在被逮到之后的第一个晚上哭过，但一年后他已经看开了。”

我喜欢“看开”这字眼。在卜拉卡希尚未从政、过着真实或平民的生活时，他是一名乡下律师，他了解他所接触的人。

“现在他可变得听天由命了。他会谈起‘业’，命运。印度教徒就是这样。”

“如今他村里的人会不会瞧不起或排斥他？”

“以他的阶层来说，别人不会在意那种偷窃。我想他们对那件事根本一无所知。印度的上层阶级把偷窃看作理所当然，只有中产阶级还遵守这方面的价值标准，会为偷窃和贪污担心。这是社会的本质造成的，到处都是如此。在遴选会议中有人会跳起来说：‘抱歉，我不能面试下一位人选，因为他是我的小舅子。你们要让我回避。’做得完全正确，但这也向评审小组透露出那名人选是你的小舅子的信息。”

他打断这话题，端起一盘配菜说：“这屋里的所有东西都是政府供应的，包括每一个杯子、每一个盘子。一个人怎会不想过这种生活？”他指的不是他自己，而是别人。“像我刚才说的，这是社会的本质。过去，大公向老百姓征收土地税。但除此之外，人民还会进贡礼物——黄金、装饰品、水果、椰子等等。他们会把礼物装在盘子里，依照送礼者的地位高低，盘子会用黄铜，或是纯银制作。现在的大公就是部长，甘地夫人是女大公。

“用金钱换取神的保佑也是旧传统的新翻版。在这方面，拜神的祭品也有不同的等级。有些人只用一个椰子拜神。你知不知道提鲁帕提那间庙宇的故事？”

那就是卡拉告诉我的故事。

卜拉卡希说：“你在那里捐钱，帮助范卡铁希瓦拉大神偿还他欠库贝拉的债。他是为了结婚而借钱的。”

卡拉没有提到最后那个细节。或许就是这样细节加上细节，复杂的神话故事便在这里人们的心中发展了出来。

然后，我们结束早餐，起身前往邦政府招待所。卜拉卡希认为我们在那边更有隐私，不会被求见者烦扰。

新的一批人在前门外等着。一个微笑的瘦小男子只着拖鞋，却整整齐齐穿着棕色紧裤和一件干净的有方格图案的淡褐金黄两色的人造纤维衬衫。他是一名司机，很想在政府里找个工作。他并没有失业，但目前的雇主是私人公司，而那边的薪水比不上公家。卜拉卡希在几个月前帮他写了封推荐信，但他尚未谋得政府工作，因此，这天早上他又来向卜拉卡希抱怨和请求。

就像王室成员走在恭迎的群众中跟几个人交谈一两句那样，卜拉卡希走在早餐时刻的请托者当中——倒不完全像王室成员，反而更像教学医院病房里的医科教授——也跟几个人谈了一些话。但是，那些表面上对请托者所说的话，其实是说给戴维亚和我听的，是有关请托者的话，他说那些话的神态就仿佛请托者并没有完全意识到我们，仿佛戴维亚和我是巡视病房的医科学生，而我们的教授卜拉卡希谈的是那些有气无力地躺在床上或四肢扎着绷带、用吊带及滑轮吊着的病患。

有个人看起来倒真的像病人。他出示一张脏兮兮、皱巴巴、用当地坎纳达语[1]书写的官方文件，其内容大概是说——卜拉卡希知道这个人，

---

①印度南方达罗毗荼语系的一支，又称卡纳里斯语。

那天较早时已经见过他——他太太是班加罗尔某家医院里的癌症患者。这个人说他到班加罗尔来送太太住院，现在他要回村里去，但身上没有半毛钱。他要四十二卢比买汽车票。

这男子看起来憔悴得不得了。他瘦巴巴的，一副饿得半死的样子，身上穿着一件用某种商业麻布袋做成的破旧长衫，布面上的商品说明尚未完全洗掉。他的鼻梁上端擦破了，露出红色肌肉。他还抱着一名婴儿，手拿一只奶瓶。

我们一走到可以让他俯身触及的距离内，这个一手抱着婴儿的男子就忽地弯下身子，用另一只手抓住卜拉卡希的脚，毕恭毕敬得有点离谱——在迅速弯身时，他还不忘先把奶瓶竖直放在卜拉卡希屋外的水泥地上——卜拉卡希作势要这个可怜的人起身。他站了起来，又弯身去拿起奶瓶，逗弄一下受惊的婴儿，把奶瓶嘴塞进婴儿口中，以狂乱的眼神瞪着卜拉卡希。卜拉卡希看着这个人，倒不是真的回瞪过去，而是眼光带着几分社交或学院式的冷漠；然后他针对这个人的境况向戴维亚和我来了一段解说——他一边说着，一边似乎在打量这个人。

卜拉卡希说，住院病人的配偶可以在医院里陪病人，这是法令的明文规定。如果这男子说他要回家的车费，那是他自己要放弃这项权益。那天早上这个男子可能到处找过部长及其他人。虽然卜拉卡希不能确定这个男子是在说实话，但他那天早上已经交代过手下给他几个卢比。

“如果他拿到买车票的四十二卢比，”戴维亚说，“他大概也会坐霸王车。”

他提出需求的方式太激烈，或许也太像演戏，婴儿、奶瓶、布袋做的长衫等都是道具。但是，这个眼神狂乱的男人看来却真的凄惨落魄，确实有病而且虚弱。

卜拉卡希很冷静。仿佛表示演说即将结束，他一边把我们引向他的车，一边说这类人并不属于传统中以乞讨为生的群体或种姓。他们干起这行是出于偶然，或是源自模仿，或是受到鼓励，他们没料到效果竟然那么好。然后，卜拉卡希用押韵的辞藻加上一句："他们食髓知味，也如鱼得水。"

（卜拉卡希说对了。一个多礼拜后，当戴维亚和我跟一位邦议员在他的议会会馆房间里交谈时，这个可怜人又出现了，也是抱着婴儿，拿着奶瓶，但没有穿那件布袋做的长衫，没有带来那张看似官方所发、显示他太太住在肿瘤医院的文件。议员助理立刻把他赶走，他什么也没说就离开了。这一次，他的眼神不像在卜拉卡希官邸时那么狂乱，他鼻子上的擦伤已经开始愈合，而且他看起来精神出奇饱满。如同在卜拉卡希官邸时那样，他小心翼翼抱着婴儿，或许他是用什么做抵押借用这个婴儿的。）

我们搭乘卜拉卡希的车，一路经过满是灰尘的街道前往邦政府招待所。在家里是部长，在这里也是部长：他一出现，大家就忙了起来。我开始意识到他的权力之大，开始逐渐用卜拉卡希的眼光来看卡纳塔克邦——虽然招待人员提供给我们做私下交谈的房间只是简单的招待所卧室，里面尿味扑鼻，仅有的一张桌子低得我没法在上面写东西。

我们前往招待所的主屋。这是一栋坐落在黄褐色庭院中央的石砌大建筑。我们在二楼的宽阔阳台坐定后，我向卜拉卡希问起印度政治权力方面的问题。政治权力是怎么得到的？需要什么条件？

他说，种姓是最重要的因素，一个人必须属于合适的种姓才能谋求公职或以从政为业。也就是说，他必须属于所在地区的优势种姓。当然，他还必须得到所属种姓的支持。换句话说，他在社群中要有些分量，人际关系不错而且知名度高。由于单靠一个种姓的选票通常无法当选，候选人也需要政党，他必须靠政党去争取其他种姓的选票。就此而言，印度那整套以政党及选举为中心的议会政治是有道理的。它助长了合作及妥协，印度种姓及社群繁多的情况正好可以促成某种平衡。

卜拉卡希说，在印度的生活环境中，在勉强糊口的情况下，你可以得到很大的权力。爬得高就跌得重，失去权力的滋味可能很难消受。

铺石阳台上的椅子是政府配给品，沉重又难看，因为长期日晒已经失去光泽。椅子的数量相当多。阳台虽然还未直接受到日晒，却是一片光亮。褐草庭院里只有寥寥几棵树，树荫更凸显了阳光和干燥。阳台上拉起的绿色大百叶窗帘是唯一有点装饰作用的东西，更加重了邦政府招待所简陋、单调的公家气氛。

卜拉卡希说："一般政治人物失势时只有一路往下跌，没有缓冲的余地。他可能是乡下的律师，农人或地主的儿子，小商人的子弟，但他不可能会有许多钱。很多人可能没参加过运动。"

"运动？"

"我所谓的运动是独立运动，或是反对甘地夫人戒严令[①]的运动，或这个邦里的农民运动，或工人运动，或任何人的运动。如果你不是出身于这种运动，而且当你失去权力时没有依靠，那么你就会忙着捞钱。

"权力让你享尽舒适生活、特殊待遇和身份地位——附有家具的独栋平房，私人侍从和秘书等等。配有司机的车，到外地时可以住在政府的度假小屋和招待所，还有飞机票——政府出钱让你飞来飞去。但当你下台又没有财力时，你可能得回到出身的近郊地区。在那里，你很难请得起秘书或仆人。或许你会有一个仆人，但绝不像当部长时那样有一大群仆佣。电话费也要自己付。"

卜拉卡希话中的意思似乎是反对这些，不过我想我听得出他对这些特权有点津津乐道。他已经做了六年部长，而就我从报纸所得到的蛛丝马迹看来，他的政府目前有些麻烦。

我说："仆佣，你谈了很多关于仆佣的事。对这些从乡下来的人，

---

①甘地夫人自 1966 年起任总理，直到 1975 年 6 月被阿拉哈巴德高等法院判定有选举舞弊行为，其后她宣布全印度进入紧急状态（1975 – 1977）。

仆佣很重要吗？”

卜拉卡希是一名律师，头脑精明，喜欢嘲讽：他听出了我问话的用意。他说：“在过去的好日子里，仆佣的数目太多了，因为替那些大地主、那些封建制度下的大人物做事是光荣的。今天，一切来自权力。有权力就有一群仆佣让你过得舒舒服服。如果你是部长，坐飞机时总有人帮你买票。机上总有一些保留给政府官员的座位，而这些座位到最后一刻才开放给别人，因此，十之八九你会有机票。还有，你的特助——就是特别助理——会一路送行到机场，”——卜拉卡希再度对细节津津乐道，回味着他还在享受的待遇——“到了目的地也会有人来接机，有车子让你用，有人帮你订旅馆房间。

“但是，一旦失去权力，”——现在，仿佛一个说完成功的天堂之后也必须交代炼狱情况的传教士，卜拉卡希开始谈起印度空中旅行的麻烦问题——“你常常不知道哪里买得到机票，到哪里去排队，到哪里去托运行李。在秩序井然的西方社会里，在物质条件或在出行、基础设施、住宿的待遇上，当权者跟一般人之间不会有很大的差别。

“甚至在西方国家，人的本性也是想要显得有权有势。在印度这种情况更甚，因为在这里权力就是一切。当一位美国总统离开白宫之后，他的生活方式和物质享受不会有什么改变。在印度，情况常常不同，除非你像甘地时代的老圣人那样有节约刻苦的精神。

“我们新一代的政治人物没有那种精神力量，他们会感受到有权和无权的不同。失去权力后，他们有一段时间会利用他们跟当权者的所谓的关系：他们帮那些想办事的人奔走游说。但那些关系很快就断了。过去巴结你的工厂老板现在坐在他的大车里从你身边经过，要回他位于高级地区的豪宅，而他正眼也不瞧你一眼。

“由于工业化及乡村地区的绿色革命，一个由暴发户构成的新阶级正在崛起。这些人现在才开始接受大学教育，接触到舒适的都市生活、时髦的生活方式、西方的影响——种种物质享受。在这段过渡时期，我们慢慢抛弃祖辈父辈的道德精神，但我们却没有西方人的纪律和社会正义概念。目前这里的事态很混乱。”

我想听他多谈点个人的事情，但那些话题谈起来并不容易。他的政府陷入政治危机，他预见到可能大势已去，因此有意跟权力的滋味保持一点距离。同时，这情况也激起了他的政治斗志，使他以一种陈旧的方式（几乎像是他已经下台）对甘地主义、物欲追求以及德里人士正在谈论的超级计算机对印度有何威胁等等议题提出道德说教。

最后他说：“过去我并不富有，但也不贫穷。我的家人可以过舒服安全的日子。那是在贝勒里。我在那边有些土地，我所需要的大部分来自我的土地——小米、稻米、罗望子、红辣椒、蔬菜、木柴等等。我随时都可以回去。但是在这里任职六年之后，我发现我的孩子变了。他们的成长期是在荣华富贵中度过的，别人将他们照顾得无微不至。现在他们不想回乡下去。我自己倒无所谓。

“贝勒里的气候很热。我很多亲友来这里都有点敬畏。朋友可能会稍微忌妒——从村里来的朋友，或是昔日跟我共事、在我发迹前认识我的人。如今他们把我看成非常重要的人物，忌妒就难免了。除此之外，还有政界中的无情，我自己的同事看不得我爬得太快，总是扯我后腿。这是政坛中固有的现象，但忌妒却是另一回事。

“甚至我的选民也会觉得在我家里跟我交谈比较自在。如果到这里来，坐在沙发上，”——从这些话里可以揣摩到卜拉卡希的选民如何看世界，我甚至觉得邦政府招待所不再那么单调乏味了，这颇有点意思——“当他坐在这里，看到这个大院子、草坪、警卫、侍从，就会感到不自在，就马上觉得我高不可攀，我们原先的关系也就消失或转变了。”

招待所外传来砰砰关上车门的声音。有某个人或某群人来到了。车门砰地关上后不一会儿，几个穿着鲜艳长袍的男人就迅速走上台阶，穿过内室：他们身材魁梧，脚穿大鞋，步伐稳健。我并未从正面看过这些，我坐的位置使我的视线稍微偏离了内室。然后，卜拉卡希压低声音告诉我，刚刚抵达的是达赖喇嘛。

这有点不可能，不过，如果是真的，我倒也不会太惊讶。我知道达赖喇嘛正在印度各地访问。在孟买的时候，有一天我在报纸上读到报道说达赖喇嘛将到那个城市来见那里的佛教徒。我不能确定那是什么意思。孟买人口中的佛教徒并不是藏族人，他们所指的较可能是改信佛教的达利特。不过，当时我没有进一步询问达赖喇嘛访问孟买的事。现在，在就我所知没有任何宣告的情况下，只有那么几辆车，只有几名邦政府警察护送着，他已经来到更南的地方，也真是远离了故居。

达赖喇嘛走得很快，几乎在卜拉卡希告诉我来人是谁的同时，他就已经穿过内室，他的身影被一名紧随其后、手上晃着公文包的助理遮住了一半。达赖喇嘛那阔步的最后一瞥，助理公文包的晃动——我真正看到的就是这些。

之后，几名喇嘛走出来，到了我们所在的宽阔阳台上。经过抵达时那一阵的匆忙后，他们现在较为镇定。他们从空无一物的阳台看着下面干枯的草坪和庭院。他们头发剃光了，在暗红色长袍下穿着毛织套衫。刚开始时，他们仿佛只是凝视着印度南部的奇怪景象，事实上，他们是在搜寻追随者。

卜拉卡希说，在往南大约一百英里的迈索尔市附近有一个藏族人的“营区”。在那里，藏族人在印度政府赠予的土地上种植玉米、饲养乳牛、编织他们那种独特的套衫。我们抵达时，邦政府招待所的院子里并没有任何藏族人。慢慢地，来自迈索尔市营区的藏族人——他们先前在外面的街上等候——三五成群、没有什么特别安排地出现在干枯的草地上，其中女性穿传统藏族服装，男性穿牛仔裤。他们神采飞扬，容貌端庄。在离家超过一个时代后，他们现在大概已经开始跟故乡失去联系：

亚洲另一群流离失所的人，历史演变的一部分。

有一阵子，我心里对这些人生起了同情。喇嘛还留在阳台上，他们向下看，仿佛想仔细瞧清那些散在各处等候的一小簇一小簇人群中的每个人。甚至当卜拉卡希再度开口的时候，我还觉得我们仍然是那默默无语的藏族人群中的一部分。

卜拉卡希说："由于被邦主国王和封建君主统治了那么久，我们的老百姓对当权者的高位总是又敬又畏，但同时他们对高位也怀有一股憎恨。他们的心态有分歧的两面：一方面，他们希望身居高位的人有亲和感，平易近人，有同情心，慈悲为怀；另一方面，他们认为权力就意味着场面、盛典、威严、贵族气派。这两面常常无法一致。

"以我自己来说，他们希望把我看作他们所认识的一位和善的乡下小律师——就像我在一九八三年拿下部长宝座之前的样子。但是，我身边必须有一群毕恭毕敬的官员，他们才会尊重我的权威。

"一九八三年二月十六日，我在班加罗尔宣誓保守机密、尽忠职守，成了部长。同一天，贝勒里发生了一场集体暴动——警察开枪，七人死亡，群众纵火打劫。当天晚上我立刻搭车赶了两百英里路前往贝勒里。到了那里我立刻接管局势，指挥警察分局长、贝勒里地方长官及其他官员。一天内我就把动乱控制了下来。

"当律师的时候，我有几个案子是由贝勒里地方长官审理的，那时候我称他为'庭上'。当上部长后，情况转变，我可以指挥他了。一天内我就有所不同。如果我只是一名乡下律师，人家就不会喜欢我插手管事，情势也不可能平静下来。民主制度让我们这种人得以扮演新的角色。"

他的政府对部长的排场已经有所控制。在过去国大党执政的日子，排场大得多：警车开道护送、闪红灯警告其他车辆、鸣警笛等等。在那年头，人们不能随时跑到部长官邸去，他们必须先预约。

权力来自老百姓。老百姓是贫穷的，但他们所赋予的权力却令人如痴如醉。人家把你抬得多高，当你失去权力时，他们就把你摔得多重。因此，议员打从上任起就团团转，片刻都停不下来，活像南极大风雪中的一群企鹅，外围的几只急着要穿过密集在一起的大批同伴，钻到温暖的中央。地方报纸上充斥着政治人物起落的报道，显示邦内的政治运作在于一再结盟与重组。当议会中的多数无法确保时，议员的表决权就可以待价而沽，而且要卖几次都可以。最近（这是我从另一位政治人物那儿听来的），有十个很刁钻的议员索价每票十万卢比，相当于四千英镑。政府和反对党都必须筹款来应付这些开销，他们所用的筹款方式恐怕不无可议之处。

外来访客无法看透报纸上所报道的邦内政治运作。在不断结盟与重组的政治生态里，并没有原则或纲领，只有敌人或盟友：这是企鹅式的政治。发生于卡纳塔克邦的情况同样见诸其他邦。报纸上有许多专栏文章，你可以视若无睹，也可以全盘接受。政治的内情不是从人名就可以得知的，正如使用计算机的能力不是把计算机程序死背下来就可以获得的。计算机程序可能被改变或弃用，政治人物可能会消失，或流动得很快。

几乎令人不敢相信的是，这里竟然还有个政府在运作。但是，随着印度经济的成长，积极做事的政府为所有人创造了最大的利益。从政治的疯狂争抢之中也出现了某种稳定性：或许自从印度有史以来，大多数人第一次觉得他们或他们的代表——属于他们自己群体的人——有机会进入权力和钱财的温暖中心。

我们见面那天，卜拉卡希正陷于另一个危机中，报纸上不少篇幅在谈着这件事。我们走到招待所旁边铺了柏油的地方，那边有四五个嚼着槟榔、穿干净浅黄色手织布长衫和腰布的中年男子站在烈日下——离达赖喇嘛那群人的汽车及穿卡其制服的警察稍微有点距离——等着卜拉卡希，他们好像在干着调皮的勾当。议员们被要求在那天签署一份忠诚声明，大家又演起穿上甘地式服装、表达正确立场的那出旧戏码。手织布过去是穷人的衣服，现在穷人已经不穿了，只有那些被穷人赋予权力的人会穿。

无论什么情况下的人，只要谈起昔日大公们的往事，都会带着敬意。班加罗尔市中心王宫公园三英里长的围墙也让人记起迈索尔邦旧时盛世的景象。那座王宫只是大公的夏宫。王宫位于公园很里面的地方，从马路上看不到。公园所在的那块土地单就地皮而言就非常值钱，现在公园本身陷入了法律纠纷，因此没有对外开放。

大公的主宫在往南一百英里的迈索尔市内。戴维亚告诉我，说迈索尔市还有一位曾经服侍过第二十五世（末代）大公的理发师。此外，还有一位大概是替大公掌管宫中宗教事务的婆罗门。据说理发师有很多故事可讲，不过，后来戴维亚和我前往迈索尔时找的却是那位婆罗门。

行程经过的地段不错，那是昔日迈索尔邦所铺的马路之一。几段很长的路边有高大的合欢树遮阳，那些树在大公的时代就开始种植了，现在人们几乎将其视为几代大公未曾中断的赏赐的一部分。由于二十四代大公著名的首相所建设的灌溉工程，路旁的田地才会那么肥沃，作物那么绿油油。

迈索尔市建在王宫四周。我们进入市区时就瞥见了庭园的一部分。它很诱人，但这个宏伟壮丽的胜地只能留待日后再来造访。我们那天早上的目的地位于市区本身，我们要前往一栋混凝土小建筑，里面结婚礼堂的管理人以前做过大公的顾问。结婚礼堂才盖好不久，并无特别之处，但它属于第九世纪哲学家商羯罗查尔雅所创设的一个会社。因此，虽然表面上看来顾问从事的是商业活动，他还是跟宗教事务很接近。

他体型瘦小，七十二岁。他额头上有三道白色宽条线，眉宇之间有个用红彩和檀香油膏搽上的圆点。他两个耳垂上都戴着镶红宝石的金耳环。在他扣起来的白色长衫下面看得出小小的肚皮，这肚皮有点怪，既窄又长，因此他穿着那件扣起纽扣的长衫时模样像一根黄瓜。他额头上的白色圣痣是用烧过的牛粪画上的。为了取得这种灰，必须在一个特别的日子烧牛粪——即湿婆供奉节，又称湿婆之夜。戴维亚告诉我下面这则关于湿婆供奉节的故事：湿婆天天都看管着世界，但每年有一天他会睡着，印度教徒在那天（或那夜）必须戒守，不得睡觉。

我们与顾问在结婚礼堂的办公室见面。那是个简朴的小房间，墙壁漆了浅黄色，一个角落里有架铁柜，红色水泥地板上有些寝具。另一个角落的架上有支红色电话，旁边的木板上挂着四把钥匙。一面墙上有嵌入的绿色架子。一层架上放置了附有电线的旧日光灯管（无疑是供结婚礼堂使用的，为了避免被偷而存放在这里）；另一层架上是几个零散的灯泡；第三层架上则有一叠的薄册子，以及数个用纸包着、看来老旧的包裹。在内嵌的绿色架子旁边有一支铁钉或挂钩，上面吊着一只平平靠着墙壁的编织袋。这面墙壁就像是件家具：它是用来摆放或悬挂东西的地方。

顾问生于一九一六年。他父亲并非迈索尔人，而住在泰米尔纳德邦。他是一位在外地主的代理人，同时从事谷物交易。智师的母亲是迈索尔人。由于妇女生育时必须回到娘家，顾问是在迈索尔出生的。然后，父母亲把他带到泰米尔纳德。可是，他十岁时父亲去世了，因此他外祖父把他带回迈索尔，送他进一所城内的梵文学院就读。

他有一份迈索尔政府提供给梵文学院的奖学金。凡是想学梵文的人都可以拿到奖学金。开始时，奖学金是每月二卢比，大约相当于十六便士。在一九二六年，二卢比对一个十岁男孩是相当够用了，当时，第一等级公务员的薪水是三十卢比。

顾问并不是言辞流利的人。他等着我的问题，回答后再由戴维亚翻译。

以下是戴维亚的翻译："是我祖父把我送进学院的。他在王宫里当厨师，我不知道他把我送进学院时是否知道奖学金的事。我们并不住在王宫里，而是住在宫外一间租来的房子里。我祖父替宫里的祭司下厨，他煮那些用来祭拜的食物。他每月赚十八卢比。虽然他是王宫的厨师，却从未在那里吃过一餐。他在家里吃——他是婆罗门，婆罗门的习惯是这样的。他活到九十二岁。"

顾问在梵文学院就读了二十年，从他十岁时的一九二六年到一九四六年。在那些年中，奖学金从开头的二卢比一点一点增加。

他学习的重要课程之一是占星术。这门学问他学了五年。他的一位老师是非常著名的占星家。

"占星家要学的知识没有止境。就像科学因为新发现而不断发展，我在占星术方面的学习也没法中断。"

顾问所坐的桌子上有一只深蓝或灰色的小塑料袋——是塑料而不是皮革，因为动物的皮是不洁的。他头顶的墙上挂着一幅加框的彩色画像，画中是湿婆和他的配偶。光线已使图画褪色。画家倾尽所能画出两位神祇的美：一种几乎带有情色意味的女性美。

顾问说："我们可以从一个人的生日判断他的血型。血型有三种，我们可以从人们的血型判断他们是否合得来。他们不必去验血。占星术、医学、'dharma-shastra'之间并无差别。"戴维亚把"dharma-shastra"翻成"传统学问"。"要学占星术，你得先学所有其他科学。在开药方之前，你必须先看看星象，因为有些药必须在某种星象下才有效；有些药必须在太阳或月亮或火星或水星的照射下才有效。"

他可以预测未来。"如果你告诉我正确的出生时辰——不仅几点，连几分都要准确——我就可以说准一切。只要有一分钟之差，失误就大得不得了。出生地点也很重要。"

二十年后，他于一九四六年结束梵文学院的课程。那几年间，他只靠邦政府发放的奖学金过活。他在学院的最后一年，奖学金数额是每月十五卢比。这时他已经三十岁，也终于可以结婚了。他娶了王宫里一名文书的女儿。他也找到了工作，在同一家梵文学院当图书馆员，月薪四十五卢比。那工作他做了十六年。

他在梵文学院图书馆执行的计划之一是把所有往世书——印度教的古老圣典——翻译成迈索尔当地的坎纳达文。这项计划是大公赞助的，他注意到了顾问的工作。印度各地的大公已经在一九五六年失去名号，但他们还可以支配私用金。在迈索尔，大公身为邦长，仍然有很高的象征性地位。

一九六二年一个满月之日的下午，顾问做完礼拜在家里坐着，这时从王宫来了一名仆役。大公的秘书派这个仆役来，说大公有事要顾问到宫里去。应该是大公吩咐他的侍从，侍从再吩咐秘书，秘书再吩咐他的仆役。

顾问一定已经多少知道大公要他做什么，或者仆役透露了一点，因为听到王宫传来的话之后，顾问立刻通知宫里的岳父和祖父——一位是文书，一位是厨师。

他祖父急忙回到家来。他为孙子高兴，但也有几分不安。他对顾问说："你受的训练是要当一位学者，一位'瓦迪卡'。今后你要做的却是'鲁基卡'的工作——世俗工作。你可能无法适应，务必注意这点。"他也给了孙子一些详细的指示，告诉他在大公面前应该如何应对进退。

下午三点左右应该很热的时候，顾问出门走向王宫。他穿着婆罗门服装，缠了腰布，肩膀上披了条围巾。除了围巾之外，他上半身没有穿别的衣服。他光着脚。他一向这样，他到当时从未穿过任何鞋子，到今天脚上也从未穿过任何东西——确实，当我往他所坐的桌子下面瞧时，看到他赤裸的双脚平摆在红色水泥地板上，脚底皮肤黝黑、粗厚、皲裂。裸着背在午后烈日下走也不是什么苦事，顾问对此早习惯了。

到王宫的路程大约有半公里。他在一间内室见到秘书，秘书立刻差遣他到宫廷图书馆晋见大公。图书馆共有三个房间，每间长约四十英尺，宽约二十五英尺。它们都放满了书，几乎没有地方可以坐。各种语言的书都有。

大公坐在其中一个房间里。顾问趋身往前，依照祖父的指示，双掌合十向大公深深鞠躬致敬。大公穿开襟长外套和缠腰布，他这时有“社交”的心情。

“他长得怎么样？”

“身材高，就像个国王。也很壮。”他心里想到的不只是那天坐在图书馆里的人，也是他日后所认识的人。“当他在早上做过礼拜，额头点上圣痣后，看起来就像神。”

大公——不过，这并不是顾问使用的字眼；他用的是英语“Highness”（殿下），而且发音的方式让它听起来像是当地语言的一部分——大公或殿下告诉顾问，他已经被选上，要到宫里来工作。

“我并没有申请那职位。因此我大胆向殿下禀告祖父告诉过我的话，说我一辈子都是瓦迪卡，现在不能过鲁基卡的日子。殿下说：‘我要你在这里做的都是瓦迪卡的工作，我要你担任穆克德萨尔。’

“我知道穆克德萨尔的职务是什么。他们负责安排宫里的所有仪式，选用宫廷祭司，监督他们的工作，确保仪式做得没有差错。”

大公跟顾问谈了半个钟头，告诉他应该做的事。宫里有十位常设祭司，顾问要监督他们以及所有因为特殊场合进入王宫的其他祭司。他也必须看管宫廷寺庙里的珠宝。在宫廷里做事的人每月可以拿到二十卢比额外津贴，大公说顾问也会有这笔津贴。发这笔津贴是因为王宫的工作人员必须随时待命，而且没有休假。他的基本薪水是一百五十卢比，他在梵文学院当图书馆员的月薪是四十五卢比。

“我必须接受那个职位。殿下要我做什么，我就得做什么。我已经受雇于殿下，因为梵文学院是属于殿下的。”

在图书馆晋见大公之后，顾问走路回家。他把事情告诉岳父和祖父，祖父高兴地说：“我们在宫里都有好评，你得好好干，不要让我们的名誉受损。”

在宫里工作，顾问必须穿制服。他马上去找宫廷裁缝量尺寸。他定做了两套制服，花费的两百卢比比一个月薪水还多。但是，不知出于什么原因，大公要顾问马上到宫里工作，因此顾问陷入了不知该穿什么的困境——他向裁缝定做的制服还要几天才能做好。

顾问说：“我做了一件要不得的事，借我岳父的制服来穿。我们身材一样。”那真是要不得的事，因为婆罗门不可以穿别人的衣服：那就和用别人用过的容器喝水一样不洁。“岳父的制服我穿了三天，然后从宫廷裁缝那里拿到自己的那两套。我赊了账，因为我身上没两百卢比。我用薪水分三四次偿还。”

他穿的是一条白裤及一件长外套。早上穿的外套是白色的，晚上则是黑色的。他缠着迈索尔当地流行的白色头巾，上面有条金色饰线，他也系着白色腰布。他不穿鞋：在王宫内没人穿鞋，甚至大公也不穿。大公只有离开王宫时才穿鞋子。

我们在其中会谈的结婚礼堂办公室的墙壁刷成淡黄色，上面有些脏污的指印——在印度随时随地都看得到的脏污。地板是暗红色的，墙壁从地板以上的几英寸踢脚板也是同颜色。几扇淡绿色的门通往别的房间，加了挂锁的门上——这可能就是通往结婚礼堂的门——有个俏丽的牌子，用花体字写着“非请莫入”。就像没有任何东西是绝对干净或完工的印度都市街道一样，在这个房间摆着铁柜的角落也有一大堆没有打扫完的灰尘及积留多时的毛茸茸的脏物，旁边就是可能用来清扫和擦拭的扫把和抹布。顾问所坐的桌子是钢质的，漆成灰色。

顾问在王宫担任穆克德萨尔的工作时间很长。早上六点他就到了宫里，直到下午两点，然后他返家一个小时，再回宫里待到七点。这是平时的情况。在某些日子，譬如朵迦节（又称九夜节）[①] 那几天，他得在宫里待到半夜。这是因为九夜节期间宫廷寺庙的珠宝必须开放展示，他就得等到珠宝都被放回到储藏室后才能离开。

大公赴外地“出巡”时，顾问就有空休息了。大公每年出巡四五次，每次十五天左右。他有时候会出国，这时，他会离开长达一个月之久。

“殿下常去朝圣。殿下有个老习惯，只要在古经——譬如说某部往世书——里读到关于某个寺庙的描述，也不管那寺庙在哪里，他都会说：‘我们就去一趟吧。’隔天他就可以动身了，随行的大约有二十五个人。他有专用的一两节车厢，加挂在正常班次的火车上。他会带着几个厨师、一群侍卫、一名祭司和一名占星师。有时候他会带着全家人同行。殿下对参拜寺庙有股‘痴迷’，什么寺庙他都去过。他就是这么虔诚。”

一九六五年，担任穆克德萨尔的顾问有了自己的住所：一栋小屋子，包括两个房间及一个“厅堂”。房租是他薪水的十分之一。三年后，即一九六八年，他得到一套举行仪式时穿的特殊制服。他不用付钱买这套制服，那是大公送的礼物。长外套是红色的，有金色镶边和金色纽扣。纽扣上刻着凤凰图样及 JCRW 几个字母——即大公姓名 Jaya Chama Rajendra Wodeyar 的首字母。长裤是丝绸做的，棕灰色。

我想知道，那套制服对身为婆罗门的他是否太华丽了。

“我觉得有面子。只要穿上那套服装，没有人敢把我拦下来，无论在街上或宫里。”他甚至穿那套制服拍了照片。

他的职位逐步上升。大公称他为“夏斯特里纳拉扬”，即“夏斯特拉之王”、“大学者”。后来，外界开始出现事态恶化的迹象。一九七一年，

①朵迦节在阴历九月的第一个晚上举行，通常为期十天，同时纪念女战神朵迦（Durga，湿婆之妻难近母）战胜牛魔王马希沙苏拉和罗摩战胜曾诱拐罗摩之妻悉多的楞伽岛十首魔王拉摩那。

印度各地大公被甘地夫人的政府“取消承认”，顾问的大公因此丧失了免税的二百六十万卢比私用金——这笔款项在当时（一九六七年卢比贬值之后）相当于十三万英镑。不过，大公仍然继续拔擢他的穆克德萨尔。一九七二年，穆克德萨尔被任命为助理秘书，宫里有两位助理秘书。顾问初到王宫时的薪水是一百五十卢比，几年间，这薪水翻倍成为三百卢比，如今，身为助理秘书，他可以拿到五百卢比。

“殿下会收到各家书商的目录。他每月订购三百到四百本书，是宫廷秘书替他买的。殿下购买企鹅丛书及牛津大学出版社的书。我必须先读一读、翻一翻或品味一下新到的书，然后挑出他可能感兴趣的为他做摘要。他对哲学和历史有兴趣，他会跟我及其他人谈论哲学。殿下喜欢在手边放一本剪贴簿。我知道他对什么东西感兴趣，会向他指出某些段落。他会让人把一些段落打出来，供他在演讲及写作时使用。

“殿下有两种痴迷，两样狂热。寺庙，然后是书——买书和读书。他常通宵读书。我与他的两种狂热都有牵扯。他不准人进入他读书的房间。他有自己一套存放书籍的方式。他把书堆放在地板上，这时任何人都不得去触碰。他读完一本书后就带来给我，要我将它编目后摆上图书馆书架。”

我想知道大公读了或跟他的穆克德萨尔——他的大学者——讨论了什么英文书。我预料会听到赫胥黎、罗素、依修伍德这些名字。但顾问却帮不上忙，他不记得任何英文作家的名字。

一九七三年，大公名号取消两年之后，宫里的工作人员为了要求加薪进行了一次罢工。王宫一度有五百名工作人员，罢工时则有三百名。大公照罢工者的要求为他们加了薪。这对他打击太大了。来年，他给宫里每名人员一笔遣散费，解雇了他们。顾问自己拿到了一万九千卢比，几乎是一千英镑。但是，过了没多久，大公又把他和其他五六个人召回宫里。他继续担任穆克德萨尔及助理秘书，工作跟从前一样繁重。

“对某些人，”顾问说，“殿下从未改变。”

但获得大公的宠信却是有代价的。顾问说，由于三餐不定时不定量，他患了胃溃疡。身为婆罗门，他只能在自己家里吃饭。他不能在王宫吃。甚至他那位在王宫担任厨师的祖父也从未在那里吃过饭。而且，由于在宫里必须长时间工作，他的消化系统全出了毛病。

一九七四年他五十八岁，某一天他开始吐血。他被送进医院，在那里待了八天。他快出院时，传来大公病逝的消息。事情就这样发生了——来得那么突然。医生指示他不要把心思放在大公病逝的事情上，那样对他身体不好。他们把出院的日期延后，让他多待了两天。就这样，他在宫里担任穆克德萨尔监督各种仪式，亲身侍候了大公那么多年，竟未能在大公病逝时见他最后一面，也未能参与接下来的重要仪式。

顾问说：“直到今天，我都一直尽量不去想殿下的死亡。”

我想他并没有夸大。他向我们诉说的生平可不是轻松的话题，他花了好几个钟头才讲完。将近五十年，前后作为学生、图书馆员、穆克德萨尔，他的生活费用都来自大公的施予，他亲自侍候大公也有十二年之久。但是，在他心中，他的生平以及他为大公效劳的事迹，却构成了数则不同的故事、不同的小故事。我想，过去他从未把那些小故事串联起来谈。

出院后，他在家里待了一年。然后他看到这间结婚礼堂征求主管的广告，他来应征并取得了这职位。

“这只是干活。”

他真的能够把生命中那么重要的一部分置之度外？他现在不会缅怀王宫的日子？

“不会。这年头已经不能再过那种生活，时代不同了。”他淡然说着，不带任何情绪。如今王族仍然存在，但已经没有大公了。前大公的儿子是国大党的国会议员。

现在他每年到王宫四次，送礼给王族的族长。和向来一样，他还是以婆罗门的打扮进宫：裸背、缠腰布、披肩、赤脚。不过，如今他到王宫时已经不再是雇员或侍从，而是以自己的名义前往。他代表一个重要而古老的宗教会社——虽然他只是替会社管理结婚礼堂——他所携带的礼物不是臣仆的，而是祭司的：一个花环，两个椰子，以及用来点前额红色圣痣的染料。

虽然听过卸任穆克德萨尔的描述，我完全没料到大公的宫殿竟然那么奢华。上世纪的一场火烧掉了旧宫，现存的王宫，也就是顾问第一次晋见大公时所前往的王宫，建于一八九七年至一九一二年之间，前后共十五年，时间正好在——另一个同样奢华的建筑——范德比尔特[1]在田纳西州的比尔特摩尔城堡竣工之后。宫殿由一位欧洲建筑师设计，它呈现了十九世纪晚期英国殖民统治者心目中印度王宫该有的模样。有扇形边饰的莫卧儿式拱门；显示印度孔雀图案的苏格兰式彩色玻璃；大厅里，有装饰花样的中空铁柱（漆成蓝色）是在英国制造的——导游还说得出制造商的名称；大理石及瓷砖地板，大理石上镶嵌着莫卧儿风格的马赛克——由彩色石头在白色大理石上构成图案——瓷砖则属于爱德华七世时代。

王宫里的观光客——现在仍然必须赤脚——有许多是穿黑衣、前往阿亚帕神庙朝圣的年轻人。他们搭了好几辆车前来。他们的样子有几分浮夸甚至嚣张，像是外地来的足球队球迷。戴维亚看了很不以为然。他说，朝圣之前的几天应该苦行赎罪，不能有娱乐活动，这些前往阿亚帕神庙的朝圣者不应该中途跑到王宫来参观。

王宫里有一条很宽阔、有遮蔽的凉爽的柱廊，这无疑是往日大公接

①范德比尔特（George Washington Vanderbilt，1862－1914），其家族掌控美国航运与铁路，拥有纽约中央铁路等。

见臣民的地方。扇形饰边的拱门外是非常明亮的草木发黄的庭园，这里的景观和泰姬陵里从拱门和通道所见的景观同样宏伟。就在这里——身在柱廊深处，脚下踩着冰冷的大理石，外面却是高温和强光，屋里屋外各有优越，相称互补——特别能让我想起顾问和他的雇主：特权和奉献因为互相需要而结合。

宫中展示的珍藏品包括陈列在一个房间的印度教神像。和王宫本身一样，有些神像似乎糅合了不同的艺术风格：逐渐走向写实主义的二十世纪印度艺术把古老的印度教神像变得有点像玩偶。

戴维亚也有同感。他不喜欢目前充斥的“月历”印度教神像。“那些神看起来像姑娘，像女人。我不能接受把神祇变得像女人的做法。要是你对罗摩有所认识，就会知道他可是个勇敢的男人。”

矛盾的是，王宫的建筑设计——它的俗丽杂糅的风格所显示的欧洲人心目中的印度式豪华——却透露出印度人面对欧洲时的某种自卑感。陈列室里的神像原本应该让人感受到印度教的风土人情，结果却适得其反。有些神像虽然具有现代模样，却是受到摄影技术影响的作品，但它们看似玩偶，却反而增加了神秘性。

迈索尔的王室对九夜节庆典特别关心。十天节日期间，王宫寺庙的珠宝每天都展示到半夜，由穆克德萨尔看守着。节日最后一天，大公自己也会参与市区里的游行。向导说，当大公不再被承认后，他也不能再参与九夜节的游行，这让迈索尔人民相当伤心。从此，大公在游行行列中的位置就由一尊王室家神的大神像取代——这尊神像也摆在陈列室里。

围绕王宫大殿的柱廊里有第二十四世大公主持庆典的图画。整个柱廊里是一格格连续油画，这些根据照片所做的写实图画几乎把一九三五年的九夜节游行队伍从头到尾呈现了出来。向导说，画中每个人的脸孔都可以辨识。所有宫臣和各级侍从的制服都如实画出——倒是没料到他们是光着脚的，不过这点却不是一眼就看得出。画家们也不吝于描绘街景的细节，包括建筑、商店与车辆、招牌和广告。这幅连续画并未全部完成。九位画家工作了三年，从一九三七年到二十四世大公病逝为止。顾问所服侍的第二十五世大公对艺术并无兴趣，这幅九夜节庆典连环画，就像许多印度旧纪念建筑物那样，也出于同样的理由，一旦统治者逝世就半途而废了。柱廊末端还有几个空白的画格。

从顾问口中完全听不出大公会那样放着事情不管。同样，我也没料到猎物陈列室里会有那些东西：第二十五世大公去过许多国家旅游和狩猎。猎物中包括一头看似惊慌失措的长颈鹿高大的头颈部。这头长颈鹿是在非洲被猎杀，然后在迈索尔被制成标本的，当时全世界技术最好的标本师之一就住在迈索尔。另一件猎物是一根象牙弯曲的下半段，竖立固定起来当作烟灰缸或垃圾筒，上头有个让人按熄香烟或雪茄的铁质格架。

一提到大公的往昔，人们总是有话可说。然而，我所碰到的人似乎都不知道迈索尔二十五世也就是末代大公临终情景的全貌。不同的人有不同的情节，时有出入：他向当地的商人借了太多钱——这是一种说法；另一种说法说他用人不当；第三种说法则说他卷入了一宗诉讼。若要他在原本他的言语就是法律的地方听到自己的古老姓名——只有姓名，没有尊称——被法警呼叫三次，那根本是无法忍受的事，因此他服用大量镇静剂自杀了。

关于他的死，有人说他吞食了一颗打碎了的钻石。卡拉说，吞钻石自杀是当地坎纳达语电影中常见的情节：走入绝境的人会咬他们戒指上的钻石，然后开始痛苦挣扎。这么说来，末代大公的悲剧收场虽然是个谜，但如果以吞食打碎的钻石而亡倒是很符合身份的。

有人告诉我，他死时是五十五岁。这表示他比顾问年轻三岁，虽然顾问从未提到大公的年纪，从未触及他这方面的任何事情。有人说，甚至在他死后，厄运还没有放过他。他身边的人开始从他手指上拔掉戒指，他们拔得相当用力，因为大公非常胖——顾问口中恭恭敬敬所说的“很壮”、“像个国王”、“像神”就是这个意思。根据这个故事，惨死之后的火葬也很不幸。火葬使用的是檀香木柴堆，而檀香木相当昂贵（它是迈索尔邦的专卖品）。人们从柴堆里夺取烧了一半的檀香木。隔天一看，尸体并未被完全烧掉。

这位末代大公先是不被政府承认，继而变得贫穷，终至债台高筑，从人们所设想的这出悲剧中衍生了不少民间传说。不过，这一切都不存在于顾问的记忆中。他一直忠于对他有知遇之恩的人：他只记得那位他间接或直接服侍了十八年的纯洁而虔诚的人。

在班加罗尔，三英里长的围墙内有一片五百英亩的夏宫庭园。这块广袤而值钱的土地是诉讼争夺的目标，它不对外开放，必须有特别许可才得进入。庭院未加照料，有时会被当作电影外景。宫殿用褐色班加罗尔花岗岩建造而成，据说系模仿温莎城堡[①]（这倒不是事实）。庭园里的草被烈日晒成枯黄；步道由红砖土铺设；草中偶有三四英尺高的红色蚁丘，看似高迪[②]奇幻建筑设计中那些融化的塔顶。灯杆已经损坏，一两支倾斜着，许多白灯泡破裂或遗失了。四周尽是班加罗尔的来往车辆、尘埃、像蝉鸣不止的喇叭声——班加罗尔，这个目前属于商业、科学和工业的城市。

在班加罗尔到迈索尔市的途中，有一座蒂普苏丹[③]在河洲上盖的碉堡。

---

①英国最大古城堡，位于伯克郡泰晤士河畔温莎城。

②高迪（Antonio Gandi，1852－1929），西班牙建筑师，为加泰罗尼亚“现代派”新艺术运动代表。

③蒂普苏丹（Tippu Sultan，即 Tippo Sahib，1749－1799），印度迈索尔苏丹（1782－1799），有“迈索尔之虎”之称，为海德尔·阿里（Haider Ali）之子。继承其父之志，采取反对英国统治的政策，1789 年袭击英国的保护邦特拉万科。在 1790年至1792 年的战争中被英军将领康华里（Cornwallis）击败，割让一半领土。1799 年战事再起，在塞林伽巴丹围城中战死。

这位苏丹是十八世纪晚期此地的统治者。他被英国人、被威灵顿[①]征服。这是古老的历史了，如今在英国并不是每个人都知道这段往事，在人们的想象中，它已被往后的战役和恶敌所取代。英国人扶持了迈索尔大公以取代蒂普苏丹。他们并不是没有名目的新贵，十四世纪至十五世纪之间，沃德雅尔家族曾是强大的维查耶纳伽尔印度教王室的总管。出于造化的神奇安排，他们重回高位。现在，他们又迅速退入印度多难的历史中，超乎想象之境——就像从果阿一路而下所见到的那么多历史名称一样。

①第一代威灵顿公爵，亚瑟·韦尔斯利（Arthur Wellesley, 1769－1852），英国首相（1828－1830）、将军，曾于1796年至印度，击败蒂普苏丹后任迈索尔总督。

第四章　小型战争

此城名谓迈拉波，
美丽雄伟又富庶；
古来异端拜偶像，
至今仍然未悔改。

——卡蒙斯《路济塔尼亚人之歌》(1572)

一九六二年八月某天，在喜马拉雅山脉某处，我正随着一年一度的朝圣人潮前往海拔一万三千英尺的阿马尔纳特山洞，去参拜洞中由冰柱形成的“林伽”——湿婆的象征。那时候，我遇到了“蜜糖”。他来自南方的马德拉斯，身材有点魁梧，相貌柔和。我们成了朋友。两个多月后我到了马德拉斯，又跟他见了几次面。他是个婆罗门，住在名叫迈拉波的婆罗门地区，就在那座著名古庙[①]附近。他是个忧郁内向的人：他在喜马拉雅山上看来如此，回到马德拉斯自家周边看来还是如此。他话很

①指迈拉波湿婆庙。

少。他不吝惜的是没有条件的友谊，全心全意投入、看不出有什么保留的友谊。他总是随时都可以见朋友，随时都乐于见朋友。他将近四十岁，但尚未结婚。他跟双亲住在迈拉波一栋舒适的中产阶级住宅里。

那回我在印度待了一整年。抵达印度数周后我便北往克什米尔，在那边做了几个月的工作，然后赴南方旅行。在乡下，我有时会跟结识的年轻政府官员待在一起，有时则投宿公家机关的小屋及招待所——这些是只提供最基本设备的简单房舍，虽然在绿色革命[①]之前的印度乡下，那种设备算得上奢侈。

在城市里，我到付得起费的旅馆投宿。未到印度之前，我原以为那边劳动力既然那么多，旅馆应该既好又便宜，就像五十年代早期的西班牙旅馆那样。事实不然。当时，印度几乎没有观光业，酒店管理也还不是一门专业。在小城经营小旅馆的人只能提供跟他们自己所使用的相同的设备，他们雇用的工作人员就像是他们自己家里那些衣衫褴褛的仆人。

马德拉斯的情形却不一样。供应素食的餐厅和旅馆都干干净净的（虽然顾客较多的荤食店或被古怪地称为“军用”的店家，跟北方的一样糟）。干净和吃素是有关联的，二者都是南方婆罗门宗教思想体系的一部分。在林地大饭店，我住的是增建部分中一个干净的房间，到有冷气的餐厅用餐，坐在大理石桌前取来盛在香蕉叶上的食物（使用香蕉叶是为了洁净，也为了发思古之幽情）。饭店屋外有花园及一座露天剧场或舞台。

如果我先前对南方的婆罗门印度教文化一无所知，如果我对婆罗门成就卓越的音乐和舞蹈艺术一无所知，那么我一到南方，就应该开始对那种文化有点概念了：我看得出，在这里，种姓——犹如伊丽莎白时代

①二十世纪六十年代某些发展中国家谷物产量大幅度增长，是因为勃劳格（Borlaug）在墨西哥育成高产矮棵小麦的变种，以及国际水稻研究所在菲律宾获得高产的水稻变种而达成的。

的“等级”观念——发挥着抑制文化、社会和身体上的各种混乱的作用，而这些混乱在印度是很容易发生的。

但是，在认识到这文化所扮演的防护作用的同时却也产生了一种陌生感。在林地大饭店的餐厅接触到南方的素食时，我就有这样的感觉。这完全不像我从小就设想为印度基本食物的那种素食，譬如木豆和无酵素面包等。为林地大饭店招徕不少顾客的这种南方素食过分精致和清淡，我吃进肚里毫无感觉，从未觉得吃饱过。

宗教和食物一样奇怪。蜜糖要我去看看迈拉波的寺庙，他一向在那里拜神。可是，我在特立尼达成长时所认识的印度教几乎完全不涉及寺庙。我知道礼拜仪式是怎么一回事，它们是在家里举行的。我那位在印度出生的祖父于二十年代在特立尼达盖了一栋房子，就在房子最顶端设了间礼拜室。我最熟稔的是不时举行的史诗及经文念诵仪式。信徒隔着一个特别制作、加上装饰的陶质神龛与长老相对，神龛上摆着一盏圣火，燃烧的含树脂油松发出一股香甜的味道。念诵中，每隔一段时间，有人会把净化奶油和糖加进火里，然后摇铃，敲铜锣，有时还会吹海螺。文字的念诵，以及一旁伴随的缓慢有规律的音乐：这是我成长时所接触到的印度教，而这就足够让我感到莫测高深了。蜜糖想让我认识的关于寺庙的种种——关于神圣场所、寺庙里特别供奉的主神等等——实在令我摸不着边，甚至让我有点乱了思绪。

虽然马德拉斯让访客宾至如归，我在那里却一直有置身异域的感觉。雕刻的金字形庙塔；棕榈树；光着上身在旧石柱间出入的婆罗门；迈拉波那座巨大美丽的贮水池，池内四周都设有石阶：这些就像是昔日欧洲旧版画插图中的景物。特别是那些庙塔，它们一再让我感受到视觉上的小震撼，每次都觉得我又在以新的眼光看着那地方；觉得当地的文化依然完整；觉得我所见到的跟最早的旅游者收入眼底的没什么不同。

旅游者，海洋：每当想到马德拉斯，我总会同时回忆起黎明时刻散步到那城市又长又宽的海滩上去的情景。日出时，人们在海里清洗他们养的牛。太阳从海面上升起；平坦的湿沙滩闪着红黄两色；肋骨清晰可见、臀部骨瘦如柴的带角的牛站在它们模糊的倒影上；然后白昼的炙热开始降临。

不到五年之后，我又来到马德拉斯待了几天。当时刚举行过邦议员选举（我倒不是为此而来），我抵达那天，林地大饭店里的气氛就像是殖民地刚选出独立后执政党时那样。汽车，音乐，新衣服，当天的政坛英雄——你看得出来，因为他们抵达时群众格外兴奋。林地大饭店的露天舞台或剧场也张灯结彩，仿佛要举行嘉年华活动。

印度已经独立二十年了，却还有这种殖民时代的庆祝方式。在我初识南方的婆罗门文化之后，这又让我首度见到了南方的反抗：南方对北方的反抗，非婆罗门对婆罗门的反抗，黑色种族对白色种族的反抗，达罗毗荼人对雅利安人的反抗。这场反抗运动很早以前就开始了，我在一九六二年所接触到的婆罗门世界已经受到冲击。

一九六七年赢得邦选举的政党是“达罗毗荼进步联盟”（简称DMK）。这个政党有深远的根基，它有自己的先知及从政领袖，也就是在该党中相当于甘地和尼赫鲁的人物，而这些人的生涯也奇妙地跟印度主流独立运动领袖的生涯如出一辙。在那之前，我几乎未曾听人提过他们，也几乎完全不知道其运动的强大力量。他们在一九六七年取得了胜利，即表示不到五年前蜜糖带领我认识的那个文化——那个在我看来完整、神秘而古老的文化——已经溃败了。

蜜糖维持他素来的婆罗门作风，对发生的这些事满不在乎。他仍然住在迈拉波的父母亲家里，仍然到那间古老寺庙祭拜，仍然一副心满意足模样干着他一直干的公司文员职务。

时隔五年，他的友情依然殷切如昔。他还是像我所记得的那样忧郁，内心深处还在唠叨着什么。或许，他这时变得有点更加沉默寡言了。我想我们并没有谈到政治。在他父母亲家楼上的房间里，我们倒是谈到了几本他最近产生兴趣的泰米尔语预言书。他告诉我，这些是古老的书籍，现在邦政府将它们重印出版，一共好几册。

他说不出为什么会对预言书产生兴趣，不知道是因为想知道自己的未来，还是只是想读读那些书。这里有一份暧昧：他显然对那些书很着迷，但同时又似乎要我保持戒心，告诉我解读那些圣书的祭司常常要价很高。

他也读别的书。这些就在他房间里，他把它们拿了出来：英国的柔情浪漫小说，只是打发时间的——他这么说，仿佛书的内容对他并不重要，仿佛在他的孤寂中只要能够看书、有个消遣就好。

如今，二十多年后，我又来到马德拉斯。这一次，同样未出自刻意安排，我抵达时又正巧碰上政治活动期间。这里即将举行另一次邦级选举。各政党的广告牌、标志及政党领袖的画像到处可见。有些海报非常大，犹如马德拉斯的电影广告牌，这倒是恰如其分，因为自从原先的达罗毗荼政党分裂后，达罗毗荼运动所推出的领导人物就都是泰米尔电影明星。广告牌中所画的政治人物都有一副南方电影明星那种圆胖的脸形，甚至大家都知道是黑肤色的人也变得脸颊红润：领袖的画像应当如此。

在画像中，过去十年来大部分时间都担任邦长的那位电影明星——由于他刚过世，才会有这次邦级选举——戴着一副墨镜和一顶白色皮毛小帽。无论从影或从政，墨镜和小帽是他不变的行头。他曾经是著名的特技演员，像是本地版的埃罗尔·弗林[①]，在影迷心目中，他几乎是个神。他比较感兴趣的是当一位统治者和明星，而不是处理政府事务。据说，他死的时候有一万八千件公文等着他批阅。他做过的事包括废除马德拉斯市政府，因此现在马德拉斯一团糟，到处垃圾堆积如山。仿佛这般情境——这种违背古老洁净观念的做法——也是南方反抗的一部分。

①埃罗尔·弗林（Errol Flynn，1909－1959），好莱坞电影明星，以扮演扶贫济弱的浪漫英雄闻名。

过去泰米尔纳德的殖民地抗争政治遵循了殖民地的发展模式：偷窃、耗损、停滞、言辞、古老悲情的不断撩拨。那些悲情倒不是虚构出来的。泰米尔纳德的人民尚未背离、摒弃原先的达罗毗荼抗争运动：这次选举对垒的一方是从 DMK 分裂出来的几个派系，另一方是剩下来的 DMK 本身。

一九六七年的赢家 DMK 这回又获胜了。在我抵达几天后，到处都是该党的黑红两色旗子——黑色代表种姓反抗，红色代表革命。在载客摩托三轮车上，在自行车上，这面旗子飘扬着，庆祝选战胜利。有时候，人们从小型客车打开的车窗伸出手去把旗子高举在车外，举起的手象征旭日的光芒，即选票上代表 DMK 的标记。

一天深夜，我在电话号码簿里查寻蜜糖的名字。我找到一个跟他名字相似的人名，但地址已经变更。我拨了电话过去。接听的人操泰米尔语，起先对我一概不理，完全不想了解我所说的话。后来，那个人对我的英语有所适应后，开始说起英语，而且用词遣字颇像公司职员，简短准确。他说，蜜糖睡了；此时此刻不得打扰他；他已经“就寝”；他一向在九点“就寝”。他几点起床？五点。我留下我的名字。

翌日我收到蜜糖的留言。我打电话过去，接听的是个女人，过一会儿蜜糖接了电话。他听来像生病了。我问他年纪多大，我告诉他我从来不知道他的年龄。

他说：“六十四，不太年轻了。”

“那么，我们在克什米尔碰面时，你是三十七岁？”

“那时我是年轻人，跟你一样。”

目前，他由拉格哈文夫妇照料。前晚在电话中跟我交谈的是拉格哈文先生，今天早上接电话的则是拉格哈文太太。电话是他们的，装在楼上他们住的地方，蜜糖住在楼下，现在他爬楼梯很吃力。他已经从“服务工作”中退休。他母亲过世了，父亲也走了。他已搬出当年我跟他在其中见面的那间双亲的房子。他搬离了迈拉波。他现在住在拉格哈文夫妇屋子中的一间小公寓里。他要我立刻前往。他告诉我地址，然后说——我觉得奇怪——“每个人都知道我住的地方。”他口气中带着几分急迫的意味。他的声音开始变得断断续续，我想他病得很严重。

他在屋外等我，出租车一停下来，他就向我跑步过来，并且直呼我的名字——这时我正要走进别人家的大门。他穿着一件黄色背心，缠着腰布。他看来没有我记忆中的那么高。在喜马拉雅山时，他的皮肤被山上太阳晒得黝黑；现在，他看来比较苍白。他表情中的忧郁跟他的病容融合在一起，脸上肌肉及裸露的肩膀呈现松弛状，看得出他是无力爬楼梯了。

他领我穿过正确的大门，这里进去才是他公寓所属的那栋房子。公寓位于一楼，我们就从庭院小道直接走进他的客厅。他说：“起居睡觉”。意思是说这房间是他的起居室，也是他的卧室。“附有浴室。”他用手指了一下，但并未带我过去瞧。另外还有一间厨房，以及他当作神坛使用的房间。这是他要告诉我的大新闻：他的神坛。他在他的公寓里搭设了一间自己的神坛。这里供奉了三位最重要的神祇，即智慧之神、力量之神和钱财之神。

“来，我带你去看看。脱掉鞋子吧。”

最后那项要求既客气也坚定，并无通常人们说这话时口气中所带有的羞怯——那种口气意味着如果你不想脱鞋也无所谓。不过，他心中最在意的是我们的友谊：他主动请我参观他的神坛乃是友谊的表示。

我脱掉鞋子，站在饰着花环的无法辨识的黑色神像前面。

我随着他观看。对于我缺乏宗教信仰一事，他一向能够谅解容忍。然后，他带我到他用来当作厨房的那个房间。他刻意把头往下垂，让原已松垮的肩膀更往下沉了一点。他笑着说：“请不要写到我的厨房。”他知道厨房不干净，他这么说。但是，这里没有自来水，厨房里所用的水全得用水壶取来。现在，他要搬动装满的水壶可不是件容易的事。他做了几个动作，让我明白他的身体连一些简单的事都力不从心了。如果搬动重物，他便会生病，因此他无法保持厨房的干净。这间厨房很脏，窗子上方的铁丝网及窗子正下方的台架都沾满了灰尘和油污。他说，他现在自己照顾自己，能省的东西都省了。有个女孩会来替他打扫。不过（虽然他没这么说）作为一个婆罗门，他不能让那女孩进入厨房。

他现在六十四岁了。他正在把物品省掉。在前房，也就是公寓里起居睡觉两用的主要房间里，他有几样杂乱堆在一角的小家具，他准备把那些家具弄走。他用不着那些东西了。

“我要的是简单的房间。”

我问他为什么没结婚。

“为什么？为什么？让我怎么回答呢？我就是无意结婚。”

当我问起神坛以及他为何想到那主意时，他给我的也是同样的回答。他说他就是那么想到的。

我记得他在一九六七年时对预言书的兴趣。我问起他这件事。他如今还有那股兴趣吗？另外，我还想知道那股兴趣是如何产生的。

他说：“为什么？为什么？这类事情是你的问题。我能怎么回答？”他就那样兴起了阅读预言书的愿望。有件事我倒是看准了：那种想探索预言书的愿望如今已消失了。

想到他目前新的孤独生活，想到他那肮脏的腰布背心，自从认识他以来，我这才头一遭直接问起他的一生。

自从大学毕业后，他这辈子都在同一家公司上班。到了最后，他是办公室的主管，担任类似人事经理的职位。他掌管所有员工的档案数据。现在他对公司还有一份深厚的感情。退休时他的月薪是两千卢比，相当于八十英镑。这数目足够应付一个单身男人的开销。目前公司每月支付他一千卢比的退休金。公司还为他投资了一笔钱，从这里他每月还可拿到一千三百卢比。这些收入够用了。

我们所在的那间起居室兼卧室的水泥地板上有白色的花型图案，跟许多印度房屋门槛上装饰的图案一样。这些图案通常是用面粉画上去的，每天重新画一次。不过，蜜糖的地板图案却是塑料做的贴饰。墙壁漆成蓝色，由于受到背部和手掌的擦抹已经失去光泽，而在椅背上的部分，则被油污的头发弄脏了。墙上的图画都是宗教图画。一面墙上悬挂着一个双层小橱，附有玻璃滑门，橱内有药瓶、蜡烛、铝箔纸板包装的药片，这些跟纸张和家庭小玩意儿杂乱地摆放在一起。在迈拉波他父母亲的那栋屋子里，我从未感受过这样的凄凉。

我问他这一生是否快乐。

“平淡的一生，平淡的一生。”

然后开始有客人来访。他们从开着的前门进入屋内。第一个进来的男人皮肤黝黑，额头上有新点的圣痣：他已经做过晨间礼拜，或者已经去过那间大庙了。

“他是个地主，”当那人走进神坛房间时蜜糖这么说，“有钱人。”

第二个访客比较年轻，面貌也比较优雅。他向蜜糖打招呼，然后二话不说就步入神坛房间。这人穿着一件正式的红褐色长衫。蜜糖说他是一家大公司的主管。

“大家会来这里。”蜜糖这么说，仿佛是要说明为什么有这些访客。

第一个来的那位地主有钱人从神坛房间走出，倚着起居室兼卧室的一面墙坐下。当那位穿红色长衫的人走出来时，他在房间一角那堆杂乱家具中的一把椅子上坐下。

这担任主管的第二个人是他所属公司的生产部经理。早上这么晚的时刻他似乎不应该到这里来，不过他说他每天早晨都会来蜜糖的神坛来沉思，求得平静。他们在一起话不多。星期天晚上他会来待三个钟头，而那一整段时间他们几乎都没有开口说话。只要来到我们所在的这个房间，在这个蓝色墙壁已经弄脏、可以瞥见阴暗厨房的房间里坐着，那就算是某种形式的沉思了。生产部经理说，沉思——意指思想的净化——并不容易：初学者很快就会被家人、职场之类的事分心。需要好几年才能学会沉思。他比不上蜜糖先生。

这对我可是新闻：我不知道蜜糖还有智者、圣人的名声。

我问他："你能够让你的思想净化？"

他低调回答，不过也因为——不用他说什么——我知道答案而感到高兴。他说："我没什么成就。"

生产部经理说："人家去见大部分圣人是为了得到什么东西。"跟蜜糖的情况就不一样了。他来蜜糖这里只是为了求平静，他没有别的索求。

迈拉波的婆罗门世界已经被完全颠覆。但是在蜜糖的蓝色小圣堂里，外面街上的政治离得远远的：那些红黑两色旗帜，那些画着新英雄肖像的八十英尺高的广告牌（倚靠在粗糙的木头鹰架上）。在拉格哈文夫妻屋内的小公寓里，蜜糖仿佛是宫廷之主，有自己的圈子。或许，他在这里也比成长时住在父母亲家里的任何时候更受到保护，更受人敬重。他是个圣人，可以让别人得到平静。这让我明白了他在电话中所说的一句话："每个人都知道我住的地方。"

我准备告辞时他说："你可要来跟我一起用餐。我会亲自为你下厨，我会为你煮南瓜。"

"南瓜？"

"一九六二年你住在林地大饭店时天天都吃南瓜。"

他还记得我早就忘记的事。他记得一九六二年及一九六七年在他父母亲家里，我跟他父亲曾经认真长谈过书籍和印度的事。

过了这么久，还有人如此详细记得你的往事，这可真令人受宠若惊。同时，我也觉得这显示他的一生真是平淡到了极点。不过，这平淡终究带来了报偿。他的天赋得到了认定。或许，使他在喜马拉雅山上一大群朝圣客中引人注目的那些特质——他的孤独，他的平静，他的忧郁，他所展露的不完全感和探索心——也吸引了别人。

只有百分之三十三或百分之三十四选民投票给得胜的DMK，但是该党的红黑两色旗帜却在城里迅速增加，犹如每个人都投了DMK的票。有些墙壁在投票日之前就画着该党的选票标志——升上山头的太阳；如今，这些墙上的图画被细心地重画，添加，先加上一点，然后又加上一点，仿佛进一步嘲笑其他两个落败政党的标志——张开的手掌及两只鸽子。这两个标志直到几天前还象征着光明前景及意气风发，如今却遭受遗弃，不被理睬，更没有忠心耿耿或喜气洋洋的人来为它们增添一点庆贺的色彩。

选举结果公布后一两天，城里有些地方便开始出现巨大的广告牌，上面画了该党三位英雄的巨大图像。广告牌上没有写出人名，也没有任何文字，你得先知道那些英雄是谁，才会了解这些图像的意义。他们三人的侧面像交叠在一起，每一个都犹如钱币上的王族头像，三位英雄分别用不同的颜色画出。当前党领袖的画像用的是某种褐色；一九六七年带领该党首度获得胜选的那个人用深蓝灰色；这两人后面则是一位脸颊红润、长须卷曲的老翁，他是该党的先知。

这位先知以“佩里雅尔”之名行于世。这个泰米尔词意为贤人或智者。我知道佩里雅尔这名字，但仅止于此，我对名字的主人一无所知。现在，我开始得知他的种种。令我惊讶的是，尽管我读了不少有关印度独立运动的文献，却只读过或记得那么一点点关于这位南方先知的事，而且，如今我所得知的也同样令我惊讶。

他是一位无神论者及理性主义者，在漫长的一生中，他每天都发表两三次演说。他把印度教神祇当作笑柄。他无情地嘲讽印度教徒的种姓，把他们在科学上的落后跟欧洲的成就做对比。然后，他又使出两方面论证的手法，声称印度教徒的神祇（“一些经过挑选的动物、几种鸟、几种树和爬藤、几座山和几条河”）只是古埃及、希腊、波斯及迦勒底[1]神祇的翻版。

这是第一样让我惊讶的事：一个以幽默和讽刺见长的人——至少他那些经常杂乱无章的泰米尔语演说的英文翻译读来有这种感觉——竟然会被泰米尔纳德人视为先知，而且在他过世这么久之后的政治胜利时刻，他还会再度受到尊崇。不过，当佩里雅尔批评印度教和种姓时，幽默却绝非他的用意。他曾经是个信徒；如果他未曾有过信仰，他对宗教及其提倡者便不可能有那份执着的态度。

马德拉斯有个叫作佩里雅尔提达尔的地方。这里原本是一座汽车或电车车站。佩里雅尔自己在一九五三年买下了这里，价格是十万卢比，当时相当于七千五百英镑左右。他所创立的组织目前仍然以这里为总部。

沙质空地中央立着一座佩里雅尔的黑色雕像，上面装饰了花环，基座上刻着这些铭文：“佩里雅尔　新时代之先知　东南亚之苏格拉底　社会运动之父　无知迷信劣俗愚行之大敌”。佩里雅尔的坟墓在空地一角，四周有许多磨平的灰色花岗岩石板，上面刻着佩里雅尔说过的话。其中相当有名的一段几乎就是咒文：“神不存在。神不存在。神根本不存在。发明神的人是傻瓜。传播神的人是恶棍。敬拜神的人是蛮番。”佩里雅尔每次演讲都这样起头。

很难想象印度哪个地方的人会接受如此直率尖锐的看法，除非提出这种看法时也附带了其他主张。提倡“理性主义”及否定神之存在时，佩里雅尔也摒弃婆罗门及他们的语言，摒弃种姓制度，摒弃北方白肤民族对南方黑肤民族的蔑视。

①古巴比伦南部的奴隶制国家。

佩里雅尔提达尔里面那座坟墓也有重要的意义。印度教徒实行火葬，佩里雅尔坚持死后土葬。他不仅是理性主义者：对那些听了他的言论而且喜欢这些言论的人，他是印度教徒之大敌。

他出生于一八七九年，晚甘地十年，早尼赫鲁十年。他的政治生涯自一九一九年开始，一直持续到一九七三年去世为止。这是佩里雅尔令人相当惊讶的第二点：他竟然活了这么久；他的生涯竟然有许多年跟甘地的生涯平行并进；在甘地奋斗探索的晚期的若干几年间，他的背后竟然一直存着这个印度教徒的大敌，而且这个人物最终甚至变成甘地的大敌——一个生涯与事业跟甘地的大部分正好反相呼应的人。

甘地是素食者；佩里雅尔一定要吃牛肉。甘地努力克制感官欲求，佩里雅尔大吃大喝，肥胖无比。一位佩里雅尔的崇拜者告诉我，“他很贪吃”。在此，由于价值的逆转，那字眼是赞美之词。“他老是吃‘biriyani’——白饭加羊肉、牛肉、猪肉。他对食物从不挑剔。”甘地总是挑剔他的食物。

他跟甘地不同，他反对甘地，但在某些方面他却与甘地相似：他找到了自己的使命，摸索出推动使命的方法；他对这使命终生不渝；最重要的是他有务实的态度。跟甘地一样，佩里雅尔也出生于印度教商人的种姓家庭。甘地出身于小邦官员家庭；佩里雅尔出身于富商家庭。佩里雅尔的教育程度不像甘地那么高，但他可以说比甘地虔诚、传统。甘地违背其种姓的规定，前往伦敦研习法律。佩里雅尔二十五六岁时（甘地正在南非奋战）前往贝那拉斯，为的是想做个身无长物、靠信徒施舍的遁世者，借此获得某种心灵启示。

他从未得到启示，于是离开贝那拉斯，回到家乡城镇协助家族事业。他也参与地方政治，并于一九一九年——这时甘地回到印度已经数年之久——加入国大党。他支持国大党的手织土布运动，也采取不合作策略。

然后，他脱离了国大党，起因是南方婆罗门的种姓偏见。非婆罗门不得随意进入寺庙。他们绝对不可以进入供奉庙神的内殿，只能从远处观看。有时候，非婆罗门甚至不能走上寺庙前的小路。

一九二四年，最后这项禁令在邻近的喀拉拉邦引起了一场不小的骚动。当时，喀拉拉是个君主邦国，有自己的大公，而喀拉拉的婆罗门对于种姓禁令方面甚至比马德拉斯的泰米尔婆罗门还严格。王宫围墙内有一座寺庙，也有一个法庭。某天，寺庙在举行什么神圣的聚会，因此禁止非婆罗门走上庙前的小路。这条小路正好也是通往法庭的途径。一位名叫马哈文的非婆罗门律师当天必须出庭，但是（人往往会在意想不到的情况下成名）马哈文不能从寺庙前面经过。喀拉拉的一些非婆罗门为此提出抗议，开始煽风点火，大公把他们囚禁了起来。他们向佩里雅尔求助。他前往喀拉拉，在那里活动了一整年，直到寺庙前的小路终于开放给非婆罗门使用。

随即又出现了一场危机。有人发现，在一所以传播甘地思想为宗旨的国大党学校里，婆罗门学生与非婆罗门学生必须分开用餐。接着，大家又发现，虽然这所学校由一位婆罗门掌管，其资金却是来自非婆罗门的。有人向甘地报告了这件事，不过他的反应既暧昧又轻松。

佩里雅尔就在这时跟甘地及国大党分道扬镳了。（马德拉斯流传的一则——来自婆罗门——的故事说，分裂的真正原因是佩里雅尔被要求针对与手织土布运动有关的款项提出说明。）一九二五年，佩里雅尔发起“自尊运动”，这时他想到一个高明的主意，即以穿黑衬衫来象征他的主张。于是，在将近五十年的余生中，他就穿着黑衬衫到处活动，企图革除婆罗门优越感、种姓制度、国大党、印度教，以及妇女的恶劣处境。他鼓吹非婆罗门举行自尊婚礼，即不请祭司主持也不需要宗教誓约的婚礼。他也宣扬一种朴素的社会主义。

“未来的世界不会有缺乏品格和教养的人……现代人的品格会堕落，是因为文化、正义及纪律都被用于维持人与人之间的种姓和阶级差异……当这些资本主义及个人主义的状态消失之后，堕落的品格就不会再有存在的必要。”

他所描绘的是一个充满科学成果、无须神祇存在的远景。

“交通以空运为主，速度极快……可以把收音机装在男人的帽子里……添加维生素的食物可以做成药丸或装入胶囊里，其量可供给一天或一周的养分。平均寿命可达一百岁或更长……汽车的重量可能只有一英担[①]左右，而且不必使用汽油……电力将配送到每一个地方、每一户人家，满足人们的所有需要……所有产业和工厂都不以个人私利为目的。它们全属于整个社群，而所有发明都为了满足全部人的需要和娱乐……当世界本身变成乐园时，人们就不需要去设想虚幻的乐园。只要没有匮乏，就没有神祇。只要有科学知识，就不需要推测和想象……我们必须把生存竞争转变成快乐人生。”

佩里雅尔就这样日复一日地宣扬，告诉大家在未来的世界里种姓迫害将随着神祇一起消失；尽管如此，他也在同时展现出从小在家庭里养成的处理现实问题的能力。他出生在商人家庭，一辈子关心金钱方面的事，从不否认金钱的价值，总是设法让自己和他的运动维持经济上的独立和宽裕。他的运动从未缺钱，他遗留下来继续推动使命的信托基金相当庞大。

他的遗物存放在佩里雅尔提达尔主建筑的一个大房间里。房间前侧的四柱床上摆着一幅裱糊起来、真人一样大小的佩里雅尔的相片（电影广告及选战宣传风格转移到了这间私人博物馆），相片中的他很老，蓄着胡子，盘腿坐着，似乎在写字。床上有条粉红色花纹的毯子，相片倚靠在一只枕垫上。四柱床的柱子是白色的，柱顶上没有罩篷。床的一边立着一座旋转式高书架，上面摆着佛陀和列宁的半身雕像，纪念品商店

①重量单位，1 英担相当于 112 磅（50.8 公斤）。

出售的那一类东西，以及一尊马的雕像——这是人家送的礼物。那匹马并无特殊意义，佩里雅尔把它留下来只是因为它好看，也为了怀念赠送者。

比较具有象征意义的礼物放在一个玻璃柜里。这些是白银打造的破除传统的工具：两把银质大锤及两根银质拐杖——形状与佩里雅尔老年时所用的拐杖一样。

目前，佩里雅尔运动由维拉曼尼先生领导。他是佩里雅尔青史之名的延续者，其生前遗物的守护人。带我看大锤和拐杖时，他笑着向我提起一句谚语，他说这是梵文古谚："眼镜蛇之毒仅在舌头，婆罗门之毒遍布全身。"这句谚语又引出另一则——维拉曼尼先生说这是众所周知的印地语谚语："如果你碰到一个婆罗门和一条蛇，先杀掉婆罗门。"（先前我听过这则谚语的另一种讲法，那时人家告诉我说它是东南亚家喻户晓的谚语："如果你在森林里碰到一条蛇和一个印度人，先杀掉印度人。"）

破除传统的象征之后就剩下王位的象征了。佩里雅尔常被称为泰米尔纳德的白须国王。南方的某个城镇曾经送给老人家一个有花饰的白银制成的王座。现在，这王座和另一城镇的拥护者所送的银质王冠就摆在一个玻璃柜里。另一样礼物是一支银质令牌，其顶端刻着佩里雅尔和佛陀的小头像。在另一个玻璃柜里还有几把银质弯刀。

这间大展览室的四面墙壁于天花板正下方悬挂着三十三幅连环油画，画作内容描绘出佩里雅尔漫长一生的事迹。就跟《圣经》中的图画一样：你得先知道其中的故事，才看得懂这些画。一旦你知道了，那么佩里雅尔的所有事迹就都呈现在你眼前：一九〇四年，佩里雅尔在贝那拉斯做裸体的遁世者，找得到什么就以什么果腹；十年后，佩里雅尔在家乡小城镇参与地方政治；一九一九年，佩里雅尔加入国大党；一九二四年，佩里雅尔在喀拉拉活动，为非婆罗门争取进入寺庙的权利；过后不久，佩里雅尔致力于废除国大党学校中的种姓差别；一九二五年，佩里雅尔发起自尊运动，这时他开始穿黑色衬衫；一九三二年，佩里雅尔访问德国，跟“德国无神论者”在一起；同年，佩里雅尔与俄国的疗养院员工在一起；一九四三年，佩里雅尔与真纳[1]先生（主张成立穆斯林巴基斯坦）、安贝卡博士（要求一个属于不可碰触者的独立国家，称作达利特斯坦）一起讨论独立后印度国土分割的问题，他本人希望在南方建立一个属于达罗毗荼的非婆罗门国家，其名称将叫达罗毗荼斯坦。较晚期图画的内容包括佩里雅尔于独立后的一九五二年用油漆把南方各地火车站的印地文站名涂掉；一九五三年他摧毁伽尼萨——即象神欢喜天——雕像，借此证明它们只是泥塑的东西，没什么可怕的；一九五七年，他用油漆将一个写着“婆罗门大饭店”的招牌上的“婆罗门”三个字涂掉——这里的“婆罗门”指素食，与表示荤食的“军用”相对；同年他烧毁了印度宪法。

他在漫长的一生中永远一心一意、孜孜不倦。维拉曼尼先生把他的一些私人用品陈列在房间中央的另一个玻璃柜里：他的手电筒，他的眼镜，他的不锈钢餐盘，他的病床便盆及注射器等医疗用具。这些几乎像是甘地的遗物，如果佩里雅尔没有留下其他东西的话，它们可就充分体现了甘地精神。但是，他留给信托基金的财产，包括佩里雅尔提达尔所在的那一大块市区土地，却有数百万的价值。而且，自他死后十五年来，这价值又增加了好几倍。

尽管他爱好美食，尽管他吃肉，他的专注和偏执却带有一些类似纯真的成分，而正是这特质使他成为与甘地相反的角色。但是，那个角色却只因为世上实际存在着一个甘地才具有意义。甘地在其一生中持续变化与成长。在本世纪的前四十年，也就是从三十岁到七十岁之间，他不断探索政治及宗教的新形态。这探索使他具备普世的意义，因此，纵使

①真纳（Mohammed Ali Jinnah，1876－1948），印度穆斯林政治家，巴基斯坦创立者。

人们跟甘地的政治行动没有什么牵扯，他们仍然可以把他的探索当作指标，佩里雅尔是地方性人物，他一直只有一项主张。因为有了甘地、国大党及独立运动，他的主张才会有它实际上发挥的力量。他借力于一股非常强大的潮流。可能就是因为这点，我才从未听过他的名字。

带我去参观佩里雅尔提达尔的是住在马德拉斯的作家沙达南·梅农，他也向我提供了了解佩里雅尔的生平和运动所需要的背景知识。

沙达南说，在英国治下，将近十九世纪末时，婆罗门种姓在一个领域里取得了他们已有一段时间未曾享有的优势。他们在印度的社会生活、专业以及民族主义运动的开创上占有主导地位。但是，马德拉斯邦（包括泰米尔纳德及其他地区）面积很大。马德拉斯市是个海港，而且，随着邦内的经济增长，开始有杰出人士从其他中阶种姓崛起。这些中阶种姓人士很多是像佩里雅尔家人那样的有钱人，很多是地主，有些能够把他们的儿子送到牛津和剑桥求学。一旦这类人从中阶种姓崛起，古老的婆罗门种姓禁制便难以维持。佩里雅尔所做的就是把这种摒弃传统的态度引到非婆罗门的广大群众中。

沙达南说："他从文化层面进行沟通。推行自尊运动，同时创办了三四种报纸。他们很重视教育。在三十年代，运动所使用的方式是团体讨论，不是由上而下说教。某个受过教育的义工会前往市内的贫民区或村中的广场，在那里开始朗读报纸。没过多久，他四周就来了一大群人。他会根据自尊运动的概念来解释他所读的内容。直到今天做法还是如此。这种方式——这种党干部和群众的面对面接触——到现在还是支撑 DMK 的骨架。其他政党没有这套做法，他们连试都没试过。我记得我在六十年代曾前往住处附近一个地方，在那里观察一位 DMK 的党员。他会在傍晚六点半准时抵达，带来党报、一份英文报纸和另一份泰米尔文报纸。他会点起一盏防风煤气灯，坐在只有四根柱子和屋顶的棚子里，然后开始大声朗读。他的听众有一百五十人之多。”

这运动的理性主义信念有多深厚或多重要？人们摒弃造物主或众神祇到什么样的程度？

沙达南说，这理性主义运动本身长期以来已经成为一种可笑的姿态。不过，该运动衍生出来的政治团体 DMK 却得到了政权，而且，这还导致了一场巨变。

沙达南说："DMK 在一九六七年取得了政权。"——我二度来到马德拉斯的那一年，当时我到迈拉波蜜糖家那栋两层房子里跟他和他父亲见面，蜜糖向我提到预言书——"他们在政府里新设了一个部，叫'印度教暨慈善基金管理部'（Hindu Religious and Charitable Endowments），简称 HR&CE。HR&CE 部长管理属于印度教寺庙及基金会的巨大资源。土地、固定资产、珠宝——每间寺庙都有非常多的珠宝：神像上头的，还有每天信徒捐献的。对寺庙的捐献是不具名的，因此根本无法查证。寺庙的财产无法估算。你怎么确定一尊十世纪的湿婆神像值多少钱？HR&CE 成立了，然后——这件事跟政府在做的可是两码事——有人开始把神像偷走，用复制品顶替。考古学家最近指出寺庙神像大规模被赝品替换的情况。原物已经流入世界各地的私人收藏家手中。"

"DMK 对这不在乎吗？那不也是他们的艺术品？"

"DMK 不会在这上面浪费心神，他们是在对付敌人。在那同时，新政府开始执行一项政策，把寺庙土地分配给没有土地的人。不过，这是有名无实的政策。有人可以提出一份包括两百人的名单，宣称其中每个人都分配到一英亩的寺庙土地，而实际上那些土地可能都落入了一个人或政党的手中。老百姓什么都没得到。"

在沙达南话中，这种行径是"打劫"寺庙。他所使用的"打劫"要依照通行于印度的意义来理解——这个词源自印地语，而这事实多少反映了印度历史的某些特点。婆罗门是否因此变穷了？

“在大多数寺庙里，婆罗门变成只是仪式的主持者，也就是祭司。贫穷的情况肯定是有的。”但依照沙达南的说法，比较重要的是寺庙被贬损的事实。“人们原先所设想的寺庙大体上是社会机构。每座寺庙都有学校、谷仓、大型蓄水设施——寺庙水池就是这样来的——医院、牛舍。寺庙也赞助艺术。但是 DMK 把不同的东西硬扯在一起。他们把寺庙等同于某种压迫，于是寺庙都被一视同仁地破坏了。”

DMK 运动声称它跟古代非婆罗门的泰米尔纳德——特别是注辇国[①]八世纪至十世纪的历代皇帝——有历史关联。但根据沙达南所说，这也是空口说白话，不符合历史事实。

“注辇国王室施行民主——如果你能想象在封建体系内也能有民主的话。但他们也是那地区的帝国主义者。DMK 运动以注辇国王朝为其象征时，只体现了泰米尔帝国主义那个层面，没有别的。根据记载，注辇王族文化水平很高，写过天文方面的书，也赞助过艺术。DMK 所引用的注辇国象征却与这些无关。历代注辇国王在坦朱雷地区兴建了令人称奇的灌溉系统。DMK 从未关心过灌溉问题。”

由于他们的狭隘心态、地域主义和种姓情结，其他方面也恶化了。英语水平下降了。在中央政府任职的泰米尔纳德人减少了。现在，邦内的中央政府官员有许多是外地人。就连泰米尔语也退化了。

“这个运动已经不再有创造力。泰米尔语变成了无法表达现代观念的语言。它是化石语言，这可以从泰米尔语报章杂志的素质中看出。其中大多是琐碎空洞之物。

“这运动还占有一席之地，但如今它一再重复的就是这些可笑的姿态，其结果是出现了一套贫瘠的图画。你看到床上那幅佩里雅尔的贴版画像。后来，制作那种画像的创意也被用于运动里的其他政治人物——

①存在于公元七世纪至十三世纪的南印度国家。

即 DMK 以及从它其中衍生出来的政党的领导人物。他们在八十英尺高广告牌上被画成一个个巨人，而他们已经丧失的东西就由这玩意儿来取代。而且，宗教方面或新兴宗教方面的运动在泰米尔纳德邦变得更强大。

“目前这里流行的新兴宗教运动是阿迪帕拉夏克提[①]崇拜。你在一个介于马德拉斯和本地治里[②]中间的地方可以看到他们的活动。这是母神崇拜——不同于雅利安宗教，达罗毗荼宗教是以母亲为中心。由此衍生出了这个新的信仰宗派。有这么一个人——一个教师——在一个大好日子声称，这位神母或称夏克提出现在他梦中，并命令他出去宣扬她的神威。他声称，当他醒来时，从他面前的土里长出一尊阿迪帕拉夏克提的神像。这教派的信徒有一套制服，红色上衣加红色裤子。这是理性主义运动原本不该造成却造成了的结局之一。”

令人觉得讽刺的地方还涉及更基本的问题。反婆罗门运动并不是所有非婆罗门种姓的运动，它是以中阶种姓为主的运动。就像印度一向的情况，在这些种姓下面还有另一个更低、更劣势的层级。对这些处于最底层的人，DMK 没有提供任何保护。

沙达南说：“DMK 在一九六七年掌权，口口声声谈着低阶种姓所蒙受的压迫。事实上，对不可触碰者最残忍的攻击发生于一九六七年之后。一九六九年，四十个哈里真在一间小屋里被活活烧死。犯案的人属于一个叫作帖瓦尔的种姓。他们是中阶种姓，原本没什么表现，过去一百年来却在社会上爬升，现在已经颇有势力，还成立了自己的种姓会社。他们是最好斗的种姓之一。他们自称是泰米尔阶层体系中的‘刹帝利’，即武士。达罗毗荼运动是由中阶种姓发起的。当他们的政府上了台，他们就变成了压迫者。”

---

①湿婆神之妻最原始的形象。

②印度南部的中央辖区首府。

关于 DMK 运动所导致的文化贫瘠，沙达南的分析几乎肯定是正确的。这现象出现在那些图画里，这现象出现在佩里雅尔演说中的夸张、简化和矛盾里——在这些演说里，文字似乎只要动听就好，而为了吸引听众，演讲者必须一再诉诸修辞戏法。但是，佩里雅尔的追随者所表现的热烈反应也同样不可否认。佩里雅尔打动了这些人心中的某些部分：一些不能用逻辑来规范、不受历史事实左右的东西。这也是必须加以考虑的。

戈帕拉克里希南先生是翡翠出版社的老板，他专门出版教科书和关于理性主义的书籍。他告诉我下面这则故事。

“我父亲做规模很小的生意。他属于穆达里雅尔种姓。我们是低中阶种姓。他摆了个摊子，卖香烟、汽水之类的东西。

“我在四十年代早期、十岁左右的时候成为了理性主义者。当时我是马德拉斯斯里罗摩克里希纳高中的学生。这是一所以婆罗门为主的学校，甚至连仆役和船工也是婆罗门。每班只有几个非婆罗门。每天都会有几个老师训诫我们，说我们只有放牛的份。有三个老师特别强调这点。他们认为非婆罗门不应该上学，而他们经常一说再说的话是‘去放牛’。

“我们每天早上都得到祈祷厅做团体祈祷。每天都是同样的祈祷，非常无聊。我有一位非婆罗门的同学不参加祈祷会，常常因此挨打。所有男孩上学时都要画上种姓标志。我通常是用粉笔画额头上的那几条水平线，而不用所谓的圣灰。我那位朋友从来不画这东西，他也因此挨打。他是个有创造力的男孩。十年后，他写了一出剧本，也在剧中演出——那是出表达理性主义观点的戏。

“我还在那学校读书的时候，有一天有机会参加了一次佩里雅尔的集会。集会在我们住的赛达佩特举行，来了许多非婆罗门。在那次集会里，我才第一次了解为什么婆罗门老师对我们那么有偏见。在那之前，我一直无法了解为什么他们偏见那么深。我开始阅读佩里雅尔的组织所出版的宣传品，还有他们出版的几种杂志。我花了四年时间才成为不折不扣的理性主义者。

“首先，从一九四七年起，我不再到寺庙去了。在那之前，我总是带着虔诚的心去那里。这是我在襁褓中就受到母亲和姐姐影响的——我们家就是那样的。在那些日子里，婆罗门祭司鄙视他们的非婆罗门信徒。信徒也不以为意：那是传统嘛。我在早年也不以为意。祭司会从远远的地方轻蔑地向非婆罗门信徒撒圣灰，而婆罗门信徒却可以进入实际供奉神像的神圣内殿。非婆罗门信徒只能从远处观看神像。

“我是慢慢才不去寺庙的。大学时代我常读萧伯纳、韦尔斯、罗素的著作。这些对我冲击很大，我因此有勇气去面对我家庭和社会中的宗教信徒。

“我母亲还是很注重仪式。许多年后，她开始担心过世后我可能不会为她举行仪式。可是，在她过世之前三个月，她把我叫去，告诉我不要为她举行任何仪式。

“现在我不去理睬印度教，我不会浪费时间讨论它。我母亲过世时，我也没有为她举行任何仪式。那是两年前的事。每年在我母亲忌日，我所做的是送给每个孙女一套新衣服。就这样而已。没有什么告别式致辞，没有花环。就只有我母亲的遗像，如此而已。”

帕兰尼先生对种姓制度的态度更加强烈，他的激情是没有什么可以缓和的。他六十三岁，身材瘦小，肤色黝黑。他出生于哥印拜陀地区，对于五十多年前在学校里发生种姓偏见的往事，他至今记忆犹新。

“我个人并没有反婆罗门这类的情绪。我弟弟进入我就读的学校时，我读五年级，他读四年级。有一天下课时，因为他是新生，就跟着其他男孩到一家饭店喝水。他仿效别的男孩的动作，拿起大铜杯从水盆里取水，然后开始喝了起来。这是一家婆罗门饭店——并不是住宿的地方，只是用餐的场所。它是一家中产阶级饭店。当老板看到我弟弟把手伸进铜盆取水时，他生气得不得了。他把整盆水倒到屋外，然后对我弟弟大喊大叫。

“我弟弟哭着回到学校找我。我告诉他说，因为我们不是婆罗门，我们不可以自己直接从水盆里取水。他应该请一个婆罗门男孩去拿一杯水给他喝。相较起来，婆罗门的肤色比我们白。我弟弟问：‘为什么？’他不愿接受这件事。我自己开始思考。过去我只是遵守既有的习惯。我那时十一岁，我弟弟十岁。我在那学校已经读了一年。

“我们回家跟父亲谈。他在政府里当小公务员，每月赚三十五卢比。按当时的标准，这笔钱足以应付一个小家庭的开销。我父亲的父亲是个织工。我们属于织工种姓，即‘先衮塔尔’种姓。不过，我父亲接受了全部义务教育，直到十六岁才结束。这时他三十岁。

“听完我们说了发生的事，我父亲说：‘这是这些地方的习惯。即使不公平，你们也得接受。’他自己也遵守规矩——不是心甘情愿，但还是遵守了。在婆罗门饭店里，他不会去保留给婆罗门的地方。在当年，每一家婆罗门饭店都隔成两区，婆罗门在一区，其他人在另一区。我父亲不会闯入婆罗门区。

“我们住在一套小瓦屋里，一套厚墙瓦顶的房子。我们每月付五卢比左右的房租。屋里没有电。我们有个小女佣，除了供她吃之外，每个月付她三卢比左右。

“她跟你们一家人吃？”

“她不会跟我们一起吃，我们吃过后她才吃。这不是社会歧视，她是来替我们工作的。她睡在一个相连的房间里。我们——所有小孩——睡大房间。家里共有三个房间，我们父母亲的房间、小孩的房间和女佣的房间。她是从村里来的。我们认识她的家人，我们请他们为我们家让出一个女孩。我们是中产阶级。”

“所以你弟弟会那样反应？”

“我不能确定。那可能只是人之常情的反应。”他重新谈起他在政治上的演变。“后来发生了一九三八年的反印地语行动。一九三七年举行过邦议会选举——当时还不是全民投票——国大党获胜执政。政府有意强制学校用印地语教学。泰米尔学者和教育工作者发起反对行动，佩里雅尔和他的团体也一样。

“有天傍晚，佩里雅尔来演讲。开始时还有日光，天黑后就点上培特罗麦斯①汽灯。他身体肥胖，身高中等，蓄着胡子。他缠着泰米尔腰布，穿着黑衫，一边肩膀上披着披肩。他的肤色白皙。他属于奈克尔种姓——商人团体。

“他说明印地语将如何排挤英语，而英语这样被挤掉后又将对泰米尔纳德邦有什么不利。过一段时间后，泰米尔语将成为印地语的手下败将，成为次要语言。语言的地位一旦滑落，跟文化及社会有关的每样东西也会随之滑落。听众人人都同意这一点。

“这场演讲过后还有佩里尔雅几位副手的演讲。他们是年轻的中产阶级男子，其中之一是安纳杜莱先生。他后来创立了DMK，并带领它获得了一九六七年邦选举的胜利。他口才非常好，一开口演讲就打动了听众。为了这个印地语问题，人们到学校抗议，这些领袖也进行了一场从泰米尔纳德最南端到马德拉斯的长途游行。”

七年前，甘地想出了非暴力政治游行的主意。他在印度西部艾哈迈达巴德②的修行所思考许久后，终于得到灵感，想出了从那里步行到海边去制盐的点子：这有很精彩的戏剧性，其目标是特定的实物，其结局

①德国葛拉兹兄弟（Adolf & Max Graetz）于1889年创办的灯具、炉具公司。

②印度西部古吉拉特邦商业中心和工业城市，位于孟买北部萨巴尔马蒂河畔。1411年建城，1572年为莫卧儿夺取，1615年成为英国贸易站。二十世纪二三十年代为甘地的活动中心。

却不确定，它也是表达非暴力不合作的一种精彩的象征行动，因为食盐——那么便宜、那么重要，连最穷的人也缺少不得——是外来政府的专卖品。甘地一九三一年的食盐长途游行历时多天，它使民族主义复苏，得到新活力。一九三八年纵贯泰米尔纳德全邦的反印地语长途游行则对达罗毗荼运动有贡献：国大党的邦政府放弃了强制学校使用印地语的念头。不过，帕兰尼先生并没有提到甘地的先例。

他说："那次抗议行动五年后，我在一九四三年转到工程学院就读。这对我也是一件大事。我在原来的学校表现优异，奖学金什么的都拿过，老师建议我父亲把我送进大学读书。于是我在一所艺术学院修了两年艺术课程。修完后，艺术学院的一位教授坚持要我一定读工程。因此我向工程学院提出申请。如果是开放竞争的话，我可不会被接受，因为婆罗门学生的成绩好了许多。我——还有跟我一样属于劣势的非婆罗门团体的人——倒是运气好，因为经过佩里雅尔的另一次争取行动后，学校为这些劣势团体增加了一些保留名额。如果没有这些为劣势团体保留的名额，我就无法成为工程师。我说转到工程学院对我是件大事，就是这个意思。

"你听我说，转到工程学院后，我发现在饭店的餐厅里，婆罗门学生在最靠近厨房、被单独隔出的区域用餐，他们那一区跟其他部分用木板隔开。餐厅的厨子全是婆罗门，因此餐厅的便利大部分都被婆罗门顾客占去了。这令我们觉得不舒服。于是我们开始提早到餐厅，坐在隔起来的地方。因为我们人数比婆罗门多，他们终于同意把隔间拿掉，往后餐厅就成了共享的地方。我告诉你，如果我们默默承受，他们就会搞些名堂。一旦我们开始维护我们的权利，他们可没有胆量反对。"

"民族主义运动的情况如何？一九四三年是重要的时期，你参加了民族主义运动吗？"

"民族主义运动持续进行着。但是，在那运动中，我们同时也要求别人承认我们的自尊。”

“你弟弟也像你一样活跃？”

“他在另一所学院读书。他支持运动的诉求，但不像我那么公然站出来。他把什么事都交给我。”

“你父母亲对佩里雅尔主张中的理性主义那部分有什么看法？”

“他们不太思考那方面的事，他们更支持的是语言的维护及非婆罗门名额的保留。在一九四三年，虽然我们并不赞同佩里雅尔哲学中的无神论成分，却相当支持他在废除迷信和仪式方面的努力。

“我们这个泰米尔文明历史很久远，大概有五千年左右。摩亨佐·达罗和哈拉帕[①]这两座古城是达罗毗荼人建立的——摩亨佐·达罗在现今巴基斯坦的信德省。历史学家这么说。直到大约两千年前，社会中并没有种姓。那时候发生的是这个外来文明从北方南下，然后开始分阶级。往后每个世纪都有一些泰米尔知识分子奋起反对种姓制度。这些知识分子都或多或少排斥仪式和迷信，但他们并不反对整套系统。他们说，宗教有其必要性，神也有其必要性。雅利安人却在传播迷信。”

“你年轻时信仰虔诚吗？”

“我很小的时候会定期造访寺庙，或是跟父母去，或是自己去。我们会前去瞧瞧，四处走走，拜拜神，祈求家运兴旺，学业顺利，经济宽裕。我是个信徒。直到十二岁那年。听了佩里雅尔演说之后，我慢慢脱身。十二岁之后，我还是个信徒，但不再去寺庙。我开始不相信那宗教中的仪式部分。我在年轻时读了不少神话，但当我开始明白那些东西都是骗人的把戏时，就没兴趣了。”

他重新谈起自己的生平。“我一九四八年离开了工程学院，当时我二十三岁。这时发生了另一件事。我到政府里服务，被派到一个小镇当

①今巴基斯坦南部信德省境内发现的两座古城，位于印度河右岸，应建于四千到五千年前，毁于三千七百年前。

基层工程师。我成为工程师和在政府任职的事让我父母亲很高兴。

“到了那个我被派去的小镇，我要从一位婆罗门官员接过职位。交接那天，他在家中请我吃饭。他住在一栋租来的房子里。我们用完餐后，女仆把杯盘等收到里面去。我听见婆罗门官员的太太告诉女仆说，不要把我用过的杯盘拿进厨房，而要拿到后院清洗，因为那些杯盘被我碰过了。这让我觉得不舒服。”

“你怎么办？”

“当时我什么都没说。”

“你以前跟那官员一起吃过饭吗？”

“我们一起吃过，坐在地上，用手吃。那次经验留下了阴影。我默默承受了那次侮辱，什么都没做。既然是他们请我吃饭，我要是大叫或抗议或说什么都有失礼节。”

“你祖父是织工，你父亲是小公务员，你在二十三岁时成为工程师。就你的生平来说，应该算是有所发展，更上一层楼吧？”

“我是因为有保留名额才成为工程师的。我下决心替类似领域的其他人争取类似的权益，我想要全心全力为这项使命奔走。在职权之内，我做了一切做得到的事——把经费分配到落后地区，在偏远地方建造种种设施。安纳杜莱先生在一九四九年创立了DMK，但身为政府官员，我不能加入。”

“印度在一九四七年独立了。你没提到这件事。”

“佩里雅尔不太花心思在民族主义运动和独立上，他只关注种姓和宗教问题。”帕兰尼先生把我的问题当作只是打个岔，继续说：“DMK是从他的社会运动中形成的政治侧翼，然后它开始介入邦和全国的政治事务。当时国大党占优势，十八年后，DMK从国大党手中接过政权。它从原先的分离主义运动，变成了寻求地区自主的政党。我朋友中有许多人——年纪跟我相当的人——正好在政府里担任要职，因此我可以通过他们的关系让许多提升社会正义的措施付诸实际。”

这个瘦小黝黑的人心中积存着好几时代的悲痛和愤怒。在他家族中，他是第一个感到屈辱的人；从他的话听来，他还是家族中唯一投入运动的人。他的愤慨非常强烈，这必须受到尊重。但是，我也开始纳闷，这么强烈的怨怼是否还能让他拥有私人生活，是否还能让他在较单纯的情绪互动中过日子。

“你是什么时候结婚的？”

“一九五一年。”那是跟婆罗门官员一起用餐之后的三年。

“她是什么种姓的？”

“同样是织工种姓，来自附近一个小镇。”

“为什么要同样的种姓？”

“主要是为了让双方父母满意。还有，我父母挑的女孩是我可以接受的。”

“受过教育？”

“教育程度还算好，念完了义务教育。那婚姻是父母安排的一步。”

“在某些方面是后退的一步？”

“没错。”

“肤色黑的女孩？”

他让我看他的手背。“跟我一样。”

“宗教式的婚礼？”

“是的。不过我们没有请宗教人士。我们请我们社群里的一位长者来主持仪式。他只是祈求天神保佑新人。那是折中的做法，既不是婆罗门婚礼，也不是佩里雅尔自尊运动所鼓吹的那种婚礼。”

“你现在还是印度教徒？没想过改信佛教？”

“没有必要。只要能够宣扬自己的看法，就不需要皈依另一种宗教。”

“你如何安排各种仪式？”

“我的小孩出生时没有举办任何仪式。在我们祖先的时代，男人女人一生中的每件大事都有各自的宗教仪式——出生啦，穿耳啦，女孩到了青春期啦，结婚啦，怀孕啦。这些我们现在都不做了。”

“你弟弟后来呢？”

“他也做了工程师。他在哥印拜陀跟一个受过教育的女孩结了婚。同样是织工种姓，也是为了顺从父母之意。”

“你怎样把自己的女儿嫁出去？”

“我大女儿的婚礼只有极少数最亲近的亲友参加。第二个女儿的婚礼是自尊运动所确立的那种佩里雅尔式婚礼，由一位参加我们运动的著名大学教授主持。”

他的奋斗目标坚定不移——虽然他自己对宗教信仰的需要使他陷于矛盾和妥协中；虽然在他自己家庭中种姓结构依然未变；虽然从马德拉斯的垃圾、损坏的道路、市政管理的缺失、DMK 政府及后继政府的派系倾轧及侵吞掠夺等等，可以看出事态已近乎全盘混乱。

沙达南·梅农曾谈到马德拉斯古老寺庙被“打劫”的事。迈拉波寺庙的大水池的确让人看了伤心。池里没有水，漂亮的内侧阶梯有几处已经扭曲变形，随时就会变成废墟。

我向帕兰尼先生问起这座寺庙。

他说：“我希望迈拉波寺庙和水池能继续作为我们的建筑和文化遗产而保存下来。但同时，我反对利用这些场所来制造人与人之间的差异。他们说只有婆罗门才能从池里取水，拿到最神圣的内殿去使用。只有婆罗门才能进入那里。在别的地方，有人想进入内殿，法律却不允许。大约十年前，当时的 DMK 党籍邦长卡鲁纳尼迪[①]先生——选举过后，现在他又是邦长了——提出一条法案，条文中明令宣布非婆罗门有权利担任

①卡鲁纳尼迪（M. Karunanidhi, 1924–2018），泰米尔纳德邦人，曾任泰米尔纳德邦邦长、DMK 主席。

祭司。婆罗门对此提出质疑，最后最高法院推翻了那条法律，理由是现今的印度教法律规定祭司必须是婆罗门。”

我们总是一再回到这点：婆罗门的偏见歧视。这是促使他献身使命的动力来源；无论抗争的方式会怎样导致他的世界解体，他对使命的投入从未松懈。而事实上，婆罗门的主张尽管是一九六二年南方那个看似健全的社会的一部分，却是站不住脚的。

我问他：“那个在你父母亲家帮佣的女孩——她后来怎么了？”

“结婚了。”

“她嫁给了织工种姓的男人？”

“同样是织工种姓，他们夫妻还做起了织布的小生意，也只够糊口。”

我问他对一九六七年以来的几个达罗毗荼政府有什么看法。

“开始时 DMK 政府做得很好。但是，权力会让人腐化，而且婆罗门头脑聪明。他们有自己的办法让这些人对社会改革的热忱降温。他们承诺会向德里的中央政府争取到种种好处，然后要求地方政府对他们让步作为回报。他们在文化领域中举足轻重。他们也在这个领域里削弱了邦政府的进取心。”

他的使命让他的世界完整无缺，让他坚信无疑，让他找到每样事情的解释。我再度想知道，是否他真的没有私人的牵挂，是否他的一切都与使命有关。

我说：“你不能像大家那样，稍微缩回自己的个人天地里？你不能偶尔把世界抛开，只做自己？”

“我太太常抱怨我不关心家庭和孩子，说我总是把别人及别人的福祉放在心上。她的话恐怕是对的。我在某些方面没有尽到责任。我过的生活没有在各方面达到均衡，也不是完整充实的个人生活。我觉得个人都被那种使命占据了。这是事态使然，我不得不过这样的生活。”

有天早上，我再次去找蜜糖。如果他不是在睡觉，总可以在他向拉格哈文夫妇租来的小公寓里找到他。他随时都有空，除了中午一段时间，他总是在接见客人。他是这附近一带的预言家，他给人建议。有时候，他只是倾听别人的话。

原来挤在起居室兼卧室一角的家具不见了。一如他先前说的，房子变得像他所期望的那么简朴。

那天早上的访客是几位中年婆罗门。说不定——我应该一直知道这点，只是没有认真想过——他的访客全是婆罗门。那天早上这几个人表情凝重，但又显出满意的样子。他们心满意足的原因是他们替家里的一个女孩订好了婚事，他们谈着婚礼的开销，语气亢奋欣喜，却又难掩忧愁。

报纸上这一阵正在报道婚礼开销的问题：一段时间以来，报上刊登了来自全国各地的报道，其内容透露，有些印度新娘因为没有带来足够的嫁妆或够贵重的礼物而被夫家逼死——常常是用火烧死。这些年头里，新郎一方时常会要求时尚礼物、摩托车或昂贵的电子产品。

不过，在蜜糖的起居室兼卧室里的这几个人，倒一点都不担心新娘被烧死的事。他们只是一项一项盘算着那个大日子的开销，仿佛婚礼尚未举行，他们就已经开始高高兴兴品味着其中每个细节。

蜜糖以他的地位所具有的权威斩钉截铁告诉我：“他们得花上一个半拉卡。我跟他们说，一个半拉卡。”

那是十五万卢比，相当于六千英镑。如果把这数目跟必须承担所有费用的新娘父亲的薪水相比，就更能明白婚礼开销的实际规模。他是一家公司的中层主管，月薪在七千到八千卢比之间。他女儿的婚礼将花掉他二十个月的薪水。

我这番计算就快得出结果时，那群访客——一个男人和数个女人——以及蜜糖又兴冲冲为我从头把各项开销列举了一次。

第一项开销花在租用“乔尔特里”上，即结婚礼堂。礼堂必须租用两天，租金是六千卢比。这还只是较简朴的乔尔特里的价格。马德拉斯有些乔尔特里要价是这数目的十倍、二十倍。你还得加上电费，以及事后的清理费用。

“还有杂项。”蜜糖说，用了一个他过去在公司上班时所使用的字眼。

加上杂项后，乔尔特里除了租金外的开销不会少于两千卢比。然后，厨师要收四千卢比。

“最少四千，”蜜糖说，“在两天里，每天四次为五百个人打理食物——那可不是小钱办得到的。厨师需要用十个助手。”

“蔬菜。”女人之一说。

“三千。”那男人说。

蜜糖说：“食物，食物需要一万卢比。”

我问他“食物”一词的意思。在蜜糖的用法里，“食物”似乎跟蔬菜很不一样。

蜜糖说：“米、调味品、鹰嘴豆、绿豆、米粉、罗望子、干辣椒、胡椒、盐——这些是食物。”

“新娘穿的莎丽，”妇女之一说，“还有送给双方亲戚的衣服。这要一万。”

蜜糖说：“我看绝对少不了。还有新郎的服装。”

这一行人中的男人说：“五千。”

“珠宝，”蜜糖说，“十五枚24K金币，每枚三千。”

女人之一说：“再加上钻石耳环，一万两千。”

“总共两公斤重的银质容器，”那男人说，“一万五。新人家里用的不锈钢和黄铜容器，又是五千。”

“蜜月开销。”女人之一说。

蜜糖坚定地说：“那要一万。”他向我解释：“新婚之夜的家具——小床、床垫、床单、枕头、两三罐糖果。还有新娘新郎在新婚之夜所穿的衣服。”

那男人说：“婚礼后一年间还得送礼。你得送衣服，给新郎穿的衣服。还要给新郎一枚戒指或一只手表。这项要求会在婚礼后提出。如果你送一枚钻戒，那么迪瓦里的礼物要花五千。”迪瓦里是年末的排灯节。“另外还有四五个其他节日，第一年中每个节日都得送两千卢比的礼物。把这些全部加起来看看。”

蜜糖轻轻摇着腰布覆着的双腿说：“一个半拉卡。”即十五万卢比。

我说：“我算的结果是十二万九千。”

蜜糖说：“到了实际开始用钱的时候，一个半拉卡少不了。”

我对那男人说：“可是你看起来这么高兴。”

他说：“应该高兴。我们认识那个男孩，是个好孩子。”

“如果有两三个女儿，要如何应付？”

那男人说：“中产阶级婆罗门女子不结婚的原因就在这里。她们选择就业。在婆罗门社群里，我们所有积蓄都花在女儿的婚事上。如果你有一男一女，那就可以相抵。如果你只有儿子，那可幸运了。

“男孩——所有这些东西都是给他的——男孩的父母亲说：‘我们让他受了教育，他现在赚的钱不少。’因此，为了补偿在男孩身上所花的钱，他们要利用这机会回收成本。”

这年头婆罗门男孩的境遇并不轻松。学校名额及政府职位要保留给弱势群体，给不可触碰者，给不可触碰者族群，给残障的退伍军人。现在有百分之五十的名额保留给劣势群体，有人还主张提高到百分之七十。那表示只有百分之五的名额开放给婆罗门。

那男人说：“所以我们只好迁移到别的地方，其他比较有前途的地方。”

迈拉波曾经因为它是马德拉斯两三个婆罗门地区之一而著称。现在，迈拉波的居民中只有百分之四十是婆罗门，其他是非婆罗门，甚至包括一些不可触碰者。这里难免会有房子出售，有钱人——但不一定是婆罗门——就买了下来。过去，村庄里有婆罗门的“阿格拉哈兰”，即专属婆罗门的区域，别人不得走入。现在这些都没了。婆罗门为了改善生活已经搬离乡村。他们离开那些村中的阿格拉哈兰，别人买下了他们的房子。剧变因而产生，但婆罗门不是会反击、示威或抱怨的人，外人也不知道发生过的剧变。

我说：“那么，泰米尔纳德将变成首陀罗的地方了。”

我不假思索地脱口而出，却引起那男人一阵惊愕，蜜糖则夸张地以双手遮脸。

蜜糖说：“不要这样写。如果你写出来，他们会把你的房子烧掉。在这里不用‘首陀罗’这字眼，要用‘达罗毗荼’。知道他们怎么叫我们吗？在泰米尔语里，婆罗门的正确称呼是‘帕尔潘南’。他们想嘲笑我们时，就叫我们‘帕潘’。说‘首陀罗’这个词，就跟他们说‘帕潘’一样。”

那几个心里想着婚礼的人起身准备离去。即将举行婚礼的喜气使他们有几分轻松地谈着婆罗门的处境（尽管他们属于中产阶级，而且也易受伤害）。

他们走了之后，蜜糖一脸倦容。

他说：“你瞧，他们来个不停。我替人治疗，你知道吗？我用信仰替人治疗。我已经看过一两千人，每天要看两个、三个、四个、五个。每天。”

他的腰布看来不干净，他的黄色背心也是如此。他松软肩膀上的皮肤有点潮湿。他一副未曾运动、身体有病的样子。

“你怎么给他们治疗？”

“给他们烧过的牛粪，念祷文，用关怀的话安慰他们。”

我感到困惑：他似乎对他为人们所做的事并不热切，口气中有倦意。

他说：“他们为了婚姻而来。”他意思是说，他们为了儿女或其他亲戚的婚姻而来征求意见。“我必须预测婚姻的未来。”

“你怎么做？”

“心里有什么灵感就告诉他们。”

他从面对我坐着的低椅起身，走过来坐在我旁边背靠墙的椅子上。我们两人都背对着门。我们面对起居室兼卧室的蓝色墙壁，看着上面所挂的宗教图像，以及墙中央那个吊柜——其玻璃滑门后面是一堆杂乱的东西。

他说：“百分之百准确。”他指的是他为别人所做的预测。这时，他似乎对他为人们所做的事又有了不同的态度。“如果我预测的是某月十五号，事情可能在十号或二十号发生——早晚差个几天。”

“你是什么时候有这种天赋的？一九六七年时你可没有这能力。”

“突然有的，是在一九七〇年。我不知道是怎么来的。一位R先生告诉我说我有这天赋。他跟我说：‘好好运用它，好让许多人能得到你的帮助。’从那天以来，我就一直在做这些事。以前我常到R先生家里，他住在马德拉斯。小房子，穷人。我倒不能说他是我的精神导师。他喜欢我，我也喜欢他，就这样而已。算是同类相聚吧，他也有这些天赋。我无法像萨依·巴巴那样制造奇迹，你可别那样想。

“事情是这样发生的。我有位朋友——做生意的，中产阶级，一个好朋友，当时五十岁左右——他告诉我说他弟弟病得很严重，烧到一百零四度。‘蜜糖，给我一点东西帮我弟弟退烧。’他还有别的症状，像是昏迷不醒等等。这个朋友到我家来，我见了他之后请他稍坐片刻，然后拿出一些烧过的牛粪灰，念诵一段苏达尔善祷文，过后让他带走牛粪灰。”

“是什么让你那样做的？”

“是某种东西吧。有一些力量促使我那样做。在那个时刻，当我那样做的时候，我不再是蜜糖，不再是我自己。几秒后，我把牛粪灰给我朋友。他回家后把灰涂抹在他弟弟的额头上。第二天早晨，他弟弟就没事了，出门上班去了。那时我自己也在公司上班。

“事情过后，我两天都睡不着，就到R先生家里去，问他这是怎么一回事。'我有些不对劲。我睡不着，眼前会出现一些黑色影子。人的影子，黑的影子。'他问我：'你昨天做了什么？'我一五一十地告诉了他。他责骂我说：'谁告诉你要把牛粪灰和其他东西给你朋友？以后不要那样做了。'他叫我再念一次同样的苏达尔善祷文。一两天后我就没事了。

"从那天以后，除非从别的地方得到允许，我就不再做那样的事了。现在，就在我跟你谈话的时候，我又看到那些黑色影子。两个影子，头上长了角。这是牛头人身的'麻旦'，喜欢作恶。他的把戏可真多。这时他对我很友善。任何人来求我做什么事，我都必须先得到他的允许。我脑里听得到他的允许。

"我想抛弃这项天赋。我想抛弃所有这一切，寺庙，每一样东西。我想抛弃这一切，我只想要平静。为了算命，为了儿子找不到工作，女儿嫁不出去，财物遗失等等，人们总是找上我。他们会说：'蜜糖，我病了，帮个忙。'我不知道该如何避开这些事，我不喜欢做这些事。有人会来告诉我说他女儿身体不舒服。'帮我做点事。'我又得到了什么？

"你没见过这些人。我针对这些人在门上挂了个牌子，请他们不要在某些时刻来找我——那是我的休息时间。

"因为这些事情，我才会身体不好。我的脑部血液不足，常常觉得眩晕，没力气爬楼梯。我慢慢不做那些事了，不过我没告诉他们。"

我说："不做之后你怎么办？"

他在小公寓里的生活似乎以接见来客、等待他们为中心。很难想象他不见客之后有什么事可做。

他说大概会读读书。"今天我就正在读几本书。杰克·希金斯、威尔伯·史密斯，另外是阿瑟·黑利[①]，写《机场》的那个。还有一大堆别

①杰克·希金斯（Jack Higgins，1929－）、威尔伯·史密斯（Wilbur Smith，1933－）、阿瑟·黑利（Arthur Hailey，1920－2004），这三位都是英国当代犯罪推理小说家。

的书。我读这些东西打发时间。什么书都行——不管是《薄伽梵歌》[①] 还是垃圾。”

二十年前，我注意到这个现象：他会阅读英国出版的通俗浪漫小说——而从各方面来说，英国都跟他在迈拉波的生活和经验离得那么远。

他说：“我要找些书来打发时间，才不会闲着没事。有时候我会念祷文。有些祷文一整天下来念了两三千次，同样的祷文。”

这时我们并排坐着。

我说：“你得抛弃那种天赋。”

“我会的，我有信心，我了解自己，我会那样做。我在这里得不到平静，我想离开这城市，搬到遥远的地方，但医生不准许。我必须待在离医生几公里内的地方。”

他指着摆在对面墙壁前、就在玻璃门吊柜下方的一把椅子。

“如果我坐在那边，而你坐在我面前，我可以看你的面相，把详情都说出来。但事后我会头痛，两三天都不舒服。”

上回我在这小公寓里的时候，别人却说他们跟他在一起会得到平静。有一位提到心思净空的状态，还说到某次停电时跟蜜糖在黑暗中一起待了四小时，前后两人几乎没说半句话。

蜜糖有点不耐烦地说：“他们来这里不是为了平静，而是想听我扯扯他们的事。我说出他们的麻烦，告诉他们如何解决，他们听了很受用。他们说自己是来求平静的，其实他们要的是指引。”

我想起那位耐心坐在椅子上的地主——蜜糖口中所称的那位“有钱人”，我也想起那位拥有优雅的婆罗门面貌、额头刚点上圣痣的年轻公司主管——他向前倾身坐着，双脚缩在椅子下面，两手掌心贴着椅子

①即 *Bhagavad Gita*，是印度史诗《摩诃婆罗多》的关键部分：克里希那（Krishna）说服畏缩不前的有修（Arjuna）投入俱卢之野（Kurukshetra）的战役，告诉他必须尽忠职守，不要害怕残酷的杀戮，因为死生自有定数。这一系列梵歌是印度教教义中最神圣的经文。

边缘。

蜜糖说："但是我什么都不说，他们就坐在这里，聊聊政治跟别的话题，好一阵后才离开。

"R 先生知道我的处境，他自己也有苦恼。他已经是八十六岁的老人了。他的预测很准，说得出你在伦敦的房子，你怎么打理家务。你跟他坐在这里，他就当着你的面告诉你这一切。"

我问他："一九六二年时，你为什么会喜欢我？"

那年，某天下午，我们在行程结束、帐篷搭好的向晚时刻相遇，地点离一条山涧不远。虽然时值八月，温度仍然急速下降，山色已呈灰褐。他穿着套头粗毛衣，四周一片薄暮微光。当下我们就谈了起来。

蜜糖说："在我的前世，我们两人曾经相遇过。你可能是我的兄弟、朋友或父亲。在喜马拉雅山上，我有某种感觉。我不会忘记你的名字，我会永远记得你的名字。"

"我当时觉得你是个悲伤的人。是这样吗？"

"那时我没什么悲伤的事，没有。我父亲还在世，我母亲也是。我喜欢到喜马拉雅山上到处看看，我是家里第一个前往喜马拉雅山的人。"

"有什么我帮得上忙的吗？"

"神会为我安排，我对他有信心。这间公寓拉格哈文只收一点租金。我整天待在这里，所以也可以说我算是在替他们看房子。我们之间互相了解。"

"谈谈你的牛粪灰。你在哪里烧牛粪？"

"是买的。"

这么说来，牛粪灰是日常用品，祭祀用品店就买得到。那不是什么特别的、他自制的东西。

"那东西叫'维布迪'，装成一袋一袋卖，你一次可以买个一公斤或两公斤。我买的没加香料，一公斤三卢比。如果是加香料的，一百克要卖一卢比或一卢比五十派沙。怎么做的我就不知道了。”

一个身材修长、穿深色衣服的年轻女子从前门走进来。她没和蜜糖说半句话。她开始清扫公寓的中间部分，也就是神坛和厨房之间的部分；后两个地方是她不能进入的，因为她不可能是婆罗门。

这里已经发生过一场革命。寺庙遭到“打劫”，街道和墙壁被胡乱涂上选举口号和标记。他们说迈拉波居民中只有百分之四十是婆罗门，但是在蜜糖还拥有的那个小空间里，旧世界似乎还继续存在着。

卡拉在班加罗尔告诉过我一位婆罗门祖先的故事：他离开乡下，来到马德拉斯市；他和母亲在那里穷得只能靠迈拉波大寺庙的祭品果腹。那时，这个故事——古老的神祇、古老的寺庙、贫穷的婆罗门——在我听来仿佛来自久远的年代，一个属于童话的年代。然而，这故事讲的是新世界，人口过多的乡下，以及婆罗门的离散。我在蜜糖的公寓听到的关于婆罗门专属区域阿格拉哈兰或村中聚落解体的故事也讲述着同样的离散——人们离开故土，四处飘散。

但是，在我所做的这种旅行中，有时可得慢慢体会，才会对所见所闻有所理解。旅行者有时会选择性听取别人的话，有些事——因为它们看来跟所在的国家或文化若合符节——过于被视为理所当然的。在马德拉斯停留之初，我认识了卡库斯坦，也听说他是个企图过完全的婆罗门生活的婆罗门。当时，我并不知道他决定这样做有多么不寻常，甚至多么壮烈。

他住在马德拉斯一座古老寺庙附近的婆罗门聚落区，或称阿格拉哈兰。决定搬到那里的是他父亲。先前，好几代卡库斯坦家族的男人在一座村子的庙里担任祭司——那地方现在离城市大约有两个钟头的汽车车程。就职业而言，卡库斯坦现在身处现代世界。他在一家大商行工作，负责撰写各种经济情势报告及计划评估。不过，家族寺庙的监管工作已经传到他手中。由于承担了这项责任，再加上别的原因，他决心要做个十足的婆罗门。因此，当他坐在办公桌前，当他因公出差时，他穿的是婆罗门祭司的服装。他额头上点着种姓标志；他剃光了头；他虽然没有裸背，上身穿的却是米黄色的婆罗门长衫。

对我来说，印度是种姓服装的国度。（虽然远远比不上英国那样的国家——在英国，为了区别职业、团体、社会阶层、运动、休闲活动、餐食等级、一天及一年中各时段，有一大套关于服装和颜色的成规，这害得不少人老是温吞吞又紧张兮兮：在印度，每个人只有那么一种服装。）我首次见到卡库斯坦时，对他那老掉牙的装束倒没有留下该有的深刻印象。至于他说他过着完全的婆罗门生活这回事，我以为那指的是他严格素食，即不吃鱼、蛋、大蒜；指的是他用右手做洁净的事，用左手做不洁的事；指的是他通常都会试图避免受到污染。

但是，卡库斯坦所奉行的规条却远远超过这些。为了合乎他想达到的洁净，他的一切食物必须先向家里的神供奉之后才可以吃，甚至连他喝的水也是如此。在马德拉斯的高温下，这表示他每个上班的日子都有很多麻烦。事实上，他加诸自己身上的种种婆罗门禁戒也是个人的悔过方式，借以表达对父祖的孝敬及赎罪。

卡库斯坦过去是贫穷的婆罗门。童年在马德拉斯时，由于被父亲逼着遵守种种婆罗门规矩，他受了不少苦。由于马德拉斯的小孩受到佩里雅尔反婆罗门主张的影响，卡库斯坦在学校和街头老是受欺负，这使他对自己的出身失去信心。他想卸下婆罗门的义务，跟父亲争吵过。他终于脱身，在别的地方闯出一片天地。但是到了中年早期，他却开始深深自责。于是，他搬回马德拉斯，住在小时候生活的那个阿格拉哈兰或婆罗门聚落区，而且就是同一间屋子。如今住那边，他决心要尽可能做个彻底的婆罗门。

卡库斯坦所住的聚落位于马德拉斯的特利普里卡尼区。作为婆罗门区域，其地位仅次于迈拉波。位居该区中心的那座约有千年历史的帕尔塔色拉提古寺[①]，在信徒心目中跟迈拉波那座寺庙同样重要。

聚落在寺庙旁边一条巷子里。从巷子看去，寺庙的围墙高得出乎意料。围墙的石工做得相当精美，墙面下半截画着红褐色及白色的垂直宽条——那两种颜色是寺庙的神圣颜色。聚落的入口面对寺庙围墙，几乎就在巷子正中央：它看来像房间隔板，并不很高，有几扇木门，门上方画了大神毗湿奴"驾乘"的金翅鸟迦楼罗。

进了入口后，左边是用石墙围起的寺庙花园，它跟寺庙隔着那条巷子。花园历史古老，可能跟寺庙本身一样古老——而这片由石墙围着、布局井然的空间还有座象征性的"阁普兰"，或称庙塔，似乎让人不禁兴起消逝已久的古老情怀。聚落本身（虽然就正位在圣地上）并不古老，是在上世纪末或本世纪初设立的，当时特利普里卡尼一位慈善的居民捐出这块土地，让来自乡间、在寺庙工作或只是在城里从事宗教专家行业的婆罗门有个栖身之地。

聚落入口的门在晚上十点到清晨五点间会关闭，这时，只有居民可以进入。被视为不洁净的人在任何时候都不得进入聚落：诸如吸烟者、酒鬼、鞋匠、大部分不可触碰者，以及穆斯林。这些人不可以通过入口。有些人要到聚落里为婆罗门做事，不得不放行，但他们不得进入屋内。

入口内有条铺石小径，经过两旁矮小的屋子通往中央庭院。院里有几口附带绞轮和吊绳的水井。我到的时候，一些妇人和女孩正在打水，在拥挤的城市当中看到这幅田园景象委实出乎意料。卡库斯坦既是招待我的主人，也当起我的导游。他说婆罗门只能喝井水，因为井水跟土地有直接的关系。（我不知道婆罗门有这条规矩。这么一听，我多年来的

---

①特利普里卡尼（Triplicane）区位于迈拉波郊区。帕尔塔色拉提古寺是崇拜毗湿奴神化身之一黑天的古庙，帕尔塔色拉提意为"有修的驾车人"，黑天在《摩诃婆罗多》描述的大战中曾为有修驾车。

一项疑惑才得到解答。一九七一年，我到印度观察西北部拉贾斯坦邦一个干旱的沙漠选区的选举活动。有位年老的候选人是敬神的甘地主义者，颇受推崇，他一再以道德为由反对把自来水引到沙漠中的村庄。“我们一直以来从井里打上来的水已经够好了。”他反复这样说，自来水对村中妇女会有“健康及品行上的影响”。他并未解释这样说的道理，不过——依卡库斯坦刚才说的话来判断——他的听众应该明白他三言两语中所含的种姓意味。）

卡库斯坦说，这些年下来，随着聚落人口的增加，水井的水位下降了三十英尺。几年前，你只要用手拿“容器”就可以汲到水。现在则有取水限制，每户早上六壶，傍晚六壶。“壶”、“容器”——这些是正确的字眼，因为婆罗门不使用水桶。我对这点也一无所知，不过个中道理倒是很简单。现代水桶是白铁制成的，而婆罗门必须使用黄铜或陶土做的水壶，因为这些物质跟土地有直接的关系。就在那边，在聚落的水井旁，妇人和女孩拿着使用不便、没有把手的水壶——我们可能只会见到都市中的田园景象，却看不出其中牵涉的种姓规条。

离水井不远有个手压泵。从这里取得的水只能用于厕所——虽然，不用说，它的来源跟饮用的井水相同。关于泵和厕所的规定似乎很严格，而且符合婆罗门的信仰，事实上，从这件事却可看出如今想彻底过婆罗门生活有多困难。上厕所这种事只有非婆罗门才会做：进入这种不洁的地方本身就是不洁的行为。守旧的婆罗门甚至一想到厕所就觉得可怕。规矩的婆罗门、传统的婆罗门到户外解决，每次换新地点。因此，用水泵取水如厕是一种妥协，同样，一些访客可能不会注意或多加思索的小细节也是妥协的做法：例如穿衬衫之类的针缝制的衣服，穿皮质凉鞋等等，甚至到市场购买一束束盛食物的叶子这件事也是如此。

对婆罗门来说，使用叶子进食比使用盘子更合规矩。叶子使用一次后就丢弃，盘子则不只使用一次，严格说，不管怎么洗刷总是不洁的。从叶子上取食这件事有一种特别的仪式意味，也有浪漫的情调。我们在远方的特立尼达甚至也保留了这种做法。小时候，我祖父家里一遇特殊的宗教大事，过后大家进食时总是用香蕉叶装盛（一直到一九六二年，马德拉斯的林地大饭店还会这样做）。新鲜香蕉叶是美妙的用餐容器：深绿色，中空的叶脊颜色较淡，叶子本身光滑却又抓得住，有肋状叶脉，略带光泽，不透水，没有扰人的气味或味道。像那样用叶子进餐不仅能显示该场合的重要性，更会以非常浪漫的方式跟宗教联结在一起，令人想起遥远的故乡，想起印度教史诗英雄及神祇被放逐流浪时走过的森林。特立尼达面积虽然很小，那里的森林离聚落却很远，香蕉叶也不是出门就能摘到。你必须从好几英里外带回来，带回来的香蕉叶必须是新鲜的，有时候还根本找不到香蕉叶。这种进餐的方式既浪费又昂贵。如今，马德拉斯的林地大饭店已不再使用香蕉叶。像卡库斯坦这种必须用叶子盛食物的人，则是到市场去购买一束束较小较圆的干叶子。这些叶子不新鲜，不是特别干净，也没有美感。洁净的观念已经徒具形式；他们真正能做到的只是使用叶子这种用过即丢的自然物。

聚落里对妇女有项限制，那是我先前不知道的。正值经期的妇人及女孩必须跟其他人隔离。聚落里有个角落筑了间特别供她们居住的小房子，房子有两扇门，都随时关着，免得从外头走过的人受到污染。卡库斯坦告诉我说，月经期的妇女在十至十五英尺距离内会造成污染：如果有事必须跟月经期的妇女谈话，你必须离她那么远。妇女在这个隔离的小房子里有自己的厕所和浴室。在经期三天中，她们完全不干活。卡库斯坦说，对她们而言，这是一段“充分而完全休息”的时间。她们或读书，或听音乐。小屋可容纳十个女人，过去屋里总是住满了人，到了现在，任何时刻顶多只有五六个——时代不同，生活方式不同，许多女孩都到外面去了（其他女孩则溜出去看电影或做别的：聚落后侧有个供经期妇女使用的小门）。这种隔离使妇女对经期产生厌恶感，卡库斯坦说，但同时她们也喜欢隔离的日子，因为大概只有这样她们才会有固定的小假日。

聚落中仅五栋房子有二楼卧室，这些房子在聚落一边沿着围墙排成一列。其他都是一层的矮屋，屋顶离地面不高。因此，从聚落后方较高的建筑看得到中央庭院，看得到水井四周的一切动静。我想知道这对阿格拉哈兰的婆罗门是否会造成污染——这样被其他种姓的人从高处往下盯着看，或者是他们的聚落被那些较高房屋的阴影笼罩住。卡库斯坦说后面那些高建筑不是问题。住在那里的人属于牧牛种姓“雅达瓦”，亦即大神克里希那[①]的种姓；雅达瓦和婆罗门之间互相尊重。

紧靠着聚落的另一群邻居是穆斯林。从外表看来，聚落的五十三户家庭恐怕势单力薄，发生暴动时很容易被打垮。但不知出于什么原因，穆斯林和婆罗门之间从未发生过任何集体冲突。说不定——卡库斯坦并未这样说——穆斯林甚至具有缓冲作用，可以阻挡不友善的非婆罗门。就这样，处在寺庙、雅达瓦、穆斯林之间的聚落也算安全无虞：那些房子没有装门锁，卡库斯坦说。

这个聚落入口的木门每夜都关闭，而且就坐落在有围墙的寺庙旁边，它令人想起欧洲某些古老的机构，譬如设在大教堂院中的救济所。聚落的管理方式也有相似处。他们设立了一个信托基金会，由它收取房租、负责房舍的修缮及一般维护，外加支付守门人的薪水。房屋承租权代代相传，聚落中的大部分家庭都在这里住了几十年。卡库斯坦的父亲在四十年代早期搬入了这里。

卡库斯坦说，没钱的婆罗门——这是过去的情况——从乡村迁移到城镇时喜欢住在寺庙四周，这不只因为在那些地方他们比较容易靠替人解答宗教问题或行乞挣点小钱，也因为寺庙有水池和水井，可以供应直

---

①即牧牛神，又称黑天神，象征丰收和幸福，为司掌“保存”的毗湿奴的第八化身。

接从地里出来的水。寺庙也靠近海边。这点很重要，因为在发生月食、日食以及一些其他情况时，守旧的婆罗门喜欢洗个海水浴。

做个合乎规矩的婆罗门可真困难！卡库斯坦越说下去，就出现越多规定和戒律，而整件事也变得越加麻烦。或许，从来都是如此。或许，婆罗门向来必须在各方面做点妥协。

卡库斯坦的父亲于一九三二年或一九三三年来到马德拉斯打天下。当时他二十二岁，已婚，但没有带妻子同行。这不但是因为他没有足够的钱，也因为在那年头夫妻两人一起离开大家庭并不是很好的事情。

卡库斯坦的父亲是他家族中第一位就读英语授课的学校的人。他只读到十年级，后来却当了老师。他在数学方面的表现特别优异，还做起这科目的家教。跟同时代的婆罗门一样，他很难加以归类。你可以说他是受过半调子教育的乡下人，但同时就数学而言，他可颇有天分，颇不寻常。另外，他还拥有印度教及婆罗门的知识。这些就相当可观了。

在他家族世居的村庄里有座古庙。自注辇王朝以降七八百年来，卡库斯坦父亲的家族在那间庙里享有某些特权和待遇。他们主持庙神的祭拜仪式，祭祀庙神的供品在庙神享用后全部归卡库斯坦父亲家族所有。在那间庙里，卡库斯坦父亲家族所享的待遇比皇帝还高。

由于一文不名，卡库斯坦的父亲只得住在马德拉斯亲戚家里。有一段时间，他以年轻婆罗门的身份依赖施舍过活，轮流到不同的婆罗门家里吃饭。他对泰米尔语《吠陀经》全部的四千节都了如指掌。这件事传了开来，于是有人举行仪式时便会请这年轻人去吟诵那四千节经文。他可以拿到一两个卢比，也有免费的食物。吟诵经文的酬劳，外加担任数学家教的钟点费，再加上当老师的薪水，他终于有了还不错的收入。他每月应该可以赚四十到四十五卢比，足以应付他自己及留在村中那六个人的开销。

到了四十年代早期，这种日子过了十年之后，卡库斯坦的父亲终于把妻子接到了马德拉斯。他们找到一套房子，月租十卢比，大约相当于七十五便士。孩子一个个出生。后来，通过朋友的帮助，卡库斯坦的父亲在婆罗门聚落里找到一套房子，租金跟他在外面所付的差不多。这时他应该是三十出头，总算有了某种稳定感。他在聚落里搬了两次家——不乏有人这样做。卡库斯坦生于一九四三年。

这像是一则成功故事的起头。这些年来确实有不少变动——但，那算得上成功吗？四十五年后，卡库斯坦带我参观他度过整个童年和青少年期，也是他打算回去住到终老的地方，而且他穿着一身婆罗门服装。几乎可以确定他是这个小社群里最有钱的人。但这是个贫穷的社群，虽然环境具有历史感——令人想起宗教田园画的种种景象，前面那座围起来的寺庙花园，中央庭院里的水井和绞轮（以及住在后方高楼里、属于大神克里希那的牧牛种姓的人）——但是，许多在井边汲取定额的几壶水的妇人和女孩，却是一副脸色苍白、营养不良的样子。

这个婆罗门聚落是小型的都市贫民窟，其活力不如位于寺庙区最外围的穆斯林社区。聚落也正承受着种种压力。已经有所让步的婆罗门规矩又不断地再度退让。当清洗厕所的清洁工开始要求社区负担不起的酬劳时，他们做出了最可怕的妥协。那时，为了给清洁工一点颜色瞧瞧以及防止进一步的敲诈，婆罗门动手清洗自己的厕所。卡库斯坦自己为小区里的年轻男人打气。他告诉他们说，每个人每天都会碰触到排泄物，纵然只是自己的，因此，他们亲自清洗厕所和排水沟并没有什么不对。在任何别的时候，卡库斯坦的这个提议都会被看作是一种种姓自杀的做法，但在卡库斯坦口中，它却是道德、种姓的胜利。

他长得不高，只有五英尺一二英寸，深肤色，身材结实。他的眼神机灵、稳定。那双眼睛透露出一种执着的激情：在过去一段时间是不惜一切想突围而出的叛逆激情，现在则是想遵循心目中正途的激情。

他住在五栋双层房屋中的一栋里。房屋上层有个开敞的阳台，阳台一边是一间卧室。第一次到他家时，他带我前往的房间是在楼下最里面的。这间房可能就正靠着寺庙花园的围墙；房间里阴暗密封，散发出一丝排水沟的气味；这只是一间小室，里面的一切，像是油漆、墙壁、橱柜和装潢等等，在日光灯下都显得老旧破损，但同时，这一切在仪式层面上无疑都是洁净的。对婆罗门，洁净——跟污染一样——是说来就来的：用手指弹点水就可算是为房间除秽了。

由于我是访客，更何况这里是印度，卡库斯坦要我在他家里吃点东西——虽然，作为一个想尽量合乎婆罗门规矩的人，让外人来到家中严格说并不是他应该做的事。当然，他不会跟我一起吃，但他要我吃点他家里煮的东西。这是我们待在楼下的原因。我们先前走往后面的小室时，曾经从厨房外面经过。我看到厨房门口旁边有张桌子，或是茶几或矮墙之类的东西，上头摆了一尊黑色雕像，雕像前方有盏熏黑的青铜或白银制高油灯在燃烧。油灯的造型令人宛如置身古代世界：灯芯在浅油瓶的开口燃烧，油瓶连在一根竖杆上，其形状则像是一张卷曲的叶子。那尊雕像是卡库斯坦的家神，卡库斯坦的食物都必须先拿到这位神祇面前供拜。

对于离家老远而在外吃东西这件事，我也有自己的顾忌——至少，算是远离我投宿的克罗曼德尔王冠大饭店了。但这些顾忌让我觉得惭愧，因此我接受了一点点卡库斯坦家里做的食物，并喝了杯咖啡，只是在卡库斯坦家后面那房间撕面包（或未发酵的普里面包）吃之后，我握笔用的手指却沾了油。这情况变得难以忽略，必须到屋外认真清洗——卡库斯坦没抱怨什么，他倒水让我洗手，就这样浪费了他每天傍晚分配到的六壶宝贵井水中的一壶。（其实，我没有必要觉得惭愧，也无须认为我一定得吃。卡库斯坦是个通情达理的人。数天后，当我再度到聚落造访时，我直截了当告诉他说，我也跟他一样只在家里吃饭。他立刻把我的话听了进去，笑着说："好吧，这次就当我是个不可触碰的贱民。"）

那第一个下午，在他家后面那间点日光灯的阴暗房间里，他就事论事地谈起邻居。

他说："这是个贫穷的社区，几乎整个小区都是穷人。搬来的第一代大部分是祭司、仪式专家、厨子，还有几个上班族。第二代处境稍微好一点，家里有较多孩子找到工作赚钱了。"

"什么工作？"

"传统婆罗门做梦都想不到的工作，诸如操作机器，维修机械，以及种种工业手工。我这一头的邻居是个厨子。"

那位厨子的房间里住了十五个人。听起来凄惨，实际情况却并非如此：十五个人并不同时在房间里睡觉。事实上，他们都在中央庭院划定了专属的睡觉地点：在占去一年大部分时间的马德拉斯的夏季里，每个人都在院里或户外睡觉。那位厨子的收入大部分来自为别人办婚礼宴席，不过他必须雇用许多助手，因此办一次婚宴所得的一千卢比落入他自己口袋的其实很少。

卡库斯坦家另一边的邻居是个"听差"，或称办公室杂役，在政府机关工作。聚落里有另一个开摩托三轮车的男孩。他父亲曾经是梵文学者，更是《吠陀经》和印度教祭祀仪式的权威。

"真是悲哀，"卡库斯坦说，"那男孩自己说，'没其他办法，我还能做什么？我没受过教育，也没继承父亲的行业'。"

我说："听起来很奇怪。"

"他没受教育是因为父母的疏忽。"

后来，卡库斯坦跟我再度在我投宿的饭店见面时，他继续谈起帕尔塔色拉提大寺庙旁边的婆罗门聚落的贫穷状况。

卡库斯坦说："今天的情况比我五十年代在那边长大时好了许多倍。当时我总觉得生活太差，希望有更好的处境。我在学校认识的人穿得比我好，长得比我帅、比我壮，外表也比我时髦。我看起来比较像个乡下男孩——缠着腰布，额头点了圣痣，还留着丘尔其。”

除了丘尔其之外，其他都还能在他身上找到。丘尔其是蓄在头颅后方、不修剪的一簇或一绺长发，它是古老的婆罗门标记。卡库斯坦已经不再留长长的丘尔其，他现在蓄着的只有一英寸半长，不过这对他算是符合要求了。（作为他复苏的婆罗门信仰的一部分，卡库斯坦每年会选四五个良辰吉日剃光全身体毛——所有体毛，包括眉毛，只有腋毛和丘尔其除外。我们见面的日期正好在两次剃毛之间，他的头发长得像小平头，短短的丘尔其并不特别醒目。）小时候，他父亲要他留丘尔其。在五十年代，没有多少婆罗门男孩会留这种东西，他的丘尔其是害他在学校被欺负的主因。

卡库斯坦说：“所有这些都招来其他男孩的轻蔑和嘲弄，甚至到今天还是如此。如果嘲弄我的男孩长得瘦弱，我会激烈反抗，如果是大块头，我就不搭理。我向父亲抱怨学校同学给我吃的苦头，他总是回应说，‘去向校长报告。’他也会说，为了维护家族传统，我必须点圣痣、留那条丘尔其——不然的话，我们住在村里的整个家族会被其他家族瞧不起，更何况我们家族是负责供奉村神的婆罗门呢。

“我父亲自己在他学校及城里其他地方——汽车上、街道上——也遭受了同样的嘲弄。那时候，由于所谓的达罗毗荼运动所放纵的反婆罗门言行，整个婆罗门社群都遭到那种嘲弄。”他指的是“达罗毗荼卡札甘姆”，即佩里雅尔所发起的达罗毗荼运动。“这是五十年代中期的事，当时，反对婆罗门及其习俗的运动相当广泛。他们采取的手段包括摧毁神像、剪断婆罗门的丘尔其及圣带[①]、擦掉婆罗门额头上的圣痣。马德拉斯的大多数素食餐厅都自夸是‘婆罗门饭店’，达罗毗荼人会把‘婆罗门’

①印度教最上层三个阶级的男子身上系的象征重生的带子，由三条线组成，事先经过净化等仪式处理。

一词涂掉。现在，城里的饭店不再用这个词了。以前那段时日，既有‘婆罗门饭店’，也有‘军用饭店’。”

我第一次到南方旅行的时候，“军用饭店”仍然存在。那是提供肉食的地方；而且——仿佛要附和婆罗门对这种地方的歧视，仿佛这种歧视反而使他们乐得干脆与众不同，我行我素——这些南方的军用饭店可真脏得一塌糊涂。

一九六二年，在班加罗尔与马德拉斯间汽车路线上的某个地方，在那片地区的红土上某处，我首度见到了军用饭店。那是座搭建在裸土上的小木屋，属于未经规划而自然形成的车站区的一部分。招牌上的英文说明——在色调素朴的古老地景中，看来像是十八世纪英国版画中的异国奇景——似乎跟英国东印度公司征伐蒂普苏丹的战争有关。这些古怪有趣的文字似乎记录着印度历史的某个方面，透露出十八世纪印度的无政府状态：当时，由印度佣兵组成的军队到处交战，完全不顾在村庄或田地里工作的老百姓。

从一种战争到另一种战争，从一种意识到另一种意识：悬挂在佩里雅尔提达尔展览大厅的那三十三幅描绘佩里雅尔一生事迹的图画中，有一幅画的是这位伟人在一九五七年——当时他将近八十岁——把一家饭店或餐厅的招牌上“婆罗门”一词涂掉的事迹。这幅画中的佩里雅尔蓄长白须，相貌相当威严。他一手拿着石灰刷子，为了够到招牌，他站在一条长椅或板凳上。他冷静地做着那件事，没有任何人干扰他，无论是警察或政治人物或饭店老板或饭店顾客。这幅画用色简单，画面忠实地还原了细节（包括招牌、佩里雅尔站立的板凳或长椅、刷毛末端呈白色的刷子），仿佛是一段著名文字的图解，让人觉得佩里雅尔好像置身于儿童漫画中的宁静世界。

谈到小时候因为穿传统婆罗门服装而必须忍受羞辱时，卡库斯坦说：“如果做得到，我会反抗。我告诉父母说我必须改变生活方式——特别是剪掉丘尔其、穿长裤——这也惹来一阵打骂。我们因为丘尔其而受苦，那是害我们受苦最多的东西。我参与学校体育活动时，如果加入赛跑及一种叫作‘卡巴地’[①] 的比赛，总会遭受许多戏弄。我一跑起来，丘尔其就会松散下垂，引起大家嘲笑。在卡巴地比赛中，对手会抓住我的丘尔其，抓住那绺长发，他们就这样赢得了比赛。

“我在那学校读到了一九五八年，然后进入一所高中读大学预科。讽刺的是，我是因为有丘尔其和种姓圣痣才进了那所高中。推荐我的人是一位婆罗门，他看重的价值跟我们家一样。不过，我在那高中只读了六个月。我的高中同学嘲弄我的程度变本加厉，而他们不再是孩子，而是大人了。

“这一切让我很沮丧。我开始觉得跟父亲完全不同，我求他别让我受这些折磨。但他坚定不移，他说家族名誉和传统比这些一时的经验来得重要。他没能说服我。我从高中辍学，觉得必须独立。”

独立，奇怪的字眼。

卡库斯坦说：“从这些习俗中独立出来。我十六岁了，觉得必须像大家一样过现代生活。”

“离开高中时你不会觉得惶恐？”

“不会。我充满信心，认为一旦离开家就可以做想做的事。我暗中告诉母亲这些，她既同意也不同意。她了解我的感受。”

我试图把三十年前那场戏剧性家庭事件放到我见过的聚落中。在水

①一种在印度十分盛行的传统运动，可能已有四千年历史。参加者分成两队，每队十二人，每次进场七人，五人替补。每半场二十分钟，中间休息五分钟并换场。游戏规则是队员必须一口气跑入对方场地并尽可能触碰他队队员，被触碰到的人即出局。被派出的队员必须持续不断地叫喊“卡巴地”，最后剩余队员较多的队获胜。

井四周的院子里，人们的服装和举止应该更明显符合婆罗门的规定：他们曾经拥有权势，现在却只有在自己这块小天地里才有安全可言。我试图想象父子两人如何在他们家位于聚落中的窄小私人空间里激情澎湃地对峙：这私人空间包括一楼厨房后方的幽暗小房间，以及楼上公用阳台一边的卧室——当你从那排相连房屋一侧的石板水泥窄梯爬上阳台时，可以看见杂草丛生、令人缅怀往昔平静岁月的寺庙花园。

“我在家里待了几天。我父亲非常生气，完全不跟我说话。他不想在家里看到我。我辜负了家人，损害了他的声望。他要我读完大学，找个银行或中央政府的职位，同时继续在我们村的寺庙里从事宗教工作——他是我们村中备受推崇的婆罗门。他会举出几个人做例子，说他们能够二者兼顾——留着长长的丘尔其，同时做着不错的安定的现代工作。

“通过聚落中的朋友，那些年龄跟我一样或稍大的朋友，我在一家灯泡经销商处找到一份小弟的工作，日薪一卢比。那时是一九五九年。不过，由于我们父子关系非常紧张，家里不得安宁。我父母间也有争执，两个人不时会吵起来。他们俩偶尔还会打我。我只好离家出走。

“我决定到已经出嫁的姐姐那边去。她住在韦洛尔，马德拉斯西边一百公里的城市。她丈夫从军队退役后在学校教书。我坐汽车前往韦洛尔，车票钱是卖旧教科书凑来的。我父亲买给我的是新书，我用几乎等于免费的价格卖给一个小贩。

“我离家那天是礼拜六。每个礼拜六和礼拜三洗澡时，我都按传统规矩先全身抹油，我母亲会用肥皂为我洗长头发。那个礼拜六她也照常做了这件事。我在十点半左右吃了早餐，饭后马上溜到车站，没有跟任何人说我要到韦洛尔去。我身上钱很少，只够买到韦洛尔的车票。我从特利普里卡尼走到培里角，在大太阳下走了五英里路，花了一个钟头左右。

“我心中潜伏着恐惧。我做得对吗？我母亲会有什么反应？到韦洛尔路上我一直念叨着这些，途中甚至还考虑转头回家，但心中另一股力量逼我向前——我告诉自己，毕竟我只是到姐姐那边去而已。

“开头几天，我在韦洛尔姐姐家里还受到欢迎。后来，听我解释了来他们家的原因，他们就比较偏向父母亲那一边了。我姐姐写信给我父母，告诉他们我在她那里。我父亲已经暗地里找了我好几天，只是他装出一副不在乎我失踪的模样。

“我姐夫试着替我在韦洛尔找工作，但穆斯林在韦洛尔占绝大多数，我的印度教徒婆罗门外貌对我不利。我跟姐夫去找工作时，人家总是劈头就问：‘如果你要求职，为什么不穿长裤，更现代一点？’尽管已经离家在外，我还是没有勇气剪掉丘尔其或穿上长裤。我进退两难，一方面没工作，另一方面又不能回家。虽然我告诉自己要乐观，还是有好几晚睡不着。

“我大概在姐姐家里待了一个月。然后，我心不甘情不愿地回到马德拉斯。我没有回自己家，而是到我母亲一位朋友那里。那地方不在我们的婆罗门聚落内。

“我母亲这位朋友的儿子也留丘尔其，画种姓标志，很听他父母的话。他在数学和统计方面脑筋非常好，现在他是美国一所著名大学的教授。甚至早在当年我到他家的时候——他比我大两岁——他就已经是天才拉马努金[①] 的崇拜者，他跟他那些同样聪明的同学会针对这位数学家的著作讨论和辩论个好几小时。他们尤其会讨论拉马努金未解决的数学问题。这些男孩是大学生。我听不懂他们的讨论，但我羡慕他们对所学的高度投入——这种投入是我所没有的。

“让我印象最深刻的是，男孩父亲会关心他们的讨论，端来咖啡为他们打气。你可得设想一下，这些讨论是在跟我父亲那座阿格拉哈兰住

①拉马努金（Srinivasa Aaiyangar Ramanujan，1887－1920），印度数学家。

宅同样简陋的屋子里进行的。真是讽刺，我母亲朋友的丈夫是梵文学者，他的儿子是数学天才，我父亲是数学老师，而我却是数学白痴。

“他们的数学辩论会持续到半夜后。我因为无法加入而觉得伤心，那天晚上想到竟然那样让父亲失望，我哭了，真的哭了。”

卡库斯坦热泪盈眶。他想当作没事继续说下去，但三十年前的往事一涌上心头，他禁不住放声哭了起来。他站起来说：“让我休息五分钟。”

他走到旅馆大厅后侧，开始来回踱步：一个矮小、穿婆罗门服装的人——五英尺一英寸或两英寸，引人注目——在那边踱来踱去，与内心的悲痛搏斗着，低头瞧着地面，对旅馆周遭视若无睹，那副心不在焉的样子就像是隐居的僧侣或圣人。

他是为自己落泪，还是因为想到当年若未被迫反抗如今应是另一番景象而落泪？或者，他是为了三十年前让父亲伤心而落泪？两者皆是：他平复心情，回到我身边坐下后说，让他再度感到难过的是两个家庭的不同。

“有十天到十五天之久，我一直处在这种感受中，为了离家辍学而充满罪恶感。我刚提到的那男孩会教我数学，安慰我说情况并非不可挽救，事情还可以解决。这让我有信心再回到学校读书。

“我回到阿格拉哈兰，在那边安顿下来。但我无法复学。那时候是六七月左右。我找了一份工作。我需要钱来应付一些社交需求，像是请朋友下馆子、看电影等等。如果我得依赖我父亲，这些事就都做不到了。其实，在我家这些事是不许做的。我们家里甚至从来不喝咖啡——那是外国东西，英国人发明的东西。即使到了今天，由于它有兴奋作用——咖啡因——规矩严格的婆罗门家庭还是不喝咖啡。

“我回到灯泡经销商处做原来的工作，月薪二十六卢比。我交给家里二十卢比，自己留下六卢比——为了满足我的所有需求，而且没让我父亲知道。那份工作我做了一年。浅尝金钱的滋味后，我也不想再回学校读书了。因此我又恢复了老样子。

“我的工作不轻松，真的是必须到城里各处叫卖，有时候骑自行车，车胎破了就走路。因为天气那么热，轮胎不时会爆裂。这工作实在辛苦，我的健康受到影响，我变得很瘦，饮食不正常，连我父亲也觉得不忍。于是，他为我在一家工程顾问公司找了晒蓝图的工作，每月六十五卢比——我的薪水一下子大增。”在一九六〇年，月薪六十五卢比相当于五英镑。

“有一天，我不小心把一张蓝图烧掉了。工程师扇了我耳光，然后一言不发地走开了。错在我，我不怪他。回家后我把这事告诉了父亲，他要我把它当作生活中逃不掉的遭遇，不用太在意。我听后吃了一惊：我还以为父亲会因为我把蓝图搞砸的事也打我一顿。

“我在那家公司做了九个月晒蓝图的工作，然后被派到公司的建筑工地之一。公司正在那工地为南方一家大型产业公司盖房子。就在这里，生平第二次，我的传统婆罗门外貌及观念又助了我一臂之力。

“那家客户的总经理对我还能严格遵守婆罗门生活方式这件事感到非常高兴。他很高兴见到一个留着丘尔其的婆罗门男孩担任工头，在工地监督——特别是在这个反婆罗门情绪高涨的时候。那是在一九六一年。

“我不知道这位总经理多么重要，手下有多少企业。他问候我父亲，并要我转告父亲，让他来见他。我有点紧张，我父亲也一样。我们不知道总经理要什么，或者他是什么人。他们见面了，总经理对我父亲一见如故。听了我父亲的背景，特别是他对泰米尔语《吠陀经》全部四千节都了如指掌之后，他要我父亲教他泰米尔语《吠陀经》。我父亲答应了。能这么幸运地跟南方一位产业巨子见面，让我父亲高兴得不得了。只是他想不通，我在家里一点也不讨人喜欢，怎么在外头会有那样的人缘。

“我服务的建筑公司为那位大人物做的工程结束后，他把我安插进了他自己的公司。他要我从‘服务员’做起，薪水九十七卢比，其中五十二卢比是基本工资，四十五卢比是津贴。‘服务员’其实只是杂役的另一种称呼。不过，想进入那家公司担任任何职位，就跟今天要跨入 IBM 门槛一样难。我做打字的工作比做打杂的工作还多。最后，我终于开始往上爬，而且没有停过——多亏神的保佑。那时我十七岁。

“公司在韦洛尔开了家分店，我请求调到那里——为了跟我已经出嫁的姐姐在一起，也为了独立自主。一九六二年中印边界战争发生时，我开始对政治积极起来——过去我从未如此。为了这场战争，我捐出了戒指和耳环——这些是我举行入法礼时伯父送我的东西。这让我父母很不高兴，也让我姐姐很不高兴，因为我捐出的东西在我们家族里已经传了好几代。

“有一天德里来了位客人，是一位堂兄。他在一家美国公司的德里分公司工作。他看我一身传统模样颇为吃惊——也惊讶于我薪水的微薄。他要我辞职，搬到德里去。他说，他可以帮我在德里找到工作，只要付出跟我在韦洛尔那家公司一样的劳动，就可以拿到两倍的薪水。这个提议很吸引我，但我不知道父亲会有什么反应。

“如我所料，父亲不太愿意让我到德里去，怕我的行为会更加偏差。有四个月之久，我跟父亲时常争辩，两个人言辞都很激烈。不过，最后还是他为我买了车票。票价大约是四十二卢比，另外他还给了我一些零用钱。家人准备了黑绿豆米饼‘伊德里’、印度薄饼‘多萨’和几种油炸的东西让我在路上吃。他们准备了太多，我只得把吃剩的丢掉。他们怕火车会在路上停下来不动，不想让我因此挨饿受苦。甚至到了今天，南印度的家庭如果有人远行，他们还是这么做的。

“一九六三年五月三日，我终于规划了一条全新的人生道路。我在晚上七点半从马德拉斯中央火车站搭大干线快车离开，四十个小时之后，在五月五日早上十一点半抵达德里——如果依照公历，那天是我的生日。

“我在德里所做的第一件事——遵照我堂兄的指示——是从火车站直接到理发厅去把丘尔其剪掉。那是令人十分痛苦的时刻。整整十八年来，我母亲和姐姐两个人料理我那绺头发——就像照料自己的孩子一样。她们以它为荣，生怕它出了岔子。我的头发长得不得了，比我姐姐的还长。我把头发解开时，它的长度直达小腿。我母亲和姐姐会为我洗头，然后抹油、梳理、编成辫子。

“理发师是个留小胡子的瘦巴巴的年轻人，当他开始试探我——我是否真的要如我所说的那样做——我的痛苦越发深刻。他给我三次机会，用印地语问：‘你真的要……你真的要……你真的要……’我一再回答‘是’，虽然我内心深处在发抖，担心父亲会怎么说。理发师非常体贴，为了给我再考虑的机会，他从下面开始慢慢剪，而不是一下子整个剪掉。那一天，我失去了一切宗教热忱——就像参孙[①]失去他的力气那样。”

故事原本该在这里结束：卡库斯坦逃到了德里，剪掉了后脑勺的发辫，开始了新生活。但他却又回到了当年逃离的聚落，准备终老于此。他的生平包括两次转变；另一天他告诉我的就是他的第二次转变。

卡库斯坦说：“我来到了新德里，往后十六年都住在那里。我在堂兄上班的美国公司找到一个小职位，另外我也替一家工会报纸做速记的工作。”速记，这是南印度婆罗门的古老行业，从执行仪式的工作中自然衍生出来的行业，也是数学和物理才干的另一面。

“我每个月从堂兄的美国公司拿五十卢比，从工会报社拿两百卢比。在工会报社工作期间，我的第二次转变开始发生。

“印度的工会运动遵循甘地哲学的原则：真理与非暴力，责任先于权利，你得先生产才能提出要求。这些道理正是《薄伽梵歌》所传达的，也是印度全国工商总会的纲领。在报社，我们每天工作前都会先举行祈祷会。这对我有不小的影响，我同时也受到马德拉斯地方报《印度教徒》

①古犹太人领袖之一，以身强力大著称，事迹见《圣经·士师记》。

每日言论版宗教专栏的影响。我还读圣雄甘地的著作，特别是他的自传。

“报社里充满了这种宗教和灵性的气氛，外面则是德里生活的种种诱惑，金钱和享乐等等。有一段时间，德里那种生活也吸引了我。这令我担忧——因为我没那种钱。还好，我阅读的宗教书籍开始对我产生较大的影响力。因此，经过一个阶段后我又改变了，我开始过起宗教信徒的生活。

“在这时期，我在德里大学修了个学位，也结婚了。我先前在韦洛尔迷上了我姐姐的女儿，也决定尽快跟她成婚。家人同意这桩婚事，不过我告诉他们，说她必须先读完书。我帮她出教育费用，结婚仪式在她毕业考的最后一天就开始进行。

“我离开工会报社后，曾到几家报社或杂志社从事编辑工作。由于其中一份工作，我于一九八〇年搬到艾哈迈德巴市。那时我三十七岁。我第二个儿子生日的时候，我父亲到那边看我。看到我纵使没有了丘尔其，也终于有了不错的境况，他感到非常欣慰。如果我还留着丘尔其，他会加倍高兴。

“我父亲到那边的第一个早上，他看到我做晨间礼拜。这是我固定做的事，但他还是吃了一惊。我们针对那天早上我做的礼拜以及相关的经文谈了一阵。他指出我做礼拜时所犯的一项错误，并且暗示说，如果我年轻时用心学习，那错误就不会发生了。

“我为那项错误道歉，也为过去发生的一切道歉。

“我请他带我认识我们的传统仪式，我也请他教我那四千节泰米尔语《吠陀经》，以及我们祖居村庄的寺庙执行仪式时，我必须了解的所有其他祷文。

“他说他会教我。他当天就开始教，因为那天是星期五，也是个吉日。十五天之后，他从艾哈迈德巴市回马德拉斯。临走前，他答应我在未来两三年内会每天教我。但他从未回来，离开艾哈迈德巴市六个月后他就过世了。

“他过世后的十一天内，我们举行了一些繁复的仪式。所有来参加的人，包括亲戚和《吠陀经》专家，都赞美我父亲、祖父和伯父生前多么了不起，也称许我们家对宗教的虔诚，特别是我们对村中庙神的奉献。我听他们说，我祖父为了某个仪式做得不正确而跟寺庙祭司发生了一场宗教上的争论，之后他就过世了。堂兄也在类似的情况下过世。他对寺庙所做的某些新仪式提出反对，然后躺在寺庙门口，人们就从他身上踩过。几天后，他因悲伤、休克而死亡。

“听到这些故事，我心想，如果我祖父和其他亲戚可以为了家神抛弃生命，我至少应该学习他们的榜样。

“于是，我决定搬回马德拉斯。

“我在这里找到了工作。我已经有经验，这事就不难了。我到那家公司求职时，向他们提出的条件是不得干涉我的外表——不能反对我在额头上画圣痣、留丘尔其、穿传统婆罗门服装：所有我年轻时未曾了解的东西。我必须让他们接受这条件，因为我回马德拉斯的主要目的是继续履行我家族对村庙的义务。”

我问他：“为什么这样强调外表？宗教虔诚不是存在于内心的吗？”

卡库斯坦说：“如果我们家族的生活和传承中没有对寺庙的义务及荣誉感，那么或许我们的日子会过得更有弹性一点，就像许多婆罗门家庭那样。在所有寺庙仪式里，外表都是最重要的，因为没有那种外表我便没有资格为神做事。外表跟内里同样重要，外表越洁净，内里也越洁净。”

他因为外表吃过苦头。他这可不是空口说白话。

“我是一九六三年离开阿格拉哈兰，一九八一年回来的。我回到我家在聚落中的房子，这番回来我变了许多，成了个完全投入、毫无保留的婆罗门。在我父亲第一个周年祭办完仪式之后，我跟过去做了彻底的决裂：从‘鲁基卡’（世俗工作者）变成‘瓦迪卡’（学者），从涉足人间尘世转为投入精神领域。”

我第一次在迈索尔市听到这两个字眼，告诉我的人是担任迈索尔邦末代大公宗教仪式总监的婆罗门。在那位婆罗门工作的王宫里，奢侈与豪华的程度超乎人类的需求，以致让人觉得，在印度教的价值体系里，巨大财富的作用之一是提醒人们感官的虚幻。但是，大公的巨大财富却没有成为婆罗门生平故事的一部分。人类的物质需求是有限的：那位婆罗门讲述其生平故事时所在的简朴小房间正透露了这个讯息。

卡库斯坦住在几间他从小熟悉的小房间里，而他住处所在的阿格拉哈兰或聚落也透露着同样的讯息。在基督教的观念中，善与恶是两股永远对立的力量。在印度教或婆罗门的思想里，对立的是凡俗尘世与精神生活，你可以从一个领域退回另一个领域。当你在尘世得不到凭依时，可以转入精神世界，把尘世看作幻象。

卡库斯坦说：“那时候，就在我父亲过世一年后，我变成了现在的我，你眼前的这个人。那时我决定要尽可能过瓦迪卡的生活，承受一切必要的辛苦和锻炼。”

“什么样的辛苦？”

“我不在外面吃东西，只能吃在家里向神献祭过的东西。”因此，厨房旁边神像前的油灯长明。“我甚至不能在外面喝水，也不能跟不洁的人在一起。因为如果我违反了这些规定，我会玷污我们寺庙的神。

“现在我在聚落里过着彻底的婆罗门生活。我生命中突然的转变以及目前严守戒律的生活方式都得到了别人的赞许。我们家过去没有钱，这也是个贫穷的聚落——住的是收入有限的低层中产阶级。虽然神的恩宠和祖先的庇佑让我有不错的经济条件，但我还是不想住在别的地方。跟这些我熟悉的人住在一起，我能得到无比的幸福和安宁。”

我们在好几天内数度见面，地点或是我投宿的旅馆，或是聚落里。有时候，卡库斯坦到旅馆来找我，再带我回聚落，有时他差遣他那十几岁的儿子来接我。儿子比父亲高了好几英寸，但不像父亲那样结实，眼神也比较柔和。

姑且不论卡库斯坦为自己做了什么选择，他对儿子有很高的期望，要求他在功课上有优异表现。犹如多年前卡库斯坦的父亲可能会找个人来劝说卡库斯坦一样，如今在我们最后一次见面时卡库斯坦请我跟他儿子谈谈，让这男孩知道上进，好好读书。

卡库斯坦说，这孩子太贪玩。譬如说，那天早上他就出去打板球了。那还算好，我说。不错，卡库斯坦说。可是，那天下午男孩又出去打板球了。

我们正要回聚落，卡库斯坦想出一个简单的办法来制造机会，以便我能跟他儿子私下交谈。我们——卡库斯坦和我——上楼去了那个直接面对聚落庭院、一侧是围墙环绕的寺庙花园的阳台。接着，男孩会端茶上来请我喝，卡库斯坦就在此时借口下楼去洗手间而离开。

就这样，在聚落里，男孩端了一杯茶到阳台上来请我喝，我们开始交谈，而楼下那头——在卡库斯坦身为君主的领域里——穿着婆罗门服装的卡库斯坦充满自信，从容穿过午后人多的庭院，经过水井，走向角落的厕所。

这男孩热爱板球。他说，打击和投球他都喜欢。我欣赏他对这种运动的热衷态度。我实在狠不下心依照卡库斯坦的吩咐对他来一番应该好好读书的说教：我实在看不出，在聚落的环境中，谁有办法好好读点书或做功课。有天晚上，我在一条从大门通往里面的铺石小径上看到一个小男孩盘腿坐在他家小屋外，那条小径灯光幽暗，在那片黑暗中，在他面前摆着一本翻开的书：为了父母而表现的用功之状，这情景让婆罗门的好学精神缩水为徒具外表的仪式。

我问男孩——卡库斯坦的儿子——他将来想做什么工作。他柔和的眼神中出现了惊愕。对他来说这是个老问题，从我口中提出却令他感到不安。他可能会做速记员，可能会到公司上班，就看“命运”的安排了。

他谈起命运可让我吃了一惊。卡库斯坦从未提过这个话题。问题是，卡库斯坦自己的整个年轻时代都处于叛逆中。他的儿子现在大体上是属于聚落的年轻人，他的想法和抱负并没有超过那里其他的年轻男子。我相信，卡库斯坦希望他儿子多一点进取心，但我不想对这男孩强加说教。他还要好几年才能拿到学位，踏入社会工作，在那之前，他的世界和观点都会有所改变。

卡库斯坦回到阳台后，我告诉他，男孩不会有问题的。从他对板球的热衷可以看出他是有干劲、可以放心的，只要时间一到，读书和职业两方面的事自然会圆满解决。这些话至少让卡库斯坦安了半个心，他露出满意的神色。我们转而谈起别的事。

那是个星期天的向晚时刻，仍然是马德拉斯的冬天。阳光柔和，阿格拉哈兰里气氛平静，庭院里每个人似乎都在玩着游戏。

阳台上有棵老树洒下阴影，卡库斯坦和我就坐在树荫里、他卧室前的水泥矮墙上。我请他就我们眼前所见的庭院情景谈一谈。

我有没有注意到电视天线？一共有二十个，他说。聚落里甚至有几台彩色电视。人们已经不像过去那样跟外部世界隔离了。

“瞧瞧那几个女孩，”他说，“在那边跳绳。”

女孩跳绳，这倒很容易不被当作一回事。可是，他说，大约二十年前，那些女孩可不能在无遮拦的院子里那样玩耍。那些女孩将届青春期，如果是二十年前，她们在这个年纪已经要开始被囚禁在隔离小房子里了。

还有，卡库斯坦说，我曾提到聚落中有些人脸色苍白、身体虚弱。现在倒有些婆罗门男孩会做运动了。譬如院子对面那个男孩，在穿长裙的女孩跳绳处再过去两三间房子的地方——那个男孩就在做运动。那男孩是个年轻人，光着上身，姿态优雅，身材不高。他有见诸许多类印度雕塑的那种体格：肩膀宽阔、腰身纤细、躯干匀称，体力和张力都潜藏在内，不透过肌肉的起伏或凹凸呈现。

卡库斯坦赞许那名男孩，他对健康问题相当关心。他自己身材瘦小，他父亲也身材瘦小，两人在城里都蒙受嘲弄和肉体折磨。

在阳台高处，我们谈论着那位做运动的年轻人以及他父亲。年轻人在哪里运动？就在这里，人来人往的院子里，没人会在意。他家一共十个人。那十个人住在我们见得到门的那座单间小屋里。父亲是听差，或称办公室服务员，花那么多时间锻炼身体的儿子只是个小职员。

我对卡库斯坦说："他有不错的婆罗门面貌。"

"还有肤色。"卡库斯坦点着头说。

这会儿他显得局促不安，放低了声音：一个女人刚刚来到阳台，他说，我挡了她的路。我坐在卡库斯坦楼上房间前的矮墙上，两条腿伸到沿着阳台边缘的通道上。如果那女人试图通过，她可能会碰到我，那可是行不得的，她也不能直接对我说话。我站起来，那女人一言未发地走了过去，三四步后，转入自己的小空间。

第一次到聚落时，卡库斯坦的话让我认为这个小区因为对外面世界做了太多妥协而正在衰落。现在我才明白他的意思正好相反。这个小区正在学习适应：这是它的活力所在。

他说："只要世界还存在，婆罗门总会活下去的，社会少不了婆罗门。"

维拉曼尼先生身材矮小，精神抖擞，穿着长下摆的黑衬衫，下摆按照印度人的穿法垂在裤外，而不是塞进裤里——这位维拉曼尼先生照料佩里雅尔提达尔，使佩里雅尔的影响力在泰米尔纳德邦延续。

佩里雅尔逝世于一九七三年最后一周，享年九十四岁。佩里雅尔的第二任妻子继任为运动的领袖。五年后她去世，维拉曼尼先生升为领袖。

当时，运动似乎已经失去方向，不再具有政治或社会方面的意义。现在，由于原先的达罗毗荼政党在选举中获胜，运动似乎又再度登上了舞台中央。

作为佩里雅尔哲学的传人，维拉曼尼先生前往邦内各地发表演说，主持佩里雅尔式自尊婚礼。泰米尔纳德邦内许多人不会读写，因此演讲具有重要的作用。人们喜欢听演讲，听文字的声音，维拉曼尼先生说，必要时，他可以一次说上两个钟头。至于自尊婚礼，他每个月只主持八到十次，每年一百二十到一百五十次左右。次数并不多，不过，维拉曼尼先生说，理性主义者在邦内人口中只占了“微小”的一部分。虽然如此，他不认为他的任务就变得比较次要了。这任务在于尽量把佩里雅尔的主张流传下去。因此，他管理着遗物：佩里雅尔的床、佩里雅尔所收到的各种礼物；他向人解说展览厅中那三十三幅描绘佩里雅尔漫长生涯事迹的画；他出版小册子；他带领访客参观佩里雅尔的坟墓，念出刻在四周灰色花岗岩上的那些佩里雅尔较为著名的话。如果没有他这几年来的努力，维拉曼尼先生说，佩里雅尔的主张一定会受到曲解。

维拉曼尼先生一九三三年出生于小城古德洛尔[①]。他父亲是个裁缝。缝制衣服是“进口”的行业（犹如咖啡是“进口货”），因此不像纺织那样属于某个种姓。古德洛尔是海港，除了本地顾客外，维拉曼尼先生的父亲也为外国船员缝制一些衣服。因此，维拉曼尼先生的父亲相当富裕。但他的大部分积蓄先是花在一桩诉讼案上（他是击棍和摔跤高手，并传授这两种武艺，由于某种间接的关系，他被卷入当地的一场争执）。然后，他罹患血丝虫病——由不干净的水所引起——剩下的钱都用于医疗开销。

维拉曼尼先生有位老师是佩里雅尔的崇拜者，也是自尊运动的重要分子。这位老师——维拉曼尼先生认识他时，这位老师大约二十八岁到

①泰米尔纳德邦西部古德洛尔地区首府，拥有多座古庙，是旅游胜地。

三十岁——把原来的名字苏婆罗门尼安姆改成“达罗毗荼曼尼”，意思是“达罗毗荼要人”。他也说服维拉曼尼先生改了名字：从“沙兰伽潘尼”，一位神祇的名字，改为“维拉曼尼”，意为勇敢之人、英雄。

在大约十岁时，维拉曼尼先生曾在一出校内戏剧中演出，达罗毗荼曼尼先生对这个男孩的天分非常欣赏，于是开始撰写关于自尊运动的讲稿，让男孩在群众大会中宣读。一九四四年，古德洛尔举行了一场达罗毗荼大会。佩里雅尔前来参加。另外还来了一位著名的持无神论的泰米尔诗人，他同时也是佩里雅尔的追随者。诗人叫巴拉提达萨姆。他时年四十七岁，出身属于织工种姓，在本地治里（当时是英属印度包围着的法国殖民地）过着极度贫穷的生活。他被比拟为运动中的雪莱与惠特曼[①]。他有一首诗常在自尊运动的演讲中被引用。下面是维拉曼尼先生为我做的翻译：

> 世界犹在黑暗之中。
> 以种姓为宗旨者依旧我行我素。
> 借宗教吓人者依然飞黄腾达。
> 这一切骗人把戏何时告终？
> 此等骗术一日未除，
> 自由权利只是恶毒。

不像佩里雅尔那样是个矮而肥硕、面貌慈祥的老人，巴拉提达萨姆令人生畏。他身材非常高壮。他缠腰布，穿衬衫，披红色披肩——红色代表他们所进行的革命运动。他容易发脾气，喜欢有话直说。

---

①雪莱（Percy Bysshe Shelley，1792－1822），英国浪漫主义诗人，赞颂革命，抨击封建统治和传统。惠特曼（Walter Whitman，1819－1892），美国诗人，背离传统诗体，勇于创新，其诗作描绘了美国劳动阶层的生活，传达了强烈的民主精神。

就在这个人和佩里雅尔面前，十岁的维拉曼尼先生宣读了他老师写好、要他在达罗毗荼大会上宣读的讲稿。这篇演讲运用了佩里雅尔最无保留的反婆罗门、反印度教论调。它的主题在于揭穿一则印度教神话的荒谬：根据这则神话，婆罗门从梵天大神的头部生出，刹帝利（武士）从其双臂生出，邦尼亚（商人）从其大腿生出，首陀罗从其双脚生出。十岁的男孩问与会者：不是女人怎么能从这么多不可能生育的身体部位生出人来？

佩里雅尔很欣赏这次演讲，从此之后，维拉曼尼先生便成为自尊运动的正式演讲者之一。在传单上他被称作十岁的理性主义者，过了不久他就开始撰写（或起码是拼凑）自己的讲稿。

一九四九年，古德洛尔大会五年后，运动里发生了一次分裂，起因是已届七十高龄的佩里雅尔决定二度成婚。

他要娶的人是韦洛尔一位木材商的女儿。那家人是运动的支持者，佩里雅尔到韦洛尔时经常待在他们家里。那位女儿正在接受教职训练。不过，她母亲虽是佩里雅尔的追随者，却仍受传统观念影响深重，总希望女儿放弃教书的念头，早日嫁人。女儿当时二十五岁，被认为年龄很大了。当女儿得知母亲为她所做的打算时，她离开韦洛尔的家，寄住到远方一位学校教师的家里。

佩里雅尔认识那位女儿。听到发生的事后，他把那女孩从教师家带走，安置在自己位于小镇伊洛德的房子。他不让她回到她母亲那边，让她当他的秘书，她也变成了他的护士。六年后，他们结婚了。那时她三十一岁，佩里雅尔七十岁。

这是维拉曼尼先生告诉我的故事，他因为还怕我不了解为什么佩里雅尔这么大岁数了还要结婚而做了进一步解释。佩里雅尔累积了不少财产。他不想把这些财产传给亲戚，而是希望将其用于运动，他认为达到这心愿的最好办法是把财产留给他的秘书兼护士。不过，根据印度法律，他们必须结婚，她才能成为法定继承人。

并非所有人都明白这个动机，于是运动中一个重要派系脱离出去自立门户。但是，维拉曼尼先生——在这阶段是十五岁的理性主义者——依然忠于佩里雅尔。他上大学时忠诚如故，开始学法律时还是忠诚如故。然后，当他还在研习法律的时候，重大的事情发生了。

一九五七年，佩里雅尔因为焚烧印度宪法而被判刑六个月。（佩里雅尔的遗物展览室里有一幅描绘这件事的图画，其表现方式拘谨、清晰、冷静。）在此之前，维拉曼尼先生只是运动的宣传者，他虽然干劲十足，也拥有名望，但毕竟跟佩里雅尔还有点距离。现在，伟人身陷囹圄，维拉曼尼先生则陪着佩里雅尔的妻子曼尼亚麦夫人——维拉曼尼先生如此称呼她——前往邦里各处访问。

出狱后，佩里雅尔召见维拉曼尼先生。佩里雅尔人在蒂鲁吉[1]，维拉曼尼先生立刻赶了过去。

佩里雅尔问他："你未来如何打算？要结婚吗？"

这是个出乎意料的问题，因为佩里雅尔反对早婚，他认为早婚会妨碍非婆罗门地位的提升。维拉曼尼先生这时二十五岁，还要一年多才能从马德拉斯法学院毕业。

维拉曼尼先生说："先生，我认为在这阶段没有必要结婚。我在经济上还未独立，而且我希望为党尽最大的力量。"

佩里雅尔说："但我完全是为党着想才建议你结婚。"

佩里雅尔希望维拉曼尼先生娶的女孩或年轻妇女，是佩里雅尔一九三三年为之主持自尊婚礼的夫妻的长女。由于有人在一九五二年向法院质疑这桩自尊婚姻的有效性，它已经成为具有政治意义的著名案例。

---

①即蒂鲁吉拉帕利（Tiruchirapalli），位于高韦里河畔，是泰米尔纳德邦的新兴商业中心。

不过，除了因为主持过婚礼而产生的情谊之外，佩里雅尔要维拉曼尼先生跟那对夫妻的女儿结婚的真正原因在于他们是富裕人家，父亲属于商人社群，母亲出身地主家庭，跟他们的女儿结婚可以让维拉曼尼先生把全部时间用来为运动工作。

明白这点之后，维拉曼尼先生对佩里雅尔说："如果这样对党最好，我会听从你的指示。"

于是，曼尼亚麦夫人去找维拉曼尼先生的父母，告诉他们其儿子即将结婚的消息，然后她又带维拉曼尼先生到蒂鲁安那马赖那女孩的家中。他们搭火车又坐汽车，最后终于抵达女孩和她母亲所住的农庄。农庄四周有不少肥沃土地——稻田和花生田。经过一阵寒暄后，女孩从里面端出一些食物来招待客人（古老仪式的奇怪残留），然后又回到里面。其实，通过维拉曼尼先生出场的大会，女孩对他已经很熟悉了。

婚礼在六个月后举行。佩里雅尔和曼尼亚麦夫人以他们自己的名义发出请帖，因此那场婚礼聚会像是另一次达罗毗荼大会。结婚典礼本身在一个星期天的下午五点举行。他们摆明了故意挑选这个时辰，就因为正统印度教徒认为那是特别不吉利的，无神论诗人巴拉提达萨姆——运动里的惠特曼——朗诵了他为这场合所写的一首诗。

后来还发生了奇怪的续曲：维拉曼尼先生的最后一次法学考试中有一道关于他岳父母一九三三年那桩自尊婚姻的题目。

正如佩里雅尔所盼望的，维拉曼尼先生的婚姻让他得以全心全力为达罗毗荼卡扎甘姆——达罗毗荼运动——工作，继续宣扬佩里雅尔的功名和主张。如今，经过三十年来的起起落落后，在马德拉斯许多地方都可见到比真人还大的佩里雅尔画像，而继承了使命的维拉曼尼先生则在马德拉斯到处受到英雄式的欢迎。

维拉曼尼先生所住的房子属于他妻子所有，位于马德拉斯的阿迪雅尔区，靠近神智学会总部。那是一栋建成十五年的混凝土大房子。房子共有三层，维拉曼尼夫妇住了一层。

客厅一面墙上高处挂着一幅佩里雅尔与曼尼亚麦夫人黑白大合影。佩里雅尔坐在椅子上，握着那支有弯曲把手的坚硬拐杖。现在我对他外貌的其他部分已经很熟悉了：卷曲的大胡子、腰布、披肩、黑衬衫。曼尼亚麦夫人穿着黑色莎丽站在佩里雅尔椅子旁边，她眼神稳定，身材丰满但结实，右手搁在椅背上。

那幅照片摆在维拉曼尼先生客厅显眼的位置可说是适得其所：佩里雅尔那次婚姻是为维拉曼尼先生的婚姻做了前导的示范。

维拉曼尼夫人奉完茶后又退到里面：她顺从、慎行、寡言，但仍然像是个为使命而尽力的人。但是，她的举止却是那么庄重，那么矜持，那么谦逊，如果你不知道那使命是什么的话，可能完全猜不到。

在那样的家庭气氛中，在佩里雅尔的照片下面，维拉曼尼先生向我谈起佩里雅尔务实的一面。他出生于富裕的商人家庭，后来又靠自己变得更加富有。

“他做事很小心。他不但是人权的监督者，也是党拥有产权的监督者。他通过投资工厂和银行，把那些产权增加了好几倍。一九七三年，他——或他的党——财产值超过两克洛尔。”即两千万卢比，相当于一百万英镑。“现在那些财产大约值十克洛尔。”四百万英镑。

“人家会给他钱。当他有了——譬如说——九十九卢比时，他会向曼尼亚麦夫人要一卢比，并且把那总共一百卢比换成纸钞，这样他就不太可能把那笔钱花掉。曼尼亚麦夫人会笑他。”维拉曼尼先生也笑了。“‘节俭，你的名字叫佩里雅尔！’泰米尔纳德邦每个人都知道这一点。他替人家签名时要收钱。他叫人家不要送他花环，而是给他两个卢比。”

他演讲要收费，他每天做两三场演讲，平均每天搭乘支持者送他的旅行车赶两百英里路。他的最后一场演讲发表于去世之前五天，当时他九十四岁。他七十岁时跟曼尼亚麦夫人结了婚，好让她能够继承财产，但他们的婚姻历时二十四年，曼尼亚麦夫人也只比他多活了五年。她去世后，衣钵传到维拉曼尼先生手中。

维拉曼尼先生的长子是工程师，目前在波士顿进修。他的次子拿到了贸易方面的学位，现在经营塑料类生意。他长女也在美国，正在修读信息系统的硕士学位。维拉曼尼先生的父亲生前在古德洛尔当裁缝，他的孙辈如今所拥有的机会和条件是他想象不到的。

挂着佩里雅尔夫妇照片那片墙的对面墙上，有个一九八九年“泰米尔猛虎组织”[①]的月历,吊在一个书架上方。月历中是“泰米尔猛虎组织”两位领袖皮拉巴卡兰和马泰雅的彩色大照片。他们身处阳光强烈、看起来温度很高的森林，穿着迷彩游击军装。他们两人都身材肥胖，大腹便便。他们笑着,仿佛自己也觉得为了拍月历照片而穿上的制服荒谬可笑。但他们可一点都不是闹着玩的，他们已经把斯里兰卡搞得天翻地覆。他们一九八九年的月历就挂在这里，在维拉曼尼先生的客厅里。泰米尔纳德的理性主义运动和反婆罗门运动也同样看重泰米尔民族的荣耀——过去的和现在的。

在来到马德拉斯之前，我几乎不知道佩里雅尔这名字，我从未听人提过维拉曼尼先生。但四十年来，维拉曼尼先生一直处于一场地域性巨大革命的中心，由于印度独立之后的经济发展和知识扩张，这场革命有了小型战争的趋势。到目前为止，维拉曼尼先生属于胜利的一方。

卡库斯坦的情况则不一样。他退缩和逃避了大半生——直到亲情和孝心使他回头，刻意采用一种古老的生活方式。或许，拿维拉曼尼先生跟卡库斯坦做比较并不公平，或许比较恰当的比较对象是那些从旧学转向新学、从寺庙仪式转向科学的婆罗门，那些以较激烈的方式（几乎跟

①南印度泰米尔人后裔以北斯里兰卡为根据地的武装力量，成立于1976年，主张从以信仰佛教的僧伽罗人为主的斯里兰卡独立，建立一个印度教的泰米尔国。

维拉曼尼先生一样）挣脱旧窠臼的婆罗门。

由于马德拉斯有寺庙雕塔、黑绿豆米饼和“多萨”等特别食物、独特的音乐和舞蹈、收藏着精美青铜器的博物馆，访客会以为这城市的文化仍然完整而有活力。过一段时间他们才明白这里发生过一场权力转移，虽然婆罗门还是乐师和舞者，还是厨师，还是庙里的祭司，他们却已处于逆境，必须采取守势。

一个文化的衰落不能不让人感到悲伤。但是，婆罗门的诉求运动——如果有这种运动的话——必须跟印度的所有其他诉求运动放在一起考虑。我们最好把一个文化的衰落——维拉曼尼先生的崛起、婆罗门的出走和转变——看作是一场更广泛的前进运动的一部分。

达罗毗荼运动的无神论诗人巴拉提达萨姆披红色披肩——红色代表他们发动的革命。从达罗毗荼运动衍生出的政党的旗帜是红黑两色——红色代表革命，黑色代表达罗毗荼的诉求。将红黑这两种颜色放在一起，可能被视为代表了泰米尔纳德邦所有蒙受屈辱、受到伤害的人，所有南方婆罗门站在格外僵硬的立场上视其为异端的人。但是，达罗毗荼运动却只代表中层种姓——佩里雅尔本人即属于商人种姓，而这些种姓在印度其他地区的种姓体系里倒还有不算低的地位。就像印度一向的情况，在这些如今得胜的中层等种姓之下还有其他种姓。后者也觉醒了，他们也开始提出要求了。

七八年前，泰米尔纳德发生过一场农民运动。运动被平息了。自从独立以来大约四十年间，印度政府必须应付国内许多地方许多类型的运动。政府已经学会如何处理，知道何时该强力镇压，何时又该放手不管。

那次农民运动的参与者有一些还活着。他们已经恢复平民生活，境况可能比过去任何时候都好。警方掌握着这些人。通过警方的安排，我与其中两人见了面。

警方将他们从一个偏远的地区传唤过来，见面地点就在我的旅馆房间。一位便衣警官跟他们一起来。我这边则请了两位新闻记者，一位是来帮忙翻译的负责犯罪新闻的记者，另一位是来观察的体育记者。因此，旅馆房间里共有六个人。人多当然就需要讲究礼仪，旅馆的茶点和殷勤的客房服务侍者令每个人都有点不自然。

我不知道该怎么看待那两位往昔的叛乱者。他们肤色很黑，体格结实，穿着类似制服的东西：长腰布及松垮的米黄色衬衫。他们头发浓密，涂了不少油，从额头及鬓角往后梳，在衣领正上方的后脑勺部位修剪成一条直线。

两人当中年纪较大的代表发言。他体格较壮，鼻子较大，皮肤较光亮。他说他哥哥是共产党员，他的思想就是被这位哥哥——后来被一个地主杀死——灌输的。他，说话者，又向在场的另一位灌输，后者年纪较小，是他的小舅子。他父亲在铁路局的小卖部工作。有一天，父亲的脚趾在调车厂的事故中被碾断。儿子于是向铁路局求职。他原本应该得到一份职位：铁路局的惯例是员工受伤而必须退休时，出于体恤会给这位员工的一位家人工作。但因为别人向副站长或地位相当的主管行贿，这个儿子并未得到工作。

警官点点头。在那个阶层，就是如此这般——警官会表示同情倒有点不寻常。两位记者也同意，那类工作就是这样搞的。

他们村里的婆罗门很少。住在那片地区的大多是落后的种姓和“阿迪达罗毗”，即最早的达罗毗荼，还有原住民、部落民族。这些人深受大地主或称“柴明达尔”的无情剥削。凡是土地超过五十英亩的人在这里都算是大地主。许多柴明达尔属于来自隔邻安得拉邦的瑞迪雅尔社群，但也有阿迪达罗毗荼的柴明达尔。

柴明达尔以三卢比的日薪雇用女人，五卢比雇用男人。当时的最低工资是女人五卢比，男人九卢比。左派分子的目标是挑起雇用者与地主之间的敌对。为了达成这目标，他们告诉被雇用者关于最低工资的规定，鼓励他们向地主提出要求。地主通常会拒绝，而从其他村庄找来被雇用者。有时候，地主会采取比较粗暴的手段。这两人中年纪较大者的哥哥被一位柴明达尔杀了。之后便只有宣战一途：那位柴明达尔必须偿命。

他们前后三次企图对柴明达尔下手。他们跟踪他，然后有一天当他乘坐汽车时，六个左派分子也随着登上巴士。但什么也没发生。因为顾虑到其他乘客，他们犹豫不决，在一阵混乱中，柴明达尔趁隙脱逃。第二次，他们一大早在田里等柴明达尔。他出现了。他们对他开枪，却没射中。第三次，他们终于得手。八个人出动突袭了柴明达尔的住宅，投掷了几颗手榴弹。他们杀了三个人：柴明达尔、他的情妇和一名婴儿。他们事先不知道屋里有婴儿，婴儿丧生的事令他们很不安。

在这之后，他们只干过两起杀人事件。这时他们只是遵命行事。所谓命令倒更像是决定：这些决定是在集体会议中达成的。他们的目标是推翻政府，如果对象是被他们认定为“敌人”者，他们的目标很简单，就是将之灭口。

然后警方开始行动。他们从左派分子出没地区的外围夹攻，或是说放置一支“扳手”，再逐渐把扳手扭紧。三十个左派分子被杀。旅馆房间里的这两个人幸运逃过一劫。他们在一段时间前已向警方投案，事发时正因谋杀柴明达尔与其情妇及婴儿的罪名被关在监狱中。（以上是我当时听到的说法：这部分有点模糊，也让人觉得其中有蹊跷。但由于场合拘束，由于从原话到翻译之间的时差，由于翻译颇为扼要笼统，我当时没想到多问。到了后来才发觉这地方明显模糊不清。）

警方没有足够证据起诉这两个人。他们找不到证人，因为这两个人在开庭前十天就发出警告，说谁要是出面指证，第二天就会没命。在旅馆房间里，那人说这段话时相当冷静，便衣警察则点头、屏息，也是冷静以对，仿佛这全是不得已的事。

这两个人最后被释放了。由于他们所属的团体已被除掉，他们没有旧窝点可以回——说到这里，虽然没人问起，他们两人都说自己未曾出卖团体中的任何人。年纪较轻的小舅子说，警察砍断了他一只脚的“脚神经”。他让我们看他穿凉鞋的脚，脚背上有条黑色疤痕，看似烧伤的结果。较年轻的人说，纵使受了这种刑，他也没出卖任何人。警官听了并无不安之色，也没有干涉之意；似乎那只脚和神经的可怜遭遇也是不得已的事，而且大家都知道这点。

通过警方协助——无疑也是政府的罪犯改过自新政策之一——这两个人做起了生意，但都做不好。年纪大的做西红柿买卖，但不知何故决定要把西红柿远远运到加尔各答去卖。他赔了两万五千卢比，大约一千英镑。小舅子则开始制作“毕迪”，一种廉价小雪茄，他说他的工人卷款逃跑了。两人都没有因为经商失败而显得丧气，看来都是一副心满意足的样子。

听了这些，我不知该做何反应。他们很少使用形象化的字眼，没有谈到什么细节。这或许是因为翻译的关系，或许是因为见面场合的拘束，或许是因为他们已经讲腻了这些故事。他们让人有一看就知道底细的感觉。我想起在孟买见到的那几名帮派分子也是如此，他们——那些帮派分子——一看就知其底细，因为他们毕竟过的是非常单纯的生活。或许，像这两个人可能扮演的那种革命小兵也必须由单纯的人来充当，而他们所接受的讯息必须简单得符合他们的能力和需求。

我问他们对佩里雅尔有什么认识。这一问，他们话可就多了，就算是在犯罪新闻记者的翻译里，他们的回答恐怕比先前说过的所有话还要多，原因可能在于这不是他们预料中的问题。

年长的那位说，他们尊敬佩里雅尔，他父亲曾经是佩里雅尔的追随者。但佩里雅尔只向种姓制度挑战，他没有想到阶级问题。“他把我们唤醒，但我们的斗争没什么用得着他的地方。”这是记者的第一次翻译，后来他做了修正。用比较直接的译法，他说的是“我们没有关联”。这就更能点出达罗毗荼运动和左派分子之间的种姓差距。

我问他们佩里雅尔主张中反宗教的成分。年纪大的那位说他们对宗教并不热衷，倒是他们的女人还虔诚信教。不过，连女人也开始不请婆罗门来做仪式了。

这听起来是实话。因此，就在会谈快结束时，我开始觉得——且不管他们跟警方的关系如何——这两个人对自己的描述应该没有虚假。

离开前，那位小舅子向我借用卫生间。我有点疑虑，但警官挥手叫他进去。我们等着，听不到冲马桶的声音。接着那个人走出来，小心翼翼把门关上。

后来，我打开那扇小心关上的门，看到马桶没有冲水，而且坐垫和地板上洒了尿液。这只是因为缺乏使用马桶的经验？或是这个参与过阶级战争的人对厕所的不洁也有根深蒂固的种姓态度，因此根本不会留神理会这么不洁的地方，这个该由别人去理会、去清洗的地方？

一两天后，我跟那位体育记者苏瑞希讨论了这点。他说这两个人属于下层的最下层。虽然我可能丝毫没留意，不过他们在旅馆大厅里可会相当引人侧目。他们比首陀罗还低了许多，达罗毗荼运动远远触及不到他们。对于什么在宗教上算是洁净或不洁，他们有没有任何概念？苏瑞希说，在他们那个阶层，虽然上层的人可能不容易看出种姓和社群的差别，它们还是被严格遵守的。

那两个人的衬衫、长腰布和抹油的长发，大概是模仿了热门泰米尔语电影里的哪个明星。他们对外貌这样注重表示他们已经在往上爬升，去掉了原来的乡土味。他们的肚腩也算是自力更生后自重的一种表现。他们说已经放弃革命，现在只想照顾家庭。不管他们的故事里可能有别的什么含糊之处，苏瑞希说这话听来倒不假。

我去向蜜糖告别。他总是在那一楼的小公寓里，受名声之累而不能脱身。

我抵达时，他正在替一个人看星象，那人带来了电脑打印的两幅命相。蜜糖正为一桩拟议中的婚事提供命理上的意见。他的看法坚定。女孩的命相不配，大约在六个月内男孩会找到更合适的对象。那位求问者——一个高级公务员，似乎不介意。他是男孩那边的人。在安排嫁娶这件事上，男孩是予取予求，女孩及其家人则须看人脸色。

我问："女孩的命相不好？"

"不是不好，"蜜糖说，"是不搭配。"

看着他带着自己排解不掉的忧郁，毫无保留地断言别人的未来，我委实觉得奇怪。尽管他说过来找他的人是如何自私，何等虚伪，尽管他说过不想再干下去，我觉得他还是以圣人之职为乐，以圣人之名为荣。

接着，他大概是想到应该给我什么礼物。他以现在对他而言乃是自然的方式送我礼物。

他从小房间另一头看着我说："一九六二年我在喜马拉雅山见到你的时候，你的脸色明亮。那是你吸引我的原因之一。现在你看来不对劲。是因为生活，还是工作？"

我说："我在一九六二年更不对劲。不过那时我比较年轻，像你一样。"

"你会再来马德拉斯吗？来看我，两年之内来看我。"他这是把他的预言能力用到了自己身上。"过了两年——"

他摇摇头，瘫坐在椅子上，病痛和孤寂现在像是他身上无以化解的压力，他把这个他划定为自己天地的小空间收入眼里——这个起居室兼卧室，我第一次看到的那堆杂乱家具已然清除，墙上挂着圣像，吊柜里堆放着他的头痛药丸。连着这房间的走廊一边是他自己无力清理又不得让别人清理的厨房，另一边是摆着令人生畏的神像的神坛——这个他即将离开的小空间。

第五章　战役之后

一九六二年，我对英国人留下的建筑大多未加特别留意。由于我在特立尼达已经和英国有过接触，印度的英国建筑在我看来似曾相识，不足为奇。或许也因为一九六二年印度刚刚独立了十五年，在那个年代，我只顾把英国建筑当作陪衬的背景看待。我向往的是印度过去的成就。甚至连新德里那几座鲁琴斯[①]的著名建筑我也不认为有什么特别可观之处，我觉得其规模过于炫技，我也在他的纪念性建筑中寻找他从莫卧儿建筑师承袭的主题，我在他的模仿修改里看到了更多夸耀的成分。

我甚至也用这种偏颇的眼光看待较不重要的英国建筑，包括在乡下为官员所盖的平房和别墅。这些屋舍住起来舒适，它们有柱廊和阳台、厚墙和高顶，有时窗户上方还有额外的窗子或开口，因此颇适合当地气候。但在印度贫穷乡间的衬托之下，它们显得太豪华。它们似乎还夸大了印度气候的恶劣程度。因此，虽然这些英国建筑完全属于印度，它们

①埃德温·鲁琴斯（Sir Edwin Landseer Lutyens，1869－1944），英国建筑师，就读于伦敦皇家艺术学院，后以乡村建筑而闻名。著名作品有伦敦白厅的战争死难者纪念碑、新德里城市规划及其富丽堂皇的总督府。

却仿佛把印度远远隔离在外。

但是，岁月飞逝，我们的感觉和观看方式也会随着变化。印度人已经在独立后的自由印度建设了四十年，他们在这段时间所建的东西令人更想看看之前的建筑。在自由印度，印度人像没有传统的民族那样建造，他们基本上是在呆板、肤浅地模仿国际风格。难以理解的是，印度人不像英国人那样，实际上不以印度气候为考虑。他们太执迷于模仿现代风格，大多数这样盖出来的房子——孟买那些单调乏味、方方正正又靠得太近的高楼，勒克瑙及马德拉斯的钢筋水泥怪物，新德里的住宅群落——只会使艰苦的热带生活更加艰苦，更加炎热难受。

自由印度的大多数建筑非但未能激发人们对美丽、雄伟和希望的欣赏——比起有钱人，陷于极度穷苦的人可能更需要这种振奋精神的情怀——它们反而助长了印度的丑陋、拥挤以及日渐严重的肉体煎熬。一个热带贫穷城市的恶劣建筑不仅涉及美感问题。它们糟蹋了人们的日常生活，磨耗人们的精神，引发了可能会四处流窜的怨怒。

比起任何殖民时代的英国建筑，这样的印度建筑都更加无视使用者的需要；因此，英治时代公共工程部所建的最简单实用的平房现在看起来像是考虑周全的建筑。如果从这里开始，再考虑印度境内英国建筑的诸多种类，其历时之长久，那两个世纪之中所呈现的不同风格，随时代完善的功能（火车站、加尔各答的维多利亚纪念堂、孟买的印度门、勒克瑙及新德里的议会大厦），那么我们就不能否认英治印度的建筑——那么容易被视而不见的建筑——乃是这个次大陆上最好的非宗教建筑。

比起新德里，加尔各答更算得上是英国人建造的印度城市。它是英治印度的早期中心之一；它随着英国势力而发展，不断整修增建；直到一九三〇年，它一直是英治印度的首府。加尔各答首先以宫殿之都著称，后来又成为大英帝国的第二大城市。建设加尔各答时，英国人信心满满，不以印度统治者所好的风格为本，而是把欧洲的古典风格移用到印度，借以标志外来文明的胜利。但是，经过两百年的发展，这个帝国城市也成为了一座印度城市，同时，作为一个港口，作为行政与商业、教育与文化、英国与印度时尚之中心，它也跟印度其他城市截然不同。一九六二年末，在经历了数月印度小镇及乡间生活之后，我一到加尔各答就立刻感觉到了大都会的气息：它有大都会的种种视觉刺激，在这里种种奇遇、利益和加强的体验都可能获得。

二十六年之后，这座英国人建造的城市的壮丽——宽阔的大道、广场、善加利用的河流和开放空间、妥善配置的宫殿和公共建筑——仍然可以在夜间像幽灵般被瞥见。此时，白天的人群已经回到他们的小窝休息，准备应付加尔各答另一个团团转、空茫茫、惨兮兮的日子：破损的马路和小径；汽油及煤油散发的褐色烟雾使得炽热的阳光更加凶猛，在皮肤上留下一层尘垢；世界上最破旧的大巴及汽车整日不停、此起彼伏、像蝉般尖叫的喇叭声。纵使只像幽灵，英国人建造的这个城市仍然看得见，因为自从独立以来几乎没有新的建筑。

精力和投资用到了别的地方。加尔各答没有得到眷顾，靠消耗自己的脏腑而生存，展示着一幅生命的假象。加尔各答市中心的某些建筑似乎从一九六二年以来就未曾粉刷油漆过。在一些墙壁和柱子，例如待拆的建筑的墙柱上，旧海报和糨糊粘在一起，像干硬破碎的纸板。你设想着，如果要刮除那层东西，恐怕连水泥都会一起掉下来。著名的殖民时代俱乐部如孟加拉俱乐部、加尔各答俱乐部等正在衰败，印度人出入于过去不能涉足的场所。里里外外尽是衰败：加尔各答有几分像六十年代比利时人撤离后本地人擅自占领的非洲殖民聚落。擅自占领，情况就是如此。独立时，由于孟加拉被分割为属于印度的西孟加拉和属于巴基斯坦的东孟加拉，大批难民从东部涌入。他们哪里有地方就占据哪里居住下来，把城市内及周边好几大块地区都挤满了。从那时到现在，这座城市的人口已经增加了一倍。

白天，街道上或草木干枯的大公园里根本没有空间，没有可以散步的地方。你可以开车，非常缓慢地经过东挖西挖的马路和水泄不通的人群，前往托里衮吉俱乐部，在那里的高尔夫球场上散步。但是，这条路开得你筋疲力竭，然后，回程还得忍受的煤油汽油烟雾也会叫你败兴而归。别人会告诉你，直到十五年前，加尔各答市中心的街道每天都还会清洗。可是，我在一九六二年也听过同样的话。甚至在那时候，独立十五年之后，以及那几场会令许多人难忘的印度教徒与穆斯林大暴动发生十六年之后，人们已开始怀念加尔各答的黄金时代。

英国人建造了加尔各答，留下了他们的标记。当英国人不再是统治者时，这城市也开始死亡，虽然这并非历史的必然。

齐达南达·达斯·古帕塔是一九六二年我在加尔各答见到的人之一。当时他在帝国烟草公司上班——这家公司后来改用不那么刺眼的简称 ITC。因为他在这么一家显赫的英国公司工作，齐达南达是为数不多的人人称羡的被称为“提箱仔”的印度人之一。

这些提箱仔认为自己融合了印度和欧洲的文化。提箱仔的工作一方面跟英国人来往较多，乃是教养的象征，同时又稳定无虞，因此其他印度人对他们既钦佩又嫉妒。他们薪水很高，属于印度待遇最好的工薪阶层，另外——提箱仔在待遇上的锦上添花——公司还为他们提供汽车和备有家具的公寓。他们的职务并不繁重。提箱仔上班的每一家公司都或多或少独占了印度的某个领域。提箱仔必备的条件只是教养不错，关系良好，举止优雅。

齐达南达还有另一件事情做。他热爱电影，是加尔各答电影学会的创办人之一。有天晚上，我在加尔各答电影学会碰到了他。二十六年之后，有人——就是在孟买告诉我生平故事的那位秘书拉赞——提起这件事，说是当晚活动结束后齐达南达要他把我安全送回我住宿的制药公司招待所。我对拉赞毫无记忆，至于他，能够跟影坛人士及孟加拉上流社会在电影学会度过这样轻松的一夜可真是太棒了，让他稍微见识了远比他所知道的更加美好的加尔各答。我对学会的办公室只有很模糊的印象：塞满旧办公家具的小房间，天花板上一盏昏暗的灯。我记得齐达南达的提箱仔模样：四十岁，身材修长，蓄小胡子，穿灰色西装。

齐达南达没有在ITC待下去。他改行去拍电影和写作，这成了他的职业，也使他离开了加尔各答。大约二十年之后，他在半退休的状态下回到加尔各答。他半个礼拜的时间在《电讯报》主编文艺版，其他时间则住在圣蒂尼克坦——孟加拉诗人与守护圣人泰戈尔所创立的大学。

圣蒂尼克坦离加尔各答有两个半小时的火车车程。齐达南达正在那边盖一栋房子，先住在已经盖好的部分中，四周还在施工之中。我在一个星期天到那边见了他。

我设想这是由一个诗人兼教育家建立的类似甘地在南非所设立的凤凰村的机构：与独立运动有关联，同时又是反对过分制度化的产物。我知道这所学校有音乐课程、户外教学、茅屋教室：它有淳朴的田园风味，基础却很脆弱，靠着大家还抱着与人为善的态度才得以存在，而且因为我很久未曾听人提过圣蒂尼克坦，我还以为它已经消失了。

我搭乘圣蒂尼克坦线快车前往，坐的是有冷气的休息车厢。车厢摆设得像起居室，有沙发和扶手椅。装潢的基调是佛教风味，车厢内一块围起来的地方过去可能还设有神坛：这令人想起，往北是佛教地区。我是这节休息车厢里唯一的乘客，加尔各答旅馆的领班为我付出的可怕票价终于有了解释。不过，我却一点都没有得到高级享受：铁路局的低层职员把休息车厢当作睡觉场所，眼前就有三个在沙发上打鼾大睡。

车外是三角洲上平坦无树、适合种水稻的土地，分别呈现绿褐两种颜色。绿色田里都是水，一畦一畦长着不同时期插种的稻子。在一些田里，尚未插种的成列的一捆捆秧苗立在水中，像小小的禾堆。已经收割的田地呈黄褐色，干涸无水，有些田留着稻梗，有些已经清理、犁过，有些田里隔着一段距离就有较黑的新土堆，等着犁进旧土以恢复地力。在许多地方，水从一畦田被引去另一畦，有时使用电力帮浦，有时用手将一种可移动的长筒降到有水的田里，再升起来把水倒入另一畦里。在这片宽敞的三角洲上可以看到每一种跟种稻有关的活动：沿途好几英里情况都是如此，实在很难理解这里会发生饥荒。但是，到了圣蒂尼克坦附近，土地开始变干，开始像是平坦的沙漠，有点令人生畏。

齐达南达在火车站接我。过了二十六年，我们像是在一出戏剧的第三幕再度上台的演员。先前在第二幕结束时我们是年轻的，现在重新露脸时头发和眉毛上撒了化妆粉或面粉。他穿着印度式便装（不是我记忆中提箱仔穿的灰色西装），开的是一辆旧的大使牌汽车。他说，在这里开这种车比在德里便宜多了，这是他决定搬来圣蒂尼克坦的原因之一。

从火车站出来的短街里挤满了摩托三轮车。齐达南达说，汽车在这里是入侵者。其实，圣蒂尼克坦有自己的火车站，但是前一站波普尔的居民却要求所有前往圣蒂尼克坦的乘客都在波普尔下车，以增加当地市集的生意。

过了不久我们就来到野外。周围有树木。齐达南达说，许多树是由大学种植的，它们有助于增加雨量。有了树荫也不错，不过，灰尘还是很多。现在大学里已经没有土砌茅屋，只有粉刷成赭色的水泥房子。我们经过圣蒂尼克坦寺。这是一栋大小合适的建筑，刻意淡化了宗教场所的色彩。但它脱不了其时代特色。它的墙壁有洞孔并装饰着彩色玻璃，从路上看去，它有爱德华七世时代的建筑风格，而且有点俗丽。

齐达南达向我指出几栋泰戈尔在圣蒂尼克坦时住过的房子。齐达南达说，泰戈尔很快就会在一间屋子住腻，因此喜欢搬来搬去：这是诗人的特权，创办者的特权，或许也是孟加拉贵族的自我放纵。我也看出这位伟人在圣蒂尼克坦恣情任性的一面：有些大学建筑是泰戈尔自己设计的，试图融合印度教、印度、中国等各种亚洲建筑风格。这种视觉设计理念背后所涉及的浪漫和自欺现在显得有点不可思议，但在当年，恣情之中想必也有迫切的追求——想要让亚洲在大英帝国及欧洲古老而又看似永恒的荣耀之前挺立起来。

齐达南达尚未完工的房子位于大学区的边缘。这栋砖造房屋会有两层。一楼几乎已经建好，二楼部分大约还要三个月才能完工。房子三面有空地。齐达南达选上这地点是图它的隐秘性、安静和新鲜空气——这些在印度城市里都已经找不到了。不过，齐达南达前来圣蒂尼克坦的主要原因在于这所大学——虽然经过种种转变之后它跟任何印度大学已无两样——跟他成长时所接触的独特孟加拉文化有关系。对他而言，这块土地是神圣的，就像前来参观的单纯的印度观光客也以另一种方式将之视为神圣一样。这些观光客来这里并不是因为他们对泰戈尔的诗作或事迹有所了解，而是因为他们听说他是圣人，而探访这类人的纪念地是值得一做的事。

齐达南达的父亲做了一辈子梵社的传道者。梵社信仰的是泰戈尔父亲在十九世纪宣扬的一种净化或改革的印度教，其目的在于结合英国、欧陆的新知识与《吠陀经》《奥义书》所传述的古老冥想性印度教理念。它是从现代印度第一位改革者及教育家、孟加拉人罗姆莫罕·罗易大公的想法直接发展而来。今天，当欧美的产品和发明已经改变了世界，各地单纯的人都必须针对周围吸引他们的文明做出调适时，像罗易和老泰戈尔这类人的想法和做法已经不容易被赏识了。在十八世纪末和十九世纪初的印度，来自欧洲的产品还不是那么多。处于当时印度文明的停滞状态之下——一切以老习俗、旧规范为尊——必须具备非凡的智力，才看得出欧洲新事物的优点。

齐达南达说，“梵社的信条结合了《奥义书》教义的要素和一些基督教的形式，譬如做礼拜——星期天早上和晚上各一次礼拜。在较大的教堂里，大家坐在长椅座位上，前头还有一个布道坛。礼拜项目由口述仪式及祈祷、圣歌轮流交替，圣歌之中有许多是泰戈尔写的，有一些是他父亲写的。泰戈尔的父亲设计了这套礼拜的方式。梵社做了如下区分：一方面是《奥义书》的一神论及认为有一种无形而无所不在之神灵的看法，另一方面是往世书所描述的印度教——偶像崇拜、众多神祇，又跟万物有灵论、种姓思想混杂在一起。梵社主张妇女接受教育，认同民主的理想，鼓吹废除种姓制度。”

这是齐达南达父亲毕生为之奉献的信念。他在年轻时就做了这个决定。

“从我父亲十岁开始，我祖父就常带他去参加梵社的礼拜天聚会。聚会在现今属于孟加拉国的吉大港。”吉大港，如今让人联想到孟加拉国的贫穷和天灾，但四百年前在葡萄牙诗人卡蒙斯眼中却是肥沃富庶的孟加拉最美丽的城市之一：吉大港，孟加拉国繁华之都。

“十四岁时，我父亲决定要加入梵社。我祖父从未料到这个结局，对此非常生气。我父亲一天晚上离家出走了。他真的就靠步行和——用现代话来说——搭便车，就是坐牛车和船，前往五百英里外山上的西隆。在当年，大家对过路客还会尽地主之谊。我父亲告诉我，他整天步行或坐牛车，晚上就到最近的人家要求过夜，人们总是会答应。

“他到西隆去是因为他认识那边的一些梵社会员。他们帮他安排入学，他跟不少名人一起上大学，包括萨蒂亚吉特·雷伊[①]的父亲苏库玛尔·雷伊，一位杰出的幽默作家和出版家。

“我父亲并未毕业。他读的是当年所谓的‘初级文科’，即大学的前两年，然后他就成了梵社的传教士，有一小笔津贴。没过多久，他认识了我母亲，坠入情网——这发生在比哈尔的恒伽，我母亲的父亲在那边

---

①萨蒂亚吉特·雷伊（Satyajit Ray，1921－1992），印度电影导演，代表作有《不可征服的人》《大都会》等，1991 年获奥斯卡终身成就奖。

是很有声望的医生。当我父亲向他提亲时，医生答应了。我父亲一辈子都是个穷传教士。”

对于有这种背景的人来说——或许对所有梵社的信徒都是如此，圣蒂尼克坦因为一个特殊原因而成为圣地。

“泰戈尔的父亲在十九世纪四十年代旅行时经过了这个地区。这里像是一片沙漠，他很喜欢这个地方。他看到一棵树，就坐在树下。那天他决定在那个地点设立一间静修处，并且以古代的婆罗门教禁欲静修处为模板——你在那边求道时可以过着独身的日子，在宗师的跟前学习。他果然设立了一间，然后过了颇长的一段时间，泰戈尔设立了大学，叫毗湿瓦婆罗提，即印度世界大学。在泰戈尔父亲坐过的树下的那块地方现在有一个凸起的平台，那被看作是圣蒂尼克坦最神圣的地点。

“德文德拉那特·泰戈尔把罗姆莫罕·罗易大公在十九世纪早期发起的改革运动转变成一种宗教，它改变了孟加拉的中产阶级。泰戈尔又把这种宗教扩展成一种文化，这种文化最后成了尼赫鲁的政治。由于泰戈尔把它引导入一种文化而不局限于宗教，因此它很快就被广大的中产阶级吸收。严格说，梵社今天还存在，不过原来的活力已经脱离这个组织，渗入了更大的社会。”

齐达南达在一九四〇年十九岁时首次到了圣蒂尼克坦。当时他跟家人住在隔邻的比哈尔，他父亲建议他到那边度假。他投宿在招待所里，跟一位在大学教蜡染的印度尼西亚人同住一房。跟外国人在一起让齐达南达很兴奋，他对印度尼西亚人的名字——帕拉哈斯托——也非常感兴趣。这是直接出自印度教史诗《摩诃婆罗多》的名字。齐达南达立刻对印度和亚洲有了一个较大的视野，他又觉得——这是泰戈尔希望他大学里的学生所感受的——他到圣蒂尼克坦是来到了一个属于全世界而非仅属于印度的地方。

几天之后，泰戈尔在寺庙里做了一场演讲。

“那是一个十二月的清晨，天气很冷——那时候圣蒂尼克坦房子还没几间，大部分是空地——我们就坐在玻璃寺庙冰冷的大理石地板上，那些玻璃有好几种颜色。太阳出来之后，光线在大家脸上和衣服上投下五颜六色。我们都坐在那边等候泰戈尔。

“他坐在轮椅上被推进来，然后从轮椅上站起来。他很高，但因为年纪大而驼背。他自己走了过来。他系白色腰布，穿白色长衫，披白色披肩。那样子让我印象深刻，像是回到了古代印度，有一种碰到昔日智者的浪漫感觉。他坐在一个很矮的凳子上，其他人则都坐在没有铺任何东西的大理石上。

“然后开始唱歌。没有现代乐器，全都是传统乐器。但也没有管风琴——泰戈尔不喜欢这种乐器，因为它的音阶是固定的、西方式的，而且它也弹不出印度古典音乐中很重要的半音或微分音。他们接着唱了一首圣歌，那是泰戈尔所写的圣歌之一。

“他看着一份稿子用孟加拉语演讲，夹杂着梵文的引句。他身材很高大，有六英尺二英寸高，而且看起来很强壮，我对他尖细声音和硕大身躯的对比很感奇怪。我原本以为他会有深沉洪亮的声音。过了几分钟我才觉得自然。不过，我很快就转而被他演讲的内容吸引了。那是在一九四〇年十二月，战争离我们很近。他演讲的主题是文明的危机——他很担心人类走向自我毁灭的趋势。”

就这样，泰戈尔向齐达南达介绍了一种看待世界的方法。印度独立运动的好运气之一在于它的许多领袖具有宏大的视野，眼光不仅限于跟印度有关的使命。

齐达南达那次初访圣蒂尼克坦历时两个星期。泰戈尔不到一年之后过世。跟许多孟加拉人一样，齐达南达觉得泰戈尔不在之后圣蒂尼克坦就失去了意义，直到四十六年后，他才重回旧地。事实上，他只在决定要到那边定居之后才回去的。他重回圣蒂尼克坦的方式跟我刚做过的一样：他在加尔各答的豪拉车站上火车，两个半钟头之后在波普尔下车。

“那车站让你见识到最差劲的孟加拉小城的情况——丑陋、嘈杂、拥挤，到处是我在我们国家都市化过程中所看到的贫乏，也就是心灵的贫乏、基本用品的贫乏。那车站的转变比圣蒂尼克坦的转变大得多了。

“我从波普尔的混乱之中走过。我知道我要前往圣蒂尼克坦，那边会有开阔的空地、安静的环境和树木。那种混乱没有让我太心烦——因为反正你也无法一厢情愿使你国家的真实情况消失。现在我做瑜伽已经做了十五年，它大大地帮助我达到这种心境——有了这种心境我就可以在短时间内忍受周围的一大团混乱，而不会丧失我自己心灵的平静。

“所以说，甚至在第一次造访时我就喜欢上这地方了。几个月之后，我买了一些地，尽我财力许可尽量买，而且立刻就开始盖房子。我有一位老朋友是退休建筑师，孟加拉人，他帮我画了设计图。他熟悉这片地区，这里的气候和风向。

“这地方已经改变了。我没期望它还和过去一样，你无法回到这里人们还住在着砌房屋、宁愿赤脚走动的老日子。我倒是觉得，回到这里之后，我也回复到更自由的思考、生活和行动方式中。这里不会让我觉得受到禁锢。我又在重读《奥义书》了，这是重新燃起的兴趣。在名义上，我是无神论者，不过，我已经达到一种境界，把灵性追求跟有神论、宗教看作两回事。对我来说，《奥义书》的内涵涉及人类从灵性的最高层次了解宇宙和本身的意图。

“从加尔各答到这里只要两个半钟头，但我觉得已经离我的前一个人生阶段非常远了。你在一九六二年看到的那个提箱仔已离我的文化和成长的根基相当远了。”

年轻时，齐达南达曾想要当老师。有段时期，他甚至想跟他父亲一样当梵社的传教士。但是，他想在社会上留名的欲望使他走上广告业，然后又进入烟草公司。

他得到那个职位的消息传来之后，大家都向他道喜。他太太却说，“你为什么要做这种工作？你不知道我们会变成不一样的人吗？”

齐达南达说：“一九六二年你碰到我的时候，我正在负责公司的广告，那是国内最大的广告案之一。那家公司本身从英治时代以来就有烟草专卖权，生产的东西几乎不管质量如何都卖得出去。我来告诉你那个提箱仔的世界是多么地散漫。有一位薪水很高的人事经理，他不少时间就花在量某一类主管该得到的地毯尺寸以及跟他们的太太讨论窗帘的颜色上。

“提箱仔被制造成一种非常奇特的动物。整个体系是为英国人的需要而建立的，为了他们的生活方式，他们吃坐睡拉的方式。到这边工作的英国人把他们待在印度的时期看作像是住在旅馆一样，什么东西都有人提供，包括每一条毛巾，每一把汤匙。这段日子只不过是前奏，过后他们就可以回老家，买一栋房子，有自己的洗衣设备。他们在这里时甚至还配有用人。

“加入公司只有六个星期时，我写了一份报告说公司应该改用简称ITC。当时大家对这建议只觉得好笑。

“就像大英帝国本身的行政体系一样，作为其延伸的商业帝国也把一小群印度人跟其他人区分开来，将他们变成支配系统不可或缺的一部分。这样做的目的在于使他们对英国利益比对印度利益更加上心。而且，这是通过非常微妙的方式达成的。不管是在行政还是商业系统，英国人会毫不迟疑地在印度主管手下工作。我想别的帝国里没有这种现象，目前在印度开设的外国公司里也仍然看不到这种事。在法国或美国或日本的公司里，几乎没有半个他们的国人在印度人手下工作。

“我的公司阶级很分明，有两类不同的人员：主管和雇员。我们这些主管有车，还配了司机，我们的太太外出购物时——譬如去挑选地毯和窗帘——另外有车。我有些同事接到董事长电话时都会把领带拉直，或者如果他们要外出午餐的话，会派车回家拿一件干净的外套来换。不用说，在公司里主管有他们自己的洗手间。

“我太太很快就习惯了这些享受，爱上了它们。我喜欢这种舒服的日子——不这样说的话就是虚伪了。我还必须说，那种生活方式对我们后来的需求有深远的影响。

“我的问题是这样的：我出于对文学和电影的兴趣，下班后总是跟一些完全不同的人来往。一天工作结束之后，我会前往加尔各答电影学会的办公室。我在印度独立的一九四七年跟萨蒂亚吉特·雷伊一起创办了那个学会。我们的主要工作是贴信封和写地址。我们头顶上有一台电扇，那可算是幸运了——这地点是一个片商的肮脏的办公室。我们在那里讨论世界电影的伟大成就。

“雷伊对我们的工作很投入。他身材很高，肩膀很宽，常让我想起泰戈尔，我现在把他看作泰戈尔那个时代的最后一位伟大的代表人物。不过，跟泰戈尔不同的是，他的声音很洪亮。他皮肤黑，泰戈尔的皮肤则是白皙柔细。以他的文化教养，印度性，全面关怀（不能跟流行的世界主义同日而语）和真诚而言，我在雷伊身上看到了梵社成员的一些典型的美德。

“于是，我过着化身博士那种两面生活。白天穿的是很正式的西方服装，晚上则去电影学会。有些时候，某位同事会对我的休闲活动感到好奇。他会到电影学会来看一场法国或德国电影，但他会受不了我那些亲密伙伴身上的汗臭——他们坐了一大段汽车或电车，或是走了一大段路，然后在没有冷气的办公室工作了一整天，又没办法回家换衣服。

“这种两面生活所造成的心灵不安的强烈症状终于以非常具体的方式呈现出来。我记得跟同事去参加我们公司一位英国主管和一位印度女子的婚礼，这件婚事在高层管理人员之间引起了一片哗然。

“跟我的同事一样，那天我当然穿着上班的西装。或者，可能是我自己没骨气。那是个非常闷热的晚上，结果我发现婚礼中尽是穿着舒服的薄毛葛布长衫和腰布的孟加拉人。在完全不合宜的衣服底下，我浑身是汗。这时，我突然明白了我属于哪一边，嫌恶地对自己说：‘你把自己搞成了什么样子！’这件事使我内心的许多东西具体化，我开始考虑离职，放弃作为公司经理人员必须过的那种生活方式。

“我可要说，做那些工作真是大材小用。我们销售部门有许多人会到加尔各答和全国各地的市集去，就我所知，他们的主要工作就是抽查烟盒背后的批号，看看香烟是否过期。

“就这样，大家吃完早餐去上班，然后吃午餐，再到市集走一圈，接着上俱乐部，每天都混到很晚。办公室、家里、俱乐部都有冷气，因此一天下来没吹到冷气的时间不超过半小时或一个钟头。

“这种生活方式的主要优点就是你可以不用思考。只要你开始思考，就会觉得不对劲。这种日子毁了一些印度人，使他们的独立能力永远受到影响，使他们变得虚伪自大。我见过不少这样的人，他们如果没有这个保护伞就无法独立自主。我也看过一些人在组织里受尽了屈辱。

“这些职位基本上是闲差。因此，他们会去掉你职位的一些权力象征，让你无事可做，借此来羞辱你。我见过一些人每天来上班，就在办公室里坐一整天，然后下班回家——这些人是牛津和剑桥毕业的，如果做别的工作，应该更能发挥才干。公司上下都知道那种屈辱，那种情况毫无遮掩。但许多人根本不敢辞职，因为那就像是在瑞典北方的严冬被撵出温暖、灯火通明的屋子。

“那时候，印度人的企业还没有扩展得那么大，机会很有限。反正，印度公司也没办法让提箱仔过他们已经习惯的那种生活。如今，印度企业可以提供你某些福利，让你过很豪华的生活——要是你有成绩的话。他们可是看得紧：印度企业里没有闲差事。

“到了六十年代中期，商场上开始了一场变革。处于困境的提箱仔团队必须面对现实。烟草公司改变了，它在短短十年间做了转变——就文化的变迁而言，十年是相当短的时间。这转变是由印度人造成的。英国人训练他们的人手，但他们不想亲自主导商务。今天 ITC 已经多元化，面对香烟业发展的减速还应付得相当不错。”

那项转变证实提箱仔文化也有可取的一面，我们必须记住这一面。

“他们有很强的工作责任感。他们充满冲劲，严守纪律，虽然并不都明白为什么而冲。内心里他们是善良的印度人，爱国的印度人。我记得一九六二年中印战争时，也大约是我们碰面的时候，我们公司举行了一次财务委员会的会议。财务部经理说：‘各位先生，你们认为委员会下次会在北京开会吗？’我回答说：‘经理，不会的，除非我们总经理喜欢在腋下夹着一把雨伞。’对英国人我倒要这么说：他们喜欢听这种机智的应答，也会因此而尊敬你。”

阿修克比齐达南达年轻二十五岁，在一家老牌的英国提箱仔公司上班。这家公司现在已经被属于超级富有的印度金融、企业新生代的一员所收购，而公司的商业活动大部分都在国外。

阿修克并不是为了齐达南达所描述的优待和地位才进入商界的，他感到比较来劲的是“营销”，这个行业有现代味和主动性，走在潮流前端。（我认为营销跟推销是同一回事，因此没有向阿修克问个明白。好几个礼拜之后在德里，一位曾经做过广告的人给了我这个明确的定义：“营销的工作在于找出并满足尚未获得解决的需求。”不是创造需求——在贫穷国家里那会被看作邪恶之举；只是找出未获解决的需求。）

阿修克的第一则故事——他一共告诉了我三则故事——谈到他如何想办法进入营销业。

“我有几次失败的开端。第一次是在大学主修商科，那是我父母要我做的。我知道商科不适合我，但还是咬着牙硬读下去。我勉强通过了毕业考试，那使我的自信颇受打击。然后，我向一个管理研究所申请入学。我那样做是因为每个人都如此。正如意料的那样，我并未被接受。

“在那个关头，我父亲替我在德里的一个商会里弄到了一个位置。我在那边待了一年半。我碰上那个商会所服务的一些工业巨子，也见过一些土气的人。那段日子让我大体上了解，在印度什么事情都是半调子。我只拿一点薪水，每个月三百卢比，十五英镑，不过我住在一位叔叔家里，没有很多开销。

“有一天，在德里国防部宿舍区的一个中产阶级派对里，我碰到了这位马霍特拉博士。他身高中等，体型肥胖，穿着一套深褐色西装。我问他在哪里高就，他脱口说他是印姆巴的所长。我再问他印姆巴是什么机构，他说那就是经营暨企业管理研究所。名称听起来有点熟，不过那是因为许多这种机构都有类似的名称。总之，我对他印象非常深刻。他年纪有四十五六，我则是二十出头。他看起来很有钱，言谈也是有钱人的模样。刚开始他对我不怎么搭理，显然只是把我看作在什么地方工作的另一个年轻人。

“后来，谈到我父亲是加尔各答一位颇有分量的商人时，马霍特拉博士对我的态度就起了变化。这下子，他很想知道我在做什么，赚多少钱，然后告诉我说，他认为我应该还大有发展。他那边愿意说，我这头也乐得恭听。他对我只有好话。

“在他看来，像我这样拥有显著才华的人原本可以予取予求，却甘愿在没什么名堂的商会中浪费时间，赚取一个月三百卢比的薪水，这令他相当不解。我说：‘你有什么较好的建议？’他说：‘天啊，还用说！’他描述了印姆巴研究所的情况。从他的话听来，印姆巴的目的是要在印度让尽可能多的人接受营销的概念。而他现在计划从德里扩展到其他大都会中心。

“照他的说法，印度的大公司都想借用他的营销长才，好几个著名品牌的成功跟他都有些关系。单单听他说这些就令我感到兴奋，让我见识到过去已经听过不少的营销行业的精彩之处。

“我觉得我有进入营销这一行的必要。有部分原因是我的许多朋友和同事都向这些以营销为主要科目之一的管理研究所提出了申请，或者加入了大公司，在其中的营销部门任职受训。我可不了解营销是怎么一回事，但我觉得它似乎是可以做的工作。它有某种魅力，几分神秘。

“我同意马霍特拉博士的看法，认为我当时的工作是在浪费时间。他请我隔天到他办公室去，并暗示我可以在那边学到一些有用的东西。第二天早上，我匆匆前往。就那么一下子，马霍特拉博士给了我一份工作，薪水是我在商会的两倍。更诱人的是，我还可能回到加尔各答工作。

“我问他，为什么像他这样明显很成功的营销专家会对一个像我这样毫无经验的初学者、一个进不了管理研究所的人产生兴趣。他回答说，在他看来，所谓专业学位，什么理学学士、理学硕士和博士不过就是理学学屎、理学硕屎和博屎。他这些话又让我印象深刻。以前我的成绩单上甚至常有这样的评语：‘其成绩并未真实显示其能力。’因此，马霍特拉博士的话让我很有共鸣。

“‘工作经验才有用。’他说。他又说，因为有那种看法，他宁愿录用像我这种新人，让他们学习发展。

“他要我管理加尔各答的分部，或者如他所称，印姆巴的‘加尔各答业务处’——我想他喜欢‘业务处’这个字眼的现代味。照他的描述，我的工作是安排课程，以相当高的学费招收公司及个人学员。

“我还没昏了头，因此问他，这将如何帮助我学习营销。我看得出来，我的工作是在推销印姆巴，而不是在学习显然是印姆巴引以成名的营销技巧。他说，那只是我工作的一个层面。印姆巴本身会深度介入客户的营销和咨询。这打动了我，我觉得自己会变成营销天才。

“我不顾父亲的疑虑，接受了马霍特拉博士的安排。我加入印姆巴那天，他给了我一盒名片，名片上有我的名字跟一个堂皇的职称：业务主任。我从未用过名片，这让我很得意。

“我有意在德里待一两个礼拜，熟悉一下印姆巴的状况，但马霍特拉博士显然有点急着把我送往加尔各答。他要我去那边开始招收大公司到印姆巴来。他说我可以找我父亲帮忙。这令我有点犹豫：我开始觉得他对我父亲有兴趣，而且其中有点蹊跷。

“他把我派到加尔各答。火车票是他买的。他说他在加尔各答有一间办公室，由他的一位朋友管理。我抵达后不久，这位朋友打电话来请我过去。办公室位于北加尔各答一个拥挤地段，我到达时发现那是一栋破旧大楼里的脏乱小房间。

“我问这位先生，即马霍特拉博士的朋友，问他我的印姆巴办公室在哪里。他指着房间一个角落里的一张小破桌，说那就是我工作的地方。他继续说，如果碰上绝对紧急的情况，他会考虑替我打点字，但他希望我能利用复写纸自己用手写书信和报告。他说我也可以使用电话——办公室里唯一没有坏掉的那台。不过，我每次打电话都要记录，费用将由印姆巴支付。

“实际上，我就在那张桌子上安排了我的第一个营销训练课程。马霍特拉博士要我向一家旅馆接洽会议厅和与会者的午晚餐等事宜。我必须争取到好价格——他对这点很看重——我也做到了。

“他不止一次告诉我，他会找一位著名的美国教授到加尔各答来主持训练课程。我必须催他实现这一点。找个美国人是很重要的事。印度的管理界深受美国当时管理业的繁荣所影响，对此马霍特拉博士应该很了解。

“我照他的指示办事，他想要的大约二十五名学员我基本招齐了。我能够做到，主要是因为碰到了几位家里认识的公司高级主管。这让我有了开始，其余的就相当顺利了。我去见他们，他们也乐于以一个人两千卢比的费用派公司的人来上课。我可得说，这些高级主管之中有不少人对我跟这样一个他们未曾听过的机构有关系感到惊讶和不安。

“课程本身顺利进行了，除了一件事。那位美国教授跟他太太确实来了。他并不是真的有名，而是来自一所没名气的大学，事实上他在北美那片的某处也开着一家大致相同的机构。他像漫画中常见的那种美国观光客，啤酒肚，年近五十。

“这对教授夫妇就住在马霍特拉博士要我洽谈会议厅等事宜的那家旅馆里。那不是城里最好的旅馆，比最好的差了两三级。教授夫妇看了之后很不满意，但马霍特拉博士告诉他们，这里是印度，一个很穷的国家，水平比较低，这些较无门面的旅馆常常比五星级旅馆能提供更好的服务，而五星级旅馆有时徒具表象而已。

“当那两个美国人似乎已经不在意住房时，有一只老鼠从他们房间中央跑了过去。那女士尖叫着说：‘我受不了这些滑溜溜的东西。’这下子，马霍特拉博士可伤脑筋了，美国人坚持要搬到加尔各答最好的旅馆。那是皇家大饭店，价格贵了不知多少倍。我得自己安排整件事。

“他们觉得我把课程办得有声有色。但课程一结束，马霍特拉博士就说我该开始准备另一期课程——同样的事再做一次。我自己对刚安排的课程并不满意，因为回头想想，它并未让我在营销方面学到任何东西。

“我在替印姆巴招收会员方面也并不顺利。马霍特拉博士对这件事很在意，因为每个公司会员要交七八千卢比，个人会员则交一千卢比左右。大多数人根本对印姆巴一无所知。马霍特拉博士认为，因为我家有影响力，我就有办法招收到人。但我不觉得我有什么可以提供给那些大公司的。不用压力能把好产品推销出去就够难了，要推销无用的产品对那时候既年轻又害羞的我几乎是难如登天。对于我要求他们付八千卢比成为印姆巴的公司会员这件事，我父亲的朋友也越发怨声载道。

“我每周呈递给马霍特拉博士、用圆珠笔和复写纸誊写出来的印姆巴业务报告越来越乏善可陈。马霍特拉博士越来越没耐心，他也开始担心我会离开印姆巴。

“他搭机来加尔各答，想知道我为什么没什么业绩。我告诉他，我加入印姆巴是为了扩展一般所了解的营销这一学科的知识和技能。过去几个月来，我所做的只是推销印姆巴本身，这既未增加我的知识，也无助于我的名声。我向他建议说，印姆巴在加尔各答所需要的是一位有组织才能的贫穷的退役军官，而不是一位充满理想、才刚开始职业生涯的二十三岁年轻人。在那当儿，我就那么告诉他，我希望我们可以好聚好散。

“我们并未好好分手。他生了气，说他在我身上投下了不少金钱和时间。我没理他的话：我想他会要我退还他一些钱。他变得很恼火，说他会把我的名字从印姆巴的终身会员名单中除掉。我从不知道我是印姆巴的终身会员，大概分部主任或‘业务主任’都自动成为终身会员吧。”

我在马德拉斯所见到的已无气势的左派分子属于一个大了许多的农民运动的边缘。这个运动的中心在比哈尔和孟加拉，几乎在马德拉斯东北一千英里之外，它最活跃的时候是六十年代晚期和七十年代早期。共产主义在孟加拉有长久的历史，它是殖民时代引进的另一样东西，是在十九世纪的西方新学以及混合文化之后来到印度的东西之一。甚至到了今天，在英国人所建造的已无生机的城市里，仍然常有共产党员在垃圾、瓦砾和无望之中举行庄严的游行，这些游行几乎像是城市之死亡的象征。甚至到了今天，当一个共产党在邦里执政时，人们仍然会被红旗和革命的壮美感动。

共产党以诗和激情作为呼吁手段，从未真正受到迫害，甚至曾经反对印度独立，独自发动着有时只属于偏远角落的战争——这个共产党已经分裂了又再次分裂。最先有印度共产党，然后有印度马克思主义共产党，然后又有印度马列主义共产党。发动农民运动的这个属于毛泽东主义派系。这场叛乱已被敉平，但运动还未平息时，孟加拉及印度其他地区有好几千名受过良好教育的人士曾经为它奔走而丧命。

有些人逃过一死。迪潘赞是其中之一，他现在是加尔各答中区一所学院的科学教授，这是一所真正运作的学院，但其硬件设施却一副破败，加尔各答式的破败。

招牌的油漆在剥落，双层建筑的窗子已经破损。不过倒有一名门房看守着双扇大门。经他指点，我从主建筑另一头一道狭窄有矮墙的水泥梯上楼，来到一间桌子上摆着一些简单设备的破旧房间找迪潘赞。不整齐的地板没有打扫，或者说，打扫到某一条不明确的界线为止，然后扫起来的灰尘和打扫用的扫帚就不管三七二十一地留在那边。暗褐色高大门板上的所有嵌饰或凸出物都沾着灰尘，墙壁上许多地方灰泥已经脱落。这整个房间看不出有什么装饰的颜色，表面都不齐，线条都不直。

迪潘赞身材矮瘦，戴着眼镜。他穿了一件灰褐色短袖衬衫和一条长裤。我们前往就在一个主要门口旁边的房间，这是个挑高的有点像衣橱的房间。一张桌子、两把椅子、几个高铁柜就占去了大部分空间。柜子之间看得到的小小墙面沾了污垢：有某些褐色、油质的东西从窗上滴下来。

谈了一阵之后我问迪潘赞："你在这里看到的是否跟我看到的一样？"

他用轻细、稳定、严谨的音调说："跟其他学院没两样，这里是印度。"

他并未看到我所看到的全部。他说，他能看到实验台上的仪器：仪器四周的东西他可以视而不见。地板上没有清扫的灰尘倒是他怎么都无法忽略的，这让他不舒服，令他心神不宁的程度也比我大得多。

这所学院专门招收辍学生。他说，他们是"败兵"（虽然他们在小校园里看起来还很有精力，很健康）。他们进不了其他学院，他们找到工作的机会不大——理学学士学位并不能保证饭碗——进取心也不强。女生的企图心比较强。她们不像男生那么需要表现，她们没有那种压力，因此她们反倒是比较好的学生。学院希望招收更多女生。学费是每个月三十卢比，相当于一英镑二十便士，这甚至在印度也不是一大笔钱。

那天下午，就在教室旁边的狭小空间里，我们谈起他的背景。就体格和声调、容貌和仪态而言，他是一位温和、文静的男人。在加尔各答的任何人群之中，他都不会显得突出。从表面上很难看出他曾经是个革命分子，曾经在大约二十年前（他目前四十五岁）到乡下跟农民住在一起，宣扬革命理念，并遵照党的指示呼吁将某些人——阶级敌人——消灭。

他母亲出身于富裕人家。她的父亲做过政府高官，是印度教育委员会的成员。在那之前，迪潘赞说，他是"一名小科学家"。他曾经设计出一种早期测量放射性粒子的仪器，并以此知名。

我说："我不懂你为什么说他只是小人物。"

迪潘赞以一向平稳的口气说："加尔各答多的是小科学家。这个城市有萨哈[①]、玻色[②]、博斯[③]和雷伊[④]等科学家。前三位是皇家学会的院士。直到最近加尔各答才变得落后。甚至在六十年代，加尔各答总督学院所拥有的物理学教授是当时全世界任何其他地方都无法相比的。因此，你该明白我为什么只能把我外祖父看作小科学家。"

在南部，两三个时代以来，科学已经从婆罗门的抽象知识传统中发

---

①萨哈（Meghnad N. Saha，1893－1956），印度天体物理学家，因在二十年代导出热电离平衡方程式而闻名，该方程式经过英国天体物理学家米恩的改良之后，已被广泛应用于解释恒星的光谱。

②玻色（Satyendra Nath Bose，1894－1974），印度数学家、物理学家，与爱因斯坦合作创立了玻色－爱因斯坦统计法。

③博斯（Sir Jagadis Chandra Bose，1858－1937），印度植物生理学家、物理学家。他发明了一些高敏感度的仪器，用以测定活机体对外界刺激的微小反应。

④雷伊（Acharya Prafulla Chandra Ray，1861－1944），被尊为"印度化学之父"。

展了出来。在孟加拉，在英国人建造的加尔各答这个城市里，科学随着西方新学而来，由于殖民地之间的竞争以及印度人的表现欲，科学成就因而产生。

迪潘赞的父方家族属于孟加拉乡绅。在这次旅途之中，我才在印度听到了这个字眼。我一直以为“乡绅”（gentry）是英国专用词汇，指的是植根于一块祖传土地之上并守护着那块土地的人。在孟加拉，这字眼确实是英国人自十九世纪早期以来的用语。迪潘赞说：“英国人把乡绅变成了世袭身份。从他们的观点来看，他们创造了一个世袭的纳税农民阶级。”

迪潘赞的父方家族居住于法利德普尔地区。一九四七年，该地区成为了东巴基斯坦的一部分。法利德普尔的乡绅大多是高级种姓的印度教徒。他们把土地租出去，耕作的佃农是穆斯林及属于表列种姓的印度教徒。一九四六年至一九四七年孟加拉发生印度教徒与穆斯林的互相屠杀期间，法利德普尔的印度教徒被迫逃难：不仅是高级种姓的地主，也包括其他种姓的佃农。不过早在那次逃离法利德普尔之前，迪潘赞父亲家族就已经家道中落。他们的祖产已经一分再分，因此迪潘赞祖父（及其家眷）所继承到的只是大祖宅里的一个房间。

这位祖父在二十岁的时候进入政府服务，任职于孟加拉国总会计师办公室。他从大家庭制度中得到了一些帮助。他的儿子——迪潘赞的父亲——住进了一位加尔各答亲戚所有的公寓里。迪潘赞就是在这间公寓里出生的。

一九四〇年前后，当他十七八岁就读大学的时候，迪潘赞的父亲加入了共产党。后来迪潘赞从未想过问他父亲为何加入共产党：他认为这是很正常的事。党员的身份可不是闹着玩的。一九四三年，迪潘赞父亲想结婚时，因为准新娘的家人在政府任职，他必须先获得党的许可。党批准了，但先决条件是迪潘赞父亲的未来岳父（即那位小科学家、印度教育委员会的成员）必须签发一张抬头是印度共产党的支票——数额多少都可以。

战后的一九四六年，迪潘赞两岁半的时候，上级派迪潘赞父母前往匈牙利深造。迪潘赞父母于一九五〇年归国——在分割及独立所引起的那些动乱之后。迪潘赞母亲在匈牙利接受了师范教育；回到加尔各答之后，她很快就找到了工作。但迪潘赞父亲拿到了生物化学博士学位，却找不到适当的职位。他换了好几个不如意的工作，直到一九五五年才找到本行的职位，然后他就离开了共产党。正如迪潘赞从未问过他父亲为何加入共产党，他后来也从未想到问他父亲为何退党：依照印度教或印度人的传统，年轻人是不会质问长辈的。他父母的匈牙利之旅却有一项有趣的后果：他们都学会了匈牙利语，在加尔各答，当他们有什么事不想让迪潘赞知道时，这就成为他们私下的语言。

一九五一年七岁时，迪潘赞得了气喘病。他母亲因此对他特别呵护，这个男孩过着幽静的日子，从阅读中得到滋养。他们的公寓中有很多书，包括他父亲的共产主义书籍，还有他父亲舅舅——公寓主人——的藏书。这位舅舅是民族主义者，他收藏了支持民族主义的书籍。不过，当时迪潘赞对政治不太有兴趣。

他倒是对世事开始有了一些认识。一九五二年，他曾经跟母亲前往一个贫民窟——党指派他母亲到那里教儿童识字课程。他有时候也会去看望他祖父的一些从东孟加拉法利德普尔逃难出来的亲戚。这些亲戚住在加尔各答四周的其中一个难民营里。迪潘赞当时并没有什么感受，但后来在读到关于一九四七年事件的描述时，他会回想起小时候去过的难民营，那些事件也对他较有冲击。不过，他不认为印度的分割对他的时代有什么政治上的影响。

他的功课很好。“我母亲慢慢对我寄予厚望。事后回顾，我想这在当时一定占据了我的大半心思。一九六〇年十六岁即将毕业时，我投注精力最大的是课业成绩以及写诗。我那时已经对文学产生了兴趣，用孟加拉语和英语写诗。”

他有浪漫情怀，不过在那种环境里，他没有接触女孩子的机会。他可以随时接触到的倒是加尔各答这个城市。“甚至那个时候我也喜欢这个城市，甚至今天我还喜欢它。我的根都在加尔各答。没有一个孟加拉村庄是我的故乡。在我看来，加尔各答是一个有活力的城市，因为经过泰戈尔以及对他的反叛之后，孟加拉语诗歌在加尔各答已经变成真正现代的东西。”

加尔各答的人群和污秽又如何？他看见这些了吗？有反应吗？

“加尔各答向来就是这样的。英国人统治的时代甚至还更糟。对加尔各答人来说，这是永无止境的挑战——如何这头忙那头忙地把自己弄干净，这件事就够花时间耗精力了。挑战之处在于做到这一点，然后还有时间做其他更重要的事。这是象牙塔知识分子和三轮车夫同样面对的挑战。

“在博斯的时代，加尔各答的印度人住宅区并没有那么多地下排水道。排水系统大多是地上的沟。

“我们的公众生活一直很堕落。清扫街道是一项公众活动，而那些街道永远不会是干净的。在这里，堕落是固有的生活方式，从东印度公司的时代以来就一直如此。”

现在是下班时分。外面街道上，汽车喇叭声有点更加喧嚣和急促了。先前送来茶和汽水——这些东西在我们面前肮脏的小桌上添了圆形的湿印——的学院门房这时前来关门、上锁。

迪潘赞带我到楼下的教员办公室去。里面没有人。这房间有一股窒闷、潮湿、发霉的气味，连天花板上的电扇都吹不散。房间一角有一个歪挂着的被粉笔磨得褪色的粗糙小黑板。房间和家具的木工全都相当粗糙。这对教师有什么影响？对那些身为败兵的学生有什么影响？

墙面高处就在天花板下方挂着一幅加框的大照片。照片里的人是博斯，迪潘赞崇敬有加的那位科学家。挂那张照片是出于敬意，但在这环境里，那位伟人的任何成就似乎都化为乌有了。

翌日迪潘赞不用去学院上班，他觉得我应该到他住的地方看看。他住在南加尔各答一条很难找的巷子里，因此他画了一张详细地图，要我交给司机看。我向他打听的一个人说，如果交通拥挤，这趟路程可能要花上一个钟头，因此我提早出发了。

那天早上交通顺畅，但过了一段时间，市区大马路似乎缩小了，似乎被越来越多的人潮挤垮了。路面变窄，路旁的小屋和棚子并无显著的颜色，只是一团团褐色、黑色、灰色混在一起，似乎要侵占车辆使用的空间，它们掩住了后面较坚固的混凝土建筑，让人觉得仿佛走在一条很长的乡村道路上，早晨该有的新鲜空气在这里已经被褐色的车辆废气和日光照射的马路灰尘挤掉了。在中加尔各答许多地方可能发生的事显然在这里都发生了：你好像目睹着一座废墟的形成：一个有人居住的大城市正在化为尘土。

尽管遵照了迪潘赞的所有指示，我们还是走过了头，没有在他指定的会合地点停下，必须沿着乱哄哄的小路往回寻找。由于迪潘赞的地图画得很详细，司机和我都把实际的距离设想得过大了。迪潘赞说过，我们要会合的那个巷口一侧是一个运动俱乐部的球场。我心想这应该是足球场那么大的球场：结果它只有一小块建筑用地那么大，三分之一英亩左右，四周都是泥土的水泥地面。他还说，巷口另一侧是一家家具行。我以为这应该是家不小的商场，但这间新家具行只不过是单层的水泥小屋。在加尔各答这一地带，需求和活动缩小，但名称却相对地膨胀起来。在装设了几个篮板的“球场”里，一个广告牌上写着“绿林公园．阳光绿色育婴室”。新家具行自称“经销泡沫材料、高级泡沫材料、枕头”。

泡沫材料，这还有点说得通。

我有足够的时间想这些——也注意到过了一段时间才发现的沾满灰尘的棕榈树——因为我早到了大约半个钟头。从家具行和球场中间的弯曲小巷（迪潘赞认为如果我自己走进巷子可能会迷路），穿得不错的人开始走了出来，他们步履轻快，有些还拿着公文包，应该是正要开始一天工作的加尔各答人。接着，迪潘赞出现了，跟巷子里其他人一样步伐稳定。不过，这时候他穿着拖鞋，缠了腰布，这是他不上班时的居家服装。

他说，四十年前这整块地方都是稻田。这里是一九四七年之后位于加尔各答外围的几个东巴基斯坦难民聚居点之一，这里的一切都是四十年来企图重建生活的人所打造的。事实上，离开大路之后，小巷里的气氛（或许是对照的结果）就变得宜人了。这里有排水沟，也有电力供应。不过，这里的人也一再增加，就在过去十年内，迪潘赞曾看过的空地也大多被房屋填满了。

迪潘赞的公寓在一栋双层小屋的楼下。房东住在楼上。迪潘赞请我把鞋子脱在只离巷子几英尺的小走廊上。前头的房间是卧室兼客厅，长宽各十英尺。“更糟的是，”迪潘赞说，“还有一边也是十英尺。”他的意思是说这房间的高度也是十英尺，一个彻彻底底的小立方体。

房间一角有一张大床。另外还有一张藤编的长椅，杂乱地摆满了书本和文件的书架，另一个角落里有几个红色的档案箱。公寓另有一间孩子用的房间，此外，还有一块空间——这是迪潘赞的用语，他并未说“房间”——其一头是厨房，另一头是浴室和厕所。

两个孩子已在等着见他们父亲的客人。年纪较大的是十九岁的女孩，正在不远之外的甲达夫普尔大学修读工程。她笑着，神情开朗，容貌端庄，戴着眼镜。她有一种直率的气质，是我至今未在她父亲身上看到的。她的胖弟弟十三岁，看来块头会长得比他父亲大。她调侃着弟弟说：

“他想去美国。”这应该既是实话，也是揶揄，弟弟倒毫不在意。然后两个人就一起离开，穿过走廊再下几个台阶走到巷子里。

迪潘赞在一九八〇年搬进了这套公寓。现在一家人住在这里很拥挤，但一九八〇年时他们倒不这么觉得。两个孩子却觉得这地方太小。小公寓月租六百卢比，相当于二十四英镑。四周有一些整理得不错的房子。隔壁是一栋漂亮的小屋，沿着赭色墙壁种植了扶桑，花丛其实跟我们所在房间的窗子离得很近。那房屋的主人是一位阿育吠陀——即传统印度教医术——医生。

巷子里住的是好邻居，对这点他们没什么可抱怨的，他们的屋子四周却布满灰尘。这是迪潘赞一定要我脱掉鞋子的原因：免得我的鞋子把灰尘带进屋内。小巷里常有卡车开过，这时候，灰尘就直接吹入屋里。屋里有蚊子。

迪潘赞说：“我这才想起该点蚊香了。”

他走进里面的“空间”——他的长腰布是褐色或淡棕色的，上面有格子图案——不久后他出来时拿的并不是我设想的绿色蚊香，而是一个插电的日本制蓝色塑料“玩意儿”——迪潘赞的用语。塑料容器内的化学物质受热后会散发出来。

一个清洁妇从前房的这一头打扫到另一头，她什么话都没说，任何人都不看，只是上半身深深弯着，两腿相当笔直，用小扫帚清扫磨石子地板尚未被家具或红色档案箱占去的小空间。

迪潘赞的妻子走了进来。她名字叫亚拉蒂，年纪跟迪潘赞相仿。她穿着一袭有小花图案的深色莎丽，以及一件黑色紧身上衣。她也是一位教师。她的课排在大清早，十点就结束了。

她想知道午餐要如何安排。她说迪潘赞不吃小麦做的东西。“饭，饭，饭——他只吃这东西，一天三餐，我做了他就吃。小麦做的东西他没办法消化。”这是迪潘赞“后政治”生涯的一部分，是他在乡村从事地下活动时得病以及三角洲地带水质恶劣造成的结果。

“阿米巴病，”亚拉蒂说，“一种慢性病。你们那边有这种病吗？第三世界大部分地方都有。”

这是我跟迪潘赞交谈以来，他的游击队经历第一次在话中出现。而且我没料到这话题来得这么直接，一点都没有壮烈的气氛，却强调了他个人的脆弱——在受到这巷子的灰尘和蚊子折磨之前他所经历的痛苦。

迪潘赞坐在床上。阳光透过房间三个加装铁条和绿色窗板的小窗户，从不同角度照射在他身上。蓝色墙壁上挂着三幅旧照片以及一张彩色小肖像。照片中是迪潘赞的父母、祖父、他父亲的舅舅。在他父亲舅舅的租金管制公寓里，迪潘赞父亲以及后来的迪潘赞一直住到一九六九年。这位亲属是民族主义者，做过新闻记者，编过一本被禁的甘地主义杂志，一九四二年入过狱。他是有文化教养的人士，梵社社员，孟加拉文艺复兴运动的一员。不过，迪潘赞最崇拜的是他祖父，一位正统的印度教徒。这位祖父因为没钱读大学而进入总会计师办公室工作，他整个职业生涯几乎都花在照顾弟妹上——这并不是容易的事，特别是在一九四七年的灾难之后。

这位祖父的照片很大，它是迪潘赞请人用受损的原版照片翻拍出来的。还有其他几张气氛较柔和的翻拍照片，不过他最喜爱挂在墙上的这一张。

“他的眼神很犀利、慑人。我喜欢这张是因为他的眼神。我们都受他影响而对伦理问题很关注。他是有节操的人，别人说他一辈子没做过错事。”

另一张很小的彩色照片是年轻时的毛泽东。

迪潘赞说：“你认不出是他。这是一位博斯博士送我的。尼赫鲁在一九三九年派他去见蒋介石，结果他却找上了毛泽东。我挂这张照片是因为它是别人送的礼物。你可别做太多文章，不过我对这个人仍然尊敬有加。”

放在床上的报纸当中有一份财经报纸。迪潘赞对经济新闻有兴趣。印度的经济情况很脆弱，他说可能会再发生像一九六五年那样的不景气，当年曾因此造成哄抢食物的案件并助长了农民运动。

亚拉蒂端了茶出来。迪潘赞为开车载我来的司机倒了一杯，拿到外面给他。他的车子停在隔壁的院子里。

亚拉蒂说：“你夏天会待在这里吗？”她几乎不等我回答。“气温热得令人受不了，现在树木那么少。”

我说：“为什么把树砍掉？”

“因为人，人太多了。人和树不能共存。他们砍掉这么多树，气候都变了。冬天变得更冷，夏天变得更热。”

对面一位女人隔着窄巷若无其事叫道：“亚拉蒂？”然后马上就走了进来。同一时刻，一辆三轮车从巷子里经过，红色小车顶下相对的两排椅子上坐了许多孩子——坐着玩具车似的东西从学校回家的孩子，这令我想起小时候在西班牙港常见到的面包店脚踏送货车。

亚拉蒂跟邻居在前房后面的那块厨房空间交谈。通过开着的门，她们的话非常清楚。

送茶给司机回来之后，迪潘赞坐回床上。在报纸堆中，他再度谈了起来。

“在总督学院读书的时候，我在政治上并不活跃。由于出身，我站在左派一边，但那时学院里的政治活动处于低潮。第二学年快结束，当我在功课上忙得就要受不了的时候，我开始想所为何来。我也胡乱写了一些诗。我父亲从未看过我的诗——我没拿给他看，我母亲则没有兴趣。他们认为那大概是一种有害的娱乐。他们从未鼓励我。我开始怀疑我为什么要写诗。我们学院里有不少人，男女都有，也碰到了同样的问题和疑惑。

“从那时起，我突然意识到周围的贫穷和悲惨。先前我一直没有发觉。我看到了种种，却认为那是正常情况。我告诉你一个小故事。有一天——我还记得清清楚楚——一个朋友跟我去看一部萧伯纳戏剧改编的电影。我正要前往，刚刚出了门，这时我看到了这个人——我不能说他是乞丐，他连乞讨的力气都没有。

“他躺在人行道上。他就要死了，意识却完全清醒，没有发出一点声音。他躺在一家病理检验所前面。我请检验所的人打电话叫救护车。救护车来了，却没有人愿意陪那个人前往医院。我只好跟着他去。我并不是很情愿，但还是陪他去了。他完全不在乎，根本不在乎。他半句话都没说。

“救护车开到一家医院。医生为他做了检查，在他的表格上注明他必须住院。他们在表格上盖了一个章：‘本院已无病床，改转他院。’司机得再开救护车把他送回来。司机问我是否认识这个人。我回答说不认识，司机说：‘我们可以把他送到另一家医院，但结果还是一样的。’”

我问迪潘赞：“那个人样子怎么样？你还没提到这一点。”

“他衣衫褴褛，一身肮脏。最引人注目的是他有水囊肿，也就是阴囊发炎，通常是血丝虫引起的热带寄生虫疾病。他走路的时候必须用双手捧住阴囊，你可以设想那有多重。

“我问救护车司机这种事发生得频繁吗，司机说常常发生。他说，当他们被派来载这种人时，他们会乖乖照做。但这种人没人陪，因此他们的做法是把他丢在另一条路上，因为他们知道没有医院会收容这种人。

“司机见到我对那个人有些责任感，于是说：‘我知道有个地方可能会收容他。我不敢确定，不过我们去试试看吧。’他开到时母庙附近的一个地方，那里有一个小场所——只是长长的黑暗走廊，可能只有一片瓦顶，两侧都是躺在床上奄奄一息的穷人。我们把他留在那里，把他的病历表格放在他的头旁边，然后就走了。

“那个地方是特蕾莎修女替那些人建造的场所的雏形，那时她还不为人所知。我可要说明白，我对特蕾莎修女的立场并无正面或负面的看法。我必须说的是，甚至到了今天，整个加尔各答只有这里会收容奄奄一息的穷人。”

就在这时停电了，这是加尔各答常发生的事。迪潘赞最先想到的是那个必须用电加热的日本制驱蚊器。他说，没有那个驱蚊器，我们根本没办法坐着交谈。他起身去弄来一盏油灯，点了灯，然后把那个蓝色玩意儿放在玻璃灯管上。几乎在同时电又来了，他把油灯熄灭。我们也换了坐的地方。我坐在床上，他坐在藤编的长椅上。

他说：“那是一个星期天早上。天气不错，但下午我们把那人安置到时母河阶之后下了一场雨。我错过了电影。我花了三四个钟头陪着那个人来来去去。

“这只是一个例子。不要认为这件事让我完全改变了。它对我影响很大，但没有大到让我改变信仰的地步。这只是我开始注意到的发生在身旁的许多事情之一。我开始在加尔各答街道上走动，有时候独自一人，有时候跟朋友。”

坐在藤编的长椅上，回想着往事，眼神失焦，他举起裸露的修长双臂，搭在蓝色的墙壁上。

“从一九六四年到一九六五年开始，我过的日子开始变得空洞、没有意义。我对物理和诗还很有兴趣，但花在上头的时间减少了。”

一九六四年，迪潘赞从总督学院拿到学士学位，然后到加尔各答大学理学院读研究生。同时，他的私人生活也有了变化。他遇到了亚拉蒂，并向她求婚，但亚拉蒂家人反对这桩婚事。亚拉蒂出身显赫的婆罗门家族，迪潘赞则属于卡雅斯塔种姓。关于这个种姓，迪潘赞说：“卡雅斯塔种姓严格讲是首陀罗，不过在西孟加拉及其他地方，因为他们拥有土地，他们实际上过着高级种姓的日子。他们是从事文书工作的种姓，从莫卧儿时代甚至更早以来就担任书记。”

在这桩挫折的同时还发生了他早上一开始就谈到的经济危机。

“从一九六五年之后，米和其他食物的价格就涨到空前的程度。煤油买不到，工厂关门，被裁员的工人自杀。甚至有执照的工程师和医生都找不到工作。西孟加拉发生了大暴动。这场一九六五年到一九六六年的人民运动彻底改变了我们这一代的世界观。

“人们开始找市场的零售商理论，一定要店家降价。有时候，他们到违法囤积谷物的仓库抢劫。政府动用警力对付时，示威者加以反抗。从丢石头到放火烧公共建筑和车辆——从英国时代以来，这就是抗议的神圣手段。如果有人放火烧公共汽车，你就知道他是玩真的。”

“物价上涨对你家有没有影响？”

“我们自己——我家人——应付得过去。大家谈的都是那些事——价格、危机、食物暴动、政府束手无策、警方开枪等等。那次运动一直被称作食物运动。”

带领运动的是共产党一个派系的普通党员，而不是党的任何大人物。然后在一九六六年，迪潘赞母校总督学院的学生首次发起了一场支持共产党的运动。运动领袖被学校开除，往后学生为此事抗争了六个月。

有天晚上，迪潘赞正搭公车从南加尔各答回家。他看到总督学院校园里聚集了一群人。他下车去看个究竟。他没有碰到认识的人，倒是第二天再度前往时，他发现学生运动的领袖和其他人是他的朋友。他越来越常和这些朋友在一起，有时在总督学院校园里，有时在学校对面的咖啡厅，有时在学生宿舍。

他开始在尚未投入运动的学生当中进行宣传工作。“少数几个聒噪的人认为他们是来求学、准备就业的。我们必须说服他们。”有人认为那些煽动学生及食物运动的活跃分子是替外国政府做事的。为了应付这些指控，迪潘赞必须阅读大量数据。他开始阅读马克思主义文献。

“这时候中国正在进行‘文化大革命’，它在加尔各答的影响力很大——中国学生所做的事，他们为何要那样做，在已经完成的革命之后为何还需要一场文化革命。

“这些让我很激动。我觉得可以开始让生活过得有意义。对我父亲过去在党里的政治经历，或者他舅舅的民族主义及甘地主义往昔，我并没有多少认识。那时候我父亲只是平常老百姓，他跟党没有联系。我母亲也已经不是共产党员。我父亲那位民族主义舅舅对整个印度政局只有不满。他一辈子都没投过票，宣称说他才不会在一群恶棍之中挑选最无害的人。

“虽然我全部时间都花在政治上，我还是缺乏一套意识形态或哲学。有时我没回家过夜。亚拉蒂相当担心。我父母几乎对我没指望了。”

“你晚上在外面做什么？”

“我们在宿舍里跟那些男生谈到十一点，然后我们自己再谈到十二点或一点。我们就睡在总督学院的草地上。”

一九六七年他拿到了理学硕士，找到了工作，也在求婚四年、经过跟她家人的种种争执之后和亚拉蒂结婚了，这时他过的就是这种生活。

“那是一段内容充实、令人兴奋的日子，无论是在情感上还是在知识上。那时候我开始认识这个世界。过去我的生活受到层层保护，我把心思放在功课上。我母亲对我太照顾——你知道我有气喘。我母亲老是哭。她因为对我的期望而受了很大的苦。我父亲自己有过教训，因此对我们运动的方向有点担心。

“我们在总督学院慢慢形成一个基本概念。我们认为，印度共产运动失败，是因为由中产阶级知识分子构成的领导阶层已经变成一个官僚组织，群众的自发性从未受到培养。然后在一九六七年四月发生了纳萨尔巴里事件。”

这是发生在西孟加拉的事件，后来的纳萨尔派[①]运动即以之为名。

“那天早上我正在读报纸，在头版读到了这条新闻。在企图夺回被地主独占——大部分是非法取得——的土地时，一群农民拿弓箭包围了一队警察，射杀了一名巡官。

“这是了不得的事件。我简直无法相信——我们在书本、马克思主义文献、历史书籍中读到的这种事果真发生了：劳苦群众果真会拿起武器，为他们的权利而战。我当时就下了决心，我们在总督学院的大多数朋友也下了决心：这是我们要为之献身的斗争。加尔各答第一张支持纳萨尔巴里抗暴的海报是由我们张贴的，就贴在总督学院对面墙上。”

“你的朋友是些什么人？”

“有些人背景跟我类似。他们有许多是西孟加拉这边的贫穷乡绅的儿子。我们都是中产阶级。

“我们马上决定走入劳动人民之中。我们之中有些人回到故乡村庄，有些人前往工业区的贫民窟。我们接触较多的是南豪拉的盖斯特·金·威廉斯工厂的工人，那边一位工会领袖把我们找了过去。不多久，村庄和工厂里就传起话来，说加尔各答的学生会来跟大家谈如何改变生活状况。”

“你如何把这件事跟你的工作调和在一起？”

“我在晨间学院上班，因此下午和晚上都有空。”

“你上门找人不会觉得不自在吗？”

“跟工人在一起不会不自在，我可以了解他们。不过，后来我离职——我换了许多工作——到村庄去的时候，遭遇却很不顺利。但那是一九六九年，很久以后的事了。

“一九六七年我们还在推动学生运动。我必须到处跑，上政治课，

①印度主张通过农民武装斗争夺取政权的共产党人，因为最初活动于西孟加拉的纳萨尔巴里地区而得名。

跟学生做集体讨论，向他们灌输，要他们反对党内反对纳萨尔派运动的官方立场。党认为那次运动对其组织造成的只有威胁。

“接下来的一两年里，我经常到盖斯特·金·威廉斯去。亚拉蒂有时也陪我去。那期间我的日子大概是这样过的。凌晨两点我步行回家，因为已经过了最后一班公车或电车的时间。我也可能就在总督学院的草地上睡觉，如果下雨的话，就到学校建筑或学生宿舍内过夜。六点十五分或六点半我又要开始工作，那时候课程就要开始了。十点钟我回到总督学院。我们开始跟学院同学以及从加尔各答和西孟加拉各地学校前来学习运动的学生讨论。

“警察监视着我们的活动，他们派人在学院里卧底。我们抓到一个，狠狠揍了他一顿。我们常在街上跟警察打起来。”

“那是什么样子的？”

“每次打起来，不管是私下还是跟警察打，刚开始都会很紧张，然后紧张气氛就慢慢消散，变成兴奋刺激，最后甚至赔掉老命都无所谓。在加尔各答，攻击警察时一向用的是砖块。那是平常的攻击。如果严重的话，就会动用私造炸弹和土制枪支。不过这些攻击并不常见，只有在重要政治运动达到高潮时才会发生。”

我觉得这有点奇怪：他能够用这种学院式的、亚里士多德式的口吻谈动乱和攻击。

我说：“听你这么谈到跟警察打架的事，似乎你受到某种保护。”

迪潘赞说：“那时共产党分享了政权。我们了解他们的困境，我们知道警察不会跨过某些界线。这是共产党首度在西孟加拉联合执政，他们不敢跟学生和工人对立。警察在纳萨尔巴里对农民开枪那件事在党里造成了分裂，使一些资深共产党员转到纳萨尔派的阵营。

“到了晚上，学生那边的工作结束之后，我们会前往工厂和贫民窟，或者上政治课，进行集体讨论。我们开始慢慢学习古典马克思主义的政治概念——马克思、列宁、毛泽东，统统都有。

“然后在一九六九年，我们转往乡村。共产党在西孟加拉历史很久，甚至在许多乡村地区也是如此，想要推动斗争的基层领导也开始帮助来到他们地区的学生。

“我们有一条规矩。你身上只能有一条‘伦吉’（即长布），一件背心及一条毛巾。你到村庄里去，找出农工或贫农的小屋，直接告诉他们你前来的目的。你一开始就谈到政治目标——劳动人民夺取政权。这种工作我们称为红卫兵行动。

“先锋人员很难将他们的理念传达给对方。不过，等到我前往村庄的时候，农民对这一事实已经很有概念了。我们只带着返回所属的城市据点的车资，没有其他钱。我们另外准备了一条腰布、一件衬衫、一双拖鞋，以便在来往城乡之间时穿用。

“农民尽他们所能供应我们食物。在有些地方，刚开始他们有时不愿提供食物。不过整体上看，无论在哪里他们都会耐心听我们的话。我们在他们的小屋里过夜。通常，如果他们只有一个房间，而村庄住的是穷人因而无安全之虞，我们就睡在走廊上。不过这是难得的享受，通常我们必须躲在谷仓的夹层里睡觉。政府加强镇压时，我们整天都得藏起来。我们有一两个人曾经用水壶大小解。”

“镇压”，这字眼也有点奇怪：在经历了那一切之后，他还用这个抽象字眼，让人觉得他谈的是政治学教科书里的内容。

他继续说下去：“我们逐渐碰到两个问题。首先是阿米巴病，因为饮水一概很差。还有疥疮，因为我们只能草草洗澡，有时一连好几天没洗。我们不懂得如何在印度村庄里保持身体干净。所有村民都知道用一点油、一点碱灰、一点水清洗身体——这是我们不知道的。不过，这些并未真的难倒我们。我们政治工作中最刺激、最有趣、最有成就感的部分是我们跟村民共处的时候。

“开始的主要问题是，我觉得我们跟村民之间有一道看不见的隔阂，我们跟他们说的是不同的语言。对印度乡下人的沉默以及转弯抹角的说话方式，你可要花一大段时间才会适应。”

“说具体一点。”

“假设我来到一个村庄，而村里的人不敢收留我，他们不会坦白告诉我。当我在晚上前往一个这样的村庄时，人家建议我跟男孩一起到附近看‘甲特拉’——一种通宵的戏剧，是村庄岁时活动的高潮。他们是在暗示，那天晚上我不能住在他们的任何屋子里。”

“你还没告诉我村里的情况是什么样的。”

“生活质量比城市贫民窟好。只有一个例外，那是收容麻风病人的村庄，在那边，收割之前他们会有一些小麦，但少得连做薄煎饼都不够。他们做面团，一点一点吃。小孩消化不了那种面团。那时候，每年有五个月，饥饿——一天只吃一顿正餐——是村庄生活质量的主要决定因素。”

就像听他谈到在加尔各答街道上救助那个奄奄一息的人一样，我再度对他提及印度之悲苦的方式感到惊讶：仿佛那只是他个人的想法和观察，仿佛他所属的团体比别人观察得更清楚、更有体会，仿佛这些悲苦是他们可以用来解释他们的行动的理由。

现在已经过了中午一段时间，过了正常午餐一段时间。他觉得累了。他说他想冲个澡。亚拉蒂已经做好了午餐，迪潘赞到后面冲澡时，她把食物端出来，为我摆在一个小凳子上：食物很简单，包括两块炸鱼、豆子和普里面包。鱼肉中刺多，不容易挑除，不过亚拉蒂说，如果我用手指吃会更容易摸到鱼刺，把它们去掉。

我吃的时候，她站在小房间里，再一次谈到了加尔各答夏天的高温，她也再一次问我是否要待到夏天。她再一次谈到了被砍掉的树。我问她印度人是否讨厌树木，是否认为树木会藏匿或助长恶灵。她说不，印度人喜爱树木，不过，现在就是人太多了，不得不把树砍掉。

她说，她第一次怀孕时，迪潘赞不在她身边——那时候他住在村庄里。她到迪潘赞父母家里住。那是印度人的做法，这里的习俗：妻子跟夫家的人住在一起。她说，如果要撰写关于印度的东西，你必须在印度待很久。印度有那么多不一样的事物。

她说，刚开始时，她对运动是支持的，但她不赞成下乡直接向人民宣扬革命。她认为那是愚蠢的做法。印度这里的穷人听天由命。下乡的做法使革命倒退了四十年。谋杀开始发生时，她也觉得不应该，她一点都不赞成那样做。

迪潘赞尚未跟我谈到那一点：他答应改天再谈，或许就在明天。

我对亚拉蒂说，或许毛病就出在革命那个想法本身，那个认为到了某个时刻什么事情都会改变，世界会变好，人类会获得改造的想法。

她没有搭腔。

屠格涅夫针对那个问题写过一本小说，我说。他写了一本小说，内容是十九世纪六十年代晚期俄国中产阶级到工人中间宣扬革命的情节。如果大家不带偏见地读了那本书，那么或许就不会犯下书中人物所做的错误判断。她没读过屠格涅夫，她没读过《处女地》。她没读过那么早期的俄国著作，她读的俄罗斯著作最早的似乎只是些经典政治文献。

她侧身站在门口，看着外面的走廊以及巷子里午后两三点的白色阳光——那还只是春天的阳光——这时她若有所思地说，其他国家的人似乎都在远离马克思主义了。

她身材并不高，但她体格结实，风韵犹存。

她说，她在英国住过一阵，那时那些革命活动都结束了，迪潘赞前往英国进修物理。她在英国所看到的，特别是她所注意到的英国妇女的地位，让她进一步觉醒。这令我感动：在这杂乱的小房间里，在炎夏即将来临之时，还有这股激情。

那天晚上在加尔各答市中心一套大公寓吃晚餐时，我碰到迪潘赞的一位总督学院的同学。我听他说，迪潘赞原本是个资质不错甚至才气焕发的学生。后来他扯上纳萨尔派的活动，有那么一段可怕的日子，娶了加尔各答望族之女的迪潘赞似乎随时都会被判绞刑。自从迪潘赞加入纳萨尔派之后，他们——迪潘赞及跟我谈话的那个人——没有再见过面。

那个人说："他的功课比我好。现在，他在教物理，我在搞物理——这是我们之间的不同。他教书的学院是个烂地方，他也应该知道这点。他在那边无用武之地，他应该回到主流来。"

不过，如果他们见面的话，他不觉得那是他能够向迪潘赞提起的话题。那件事太令人尴尬了。那一段参与纳萨尔派和共产党的日子——根据迪潘赞自己的说法，他在受到保护的生命中似乎从这次参与里首次找到了归属的团体、舞台和目标——如今，这段往事像是挥不掉的窘事一样隔在迪潘赞跟他原先所处的另一世界之间。

那个人说，或许迪潘赞觉得无颜见过去认识的人。因此，他就住在他所住的地方，在那家不入流的学院教书。他在英国时的情况也是如此：他住最简朴的套房。

晚宴中另一个人说，这种消失和躲藏是孟加拉人非常典型的做法。

我想起那天一大早迪潘赞从巷子里走出来见我的样子——他的腰布和衬衫——他随着所有其他人，那些住在贫穷聚落里却维持着体面外表、提着公文包及公文箱的人。从我们第一次见面时他所谈的话来看，我以为他是因为跟那些"败兵"学生站在同一阵线而到那所学院教书的。至于他所住的地方，我最先想到的是某种社会责任感让他住到那里去的。我错了，实情并非如此。他住在那里只是因为他住不起较好的地方。他在乡村受过苦，如今在城市里他因为灰尘和蚊子而受的苦几乎一样大，他妻子则因为高温而受苦。他选择了艰苦的生活，而他跟妻子都不能适应恶劣的条件。

第二天早上我到学院去见他，也再次详细看了那栋双层建筑，包括加尔各答式的古典装饰、三角墙以及成对嵌入两层墙面的柱子。绿色窗板上沾了一层废气和灰尘形成的黑色粒状污垢——你可以在污垢上写字。小校园里的小树因为灰尘而脏兮兮，只有春天的新芽才呈现绿色和清亮的样子。放置已久、被挤压过的一堆堆庭院垃圾慢慢燃烧，在空气中散发刺鼻的烟雾，闻起来并不难受，在加尔各答的春天里倒像是较温和的秋天的气味。在加尔各答，他们都是这样把庭院废物烧掉的，甚至在市中心也是如此；这使得褐色的烟雾更加浓厚。那天早上，没有整理的校园小草地上杂乱地放了一堆破损的褐色课桌椅，杂草则从校园的小土堆上长了出来。

楼上，破裂的门窗已经换上了网孔大小不同的铁丝网。用金属字母钉成的已经生锈的“物理系”几个词显得不大协调。红色地板上那些东一堆西一堆的灰尘——迪潘赞和我在两天前谈到的灰尘——仍然在那里。在一侧那间拥挤的小室里，两天前汽水瓶和小碟子留下来的圆形印痕还未擦掉。

迪潘赞对桌上的印痕挥了半个手，对摆着实验台的那个房间里的灰尘点了半个头，然后说：“绝不会清理的。”

我们在小室里坐下来；他坐在原先的椅子上，我坐在我坐过的椅子上，两个人隔着小桌相对。桌子上的污迹真是五花八门。橄榄色或卡其色铁柜后面及中间露出狭长的白色瓷砖墙面，不知从何处滴落下来的褐色物质在磁砖上凝结了。

我对他说，在他告诉过我的话之中，我还不明白某些事情。他曾经谈过前往加尔各答的盖斯特·金·威廉斯工厂组织工人的事。他是怎么进行的？他接触的第一个工人是谁？从他的叙述里，我拼不出许多画面。他下乡到村庄里——他是怎么做的？他是否就乘公车或火车前往某个村庄？他的谈话是否能超乎某些抽象概念——“工人”、“村庄”、“农民”、“压制”？

他接受了我的疑问。他准备告诉我细节。他首先谈起一九六七年组织加尔各答盖斯特·金·威廉斯工人的事。

“我一位朋友已经在盖斯特·金·威廉斯的贫民窟住了一段日子，他也认识了某位第二阶的共产党领袖。我朋友要我过去看看那个人是不是真正的革命分子。我从总督学院乘公车前往，经过豪拉桥。我在豪拉站换车，这第二辆车穿过豪拉的拥挤街道开到盖斯特·金·威廉斯的门口。”(大约一个礼拜之后，我跟盖斯特·金·威廉斯公司的一位员工走了同一趟路程。为期一年的资方关厂行动才刚结束，从厂区里的热带杂草和季风过后的铁锈看得出停工一年的迹象。这家公司是先前英国人经营的、在经过近乎垄断市场的时日之后已变得无效率的大公司之一，它无法轻易适应新环境。公司在一九六六年至一九六七年碰上麻烦之后，开始一路衰落。一九六六年印度经济不景气时，盖斯特·金·威廉斯向来或多或少依靠的印度铁路局削减了一半以上的订货量。一九六七年有六七个月之久，转辙器与分叉轨生产部门以及平交道枕木生产部门都停了工，螺钉螺帽部门也受到影响。工人领到了薪资，但只是最低工资。这是公司告诉我的当年的情况：这也是迪潘赞故事的背景。)

迪潘赞说：“我朋友跟我在门口等了很久。我们到工会的小屋去看了一下，跟那边的人谈了一阵。工人从大门走了出来，我看到各种人：穆斯林、印度教徒、比哈尔人、孟加拉人。我兴奋极了，但可惜我朋友要我来见的那个人却没出现。

“我记得的第二次造访是这样的。公司要使用一些新机器，因此将以半额遣散费解雇一些工人。一个共产党小派系工会的组织者为我们设想了下面的任务：我们要到工会尚未吸收的非孟加拉工人聚居的贫民窟去。这些工人是反共的。

“有一天傍晚时刻，我们不少人进入了贫民窟。我自己身在一间小屋的房间里，看到这么一个比哈尔人坐在他小屋外头的绳编床上。”

“多大年纪？”

“中年。起先他不怎么想搭理。后来他笑了，于是我开始谈起公司要使用的机器。我用印地语谈，当时我说得还不是很好。他态度友善，但没有明确的响应。

“我还记得另一个景象——那是过了一阵之后的事。我开始在晚上到这个贫民窟去。他们交代我跟工人谈谈马克思主义。在那时，那个小派系工会已经有了不少支持者。这是一间穆斯林的小屋，我正跟一个工人在里面等着。我对他们的生活状况还不熟悉，今天，二十年之后，我记得最清楚的是房间里有一条公用排水沟通过。后来我就去上课了，去讲马克思主义。我想我并没有让他们听懂。他们都累了，我也讲得太抽象——这是我现在才知道的。

“当时我处在这种情绪高涨的状态。我年纪很轻，有些穆斯林工人——我现在谈的是后来接触的船坞工人——他们还叫我们回到为我们哭泣的父母身边，回到学校念书。我记得问过这些工人之一：‘我为什么要回去？你为什么不站出来帮我的忙？’”

“他年纪多大？”

“这位老兄是中年人。我还记得他用他的印地语所说的话：‘我们是来挣钱的。’我这才发觉我太纸上谈兵了。不过党方面说过，跟农民比起来，城市工人比较‘落后’，而这是我可以用来合理化的说辞。”

我说：“亚拉蒂不赞成你到农村去。”

“在一九六八年年中，我告诉她我要走了。我实际走的时候，她怀了身孕。她哭了。她不认为我做的是很值得去做的事，但在当时她也不认为那是一件蠢事。她觉得我背叛了她，我自己多少也觉得是那样。”

“你怎么去的？”

“刚开始，那是另一件乏善可陈的事。我们在加尔各答外围有几个运作得很好的城区党部。我坐火车到了其中之一，车程要花两个半钟头。我前往一个工厂工人的家里。我知道那间房子，先前曾经因事去过。他是从东孟加拉来的难民，为自己在城里一个残破肮脏的地点盖了一间小屋。

“那天，我跟一位村里的同志会合。他正等着我。我们隔天坐客车离开。我带了一个帆布袋，但里面除了一条腰布之外没有别的东西。我们在将近傍晚的时刻下车。我的衣服跟别人没有不同，倒是我的眼镜和加尔各答式的显得不一样。我们走了半个钟头，来到村中心，那里的人都支持我们。那晚上开了一场会议，以便决定行动方向。我没有参加那场会议。

“晚上我们去某个人的小屋用餐。村民一起安排了食物。米饭带着汤水，完全没有把水滤掉，因为米汤也是食物。这种带汤的米饭还真多。可是我吃不下。这可苦了我，因为我又不能把它倒掉。我这城里人的胃就是太小了，容不下那种东西。没有别的东西可吃，而且在隔天晚上之前，没有人会再好好吃一餐。”

“你们用什么装食物？盘子？叶子？”

“金属盘子。那是一间茅草顶的小屋，我们在外面的空地吃饭。除了天上的亮光之外，没有别的光线。蚊子非常多。我心有点乱。”

“为什么？”

之前他用现在式叙述，现在换成过去式。“当时我担心着隔天必须面对的问题——沟通方面的问题。我们睡在屋外的绳编床上——两个人一张床，那可真难受，因为绳编床的中央会往下陷。我觉得寂寞、不安。村里没有厕所，有几块靠近水池的地方是用来办那事的。

“第二天早上，一个条件较好的农民（他有一台收音机）请我们喝茶——这在村里并不是常有的事：村民在当时没有热饮可喝。下午我们又吃了一顿，也是米饭，因为我们马上就要步行去另一个地方了。三四个小时的路程。

“我很难跟得上农民向导的脚步。我们在傍晚抵达了目的地。我整个人都为政治而烧了起来，他们却慢条斯理地做着日常工作。我注意到了这点，觉得自己像是个笨蛋。在城里，每个人都很激昂，而这里这些被看作革命主力的农民却相当无动于衷。我觉得失望，开始想回加尔各答。

“第二天下午，我开始走回距离最近的党部，地点是在一个非常小的镇子里。我不记得当时的任何肉体痛苦，也不认为那对我有任何影响。我记得的是必须走六个钟头左右，因为身上没钱——照规定我们不能带半毛钱。我走着走着，汽车就从身边开过。

“我就这样加入了红卫兵行动，觉得终于在做事了。”

我说：“你不用向我提任何名字。不过，你谈到的人都没有面孔，我看不到他们的样子。”

迪潘赞说：“面孔是有的。但是，开始组织盖斯特·金·威廉斯的工人时，我们沿袭了共产党的看法，认为人是客体，不是自求生存、进而创造历史的生命主体。我们在人际关系上的互动对象大多是自己政治组织里面的人。因此，当那位穆斯林船坞工人问我为什么不回家时，我才会印象那么深刻。甚至到了今天，我还认为那番话属于完全不同的层次。

“我想再加一点。我朋友的面孔还留在我心中。不过，他们大多还在政界活跃，我不想对他们加以评论。”

后来，一九六九年五月一日发生的一件事让迪潘赞从乡下回到加尔各答。那天，在加尔各答广场——加尔各答那座广大的中央公园——举行的一次群众集会中，一直在鼓动纳萨尔主义农民运动的共产党派系宣布，他们将另外成立印度马列主义共产党。

迪潘赞说："我父母反对新党。亚拉蒂很不高兴，在这阶段她希望我远离政治。我们的女儿将在十月出生。我在加尔各答待下来，在船坞进行政治工作，一直到一九六九年年底。然后我又回到了农村。

"早期的同志一直鼓励农民建立自己的组织，夺取政权，同时先没收地主的土地，再没收他们的枪械——也就是说，要农民强行收割他们土地上的产物，取得地主土地上的产物，也要在村庄里建立与地主权力相对立的农民权力据点。

"事实上，那片地区在收割期间发生了一场农民大起义。我到得太晚，没有赶上。就在这场起义当中，党下达了除掉特定人士的行动路线。这些行动将由秘密成立的小组来执行。这正是我开始进行红卫兵行动的时候，我必须要求农民成立所谓的歼灭小组。

"对我来说，原先因为乡村情况以及无法沟通而遭受的痛苦现在都消失了。我学到了一些东西。我进行红卫兵行动时更有信心，不那么紧张了。这是一段漫长的路程，前后好几个月，六个月到一年之间。我从一个村庄到另一个村庄，从一个小区到另一个小区，有部落也有非部落，包括贱民也包括农民种姓。我确实认识了印度。"

"你对党的新指令有什么看法？"

"许多先前的同志已经成立小组，并且执行了歼灭任务，主要是在发生过收割期起义的地区——以土地和收割为目标的起义，即占领土地，强行收割。"

"新指令有没有让你感到震惊？"

"没有，没有。印度人基本上是很凶暴的民族。我在新地方进行红卫兵行动，尽管花了最大的力量，还是无法说服农民去执行任何歼灭行动——这令我很懊恼，甚至觉得无能。"

"你记不记得是如何跟农民说的？"

“噢，记得。我在一个农民的小屋借住，就跟他谈了起来。那间小屋我记得很清楚。他们有一个刚出生的婴儿，他们不喂她奶，而是用米汤装在瓶子里喂她。这在我看来相当不可思议。这些人跟我们接触过的其他人没有两样。他们土地很少，收成大概只够吃三个月。党要我们把重点放在这些人身上。

“我问这个人，‘这里大家最痛恨的地主是谁？’他说出地主的名字。我告诉他，‘为什么不干掉他？’那天晚上他带来另一位农民，要我跟他谈谈那个话题。他们两人都认为那个地主应该被干掉，但拒绝亲自下手。”

“那念头有没有让他们吃惊？”

“他们没吃惊。我一再告诉你，我们是很凶暴的民族。我想说服他们，来来去去大约花了两个月。

“我偷偷住在那小屋里。如果地主知道了，他会杀了我，或者把我交给警方。我知道情况危险，我知道我逾越了法律，但没有人认为杀人违反了任何道德规范。你必须了解，就像《古兰经》之于穆斯林一样，《罗摩衍那》和《摩诃婆罗多》支配了印度教徒的日常宗教规范，而在这些书里，基于大义而杀人是被称颂的。我必须承认，像任何印度人一样，我对于为了正当理由而杀人的行为没有道德上的反感。”

“甘地呢？”

“印度人不同意甘地的许多理想，其中最明显的就是非暴力。”

“耆那教徒呢？”

“他们是个奇怪的教派。不过，当你提到这些宗教——佛教、耆那教、甘地——时，你并不是从正确的角度看印度的。我提醒你，看看柬埔寨、斯里兰卡、缅甸发生了什么事——这些国家表面上都深受佛陀和孔子的影响。但这些民族都很凶暴。”

“我们回头谈村庄的事吧。”

“像我说的，我开始觉得自己无法胜任。一九七〇年与一九七一年之交，整个运动遭遇到挫折，我的许多朋友开始重新思考。

“在被捕之前的最后几个月，我深入接触了部落民族。我很喜欢他们，在他们当中觉得很自在。我了解他们的政治目标。我这才第一次碰到在政治上有所思考、有所行动的农民。我跟他们当中的一位校长谈了很多。这几个月过得非常充实，是我在农村最充实的日子，特别是因为运动里的朋友对杀害特定人士的做法所产生的怀疑——这些怀疑让我能够甩掉党那些我开始觉得不切实际的束缚而自由自在地发言。”

“你那个地区歼灭了多少人？”

“那地区因为党的这条路线被杀的有一百多人，大多是地主。”

但这时警方已逐渐将他们包围了起来。

“我们的朋友不得不跟党断绝关系，许多人必须在比哈尔和孟加拉不断奔逃。一天晚上八九点左右，我们正在北比哈尔一个火车站旁的食品店，那边有几个穿衬衫长裤的便衣警察。他们是孟加拉的警察，正在搜捕其他一些纳萨尔派分子。他们到火车站食品店买些肉类的食物吃。他们认出了我的一个朋友，我们都被捕了。

“那时警方已经开始全面扑杀纳萨尔派分子，被捕后我的第一个反应是他们会杀了我们。那时恐怖镇压已经有六个月之久，我已经接受了这种命运——这样我才能撑下去。

“食品店那几个警察比我们年纪大，态度并不恶劣。他们把我们带到警察局。一到那边，我们就设法影响看管我们的比哈尔警察，希望他能阻止孟加拉警察把我们杀掉。

“那个比哈尔警察是个教养不错的人，他说：‘我的确尊重你们，你们做的事是为了国家。不过，身为警察，我不得不跟你们对立。’我们嘲笑他。‘你们为什么要嘲弄我们？这些孟加拉警察几分钟之内就会把我们杀掉。’

“他们用绳子把我们绑起来，警察边绑边揍，口中一再念叨说我们是孟加拉人。那个比哈尔警察感到愤慨，立刻用无线电向整个比哈尔发出我们被捕的消息，以免孟加拉警察把我们杀掉——要是他们想那样做的话。

“我们大多从未受审，只有几个被审定罪。其他人未经审判便被拘留，直到一九七七年孟加拉国施行大赦。

“我在加尔各答的监狱被关押到一九七二年十月。狱中有两件事令我沮丧。第一件是被囚禁的加尔各答纳萨尔派分子的素质。我们过去听说，他们在持续杀害特定的警察——甚至交通警察——以及有告密嫌疑的人。监狱里多的是纳萨尔派分子，特别是年轻男孩，而他们根本没有什么政治头脑。实际上，这些年轻人反抗的是教育系统——男孩女孩被迫上学，然后又辍学，党就吸收他们来搞城市暴力行动。

“党已经分裂了。我自己也没有清楚的看法。我觉得运动本身有一些毛病，觉得自己的政治探索已经走入死角，必须重新开始。有一段时间，我无法再自认为是政治工作者。

“来到加尔各答监狱之后，我可以定期跟父母及亚拉蒂会面。政府找不到证据起诉我，我未经审判，受到预防性拘留。最后，我向政府请求，说如果他们释放我，我愿意出国进修物理。”

政府批准了那项请愿。他得到了伦敦大学入学许可，他父亲则替他支付了赴英旅费。警察一直跟着他登上飞机。他在伦敦取得了博士学位，然后回加尔各答。那是一九七四年九月。

我问他：“你现在怎么想？”

他摸摸眼镜，眯眯眼睛往窗外看。我隔着窄桌与他相对，坐在两个高铁柜中间的扶手椅上。他后方是一间空房，墙壁上几处地方刚刷上均匀的水泥。

他说：“主要错误，对马克思主义立场的基本误解——我觉得人民必须自行解放。知识分子只能提供他们解放的工具。”

他现在从事一些民权工作，并在贫民窟上课。“我看不出这跟我过去的政治探索有什么断层——以前到城市贫民窟搞组织跟现在到贫民窟教书这两者之间。”他仰身靠在一个淡绿色铁柜上注视着天空。“社会是这样构成的，使得劳苦大众永远找不到他们自己的声音、自己的世界观和自己的认同。”

我问起亚拉蒂，以及她在英国的情况。

“她的世界改变了，因为她第一次发现女人并不只是甚至完全不是某个男人的附属品。我很高兴要回来，亚拉蒂却哭了好几天，她那些从小被养成不公开表露情绪习惯的朋友为她愁眉苦脸。如果有选择的话，她会继续留在英国——那种自由感，还有被当作一个人看待的感觉。

“从一九六七年到一九七二年，我跟她一直有这种争吵——我没法让她相信，如果我们住在我父母家里，就永远要被他们支配。她看不出那是支配。直到我们到了英国，她才明白我说的话。在那之前，她只把我的话当作是我古怪想法的一部分——就像我也是因为古怪才加入纳萨尔派运动的。我常说：‘我们找一套公寓吧。’或者：‘你为什么不在我母亲面前站起来？你为什么对我父亲百依百顺，即使他要你做对自己有害的事？’她从不知道可以过另一种生活。现在情况改变了，也在继续改变，但在六十年代她那种生命观并没有什么特别。”

这使得前一天当迪潘赞去冲澡时亚拉蒂在她家里所说的话多了一层意义。亚拉蒂说，迪潘赞住在村里时，她是去跟迪潘赞父母一起住的。在印度，妻子住到夫家，你从娘家搬到公婆家。印度跟别的地方不同，如果要写印度，你必须先了解许多东西。

现在他们终于自己住了。

我问迪潘赞：“你在那间小屋里过得快活吗？”

“是的。对亚拉蒂和我来说，生活的物质面从来都不重要。我们两个人都可以干累活。”

“你那书架上杂乱的情况又怎么说——东西就那样丢在一起？还有——提到这个你不介意吧——那些灰尘？你说过学院是公众场所，因此永远不会打扫干净。”

他说：“家里的情况我觉得惭愧。我们两个人工作都太忙，抽不出时间。亚拉蒂在晨间学院教物理，从六点半教到十点——还得加上上班路上一个钟头，下班路上两个钟头。我对家里的杂乱感到惭愧。你要说‘灰尘’就尽管说吧。我祖父一定会责备我。但没有人会对这个地方的情况感到惭愧，这是不一样的。”

“你是不是觉得你生命中最有作为的阶段已经过去？”

“一点也不。我这一生到今天为止不过是探索的第一阶段。”

“我这样问可以吗？你花了这么多时间为别人设想，这不是妄自尊大吗？你不是也应该多想想怎样利用你的才干？你不一定要回答。如果你不想回答，我就收回问题，不会再提。”

“我可以回答。在总督学院比我高一年级的同学之中最有才华的那位现在是美国的著名教授。他也问过我同样的问题，但不是关于妄自尊大那部分的。我感兴趣的物理问题都不是我有能力解决的。我研究过这些问题，在上面花过脑筋。我还在研究——或者应该说，我还在阅读相关的东西。但比较简单的问题却引不起我的兴趣。在诗方面，我对写出来的东西从不满意，特别是因为我写的那一类诗只能吸引像我自己这样的少数几个人。帮助别人却是我可以得心应手的事，虽然我犯过错误。我不断从他们那里学到东西。”

阿修克的第一则故事谈的是他试图进入营销业的经过，以及他跟德里的马霍特拉博士所主持的经营暨企业管理研究所的牵扯。他的第二则故事则关于他的婚姻，以及他跟过去的决裂。

他说："我最后进入了一家广告公司，马上觉得如鱼得水。从那时起，我的职业生涯就上了轨道。我在工作中成长，我了解了许多营销的实际情况，那是我的生涯中最有成果的五年。

"但在同时，我的生活的另一层面却起了大变动。我来自传统的南印度婆罗门家庭，父亲曾经被派驻到世界各地，最后在加尔各答定居下来。我在印度读的是私立寄宿学校。但是，家庭的传统观念根深蒂固，以致我虽然有人缘，还会唱流行歌曲和印度古典歌曲，却从未想要女朋友。我有一位家教教我这些印度的古典文化，这是传统教育过程的一部分。

"我有一些朋友过着活跃的社交生活，我自己倒不觉得这有必要，甚至觉得有害。别人交女朋友，我可没兴致。现在想起来，那时候我下意识很确定我会照传统的媒妁安排方式成婚——直到我实际做了一次'相亲'。

"我家人遵照传统方式安排，交换了双方的星相。那个女孩住在班加罗尔，我走了老远到那边去看她。来了一大堆我的亲戚，还有她的亲戚。我们必须在某个时候抵达女孩父母选定的地方。

"那时是晚上。相亲时大家围成一个圆圈坐着。他们只把我介绍给女孩父亲，我们在大厅里坐成一圈，传着小菜和甜点。每个人都为这个场合精心打扮了。现场安排得很奇怪，我也搞不清女孩是哪一位。有几个她那边的女孩在场，没人把我介绍给女孩本人，他父亲又喋喋不休，问了我一大堆做什么事、喜欢什么、不喜欢什么的问题。

"令人紧张的是，他也开始谈到可能的婚礼场所。我觉得很难以正常的方式回答。他会说：'我希望婚礼在修拉普尔举行，不要在班加罗尔，因为我在修拉普尔可以找到较好的场地设备。你觉得怎样？'

"你不能说不好，也不能说好。如果说不好，那是鲁莽无礼，如果说好，又显得荒唐可笑。我只好一再使用外交辞令，含糊笑着。那段时间结束之后，我松了一口气。人家问起我的看法时，我一再说不知道。

“这个女孩我实际没见到面，没跟她谈半句话，只由我一个亲戚偷偷向我指出来——我却必须就这样决定要不要跟她结婚。事情一结束我就必须做决定。

“女孩显然没有置喙的余地，这也让我觉得不安。无疑的是每个人——在场的二三十个人——都焦急地等着看我是否会点头。在这类场合里，男方占尽了便宜，女方家庭处于劣势。

“许多年之后，这段往事开始让我感到羞耻。但事发当时，我只觉得尴尬，尽管到了今天还是有男孩女孩以我那时未曾选择的方式结婚。说句公道话，他们是别无选择。我若要别人学习我的榜样，那是不公平的。如果当时处理得不一样，或许我就不会那么尴尬了。

“最后，当我们起身告辞要一起离开时，我断然决定不再重蹈覆辙。

“我们一行人回家时，我心头很乱。车上有我哥哥、嫂嫂、父亲和我自己。我安安静静，一路上没说话。他们知道我心烦。我跑到一个朋友家，在那边待到很晚。我第二天就要离开班加罗尔。让我焦虑的是，我家人已经答应女方父母第二天给他们回复。

“后来，那天晚上我回到家时，我父亲和哥哥问我决定怎么做——要不要跟那女孩结婚？我说不。我父亲说：‘好吧，我们再找个女孩。’

“我告诉父亲，我没有同意并不是因为我不喜欢那女孩的容貌——那样说就不公道了：我根本没机会跟她谈话。我反对的不是那女孩，而是做法。我也不想再对这件事多说一句。

“我的长辈认为时间可以治疗一切，认为这是我的第一次，下一回就会不同了。

“我变得越来越沉默寡言。父母和子女本来就不会坦然谈论这类事情。没人会问你对婚姻的看法，有一天人家直接跑来向你提亲。

“这时候，想到还得再经历一次甚至多次相亲过程，我逐渐下定决心要自己选择结婚对象。

“我认识这么一位营销主管。营销——我总是离不了营销。不过，我认识的这个女孩来自另一个社群。我向她求婚，我们都认为这桩事行得通。我们有社交往来，我们说同样的语言。但是她属于不同的社群。当我终于向父母提到这件事时，他们就像我所设想的那样反对。他们把自己封闭起来——如同我在班加罗尔相亲之后那样。很难跟他们沟通，因为碰到这种情况时他们可以诉诸某种很粗糙的逻辑：针对这种事情不能有任何折中妥协。在他们看来，我即将扯断我们家族跟历史、传统的联系，这让他们不知道未来会怎样。在他们看来，一切都陷入了黑暗。

“我也在接受考验，因为我想娶的人要看看我如何面对压力。我可得挺起腰杆。我告诉父母，我不会改变心意，不过并不急着成婚，他们有时间慢慢考虑。这让他们很难过，但他们还是慢慢同意了我的决定。家族中一些人以及朋友向他们提供建议。我们的婚礼依照传统的盛大方式举行。

“如今我们没有住在一起，而是住在不同城市，我太太跟我住在加尔各答，我父母住在别的地方。这距离使我们可以互相调适。我们每隔一段时间见一次面，一年两三次，关系还热乎。我的兄弟姊妹都是按传统方式结的婚，他们跟我父母住在同一城市。倒是他们之间处得并不怎么好。我认为南印度的婆罗门无法放松自己，总是受到约束。

“在家族的年轻一辈之间，我成了英雄。家族中有不少人采取了跟我相同的做法。现在这样做已经不像过去那么耸人听闻了。但也必须承认——这是我父母感受到却无法表达的情况，这是使他们退缩封闭起来的原因——某些无法界定的东西在这过程中垮掉了。我们身为婆罗门不知有多久了。”

纳萨尔派的运动已经结束了大约十五年，但现在担任大公司高级主管的德布仍然期盼着另一场真正的革命。德布参与了早期的叛乱，然后跟一些领导分子产生了意识形态上的分歧，以致必须躲避警察和原来的同志。他可以准确而有说服力地告诉你那场爱与同情的革命如何变成了单纯的虚无主义：大家尽是谈着革命和农民权力，却从未实际向国家或有权势的受保护者提出挑战，而只是专注于脆弱无依的人。不过，在德布看来，仍然有可能重新开始，而且做得更好。

他说："从当时到今天的唯一变化——大变化——是我在六十年代晚期那时候认为我会成为革命的一部分，而现在我知道我将只是革命的见证者。一个站在支持立场的见证者。我不认为革命的必要性有所改变。"从这里接下去谈到他的参与，他说出一个不完整的想法："一旦尝了血的滋味……"

尝了血的滋味——奇怪的比喻。

德布说："到各地群众之中做组织工作。"他指的还有别的事：你致力于帮忙的对象回报给你的爱。"爱是个陈腐的字眼。你无法描述我所指的东西——那是在心中涌起、令你感动的东西。那时我以为这跟对党的忠诚有关，现在我觉得党永远脱离不了人。我所谓血的滋味就是这个意思：人民给你的，比你终究能给他们的多了一百万倍。"

他在三十年代晚期出生于一个加尔各答中产阶级家庭。德布还小的时候，他从事专业的父亲患重病好几年，他们一家经济陷于困境。他们虽然得到了友人资助，却得不到自己亲戚的理睬。

有些亲戚来访时会说像这样的话："你们要卖那些椅子的时候，可得让我们知道。我们可能要买。"椅子是真正的椅子，不只是比喻的用词。我再度跟德布碰面时，我们先在中加尔各答的中产阶级住宅区走了一圈，看了几个原先属于英国人的俱乐部，然后他把我带到他的大公寓，我就在客厅里看到了那些椅子：一整组旧式的上了黑色胶漆的孟加拉矮椅。这些椅子应该每天都会使他想起父亲生病那几年的苦日子，它们应该都会使他增强对自己出身阶级的不信任。

他对那几年时光已经做过那么多思索，因此谈起那段往事毫无障碍，仿佛那只是一则简单的寓言，还附带着他从其中得到的政治教训。他说，孟加拉的中产阶级有四项构成要素：种姓、教育、家族历史、钱财。他家境衰落时还保有前三项，但钱财的匮乏使他们处于阶级边缘。

他忘不了这件事。甚至当他家的条件改善后，他仍然是个“上进者”，努力在学校求表现。甚至打板球时——他板球打得不错——那股要在功课上求表现的上进心也未曾稍减。他让自己吃苦。他说，有六年之久，他每天工作十六小时。最后，二十二岁时，他得到了回报。他成为一家提箱仔公司的主管，那时，加尔各答的提箱仔世界还有十年左右的好光景。

也要到了那时候，他才有心力顾及世事。他读了一本关于肯尼迪总统的书，然后决定跟几位年轻会计师到贫民窟去从事公益活动。这群人有一些模糊的政治看法，他们跟任何政党都没有关系。他们的主要理念是长久以来孟加拉人所持的祖国理念——德布说，就是孟加拉传给印度其他地区的理念：印度必须成为一个值得骄傲的国家。德布说，自从独立以来，这理念在孟加拉国已经衰落了。“在我的阶级里，这理念还存在着，但只是历史的残余，被看作是过时的东西。至于在更上面的阶级，在那些工商巨子之间，这理念大体上是负面的。”

他在贫民窟的工作变得认真起来。德布每个礼拜在那边花三个晚上和两个早上。他对自己所属的中产阶级已经不再信任。现在，他就近看到社会更下层所遭受的不公不义。他看到中产阶级应该负的责任，他也看到了不公不义的连锁环节。

“这边有某某老爷，某个贫民窟的房东地主。他要怎么对待贫民窟里的那些寡妇，总是有属于低中产阶级的代理人替他跑腿，而这个代理人自己还有属于流氓无产阶级的代理人。这是连锁环节。如果你把地主除掉，别人还是会取代他，连锁环节还会继续存在。”

在公司待了三四年之后，德布拿到公司补助，前往美国一年。依照补助的规定，他在美国必须以印度为题演讲。这番经验令他遭受了始料未及的屈辱。每次演讲完，总是有人会问：“如果印度民族这么伟大，为什么你们还在挨饿，还在乞讨食物？”也总是有人会拿印度跟中国做贬抑性的比较。

他开始研究马克思主义及印度历史，并决定一年结束回到加尔各答之后要加入较激进的共产党。这时正值印度遭遇最严重的粮食危机、发生食物运动的时候。西孟加拉有六十个人被警察射杀，人们正以“蜀黍”为食。

“这是由玉米转化、美国人用来养猪的东西，他们把它当作救济品送来，印度政府在配给站发给乡下穷人。我觉得很羞耻，非常气愤。对我来说，吃那东西的并不是穷人，而是印度人和孟加拉人。”

他加入了马克思主义共产党，开始在村庄里工作。他跟农民住在一起。他做的主要是宣传工作。他也试图阻止稻米的黑市买卖。为了达到这个目的，他跟同事不让别人把稻米运出村庄。他们也致力于护卫佃农，防止他们的耕地被地主收回。

德布在党内的地位逐渐提升。孟加拉的“巴得拉洛克”——中产阶级——喜好外来的种种，因此，从国外归来及说英语这两件事对德布在马克思主义共产党里的身价甚至也有加码的作用。这令德布感到不安，但此时他也开始有被人民爱戴的那种近乎神秘的感受。无论为运动花多少时间他都在所不惜，无论有什么危险他都会勇往直前，人民则以爱回报他。

“我完全不认识的人——农民、工人——他们之中没有一个会说，‘你不能待在这里。我们没办法收留你那个朋友’。”

为了遏制党内的修正主义，他成立了一个委员会，但接着他对组织就不再有美好的期望。他发现党的较低领导阶层之中有不少小规模的贪污行径：那些人偷取了大家为组织收集来的鱼或米。当他向一个上级委员会表达不满时，他们却指控他是美国中情局的特务。他开始觉得有人要把他驱逐出党。

他也开始写关于农民运动的文章，而这些文章被往后在党内成立纳萨尔派系的那些人注意到了。其中几篇还在北京广播电台的节目里宣读，在那些巴得拉洛克崇洋心态不亚于任何人的纳萨尔派分子看来，这是顶级的认可。德布成为那个派系的重要决策人士。派系领导人到加尔各答时也开始住在德布家里。

“我因为在国外对印度的地位感到愤慨而加入了这场运动。由于印度人民大多贫穷，住在农村，我的愤慨主要是为了穷人而发。我相信必须由穷人来完成一场颠覆，因为我的阶级和更上面的阶级都烂透了，他们根本没有救赎的能力。

“刚开始时，纳萨尔派运动试图让人民大众了解，希望他们一起参与，因此跟其他共产党的做法很不一样。我要告诉你，那时我开始相信事情办得到，会在当下实现。这是从愿望转化成了信念。

“纳萨尔派不只引用马克思的话，他们也引述泰戈尔、辨喜[1]和罗曼·罗兰。他们在大字报里告诉大家关于贫穷、粮食储量、工资等级的事实。你可以看到人们阅读这些大字报，甚至文盲听别人念出来之后也会明白其中的内容。最重要的是，纳萨尔派不求公职，不参与选举——选举活动已经变得很不干净，通过金钱和妥协而运作。

“可是，对于我这样的人，痛苦也随之而来。如果要做什么大事，

①辨喜（Vivekananda，1862－1902），印度教哲学家。他最早受梵社社会改革政策的吸引参加了梵社。后与罗摩克里希纳相识，成为其主要门徒。他在加尔各答附近恒河流域的贝卢尔建立了罗摩克里希纳传教会。他试图将印度的灵性与西方的唯物主义结合起来，成为西方吠檀多运动的主要推动者。

就得有大规模的组织。要达成大规模组织，就需要一个指挥系统。有了指挥系统，人与人之间就会为了指挥系统里的位置而争。

“在各个共产党内，大家以不同的革命主张和纲领来进行内部之争，还有辩论，以及互相将对方开除党籍，直到最后只剩下一小群人或一个人独揽指挥大权。形成这种情况的方式在各国有所不同——这要看土地、文化和传统而定。

“在孟加拉，我们深深受到几样东西的不良影响。其中之一是我告诉过你的巴得拉洛克传统——倒不是说这传统使得大家在斗争时有任何绅士风度，而是说巴得拉洛克是高级种姓及印度教徒，并且对外来事物很执迷。高级种姓的孟加拉人由于必须遵守某些继承法，因此互相残杀是家常便饭。我们的行为深受其影响。我们忘掉了其他政治团体，甚至包括极端的共产党。我们内部的互斗很激烈。可以说在这种斗争当中，人民已经变得次要。我们的情绪很激烈，我们争吵起来也相对很凶猛。这根本完全不是抽象的意识形态之争，而像是充满暴力意味的家族冲突。

“我们同样可以解释后来的第二项发展：杀掉特定人士的做法得到许可。”这跟别的事情一起发生，德布这时就谈及了这些。“占据大学和其他学校的建筑，破坏实验室和图书馆——因为他们认为这套教育体系制造了人民之敌，他们改写我们的历史，摧毁诸如罗姆莫罕·罗易大公和辨喜等人的雕像。”罗姆莫罕·罗易的遗教乃是梵社及孟加拉文艺复兴的基础，对印度及民族主义运动贡献良多，至今仍然是像齐达南达·达斯·古帕塔那一类人非常珍视的东西。宗教导师辨喜著作中的话则曾经被纳萨尔派最早的大字报引用。“他们被认为跟帝国主义做了妥协，先为地主，然后为统治阶级的利益效劳。”

一步又一步，都走在云端上，从最早因为受屈辱而对穷人和印度所产生的情绪性关怀，到文化及经济上的自我毁灭，到新的执迷和叛逆，而终至拥抱一个与农民的饥饿几乎毫无干系的运动。

纳萨尔派的领袖名叫查鲁·马祖姆达尔。德布跟他很熟。

德布说："查鲁·马祖姆达尔最早在加尔各答的一次小型集会中透露要开始杀掉特定人员，当时我在场。他已经在村庄里谈过这件事，也发函告知了各单位。这是他第一次在加尔各答提到这个决策，实际上我是跟他一起前去开会的。

"地点在北加尔各答一栋低中产阶级住宅。我记得那屋里有一条短短的走廊和一个小房间。走廊上摆满了坐在小房间地板上的人脱下的拖鞋。那是地方性的会议，开会时已经是晚上不早的时刻了。

"当时我对查鲁·马祖姆达尔非常敬佩，现在也还非常敬佩。他是当时我所见过最为热忱的人。他嘴里说什么，心里就真的信什么。他对年轻人和新生代有无比的信心。他真心爱农民——比我对农民的爱深得许多。我的爱不一样。他信赖印度农民，赞赏他们。

"他对印度历史的见解真是不同凡响——是关于印度历史的本质和动力。他没有贪念，完全没有，也不在乎个人的安逸。在当时，有千千万万人愿意冒生命危险追随他。他未通过高压手段就建立了这样的威信。至今我就只知道军队这另一个组织拥有像他那样的威信，而军队中高压手段可是大行其道的。

"他身材矮小，戴眼镜，眼镜度数很深。他通常的衣着是衬衫和腰布，或是丛林夹克和长裤。他的言语和表情非常明确，动作也是如此。"德布的意思是说，查鲁·马祖姆达尔的动作简洁精准，没有不必要的手势。"他精力非常旺盛，动作敏捷。还有，老天，他真有办法鼓动人心。"

"他从不提高嗓子，说话却铿锵有力。他就在北加尔各答那栋小房间里谈了起来。房间后侧有两个窗子，都打开了。我注意到了这两扇窗子，因为我担心屋外的人会听到里面的话。房间里东西很少。我记得有一张没上漆的木桌，上头摆了一大堆书，还有一台收音机。那收音机可不是等闲的东西。知道为什么吗？那是为了收听北京广播电台的。每个纳萨尔派分子都把收音机看得相当重要——‘昨天北京广播电台在那个节目里提过我们’，诸如此类的心理。我有一点古怪，这辈子只听过北京广播电台两次。

“房间后部还有一张没上过漆的长椅。我注意到，虽然房间里人那么多，却没有一个人愿意坐到长椅上。到最后房间实在太挤了，人们不得不坐上去。查鲁·马祖姆达尔坐在地板上——就是因为这样，大家才不愿坐长椅：他们不想坐得比他高。

“大家抽着烟，因此窗户开着。我自己也抽烟。这时气氛还轻松自然。应该有人送了茶进来，但不是每个人都有得喝——根本无法把茶送到房间里每个人手上。

“查鲁·马祖姆达尔一开始先提到组织在孟加拉及国内一些其他地区的顺利发展。‘各位在这边做得很不错，这点我知道。我们让他们害怕了。他们早晚会出击。经验证实，杀掉特定压迫者有助于把人民动员起来，因为这样人民就能看出压迫者也可以被毁灭。因此，我刚发出这封信。’他拿出一张手稿朗读。这就是那封要求我们刺杀特定人士的信。然后他接受了提问。

“我吓了一跳。我想，那时候我的出身背景起了作用——一向是这样。我感到惊吓，但也同时觉得很振奋。振奋是因为我在想：‘我们终于找到路了吗？’杀人事件让许多穷人热了起来，这点被当作事实提出，我也没有加以质疑。

“我的惊吓出于两个原因。首先，那样做跟谋杀几乎没有差别。不过，我把这一点合理化了：那不是谋杀，而是行刑。要杀那些人不是无缘无故的，要杀特定人士还得先经过派系团体讨论并同意。第二个惊吓是，几乎所有马克思主义的宗师都告诫我们不要采取恐怖行动。但这听起来很像恐怖行动。

“大家问的大体是像下面这样的问题：‘在城市里该怎么做？’‘如

果地主由另一种压迫者取代了又会怎么样？’他们提了许多战术性的问题。我是最后发问的人之一，而且——这我可得告诉你——我问得很谦虚，因为跟其他人比起来，我的阶级出身不好，坐在那边的人对运动都比我更投入。我问到毛泽东和列宁关于恐怖主义的告诫。我问，这样说来，在理论上，我们怎么还能支持这个？

“查鲁·马祖姆达尔回答了每个问题。他回答得平心静气，很有说服力。我们都被他说服了。”

我对德布说：“再多谈谈他。”

“他五十八岁左右，皮肤干皱、白皙。他出生于北孟加拉一个地主家庭，父亲是很有钱的名医。他在功课上很有脑筋，表现优异。他参与了民族主义运动，然后又投入了农民运动，在其中成了名。他加入了共产党。他所做的是把一个激进的改革运动——保护佃农的运动——转化成革命运动的雏形。他认定战斗的对象是国家，因此能够带动那种转化。”

“你不觉得那是疯狂的做法？”

“那时候我不那么想，现在也不认为有什么疯狂的。要搞革命的话，就要向国家挑战。

“北加尔各答那次集会花了三个钟头。查鲁·马祖姆达尔开头的报告大约有一个小时十五分，讨论大约花了另一个钟头。接着，几个人一组一组跟他商讨他们当地的问题，然后离开。

“到那时，纳萨尔派分子做过占领学校、破坏雕像等行动。只是互不相干的事件。我相当反对这种做法。大约到了一九七〇年四月，查鲁·马祖姆达尔和其他人还向我保证说那些事是过度狂热的结果。现在我回想起来，才注意到受攻击的都是低中产阶级和乡下学校。他们从未碰过精英学校。

“后来我给他写了一封信。那是一封长信，里面写了很多我反对某些事情的理论根据。他没有回复。那时候已经开始杀人。组织已经转入地下，所有通信都断绝了。

“我就这样脱离了运动。从一九七〇年到一九七二年，我参加了一个类似的组织。我们的主要工作是做宣传。警察到处抓我们。两边我们都得躲。

“一九七〇年五月上旬，在加尔各答的一次炸弹攻击中，第一个警察被杀。一九七〇年年中之后，这种行动变得更加全面。交通警察也被杀了，因为他们容易下手。这里还有好笑的一面。后来交通警察配了武器，纳萨尔派分子便抢夺这些武器，交通警察只好用链子把武器拴在身上。同时他们也开始杀告密者。

“一旦开始杀告密者，麻烦可就大了。你不会谈到他的阶级——你不能谈到他的阶级，因为他一定跟你属于同一类才能当告密者。回想起来，我再次注意到，那些头号目标——大企业家、大地主——都没有受到攻击。

“马列主义阵营又进一步分裂，更多团体脱离了出去。到了一九七三年，马列主义阵营总共分成二十个派系。警察及他们的喽啰杀了数千人。到了一九七三年，就那阶段而言，运动已经完蛋。

“我在一九七二年结束了躲藏的日子。警方知道我跟查鲁·马祖姆达尔的分裂。我最后一次受到详细盘问是在一九七二年。我运气很好，因为我最后一次被捕是在一九七〇年四月——那是第一个警察在加尔各答被杀之前。过后我就躲了起来。

“现在我什么都没做。我想，比起当年，我们国家今天在某些方面得到了世人更多的尊敬和肯定。我们已经从乞丐变成借款人。我很担忧贫富差距，担忧权力掮客缺乏爱国心，担忧那么多产业无法振兴。我还担忧，借款人通常会变成乞丐。”

德布没告诉我查鲁·马祖姆达尔的结局。那是别人告诉我的。查鲁·马祖姆达尔他一九七二年在加尔各答被捕，不久后即死亡。他有气喘病，被捕时身边还带着氧气筒。在孟加拉的湿热气候里，他一定受尽了折磨。

阿修克的第一则故事谈的是他企图进入营销业的经过。他的第二则故事则是关于他的婚姻，以及他跟过去的决裂。他的最后一则故事谈到他在广告界的日子，还有他所看到的加尔各答提箱仔的世界——正当那个世界即将消失，由另一个独立后的印度较粗俗和富有的商业世界取代的时候。

阿修克说："我对加尔各答提箱仔最早的认识发生在我在一家广告公司担任实习客户代表的时候。第一次跟着上司去见客户，见到了那家公司营销部门一位很高层的主管。他身材肥胖，看起来很好相处。他抽进口牌子的香烟，穿西装——那是五月中旬，加尔各答的温度有你受的。他的办公室有冷气。我的整体感觉是，这是在豪华办公室上班、日子过得悠闲的人。

"他似乎不急着讨论手头的事。我们谈了种种日常琐事，世界杯板球赛，谈了一点工作场所的权力运作。从十一点左右到十二点或十二点十五分，上天下地什么都谈了。然后停了好一阵子。闲聊必须结束，几乎有点舍不得。

"我上司提起正事，这倒是两三下就拍板定案了。我只是在旁观察，我只是实习生。生意的事十五分钟就解决了。这时候大约是十二点半，很接近午餐时间。客户问我上司是不是已经有约，我上司说没有。客户说，'我们不妨午餐时再谈谈'。

"我的上司要我赶快回公司借五百卢比，然后到一家五星级饭店跟他们会合。客户并不是要请客——从来没有客户请广告公司人员吃午餐的事。这顿午餐我们要做东。那时我应该很兴奋。我听过不少关于招待客户的事，但那时还未曾做东或做陪过。那天午餐十二点四十五分开始，三点半结束，宾主尽欢。

“这套办法一直持续到七十年代早期。大公司都或多或少垄断了各自那方面的市场。他们不必推销，只要配货就够了。总是供不应求。

“这些现在都变了。生产同样产品的公司数目增加了不少，每家公司都得战战兢兢——要生产一定的数量，要把产品弄到市场上，要说服顾客。于是，突然之间，公司里不再有位置给那些只是穿得体面、跟老板夫人有交情、能打十八洞高尔夫、酒量不错的人。国内也开始设立商学院。大体上，这些学院教的是美国的样板，这给企业界带来了一些麻烦。还好，这些学院为公司行号提供了可用的人选。公司里有个企管硕士算是多了一点身价。

“过去可以步步高升的人现在只能在那边浮沉挣扎，因为他们无法适应。过去，上班是从宿舍公寓到俱乐部之间一段快活的过渡时间，现在，如果我想往上爬的话，就得付出一些代价。譬如说，我每个月可能需要出差二十天，如果你公司的业务遍及全印度，你得到外地去看看情况。你的同事都这样做，因此你也必须做，而且这也能显示你对公司的忠诚。

“在过去，如果一名业务员参加——譬如说——某个经销商侄女的婚礼，经销商会受宠若惊，并且给业务员适当的回报。如今，业务员是为了讨好经销商而参加婚礼的。现在事情全都不一样了。这些经销商大多讲印地语，往日的社交手腕——会讲英语、擅长穿着、能打高尔夫等等——已经派不上用场了。如果你一个月出差二十天，而且是销售经理，那么那二十天你都得跟经销商及公关部门员工在一起，每天晚上都要喝不少酒。

“我必须承认，刚开始我根本没想到营销会变成今天这样。在公司里，我的专职是广告业务，这让我能够发挥创意。社交魅力对业务员还是有加分作用的，可以让业务员的个人条件多一些光彩。不过，人家真正要看的是业务员有没有精明的商业能力——他要对付的人便有这种能力。在公司里，他必须是个高超的沟通者，到了某个地方经销商的小店里，他又必须说另一种语言。他可能必须用一只肮脏的大杯子喝茶。但是，那个经销商赚的钱可能比业务员多了不知多少倍。

“在印度历史中，经销商这一行的圈子势力很大。他们是与众不同的一群人，甚至可能跟其他国家的经销商也不一样。经销商这群人绝大多数未受过教育，但很有赚钱的天赋。他们赚钱，赚了又赚，乐在其中。这是他们的家族产业，一代一代传了下来。他们坐在小店里，从早上十点一直到晚上十点，完全不觉得苦——那是他们过的日子。他们把赚来的钱不断投入更加赚钱的投机事业。他们还喜欢让别人知道他们有钱。经销商家里可能有相当不必要的枝形吊灯和铺满整个地板的地毯，进口电视机，以及颜色俗丽不堪的窗帘和椅垫。

“但这些人是公司的命脉。因此，你看到这些高级公司行号聘用了一批管理研究所毕业的专业人手，然后这批人必须学习如何应付不识几个字但却精通生财之道的人。在我们国家如今的发展阶段，我们需要他们的程度大于他们需要我们的程度。

“经销商的店铺或‘柜台’——我们就是这么称呼他们的：某某人经营的是好柜台或坏柜台或可靠的柜台——这些店生意做得好是因为老板或他家族已经有好几代经营史。他们知道市场的动向。

“业务员的目标根据每个城市的柜台来设定。譬如，我们会针对某个经销商这样说：‘他那不错的柜台可以卖五百台电视，我一定要叫他卖两百台我的。’业务员就是这样动脑筋的。当他回到公司所在的城镇，头脑还因喝太多酒及旅途劳累而不清楚的时候，他就开了计算机，输入这样一大堆信息。每个称职的销售经理都随身带着几颗胃药——他们都有胃病——以及小型计算器。他们晚上喝到十一二点，八点半或九点又已经起床面对新的一天。

“一般而言，以往的提箱仔真的很肤浅，只注重表面和生活的舒适。今天我们已经转了方向。就专业能力而言，现在的业务员比十五年前的业务员优异，但前者的心理发展却受到阻碍。他变得更像机器人。除了每个月设定的销售数额及应收货款之外，他根本没多少时间想别的东西。

“要是当初知道营销会变成这个样子，我年轻时大概就不会想干这一行。公司有几次要我转去直销部门，都被我拒绝了。我不想付出那种代价，宁愿留在广告部门。而且，我不必做业务员不得不做的额外工作——到机场接这个跟那个老板，带他们回家，耗一个晚上陪他们。这些我都不用做。

“现在业务员的日子并不好过。卖力工作，却从加尔各答这个城市得不到什么回报，这让你日子更加不好过。辛苦了一天之后，你可能会陷在车流里长达几个钟头，好不容易回到家里，却又停电了。虽然有发电机，但它们的噪音令人受不了，也发不了多少电。如果业务员有幸是加尔各答某个俱乐部的会员，那么，除了到那边走一趟之外，他没有多少别的地方可去。他不能出门散步，因为人行道和马路上都无法散步。公园里人太多。大多数公园都被有钱的年轻男女占据了，他们把车子开进去，汽车音响调得很大声，整晚吃着东西——小贩卖的垃圾食物——还随地乱丢垃圾。

“这个城市的基础建设正在崩溃。排水系统可能是全世界最差的。季风来的时候，城里好几大片地方都会淹水，可能要七十二个小时之后水才退去。有一年，水一直都没退。水里有动物尸体，我们怕会引发传染病。

“在加尔各答看来境况顺利的就只有玛瓦尔人。他们是两三百年前从拉贾斯坦的几个地区迁移到这里的。他们从事中盘买卖，做得有声有色。这是他们的长才，过去如此，现在依旧如此。他们在文化和工艺方面一向没什么表现，倒是他们的社群不断壮大。过去十五年到二十年来，只有他们能在原先必须是有钱的孟加拉人或外籍公司主管才住得起的高级地段购买房产。他们从房地产的繁荣之中得到了好处。今天，这些地段纷纷盖起了高楼大厦——又让这城市加速死亡了：更多车子，更多卫生问题等等——而住在大部分公寓的就是玛瓦尔人他们自己。

"另一方面，一些非常有钱的玛瓦尔人总是在买入足以操控公司的股权之后兼并整个公司。就这样，有几家老公司现在已经落入玛瓦尔人手里。他们大多不会经营这些公司或对这些公司投资，只会把资产搜刮殆尽。他们乐得让公司每况愈下。不错，先前英国人也不太看重公司的发展，他们关心的主要是把某一数额的外汇盈余汇回母公司，而且大多数英国籍总经理到这边来只会待个短短三五年。

"另一个极端是摇着红旗、不断像猫戏弄老鼠那样折磨资方的工会。工会领袖自己不必做任何工作。工会呈现了真正孟加拉人的终极本质：孟加拉人懒惰成性，不愿工作，但又想不劳而获，而且死要面子。他会公然对做生意的玛瓦尔人表示轻蔑，但自己做不了同样的工作。

"我们都很卖力工作，每月领到一笔薪水。我们觉得，对于我们这种不经商的人，我们所居住的城市应该给予一些回报。一天工作之后，我们除了回家之外应该还有别的事可做。你不会去看电影，因为大多数电影院的音响系统都很差，空调系统几乎完全停摆——这些东西坏了他们也不修理。我已经五六年没进加尔各答的电影院了。

"我告诉过你，年轻时我是多么想以营销为业。这个我做到了，我也敢说我在专业上干得不错。但这行业却不是我原先设想的样子，现在我也觉得，在加尔各答我们这些被夹在玛瓦尔人及工会马克思主义分子之间的人——过去在这城市里颇有分量的业务主管阶层——我们的生存空间正慢慢被挤掉。

"事实是，加尔各答的问题已经到了无法忍受的地步。我太太跟我现在都觉得在有生之年看不到改善了。我们觉得应该到别的地方试试运气，向加尔各答说再见。”

我自己在加尔各答的日子并不好过。一九六二年初次来加尔各答时，头几天的劳累过后，我便能适应这地方的大都市生活，便有身处真正的大都会的感觉，可以意识到大都会所具有的社会及文化活力。那种生活还有一部分留存了下来。不过，这一次我却受不了自己的可怜的状况、水的味道——那味道糟蹋了食物，也糟蹋了咖啡和茶——汽车的褐色废气、被挖得满是坑洞的马路和破损的步道、灰尘、人群。有些人告诉我，在印度这么贫穷的国家可别计较美丑的问题，但这话对我没什么纾解作用。

我的看法正好相反。或许，在比较富裕、人们可以为自己打造还算舒适的居家环境的国家里，公共领域的脏乱终归是可以忍受的，而在大多数人生活环境那么恶劣的印度，自家的脏乱之外还有更大范围的脏乱就叫人相当吃不消了。这不但令人草率看待自己的需求——空气、水、伸展的空间——也必然令人对自己的创造或做事的潜力没什么信心。这样草率看待人的需求、这样对潜力失去指望的心态显然造成了下面的结局：印度工业产品总是那么粗劣，那么多独立后的建筑是如此丑陋和不适于使用，巴士和汽车猛排废气，街道受到化学物污染，工厂烟囱一直冒烟。

“这里每个人都在受苦。”一位著名演员在一次晚餐中这么说。这句话证实了阿修克所言的简单字眼“受苦”，也仿佛说明了一切。

许多年来，甚至在我一九六二年初访期间，总是听人说加尔各答正在死亡，它的港口正在淤塞，它的老旧产业正在衰落。但加尔各答并未死亡。这城市没什么建树，但它还是生存了下来，先前的预言开始有夸大其词之嫌。现在我想到，或许这就是城市死亡时的情况。城市不是砰的一声突然死亡，城市不是只在被遗弃的时候才死亡的。或许城市是在这种时候死亡的：当每个人都在受苦，当交通那么麻烦，以至于有工作的人因为受不了通勤之苦而辞掉他们那份有需要的工作，当没有人享受得到干净的水或空气，当没有人能出门散步。当城市不再有城市所提供的愉悦，不再有令人兴奋的视觉感受，不再能激发人们的期盼，而只是人口过多、大家受苦的地方，或许，城市就在这时候死亡了。

多年来，在加尔各答执政的是左翼或马克思主义人士，有人告诉我，现在钱流向了乡下，加尔各答的穷困是一个较人道的马克思主义方案的部分后果。但事情往往就是表面所见的情况，没什么玄机，而下面有可能是城市死亡的方式之一：当政府做事独断或愚蠢，没有建树反而下毒手；当人民和政府共谋把他们所需要的资金逼走，断绝他们所需要的生活方式，当——这是进一步的倒错——革命的辞令成为革命本身的兴奋剂。

或许，当一个城市死亡时，它原来的经济活力还会残存一阵。于是，在加尔各答，名号响亮的老公司被收购，它们的资产被瓜分，人们在房地产上投资，因为大家总得有个地方住。表面上看起来，经济活动似乎还算热闹。每隔几天——这进一步让人有活动热闹的错觉——就有一场政治示威，无事可做的年轻男子满脸不悦，看似充满正义感，他们举着红旗、喊着口号，在市区永无终日的悲苦之中游行而过，金钱和抱负和创造力都转移到印度别的地方。如果没有印度其他地区来吸收压力，加尔各答的死亡会更加明显，而西孟加拉邦也可能成为另一个孟加拉国：人口太多，卫生设施太少，电力太少。

旅馆后方有一个市场：我往下看便是市场低矮、绵延的屋顶。秃鹰栖身在旅馆的窗台上，等着。窗台上积了厚厚一层被风吹来的灰尘以及车辆褐色废气留下的污渍。市场对面那栋英国人盖的红砖建筑的风格——形式的中规中矩、结构的对称、样貌的优雅，还有它所透露的理念、它所表现的信心、它所参照的古典装饰——如今显得很怪异，跟街上的活动格格不入，仿佛属于一个已经消逝的年代。

拱起的路面上的柏油看起来又软又黏，两侧浅沟里则堆积着大团大团的形状不一、已结成硬土的灰尘，现在，街道只能等季风带来的雨来清洗了。市场外原本铺了路面的步道已经碎裂，有些地方，步道的泥土跟浅沟的泥土连成一片。人们忙着小事。男人拉人力车。一九六二年，这种景象是眼中钉，但别人说穷人需要工作。二十七年之后，人力车还在，也有人谈到穷人需要工作的老话。我倒觉得，既然加尔各答居民对人的需求和潜力只有那么低的期许，人力车这种交通工具似乎已经真的让他们心满意足，许多人力车看来还是新的，样子不错，不像是落伍的东西。小事：一个男人头上顶着一片上下晃动的柔软的合板走了过去。其他人头上顶着分量甚少的东西，一副全神贯注的工作模样——无疑是为了一点小钱而做这种工作的。

碰上大日子，市场外面会放着几个圆形大篓子，里头装了翅膀被捆起来的白鸡，有几分钟之久，一两个男子似乎无所事事地在那边将捆了翅膀的鸡从一个篓子丢到另一个篓子里。然后我注意到，取出鸡的那个篓子里颇不安静，而丢入鸡的那个篓子里却毫无动静。接着我看到，丢掷鸡的动作还包括另一个扭断脖子的动作：一个利落的弧形动作完成了两件事。

接着，可能会有个男人来拿走几只已经死亡的白鸡：他把鸡巧妙地绑起来，像是一大团羽毛，然后吊在旧自行车的把手上，僵硬死鸡的爪子和脚部则像是从羽毛球中突出的针条，像是棉花糖的棒子。那男人花了一点劲才把鸡放在脚踏车上摆好。当他第一次准备登上车骑走时，那些鸡挡到了他的膝盖。

一天要结束时，开来了一辆小卡车，现在已经空无一物的圆形大篓子被搬到车上，叠成两叠。卡车开走之后，剩下的——在这个垃圾很少被清除的城市里——就只有一些散落在破裂、淤塞之街道的灰尘中的白色鸡毛。

英国人在加尔各答待了很一段时间。可以说，盎格鲁孟加拉文化——现代印度的根基——跟美国一样古老。那个文化的首位阐释者罗姆莫罕·罗易大公出生于一七七二年，早于独立宣言四年。罗姆莫罕·罗易大公的理念直接传给了拉宾德拉纳特·泰戈尔，一九四〇年齐达南达·达斯·古帕塔初访泰戈尔的圣蒂尼克坦大学时见到了后者。

那次造访期间，齐达南达在圣蒂尼克坦寺庙听了年近八旬的泰戈尔关于“文明危机”的演讲。在那次演讲中——一次著名的演讲，演讲词在齐达南达听过数月之后出版——泰戈尔说，他过去一直认为“文明之泉”会源自“欧洲之心”。但如今，面临战争以及即将爆发的剧变，他对那个看法失去了信心。不过，他不能对人类失去信心，那样就犯了大过。现在他寄望的是曙光将来自“太阳升起之处”的东方，救世主将诞生于“我们之间，在这个叫作印度的贫穷不堪的陋屋里”。

这是老人向世界告别的伤心话。五年之后，战争结束了。欧洲开始复原，欧洲及西方在下半个世纪比先前任何时代都更加强大，更加有创造力，更加有影响力。泰戈尔未曾预见的灾难是即将降临于加尔各答的灾难。

一九四六年发生了印度教徒与穆斯林之间的屠杀。这些事件标示了这个城市步向死亡的开始。翌年，印度独立，但国土分裂。孟加拉也分为两半。大量印度教徒难民拥入加尔各答，在这里简宿为居，而调适能力还不及欧洲百分之一的加尔各答从未真正复原。往后会有一些重大成就——特别是萨蒂亚吉特·雷伊的电影，但这座城市的辉煌时日已成往昔，这座城市所有的知性活力都已经消散。可以说，英国人一旦离开，这个英国人建造的城市——在夜间其壮美仍像幽灵般闪现——就开始步入死亡。

第六章　势力终端

《下棋人》(*The Chess Players*) 是萨蒂亚吉特·雷伊少数几部以非孟加拉为背景的电影之一。这是一出历史剧，讲述了十九世纪五十年代英国兼并奥德[①] 王国的经过。奥德原是莫卧儿帝国的一省，十八世纪中叶，它成为该帝国的后继国之一。勒克瑙是奥德的首都，雷伊的电影即以此地为背景：一部刻画细致的作品，以当时人们可能会采取的角度来看十九世纪五十年代的事件。这部电影不仅对十九世纪的英国帝国主义提出了批评，它还检视了——带着理解和悲伤和幽默——一个气势将尽的十九世纪印度穆斯林文化的颓废或迷失或无助：在这个文化里，统治者下棋为乐，拈花惹草，而他们的领土（及人民）则落入外人之手。

英国吞并奥德是一八五七年印度民族大起义的导火索之一。在殖民时代以及过后一段时间，有些人将大起义称为第一次印度独立战争。不

①奥德（Oude 或 Oudh），即阿逾陀（Ayodhya），印度北方邦法扎巴德县市镇，傍卡克拉河，为印度七大圣地之一。学界认为该城在古代为注辇国都城，佛陀曾在此居住。奥德地区于 1856 年被英国并吞，1877 年与阿格拉地区合并为西北省，后称为阿格拉与奥德联合省，现属北方邦。

过，这是二十世纪的看法，二十世纪的用词，也是一种模仿，想借此赋予旧印度一点俄国人在他们自己历史中找到的那种社会主义活力。大起义是穆斯林活力在印度的最后一次爆发——最后一次，除了在大约八十年之后再次兴起的穆斯林巴基斯坦建国运动。

勒克瑙是穆斯林印度的势力终端。这座城市是印度联邦中最大的北方邦[①] 的首府。其历史中心有如从奥德省督时代起就存在的墓园，到处都是战后的废墟。大起义时期，双方对峙之间，它曾遭受重炮轰炸，过后，英国人把废墟保留下来作为纪念，又把它们移交给了独立印度。

省督们狩猎时所住的行馆——“Dilkusha”，意为“怡情悦性”——没有屋顶。它墙上的灰泥大多已经脱落，构成墙体的一层层薄砖裸露了出来。这是本地的建筑方式；不过，加上还残存的马厩，这座——算得上宏伟的——行馆却有源自欧洲的建筑风格：奥德省督雇用了各行各业的欧洲人。纵使已成废墟，这座狩猎行馆仍然很适于本地气候。甚至在晴朗温暖的日子，只要站在其厚墙的阴影里，就会感到清凉舒服。气候——在勒克瑙别处的钢筋水泥和玻璃建筑之中似乎令人完全受不了的气候——在只相隔短短距离的这里变得相当温和，几近完美。几乎可以肯定，行馆的设计者也有同感。身处这些损毁的旧墙之间，你甚至会觉得勒克瑙的气候也可算是省督时代奢华生活的一部分。

另一个建筑风格类似的较大的废墟是常驻官邸。英国常驻官原本是大使或代办，最后成为了奥德的实际统治者。历经数十年，前后几任省督为这位有权势的人建造了这座常驻官邸。这不只是一栋单独的建筑，而是一个聚落，一个小镇。大起义开始时，该地区的英国人就是被集合在这里的，同来的还有忠于他们（或害怕起义者）的印度仆佣及军人。

① 印度中北部一邦。1833 年称孟加拉管区，不久分为阿格拉和奥德二省。1877 年处于统一治理之下。1902 年称阿格拉与奥德联合省。1935 年改名联合省，1950 年改现名。官方语言为印地语。

当时常驻官邸总共有三千人，他们被起义军围困了三个月。围困解除时，三千人之中已经死了两千人。其中的英国人被葬在官邸的一个角落，后来，为了纪念这些人，在同一地点还竖立了很好的墓碑。

就像保留省督狩猎行馆是为了提醒人们奥德省督权力的终结，同样，受过围困的常驻官邸的破损建筑也被保留下来纪念英国人的英勇。英国救兵（主要是苏格兰人和锡克教徒）获胜后将其炸毁的狩猎行馆是比较完整的废墟。常驻官邸的建筑上有许多来复枪子弹留下的小凹痕，偶尔还能见到无炸药炮弹造成的较大片破损。或许，围困未能成功是因为起义军缺乏必要的武器。在灰泥下面，狩猎行馆和常驻官邸的建筑都看得到构成其主体的扁而薄的勒克瑙砖块。

常驻官邸是英国统治的著名纪念物之一。如今，退出印度并且经历了本世纪的战争之后，英国人几乎已经不记得它了。但它在印度历史中仍然具有重要地位。独立印度继承了这座纪念物，将它保存下来，进行维护。常驻官邸目前是一座公园，弹痕累累、饱经风霜的建筑物之间有树木花草和步道。

拉希德出生于一个古老的勒克瑙穆斯林家族；我在勒克瑙的最后一天，他陪我在常驻官邸里走了一遭。起先，他没什么特别反应，只是谈着历史，乐于向我介绍这个著名城市的著名景观，也乐得让我知道勒克瑙（不像其他城市）还有地方可以散步。但到了博物馆里，身处起义军的劣质炮弹、其他被妥善照料的帝国遗物、没有光泽而且说明文字已经褪色的相片和版画之间，拉希德的心情就变了。他的穆斯林感受被一下子激起了。对一百三十年前的往事，他按捺不住心头的激动。英国常驻官的大权及省督的屈辱令他愤怒不已，围攻未能奏捷，穆斯林的胜利近在咫尺却终究功败垂成，这更令他既愤怒又悲痛。他说：“混蛋！混蛋！”他骂的可不是围攻者，而是受困者，博物馆的展示主题正是后者的英勇及整体的逆境，他们的侥幸逃脱及悲惨死亡。

从常驻官邸废墟可以看到不远之处的白色大理石纪念柱，其柱顶是象征自由圣火的螺旋造型。这是独立印度建造的纪念物，用来跟纪念英国统治的官府相抗衡。它是个无力的宣示，只不过以大理石呈现了拉希德的愤怒。跟真实的、弹痕累累的常驻官邸建筑物比起来，这个只具象征意义的纪念物设计相当草率，而且也有违史实：印度独立运动并非源自大起义。

独立印度的任何纪念物都无法让拉希德得到慰藉，因为在他看来，围攻常驻官邸九十年之后的独立代表了穆斯林的另一种挫败。在独立的同时，次大陆也划分成印度和东西巴基斯坦，以致原先未分割的印度的穆斯林发现他们——如拉希德所说——住在三个屋顶下。

许多勒克瑙的中产阶级穆斯林已经迁移到西巴基斯坦，过去勒克瑙借以闻名的穆斯林文化——语言、习俗、音乐、食物——已经消失。经过了穆斯林气势可说是一蹶不振的三百年之后，往昔的穆斯林盛况如今沦落得仅剩旧城穆斯林贫民窟里那幅穷困、闭塞、窒闷的景象。当然，还有其他穆斯林，包括像拉希德的中产阶级，以及不乏王公贵族后代的上层阶级。不过，最足以代表穆斯林勒克瑙的，莫过于那个贫民窟的景况——在那边，人们生存条件低劣，自卫能力薄弱，他们郁郁寡欢而又神经紧绷。

一九六二年我初次造访时，勒克瑙还让人感受得到几分昔日穆斯林的荣誉和光彩。一些琐碎小事似乎还保存着昔日的风味。有人放风筝；有人制造独特的玩具；有人制造特殊香水（包括一种黏土香水，可以散发出季风雨打在焦土上所冒出的那种气味），而为了不违背穆斯林教规，香水所用的溶剂是檀香油。虽然已经见不到歌女，“市集”一带建筑物二楼的精工帘帐（跟一幅画着一位露出半边丰满胸部的省督的十九世纪油画一样）却似乎让你亲睹了昔日勒克瑙的恣情纵欲。

如今已无功勋荣耀。过去大体上造就的那些荣耀的上层阶级穆斯林社群已经萎缩，而这城市的总人口却增加了一两倍。独立后建造的丑陋的钢筋水泥建筑已经蔓延到每个角落；一些大街已经寸步难行。拉希德说，省督之城变成了行政城市，一个区域城市——一个印度的偏僻小城。

我住的旅馆位于钢筋水泥组成的新市区，像五星级宾馆的拙劣翻版。它有“识别标志”。客房里放了各式各样的卡片，向你推销这个那个，为你列出种种服务，或是请你提供宝贵意见。门把上挂着早餐点菜单，那东西却真叫人不知如何填写才对。这里应有尽有。顶级宾馆的模样一一学到，唯独不知服务在哪里。显示“请勿打扰”的灯坏了。红色电话大概只是摆着好看，它偶尔会传出微弱的、仿佛在洞穴中袅袅缭绕、几乎无法辨识的声音。可能因为用了什么强效漂白剂，毛巾已经变成发亮的淡蓝色，起了细细但尖锐的绒毛。灯罩破了，灯光黯淡，看东西很吃力。朝西的墙整整一半是玻璃。甚至现在，都还只是春天，可到了下午就叫人吃不消，你只好去拉开那脆弱金属做的搭扣（脆弱金属做的：在你的拇指和食指之间，搭扣似乎就要弯了），把窗子打开，但放进来的却是一大团更热的空气，还有人与车、喇叭与警笛的轰隆巨响。

但万万没想到那么幸运，窗外竟是一幅看了让人仿佛回到过去的美景，让人误以为在观赏一幅托马斯与威廉·丹尼尔十八世纪末在印度所绘、后来在伦敦制成蚀刻版画的大型风景画的原图。这片风景是流经黄褐色及灰绿色两岸的戈默蒂河[①]——或是它较低的河槽，水流充盈平静，水道不宽。

丹尼尔兄弟的风景画常常是利用暗箱画成的，观看者会觉得画中的远近距离很长。近看，丹尼尔兄弟的印度风景蚀刻版画则有许多栩栩如生的细部描绘，可以分辨出许多人物，其中有些甚小。从旅馆房间看到

①恒河支流，起源于北方邦北部的皮里比特东边，长约 850 公里，灌溉的盆地面积约为 18750 平方公里。

的戈默蒂河景观就有那种距离感，那种细微的充实感。

右边河岸上有一条人行道，整条道上都有人走动。从我所在的远处看去，这些只是细小、分离的人影，他们衣服的颜色不易辨别。道后的树木挡住了河岸那一侧的住宅街道。较前面的部分，在满水的低河槽之上但比有人走动的右岸走道低了许多的地方，有一片宽阔、形状不规则、无树的滩涂。往左边颇有一段距离的地方，像小黑点般移动着的黑水牛使这片河滩有点非洲或美洲荒野的样子。早上，在较近的右边，男洗衣工把洗好的床单和衣服摊开来晒。在河滩中央部分，就在流着水的河槽边缘，有一些相隔甚远的小屋，其墙壁用泥颜料刷成粉红或白色，有些墙上贴着印地语广告：单房的斜顶小屋倒映在平滑的水面上。这些小屋属于游泳俱乐部。周末，男孩们在河里游泳，但不会离开河岸和小屋太远。

就在旅馆下方的河左岸有几所印度教寺庙。在同一岸上的远处是勒克瑙旧城的几个宣礼塔，让我想起我在一九六二年前往探索旧勒克瑙辉煌历史的清真寺和斋期集会所。往下被树遮住的地方是市场巷道，那里在一九六二年仍有《一千零一夜》的气氛，但拉希德说，现在内行人看到的是这个穆斯林城市的最后的悲剧。

有一天早上，我跟他去看一看。巷道里人太挤，空间太小，东西太单调，访客可能会以为这地方只有一种文化，也可能看不出拉希德所看到的差异。

跟一般印度市场的情况一样，店铺与摊位只有窄小的空间，面临巷道的一侧完全敞开，一家连着一家，几乎没有间隔。地板比巷道高了几英尺。摊位中间或下面的水沟把水和废物排到巷道两侧的水沟里。拉希德说，这些废水并不会流入较大的排水沟，而只是积留在无盖的水沟里，慢慢蒸发。

所有店铺和摊位都装了铁门，为了防范暴动，每一间店铺及相连的房子都盖得像堡垒。有些原本应该是店铺的地方如今只见一堆瓦砾，仿佛由于年岁、脆弱或腐蚀，店铺及相连的房子终于向内崩塌——从这个小例子出发，你可以设想城市的地面高度会如何一层一层增高。

这里一直有市场吗？这个地点有没有可能曾经只是一块空地？拉希德和我走过一个纪念性的大门，一个以莫卧儿皇帝阿克巴为名的拱门。他于一五五六年至一六〇五年在位。这座拱门可能是十六世纪晚期为了纪念皇帝驾临而建的，因此，市场的轮廓在当时（莎士比亚在世的年代）应该就是目前的样子。龟裂的灰泥底下看得到扁而小的勒克瑙砖块，这些是较近——十八世纪或十九世纪——的历史遗迹。砖块的排列方式跟建筑结构一致——譬如，在拱门上排列成同心的弧形——因此，它们看起来像是磁铁四周依照磁力方向排列的铁屑。

市场靠外部分的店铺不是纯属一类的，卖货的是印度教徒，工匠则是穆斯林。两者有各自的历史和特殊传统。工匠做简单的活儿。他们把细银条打成薄到几乎要碎裂的银箔。他们制作廉价鞋子；他们做一种本地特有、叫作“齐坎”的刺绣；他们做缀珠刺绣。印度教徒店老板或者是北方邦的商人种姓，或者是两三百年前来到此地、留下来以放利或买卖为业的旁遮普刹帝利种姓。

五家店之中有一家卖的是同地较大店铺所需的东西：齐坎刺绣所用的线、浮花织锦所用的金银箔片、齐坎刺绣打图案所用的木版、印度单式簿记所用的宽页账簿。有些店卖风筝：勒克瑙还保留了放风筝的旧俗。有些店卖金匠的器具；有些店卖印度教徒拿到寺庙供神的鲜花。拉希德说，大致上，市场靠外一部分的店铺卖的是跟印度教徒及穆斯林传统生活有关的基本日常用品。

年纪很小的男孩盘腿坐在他们窄小铺子的前面、就在水沟上方的地板上，用锉刀磨着针——这是大店要用来做浮花织锦的针。这些针看来像是圆珠笔的塑料笔芯，它们有那么大，也有类似的尖头。每支卖一卢比。要赚到任何钱，一个男孩可得磨不少针。

清真寺为数不少，其中有些可能就建在昔日店铺和房子的废墟之上：这里的清真寺就像是一种民俗艺术，装饰过于华丽，结构不够坚固，漆工相当用心。拉希德跟我走着的时候，在市场的噪音之中，扩声器里传来一位毛拉尖锐的声音。那拖长的声音中充满激情：他可能在念诵古兰经的某些段落。拉希德说，事实上，那个用扩声器喊话的人只是在说："捐钱给清真寺，进天堂黄金殿。"

最单纯的信仰：虽然市场靠外那部分的店家不全是穆斯林，整个市场的活动却像是伊斯兰信仰的表达，这里的一切也让人觉得都是为了信仰。卖《古兰经》的店铺最亮丽，店里吊着轻细得像羽毛的金银色纸穗。在市场单调货品的衬托下，这些用来绑女孩或妇女头发的穗子特别抢眼。这些店摊不只卖《古兰经》，也卖装《古兰经》的盒子、念经时摆《古兰经》的书台、念经时点燃的香、念经时戴的小帽——因为头上没有遮掩是不准念经的。念经帽分别有鲜艳的橙色、红色、绿色。另外也有钩针编织的小帽。

拉希德说，十一点店才开门。理由是，虽然店主住的地方离店铺不远，他们中午却不回家用餐。一旦到店内在地板上坐了下来——坐在布块或麻布或毛毯或棉毯上——他们就整天待在那里。一如为他们工作的工匠，他们也是市场的囚犯。店主的住屋从市场主要巷道两侧的窄弄进入，那些隐蔽空间的居家情况跟巷道里所见的工作情况没有太大差别。

从市场某处开始，之前印度教徒及穆斯林混在一起开店的情况变成了只有穆斯林开店。这个转变对拉希德是够清楚了，我却不太看得出来。拉希德说，过了那里，人群更加拥挤，人们的身材变得更瘦小，他们营养不良，发育不全。我眼睛适应（或觉得已经适应）之后，确实看到市场这一带的许多孩子细瘦干瘪，眼神茫然，其中不少还有皮肤病。

这片地区到处有小型私立学校，但市场的穆斯林儿童大多没有接受过现代式教育。父母不认为那种教育对他们的孩子会有什么好处，他们也深深觉得那种教育是为其他人而设的。当然，教育和知识是好事，但对于身为穆斯林的他们来说，纯正而未受污染的实用知识只能在《古兰经》学校与神学院得到。这些拥挤巷道和店铺里的信徒不需要信仰之外的任何东西。空间的窄小反而令人更加感受到空间内部的舒适和安全，更加感受到外面的败坏。

不少儿童——男孩——就读于市场内的神学院（一栋新的大建筑）或《古兰经》学校，但大多数在八岁或七岁或六岁甚至五岁的时候就由父母送到市场内各种简单行业的店里当学徒。拉希德说，如果有些照顾摊子或在店内工作的小孩看来心存畏惧，那是因为他们知道，在父母送他们来当学徒的这些店里，主人或雇主的监工会“痛打他们”。

拉希德说：“这是一个没有东西吃的世界，还有什么比饿肚子更悲惨？”

但是，虽然在纯属穆斯林的这一区，拉希德只向我指出悲惨之状，我却觉得，跟市场外侧混合区那些单调乏味的店摊比起来，这里更有节日和欢乐购物的气氛。这里有人修手表，有人卖风筝（印度教徒和穆斯林的店都卖风筝），有人给相片裱框，有人卖烤肉串，还有卖烟火的摊子。

在店摊附近总是有几个来自贫民窟的异装癖和阉人；他们模样放肆挑逗，仿佛是勒克瑙往昔的腐败遗迹；他们穿女性服装，戴廉价珠宝，讲着淫秽笑话，向人乞讨：色欲的阴猥找到了这种仪式化、半荒诞、安全公开的表达方式——这个巷子里妇女行迹罕至，纵使来到这里的妇女也都从头到脚裹着黑衣，你看到的只是瘦小的人形。这些阉人和异装癖出卖他们的肉体，他们有市场。

“他们是性玩物，”拉希德说，“你想得到吗？”

这些在勒克瑙充当祭品的阴阳人蹲坐在巷子两侧靠近水沟、店铺地板下面的地方。他们半男半女的脸孔憔悴，多皱纹，涂了俗丽的胭脂，不过，他们有男人的牙齿，粗大、污黑、有缝隙。

低沉、此起彼伏的锤声从几家店里传出；每家店各有四五个到六个男孩或年轻男子或蹲或坐，把细银条打成非常细薄的银箔。这些银箔是用来摆在甜点或其他美食上头，借以显示奢华的，除此之外别无其他用途。银条先放在羊皮中间，再用大锤子捶打。他们把大约十二条银条一一夹在羊皮中间叠起，然后一起捶打——我后来读到，由于比较柔韧，羊肠最适合这种活儿。要把银条捶成箔片得花两三个钟头。一片银箔按大小可卖半个卢比或一卢比。照这样一天工作下来，一个年轻男子可以打出市价十八到三十六卢比的银箔。扣除银条和店铺的成本，一个年轻男子每天在窄小空间里跟着其他人不断敲打——说是你我相随也好，互相竞争也行——能赚到的也极其有限。如此打出的银箔容易碎裂，用手指一碰就会断成碎片。这些银箔几乎不具有商品的功能，人们将它们夹在不用的书籍里存放起来。

拉希德说："这里的所有工作都有这种摧毁灵魂的效果。他们做这些工作只是因为他们父亲先前也做过。他们恐怕从未走出这个地带。无论是打银箔或是做刺绣或浮花织锦，为了让这种无聊工作有点生气，他们听电影歌曲及宗教歌曲的录音带，把音量调得很大。他们用玻璃杯喝不少茶。喝茶是有理由的，喝了茶就没有胃口。需要小便的时候，他们就走到路上解决。

"一切水平都这么低。教育水平这么低，需求和技术也是这么低。除了晶体管收音机和偶尔有的电风扇之外，他们仿佛活在另一个时代。他们的休闲活动是下面这样的：花一百卢比去租一台电视和三卷录像带。那一百卢比是好几个人凑的。他们四五十个人整个晚上就坐在那里看那三部影片。这个地区大约有六十家电视和放映机出租店，生意都很好。这当中也有一点剥削。手上有点钱的人会在晚上某个时段租用电视——做这种事的人每天都会这样做——然后再以多二十卢比左右的价钱把那时段（以及电视机）转租给别人。

“儿童所受的教育顶多只是读了《古兰经》，女人完全没受过教育。他们近亲结婚的情况很普遍。堂表也可结婚。这是某些生理畸形的原因。男孩早婚，年龄不过是十五六或十七岁。到了四十岁，男人已经做了祖父，垂垂老矣。他们吃得很不讲究，都是肉和面包，没有蔬菜。他们卫生状况很差。大多数人一辈子没碰到过半个印度教徒或非穆斯林。到波斯湾区赚了钱的人回来后还是住在贫民窟里。他们在那边盖大房子，让左邻右舍夸赞。

“他们大多是什叶派教徒，一年中最重要的节日是新年。”这是纪念什叶派创教者阿里[①]的儿子侯赛因殉难的日子。“在别的地方，新年为期十二天到四十天，在勒克瑙它却长达两个月零八天。曾经有一位奥德的王后许下诺言，说如果她的某个愿望实现了，那么奥德王国的新年将有两个月零八天之久。新年节日让这里的什叶派有了共同的认同。在那些日子里，他们号哭，他们捶胸，他们用刀子割自己，他们哀叹。这让他们得以忍受悲苦，也让他们走出屋外。这些新年期间的活动使他们跟属于多数的逊尼派关系紧张。结果是，勒克瑙从未发生印度教徒跟穆斯林的冲突，只有逊尼派跟什叶派的冲突。

“这一带清真寺不少，按时从四面八方透过麦克风及扬声器传来的声音。逊尼派和什叶派说的是一样的语言，但时间稍有不同。因此，一天有十次宣礼，而不是五次。

“还有为期一个月的斋月，白天必须禁食。在那个月之间，餐厅白天不营业，晚上才开门。这让人觉得有一种真正穆斯林旧城堡的气氛。”

在纯粹的穆斯林国家，人们对其宗教信仰可能会看得比较轻松，他们也可能相对不容易神经过敏。但在这里，大家都知道，出了市场的巷

---

①阿里（Ali，？－661），阿布·塔里布（穆罕默德的伯父）的儿子，第一个信奉伊斯兰教的人，第四任哈里发（656－661）。

弄就到了另一种信仰的世界，而来自这个外部世界的是威胁和挑衅。

我即将离开勒克瑙时，拉希德告诉我一些最近令人担心的威胁。有一个班加罗尔人向法院提出请愿，以《古兰经》鼓吹叛乱为由，主张印度全国查禁所有版本的《古兰经》。这项请愿是挑衅的举动，照理不应该认真看待。但，拉希德说，一名法官——女法官——却过分拘泥于法律条文而同意受理。这引起了暴动。后来另一位法官否决了提案，认定《古兰经》跟《圣经》一样是“基本文献”,因此超乎那种法庭请愿的范围。

还有三百英里外的小镇阿逾陀的一座清真寺引发的问题。这座清真寺已被印度教徒改建成寺庙。对印度教徒来说，阿逾陀是个重要甚至神圣的地点。它是《罗摩衍那》主角罗摩大神的出生地。有些印度教徒说，穆斯林入侵之后，在罗摩的出生地盖了一座清真寺。独立之后，印度教徒希望收回该地。拉希德说，为了避免暴动，清真寺在一九四九年关闭了。然后，大约在四年前，事态有了变化。一名印度教徒向地方法院提出请愿，要求法官允许印度教徒在清真寺祈祷。这项请愿通过了，清真寺的门锁被打开；清真寺落入印度教徒手中，至今未变。过去发生过几次暴动，有人丧命，激烈的争端犹未停息。

第三项威胁跟穆斯林的私法有关。一个有钱的穆斯林律师和第一任妻子离婚，然后再娶。他按照他们的穆斯林婚约，付给第一任妻子一笔钱。被抛弃的妻子后来向印度法院提出告诉，要求前夫也必须按月付她赡养费（这是拉希德的说法）。经过二十年，这案子终于上诉到印度最高法院。审理法官指出穆斯林私法的缺失，判定女方可以获得赡养费。穆斯林认为这干预了属于他们信仰一部分的私法，因而群起抗议。在抗议的压力之下，印度政府通过法案，使最高法院的判决失去效力。

帕尔宾住在勒克瑙旧市区一栋老式、宽敞、有围墙的穆斯林房子里。前头是客厅，私人房间则在后头。两年前，帕尔宾决定涉足政治。其他妇女——无论是不是穆斯林——忌妒她，但帕尔宾在政界已经有些成就，不久前还率领一团穆斯林妇女晋见了总理。帕尔宾客厅的赭色墙上就挂着几张那个场合的照片。

帕尔宾是个面貌姣好、仪态端庄的女人。她的家族出过律师、地主及政府高官；她所属的阶级曾是此地的统治阶级，她就洋溢着该阶级的自信。她跟市场中的穆斯林以及偶尔在那里的巷道匆匆来去、戴黑面罩的娇小女子可说有天壤之别。她不戴面罩，言谈清晰有力，但有时也会出人意料地露出女性自制的一面，让你想起她来自一个特殊文化，想起这栋有女性隔离空间的穆斯林房屋代表了她人格特质的一个重要部分。

她要从事的是“世俗”政治，她的意思是说，要以穆斯林妇女的身份参与国家政治。这个抱负完全没有冲淡她的宗教信仰。她说，穆斯林信仰有某些方面属于“律法”：它们没有讨论的余地。妇女权利便是其中之一。

在伊斯兰社会里，妇女享有许多权利。她们的权利——这些原本就是“律法”——无须再由国家来修订，譬如，她们享有继承双亲财产的权利，印度教妇女没有这种权利。穆斯林妻子在婚姻期间收受的东西都属于自己所有，西方妇女则得不到这种待遇。议定婚约时，男人必须允诺，如果他跟妻子离婚就得付给她一笔金钱。那就够了，穆斯林妇女无法接受付赡养费的做法。妇女为人妻之后并不表示她就会变成用人。离婚之后，前夫只会变成一个陌生人而已，此后妇女就不应该从他那里拿钱。其他国家或社会可能会想根据时代需要改变人们的权利，但《古兰经》已经为穆斯林立下了永世不移的律法。

这些是强烈的言辞，但帕尔宾在我旅馆房间谈她的政治活动时——拉希德在一旁帮她用英语解释——却说得平平淡淡。她是信仰的护卫者。但她对待信仰——完整、充分陈述的信仰——却能够轻松自如。以她所属的社会阶层而言，这种态度甚至是她的自信和能力的一部分，也似乎让她适于从事她想要从事的公众活动。

她有组织才能。有人为她弟弟选了新娘，那天她就要去见——非正式地——那位年轻女子。她会前往一个远方的小镇拜访朋友。在朋友家里，她会碰上——表面上只是不期而遇——她弟弟要她去见的年轻女子。

帕尔宾过着顺遂的日子，她不像拉希德那样悲观。拉希德是单身汉，喜欢读书，乐于独处。他常默默沉思，心情容易变化。他很喜欢他的公寓，喜欢静静待在家里。

至于市场里的穆斯林——当然，帕尔宾说，他们陷于无知，很难跟他们沟通。不过，虽然大家把这种无知和闭塞看作穆斯林特有的问题，其实印度许多其他群体，譬如乡村居民和表列种姓也是半斤八两。

可能是这样的比较让拉希德感到沮丧。穆斯林曾经统治过这里，是发号施令者。如今，中产阶级迁移到巴基斯坦之后，他们已经人寡势弱，虽然个别人士仍受到敬重，作为一个群体，他们的地位却很低。

拉希德出生于一个古老的什叶派穆斯林家族。他的一位十八世纪中叶的祖先是商人，拥有七艘船只进出孟买。拉希德说，或许严格说那些并不是大船，可能只是小帆船。那位祖先事业倒是很成功。他甚至还盖了一处斋期集会所，其式样系以什叶派在伊朗及伊拉克为穆罕默德后代所建的陵寝之一为蓝本。在当年，事业成功的什叶派教徒通常会修建斋期集会所，希望借其促进宗教问题的探讨。

十九世纪另一位祖先曾在末代奥德省督的宫里做过官。当英国人把这位统治者放逐到加尔各答时，拉希德的祖先随行前往，并在加尔各答住下，直到八十年代去世。拉希德的外祖父是一个较大的王邦的行政官。他照顾家族中每一个人；他写诗；他一副爱德华七世时代绅士的打扮。拉希德觉得——只凭照片——这位祖父看来有点像罗素。

拉希德的祖父是家族中第一个学英语的人。他在铁路局上班，任职于当时的勒克瑙新火车站——至今仍是勒克瑙令人难忘的建筑物之一。拉希德的父亲在刚成年时觉得可以当警察。当时，身为地主的上层阶级穆斯林大多从事专门职业，他们以律师及医生为业。像拉希德父亲这一类人则进入警界或政府。拉希德认为他父亲长得很英俊。他身高五英尺八英寸，比拉希德高了一两英寸。他脸上有少许天花痘疤痕，不过，当年几乎每个人都有麻点。

那年头，像拉希德父亲那样的人很容易进入警界。有人带你去见英国警官，把你引荐给警方。警官会说："叫他后天开始来。"这正是发生在拉希德父亲身上的情况。他就这样进入了警界，从巡警做起，这是警察的初级职务。但他只做了三天。他讨厌那些操练，受不了教官的恶言谩骂。他没办法把这看成只是必要的过程，只是锻炼的一部分，他要马上离开。

然后，他决定从商。他跟一位兄弟在勒克瑙开了一家店，贩卖照相机和摄影器材。这是一九一一年，即国王皇帝乔治五世登基的那一年：大英帝国及英国统治印度的巅峰时期。拉希德父亲那年开的照相机店在帝国时代的印度经营得很顺利。它适得其所，随着摄影技术一起发展，成为了这一类店铺中最好的一家。他后来在印度其他城市开了分店，这些店大多开设在人们避暑的山区旅游地。勒克瑙本店位于一条叫作哈兹拉特衮吉的商店大街。在帝国时代的日子，哈兹拉特衮吉——如今拥挤不堪，一团脏乱——每天傍晚都会有市政府的水车来洒水。

哈兹拉特衮吉街上的其他店是英国人、犹太人和祆教徒开的。拉希德特别记得一位名叫蓝道的犹太人所开的店。蓝道在街角有一家很大的店，卖的是手表。他店外有骑楼走道。一楼有锻铁柱子，建筑的二楼是住家部分，前面有一个阳台，设有由较细柱子顶起的拱门，跟楼下较粗的柱子相呼应。安德森兄弟是一家裁缝店，他们在一九四七年独立后结束营业。麦格雷戈也是裁缝，他并未在一九四七年离开，继续留在勒克瑙，在那里过世。麦格雷戈的顾客包括印度王族和英国人，以及印度政府官员。"'麦克'做的外套你一眼就看得出，"拉希德说，"可以穿上三十年。"

出生于一九四四年的拉希德记得他父亲的店里有缅甸柚木做的陈列柜。这些柜子是由勒克瑙的穆斯林木匠根据他父亲的设计做成的。店铺就像俱乐部，外地人和游手好闲的人都不敢贸然进入。"金钱不是主要的问题。人们到店里是来见我父亲和他们的其他朋友的。"

拉希德的老家位于勒克瑙旧市区，里面有妇女专用的空间。客人不能进入主屋，他们只能待在屋子最前面、另有入口的客厅。客厅里摆设的是勒克瑙制造的英国式样的家具：极其笨重，非常不舒服。客厅后面有几个其他的房间，再进去是主屋的院子。夏天一家人在院子里睡觉。首先在院子里洒水，让温度降低。然后仆人把绳编床排成几列，用竹竿架上蚊帐。院子里还有一个台架，上面放着几个装了饮用水的水壶，让水过夜后变凉。院子一角摆了一张大方桌，桌上铺白布，中央再铺有色的桌布。食物摆在那张方桌上。拉希德父亲九点从店里回来，晚餐在此时开始。

几乎就在拉希德熟悉了这种井然有序的中产阶级家庭生活时，他家的运道开始转变。一九四七年独立时，拉希德父亲想迁往巴基斯坦。他有一个侄子在山城木苏里[①]照料分店，他要这个侄子把木苏里的存货运到如今已属于巴基斯坦的卡拉奇的分店。侄子照办了，不过，在那些日子的混乱当中，侄子却把卡拉奇分店转移到他自己名下。

"我父亲一筹莫展，他打消了搬到巴基斯坦的念头。"

"你堂兄后来呢？"

"他在一场摩托车车祸中受伤，截了一条腿。可以说他罪有应得，但我们也没什么好高兴的。"

---

①印度北方邦台拉登县城镇，位于喜马拉雅山山麓一山脊上，为避暑胜地及酿造中心。

从巴基斯坦逃难的印度教徒和锡克教徒开始来到勒克瑙。

“我们对他们很陌生。住在我们屋后的那家人虽然不是很有钱，却是有教养的穆斯林。他们在一九四七年搬到巴基斯坦，房子后来被分给了一户难民。我一直记得，新搬来那家人的母亲叫小孩在纸上大便，然后把粪便丢到隔墙这边我们的院子里。我们提出了抗议，他们也听了进去，就不再那样做了。他们大概是从旁遮普搬来的，不过我不确定。

“城里慢慢地可以看到新招牌了。老店本来是穆斯林开的，现在新招牌写着不同的名称。原先不搞噱头、英国作风的店铺变得花花绿绿、灯光耀眼，还播放音乐。在勒克瑙旧城阿明那巴德，信德省来的人开了一排又一排的布店。他们一来开店就大喊大叫，要你到店里看看。‘大姐，进来吧，进来瞧瞧。’我们以前从没见过这种事。他们店里没有玻璃柜，只有摇摇晃晃的小箱子。不过，当时搬过来的人之中现在已经有不少开了非常大的店，店里的装潢都是镀铬金属和玻璃做的。

“他们比我们会做生意，比较会推销。他们会卖走私货——我们从来不碰这种东西。他们采取薄利多销的策略。我们的货品开始滞销，在店里变旧，也更加没人要了。”

一九五一年，印度废止柴明达尔土地所有制。“地主所拥有的土地被削减，遗产的大部分不能继承。英国人在一八二八年建立了柴明达尔制度，取代莫卧儿帝国的曼萨达尔制度。在曼萨达尔制度下，地主得到土地拥有权，然后在必要时向政府缴纳一定数量的马匹——在这制度下，你必须缴纳的马匹越多，地位就越高。到了一九五一年，许多在勒克瑙拥有大房子的柴明达尔或大地主——这些是在外地主——必须适应时代的变化。他们之中许多人搬到了巴基斯坦。柴明达尔制度废止之后，我们的顾客一下子流失了。整个经济突然之间改变了。英国顾客也走了。我家的店是前后几任省长的‘特约店’——它有那样的地位。

“哈兹拉特衮吉的店铺不再粉刷，街道变得比较脏。人行道上摆了许多摊子，走道上无法通行。整个气氛都变了。”

在这生意上的灾难同时，还发生了一桩家庭悲剧。拉希德家在木苏里有一栋避暑别墅；有一年夏天，他哥哥在那里溺水身亡。总之，独立前后那几年，拉希德父亲遭受了一次又一次的打击：一九四六年发生在加尔各答的印度教徒与穆斯林之间的惨重冲突暴动，一九四七年的国土分割以及卡拉奇分店的丧失，柴明达尔制度的废止，最后是长子的死亡。

孩子倒不像大人那么苦。当时，拉希德正在勒克瑙一家著名的旅印英侨学校——马丹学堂——就读，日子过得很惬意。马丹学堂是十八世纪法国冒险家克劳德·马丹创办的。来到印度之后，马丹曾在几任奥德省督手下效劳。他娶了一位或数位印度妻子，把巨额遗产的一部分捐出来设立学校供欧亚混血儿童就读。一百五十年之后，勒克瑙的马丹学堂仍然具有多样性和世界性，虽然家里碰上不少麻烦，拉希德多少还能够安安稳稳长大，而且几乎不受政治变动的干扰。

“学校里有来自每一个社群的男孩，他们全都有同样的中产阶级背景，他们的家人都互相认识。对于周围的世界，我觉得一切都理所当然。我生活在那个世界里；我有我的家人、大家族、堂表亲。宗教只是生活的一部分，不是什么包袱。我从许多方面得到帮助——学校啦，还有到家里来找我父亲的朋友那里：各种宗教的人都有。我们先后跟随好几位先生读《古兰经》，但从未读完第一章。

“我父亲从未强迫我们去清真寺，我自己从来没有被迫去过清真寺。我生性就是这样，倒不是有什么神已经死亡的看法。我们会到斋期集会所或朋友家里参加会议，表面上是去听关于卡尔巴拉战役以及阿里之子侯赛因殉难的宗教讨论，实际上只是社交。这是我们成长过程中在纯粹的伊斯兰教养之外属于什叶派做法的一部分。我父亲会绝对坚持的只有一件事，那就是新年第十天我们必须赤脚走到塔尔卡托拉卡拉巴拉，一个附设于斋期集会所的什叶派墓地。我们也同时借这个机会给祖先上坟。”

在他成长期间，拉希德难免意识到独立和国土分裂的种种后果。

“我姐姐得嫁给巴基斯坦人，这是必然的事，因为印度的穆斯林境况并不怎么好，而巴基斯坦人也想娶老家的女孩。印度的穆斯林境况不好，因为分裂之后他们找不到工作，而且总的来说也没有什么工作机会。占多数的社群对他们心怀怨恨。这是其来有自的。你先是吵着要建立自己的国家，然后却又赖着不走。

“这里也涉及适者生存的问题。分割之后，每个穆斯林家庭都被拆散了。所有家庭都受到影响。父母留下来，儿子离开。留下来的人没能力应付激烈的竞争局势。他们中有许多是地主，缺乏求胜意志。我哥哥先后在印度和美国读书，成绩都很好，但回到印度之后却整整半年找不到工作。他前往巴基斯坦，马上就有工作了。

“接着语言开始改变。这里的小孩学印地语，穆斯林父母也不教小孩乌尔都语。我们真可说是把乌尔都语谋杀了。不像亚美尼亚人对他们的语言或犹太人对希伯来语那样，我们没有做任何保存的努力。除了宗教之外，语言是穆斯林最宝贵的东西，因为那是他认同的要素。乌尔都语比较接近西北部上层社会通用的印度斯坦语，但印度斯坦语开始改变，开始受到梵语影响，变成印地语。”

一九七一年，拉希德父母前往巴基斯坦参加数年前搬到那边的哥哥的婚礼。他们在那边的时候，爆发了为孟加拉而起的第二次印巴战争。拉希德已经上了岁数的父亲这期间在巴基斯坦过世，他母亲则留下来，跟已婚的儿子住在一起。

“我生活中的另一条线也断了。在这之前，我一直在父亲店里当学徒。他在巴基斯坦过世之后——反正生意也一蹶不振——我就把店关了。”

那家店是在六十年前、国王乔治五世登基那年开设的，它在巴基斯坦分裂成两部分那年关闭。虽然拉希德没有提到，但店的整个历史正好落在这两个历史事件之间。

拉希德开始过着飘忽不定的日子。他前往英国，在那边打零工。他曾经挨家挨户推销两英镑与五英镑的半年期意外保险。他得去敲人家的门，然后说："早安，请问您是主人吗？敝姓拉希德，想必您会对这个有兴趣。"他很讨厌敲人家的门。有一天——这让拉希德想起在勒克瑙那家街角大店卖手表的蓝道——一个从法国来的犹太古董商跟他坦诚地谈起来，有点关心地说，他在伦敦做保险推销是做不来的，应该回印度去。拉希德转去煎饼店打工，又到一家肯德基炸鸡店工作。他学会了怎样用电锯把一只鸡切成大小相同的九块，怎样把鸡块油炸十一分钟。他一天要切上一百二十只鸡。

两年之后，他离开英国，前往巴基斯坦。他发现那里的人们没有"身份认同危机"，宗教并不是辨别人的特点。但他不喜欢巴基斯坦的拜金文化，不喜欢人们在商场上的厮杀之态——这些人还在勒克瑙的时候比较悠闲自在。他看不惯人们拿金钱财富来夸耀。在勒克瑙，这种事根本不会发生。他离开巴基斯坦，回到印度，在孟买一家出口公司做了三年。

他等着一笔遗产，希望用它来做房地产买卖。但是，他碰上一个对宗教族群问题颇有成见的官员，从此就问题重重。他在那时提出的诉讼一直悬而未决。现在，这件案子已近尾声，他应该可以拿到该得的遗产，不过他已经浪费了好几年宝贵时光。

"先前我从未遇到过宗教族群问题。宗教族群暴动只有在低层阶级之间才会发生，就像我们听到的巴基斯坦族群问题一样。读或听到这种事的时候，我知道我哥哥不会介入其中，他的房子会安全无虞。因此，在这边，我跟印度教徒朋友来往，从来没有多想——直到我必须面对一个对宗教族群问题很在意的官员的怒气。这确实让我受到震撼——有人拿笔一挥，我的一生就变了那么多。

“一九七一年的印巴战争不但改变了穆斯林的生活，也改变了印度教徒与穆斯林的关系。穆斯林再也不能声称他们比别人优越了。印度在这个次大陆扮演着决定性角色。每个穆斯林对巴基斯坦都有一份特别的情感，每个人都因为那个国家的实验不到二十五年就失败而感到悲伤。美梦已经破灭。巴基斯坦战俘被关押了两年。这件事让人一直忘不了。

“我也发现了私人交往方面的变化。我的印度教徒朋友开始说教起来。‘穆斯林到底要把自己搞成什么样？’他们开始认为穆斯林的信仰以及他们眼中的穆斯林陈规陋习应该进行改革。‘你们穆斯林还要这样持续多久？还要依赖你们的毛拉、你们的小群体多久？’可悲的是，他们说的大部分是事实。我虽然觉得不是滋味，却必须接受。”

奥德末代省督的主宫——勒克瑙的凯泽巴宫——在一八五七年印度大起义期间几乎完全被英国人摧毁。一八六七年，当英国势力大致已经再度巩固、不受挑战时，英国人把凯泽巴宫尚存的部分赠与穆罕默达巴德郡的大公，作为他在城里的住所。

将近七十年之后，大公的一个后裔担任了穆斯林联盟的财务主管，同时鼓吹建立另一个穆斯林国家巴基斯坦。巴基斯坦在十年后诞生。但这时——仿佛他没有完全设想到巴基斯坦建国后的种种情况：勒克瑙位于印度境内，离巴基斯坦好几百英里——大公却发现自己变成了流浪者。一直到了一九五七年，他才回归他所鼓吹建立的国家。那年，他入籍巴基斯坦，其结果是，在一九六五年印巴战争期间，大公在勒克瑙的所有财产，包括宫殿和土地，都被印度政府当作外敌财产没收。

现在，这些家族财产仍然是外国人（不再是外敌）的财产。他们向印度政府申诉过，大公的儿子阿米尔如今住在一百二十年前英国人赠予他祖先的凯泽巴宫里。

我先前在帕尔宾的客厅里见过阿米尔。他穿着印度式晚礼服，长外套和窄裤。他身材矮小，容貌优雅，体格结实，举止有王子模样。在英国读了寄宿中学和几年剑桥大学，他的言行举止带有英国味。但是，下一回我在他宫里的图书馆见到他时，他告诉我，当他说另一种语言——譬如乌尔都语，或是跟可能把他尊为王子或信仰护卫者的人——穆斯林，什叶派教徒——在一起时，他就变得很不一样。较近的历史让他有许多种作风和个性，也让他承受他祖先从未面对过的种种压力。

阿米尔目前参与北方邦的政治大概有三年之久，他是邦议会的国大党议员。他父亲曾经参与穆斯林联盟——在二十世纪三四十年代，这个组织是反对国大党的。不过在当前的印度，国大党却是对穆斯林最有利的政党。而且作为政治人物，阿米尔还使了一个花招，为了确立家系传承以及让地方上的什叶派和穆斯林社群有“身份焦点”，他自称是穆罕默达巴德的大公。

按理说，他父亲跟巴基斯坦的牵扯应该会造成政治上的不良后果，但阿米尔说，虽然穆罕默达巴德的人民有百分之八十是印度教徒，他们却从未对他或他的家族有过敌意。阿米尔以他父亲为荣。他父亲笃信宗教，还有几分神秘主义倾向。阿米尔说，他痛恨所属的阶级。

“我父亲从来不想当统治者，他没有做大公的意愿。他一点都不认为应该因为这种身份受益。他认为从地产中得到的收入是不正当的，因为那是不劳而获的东西。”

阿米尔父亲童年时就受他母亲影响得到了那种想法。她——阿米尔的祖母——出身于一个把学问看得比财富重要的贫穷穆斯林学者家族。

“我祖父是一位人品优秀的大公，但不是社会主义者。他结了两次婚，因此跟我父亲关系不好。我父亲无疑就是在那时形成了他对所属阶级的态度。这是我最早听父亲讲的话之一——后来我才知道这是阿里的训诫：‘巨富之得，必先践踏他人权利。’还有：‘每一口美食的代价都是劳动者的饥饿。’”

我说，这种说法适用于贫穷或封建国家，但不适用于所有国家。

阿米尔说，“住在英国的人可能无法了解存在于印度的贫穷和悲惨。”

虽然阿米尔没有直接这样说，他父亲可能是出于宗教情怀而鼓吹建立另一个伊斯兰国家巴基斯坦的——不只是穆斯林的国度，也是宗教国家。阿米尔父亲很年轻时就开始穿土产手织衣物。他于一九三六年以二十一岁之龄加入穆斯林联盟时，放弃了自己及家人所喜爱的音乐——印度古典音乐、西方古典音乐和伊朗古典音乐。

阿米尔出生于一九四三年。两岁大时，他穿了耳洞。奴隶穿耳洞是穆斯林国家的习俗，阿米尔穿耳洞即表示他已被卖给伊玛目：家人把这个孩子奉献出来为什叶派信仰效劳。效劳很快就开始了。一九四七年印度与巴基斯坦独立时，时年四岁的阿米尔开始随着父母游荡。

“分裂之后，我父亲离开了印度。他很看重使命，但他不是政治人物。独立之前不久，我们正在俾路支省的圭达，它在后来的巴基斯坦境内。独立当天，我们越过国界到了伊朗。我们先到扎赫丹，从那边搭乘两辆车前往麦什德，再转往德黑兰。接着，我们搭飞机到伊拉克，随从则走陆路。那是在一九四八年。”

虽然他们过着这种漂泊的日子，阿米尔父亲之前却未从印度汇出任何钱。他只带走了书籍和地毯。

“他们邀请我父亲回印度，但有一些条件：他不得从政，他必须谴责海得拉巴的王邦君主，他必须公开反对宰牛。他说他可以承诺自己不吃牛肉，但无法公开反对宰牛，因为牛肉是穆斯林最便宜的食物。”

仍然持着印度护照，他们在伊拉克前往卡尔巴拉。这是阿里之子侯赛因战死的地点，什叶派视之为圣地。在这块圣地上，阿米尔父亲兴起了一个念头——或许他早就有了这个念头——想要儿子成为阿亚图拉，即什叶派宗教领袖。一九五〇年，阿米尔七岁时被送到卡尔巴拉一所宗教学校就读。他在那所学校待了两年。这时他父亲——他以进口印度茶叶及黄麻为业——改变了心意，决定阿米尔终究要接受世俗教育。阿米尔说，这并不表示在宗教层面就从此弃而不顾。阿里曾说：“敬神之最佳方式在于内省及思考，敬神之最佳方式莫过于内省、思考及求知。”在阿里之前，先知穆罕默德则说：“就算必须跋涉到中国，知识仍值得求取。”

我问阿米尔：“他们所谓的知识是什么？”

他说：“有人问过阿里，‘何谓知识？’他说，‘知识分两类，一类为诸宗教之知识。’有趣的是，他说的是诸宗教，而不是单一的某种宗教。‘另一类为物质世界之知识。’”

他们起初想把阿米尔送到一家印度境外的耶稣会学校，后来则决定让阿米尔和他母亲回勒克瑙，在那边，九岁大的阿米尔到那家英侨学校马丹学堂就读。这时候阿米尔——他在帕尔宾的客厅里看起来那么有英国味——开始说英语，先前他说的是乌尔都语和波斯语。

他接触一种又一种文化：这个就读于马丹学堂的男孩觉得，经过伊拉克那段时日之后，他已经有一部分是阿拉伯人或伊朗人了。每天从马丹学堂放学之后，晚上在家里还有特别的宗教课程，上课地点就是我们现在所坐的宫殿房间——房间里一片清凉，坚实的砖工属于老勒克瑙的建筑传统，地板是水磨石子，书架嵌入带着湿痕的石灰墙内。

穆斯林及什叶派的节日也时时让他不忘宗教信仰。新年期间阿米尔休假十二天——“马丹学堂校长很不赞成”——然后为了纪念侯赛因殉难后的第四十天，又休假四天。新年结束时有八天假期，斋月——斋戒涤罪的月份，也是阿里殉难及真主开始启示《古兰经》的月份——另有四天。

就读马丹学堂时，阿米尔跟母亲、两位姑妈、叔叔和婶婶住在宫殿里。为了防范不良影响，家人不允许他去找别的男孩或跟他们家庭扯上关系。他有专人照看，那是一个自己没有孩子、日夜全待在宫里的男人。这个人——让阿米尔惊讶的是，他也懂乌尔都语和波斯语——“如影随形”地跟着阿米尔，甚至在他看电影或去餐馆时也不例外。到了马丹学堂，阿米尔上课时，这个人就在车里或在车外地上铺张地毯坐下来等待。

“因为这样，我变得沉默寡言，非常内向。我很不善言辞。如果有外人在场，我就沉默无言。

“那时候我在衬衫里面戴着护身符，同学总会去摸那些东西来戏弄我。我还戴耳环，扣在耳洞里。我在右耳戴翡翠耳环，左耳戴红宝石耳环。那看起来很奇怪。我只好扭扭两只耳朵，把宝石藏到耳垂后面。在这里读完书前往英国时，我把耳环摘掉了——这是经过允许的。”

这段时间，阿米尔的大公父亲一直住在伊拉克。但到了巴基斯坦建国十年后的一九五七年，他做了一件让他家人吃了不少苦的事：前往巴基斯坦，把印度护照换成了巴基斯坦护照。

阿米尔说：“我母亲就在这里，听到消息之后她病得很严重。我母亲本身是公主，是很骄傲的女人，她从未想从我父亲那边获得任何东西。她也虔诚信教。她九岁时父母就已双亡。听到我父亲在巴基斯坦的消息之后她就生了病，因为她认为一九四七年的大危机早已过去——穆罕默达巴德并没有任何反对我父亲的声音。尼赫鲁见了我父亲，要他再考虑考虑，保留印度护照。尼赫鲁说：‘你一向冲动行事。如果你回国，取回你的护照，我们都会很高兴的。’我父亲说：‘一个人无法像换衣服那样换国籍。’”

大公在巴基斯坦并不顺利。他原想从政，但发现那不是他能做的事。他是什叶派教徒，身处逊尼派占多数的国家。他不会说巴基斯坦的任何方言；他还是个“莫哈吉尔”，即外国人。他的政治看法也变了。在三四十年代，他还很年轻时，他希望巴基斯坦成为宗教国家；现在，他认为巴基斯坦应该是世俗国家。他不相信巴基斯坦军队会支持那种政治体制。于是他离开巴基斯坦，再度到处漂泊。他在旧帝国首都伦敦待了很长一段时间。

这样说来，大公年轻时鼓吹巴基斯坦建国似乎是不负责任的举动；他似乎没有预见到政治的动乱或估算出苍生的遭遇；别人似乎必须为他虔诚的穆斯林及什叶派信仰付出代价，而他自己却尽量拖延时间，迟迟不做最后决定。伊拉克、巴基斯坦、英国、印度：以他的身份地位，这些都是他可以前往的国家。

不过，人们对他们的困境有自己的看法。关于他父亲那段漂泊的日子，阿米尔说："你知道吗，我觉得那几乎是在忏悔赎罪。我觉得就像别人离开印度前往巴基斯坦时所经历的一样，他也必须经历无家可归的处境。

"我每年都会去见他。他要我读的书之一是皮雷拉尔[①]的《甘地：最后阶段》。独立时大家见不到甘地的踪影，我父亲对这件事很感动。甘地不在德里。他在加尔各答，为那个城市的悲剧伤痛不已。"一九四六年的宗教暴动，这些悲剧标示了加尔各答死亡之始。"对什叶派来说，如果同时有伤痛和欢乐，他们会偏向于伤痛。"

阿米尔从马丹学堂毕业之后，他父母不知道该如何替他安排，他因此浪费了一些时日。最后，在一九六一年他十八岁时，他被父亲带到英国进入一所公学。就在这时，他获准摘掉了耳环。赴英途中，他们在黎巴嫩短暂停留，大公在当地有许多朋友。后来，他们到欧洲各地旅行了一趟。在巴黎时，他们去了赌场和夜总会：大公要他儿子见识一下这些场所，他要儿子初访这些地方时由做父亲的来陪伴。

以十八岁的年纪就读公学，阿米尔有点超龄。不过他在那边读了三年后进了剑桥大学修数学。

---

①甘地晚年的私人秘书。

"在学校里别人没有对我太差。我还是很内向害羞。我跟几个同学处得不错。我很看重我的宗教信仰，那对我像是一套盔甲。对我来说，那种信仰是秘密、私人的，而且深植在心中，这使得它具有了一个新的层面和额外的力量。由于不能用言行把那种信仰表达出来，不能表达内心的感受，宗教经验因此更加强烈，更加有力。"

阿米尔预计在一九六五年进入剑桥彭布鲁克学院。入学前，父亲带他游了一趟巴基斯坦和中东。他们见了什叶派宗教领袖。在黎巴嫩时，他们住在扎伊尔德·穆萨－萨德尔[①] 家里。

"我听父亲跟他讨论世界局势，他们的用词就是后来伊朗革命人士和黎巴嫩动乱分子使用的那一套。他们谈到存在于黎巴嫩的西方势力，也谈到了统治伊拉克的政权——暴虐、反宗教。他们谈到伊朗国王。他们谈到应该根据阿里的训示推动一场革命——我认为那是非常不切实际的想法，也这样告诉了我父亲。"

在这一番对什叶派的赞扬、这一番关于革命及阿里胜利的讨论后，接踵而来的是灾难。至此之前，大公的政治行动及姿态对他个人并未造成重大的后果；现在，一夕之间，一切都变了。一九六五年九月，就在阿米尔进入剑桥彭布鲁克学院之前几个礼拜，印度和巴基斯坦交战了，穆罕默达巴德大公在印度的所有财产都被宣布为外敌财产。大公于一九五七年入籍巴基斯坦时——或者，三十年前，当他开始鼓吹建立另一个穆斯林国家时——是否预见到这一后果？

阿米尔说："穆罕默达巴德那座我们称为城堡的宫殿被整个查封了，那是我、我父亲、他的祖先长大的地方。我的家人中没有一个人可以进入。所有收入都经由外敌财产监管官之手被印度政府没收。剑桥就要开

①扎伊尔德·穆萨－萨德尔（Sayed Musa al-Sadr，1928－?），伊朗什叶派教长。1960 年到黎巴嫩南方城市泰尔接任什叶派领袖后，除宗教领域外也开始关心什叶派教徒的社会与生活状况。1978 年 8 月前往利比亚访问时神秘失踪。

学了。我接到家里来信，说到武装警察怎样包围城堡，把每一扇门都封住了。虽然打击如此惨重，我家人却从未想要搬去巴基斯坦。

“城堡被查封了一年半，其间发生了两次大规模抢劫，许多贵重物品被抢走了。这段时间，我叔叔和母亲向政府请愿，希望能在城堡度过新年——这是我们家族的传统。政府最后允许了，但条件是他们只能进入两个房间和一间浴室。他们接受了这个条件，进入宫里，住在走廊上。斋期集会所倒是开着——那是实际举行新年庆祝仪式的地方。

“那些日子里我都在剑桥。我相当苦恼，功课大受影响。很多人不清楚整个来龙去脉。我去找导师谈话。为了解愁，我会读读阿里的传记，还有《古兰经》的一些段落。”

我问他是哪些段落。

阿米尔凭记忆说出一个段落：“‘心志坚强而受苦虚弱的人有福了。’我来查查原文。这一节我很熟，不难找到。”

他从我们所坐的铺着白色桌布的桌边站起来，走进隔壁房间，然后拿着一本蓝皮小书出来。但他在那本书里找不到那一节。他再走到对面墙的书架上，拿下一本较大的书，回到桌前坐下。他一边翻书一边说：“伊朗革命时，这段经文被一再引用。”他有时候用“Irani”一字，而不用“Iranian”。最后他找到了。他先自己读了一遍，我看得出他深受感动。然后，他出声念给我听。

“‘我要使他们在大地上得势，我要昭示法老、哈曼和他们俩的军队，对于这些被欺负者所提防的事。’[①]”他停顿一下，接着说，“这是为了让你了解自阿里伊玛目以来的什叶派教徒的感受。这里所指的‘被欺负者’并不是原本脆弱的人，而是由于环境而变得脆弱，但仍然有信仰及潜在行动力量的人。

①出自《古兰经》第二十八章“故事”第六节。中译系采用中国伊斯兰教协会之《古兰经中文译解》。

“我在剑桥时常读这一段。你可知道，这是一项承诺，真主的承诺。这段文字讲的其实是以色列子民，但在什叶派的整个历史中，它都被看作是拯救的承诺。”

阿米尔拿着那本大书继续读下去，他读着小字的注解，然后说：“这是先知在麦加得到的启示之一，那时他还没有逃到麦地那。麦加的启示很有诗意。”

我说：“那时先知还只是一个预言家？”

阿米尔说：“这样说可能意味着他不是先知，可能有亵渎之虞。”

“他还没有成为统治者？还没有世俗权力？”

“这样说比较好。”他又说，“麦加的启示以富有诗意著称。”

当阿米尔在剑桥试图用这方式让自己甘心承受家族财产的损失时，他父亲又到了巴基斯坦。翌年，大公前往英国，到位于摄政公园的伊斯兰协会工作。阿米尔在剑桥读书时，他就待在那边。这时，由于在英国工作，大公可以再度成为英国子民。如果他这样做了，他便不再是“敌人”或“外国人”，印度政府也会把他在勒克瑙及穆罕默达巴德的财产归还给他。但大公宁愿背负巴基斯坦国籍的十字架，虽然这还使他的家人继续遭受苦难。

阿米尔的学业进展顺利。取得剑桥学位之后，他到伦敦的帝国学院进修。后来，他又回剑桥就读于天文研究所。

“事态平静了下来。我对家里的处境只能接受，我决心要设法解决一些问题。但问题依然存在。穆罕默达巴德的城堡现在已经解禁，由我使用、维护，但还不是我家的财产。如果不是因为我母亲的投入和别的因素，根本没办法在那地方住下去。”

一九七一年，印度与巴基斯坦再次为了孟加拉开战。

“这对我父亲打击很大，让他一蹶不振。两年后他过世了，去世时他非常难过：因为巴基斯坦军队在孟加拉的空前大屠杀，以及巴基斯坦本身追逐物利的粗俗做法。他对新崛起的统治者和阶级很不满。”

阿米尔把他父亲的遗体运到伊朗东部的麦什德圣地。阿米尔童年时，大公曾希望阿米尔长大后成为一位伊朗式的著名的阿亚图拉。这并未成真，但阿米尔护送父亲遗体到麦什德的那趟旅程让他极为感动。

“一些认识我父亲的乌里玛——宗教学者——发布宣告，说有一位阿林——什叶派宗教领袖，信仰的忠仆——的遗体从伦敦运到了。我父亲就葬在圣地旁边那块葬了许多著名宗教领袖的墓地。这只是暂厝，之后将被安葬在伊拉克的卡尔巴拉。一九六七年，我听伊朗人说，他们国王已经下令将那块墓地改建成公园，我父亲的坟墓可能已经无影无踪了。不过，我到麦什德时才知道，由于布托[1]先生”——巴基斯坦总理，大公死亡时是巴基斯坦国民——“的介入，我父亲的遗体已经被移葬到内侧的圣地。”

因此，信仰虔诚的大公在死后多少达成了心愿。他的政治及宗教热忱在他儿子身上留下许多种语言，许多种文化，许多种思考与情感模式。他要儿子穿耳洞，把儿子奉献给信仰，阿米尔确实也多少承袭了父亲的热忱。不过另一方面——他在剑桥及伦敦修读的是天文学——阿米尔也对宗教产生了一些怀疑。

“我在中学时代开始便产生了这些怀疑，进入大学后它们还继续存在，某些时期更加强烈。不过，我的整体经验——那是历史或文化性的经验——深深烙在我心中，如今已消除不去。这是一种辩证过程，其中宗教及世俗关怀以辩证的方式为我展开一条路。我转向宗教，去寻找尘世事务的支撑，但这使我重新产生怀疑，然后又回归宗教。我在两个世界之间来回移动。”

---

①布托（Zulfikar Ali Bhutto，1928－1979），巴基斯坦政治家。于 1967 年创建巴基斯坦人民党（PPP）。1971 年出任巴基斯坦总统，1973 年任总理。1977 年大选后，齐亚·哈克将军夺取政权，布托被逮捕，以贪污谋杀罪受审，1979 年被处以死刑。

（在这里他似乎触及了印度教关于对立事物的看法：世俗生活，精神生活，“鲁基卡”，“瓦迪卡”。但他对那种看法没有兴趣。）在剑桥时，他受到马克思主义某些层面的吸引，特别是马克思主义论者借科学方法分析历史的尝试。不过，他会接受较一般性的马克思主义看法，乃是由于他的什叶派信仰。

“我的思考方式中有许多成分和矛盾。马克思主义的一个目标是要建立符合正义、更加公正的社会，特别是为了受压迫、受侮辱、受伤害的人，这是马克思主义吸引我的一面。我的直觉反应是去追随托洛茨基和切·格瓦拉，他们两人虽然都未成功，但他们的信息却流传了下来。你知道，就像卡尔巴拉。”卡尔巴拉，阿里之子侯赛因丧命的地方。“马克思主义的世界观跟我自己的宗教观吻合了。”

历史与宗教观点如此结合在一起，使得他可以接受穆斯林势力在勒克瑙长期以来不断衰退的事实。

“我从两种思考途径中都得到了慰藉。历史的思考途径让我明白人类命运可以超越这一切——我们的苦难，我们的小问题。人类命运这个观念让我明白，尽管有那么多麻烦和灾难，我们确实正在往一个更美好的世界迈进。宗教思考途径则教我采取容忍态度，把这看作是神意的一部分加以接受，但仍然对美好未来存有信心。我刚念给你听的《古兰经》段落支撑了世界各地许许多多的人。

“以我自己来说，我觉得，作为什叶派教徒使我得到了不少帮助，因为自从童年起，我就听说为了理想而牺牲生命的人表面上是被世俗力量摧毁了，却在历史上留下了深远的影响。我的祖先大多把信仰看得比世俗成就重要，这让我感到骄傲。我非常以父亲的一生为荣。”他父亲钦佩甘地。“他的身外之物只有眼镜、拖鞋、拐杖、几套衣服、书籍，这使他更接近什叶派领袖的理想模范，就像阿里那样。我父亲跟甘地相同之处在于他认识到宗教可以大大扭转人们的意识——关于世界及人类在其中之位置的意识，也可以引发人们的行动。”

我问他凯泽巴宫对他有什么意义。

“我跟它有一种联结在一起的关系——所有的变化，所有发生过的事情，所有的祖先。那座房子几乎就像是有生命的有机物。”

他所住的厢房长四百英尺，宽一百英尺，上下两层。整个侧厢都住了人。我问他总共有几个仆人。

他说：“老天，我可没算过。仆役加上他们的家人一定有三位数吧。在楼上我母亲的厨房里，平均每天都要为大约四十个人做饭。开销很大。有时候我会怀疑是不是值得，但我知道我不得不那样做。我在伦敦汉普斯特区有一间落脚的房子。那是远离尘嚣的好地方，没有仆人。”

他于一九七八年离开了天文学研究所，回到勒克瑙，然后就差不多一直住在这里。三年前，他开始参与邦政。一九八五年选举过后，他写信给拉吉夫·甘地[①]，向他提起他们两家的关联，并表示愿意效劳。有人建议他出来竞选邦议员。他不觉得会获得提名。他认为，由于他父亲的往事，别人可能对他怀有敌意，但他还是获得了提名，对他有敌意的倒是那位被他取而代之的人。

“他在宫里长大。他三代家人服侍过我家，我对他很熟悉。这件事就像一出电影，像小说里的情节。选举之前，他每天都会来这里。现在，他想尽办法、用尽手段想把我毁掉。他现在非常有钱。”

阿米尔笑着。

我说：“看来你应付得不错。”

他笑出声。“经过了我们所谈的种种事情之后——结局竟是这个！”这个！政治对手的愤怒。

我们已经坐在铺了白色桌巾的大桌前谈了很久。他后面是嵌入墙壁

①拉吉夫·甘地（Rajiv Gandhi，1994－1991），甘地长子，在甘地夫人被暗杀后继承总理职务，于 1991 年也遭暗杀。

的书架，摆放着他的一部分藏书。谈话当中，阿米尔的小儿子阿里不时出现，悠闲地在各扇门里进进出出。我们吃过了三明治加炸鱼的午餐；东西不是楼上厨房做的，而是从勒克瑙的珍味餐厅买来的。（这是后来拉希德告诉我的。他认识宫里的仆人，在珍味餐厅看到他们去拿外带的午餐。）

宫里的这间书房兼客厅很凉爽。据说，奥德末代省督瓦基德·阿里·沙想把这座宫殿建得像凡尔赛宫的样子。不过，这样说可能只表示他想大兴土木。墙壁很厚，是用勒克瑙薄砖和一种特殊的石灰加碎石的砂浆砌成的。温度宜人，我甚至忘了热的感觉。但外面一直温度很高、烈日耀眼，我们一走出书房置身在车道的灰尘里，就觉得热得头昏眼花。

屋外也有几位阿米尔谈到的宫殿仆役，这些瘦小的男人站着，不管主人是否看得到，他们一直鞠躬。这些人很不像餐厅侍者或旅馆服务生，甚至也不像勒克瑙最主要的俱乐部的员工：他们是被宫里安稳闲逸的生活和古老礼仪塑造出来的人。

我们将前往邦议会，阿米尔要带我去看看。不过，我们被耽搁了一阵子。一辆车沿着车道开过来，里面坐着一位选民。他跳出车，阿米尔也下了他的车。两个人握手，阿米尔告诉选民，说他三四十分钟之后会回来。

他说他每天大约见二十个人。至少会有二十个人来见他。这是他不喜欢的政治生活的一面。来找他的人常提出办不到的请求，要他替他们求职或复职，或是要他操纵调查委员会。有时候，他们甚至要阿米尔以他们选出的民意代表的身份替他们出面行贿。阿米尔不像班加罗尔那位部长卜拉卡希。和他不一样，阿米尔对人性可笑的这一面并不觉得有趣，他不乐于见到每天早上门口那群请托者以及如假包换的乞丐所演出的戏码。阿米尔反感别人来烦他。他说，他发现他们从不会感恩，他们总是认为你还做得不够。

邦议会正在休会。我们透过玻璃门看了议事厅。阿米尔喜欢开会时的繁文缛节，但政治活动本质上的猥琐却令他感到厌烦。不管他表面上多么不在意，选举中被他击败的对手的仇恨让他情绪低落，那种纠缠和骚扰是他不想惹上身的。

“搞政治要花不少钱，把钱浪费——如果可以用这字眼的话——在政治上让我有罪恶感。我有时候觉得不应该再继续下去。”但是，对于像他这种出身名门的人来说，政治活动却有特殊吸引力。“我的政治活动让我的家族跟穆罕默达巴德人民的关系再度亲近起来。从一九三六年开始，那份关系即逐渐淡薄。那一年，我父亲成为了穆斯林联盟执行委员会的成员。”他在穆罕默德巴德竞选获胜这件事也不是他可以轻易忘掉的。“那是令人感动的经验，因为尽管他们不赞成我父亲的政治立场，穆罕默德巴德人民——百分之八十是印度教徒——中的绝大多数还是投票支持我。我的得票率是勒克瑙选区前所未见的。我母亲很感动。投票日晚上在城堡里，她说自童年以来，她从未见过城堡挤了这么多人。”

由于正值印度教的春季节日洒红节[①]，邦议会正在休会，马丹学堂也停课了。学堂的建筑很有名：移植到遥远印度的十八世纪晚期的法国或欧洲式的奢华。校园占地极广，就像置身这种环境时常会有的反应，你对大约两百年前有远见或运气买下这么大片土地的人不禁会产生几分忌妒。这所学校对于在勒克瑙长大的人具有重大意义。它在拉希德和他朋友的记忆中占有一席之地；它在阿米尔的记忆以及他父亲刊印成书的回忆录中也占有一席之地。

它仍是一所私立学校，它能得到的经费不足以把它修缮完全。从后方布满灰尘的灌木丛中走进学校，看到杂草从砖石间长出，在壁架上生

①印度教供奉黑天的节日，在公历二月或三月（颇勒娄拿月十五日）举行。特点是尽情狂欢，包括向人们身上泼洒带颜色的水。锡克教徒也过此节，举行体育竞赛。

根：这就如同置身即将变成废墟的地方。前面的情况比较好，比较像样。这里有浇水充足、绿意盎然的庭园。

在这个安静的日子里，看着烈日照射的广阔校园以及其中枯焦的草木，就像从旅馆窗子看着戈默蒂河那样，我仿佛又置身在一幅丹尼尔兄弟十八世纪末的版画原图之中。丹尼尔兄弟应当属于那个自称马丹将军者的时代，他们应当属于一个欧洲冒险军人可以向亚洲统治者出售欧洲之技而大赚一笔的时代。

拉希德一定也转着类似的念头。他记忆中的马丹学堂完全只有欢乐，出于校友以母校为荣的心理，他带我来这里看看。但是，看到马丹将军为奥德王铸造的大炮，上面以凸起的大写字母雕着将军的名字，浮雕字母已被无数只手抚摸得闪闪发亮——在学校前方的宽阔平台上看到这东西却勾起了穆斯林及印度之无助和失败的旧念；突然间，拉希德想到当今在贫穷的国家像帝王般来来去去的欧美专家——马丹将军的后继者——而愤怒起来。

他整个人陷入了这种情绪。他停留在前侧柱廊的阴凉处，要我自己到阳光下去看刻在平台前方宽石阶上的校友的名字。

除了想起十八世纪以来的所有落寞之外，还有其他失落感影响着他的心情。

后来他说："过去，除了印地语老师之外，这里的老师都是侨居印度的英国人。大家很尊敬他们。他们和家人已经在勒克瑙住了好几代。侨居印度的英国人大多在铁路局、学校、警察局任职。铁路局可以说是他们一手包办的。他们居住的社区在城外，漂亮干净的地方。一九四七年之后，他们收拾细软搬走了。"

哈兹拉特衮吉也让他心生几分同样的哀伤：那是昔日勒克瑙的主要商店街，拉希德家在那里开了相机店，表匠在蓝道街角开了一家大店。蓝道的街角店铺现在已变成卖布料和莎丽的拉姆拉尔商行，其招徕顾客的口号是“贵客所需，本店知悉”。不远之处是替王族、印度行政官员、英国殖民官员做衣服的哈兹拉特衮吉老裁缝麦格雷戈一直住到寿终的房子。

那是过去不久的历史引起的哀伤。在别处，常驻官邸及省督宫殿和狩猎行馆的废墟让他想起一百三十年前败北的往事。更往前追溯，如今同样令他感到悲痛的，则是对较早期省督的丰功伟业，特别是那座被称为大斋期集会所的纪念建筑物所呈现者的回想。这座建筑是在十八世纪晚期由饥民以工代赈筑成的：装饰过度，结构脆弱，但其规模大得惊人。这个古老的王邦之城没有什么雄伟的建筑，但其中有许多公园，许多可以散步的地方：印度没几个城市有这种格局。但是在这些地方散步令拉希德感到悲伤，就像那天下午散步也令他感到悲伤，引出他个性中悲剧性的什叶派教徒的一面，必须应付挫败、悲痛、不义的一面。

他说：“勒克瑙就是我，它不是河流或建筑或任何东西。你不会因为你父亲有六英尺二英寸高、长得英俊而喜欢他，他就是你父亲。同样，勒克瑙就是我。我父母两边的家族都在这里住了好几代。”

身为勒克瑙的穆斯林意味着什么？

“就像佛教徒所说的‘是亦非是’。我是印度人，但寺庙不是为我而建的。我是穆斯林，但就细节而言，我的宗教必然不同于阿富汗、伊朗或巴基斯坦的宗教。我说乌尔都语，我以勒克瑙穆斯林的方式跟人打招呼。我会说‘向你致敬’，而不是‘祝你平安’。我从勒克瑙得到滋养，它让我有认同感——它的建筑、纪念物、文化、人际关系。”

从市内许多地方都看得到一座高度超过树顶的白色新宫殿。它叫巴特勒宫，据说是阿米尔的父亲为英国官员哈尔寇特·巴特勒爵士建造的欢乐宫。它是阿米尔被没收财产的一部分，目前还在外敌财产监管官手中，以每年三万八千卢比的租金租给印度哲学研究会。就宫殿的某些式样而言，它有勒克瑙建筑风格。它倒不是什么出色的建筑：它看起来有宫殿模样，只是因为矗立在四角的多边形塔楼。

这些塔楼之一装设了电梯。楼上是一间很大的哲学图书馆；馆中藏书有许多是新书，看来还没有人读过。这是使用这栋建筑最佳、最具敬意的方式。但是，根据拉希德的话，这并没有减轻阿米尔的悲痛。拉希德说，自从失去巴特勒宫之后，阿米尔再也没有进去过。

后来，当我们结束对旧勒克瑙这个学校与宫殿之城的参观时，我问起拉希德的巴基斯坦之行。我希望他多告诉我一点，我想知道更多具体的细节。

他说："在印度，乞丐只讨小铜板，在巴基斯坦，他们却要整整一个卢比。巴基斯坦的海关人员比印度这边的高大魁梧，我也是第一次见到旁遮普穆斯林。后来我想——不知道你能不能了解这点——'如果他们说的是这种粗硬的旁遮普语，而不是纯正的乌尔都语，那么身为穆斯林又有何用？'你可要知道，我把穆斯林同乌尔都语与文化教养联系在一起。

"到了拉合尔时，我觉得它是另一个较好的勒克瑙：一个被清洗过的勒克瑙，那里人们都洗过澡，换过衣服，看起来让人觉得舒服。但有一件好笑的事：你看着影片广告，因为他们只会抄袭印度电影——巴基斯坦人打死也拍不出电影——你看到的是你已经知道的片名，只是明星换了人，面孔不同了。在拉合尔，一开始你会觉得像是首度造访印度的另一个城市。但慢慢地，差异就显现了出来。譬如说，你碰到某某人，跟他谈了起来。你认为他是旁遮普人，高大结实，说着带有粗硬旁遮普腔调的乌尔都语。你问他父亲是哪里人，他回答说是勒克瑙人——这下子你可惊讶了，因为过了四十年，你们两人已经变得这么不一样了。

"我待了两个月，但是我知道，虽然那边生活富裕，却不是我的归属。我见到的亲戚也变了。他们变得比较老于世故；他们变得更具攻击性；他们变得像从旁遮普和信德来到勒克瑙的难民。我有一个做买卖的表亲。

他什么事都要管；他什么官员都可以贿赂；他知道首要之务是见机行动赚钱。他这辈子已有两次无家可归的经历，第一次是一九四七年独立时，第二次是一九七一年，在孟加拉国的吉大港。他知道只有金钱可以依靠，其他价值标准都不算数。这跟我记忆中的他已经大不相同。

“我在那边发现的另一件事，是他们不像我们这边的人那样活在过去里。跟印度的穆斯林比起来，他们对国土分裂这件事抱持着较健康的态度。往事已矣。他们开始过新日子——他们忘掉了没有跟他们一起离开的人，甚至那些还惦记着他们、托我带口信的人。

“过了两个月，我已经巴不得离开。在经历过伊斯兰社会的幽闭封锁之后回到印度，我松了一口气。我很高兴又能在街上看到妇女。印度的肮脏丑陋似乎可以不在意了。巴基斯坦人对他们的宗教倒不会紧张兮兮的，问题出在那些可恶的教规上，它们像乌云般罩在大家头顶：宣礼塔传来催你祈祷的叫声，宗教师长到我朋友家来问为什么我们最近都没上清真寺。思想警察，极端的伊斯兰教。

“回到这里时，我觉得松了一口气。我知道无法在别处找到在印度所有的那种归属感，但我也知道我永远不会成为一个完整的人。我无法忘却国土分裂的事实，那是我生命的一部分。我觉得像是没有舵的船。如果国土未曾分裂，我可能已经成婚，过着十足的中产阶级穆斯林的生活。但我这辈子一直单身，现在要改变也太迟了。巴基斯坦的建国和存在伤害了我灵魂的一部分，我根本无法假装它不存在。我无法假装生活还是老样子，假装我可以过着正常充足的情感生活，仿佛过去存在的东西还在我身边。”

第七章　妇女时代

几个礼拜之后我已经离开印度，再度回到自己的老窝，这时我看着一本许多年前所买但从未前前后后好好读过的书。这本书叫作《印度日记，一八五八至一八五九》。作者威廉·霍华德·罗素[1]，书名页上注明他是《泰晤士报》的特派记者。罗素就是以《泰晤士报》记者的身份在刚过去几年的克里米亚战争期间成名：他有关英国远征军医疗环境的报道使得当局决定把南丁格尔从英国派遣到克里米亚去。身负这样的名声，无疑也怀着再造功名的希望，他回到英国九个月之后即再度离开，前往印度大起义现场。

火车，船。火车到巴黎；火车到马赛；汽船到马耳他和亚历山大港；火车到开罗和苏伊士；搭三个礼拜的汽船到锡兰和加尔各答。然后乘木板车、火车、木板车到前线。

罗素当时三十六岁。他是唯一被英国报纸派到印度报道起义“以及

---

①威廉·霍华德·罗素（William Howard Russell，1820－1907），英国记者，新闻史上第一位战地特派员，报道过印度兵变、美国南北战争、普法战争、祖鲁战争等。创办了《陆海军报道》杂志。1895 年被封为爵士。

随之而来的叛乱”的记者。他寄回《泰晤士报》的“信函”按时在该报上刊登。之后，构成这些信函内容的日记被编印成书——总共八百页，附有淡黄色石版画及一幅镌刻地图。这本书在一八六〇年分两册由路特雷奇公司出版：维多利亚时代的精力将一件巨大的事处理得看似稀松平常——那可是一趟艰难的旅程，以及持续的文字工作。

罗素仅凭对克里米亚战争的报道就可名留青史。我在特立尼达求学时读过他的报道，他是我所知的第一个驻外记者。但我不知道罗素报道过印度大起义。在旧书店看到那两本书之前，我从未听说过他关于印度的作品。精装的紫色布面盖有一个角状的装饰图案，当它们还是簇新的时候，这两本书应当很美观，看起来很有权威。由于长期暴露在光线下，两本书的书脊已从紫色变成淡褐色，封面上下边缘已经褪色，一条封面折线上的紫色布已经裂开，易碎的封面上缘也有损坏。

我发觉这书并不好读。我认为作者花了过多时间之后才写到印度，他在路途中所做的事似乎不是很有意思。读到后面的章节时，我觉得战术方面的军事细节很难懂。作者在写那些细节时，它们应当是抢手的印度新闻，现在它们引不起我的兴趣。一八五八年至一八五九年间的印度还发生了其他事情，那才是我想知道的。

但是在这次印度行之后，特别是和拉希德在勒克瑙散步之后，《日记》一书读起来大不相同。罗素所描述的漫长的印度之旅事实上是一趟勒克瑙战役之旅。卷首镌刻的折页地图题为《一八五八年三月勒克瑙攻城行动示意图》。我在地图上看到了拉希德带我去看的一些地方。

英军在迪尔库夏公园——即“怡情悦性”公园——扎营。省督的狩猎行馆当时尚未成为废墟，在罗素看来有如法国庄园，是英军总司令的指挥部。省督在马丹学堂的一门大炮对着它射击。从马丹学堂向英军阵地发射炮弹的人当中，有省督的几个非洲裔太监——印度在一八五八年的印度，这种人的存在真是不可思议。不知拉希德对罗素书中这个细节会有什么感想。或许他对战败所感到的愤怒与悲痛，以及事后凯泽巴宫所遭受的劫掠，会令他对这细节视而不见——在凯泽巴宫残留的厢房里，我曾和阿米尔见面、交谈。那座宫殿是在被劫九年之后由英国赠予他的祖先的。

泛黄的石版画中有一幅题为《凯泽巴宫劫掠图》。它是事后在英国制作的，是罗素这段正文的插图："这是你所能看到最奇异也最悲惨的景象之一，但同时也是最刺激的……想想看，像圣殿广场那么大的一个个庭院，四周围绕着一排排宫殿，或至少是精工粉刷并镏过金、假窗上绘着壁画的建筑……带着一大堆掠夺物或战利品的士兵从被破坏的大门拥出。披肩、华丽的挂毯、金线与银线织锦、一盒盒珠宝、武器、光彩夺目的衣服。

"这些人都发了狂，只想着金子——简直是抢昏了头……我经常听到这样的描述，但从未亲眼目睹。他们把鸟枪和手枪打碎，以便取得黄金做的枪托底及镶在枪托上的宝石。他们在庭院中央生火烧织锦和刺绣披肩，拿走烧剩的金银……啊，他们那天可真辛苦！跌跌撞撞于尸体间，走过无止尽的蒸汽浴室般的庭院，看到堪比炼狱的景象……闻着腐尸、败坏的印度奶油或劣质的土产香水等令人窒息的气味，这样已够恐怖；但是我们在哈兹拉特衮吉所碰到的那一群密密麻麻的随军平民则更加骇人。他们简直像兀鹫一样贪婪，一样邪恶……"

两天前，罗素得到"价值极微的一小件掠夺物"：一张他从画框中割下来的奥德王画像。他从巴德夏巴宫——"一个有墙的大花园和围场，是奥德王最美丽的夏宫之一"——一个房间里取得了那张画像。见过种种恐怖景象后得到的一小件掠夺物：环绕着巴德夏巴宫的壕沟里"全是印度士兵的尸体，在军人指挥下，苦力正将尸体从壕沟里拖出来，随随便便丢在一起。手脚伸开、已经僵硬、穿着短棉衫的尸体缓缓地燃烧着……我们根本是在越过草草覆着土的一丘尸体。"里面的房间烧着更多的军人尸体。“那是早餐前的时刻，我无法忍受那种气味。”

罗素到手的一件较有看头的掠夺物来自凯泽巴宫：“由小颗红宝石和珍珠制成、有单颗钻石坠子的鼻环。”那次他有机会将一个由翡翠、钻石和珍珠做成的臂镯弄到手，但抢得那东西的军人要价一百卢比，并且立刻就要现金，而——“噢，运气真差！”——罗素所有的钱都在他那信基督教的印度仆人赛门身上，而赛门正在营区里。罗素后来听说有一个珠宝商——在英国或在印度，文中并未交代——以七千五百英镑从一位军官处买到了那个臂镯，在一八六〇年那可是一笔大数目。

常驻官邸的废墟仍然足以激起拉希德的怒气；他必然难以忍受这段有关他心爱的勒克瑙被打劫的记述。恐怕会更令他难受的是罗素对被摧毁之前勒克瑙的描述：“比巴黎更大，更加辉煌。”从迪尔库夏狩猎行馆的屋顶所看到的景观如下：“入眼是宫殿、塔楼、青色与金色的圆屋顶、穹顶、柱廊、长长几排由好看的支柱与圆柱所构成的建筑正面、平台屋顶——它们全自一大片宁静的亮绿中浮现。往无数英里外搜寻，仍然只是一片亮绿……不论是罗马、雅典、君士坦丁堡或任何我所见过的城市，都没有这么迷人、这么美丽……”

那个在“无数的悦目建筑”中罗素仍然认为“那么大……那么金碧辉煌，到处是尖塔、穹顶、圆屋顶”的凯泽巴宫，只剩下阿米尔和他母亲及其家仆所居住的侧厢。拉希德不止一次告诉我，昔日宫殿周围并没有街道，只有花园。只有从罗素的书中，我才有点明白王国时代的勒克瑙是何等气派的宫殿与花园之城。

从我的旅馆看过去的河对岸——越过如今坐落着游泳俱乐部小屋，在某些早晨有黑色水牛、洗衣男工晾着的床单和色彩缤纷的衣服的那个类似丹尼尔兄弟蚀刻版画远景的较高的干河床坡地——那个河岸应该就是从前巴德夏巴御花园所在之处。

“这样的橙树林，如此涓涓细流的泉水，多荫的人行道，花坛，气派的巷道，阴暗的隐居所与避暑别墅……现在正有一些韦尔斯枪队士兵在里面狂欢作乐。”

主宫凯泽巴宫的许多庭院也呈现着类似的、或许受到法国风影响的优雅。

“雕像、一列列路灯杆、喷泉、橙树林、输水道，以及有灿亮金属圆顶的凉亭……橙树林里躺着已丧命和奄奄一息的印度士兵，白色的雕像被血染红了。一个颈部被射穿的英国士兵倚在一座微笑的维纳斯雕像上喘着气……一个接一个，每个庭院里都是一样的景象。这些庭院由雕饰着奥德王室双鱼徽章的高大门洞道或拱形走廊相连，通道里躺着断气的印度兵，他们的衣服在他们的肌肤上闷烧着。”

有关十九世纪勒克瑙之辉煌的记述竟然也是它毁灭的记述——就像迪亚斯·德尔卡斯蒂略[①]一五二〇年有关蒙特祖玛[②]的墨西哥城的记述——这实在是个讽刺。虽然讽刺，却非出人意料——旧印度的历史乃是由它的征服者写就的。

拉希德所感受的悲痛也是我的悲痛。我没法置身事外地阅读印度这个地方的历史。有那么一阵，我的情绪和拉希德一样，不过我们是在为不同的事而悲哀。拉希德出生时的勒克瑙——国土分裂前的世界——原有的完整如今已经失去，他为此感到悲哀。那个世界原本可以保留旧穆斯林的荣耀：众王或奥德省督的荣耀，先前则有莫卧儿人的荣耀。我的历史没有这样的荣耀。罗素从加尔各答到勒克瑙的旅程有一部分经过我祖先所居住的地区。大约二十或二十五年之后，他们从那里移民到特立尼达，在种植园工作。

①迪亚斯·德尔卡斯蒂略（Bernal Diaz del Castillo，1492－1581），西班牙军人和作家，曾参与征服墨西哥。所著《征服新西班牙信史》记述亲身经历，极具历史价值。

②蒙特祖玛（Montezuma，1466－1520），墨西哥最后一代皇帝（1502－1520）。

那是我在罗素书中所寻找的较不显赫的印度。那是仅仅附带提到、一切都是想当然的印度：在罗素的记载里，那是战乱期间人们还继续忙着在田里工作、建造防御工事、清理尸体、谋求仆佣工作的印度：一个毫不自知地克制自己的印度。在靠近贝那拉斯的大干道上，一列列长长的满载棉花的乡下牛车一辆接着一辆吱吱嘎嘎地前往加尔各答：英国治下的城市中还进行着商贸活动。路上的人群无视这场可怕的战争，予人一种置身市集的感觉。在田间工作的人和这场战争毫无干系，他们没有参与统治者的战争。

我从罗素的书里得知英国人把印度士兵——现在发起叛变的英国东印度公司士兵——叫作“潘迪”(Pandy)。“为什么叫潘迪？哦，因为在印度兵中间这是个很普通的名字——就像史密斯在伦敦一样……”事实上，这是印度这片地区的一个婆罗门名字。这里的婆罗门占印度教徒的比重相当大，而北印度的英国军队在某种程度上是婆罗门军队。现在被用来镇压“潘迪”的印度人则是不到十年前才被英国击败的锡克人。

一大群印度平民跟随着进军勒克瑙去镇压叛乱的英军。罗素说他们大多是印度教徒。他们之中的穆斯林是仆人；阿富汗人贩卖果脯；随军的印度教徒当中有商人和妻小，带着他们的店铺帐篷而行。有替军队照料绵羊、山羊和火鸡的赶畜人，也有许多脚夫，“大群肌肉发达、大腿凹陷、瘦长的苦力”搬运着桌椅，“竹竿上吊着装啤酒与葡萄酒的柳条篮子、市集货品柜或箱子”。

身为《泰晤士报》特派员，罗素固定跟英军总部的幕僚人员一起用餐，而庞大的军仆阵容使得行军路途上餐食可以行礼如仪。

“大约下午五点钟，许多鸢与兀鹫盘旋于灰尘上，宣告营地已离我们不远；一幅平原上布满帐篷的美景随即展现在眼前……我们的用人出来迎接，我在我的帐篷门口下马……一进帐篷所见的每件东西都还是我离开时的样子。我们的集体晚餐和在考普尔[①]时一样，丝毫没变，很难相信我们是在敌人的国度里。”

罗素提及这些随军印度平民——他们使得英军的生活如此舒适——带着“兴高采烈”之情大量“拥向勒克瑙，支持欧洲人——外国人——击败他们的兄弟”。他看到古罗马势力扩张的一个翻版。即使是随军平民夹带英语的语言也被他视为征服的象征。

这些都让我读得难受。我第一次尝试读这本《印度日记》时感到不对劲，现在读它还是不对劲。我尝试了三四次，却都读不下去——出于文学上的理由。我觉得它具有维多利亚时代的风格，而且啰唆。我认为作者是个过度的帝国主义者，太过方便地在一个安全无虞的世界里来来去去，而且把那个世界视为理所当然，他对自己、自己的尊严及作为特派员身份的关心，几乎不下于他对前去造访之国家及其人民的关心。

但是这些得自零散阅读的评断总是因为罗素记述文笔的水平而瓦解。我觉得罗素的书有问题，就像我撰写书评时，也会觉得无法获得我同感的好书有问题。这样的书很难写书评，它们会让你坐立不安，直到你认可它们的优秀水平为止。因此，我花了不少时间才接受罗素这本书，顺着书本身的节奏来阅读它，接受它的宗旨，我这才发现它非常好。罗素说他的目标是“提供有关军事行动的记述”，同时“描述我的感官对事物外表所得到的印象，而不妄言自己之对错”。

这本书让我觉得有问题的地方在于历史，在于他描述得这么好的事物之表象。作者和他所书写之国家的人民有如此大的不同，作者的国家和他所至的国家有如此大的不同。这位记者为《泰晤士报》所做的工作；他用来传送“信函”给报社的英军电报；关于铁路和轮船的议论——罗

①坎普尔的旧称，印度北方邦城市，位于阿拉哈巴德西北方向的恒河畔。

素的世界已是相当现代化了。

从一八四三年二十一岁时起他就在《泰晤士报》任职了，他实地采访的第一场战争是一八四八年的丹麦战争。现在，冷静、老练地准备前去采访这次印度战争，他坐在从马赛开往马耳他的轮船上，同行的是要前往许多地方的英国人。“如果把他们从马耳他前往的目的地标出来，将会涵盖东方一块广阔的扇形地区。有人要去澳大利亚、中国、沙捞越王公的领土，有人要到槟榔屿、新加坡、香港、爪哇、拉合尔、亚丁、孟买、加尔各答、锡兰、本地治里……”对这些人而言，世界大部分地区已经不是化外之地，他们中许多人——像罗素本身——是有备而来，想了解并进入世界的新地区。

罗素认为他看到的是一个充满精力、正在扩张的文明，这看法因他谨慎的谦逊而愈发强烈。身为一个意识到自己特殊声名，也明白自己局限的观察者，罗素所呈现的就是这种性格。他不会和其他专家竞争，只要他知道有什么事物已被别人描述过，他就不会再加以描述。因此他不愿谈论古埃及的奇观，也不愿就“已经谈得够多”的地中海地区发表只言片语。直到从加尔各答开始展开行军，他的语调一直是暗示性的。他是个帝国旅行家，在一个已被仔细探索过的世界旅行。

然而，出了加尔各答——最初坐有顶马车——才几天，他似乎倒退了一两个世纪。离开安稳的加尔各答数日，他便和对广大世界一无所知的人在一起；他们无法了解这个世界；他们历经外族入侵数百年而仍无法保护或保卫自己；他们——不论是潘迪还是锡克人，不论是脚夫还是随军的印度商人——兴高采烈地帮助外国人征服自己的兄弟。“兄弟”的概念——对罗素而言这理念非常简单，因此他的用法有明显的讽刺意味——对他所指的对象而言乃是非常遥远的。穆斯林对他们宗教的一体性会有某些理念，但这些理念总是会因统治者的专制而转变，穆斯林对他们宗教以外的任何人都没有义务。印度教徒只忠于自己的族人，他们没有人类共同生活的较高理念，也缺乏应该对同胞负责任的一般概念。正由于缺乏那种人类共同生活的大理念，这个国家盲目不懈地工作和人民的一切无畏精神与技巧都是枉然。

印度人很难不被罗素的书所羞辱。印度人感到的羞辱部分来自其反应中的暧昧，即下面这些认识：正要被推翻的印度体制气数已尽，其幸存只会导致历史的重演，英国统治期结束时即将诞生的印度，会比一百年前的印度更有教养，更有创意，前途更光明。印度对人类的共同生活将有较宏大的理念，而印度将从这个较宏大的理念，从这个英国统治的笼罩性羞辱中产生国家、自尊与历史的自我分析等理念——这些似乎离罗素行军时的印度无比遥远。

罗素的书发表九年之后，甘地诞生了。那之后的二十一年，即一八九〇年（那时罗素已经六十八岁，另外出版了三本《日记》类型的战争书籍，一本是一八六一年关于美国内战的《南北日记》，另一本关于普奥战争，发表于一八六六年，第三本于一八七〇问世，写的是普法战争），甘地在伦敦读法律系，正竭尽所能应付一趟和罗素一八五八年印度之旅反向而行的文化之旅所带来的困惑。十年后，即一九〇〇年（罗素被封为爵士之后五年），甘地在南非为印度人的权利而奔走——大起义之后二十或二十五年，印度人被送往大英帝国的许多原奴隶殖民地，在种植园工作。接着，在一九一四年（罗素死后七年：这位新闻记者八十六年的生命被整个包含在帝国的荣耀期内），甘地正准备回印度，想着要如何在印度一展抱负，如何发挥他在南非时在政治宗教等方面所学到的东西。

从一八五七年至一九一四年，从印度大起义到世界大战爆发——这段时间不长，而一些重大事件的种子在此时埋下了。但是，回头看看大起义前的一百年：在这整个期间里，一再呈现在世人眼前的是一个无助的被践踏的国家。自从穆斯林入侵后它就一蹶不振，财富不断受到压榨，农奴总是为一再变换的国王、疆界和王国而在田里劳动、修建防御工事。

“我永远都会认为理性的自由使人有德性，而德性使人快乐：因此热切希望世人快乐时，我祈求普世自由。但是你们对印度人的看法过分公平：他们没有享受公民自由的条件，他们中极少人有这个概念，而有这种概念的人并不想拥有它。他们必须（我强烈反对这种邪恶，但知道其必要性），他们必须用绝对的权力加以统治。知道土著他们……在我们的统治之下比在德里的苏丹或大公治下快乐，我的痛苦大为减轻。”

这段文字是十八世纪伟大的英国学者威廉·琼斯爵士所写，出自他于一七八六年从加尔各答写给世界彼端弗吉尼亚州一位美国友人的一封信。在威廉·霍华德·罗素的印度之旅七十五年前，威廉·琼斯爵士以三十七之龄前往加尔各答担任孟加拉国最高法院法官。那时没有铁路或汽船，没有取道埃及的捷径；到印度的旅程要绕过好望角，可能得花上五个月；印度与英国之间的信件每三封当中就有一封会遗失。威廉·琼斯爵士想到印度发财。他花了五年时间谋求到印度任职的机会——因为那会带来巨额金钱。他希望只要到了印度，就在六年内赚三万英镑，他念念不忘那个数字。这就是可以从被践踏但总是盲目地继续工作的印度之屈从与不幸中赚得的巨款。

他对他的美国通信者所说的自由与快乐之谈是由衷之言。威廉·琼斯热爱公民自由的理念，并且支持美国独立。他曾三度造访在巴黎的富兰克林，甚至一度想搬到费城定居。他出身于小康的中产阶级（祖父是著名的家具木匠）。虽然他是律师兼牛津一所学院的院士，也以杰出的东方语言学者闻名，他在英国却总是需要依靠贵族赞助。这就是他想要来自印度的那三万英镑的原因：为了他自己的自由。而他可真不凡：他回报印度的和他拿走的一样多。在孟加拉国，当他进行有关印度法律的重要而富原创性的工作，并按时将钱寄回英国添进他日增的财产时，他也——不是为了钱，而是为了兴趣、学识、荣耀——深入研究梵文与其他语言，和婆罗门交谈，发掘并翻译古代经文。他将许多十八世纪启蒙运动的看法带到印度。在频频被征服的印度的文化废墟里，他以身处古典世界之废墟的文艺复兴时代人士自比。

这是来自他于一七八七年在孟加拉快住满四年时，寄回英国给他的资助人斯宾塞伯爵二世的一封日记体长信："我该拿我在印度的文学研究和什么相比？设想希腊文学只存在于当代希腊，而且只有祭司和哲学家接触得到；又设想他们被哥特人、匈奴、汪达尔人、鞑靼人陆续击败，最后为英国人所征服；然后设想英国国会在雅典设立了一个法院，而有一个好钻研的英国人是法官之一；设想他在那里学习他的同胞无人能懂的希腊文，并且阅读其他欧洲人从未听闻的荷马、品达[1]、柏拉图。把希腊文换成梵文，朱庇特换成婆罗门……那么我就是这个国家里这样的一个人。"

威廉·琼斯赚到的钱比他一心想要的三万英镑还多。他花了将近十一年，积聚了将近五万英镑。想到这笔钱应该会令他欣慰，只是金钱本身并没有让他得到好处。他的妻子带病回到英国。翌年，当他准备在她之后回国时，却不幸辞世，享年四十八岁，葬于加尔各答。

他和其他像他一样的人最早让印度人知道他们文明有多悠久，有何等价值。那些知识为一百多年后的民族主义运动提供了力量，那些知识传播得非常远。在殖民时期、印度独立之前的特立尼达，那些有关我们文明的知识几乎是我们唯一能依靠的东西：例如，小时候在学校，我们便读到了歌德对威廉·琼斯爵士在一七八九年所译梵文戏剧《沙恭达罗》的评语。

我们何其幸运有机会得到那一点知识！梵文被视为神圣的语言，只

---

①品达（Pindar，约公元前552－约前440），古希腊著名抒情诗人。生于底比斯附近，就学于雅典，后成为整个希腊世界著名的颂诗作曲家。虽然他写过各种题材的诗，但只有《胜利者颂》被完整保存下来。

有祭司和婆罗门能读梵文文本。威廉·琼斯必须由一位印度教医生来帮他翻译那部戏剧；即使在我们这个世纪，笃信宗教的人也会为这种语言的神圣性而大动肝火。威廉·琼斯翻译那部戏剧之后将近两百年，在已独立的印度，有人问维诺巴·比哈夫[①]——他师法甘地，被某些人视为印度的某种精神上的避雷针——他对《沙恭达罗》有什么看法。这个无所事事的家伙生气地回答："我从来没读过《沙恭达罗》，也永远都不会读。我学神的语言不是为了拿鸡毛蒜皮的小事来自娱的。"

有这种内在破坏性，这部戏剧还能幸存下来，我们对过往的文化还有一些认识，这实在是件奇事。对每一个印度人而言，英国统治印度的时期都充满了暧昧。以我的背景——在威廉·霍华德·罗素带着仆人与帐篷，享有在英军总部集体用膳的权利，以帝国主义的、《泰晤士报》记者的身份横跨恒河平原二十或二十五年后，从那个人口过多的平原移民他国，以及由于移民，长久以来阻隔我自己之过往的那片黑暗——那段历史对我还有一些特别的暧昧之处。

每当我思索印度的历史，看到（或许带着抑郁症患者，或遥远的殖民地子民的夸张）我们是多么接近文化赤贫的地步，不可思议地发现我们只是误打误撞才得到了那些让人产生自觉与力量的概念——法律、自由及人类广大共同生活的概念——我们只是经由误打误撞才有点可能面对威廉·霍华德·罗素，甚至包括他那些"我的感官对事物外表所得到的印象"，但并非平等地面对——时间无法那样扭转回去——而是要有点自知之明地面对：每当这种时候，我就会犯心神不宁的老毛病。

所以，在思索这段近代历史时，我的反应并不跟拉希德完全一致。我并不知道衰败之前曾经有过盛世，我也没有现成的敌人可以怪罪。成

①维诺巴·比哈夫（Vinoba Bhave，1895－1982），印度社会改革家和自由战士。

长于遥远的特立尼达，我没有宗族或区域的观念，完全没有住在印度的人能得到的种种支持与保护。就像处于南非印度移民之中的甘地，也出于大致相同的理由，我反而逐渐产生印度人为同类、印度是一家的观念。在不得不接受历史的情况下，我的批评、困惑和哀伤都向内而发，针对的是给予我们极少保护的文明与社会组织。

住在印度的人并没有像我这样的感觉。或许由于身在印度，必须在那里安排他们的日常生活，他们无法那样感觉或容许自己那样感觉。但是这次在德里，我遇到一个出版家，他的哀伤超过了我。他叫维希瓦·纳特，七十几岁，他的家族已在德里住了四百年。他的家族有一段经历，即大起义期间英国人围攻时，他们不得不抛弃世居的房产，逃难他乡。这只是许多事件之一：身为印度人，维希瓦·纳特的心念会回到比大起义早得多的时代，回到数百年前。

他说："读印度的历史，我有时会落泪。"

一九三一年甘地发起进占盐场示威时，他十四岁。从那时起，他一直穿印度土布做的衣服。

他说："甘地把我们组成一个国家。我们像老鼠，他使我们成为人。"

老鼠！

他几乎是按照字面意思讲这些话的。"自从存在于地球上以来，人类这个物种一直想要消灭老鼠，但从来没有成功。即使在纽约也还没有成功。同样，我们一直遭到抑制、受折磨、被征服——但从来没有人能把我们消灭。这就是我们的文明的长处。但是我们怎么过日子呢？就像老鼠一样。"

他厌恶种姓制度："我们成为奴隶的主要原因。"他还有一项我从来没有的东西：清清楚楚的敌人。婆罗门是敌人——又是他们，而且是在远离南部的反婆罗门政治一千多英里之处。

"在穆罕默德信徒那么多次可怕的入侵期间，婆罗门让这个国家失望了。从头到尾，他们不断念他们的祈祷文，他们的‘哈凡’：‘神会保护我们。’”

和他的手织土布与民族主义、历史意识、他对甘地的尊敬同时存在的是——似乎有矛盾——对宗教的排斥。这种混合产生了一种特别的激情，而维希瓦·纳特的激情展现在几本他主编的以四种语言发行的杂志上。他的妇女杂志特别成功。《妇女时代》是以英文发行的双周刊。它在十五年前创刊，抢走了几份较老的英文妇女杂志的市场。它目前的销量约为十二万本，是最畅销的英文妇女杂志。维希瓦·纳特认为他可以把销量提升到五十万本。

我想我从来没有看过印度的妇女杂志，我不认为它们有什么大不了。我知道这类杂志，知道其中几本的名称。我从来没有想到在印度它们会有一段独特的演变历史。一旦有了这个概念，我便明白，在一个仍然如此仪式化，有这么多教规与家法，大部分婚姻是由媒妁安排，冒险的机会与需要并不大的社会里，这是必然的。

我在孟买即听说过《妇女时代》。在人们口中，它的成功非比寻常。但是我碰到的人对杂志本身却瞧不上眼。它被认为粗俗而且落伍——虽然我后来在德里倒见识了主编破除传统与改革的使命感。这本杂志的非凡之处在于它找到了新的职业女性读者群。将难得的卢比花在一本英文杂志上的读者可能会被认为拥有社会与文化抱负，但是《妇女时代》的读者却并非如此，这是她们的一个奇特之处。这些读者对她们老旧、封闭的世界感到满足。

一本被《妇女时代》抢走市场的竞争杂志的主编说：“《妇女时代》幼稚透顶。它是印度第一本迎合这个新读者群的妇女杂志。”

她怎么界定这个新的读者群？

“她们现在有一点闲钱，拥抱消费主义。她们受过一点教育，但这教育受限于她们的传统思想及她们家族的旧信仰——一种非教育，一种学舌教育。”

孟买旅馆的书店根本不卖《妇女时代》。那个女店员表明了她压根儿不喜欢被问到这本杂志。我从人行道上的杂志摊贩处买了一本。我对它的第一印象是索然无味。要不是正在找它，我可能不会看到摆在那杂志摊上的它。它制作得很好，但不显眼，在上光的新闻纸封面上有个不吸引人的年轻妇女的脸庞：仔细化过妆但不具挑逗性，女人眼中的女人。而且要是不知道这本杂志的名声，翻阅过内页之后，我几乎记不住任何东西。

主要的文章有六页长，附有摆拍的彩色照片，谈的是关于“相亲”的话题。这是在一桩家庭安排的婚姻最终于敲定之前，男方家庭一伙人造访女方的习俗。阿修克——我在加尔各答认识的公司经理——就因为自己相亲的经验令他觉得十分难堪，决定不再做那种事。他自己追女朋友，自己求婚，不让他的家人插手。阿修克可以那样做，他可以照料自己。《妇女时代》的读者没几个有那样的条件，而且《妇女时代》对相亲的习俗有相当不同的态度。大部分婚姻是别人安排的，那篇文章的作者说。既然情况如此，那么相亲便是把女孩介绍给男孩的最好的方式，它也不像某些人所说的那么让人没有尊严。

事实上，那篇文章是一篇建议，把处理这种场合的最佳方式提供给女孩及其家人。作者说，首先，如果在相亲仪式后男孩说不，女孩不应觉得自己被拒绝了。那可能只是因为男孩家人的“要求”——钱财要求——对女孩家人而言太多了。为避免这种误会，女孩双亲务必先查清楚男孩及其家庭，再邀请对方来相亲。女孩双亲应该去看男孩几次。该文作者给女孩双亲的一个指点是，当他们到了男方家里时，要看看仆人、小孩及宠物是否喜欢那个男孩。

就相亲这场合本身而言，女孩不应搽太多脂粉或戴太多珠宝。她不应该说大话，办不到的事就别说办得到。她的父母也不应该装得比实际有钱。作者说，有些家庭甚至借家具来撑场面。接着是尊严问题。在这种场合下，女孩和她家人是有所求的一方，他们必须赢得男孩及其家人的好感。但是："女孩父母的举止措辞不应该曲意讨好或卑躬屈膝。"说得容易，但在别人来相亲的情况下，女孩家人如何保有他们的尊严？作者提出一个建议。"有些家庭坚持女孩要碰触来看她的每一个男孩及其父母的脚。这个做法令人叹息，有违基本的人性尊严，因此最好避免。"

不过，这套做法仍有其不公平之处。该文引述了一个女孩的抱怨："为什么男孩不能好好梳洗过，带着刮胡水的气味，手上拿着学历证书、职业证照等等低着头坐在他的客厅里？"对这个抱怨，该文未作答复，只说：要是哪个女孩不想自己物色丈夫——"相信我，在我们的社会这是很难做到的事"——那么人家要来相亲，她就必须将就。"如果男方家人装腔作势，举止高傲，那也情有可原，因为这是传统与数千年社会行为所造成的。"

后来，在德里见过维希瓦·纳特之后，我可以从最后那个句子中看出他的激情及反传统主张的蛛丝马迹。若不了解这一点，那句话的用意只会显得食古不化，只是把旧习俗当作熟悉的最好的东西加以接纳。接着，站在那种明说或暗示的接纳立场（有时带有不接受就算了的意味），该文也只是提出了一些家中见过世面的人都想得到的指点。相亲的场合衣着要端庄，言语要谨慎；对男方家人在问题中设下的圈套要当心；对上了年纪的男方家人要恭敬，对小孩要亲切。

指点，最简单的那一类指点——这显然支配了这份杂志的方针，这显然是这份杂志所满足的需求。相亲这类习俗可能是旧的，但它们所存在的世界却是新世界，而在这个世界里，这本杂志的读者仿佛几乎要从零开始。

《个人卫生》是该杂志同一期刊登的一篇长文。随文附有一张照片，照片中的女孩弯身在水槽上泼水洗脸，文章提供的是最基本的建议。文章开头有那么一丝漠视宗教的意味，但你必须先了解状况才看得出来。“当今，不用说，一个人敬不敬神已经不是那么严重的事，就像我们有许多人并不把洁净与个人卫生奉为宗教这件事也不是那么严重一样。”这说得累赘，甚至不清不楚，不过该文的重点是清楚而简单的卫生课题。

“身体弄脏了没有害处，只有当我们喜欢保持肮脏时才会产生问题……保持我们身体及周遭环境干净整洁的重要性无须再加以强调，其直接结果是健康、心境平和与快乐。”打理得干净、“不邋遢”可以避免感染，也就不必花那么多钱看医生、吃药：因此，这可以减少一部分财务问题。

然后，一个步骤接着一个步骤，没有忽略掉任何环节，作者为读者一一讲解印度境内的个人卫生问题。“周遭环境的整洁是不可或缺的第一步。”“整洁”——一个委婉的字眼。“周遭环境”——一个奇怪的用词，不过，“房屋”或“公寓”显然并不能涵盖所有人的居住空间。由此我们可以明白，这篇文章所针对的读者并非都有好的生活条件。这篇文章的某些读者生活应该非常拮据，仅过得去而已。

水很重要，这篇文章说，应该有足够的用水。印度是个炎热的国家，每天需要洗一两次澡，“还要彻底刷洗，使用肥皂和温水，用力但柔和地刷”。清洗身体之后是洗衣服。“衣服一旦沾了汗水就应该尽快洗过后再穿……内衣裤的洁净极其重要，因为它们是贴着皮肤穿的，如果不换洗，可能造成皮肤过敏或更严重的问题。”和正文末页相对的是杀虱剂的全页广告。女儿拥抱着母亲，两人都对着镜头笑。“她的问题都包在我身上……她的虱子问题我都托付给美敌克。”（虱子！难怪当我向旅馆书店的年轻女子要《妇女时代》时，她做了一个奇怪的表情。）

简单的指示——你若是局外人，便会觉得乏味。而小说故事——这一期共有五篇——就像寓言一样。一个胖女人随着被外派的先生到了韩国。她对旅馆的饮食很不放心。她想象羊肉其实是狗肉，面条是蠕虫。

她吃了两个月的沙拉、酸奶和一点米饭。她瘦了，变了一个人——一个更好的人。一个富有的年轻印度商人回印度找新娘，人们期望他娶的奢华女子令他退避三舍，他挑中的反倒是奢华女孩出身卑微、父母双亡的表妹，后者以用人身份住在她家里。在另一个故事里，一个有钱男子的太太试图把她贫穷的姨妈藏起来，这个姨妈的纯良彻底感动了那个丈夫。纯良——这是《妇女时代》这些故事里大部分人所具备的。杂志内还提到阅读浪漫小说的女性，特别是由米尔斯与布恩公司所出版的英文小说。但在这些故事中，重要的是家庭之爱而不是男女之爱。

家庭之爱、针对枯燥问题提供对策的文章、宝洁公司的杀虱剂广告、抗菌乳膏广告、热水器：这里没有任何东西引人遐思、令人渴望。谁料得到，这是最畅销的妇女杂志的点子？

古尔香·尤英是印度最有名的妇女杂志的主编之一。她在一九六六年成为《夏娃周刊》的主编，在七十年代晚期把该杂志办得有声有色。

在孟买的一席晚餐中随兴谈到《妇女时代》现象时——那时她（或我）还不知道我后来会对妇女杂志大感兴趣——尤英夫人描述印度妇女杂志必须争取的新读者是哪一类人。这个读者是职业女性。她早早起床，照料家人，打发他们去上学、上班，接着自己也出门工作去——或许是在公司行号上班。五点半她离开办公室，在前往公车站或火车站的路上买了做晚餐的蔬菜，然后在回家途中把菜切好。

这个在坐火车回家途中把蔬菜切好的情节吸引了我。但我只需搭一两次郊区火车就会了解，在孟买，这个情节不过是异想天开，是一幅田园式的幻景，那一两次经验就让我明白郊区火车有多拥挤，职业女性必须奋战——拼尽全力——才上得了车，遑论在火车上切菜。后来我在《妇女时代》上读到一篇故事，通篇写的是一个女孩在抢搭一班郊区火车的推挤中和她姐姐失散的情节。

几天之后我到尤英夫人的办公室拜访她时，她承认那是想象。她说，她只是想形容印度城市里职业女性的处境。我或许会认为她只是在做个风趣的描述，但是职业女性的生活可一点都不有趣。

“我们和这些人及她们的朋友谈过。我们得到了一些反馈。职业女性通常五点左右天一亮就起床，装满当天要用的水。我们大部分住家不是二十四小时有自来水的。清晨有水，然后一整天停水，到晚上又供应一个钟头或不到两个钟头。这是下层中产阶级地区的情况。所以，一起床，她就在找得到的盆和桶里装满水。然后她做早晨的家事，给丈夫和孩子准备了茶、早餐等等之后就为他们装午饭。这些事主要由她动手。然后她自己出门上班去，通常要在拥挤的火车上坐上一大段路。她难得有位子坐。”

“她丈夫做什么工作？”

“职员啦，银行雇员啦，或是工厂的中阶职位，薪水大约一千到一千五百卢比。太太的工作可以赚六百至一千卢比不等。”

“听起来很辛苦。”

“非常辛苦，一点意思都没有。她一整天没和孩子在一起。她五点半或六点下班，可能要先搭公交车到火车站，或者——这更折磨人——可能必须全程坐公交车回家。有时排队等公交车的队伍会有一英里长。路过时，我经常纳闷她们究竟何时才坐得上车。前往公车站或火车站之前，她会先买蔬菜或任何她需要的东西。蔬菜就装在她小小的‘提拉’——手提袋——里。

“她终于回到家了。在自己喝杯茶之前，她必须先端一杯给她的丈夫大人，那个老爷可能已经跷着二郎腿坐在电视机前了。尽管收入很低，他们十家当中有九家拥有电视。接着是晚餐。接着看孩子做一点家庭作业——如果她懂得怎么做的话。她的一天结束得很晚。她得洗碗盘，然后又要烦恼水的问题。”

“她们是如何撑下去的呢？”

“这是她们的命，她们的命运。她们相信命该如此。我不见得是在描述《夏娃周刊》和《妇女时代》的读者。我只是在表明，生活中有这么多苦差事的这类妇女会是多么难过。”

处于这种境地的妇女需要特殊的杂志。照着欧美杂志依样画葫芦可不管用，强调女性魅力的倾向也可能会弹错了调。

尤英夫人说：“《夏娃周刊》的基本读者——可能是秘书——和《妇女时代》读者的唯一差别是语言。《妇女时代》使用较简单的语言，生怕用了什么女人搞不懂的话。几天前我听到一个解释《妇女时代》为何成功的精彩说法。阅读《妇女时代》的妇女事实上对杂志感到畏怯。她们宁可拿起像《妇女时代》这种不会令她们感到不自在的杂志。但是我乐观地认为那种反动的妇女报刊将会消失。当我们，”她指的是《夏娃周刊》，“写到相亲的题目时，我们激愤难平。而且我们告诉那些妇女，告诉那些女孩，她不必经历这种事。不过必须要有足够的教育程度让她在日后某个阶段能经济独立，她才有办法反抗。”

这正是重点：对于一个来自那种背景，具备那样的教育程度，生活在那些“周遭环境”里的女孩或妇女，反抗的念头根本连想也别想。《妇女时代》是针对那些妇女出版的。因此，这本当初在我看来那么不具特色、枯燥乏味的杂志开始显得更有内容，开始呈现出一个全新的印度，一个我原本不容易认识的印度城市社会的全新部分。

独立前印度并没有妇女杂志。中产阶级的印度妇女阅读两本受欢迎的英国杂志《妇女周刊》及《妇女自家天地》。英国人走后，这些杂志便买不到了。即便是中产阶级的印度妇女也会觉得从印度订阅它们太贵了。告诉我这件事的是南迪尼·拉克希曼，一个专跑媒体与广告新闻的记者。我从她那里得知了印度妇女杂志的简短历史。

“当《印度时报》这份英国报被印度人接收后，他们开始发行《费米娜》。那是二十世纪五十年代早期，最初几期带有英国余风。主编是位帕西[1] 女士。在那年头，当模特在印度并不被认为是个好职业。因此在《费米娜》里，你可以看到许多外国人穿印度服装摆姿势的照片。担任模特的印度妇女来自富裕的印度家庭，不怎么受到习俗和传统规范的束缚。很不幸，过了几年，这位首任主编自杀了。没有人知道原因。那时她应该接近五十岁。然后破天荒地由印度人当了主编。

“《费米娜》那时想争取更多妇女读者，因此他们开办了这个印度小姐选拔。他们在全国——孟买、加尔各答、马德拉斯、德里等主要城市——举办选美，获胜者再参与印度小姐选拔。那不只是中产阶级的活动——那可是社交界的一件盛事：富裕的，有钱的，有权的，经常出席社交聚会的人士都参加了。选拔活动让人感到了一些身处上流社会的派头。刚开始，并没有很多女孩参加，因为选美还被认为有失身份，即使对许多自以为有派头的人也一样——因为并不是每个人都会赢。我想那是因为害怕落选。还有，被选上的印度小姐必须参加环球小姐选拔。届时她们必须在一个项目里穿泳装走伸展台，这将会震惊全印度。所以在早期，只有帕西女孩和基督教女孩当选印度小姐。但是，尽管中产阶级印度妇女无法参加，她们开始朝那目标而去。对她们而言那是件新鲜事——那份魅力、那种形象。她们为之震惊，同时也感到着迷。

“《夏娃周刊》大约在这时候出现了，他们也开始办选美活动。当时两份刊物的发行量应当是一万五千份左右。过了很久，他们开始刊载有关如何披莎丽、如何打扮的文章。一开始这样做的是《费米娜》的一个男性主编。我想他对妇女的希冀有比较开放的看法。

“那时还没有很多职业女性。杂志刊登着像《战争寡妇的经验》，或在印度国土分裂时失去丈夫者的经验这类故事。

“印度妇女杂志的创始是一个缓慢的过程——由于教育程度和自我

①公元八世纪为逃避穆斯林迫害而从波斯移居印度的琐罗亚斯德教徒的后裔，主要住在孟买周围。

意识的提升，读者增加了，市场也扩大了。《费米娜》在七十年代末达到了九万份的销量，《夏娃周刊》也是。当今表现最杰出的《妇女时代》创刊于一九七三年，随着《妇女时代》的崛起，《费米娜》的销量下跌——跌到今天的六万五千份。现在有一份新杂志《精明》，它是和《妇女时代》正好相反的刊物。《精明》办了三年，已经有了五万份销量。它是月刊。《费米娜》是给年纪较大的妇女看的。《精明》的对象是在城市里长大的十八到三十岁的妇女。

“《精明》是一份八卦杂志。它每期都有一篇封面故事，一篇关于某个名女人的专题报道。她被称为‘本月《精明》女人’。她一定离了婚，闹绯闻，或被丈夫殴打，或为了某人而抛夫弃子，或丈夫为了别人而离开她，要不然就是她有婚外情。而且到最后她一定是胜利者。她有办法鱼与熊掌兼得。每个月都有这种女人。《精明》女人相当有名，但也不尽然。假设我有骇人的生活经验，如果我什么都敢，什么都能抖出来，那么《精明》就会把我塑造成女主角。他们为这种故事找到了一个市场：我想他们做过一些调查。印度妇女可能不会承认她读《精明》，但她还是会读它。《精明》是针对城市地区的，《费米娜》和《妇女时代》则在小城镇还看得到，像纳西克或那格普尔。《精明》在两三个月前刊登了有关强奸的文章，还附有照片，妇女组织说那种做法太张狂了。法院下了强制命令，让他们收回所有的杂志。”

我们谈着《妇女时代》。我把古尔香·尤英关于《妇女时代》所吸引的职业女性的话告诉给南迪尼。

她说：“那有点把《妇女时代》的读者浪漫化了。那是精英分子说的话。”南迪尼自己才脱离传统或小镇生活一两代。“我每天上班要坐两趟公交车、一趟火车。我起得很早。但是我不看《妇女时代》。我在家做饭，又要上班，但我不觉得单调辛苦。那是高高在上的论调。说这话的人恐怕有一大堆仆人供她使唤。”

南迪尼并不认为《妇女时代》对职业女性有吸引力。“它的对象是传统中产阶级家庭妇女。我不是指文盲。只有那本杂志每期都刊登五篇小说——虚构的。那些故事千篇一律：他们从此过着快乐的生活，丈夫回到了妻子身边。《妇女时代》对妇女的看法很偏颇。女人不会做错事，她一定是好人。她可能是个祖母、妻子或婆婆，但她一定是好人。即使丈夫是个酒鬼，在故事里，好心的妻子会帮他把酒戒掉。对杂志而言，先生为什么酗酒可能无关紧要。他们不从这个角度看问题。那些情境发生在日常生活中，读者可以明了每一个情境。在五十年代，《费米娜》和《夏娃周刊》里的故事应当是离生活很遥远的。”

我说《妇女时代》的故事在我看来似乎是寓言，很难称得上小说。

南迪尼说：“它们写得很差。我不了解，尽管有这么差的文笔和包装，这本杂志还是有这么大的读者群。”

杂志是不是提供了什么指引？妇女阅读这份杂志是不是为了简单、基本的建议？

“那些小说的用意是娱乐。读者觉得小说里的情境可能发生在她们身上。婆媳问题。或是男孩出国留学，他在印度和一个女孩定了亲，或娶了她，然后他在国外爱上了别人，但最后他回到妻子身边，从此他们便过着快乐的生活。《妇女时代》不碰触社会问题。他们处理个人的处境。编辑知道他们在干什么。”

我们谈到那篇关于“相亲”的文章。它引起了某种程度的反感。许多人谈论它，从刊物的角度来看，它可算是达到目的了。

南迪尼说：“我会谴责相亲的做法，但他们不会。他们的文章有一个副标题，‘正面看这种习俗’。而且他们刊登像这样的照片。”

一张摆拍出的彩色照片占了文章第一页的上半篇幅，照片中一个女孩用茶盘端茶给来相亲的一伙人。照片里的房间狭小拥挤（或许是一间十平方英尺的标准印度房间），家具之间几乎没有空间。家具包括：搭配的三件式“组合沙发”、一张咖啡桌，以及一张小几，上有一个大台灯及种在一个陶盆里的金盏菊。来访者当中的四个人坐在沙发上，两个女访客直瞪着端茶盘站着的女孩，女孩身穿新莎丽，头发刚做过，用一种可怜的表情看着镜头。

南迪尼并没有我这种局外人的观点。她看不出照片有什么好笑的地方，她彻底为那年轻女孩感到难过。“太可怕了。在文章最后他们说男孩和女孩见个面是好事——他们不说那是必需的——而照片中男孩和女孩隔桌对坐，却都不看对方，也不说话。一个小标题是‘恭敬而诚挚’。”她把那篇文章读出声，“男孩的姐姐与侄儿都应该友善慈爱以待。”她所读的内容令她气恼。她说：“如果一大群人来看你，你不必像是在展示自己，也不必像是在等着卖自己。在这篇文章里，他们想采取自由主义的方式，但是它将这习俗合理化的论调十分强而有力，因而使那种自由主义的方式失效了。他们的诉求对象不是新女性，他们的诉求对象是传统妇女。

“我妹妹教育程度不低，但她的婚事是经人介绍的。她从来没谈过恋爱，有些人来提了亲。我的父母问她的意思。她没有做那样的展示，只是见了那男孩，一个商船船长。他们彼此有意。”

“如果《妇女时代》的读者必须经历像相亲这样的事，她们会觉得痛苦吗？”

“她们已经被灌输不得不忍受这些事情。有些妇女确实觉得那是折磨，但是她们必须熬过去。不管一个妇女受过多高的教育或多么有钱，你会听到她说，‘我终究会想结婚生子’。但是也有妇女喜欢《精明》杂志。现在有这两个读者群，这两份刊物把《费米娜》及《夏娃周刊》远远抛在后面。

“谈到广告，你会在《妇女时代》和《费米娜》里看到烹饪材料和某些化妆品。但你找不到两百毫升要价五十卢比的冬季皮肤保养乳液的广告。那样的东西会在《精明》做广告。在印度卖东西可不容易，需要做些调查才行。”

我在旅途中偶尔会买一本《妇女时代》，而我日渐佩服它在新闻报导与社会服务上的贡献。我觉得它的成功得之无愧。我认为它的优点在于古尔香·尤英曾提到的一点：它没有吓到它的读者。

这是杂志故事中一再出现的主题：某个女子——通常是刚进门的新娘——发现她不应该对穷夫家感到那么没面子。《妇女时代》从来不会让它的读者感到没面子。它的故事、食谱、室内照（譬如那篇相亲文章附照中的拥挤小房间）是读者在生活环境中所熟悉的；它不曾超越那些环境。或许那种有认可的熟悉感本身就是一种魅力；或许那群妇女不曾在其他任何媒体——电影或电视上——找到那种充满认可的熟悉感。

有了那种认可，就一定令人放心。我们可以说，让读者放心是《妇女时代》的基调。故事（主题通常和亲情有关）中的人物到头来总是比他们看起来更好或更有人性。提供指导或建议的文章也同样令人安心。没有任何事被认为是理所当然的。《妇女时代》会告诉你有关拜访别人的所有规矩：不要事先不通知，不要让你的孩子碰人家的东西，不要让他们穿着沾泥的鞋子在主人的沙发及软垫上蹦跳。在另一期里，《妇女时代》——可以说是反客为主——会告诉你如何应付不速之客：“你可以很得体地暗示，但别在他们刚到时就马上这么说，而是等他们待了一阵子才说：‘要是知道你要过来，我会给你更好的招待，也会调整我的计划。’除非访客非常迟钝，否则这应该足以让他们明白你的意思。”

《妇女时代》会告诉你怎么写信：不要使用弄皱或沾了油的纸张，不要从你女儿的练习簿上撕一页下来写，不要口气大，不要只写自己，不要把邮票贴得整个信封都是。这杂志甚至会告诉你看电影的规矩：不要携带食物，不要对情节发表意见，孩子哭起来时不要抱着他在走道上走来走去。

不需要这一类建议的人就用不着《妇女时代》，而需要这种建议的人绝不会被指摘或嘲笑。他们绝不会把错归到读者身上。那是别人的错，读者可能已经见过的错误，总是有什么故事或寓言可以委婉提出纠正。《妇女时代》邀请它的读者到一个特殊的、共享的世界。它的编辑态度是关怀，几乎是爱。

当我认识了它的主编维希瓦·纳特之后，我发觉这态度大致反映了他所怀抱的使命。

他七十二岁，仍然几乎一手掌握他的印刷与出版业。他身材中等，神采奕奕，没有明显的赘肉，身穿白色长裤与短袖衬衫，衬衫是印度手织土布，但要不是他告诉我，我不会知道。他的一身看来很清爽，随时就可办事。

他予人一种不习惯谈论自己的印象。他没有个人逸事，也不会拿自己的经验当作示范。他还会关心世事；他仍然热衷于一些想法；他全心投入工作，这使他的眼光向外看得很远。他很喜欢办杂志这个念头，他喜爱和印刷有关的一切事情。他对设在一楼的新海德堡印刷机感到自豪。同时，由于他对印刷的喜爱，他在楼上一个铁槛隔间里保存了一盘盘、一箱箱的旧活版铅字，有印地语的也有英语的。

他的家族起初于一九一一年在德里开设了一家印刷厂，所以在印刷业里，他算是有点家传背景。就像其他行业里的印度人，看起来在独立之后绽放的才华是在先前一两代逐渐成熟的。他的家族在德里住了四百年，但他最远只能追溯到他的曾祖父。一九一六年他在曾祖父家里出生，一直在那里住到一九三四年。这位曾祖父出生于大起义前不久，或许是一八五四年，就是他传下了他们家在一八五七年英军围攻德里时弃家而逃的故事。

关于这位祖先有一项较明确的记录。在十九世纪七十年代，他曾受雇于英国辞典编纂者费伦博士。费伦博士当时正在编一部印地语、乌尔都语、英语三语辞典，而维希瓦·纳特的这位祖先曾和费伦博士一起到北印度各地，记录他们听到的单字和词组。

维希瓦·纳特的办公室里，就在他背后，有一个从橱柜一直延伸到天花板的玻璃门书柜。费伦博士的《辞典》——重新装订过了——就在那个书柜的一个架子上。它有一千二百页的篇幅，每页将近四开大小，十英寸长七英寸宽：《印度斯坦文英文新辞典，附印度斯坦文学与民间传说引例》，S. W. 费伦博士编，一八七九年由伦敦 Trubner & Co. 及巴纳拉斯 E. J. Lazarus & Co. 出版。每一个词条都以三种语言、三种字体列出，印地语或乌尔都语的发音都以英语的近似音表示。

所以，在威廉·霍华德·罗素印度之旅才二十年后，又有了这另一个英国人的旅程，行经某些相同的地区，又有了这不可能充分得到报酬的另一项大工程。在费伦博士的序里，他向维希瓦·纳特这位学者型祖先致谢，他是“德里的塔库尔·达斯导师”。

事实上，塔库尔·达斯在大约三十年后向费伦博士买下了《辞典》的版权。他想要重印这部辞典。这是他在一九一一年买下一家印刷厂的原因之一。如维希瓦·纳特所说，那一年国王乔治五世登基，那一年英治印度的首都也迁离加尔各答，新德里的基础同时奠立了起来。但是塔库尔·达斯并没有重印那本《辞典》，他几乎才买下印刷厂就死了。于是维希瓦·纳特的祖父必须照料那家印刷厂的成立事宜和商务运作。排印《辞典》一定是一件极其费力的工作，而且会血本无归。维希瓦·纳特说：“每一个字母，包括印地字母、英文字母及乌尔都字母，都必须用手排版。印刷厂只好靠别的工作来维持下去。”排印《辞典》的事被搁置一旁，目前他们家族只剩维希瓦·纳特办公室玻璃书柜中的那一本。

维希瓦·纳特说：“现在它已经过了版权期限，据说，有人出版了影印本。”

维希瓦·纳特的祖父在一九一七年流行性感冒时疫中去世。就在那时，他父亲和叔公接管了印刷厂。他们是个正统印度教家族。“一个大家族，大家住在一起，一起工作。”但是家族里有摩擦。“家族内有分裂。到一九三九年，印刷厂几乎结束营业了。我想在那家印刷厂工作，但是我看到他们总是吵来吵去。所以我自己出来，拿到了会计师执照，不过我从来没有执过业。我重新开了一家印刷厂——靠我自己，没有靠其他家人。那时我二十二岁。”

我问他当时的德里是什么样的。

“很悠闲自在，在战前。一年当中有六个月这座城市都在睡觉。印度政府过去从四月到九月会迁往西姆拉——去避暑。新德里几乎成了空城。每个人都放轻松，白天睡觉，悠闲地做事。”

政治呢？甘地呢？

“我在一九三〇年对政治产生了兴趣。”他当时十四岁。“我想进监狱，但我尚未成年。他们不会逮捕我。那是在进占盐场示威期间。甘地很有招数，我称之为招数。进占盐场是个招数，但那是必要的。我们没有武器。他下乡去村里，到处唤醒群众。进占盐场示威确实鼓动起了整个国家。我记得甘地抵达丹地海边的那一天，那时我们在德里街上用咸井水制盐。我们说，‘我们粉碎了盐法’。从制盐那天我开始穿‘卡迪’，就是手织土布。到今天还是。

“进占盐场示威的时候，我们每天都有游行。那是德里及北印度各处的妇女第一次走到屋外，走出闺房。我有一些亲戚被逮捕了。我叔叔坐了六个月的牢；他后来在尼赫鲁政府里当部长。”

也是在那时候，“整个国家动荡不安”，他开始有了从事出版业的念头。他喜欢阅读，把所有的零用钱都花在书报杂志上。

“我常往出版社跑，用手排铅字，只是为了好玩。我父亲喜欢搞印刷，我也很喜欢搞印刷。我十一岁读八年级时便决定要出版杂志。”

我觉得他说出了我的情况。在殖民时代的特立尼达，在差不多同样的年纪，我产生了——大抵上是经由当记者的父亲——一种对印刷、字母形状及不同字体铅字的喜爱，一种对手稿排版后文字之转变方式的惊奇。出于对那种过程的喜爱，我决定成为作家，至于要写什么，我或许不像维希瓦·纳特——在三十年代印度的动荡不安中——对他要出版的杂志那么有概念。

我们谈了一阵印刷。我问他印地语的铅字字体，我非常喜欢它们。它们看起来有力、优雅而合乎逻辑，同时也能真实表现书写的形态。我问维希瓦·纳特，他是否知道是谁设计了最早的印地语铅字字体。我认为那个设计者是印度人并很有把握，显然我错了。

“草图从印度被送到英国。天城文，”即从梵文衍生出来的印地文字体，“是在那里刻的。我们使用的所有铅字——用来印费伦的《辞典》，用来印所有的东西——都从英国进口。我们从英国进口天城文铅字，一直到二十年代印度境内成立铅字铸造厂为止。我们用的纸是进口的，机器是进口的，油墨是进口的。直到甘地发动了国货运动——使用印度制货品的运动，才有在印度生产东西的尝试。”

不过必须承认，这当中有帝国主义的一面。“事实上，这应该大大归功于那些英国官兵及学者，他们深入我们的文学传统，翻译婆罗门不想让他们自己小圈子以外的人知道的经典。”婆罗门的这一点是维希瓦·纳特无法释怀的事；这仍会令他悲痛，仍会刺激他。不过，他也总是有他专业的一面。他以印刷业者的热切谈着印地文铅字。

“梵文字体本质上是一种手写字体。它的字母中有上升线，有下伸线，有些字母左弯右拐，还有许多缩写体。要把这些字体制成活铅字实在是件不简单的工作。英文里有二十六个字母，有大小写两种字形。印刷厂里真的有两盘铅字，一盘是大写字母，一盘是小写字母。排印地文时你要用上四盘铅字。”有一盘缩写体，有一盘半字母，有一盘元音标记。他在一张纸上画了一个图，然后说：“不。需要五六盘铅字。”

他在和办公室相隔两个房间——在这向晚时分空荡荡的，桌上已经收拾干净，许多椅子也空着——的地方存放着旧铅字盘。他拉出几盘，让我看铅字：线条仍然完整清楚，活铅字的边缘磨损了，闪闪发亮。从这个顶楼的一个走廊，你可以往下看到一楼的海德堡印刷机，以及一叠叠印好的纸张。那里有一股油墨气味和暖热的纸味。

穿着白色的手织土布衣裤精神奕奕地穿过空荡的房间，他是——尽管没有雇员的尊敬来表明他的地位——这家印刷厂的所有人，对它的一切了如指掌，因为是他把它安排成这样的。

当我们回到他的大办公室——大桌子、褐色丝绒布面的转椅、矗立到天花板的玻璃门书柜、柜里的书、他出版的杂志的存档本、橱柜上的黑色湿婆雕像、一本老旧的美国《时尚》杂志——他谈起历史及他反婆罗门的执念。

“我年轻时，自由运动正值高峰。我们当了几百年奴隶。独立运动开始时，我们必须有些鼓舞自己的东西，让我们觉得自己不像英国人所说的那么糟。为了维护自尊，我们开始认为我们有非常古老的文明——当然，这样说有几分真实性。但是它自然也有它的弱点，而就是这些弱点使我们做了这么久的奴隶。

“一九三九年我开设自己的印刷厂时——过后不久我也开始出版自己的杂志——我开始读我们的古经文。我想亲自看看我们的文明究竟有多伟大或多崇高。当我细读我们的古代文学时，发现其中缺少了极其重要的东西。我越是研究经文，心思就越是不平静——于是就想到了这东西。”这东西就是：他的杂志的改革派色彩。

“印度宗教是信仰的混合物，混合了五百种宗教或信仰。我们从一开始就有改革运动。从文明刚出现时，我们就有反对正统宗教的改革派运动。结果是每一个改革运动都衰退成一个教派——林伽派[①]、雅利安社，无一不是。佛陀造反，耆那教的创立者摩柯毗罗造反，锡克教的创立者圣人那纳克师尊造反。不胜枚举。他们造反，堕落成教派，然后变得和先前正统的人一样正统。所以我没有穿上那些橘黄色长袍，到处参加那些研讨会，或向群众传教。我出版我的杂志。”

他的第一本杂志《商队》以英文发行，创刊于一九四一年。一九四五年他创办印地语的妇女杂志《莎丽塔》。两本杂志都有约一万五千本的销量。

“那在当时是很可观的销量。我曾发表一篇文章说闲逛的牛应该加以扑杀，结果引起了轩然大波。他们上街游行，整个城市到处都是海报。那是在一九五〇年前后。”

但是《妇女时代》里并没有多少造反的倾向。人们甚至认为那是一份保守的杂志。

他说：“造反的倾向不在《妇女时代》里，而在我们的印地文杂志《莎丽塔》里，后者的销量是《妇女时代》的三倍。《妇女时代》比较偏重社会事务。它是教育性的，教导妇女那些没有人会告诉她们的简单事。”

这个偏重社会事务的说法倒跟南迪尼有出入。她说过那本杂志处理的是个人情况而非社会问题。他们不同的字词使用方式来自其不同的世界观、不同的假设与不同的教育程度。而且维希瓦·纳特对造反有他自己的看法。

“在《莎丽塔》里，我们铆足劲反对信仰男女诸神，甚至反对信仰上帝本身。上个月我们在《妇女时代》上刊了一篇文章，题目叫《祈祷导致自私与奉承》。”

他从书架取出一本存档杂志，让我看那篇文章。我想只有《妇女时

① 印度教教派，流行于印度南部，以湿婆为唯一神祇，林伽象征湿婆。

代》能使用这么严厉的标题。不过那个标题倒大致准确地说明了文章内容，该文抨击所有宗教之信众所做的祈祷。文中充满维希瓦·纳特对印度历史的愤慨。该文说，在上帝面前贬低自己的人也会在专制统治者面前贬抑自己。这种带着历史评判并且提及专制统治者的写法似乎是要去除当代场景，给这篇文章一种年代久远的韵味，而这文章——其激情与大胆，还有附刊的当代照片——结果却出乎意料地不具攻击性，其批判对象与其说是宗教，不如说是那些想和上帝签订合约的蠢人。

他是个信教的人吗？我认为只有信教的人才会对宗教如此难以释怀，只有真正倾心于印度教的人才会在艰涩、玄奥的印度教经文上花这么多时间。我想起在圣蒂尼克坦的齐达南达·达斯·古帕塔：不信神的齐达南达在半退休的状态下有一股读奥义书的“重拾的兴趣”，而且，只比维希瓦·纳特年轻几岁的他在其中找到了最高的精神层次，觉得很有益。

维希瓦·纳特说：“我根本不信教。”对奥义书的看法？“文字游戏，奥义书只是个文字游戏。灵魂啦，梵天啦，通篇都是在证明灵魂是梵天的一部分，而梵天就是灵魂。有人说是，有人说不是，有的说半是半非。印度教哲学家一辈子就在小事上辩来辩去。”

他办公室里的起舞湿婆雕像只是装饰性的艺术品，不是有灵力的宗教圣像。

“我觉得宗教是人类最大的祸根。没有任何其他事物能比它杀死更多人，摧毁更多财产。即使在今天也是一样——北爱尔兰、中东。印度教徒、穆斯林、锡克教徒全都在印度境内打来打去。最老的行业不是卖淫，而是当祭司。”

然而，尽管有这种破除迷信的心态，维希瓦·纳特却也有可说是正好相反的另一面：对家庭的关注。在印度，这种关注犹然等于想要保存旧社会体制的愿望。而且，就像破除迷信之念一样，它或许来自某种个人的需求。《妇女时代》充分呈现了这种不是真正矛盾的矛盾。

维希瓦·纳特说："家庭是文明的关键。我强调的是家庭应该予以加强，而不是摧毁。妇女解放运动害许多家庭瓦解了。"

他认为自己不仅是甘地与独立所造就的，也是他家族的历史所造就的。或许，由于他家族的历史、大起义时德里被围城并被劫掠的家族故事，也由于他阅读了印度历史及那些令他哭泣的异族入侵与残酷事件、穆斯林入侵者对北印度的宏伟印度教寺庙的掠夺与破坏；或许，他心中怀着年轻人——他们只把他看成保守分子——所没有的对混乱的恐惧。

他创办《妇女时代》——其名称就是对妇女解放运动的大声驳斥——的一个原因就是要捍卫家庭的神圣性。而且这样的刊物还得以英文发行。

"我必须把讯息传递给不会读印地语的妇女。读英文、说英语的人控制了这个国家。整个女性主义妇女解放运动是由说英语的人领导的。你不会常在印地语或印度其他语言中读到它。"

南迪尼曾针对《妇女时代》说过："编辑知道他们在做什么。"这句话暗示，在印度专业且竞争激烈的杂志界，经营杂志的人做过某种"研究"，就像人们说的《精明》杂志曾做过的那种研究。但我觉得维希瓦·纳特是凭直觉做事的，不管多少研究都无法找到他成功的法门。

别人无法套用《妇女时代》的法门，因为主编的个性含有许多暧昧而无法模仿的因素：历史引起的哀伤、破除迷信的态度、对再度面临混乱局面的恐惧、强烈的民族主义情怀、手织土布、对印刷的至高的喜爱——它承袭自他的祖先，后者在大起义不到二十年之后即参与费伦博士《辞典》的编纂，把一种新学应用到他所熟知的印度日常生活上。

在印度独立之后刚刚有妇女杂志时，这种杂志（如南迪尼所说）是模仿外国的东西，以上层少数人为诉求对象。如今《妇女时代》呈现的是阶层低了很多的纯印度社会，它教导并安抚刚露面的妇女——生活中充满仪式与既定关系，而且不想反抗或梦想的妇女——并让她们知道严厉而真实之世界的微妙转变。

这套法子不能模仿或转移。维希瓦·纳特自己就曾试图把《妇女时代》的方法用到一本综合性杂志《活着》上。《活着》找不到读者群。在封闭的妇女世界里言之成理的东西，换到这本综合性杂志里却变得只有猎奇而没有实质。

第八章　师尊之影

人一旦有了历史意识的觉醒，就不再只凭本能过日子，而会开始以外人的眼光来看自己及自己所属的团体，也开始产生某种愤怒。如今，印度到处弥漫着这种愤怒。印度人经历了普遍的觉醒，但每个人最先觉察到的是自己的团体或社群。每个团体都认为自己的觉醒与众不同，每个团体都想把自己的愤怒跟其他团体的愤怒区别开来。

每天，报纸总会刊登平铺直叙的官方报告，描述发生在旁遮普地区的事件：几个人被锡克族恐怖分子杀害，几个人因为窝藏恐怖分子而被捕，几个恐怖分子被警方击毙，几个越过巴基斯坦边界的“入侵者”被杀。

新德里宽阔的街道和圆环的迹象令人想到北方的麻烦。晚上，设了路障。在有些地方，树下可以看到沙包、枪支、警察。在某些地区，每隔一百码左右就有一名警察。在维希瓦·纳特童年记忆中仍是空空荡荡、死气沉沉的城市（当时的树木一定比树苗大不了多少：新的德里仍只是梦想），如今为了应付恐怖行动建立了这套崭新而有效的警力运作机制。

通讯记者罗素在勒克瑙围城期间所看到的英国军队主要是由苏格兰高地人和锡克人组成的。不到十年之前，锡克人才被英军的印度士兵击败。现在，大起义期间，锡克人却站到了英国一边——他们仍然跟其他印度人一样凭着本能过日子，仍然打着印度的内部战争，而对他们所效劳的外来帝国体制几乎毫无了解。

攻打勒克瑙期间，发生了一件令罗素这位已经把战争看作家常便饭的硬汉也受不了的事。当时，锡克兵在攻击勒克瑙的宫殿之一，即赛马场里的“黄宫”。防御者奋力反击，射杀了率领锡克兵的一名英国军官。后来，守军显然要誓死抵抗，攻方便将兵力撤退，改以大炮轰击黄宫。罗素说，守军表现英勇；他们应该受到歌咏。但他们在勒克瑙没有得到任何怜悯。未被炸死的人悉数就被锡克兵用刺刀刺死，只有一个人除外。不知为什么，锡克兵抓住这个人的双脚把他拖出来，用刺刀刺他的脸和胸，然后把他放在一堆火上。这个被折磨的人挣扎着，虽然被烧得半死，他还站了起来，想要逃跑，锡克兵又用刺刀把他按在火堆上，直到他死去。罗素在一则附注中说——这是他常用的笔法——几天之后，他在地上看到一堆焦骨。

有人告诉罗素，旁遮普战争期间，锡克兵把他们的俘虏全都砍断了手足。因此，他们依惯例也会用刀刺、用火烧这个可能杀了他们一位军官的人。也许那是这个国家残暴行径的一部分，或者只是战争残暴行径的一部分。罗素喜欢战争，但他对战争没有妄想。他这样写道：“就算遵守最高武德，任何战争都摆脱不了谋杀的成分。”

锡克兵在勒克瑙之役表现如此凶残，显然是为了向那些不到十年前才帮英军打败他们的“潘迪”报一箭之仇。同时，更广泛而言，他们也想报复穆斯林。锡克教徒促成穆斯林势力在勒克瑙及德里的式微，这件事从历史角度看并不令人意外，因为锡克教之所以会在一五〇〇年——大约哥伦布最后一次新世界航行之时——崛起，正是出于穆斯林迫害印度教徒所引起的悲愤。

维希瓦·纳特说过，印度教徒一直在反抗婆罗门正统；每一个反抗者都创立了各有僵硬规定的教派。佛陀奋起反抗，锡克教第一代师尊那纳克也奋起反抗。这两次反抗相隔了两千年，起因不同：佛陀因为领悟到肉体的脆弱而反叛；那纳克师尊的反抗或另立门户则是由于穆斯林入侵所造成的灾难而起——当时所有人都认定那会是永无止境的灾难。

那纳克师尊提出中庸之道、以和为贵的启示：他认为并无印度教徒，也无穆斯林，两种宗教信仰可以融合在一起。但是伊斯兰教有固定不变的信条，固定而无所不及的律规——这些都是那纳克式的思索和妥协无法适用的。当事者可以随时维护整套伊斯兰“律法”，一百年之后，在第五代师尊的年代，锡克教徒开始受到莫卧儿人迫害，因而殉难。又过了将近一百年，在第十代及末代师尊之时，锡克教有了固定形态，教徒也有了独特外貌：头发不得修剪，必须用头巾包起来，必须穿某种短裤，必须戴钢质手镯，必须佩刀。就这样，这些身上的标记每天都让一个男人不会忘掉他的身份。

随着莫卧儿势力在十八世纪前半叶的衰落，锡克教徒的势力和人数同时增长了。在受到蹂躏的印度北方，从莫卧儿帝国溃散到英国人抵达之间，兰吉特·辛格[①] 的锡克王国存在了一小段时期。这是英国人于一八四九年借助“潘迪”所打败的王国。不过，那次败北并未带来太大的屈辱。甚至可以说，那次败北把锡克教徒往前推进了。

在帝国鼎盛之时，英国人对所有印度人一概持蔑视态度。甚至到了一八五八年大起义期间，罗素还观察到英国人对并肩作战的锡克兵持有这种轻蔑。但是，被纳入英属印度的版图之后，锡克人的获益却无可计数。他们有一百年的时间得以发展。如果没有与英国的这层关联，西北印度——假设不再有区域或宗教战争——可能不会比发现石油之前的伊朗或阿富汗好到哪儿去：贫穷、独裁统治、教育水平低下，比世界其他

①兰吉特·辛格（Ranjit Singh，1780－1839），绰号“旁遮普之狮”，是旁遮普的锡克王国的建立者与大公。

地区落后五六十年甚至更多。

一九四七年的独立和国土分裂伤害了锡克人，好几百万人必须离开巴基斯坦。不过，就像败给英国人之后那样，这次他们也很快就复原了。在工业化独立印度的经济中，在他们可以发挥特长的庞大国家里，锡克人干得很不错，他们干得比先前任何时候都好。他们成为印度最富有的大群体，他们在每个领域都位居要津。到了七十年代晚期，他们向来偏执、排他、乖僻的政治立场进而受到锡克基本教义主张的左右——这是由一位出生于印巴分裂当年、成长于淳朴乡村的年轻男子所宣扬的基本教义主张。而后发生的一系列事件终于导致如今每天报纸上都有关于恐怖行动的报道，新德里的林荫街道部署着荷枪实弹、穿卡其制服的警察。

一百五十年或更长久以来，在英国人所引入的西方新学的影响下，印度教的印度曾经有过好几次改革运动。一百五十年间出现了一连串杰出的领袖、导师和智者，其数目没有别的亚洲国家可以匹敌。这是印度缓缓适应外部世界的一部分过程，这也使得二十世纪晚期的印度在知性层面产生了蓬勃的景象：新闻未受控制，宪法正常运作，法制受到尊重，超乎宗教规定的道德、善行、知识责任等理念也有所建树。像锡克人这么小而注重服装和外貌特征的群体中则不可能有这种内部的知性活动，甚至不可能产生从事此类活动的念头。他们的宗教在第十代师尊的时代就定形了，往后未曾改变，改革只会将其摧毁。新的宗教导师只能重述既定的教规，只能设法重燃往昔的狂热。就这样，印度最进步的群体也会被一位乡村教师带回到较单纯的过去。

这位传道者姓宾德兰瓦勒，该姓氏源自他村庄的名称。他名叫贾耐尔，据说是英文 general（将军）一词的讹转。他首度现身公众舞台时，德里的国大党政治人物对他鼓励有加，想利用他来打倒邦里的敌手。这似乎让他对政治权力产生了胃口。无论是崇拜者或批评者，人们最常用来描述这时期的宾德兰瓦勒的字眼是“恶魔”。圣人变成了恶魔。他搬到——实际上是占据了——阿姆利则[①] 的金庙,这是锡克教最神圣的建筑,系第五代师尊（大约与莎士比亚同时）所建。他利用这个圣地的豁免权在金庙设防，然后根据一种中古时代的权衡标准，也可能出于乡下人脑海里的村落世仇观念，他向政府宣战。为了对宾德兰瓦勒及宗教信仰效力，男人以杀害印度教徒为己任。他们拦截巴士，杀掉车上的人。他们坐在摩托车车后座，举枪扫射路人。这些行动所造成的惊吓和悲痛必定让恐怖分子更加坚信他们的权力观念,更加妄想只有他们有行动的余地,而所有其他人——就像某些童话故事所描述的——都着了魔,变得乖顺。

最后，军队对金庙发动攻击。军方发现金庙的防御做得比他们所设想的还要好。攻击行动持续了一夜又一天，军队、守卫者、朝圣者三方面都死伤惨重。锡克教徒和印度教徒为圣地遭到亵渎而感到同样悲哀，印度教徒也前往金庙祈祷。警方官员后来表示可以用另一个比较干净利落的办法来孤立金庙，但事发当时——为了处理未曾有过的事态：在圣地的庇护下发动的凶狠叛乱——军方行动虽然过于残暴，却似乎别无他法。

损害已经造成。接着，悲剧一幕幕上演。圣地遭到亵渎，甘地夫人的几名锡克侍卫为了报复而谋杀了她。再一次，这几个谋杀者仿佛没有充分了解他们的行动将会余波荡漾，而且他们那样做将使他们的群体处于危险之中：毕竟，印度到处都有锡克人。甘地夫人遇刺之后暴动四起，其中最可怕的一起发生于德里，有数百人死亡。当今发生在印巴交界旁遮普地区的恐怖事件算是一九八四年大火的余烬。

对大多数人而言，发生在旁遮普地区的事情是纯粹的悲剧，也难以理解。从外面看,似乎是锡克人把他们在独立印度的巨大成就化作悲怨,

①印度西北部旁遮普地区城市，锡克教中心。1577 年罗姆·达斯在不涸的圣水池周围建城，在圣水池中央建金庙，该庙尤为锡克教徒所崇拜，镀金的铜圆顶殿内保存着锡克教圣经《本初经》。

而把这场悲剧惹到自己身上。仿佛他们这个群体有某种知性上或情绪上的缺陷，他们在过去百年来不断迅速爬升的过程中，仿佛在财富与心灵之间失去了平衡，以致一方面很有冒险心和前瞻性，但另一方面却还紧紧受限于他们的部落及乡村背景。

前往昌迪加尔[1]途中，我乘坐的出租汽车有一个轮胎出了问题。轮胎不仅被刺破了，那个使用了很久、被翻新过多次的轮胎在胎壁中央部位还有一道弧形裂缝。昌迪加尔在三个多小时车程之外，其他轮胎看来也不太叫人放心。这下子不能贸然前进了，损坏的轮胎必须补好再上路。救兵倒就在近处。从我们所在的地方就可以看到，马路前头不远处有一个旁遮普人开的卡车休息站，我们换上备胎之后就开往那里。

卡车休息站是个满是灰尘的院子，三侧有几间砖砌小屋。有些小屋筑了墙，有些是敞开的。钉在一面墙上的阿波罗牌轮胎广告让人觉得这地方的技术应该比较可靠。院子后方和两旁有几畦成熟的小麦，沿着院子一侧有一条水沟，里面的水静止不动、略带黑色。缠头巾和没缠头巾的司机坐在无墙小屋泥土地板上的绳编床上喝茶。茶水是在后面一间无墙的厨房里沏的（黑色的土灶上方有不少蓝烟），由两个穿长裤和长下摆脏兮兮的（现在恐怕已经洗不干净了）的印度衬衫的男童侍候。

出租汽车司机折腾那个裂开的轮胎时，一辆辆车子发出刺耳巨响从路上开过，未装消音器的排气管排出的褐色烟雾跟路旁的灰尘混在一起。令我惊讶的是，裂开的轮胎里面竟然还有一条内胎。我已经很多年没见过这种内胎了。没缠头巾的锡克司机跟修车工人蹲在这条内胎旁，先给它打了气，然后在红色塑料盆装的水里把它转了一圈。（厨房外头的台几上另有一个红色塑料盆，里面浸着大玻璃杯及粗重的瓷杯。）他们找

---

①印度西北部城市。1966 年成为旁遮普邦和哈里亚纳的联合首府。城市由法国建筑师勒·柯布西耶设计，包括一条长八公里的绿带，市区有亚洲最大的玫瑰园。

到了内胎的破洞，把那地方擦干，用锉刀磨，涂上胶水，最后贴上一块补片。这套程序把我带回到了童年岁月；我原以为这一生永远不会再见到这种事了。

司机和修车工人补好内胎，从那个沾满油渍的砖砌平台走下来。他们从一堆数目不多的轮胎中选出一枚磨损得不得不报废的轮胎。他们从这枚轮胎上割下两截，一截取自轮胎较薄的部分，另一截取自较厚的部分。他们把这两截都塞进破胎的裂缝。他们把补好的内胎——粉红色，放了气，软趴趴的——装好。然后，司机和修车工人敲敲打打，把整个东西组合起来，把轮胎打上气，在油污的地面上有模有样地弹了几次轮胎。最后，名叫布宾德的司机不但不懊恼，还一副乐得发生这场意外似的样子，他掉转车头朝昌迪加尔开去，一路上没有再停车。

路上有各式各样的车辆：大客车，货物堆得高高的卡车，挤了大约二十个人（我算过）的三轮小客车，骡车，拉着拖车的拖拉机，有些拖车上堆着一袋袋禾草或横放着原木，其宽度占去的路面比你从远处看所设想的大了许多。载重量似乎没有限制。金属反正是金属，他们认为不论往上面堆多少东西它都撑得住。许多自行车载了两三个人：骑车的一个，横梁上坐一个，车尾置物架上又侧坐一个。摩托车可以载一家五口：父亲坐在前座，一个孩子夹在他的两臂之间，另一个孩子坐在他后面，双手抱着他的腰，母亲侧坐在车尾置物架上，手中还抱着一个婴儿。

你在印度总是会有这种人挤人的感觉，总是觉得车辆和设施都被使用到了极限：火车和飞机的班次永远不够多，马路永远需要多加两个、三个或四个车道。超载的卡车常常像货运火车车厢那样一辆紧跟着一辆。有时候——这似乎要看司机、车夫的心情或一时之需而定——汽车和畜力车会逆向行驶。摩托车和汽车和卡车发出的喇叭声无一刻停息，但鲜少是为了发泄怒气，听起来倒像是婚礼中庆贺的喧闹声。

我在一九六二年首度造访昌迪加尔时，它还是个崭新的城市。建造这座城市是为了将它设为当时旁遮普的首府。一九六二年它是个空荡荡、仍然让人觉得做作的城市。城里倒是有不少旁遮普观光客，在勒·柯布西耶[①] 为邦议会、高等法院、秘书处设计的那几栋钢筋水泥高楼里跑上跑下。现在，这城市已经盖满了房子。原旁遮普邦分裂成的两个邦都吵着要将它纳入管辖。

经历了二十七年旁遮普的烈日、季风雨以及喜马拉雅山脚的冬寒之后，勒·柯布西耶那几栋墙壁没有抹灰打底的钢筋水泥高楼如今已成一副脏兮兮、病恹恹的模样，看起来只是很简单又带着几分矫揉俗丽的结构体——自大狂妄的建筑：人被化减成相同的单元，只有建筑师有个体性，而他把自己的色彩观念透过一幅夸张的米罗式壁画强加在一栋建筑上，把自己的图像及一只巨手镶嵌在一大片水泥铺成的地面上，这样的地面在冬天和雨季都会让人受不了。印度又鼓励了另一个外人前来为他自己建造纪念物。

如今，杂草从水泥板块之间长了出来。武装警察在晚上看守着这些建筑，游客被驱离。昌迪加尔居民则遵循印度人较自然的做法，在下午到远离这些丑陋公共建筑的湖边去散步。这个城市被人吵着要纳入管辖，但它却没有中心，也没有心灵。

空气倒是干净。这时节温度还凉爽，到了晚上就觉得冷了。旅馆的花园里开满了花，修剪过的大草坪每天有人用大水管浇水，因此一片鲜绿。

古特吉·辛格曾经为了坚持锡克人的立场而向印度行政管理署——印度文职系统的最高部门——辞职，如今他以身为这样的锡克人而出了

---

①勒·柯布西耶（Le Corbusier，1887－1965），法国建筑师、规划师，倡导现代建筑运动，与瓦尔特·格罗皮乌斯、密斯·凡·德罗同为现代建筑派或国际形式建筑派的主要代表。重要的建筑作品有马赛公寓、廊香教堂等。柯布西耶出版了几部著作，对城市规划和建筑设计有世界性的影响。

名。别人告诉我，我可以从他那里了解锡克人的疏离感。有几个早上，他把十六岁的女儿送到昌迪加尔的学校之后，就到旅馆来跟我谈话。那时有些事情我还不知道：他认识宾德兰瓦勒；一九八四年六月军队袭击金庙之后，他躲藏了四年；他被政府以叛乱罪起诉，严格讲仍然处在保释之中。

他四十一岁，身材修长，略高于六英尺，眼神沉着专注。他很注意衣着，穿浅色衣服。他的举止跟体型同样优雅——完全没有食量特别大的锡克人或旁遮普人那种模样。你很难想象，他出生于农家，成长于乡村，而且在他之前，他的家人连一点正式教育都没受过。

第一次到旅馆来时，他就想谈谈水的重要性。旁遮普邦的用水来自境内的河川，他们不愿跟别的邦分享水源。他说，自从一九四七年以来，为了争水而死亡的人数已经多于在国土分裂动乱中死亡的人数。“水的问题是关键。”

但是，有许多人可以跟我谈水的问题。我也觉得他说得过于简单，只是首度见面的泛泛之谈。还好，我也有办法让他谈起基本教义主张和疏离，首次跟古特吉见面时，我比较想知道他的宗教观是怎样产生的。

他说，最早的想法来自他祖父。他也是从祖父那边学到“绅士作风”的观念的。

“我们家里不会做很多仪式。祖父教我最简单的祈祷，只是为全世界求福的简单祷告，前后半个钟头到四十五分钟。每天早上我祖母起床做家务——包括把早上挤的牛奶搅成黄油——她一边工作一边反复念着祷告。她没受过教育，只记得听过的东西，经文里最简单的对句。

“她四点起床。她一起床我就睡不着了，于是我慢慢对她那些祷告产生了兴趣。我祖父会做比较正式的祈祷。早上他会先净身，然后拿着圣书坐下来。我们家里的圣书是较小的版本，里面印着每日的祈祷，我祖父随时都带着那本书。最后一件事是‘阿尔达斯’，即祈祷结束时向主恳求。

“我父母住在另一个村落里。那里没有学校，因此他们把我送到祖父母的村落来，在家旁边就有一所学校。我在那里上学，一直到年纪大到可以到台拉登读寄宿学校。”

我想多听他谈谈祖父的“绅士作风”。

古特吉想了一下。他开始回忆往事，专注的眼神变得柔和。“他总是穿得体面，干净衣服加上白色头巾。他总是戴着手表，村里只有他有时间观念。他是个作风超前的人：村里他最先买收音机，最先买吉普车；他还每天写日记；他跟某位圣人有些来往，从他那里学会了做治疗蛇咬伤的药。每年雨季之前，他都会认真做这种药，拿到附近村庄分发。只要有人被蛇咬了，他们都会来拿药。

“有时候，我会跟他骑骆驼到邻近的市集小镇去。我们经过村落里老人家坐着聊天的地方时，他都会叫我大声向他们打招呼。我从未听过他对别人大吼大叫。如果他认为某个人坏到极点，他会说‘杜西特！’——‘恶人！’我们一听就知道他很生气。

“他会给我和他儿子——我叔叔——零用钱，希望我们能自立，什么事都不必靠他。有人求他，他都会帮忙。村里只有他有马车，别人需要使用时——为了婚礼或是上医院——他都会借给他们。远近的大家都很尊敬他。他是比较有钱的农民之一。”

前往远方的台拉登就读寄宿学校时，古特吉就失去了这种无忧无虑的生活。

“我生活在另一种文化里，心中一定有一股渴望，想对我的土地、我的文化、我的民族有所了解。我开始读索罕·辛格·西塔尔的诗。他是诗人、作家，现在还住在卢迪亚纳。那时候我读的是他的叙事诗，内容是关于莫卧儿时代及英国统治时代的锡克历史的。

“我还记得几首诗，内容充满我的民族所受的苦难。其中一首写到两三位莫卧儿省督下达的全面屠杀令——不能让任何锡克人逃掉。他们从母亲手中抓走小孩，再把母亲杀死分尸。小男孩被杀，女人被囚禁凌虐。第九代师尊的随从受到拷打——这是一六七五年的事。他们在师尊面前被杀，一位被放火烧死。这件事发生在德里的月光集市。另一位被活活锯死——他们把他放进木棺里锯成两半。你可以体会当时人们的无助和痛苦。他们并未做错事，只是尽本分，听从神的意愿。”

他眼泪欲夺眶而出。他一再提到肉体痛苦，虽然种种细节让他无法忍受。接着，他把刚谈到的事——几乎像神话中的苦难，却有真实的历史日期——跟目前的问题联系起来。

“不管有意识或无意识，每个锡克人都随时想避免这种事态。”他指的是宗教迫害。“因此，我会支持旁遮普地区追求正义的活动。这大体上是出于与我的族人的情感认同——在一九五七年至一九六〇年之间那段鼓吹成立旁遮普人大会的日子里。”当时锡克人要求分设一个旁遮普语言邦。一九五七年古特吉十岁。“知性上的理由是后来才有的。我记得旁遮普人大会一成立，印度教徒就马上起来反对。他们在卡纳尔烧了一座谒师所”——锡克教的寺庙——“他们在德里攻击了一座谒师所。他们用石头砸人。旁遮普地区的每个城里都有一些骚动。”

当前的苦难就这样跟往昔的苦难联结了起来，过去的英勇使现今的艰苦显得高贵或具有不同的意味。

古特吉说：“第五代师尊是被烧死的。”事情发生在一六〇六年，由阿克巴之子贾汗季皇帝下诏执行。第五代师尊是锡克教的巩固者，金庙的创建人。“我设想得到的最好的人是师尊”——锡克教徒用单数或集合名词来指称全部十位师尊——“我相信他们是衷心为了整个群体的福祉而行动的。他们为什么要那样受苦受难？”

“你问过祖父吗？你有没有跟他谈过这个受难的问题？”

“我不记得问过他。我想我是在一九六五年到一九六六年间第一次跟卡布尔·辛格教长谈到这些事情的。”

卡布尔·辛格这个人对古特吉很重要。他一九一一年出生于一户农家。他颇具天赋，异于常人，在剑桥完成教育后进入了印度的文职机构——印度行政管理署在英治时代的前身。但是在一九四七年独立时，由于牵扯到难民救济经费方面的某些问题，也因为向外国人买了一辆车而惹上麻烦，卡布尔·辛格被免职。卡布尔·辛格声称当局无故将他免职，往后就一而再再而三为这个案子申诉。他把这次冤屈跟地域性的锡克政治结合在一起。他也写诗，写了几本关于锡克教的深奥书籍。这个人成为古特吉的导师，让他看清了锡克人在印度的处境。

我想知道，在一九六五年（当时古特吉十八岁）碰到卡布尔·辛格之前，他是否曾发觉自己因身为锡克人而受到歧视。他说是。他记得有一次排队买火车票时，售票员对他很不客气。

“你们第一次交谈时，卡布尔·辛格跟你说了什么关于受苦受难的话？”

“他告诉我，那是善与恶之间的永恒之战，师尊受苦受难正表示我们应该站在善的一边。他常说，人的好坏可以从他是否有献身的意志来衡量。只有这一点最重要，少了它，人也不过是禽兽。他还常说，服务人类是得救的唯一途径。卡布尔·辛格教长的话有说服力，因为他受了很多苦，但又无怨无悔。”

通过这种方式，古特吉对锡克教形成了某种看法：对师尊的特殊看法，对锡克教之神的特殊看法。

关于那位得到世上并无印度教徒亦无穆斯林的启示的首代师尊那纳克，古特吉说：“在我看来，他是个能察觉民族苦难的人，而且很想改变局势。”他并不仅仅把那纳克看作另一个叛离印度教的人。“他不是改革家，他不是哲学家，他也不是诗人，虽然他通过诗来表达自己。他是神派遣来的先知。”并非每个锡克教徒都认为有先知——那是穆斯林的观念，基督教徒的观念，犹太人的观念。“锡克教徒一点都不存疑。我们把所有师尊都看成一体。”因此，根据这个说法，锡克教徒在他们前两百年的历史中有十位一脉相承、神派遣来的先知。

为什么要强调苦难？一个信徒怎么能天天想着这苦难过活？

古特吉说：“强调苦难大概是这样的。这世界是让人活得不快乐的地方，而悲哀必须消除。那只有两个办法。不是你让人受苦，就是你自己受苦。我认为教士应该自己受苦，而不是把痛苦转嫁给别人。我自认为是教士。我一直这样认为，也一直希望成为教士。在印度次大陆，经由奉献人类而得救的观念并不普遍。这里的其他宗教强调的是修道、苦行与个人救赎。在我一生中的关键时刻，我发觉自己想像师尊那样做。”

锡克教徒不但认为有先知，他们对神也有特殊的看法。“对锡克教徒来说，他是一切善的源头，一位通过先知显现的神。在所有先知之中，如果你问我哪一位跟师尊最接近，我会说是穆罕默德。我们的看法跟伊斯兰教只有一点不同：我们认为神性的主要成分是正义和仁慈。我觉得伊斯兰教的真主有点无情，如果你知道穆罕默德自己怎样处罚叛徒的话。你再看看伊斯兰国家最高权力的运作，其中少不了一点残酷、几分专制。我们把神看成解放者。兰吉特·辛格统治了锡克王国四十年，他可从未判过任何人死刑。我想，这就是锡克教的精神，这是我们把神性视为仁慈的结果。”

我说：“印度教对神没有这样的看法。”

“在印度教里，一切都是残暴的。你有没有看到雪山神女颈子上挂着的那些骷髅？你要是问我的话，我会说印度教是最残暴的宗教。”

几年前在英国，有一天听着收音机时——当时，宾德兰瓦勒、锡克基本教义主张以及他在金庙的防御工事都还只是远在天边的事，我对这些也所知甚少——我听到宾德兰瓦勒在金庙接受访问。宾德兰瓦勒说，锡克教是一种天启教，锡克人是信《圣经》的民族。这样讲是企图将锡克教和基督教等同，把锡克教跟它所含的玄思性的印度教成分隔开，甚至要排除印度教认为救赎即是与神合一及超脱轮回的基本看法。当时，这种企图让我颇感讶异。我设想，宾德兰瓦勒的回答只是一个知识背景很不一样的人试图让外国访问者比较容易接受其主张的说法。

因此，我催着古特吉告诉我他对先知的看法。

他说："如果我们陷在达尔文的进化论里，认为每一样东西都是从别的东西进化而来，那么我们从一开头就看不到完成的产物。先知所做的就是这个：他们让你看到完成的产物。"

听了他的话，由于其中的用语和意象（"达尔文的"、"产物"），我觉得他的看法是深思熟虑后的结果，我也觉得是他的导师卡布尔·辛格使他有这套想法的。

古特吉给我的小册子之中，有一本《一个锡克教徒在世俗印度受审记》。这是卡布尔·辛格关于他被印度文职机构免职之后寻求平反之记述的英译本，内容讲到他"在没有收入、没有工作的情况下遭受国家当局迫害三十年"。

小册子的陈述零零碎碎，不易从中掌握事情的来龙去脉；此外，翻译差劲，印刷粗糙，错误百出。总之，他应该是被控侵占一笔独立时准备分发给巴基斯坦难民的公款而被免职的。他先在一九四九年被停职，然后经过旁遮普最高法院首席法官进行内部调查之后被免职。卡布尔·辛格辩称，他确实把钱分发给了难民，但在当时国土分裂的情况下，要向无法认定身份也无地址的难民索取收据"既不可能也不明智"。他说，政府本身曾下令，官员处理难民事务时应该略过像索取收据那样的"累赘手续"。

小册子的一个论点称，他被控侵占公款，完全是因为他反对政府于一九四七年对旁遮普地区所有警政副首长发出的一项指令，其中说"一般而言，锡克教徒……应被视为罪犯群体。对彼等必须严厉处置，格杀勿论，以期彼等认清政治实情”。尼赫鲁先生自己是该项指令的推手。（卡布尔·辛格一九五四年从一位锡克少校军官处听到的一项指令也出自尼赫鲁先生之手，该项指令称军中的锡克教徒必须“随时加以胁迫、恫吓、侮辱、镇压”。）尼赫鲁先生听了一些“心术不正、执意陷害的印度教徒及锡克教徒”的谗言，他们夸大了卡布尔·辛格偏锡克的政治立场。因此，尼赫鲁先生和他的内政部长“不会放过消灭我的机会”。

卡布尔·辛格侵占公款案的内部调查系由旁遮普最高法院首席法官进行。他是英国人——这事发生于一九五〇年，印度才独立三年。他判决卡布尔·辛格有罪。“他们请求英国政府封他为爵，以表扬他担任首席法官期间对旁遮普人民的巨大贡献。因此，女王便封他为爵。他担任首席法官时，大部分时间都花在调查我的案子上。”

至于卡布尔·辛格：“我被免职，漫长的十二年间到处碰壁，走投无路。”他向公职委员会申诉，然后上诉到最高法院。“接下来四年里，我还是走投无路……后来，我遵照师尊的真言‘真理之终极检验在于为真理而牺牲’，开始一连串激烈的诉讼。我向昌迪加尔的高等法院呈递一份详细诉状，控诉政府的高压手段。”

数个月前，在南方的班加罗尔，部长卜拉卡希在早餐中向我提过一个早上来向他请托的人。这个村级官员因被控侵占一部分他所征收的土地税而遭停职。他坐了一夜的汽车，一大早来到卜拉卡希门口等着向部长求助。卜拉卡希跟那个人谈了七分钟，说内部调查必须照常进行，那个人还得奔波两百英里回他的村庄。跑那么远的路却只得到这么少的回应，这似乎太过折腾人了。卜拉卡希倒也幽默地说，像那位遭停职的官员一样的人在为他的麻烦而惊恐落泪一两天之后，可能会变得相当平静清醒，而且借着命运这个念头的支撑，可能会把余生全部用在为突然获得的使命进行诉讼和其他行动上。

卡布尔·辛格的宗教支撑属于另一类。他在小册子里写道：“我们自古以来即认为‘缺乏宗教信仰为一切苦难之因’。”在漫长的诉讼过程中，他从遭受莫卧儿人迫害的锡克师尊身上得到慰藉和鼓励。他开始把自己所受的迫害看作是“权力落入印度教徒手中之后，锡克教徒的必然遭遇”。他的案子在最高法院审理时，他的律师有一天告诉他（小册子里有很多这种传闻）：“我到处都听到别人说，为了控制锡克教徒，必须先使卡布尔·辛格彻底沉沦，必须不顾法规将他消灭。”向昌迪加尔高等法院递状之后，他有一天碰巧在一家店里听到法官之一向店员说：“他是个危险的锡克教徒——一条毒蛇。”

他的苦难把他跟在莫卧儿时代遭受迫害的战士师尊联结在一起，而他们的苦难也导致了他目前所处的政治困境。在十七世纪及十八世纪，莫卧儿省督和将军“把阿尔琼师尊囚禁起来，残酷凌虐之后将他处死，他们图谋杀害哈尔哥宾德师尊，企图除掉哈尔克里西安师尊，将特格·巴哈杜尔师尊斩首，把哥宾德·辛格师尊的男婴活活用砖头砌在墙壁中，把第十代师尊杀伤致死，怂恿皇帝下诏屠杀所有锡克教徒，指使手下残杀班达·辛格·巴哈杜尔及其随从。他们是大屠杀的唆使者，并在十九世纪对锡克政治势力发动讨伐。他们的所作所为终于导致……巴基斯坦建国”。就这样，无止息的宗教迫害跟历史及当前政治及卡布尔·辛格的个人苦难全部结合在一起。这种结合是彻底的：“莫卧儿皇帝巴哈杜尔·沙[①]下令说，‘那纳克之信徒必须格杀勿论’。身为表明立场的锡克教徒，我也是这项敕令的受害者。”

仿佛宗教信仰使他们对师尊的苦难感同身受，仿佛这种感同身受在信徒心中激起了对不义和迫害的强烈反应，甚至也可能造成了希望被迫害的心理。

①指巴哈杜尔·沙一世（Bahadur Shah，1643－1712），莫卧儿帝国皇帝（1707－1712）。在位期间遭到马拉塔人与拉其普特人的反抗，在1710年至1712年间将锡克教信徒驱赶至旁遮普的山区，逮捕了锡克军队首领班达·辛格·巴哈杜尔。

从那本小册子看，我绝对想不到，以他那样对其案件的偏执，卡布尔·辛格却依然在独立后的印度过着充实、丰富的日子——这是我从古特吉后来给我的卡布尔·辛格的另一本书中得知的。他完成了他的著作；他在孟买的一所锡克学院担任了宗教学教授；他也活跃在旁遮普政坛上，既做过邦议员，也做过德里国会的议员。

他跟古特吉是在一九六五年认识的。当时卡布尔·辛格五十四岁，在昌迪加尔颇有名气。古特吉十八岁，就读于城里的大学。他们两人交往甚密。卡布尔·辛格给古特吉的信总是以“亲爱的吾儿”开头。他把书籍和文件遗赠给古特吉。

卡布尔·辛格声称他所拥有的头衔之一是“受勋国家锡克教教授”。古特吉在名片上自称为“锡克教教授”。显然，古特吉想要尊崇卡布尔·辛格，读过他给我的卡布尔·辛格的小册子之后，我不免揣测，他在印度行政管理署服务时，心中应该想着大约三十年前卡布尔·辛格在同样职位上所受的苦难。

卡布尔·辛格是被免职了，但他声称他真正争取的是原则问题，因为不能接受一项反锡克教的指令。古特吉于一九七〇年就职，也同样出于原则问题而在一九八二年辞职。他说，他开始怀疑自己是不是在为正义效劳。“国家必须公正，你才能继续工作下去。”在一九七七年甘地夫人施行戒严的旁遮普，他的疑虑变得更加强烈。“我眼看人民走投无路。他们受到羞辱，却毫无感觉。他们认为那是这个国家的常态。”

他第二次来旅馆时，我们也是一开始就谈起他的公职经历——这一次他还是一大早现身，割过草的草坪有几处地方刚由粗大的水管洒过水，因此闪闪发亮，花坛则仍在阴影之中。

他在一九六九年二十二岁时结了婚，对象是媒妁撮合的本地人。翌年，他进入印度警官机构服务。求学年代——当时他离家就读于台拉登的学校——他即决定走上这一行：对于出身农家的人来说，这是很大的转变。他一位朋友的父亲是印度行政管理署的官员，这让古特吉兴起从事公职的念头。后来他听人说，只有印度行政管理署及印度警官机构值得加入。于是，他参加了考试。“我没怎么特别准备，只是用功读书。拿到历史硕士学位之后，我报考了印度警官机构。”他通过了考试，每年只有几个人上榜。

次年，他转到印度行政管理署任职。尽管有先前发生的种种事情，他对这个职务机构仍然很肯定。“那是个不错的职务机构，如果有意担任行政工作，我会加入的。”

印度行政管理署是全国性的机构，古特吉的第一个工作让他被派遣到了南部的安得拉邦。他几乎马上就感到了理想的幻灭。

“我发现警方将一名羁押犯凌虐致死。肇事的警官不但没有受到处罚，反而获得嘉奖——这样他才能免于受罚。被害死的是一名小农，他妻子在我看来相当贫穷。我是县级行政官，在这个职位上，我有责任调查辖区内任何因警方羁押而致死的案子。他们叫我别管这个案子——它已经被搁置了三年。”

但他无法袖手不管，这案子至今还令他不安。“过了十八年，我还记得那些人的名字。那是个很糟的案子，我无法释怀。为了让死者的妻子无法对警方提出不利的证词，他们设法把她赶到了别的地方。那个人——死者——曾经跟村里的某个地主发生争执，地主大概把他看作眼中钉。那样的人倒没有胆量攻击地主。”

我问古特吉，为何在经历那件事之后他还继续留在行政管理署里。

“我觉得我还有机会对这件案子多尽点力。但这并未实现，我也开始明白行政体系已经腐败成性，人只不过是被利用的工具。一旦政客对某个案子有兴趣，一旦他们有利益的考虑，你就别想采取什么行动了。

“同样在一九七一年，安得拉邦有一整家人死于饥饿。事情发生在某个税区里，国会对此提出了质询，我被指派进行调查。后来区域行政官找上我，问我对这件案子的看法。我说那是由于饥饿致死。区域行政官——也是税务官——说：‘不行，不行，报告不能那样写。那样会引起骚动，会让外国新闻媒体有文章可做。’”就像经常发生的那样，想到苦难，古特吉幽暗的眼睛又蒙上了泪影。“他们是一家穷人，男人先饿死了。他们没有办法糊口，没人拿食物给他们。接着妻子也饿死了，然后是几个孩子。他们是哈里真，表列种姓。这件案子从我手中被调走了。”

“你却说印度行政管理署不错。没有什么值得称赞的吗？”

“那倒是有的。我参与了干旱地区的行政措施，我们设法为干旱地区的居民提供救济。我们挖井，引水灌溉。这算是件值得称赞的事，不过我在这方面也碰到了麻烦，跟区域委员会有些问题。那是选举产生的单位，主任委员希望所有小型灌溉工程都由他的亲戚承包，而他这个亲戚再通过转包的方式赚钱。主任委员在政府里很有影响力，但我没帮他忙。他想羞辱我，传我到区域委员会列席。那一回，民主程序发挥了作用——很难得的情况。其他委员站在我这边，并且谴责主任委员不应该骚扰清廉的官员。”

纵使这样也没有挽回古特吉对行政公职的好感。话说回来，政治不就是实现可能性的艺术吗？行政公职不是更能发挥那种艺术？纯粹就他说过的话来判断，他们不是也有意改善，有意为人民服务吗？

古特吉不认为如此。他抱着最大的期许走上公职岗位，这些期许不能屈从于世故的考虑或妥协。他说：“我不是什么人的奴才，我听命的是法律，国家的宪法。我为何要听从某个腐败人士的指使？身为官员，如果你不能公正无私，那就应该下台。即使为了维持自尊，你都得让自己觉得自己的所作所为没有差错。”

虽然远在南部，他还维持着跟卡布尔·辛格的联系。一九七四年，他正式宣誓信奉锡克教，举行了第十代师尊所设立的仪式：他饮用甘露，喝下用双刃剑将糖和水搅拌而成的圣浆。并非每个锡克教徒都举行过这项正式入教仪式。

古特吉说："在那之前，我总是怀疑这项仪式的必要性。锡克教注重的是理念，外在的仪式一点都不重要。我一直遵守着所有的教义，但没有正式饮用过甘露。卡布尔·辛格教长说，为了公开表明信教，就必须举行这项正式仪式。"

实际仪式是他在旁遮普休假两个月时举行的，地点在第十代师尊哥宾德·辛格于一六九九年主持首次锡克入教礼的小城阿南德普。

古特吉说："甘露是用阿里的剑搅拌的。"

这相当令人困惑。他指的是什叶派穆斯林的阿里，先知穆罕默德的堂弟和女婿？

没错。他说："就是哈里发。"

这把剑如何一直存在了一千多年？它是如何传到师尊哥宾德·辛格手中的？

"是莫卧儿皇帝巴哈杜尔·沙送给他的。"

这样，古特吉所陈述的锡克教又有了一点伊斯兰教的成分，一个非印度教、非印度的层面，一种想跟信仰起源地隔开的意味。

"在安得拉邦那段期间，我继续研究锡克教。一九七五年，我写了一篇关于第九代师尊殉难的文章。皇帝奥朗则布下令在德里的月光集市将他斩首。接着我替《锡克教百科全书》写了几篇文章。"

他在研究和写作上得到了妻子——"一个双学位毕业生"——的鼓励。他们一起造访南部的锡克教重要寺庙。"每年我们都会前往为了纪念第十代师尊而建的谒师所，他遗体火化的地点就在附近。"第十代师尊殁于一七〇八年，据说是被他自己的一名穆斯林追随者所杀。当时师尊前往南部，在一场王位争战之中帮助皇帝奥朗则布的继承者，不过这段插曲有些暧昧。

一九七七年，当古特吉三十岁并在南部待了六年之后，他回到了旁遮普。他父亲得了帕金森病，将不久于人世。当时还在甘地夫人的戒严时期，锡克政党也进行着反对戒严的活动。活动的据点在金庙。

“反对言论一直告诉人们他们没有自由。有吃有穿像动物一样过活也不错，但生命还有更多的层面。在印度，我们对政府和政治有两种完全对立的看法。印度教的看法认为政府应该可以为所欲为，就因为这样，每个人对任何违宪的事都可以容忍。印度教的看法认为政府无论做什么都是法律。持这种态度则比较容易接受独裁。锡克教则认为只有神是真正的统治者，政府只是受命在公正的情况下管理人民的。我的锡克同胞奋起反对戒严时期的违法违宪行径，这让我感到很高兴。”

古特吉没有再回到安得拉邦。“我在一九七九年进入了旁遮普邦政府——这是印度行政官管理署的借调派任——一直服务到一九八〇年。这是一段很好的经历。我认识首席部长，他是个正直的人。我们一起推动分散某些权力核心的大工程。那对民主很有帮助。”

这时他也开始在政治上活跃起来。“到处听得到宾德兰瓦勒。”这个人就是后来成为锡克政治之“恶魔”的基本教义派或复古派传教士。“自从一九七八年四月十三日”——四月十三日是锡克人的重要日子：它是收获庆典的日子，也是被选来办大事的日子：第十代师尊就在这一天主持锡克教徒的首次入教仪式——“自从一九七八年四月十三日以后，他声名大噪。他是刚刚成为神学院院长的年轻人。”宾德兰瓦勒成名的直接原因来自他跟一个被称作尼朗伽利[①]的锡克教派的争执。“尼朗伽利派跟独立一样历史久远，是十九世纪晚期就开始的锡克教改革运动。后来，

①印度锡克教改革派之一，即神无形派，为出身于白夏瓦（今巴基斯坦境内）的半锡克教、半印度教社会的达亚尔·达斯（Dayal Das，？－1855）所创。达斯认为神没有形态，该派以此得名。该派对锡克教的主要贡献是根据锡克教经典规定出生、婚配、丧葬等教礼，总部设于旁遮普邦的昌迪加尔。与传统锡克教派的主要不同点在于不赞成卡尔沙教团。

有一位叫布塔·辛格的人继续领导着这个运动，政府则支持他，想借此制造锡克教徒的分裂。”从这段话听不出煽动尼朗伽利教派的到底是英属印度政府还是独立后的印度政府。“在一九七八年四月十三日一场反对尼朗伽利教派的示威中，宾德兰瓦勒的十三个拥护者被射杀。”

在这种骚动的气氛之中，古特吉开始从事政治活动。他着手帮圣师朗格瓦尔处理旁遮普的供水问题。朗格瓦尔是另一位宗教领袖，后来在一九八五年，即宾德兰瓦勒和许多其他人在金庙被军方击毙后第二年，他也被谋杀。

古特吉解释他跟朗格瓦尔的交往，他说：“锡克教的理念是为人类服务。正好有这位我的人民的代表要我一起参与这场运动。每个人都应该先为自己的人民服务，再通过他们为全人类服务。”

他在一九八二年辞职离开了印度行政管理署。“我的任命到期了。另外，我宣读了一篇讨论锡克问题的文章，那也引起了一些麻烦。我觉得别人希望我离开公职，我觉得政府不赞同我的宗教活动。”

前一天他告诉过我，当他远离家人在台拉登就读寄宿学校时，他读过一些关于“我的人民”的苦难的叙事诗歌，后来，卡布尔·辛格也向他谈到了锡克教徒所受的迫害。我觉得这不足以解释他的生平变化。现在，我想到再问问他的童年往事。

他家人怎么得知台拉登这所寄宿学校的？他是一个人前往，还是有村里的其他男孩一同入学？

“我们三个人一起入学。我哥哥，我堂兄，还有我。有一个我祖父村里的男孩已经在学校就读了。办校的是圣派屈克修道会的爱尔兰修士团。”

“你多久回家一次？”

“假期才回家。我得到了一个教训。我绝不会把我的孩子送到寄宿学校读书。”

“什么时候入学的？”

“一九五一年。从一九五一年到一九六一年。”

“可是一九五一年你才四岁。”

“我每天都会坐在床上，祈祷学期马上结束。我们每六个月可以回家一趟，前后一个月左右。”

从四岁到十四岁离家在外：前一天他所提到的记忆包括跟祖父一起骑骆驼的往事，他那位很有绅士风度的祖父穿干净衣服，缠白色头巾，戴手表，有一辆马车，雨季开始时会制造治疗蛇咬伤的药物——所有这些应该就像是对于一个消失的乐园的记忆，跟他在台拉登十年之间逐渐认识的真正的印度应该有天壤之别。

我也想到——但这是在两三个月之后了——可能就在那间爱尔兰天主教会学校，漫长十年间每个学期整整六个月受着那些爱尔兰修士影响，而且这是在五十年代，离殖民时代还很近，是在嬉皮及其他人发现一个充满灵性与浪漫的印度之前的十年——我想到，可能就在那十年的孤独之中，古特吉发觉天启式宗教较为真挚并具有现代性，并希望用这种非印度的神奇力量来增强自己的信仰。

但关于天启式宗教的这个想法很久以后才在我心里浮现，我已经无法再向古特吉问起。早先的时候，我满脑子只想着四岁小孩离家在外的事。

他是怎么熬过来的？他是否认为从别离和孤独之中获得了什么？

他说：“我觉得，如果没上寄宿学校，我就无法明白事情的基本道理，就绝不会想搞清楚某些事情的来龙去脉。”

我请他谈谈他老家那座村落所经历的变化。

“经历了一场革命。态度改变了——譬如说，最明显的是对大家庭制度的态度。农村关系改变了。我祖父一度拥有三千亩左右的土地。每年他都会买些地。”

他突然想到了什么。他岔开话，仿佛附带地说：“可是我父亲却没受多少教育，只读到四年级。我祖父”——古特吉童年记忆中的那位绅士——“不看重教育。我在读文科硕士学位时，有一天听到祖父对我父亲说：‘你为什么不叫这孩子别再读书了？’他以为我还在读中学呢。为了避免不敬，我父亲说，‘我能怎么办？他可不听话。’”自从我们见面以来，古特吉这时头一遭出声笑了。

“祖父一看到我读书就非常不安，他说我老是在读书。我是家族里第一个不种田的，恐怕也是第一个大学毕业生。我们村里现在有十六个人拿了文科硕士学位。我出生时，村中只有一个大学毕业生——他拿了文科学士学位，是一位老师。如今大家很关心新事物，很重视教育，花再多钱也要把孩子送到较好的学校。”

他回到祖父拥有三千亩土地的话题上。“现在没人有这么多土地，所有权已经分散了。集约耕作，高产量品种。这是一场革命。以前我有时会送午餐到田里给祖父，有时送的是炼乳——他很喜欢炼乳。那时我看到的耕作方式现在完全不见了。当年收割期是在四月，大部分土地一年只有一作。四月份天气非常热。我祖父会雇用四十来个工人，分给他们镰刀。他们早上四点左右趁天还不热就下地，一直收割到十一点——一大排人坐在田里兴致勃勃地割，左手握着茎秆，右手拿刀割，然后往前移，大家互相较劲。”

跟先前那位满口理论、脑中都是宗教与历史念头的古特吉比起来，这像是另一个人了。

“那种收割的模样有点像庆典。收割的工人下午休息，傍晚再回到田里，从四点半工作到六点半、七点。如今在任何村庄里都看不到这种景象了，没人会在早上四点起床下田。我想，使用机器之后态度和生活也就变了，大家必须学会如何操作这些复杂的机器，就这点而言，他们变得比较现代化。这也是旁遮普问题的起因之一，别的地方的印度人却不明白其中的道理。”

我说，他关于机器的说法也适用于印度其他地方，无论是村庄或城市。那是印度工业革命的一环。

他似乎同意，但接下去说：“务农的人很年轻时就开始跟行政部门在几个方面有接触。由于灌溉的事，他明白了官员的阶层体系。为了种子的事，他跟大学打上交道。跟城里人比起来，他更了解政府的运作。”

他回头谈起变迁的话题。“我们过去有佃农，现在没了。现在已经不那么依赖人力了。过去收割时常见到人家在晚上磨镰刀，穷木匠整晚就干这活儿，因为一大早镰刀就又要派上用场。今天，我们村里有几个人专门制作和修理新式农具，在旁遮普的小镇里，现在街道两旁都是一连串农具修理店。”

他想到有所改变的其他事。“村里已经不再用实物做酬劳了。哈里真——表列种姓——他们的地位现在也不一样了。小时候，有一天，我从村里一口井取水喝。我不知道那是哈里真的井。我叔叔不准我进屋。他叫我坐在门口，然后请来村中的‘格兰提’——诵读锡克经文的人——给我一些水喝，消解我的罪行。今天，我这位叔叔雇用哈里真在厨房工作，替他准备吃的。

“这发生在旁遮普，但会扩展到全国。在每个地方，人们的态度都会改变，他们对政府的期望会越来越多。政府堕落得很快，无法符合人们的期望，因此我看到国家里存在着根深蒂固的分歧。彻底的混乱。我们的政府已经像是黑道组织——政客、公务员、生意人，这些人都不从事基本生产。他们会跟生产者发生冲突。”

古特吉给我几篇他讨论旁遮普和锡克问题的文章。其中一篇是为一九八二年初一次大学研讨会所写的文章，可能就是让他跟政府产生龃龉的那篇，其标题为《印度锡克问题根源》。它让我想起卡布尔·辛格的著作，其文笔有学术性，用了冗长句子和深奥字眼，还在附注中引用了锡克经文。它的基本论点是锡克教徒的信仰意识形态跟印度教徒截然不同。它进一步指出，旁遮普在地理和文化上都更属于中东，而非印度。锡克教和兰吉特·辛格的锡克帝国之大敌一直是——非此莫属——婆罗门教。

“只凭着坚信师尊这个最明确的意志，锡克人在师尊所立下的基础上建立了一个帝国。他们在时常入侵的外人的腹地竖起了橘黄色旗帜”——橘黄色也是孟买湿婆军的颜色，孟买市政府的墙板上就悬挂着这种颜色的东西，上面装饰着交叉的剑——“他们削弱了西藏的神王。然后致力将印度从英国人手中解放出来。”但他们遇到了困难。“旁遮普境内境外站在婆罗门一边的势力联合了起来，想要消灭唯一真正能够使印度早日得救的锡克人。”

因此，除了对祖父村庄的田园记忆，除了收割和庆典的美好景象之外，他心中还有另一个由兰吉特·辛格的十九世纪短暂王国所激发的荣耀之梦。这是个不客观的看法。不过，那是可以预料的。在认识了历史以及觉察到他们的新处境之后，印度所有地方的人都依照他们的需要改写了历史。

古特吉谈到他的生平和信仰时，很少对什么事情提出质疑，这倒是我没预料到的。宪法，法律，教育中心，以护卫人民权利及改善人民生活为崇高理想的公职，四十年来在工业及农业变迁方面所做的投资——在古特吉的描述中，这些使印度有别于许多邻国的特色却是天经地义的事。他没有提到好几代改革家和智者的功劳。正是他们不屈不挠的努力创造出了有助古特吉走出农村的条件。

伴随着田园记忆和锡克的荣耀之梦，他还抱持着坚守宗教正信的理念。他用这个理念衡量世事，其结果让他不能苟同。像那位在孟买从事股票经纪，却住在大贫民窟边缘，担心社会变动的耆那教徒巴布一样，古特吉也预见到了即将来临的混乱。巴布以耆那教徒的忏悔方式投入公益活动，古特吉则投入追求太平盛世的政治活动。别的宗教变得强调基本教义时也会发生这种情况，但这却可能助长古特吉所害怕的混乱。

正式入教仪式是饮用甘露。金庙位于阿姆利则，即甘露之池。据说，这里曾经有一个第一代师尊见过的池子。圣地通常都有一段历史：人们也说，《罗摩衍那》的某个版本中提到过这个地方，而在那纳克师尊之前两千多年，佛陀就发现了金庙所在地的特殊气氛。莫卧儿大帝阿克巴把这块地方赐给了第四代师尊，第一座庙宇则由第五代师尊于一五八九年——西班牙无敌舰队大败后次年——动工兴建。在十八世纪的混乱之中，金庙被穆斯林大肆摧残。锡克王兰吉特·辛格于十九世纪着手重建金庙，给主庙盖上了镏金圆顶。在人造湖上投下倒影的镏金寺顶是一幅奇景。纵使留着近年战乱的痕迹，金庙仍然呈现一片宁静。

宾德兰瓦勒于一九八二年进入金庙的庇护所，把它变成了自己的堡垒和辖域。四年前，他只是一名传道士及一所锡克神学院的院长，如今，他已经变成政治家与战士。他也是亡命之徒：他视尼朗伽利派为异端，不断对他们进行报复，他被指控犯了谋杀罪。

他宣扬纯正的信仰；他受到迫害；他让追随者得到为信仰而战的机会。任何人所能拥有的锡克教美德在他身上都找得到。他和追随者控制了金庙，他们从巴基斯坦私运枪械。他们在金庙里策划杀人，以及炸弹攻击和抢劫银行。宾德兰瓦勒对这些事情并非完全知悉，有些应该是追随者的自发行动：混乱的火苗本来就存在。金庙提供了庇护，它是安全的处所。实际上它并未跟城市隔离，旧城就紧邻着它的墙边。人枪都可以顺利进出。

在那种气氛之中，锡克教某些浪漫的美好观念受到了扭曲，其中之一是“西瓦”，效劳的观念。一旦恐怖行动成为表达信仰的方式，西瓦的观念必然会变样。

以下是一名男子的证言:“英德吉特是宾德兰瓦勒的亲密追随者，他跟山杜的谋杀案有所牵扯。英德吉特常到金庙去，希望在各方面为宾德兰瓦勒效劳。他有一回来找我，说什么事他都可以效劳。由于我对他几乎一无所知，而且他又主动找上我，我完全不能信任他。其实，他的样子相当可疑。他跟那些会跑到金庙外面干恐怖行动（的某些人）攀上了交情。山杜被谋杀两天之后，英德吉特来到金庙。从他兴高采烈的模样和夸耀的言辞中，你就会知道他跟山杜的谋杀案有关，而且他还以此为荣。”事实上，山杜就住在英德吉特隔壁。英德吉特所做的效劳或西瓦是向七人谋杀小组报告他邻居的行踪。在他们这套宗教观念里，根本没有所谓睦邻的事。

宾德拉瓦勒在金庙内的军事顾问是夏贝格·辛格。他曾经是陆军少将，在一九七一年的孟加拉战役中颇有功勋。后来出了问题:因侵占公款被军方革职，但仍可以保留军阶。报复成了他的宗教，宾德兰瓦勒的目标成了他的目标。

上面被引用的那位证人也描述了他们如何准备向国家挑战:“事情很快一件接一件发生，因此大家认定警方不久后就会攻入金庙，大家也认为有必要把锡克青年动员起来……这是一九八四年三四月间所做的决定。为了这个目标，一群群从三十至五十人的锡克青年来到金庙。我们在拉姆·达斯蓝伽尔”——金庙内的一间厨房——“的停车场上用木板隔出房间让他们住宿。夏贝格·辛格常在其中一个房间向他们灌输武器方面的理论知识。他会做示范，有时候则由我们几个人来做……这些团体要接受煽动性的训话……这些团体通常逗留两三天。总共动员了大约八千到一万青年。”

就这样，宾德兰瓦勒壮大了自己的政治势力，如果他有更多时间，他的势力可能会更加强大。但是，自发的恐怖行动继续发生，军队终于在一九八四年六月展开了攻击。军方低估了守卫者的火力，大约有一百名兵士阵亡。事情至此尚未了结。宾德兰瓦勒的追随者和其他人再度占据金庙，再度把它当作恐怖行动基地。一九八六年，警方又攻入金庙，事后，恐怖分子也同样回来了。一九八八年五月，警方终于做了一开始就应该做的事：切断水电，把恐怖分子围困在金庙里。许多恐怖分子占据了位于水池中央那座屋顶镏金的主庙，金庙外的警方狙击手朝到池边取水的人开枪。那时是旁遮普的夏天，天气非常热。将近两百名恐怖分子弃械投降。围攻期间，恐怖分子亵渎了主庙，把它当作厕所使用。在金庙其他地方还发现了一些人的尸体，他们在警方采取行动之前就被恐怖分子杀害了。

亵渎了主庙的人并未奋战到底。一位目睹围攻过程的锡克记者对他们弃械投降之举感到震惊，他从小以来一直认为锡克教徒不会那样做。他的想法早就被恐怖分子的某些行为推翻了。他先前不相信跟他属于同一宗教的人会杀害妇孺，他不相信他们会拦截巴士，把车上所有乘客杀掉。他原本认为这些都是官方捏造的。另外，有人至今还认为那些在围攻金庙时投降的人根本就不是锡克教徒。一名退役军官所写的小册子说那些人是“政府收买的……罪犯……扮成锡克人的模样，穿上配发的锡克服装，学了锡克传统的基本知识”。

锡克人需要一再确立他们的锡克身份。宗教是这种身份的基础，宗教提供了情感驱动力。但这也表示，带领锡克运动的人并不能代表锡克人的成就，他们落后了一两个时代。

宾德兰瓦勒大半生待在离阿姆利则不远的小镇梅塔乔克的一间神学院里。

来到小镇时，首先见到的是马路两旁开设在泥土庭院中的小店。一家店的招牌这样拼写：UNIVERSIL EMPLOYMENT BEURO Overseas Employment Consultant（万国职业介绍所：海外就业咨询）。四周都是麦田，田里已经成熟的矮种小麦再过几天即可收割。也有的种了芥菜，以及用来当饲料的鲜绿色肉质植物。田畦之间种着一排排桉树，在极为平坦的田地上添增了绿色的垂直线：桉树一排叠着一排直到天际，显示其中有几片林地。

到神学院的一路上都是农田。平坦的土地延伸到晴空下的地平线，似乎无边无际，但是每一小块耕地都得来不易。神学院附设的那座谒师所或寺庙有白色墙壁，以及锡克教谒师所都有的莫卧儿式圆顶，这表明锡克教是在莫卧儿帝国时代成为有组织的宗教的。圆顶似乎过于华丽，反而凸显出下面那栋印度式混凝土建筑的庸俗。白色建筑的窗框漆成蓝色，特别显眼。谒师所的大厅相当简朴，天花板上装了叶片电风扇，半楼是一个设有栏杆的宽阔走廊。只有门道里的彩色玻璃镶板是刻意的装饰。

神学院楼房也同样简朴。首席传教士在二楼一个只摆着两张床的水泥房间里接见访客。他说，神学院里已经没有枪支了，他们现在只招收儿童。这些儿童之中的几个男孩跑到房间来看热闹。他们穿着神学院学生长及胫部中间的蓝袍制服。屋外阳光明亮，气温暖和，没有陈设的房间里是穿着长袍、不发一语、前来观看访客的小男孩，令人想起童年漫长无事的日子的无聊。我也想到，这当中涉及了避难和庇护。这些儿童之中有不少是来自印度其他邦的，有些——孤单的、流浪的——似乎是从别的宗教改信锡克教的，而在神学院里找到了兄弟之情和安全处所。一个穿蓝袍的高大男孩端来一壶温牛奶，倒在铝碗中请客人喝，这时我更加肯定这个地方让他们感到受欢迎、有保障。

首席传教士说，他是在跟房间内男孩大概同样年纪的时候来到神学院的。他离家到神学院住了下来：那是二十多年前的事了。

宾德兰瓦勒也差不多是这样来到神学院的。他来的时候是四五岁，二十五年之后他已经成了院长，再过五年——在向锡克人当中的异端提出挑战之后——他搬进了金庙。两年之后，他在那里丧命。

他出身农家，有八个兄弟，家里因为无法抚养全部孩子，于是把他送到神学院。他对世界有什么认识？他对城镇或建筑或国家会有什么观念？在这些穿越肥沃田地的村中道路两旁有低矮、满是灰尘的红砖房屋，另外还有添加的简易建筑，或是由土墙筑成，或是在树枝做的支柱上盖着茅秆。屋顶上晾着麦秆。商店就开在没有围墙的泥土院子里。

在神学院待了二十五年之后，他开始呼吁人们回到正途，回归纯正之路。他会到外面传道，他逐渐成名了。有一个人曾在拉贾斯坦邦的小城加亚纳加尔听他传道。当时有三千人——或许五千人——前来听梅塔乔克的年轻传道士演讲，宾德兰瓦勒对他们讲了四十五分钟左右。“他使用一般人的语言，听众听得如醉如痴。”他讲了什么？“他叫大家不要喝酒。他说：‘喝酒会害你，你会有罪恶感。每个人都想跟父亲一样，每个人的父亲都是哥宾德·辛格师尊。因此，锡克人必须留长发，不可有恶习。’他提到了许多经文。”

在这套信仰里，一旦世界变得无法应付，第十代师尊哥宾德·辛格的宗教——注重形式和象征的宗教——就会变得比第一代师尊的哲学和诗歌更有吸引力。人们比较容易回头接纳哥宾德·辛格那种注重入教仪式的宗教，再度强调那些区别信徒和所有其他人的种种东西。宗教的主要关怀变成了后几代师尊所受的苦难和迫害：信仰就是宣战。

这种信仰必须时时复兴重建，在宾德兰瓦勒之前即出现过基本教义派或复兴主义的传道士。其中之一是兰迪尔·辛格。他在二十年代发起的运动至今仍有影响力，还有追随者，还能够派出人马向异端和敌人宣战。这个运动目前的领袖是拉姆·辛格，他七十二岁，肤色黝黑，身材矮小，曾经当过空军中队长。

他谈到运动创立人时说：“他看到了真理之光。他皮肤黑，但看到真理之光后，他的身体开始发亮。他可以预见未来，也知道过去的一切。他的皮肤比英国人更亮。他脸颊红润——亮光从他脸颊发散出来。他在二十六岁时看到了真理之光。他奋起反叛英国政府，那是一九二〇年的拉合尔谋反案。他被判处无期徒刑。

“在狱中，一位监狱牧师有一天问他：‘你看来气色不错，一定吃得很好吧。’圣师兰迪尔·辛格告诉牧师：‘我吃的是最糟的食物。’牧师说：‘你看来很快乐的样子。有没有人跟你在一起，还是你自己一个人？’圣师说：‘我从来都不是单独一个人。’狱卒告诉牧师说：‘那个人在说谎，我们绝不会把两个囚犯关在一起。’于是牧师再问圣师：‘谁跟你在一起？’圣师说：‘神。’

“圣师被关押了十六年，三十年代出狱后开始全心全力吟唱宗教诗歌，阅读，主持饮用甘露的仪式。”

我问中队长拉姆·辛格：“为什么需要饮用甘露？”

他说：“神隐藏在我们身内。神只是一个名称——他存在于每个人身上。你喝下甘露之后才会觉察到其存在——你会自动说出那个名字。”

他开始谈论起甘露。“那是用纯水和白糖调成的。先把白糖和小苏打混在一起，加热之后那东西会膨胀起泡，等到凝固时它会变成糖块。把糖块放进铁质容器里加水调匀，然后拿一把双刃剑在糖水里前后摇动。这种做法是第十代师尊哥宾德·辛格首创的。你给人喝甘露，能让他长生不死。铁是有磁性的金属。你用来调甘露的铁容器里有最强的磁力线，导体穿过磁力线时，它会发出电磁。这使得糖块和水更有能量，也能把一些铁溶进糖水里。因此，那种东西也有几分补铁的作用。”

我们在客厅里交谈。地板上铺了一条地毯，座位前的桌上有一块桌布，吊架上放着几样小摆设：一台时钟、一座前腿腾空的马匹小雕像、一把瓷壶、一张儿童的快照、一个银质小托盘（从伦敦带回的纪念品）以及几幅花卉小画。

中队长拉姆·辛格生于一九一六年。他父亲是农民，努力让儿子受了教育。拉姆·辛格在英治时代的一九三九年加入空军。他在一九五七年正式入教。

他为何觉得有此必要？是否有什么个人危机？他说没有。他读了圣师兰迪尔·辛格的书，发觉没有行入教礼就无法接近神。

他话说得很清楚。我觉得他想表现友善。他的语气和模样显示他是个通情理、没困扰的人。他穿着淡褐色衣裤外加牛奶巧克力色开襟毛线衣。在我看来，他头上缠的不像是全长的头巾，而更像短短的束头布，其颜色是橘黄。他身上佩的短剑——锡克教的五样标志之一——插在鞘里，吊在一个黑色大钩环上。这让他看来不怎么像武士，反而更像公交车售票员。他胡子是灰中带黄的颜色。

他领导的运动以塑造纯正锡克教徒为目标，因此举行入教仪式饮用甘露是必须做的事。“饮用甘露入教之后，你不可以吃‘阿姆利特达里’”——喝过甘露入教者——“以外的人所做的食物。这样有助于控制五种邪恶：色欲、怒气、贪婪、自我、亲情。”

入教仪式也可以激发团结精神。是不是因此让政府对某些运动人士产生了怀疑？

他说，他们跟另一个相信世上有活着的师尊的改革派锡克团体有些争执：也就是说，那个团体认为师尊的传承并未在一七〇八年第十代师尊死后即中断。那是个小团体，却不时制造大麻烦。一九七八年，他运动里的一个人被那个团体的成员杀死，有些运动分子不得不躲藏起来。

不过，在他自己口中，他是个跟暴力离得远远的人。他的时间整个投入了信仰。他半夜起床——他从半夜开始一天的活动。他洗过澡，一直祈祷到四点。从四点到五点半，他朗读锡克经书，然后睡到八点半。这就是他过的日子，这就是随着他在四十一岁所皈依的纯正信仰而来的日子。这很明显让他得到了安宁。

我们就要离开前，他儿子来到了客厅。他长相俊秀，眼神灵活。他克服了小儿麻痹，目前是医生。他面貌和蔼，洋溢着亲善，跟父亲一样心平气和。他在政府机关服务，他微笑着说他们正在罢工。吊架上的银制托盘——那个伦敦的纪念品——是他前往英国时带回来的。

恐怖分子现在只为了谋杀而活，他们的信仰似乎只包含敌人与叛徒、怨恨与委屈一类的念头。他们大多注定会惨死：警方可不会闲着，也不是笨手笨脚的。不过只要他们还逍遥法外，他们就一刻也不懈怠，一而再再而三杀人。每天都有七八件谋杀案，两天后刊印的官方报告只列出大部分案件，只有特殊案件才有详细内容。

这类案件之一发生在离梅塔乔克大约十英里的村庄，有一家六口在半个钟头之内被一帮歹徒杀了。这家的两个儿子先被杀，接着是父母，然后是祖母和一个堂亲。受害者都是虔诚的阿姆利特达里锡克教徒。最大的儿子跟宾德兰瓦勒交往甚密，歹徒主要是冲着他来的。但是，歹徒在四个人被杀的房间里留下的一张字条——发现时沾满了血迹——却说他们属于“宾德兰瓦勒老虎军”。

北印度的村庄里通常有许多东弯西拐、夹在空白或穿洞屋壁之间的窄巷。发生命案的贾斯帕尔却比较开阔，其空间结构较简单，房屋建在一条笔直的主要马路或通道两侧。这个有八十户人家的村庄是从邻近一个较大的村落中扩展出来的。八年前，那个村落里一些较有钱的人开始到贾斯帕尔来，在大路两旁一块块长方形的土地上盖起农舍。

我们下午三四点抵达时，在村庄外围工作的人们有点谨慎。我们——坐没什么特别的出租汽车前来的陌生人——可很难说有什么来头，有可能是警察，也可能是恐怖分子：两种不同的麻烦人物。他们一边工作，表情更加阴沉了一点，假装没看到我们。奇怪的是，村里竟然没有半个警察和官员，而谋杀案过后还不到四十八小时，这个村庄就已经没人过问了。

村中主要道路路面宽阔，铺了砖块，有横跨空中的电线。路两旁农舍的墙壁匀平、低矮，有些只是砖砌，有些则抹了灰泥、漆成粉红或黄色。在一棵大树下的空地上有几根用来拴水牛的短柱或矮桩，还有高高一堆聚积起来的干牛粪。沿路各处——有些村民仿佛也把这条路当作牛栏——可以看到装橡胶轮胎、撑起车板的空牛车，还有水牛和饲料槽和一堆堆一垛垛用来烧火的干牛粪。铺砖道路的尽头也是村庄的尽头。这条道路——现在有一半在下午的阴影里，没有湿牛粪的地方覆着灰尘——接下去是一条较窄的泥土路。在阳光照射下，小路穿过颜色非常鲜艳的芥菜田和成熟的小麦田，两旁有垂着淡绿色叶子的高大桉树，以及歪歪斜斜的电线杆。

我们不必打听发生命案的房子在哪里。在那栋房子宽阔的门口，大约有十五个头上罩着布的女人坐在一条床单上。门框漆成薄荷绿色，柱子上则有不同颜色的菱形图案。两片加铁框的大门板已经拉开：门板上半部有熟铁镶成的图案，下半部交叉形的铁框上钉着瓦楞铁片，构成几个三角形，分别漆上黄、白、蓝、红，其中以红色最为醒目。在庭院另一端——幼桉树的垂直叶片几乎没有投下任何阴影——男人们坐在屋外空地上，他们大多缠着白头巾，脱掉的鞋子散放在四周，附近有一张绳编床。水牛被关在靠着矮砖墙搭建的牛栏里，两天前的夜里歹徒就是从那堵矮墙跳进来的。这农舍前头防范得严密，用上了金属和瓦楞铁片，后边却这么开放，紧邻着农田。

我们被带到隔壁的农舍。这户看来是富裕许多的人家。庭院不是土夯，而是像道路一样铺了砖块。这是贾斯帕尔少数几栋双层建筑之一。二楼部分就盖在大门上方。外墙是依序以阶梯形状排列的黑、白、绿、黄四色瓷砖，墙角则有半突出的砖块所构成的装饰性的规则图案。院里的挂车等着由拖拉机来拖走：挂车上也写着印度所有卡车车尾都看得到的那两个神秘、仿佛在庆祝什么的单词：OK TATA。庭院一角还有个有几分像样的花园，种了向日葵、九重葛、旱金莲等喜光植物。

我们来到大门左侧无墙的明亮房间，在绳编床上坐下。这间房的砖砌天花板也是二楼地板，由架设在钢梁上的木桁支撑着。混凝土柱上有几条模塑或雕刻的花饰凹槽，并且漆上多种颜色——这是在模仿穆斯林入侵前印度教寺庙柱子的式样。庭院里的每样东西都显示主人以这栋宅院为荣。

渐渐地，有人前来。他们背光坐在绳编床上，或是倚着彩色柱子。旁遮普服装在德里等地虽然显得有几分优雅，在这里只不过是农人的衣物，是生活离不开牛群的人穿的肮脏衣物。一个穿淡绿色印花套装、脚踝有污垢、结实、三十多岁的女人把孩子抱在腰间走进来，然后坐在绳编床上。女人因为哭过而眼皮肿胀，几乎盖住了眼珠。

坐在女人膝上紧紧抱着她的孩子就是那个被杀的大哥的七岁儿子。男孩父亲被杀时，男孩在同一个房间内，因为被一个叔叔藏在小床下，他才没在 AK-47 枪下丧命。男孩虽然惊魂未定，偶尔还会对陌生人感到好奇。有那么几回，他听着大人说话，眼中就含泪了。家人给他换上一套干净的淡褐色衣服，也帮他梳理了头发，头顶上打了一个髻。

救他一命的叔叔二十三岁，英俊修长。那么多客人来访，他特别打理了外表：蓝色头巾、一件时髦的黑灰两色格子衬衫。他开始谈事情经过。就这样谈着谈着，一位堂妹走了进来，自然地把头靠在他肩膀上。

农村的一日继续下去。水牛从前门回到院子里，它们拖着的重链在铺砖的院里发出钝响，牛蹄踏出闷声。在乡下，待客之道也没有被忽略，有人为来客端上水，然后是茶。

穿黑灰两色格子衬衫的男子名叫嘉嘎。他的话由跟我同行的报社人员翻译，翌日再由《印度斯坦时报》记者阿宾纳希·辛格补充说明。

嘉嘎说，事发时他们一家人刚吃过晚餐，几个人正在院子住家那一侧的房间里（另一侧是牛栏），其中有人“啜着茶”。九点过后不久，院中传来一阵骚动，有人从那边喊道：“从久德浦来的那个装得很虔诚的家伙——给我出来！”

嘉嘎原以为喊叫的是村里什么人，但接着就从语气听出来者是“弟兄们”，也就是“辛格”。“辛格”：在这些场合中，它不只是锡克人的另一个名称。它指的是信守入教誓言的锡克人。在这些村庄里，它还指某个恐怖集团的成员。嘉嘎提到当晚来的人时，最常用的字眼就是“辛格”。他用的另一个字眼是“阿特瓦地”，即“恐怖分子”。他只用了一次“蒙迪”——“弟兄们”。

当时嘉嘎正把布塔的儿子抱在膝上。一旦认定了来人是辛格，他马上抱着小孩躲到小床下。

长兄布塔走到门口。屋外的人刚喊着要“从久德浦来的”人出去。久德浦意有所指：布塔曾因恐怖行动嫌疑跟其他两三百人被拘押在久德浦的碉堡，历时超过四年，从一九八四年六月到一九八八年九月——仅仅八个月之前。布塔遭受拘押是因为军方发动攻击时他正在金庙内，而且对方知道他是宾德兰瓦勒的宗教追随者。布塔承认他是宾德兰瓦勒的追随者，但否认自己是恐怖分子。他说，那天正逢皇帝贾汗季于一六〇六年下诏处死的第六代师尊殉难周年纪念，他才提了牛奶到金庙去祭拜。

是这个人——年仅三十二，却已吃过多年苦头，生命已受摧残——是他起身，站在门口查看院子里那群蒙面人的。

带头的说：“哪一个是布塔·辛格？”

“我是布塔·辛格。”

“跟我们走，我们要的就是你。我们来带你走。”说话的人告诉身边的一个辛格，“把他的手绑起来。”

几个人做势抓他手臂。布塔说，“没那么简单。”接着双方扭打成一团，两个辛格开了枪。一颗子弹击中布塔右边肋骨正下方，他后倒进房间里。布塔的母亲扑在儿子身上，向那群人哀求："拜托不要杀他。"布塔的弟弟贾耐尔和布塔的妻子巴温德也扑在布塔身上。辛格们抓着巴温德的长发把她从丈夫身上拉开，再用 AK-47 开了几枪。先前布塔没有丧命，现在，他跟母亲、弟弟一起被杀了。布塔的祖母受了伤，几天之后死亡。

布塔的父亲从院前靠近道路的房间跑了出来。他穿过院子跑到持枪那群人的所在之处。他试图抢下一支枪，结果头部中了一弹丧命。

这之后，那群八九个辛格出了大门，走到村内大路上。路对面稍靠右住的是纳塔·辛格——布塔的堂叔。他们要找纳塔·辛格。纳塔屋子的前门没为他们打开时，他们转到后面，爬过矮墙，叫他出来。纳塔有五个孩子，最大的是患有小儿麻痹症的十四岁女儿。

纳塔听到叫声走了出来。一票人把他带到大路上，要他开拖拉机载他们到巴德夫的住处。他们也想对巴德夫下手。他们认为巴德夫大有问题：他们说，巴德夫是个阿姆利特达里锡克教徒，但他违背了誓言，这一阵子跟贾朗达尔城的一位寺庙祭司有勾结。他们抵达就在道路尽头田边的巴德夫家时找不到人。巴德夫先前听到枪声已经溜走了，他这阵子也因为宗教方面的问题接到过几封恐吓信。于是他们又叫纳塔用拖拉机载他们回来，在他屋外的路上杀了他。

一群辛格在村内停留的时间仅有半个钟头，分秒不多，然后人就走了。一直到八个钟头之后，清晨五点半左右，屋里才有人拿起恐怖分子留下的字条——如今已经沾满血迹，难以辨识。字条上说，布塔·辛格和纳塔·辛格要为两个月之前两名恐怖分子在半公里外一个村庄被杀一事负责偿命。当局对被杀的恐怖分子之一曾经悬赏三万卢比。

警方指出，涉案的一帮人原想要布塔加入他们。由于布塔一直到一九八四年都跟宾德兰瓦勒很亲近，他可以为那群人带来一些"可信度"。

村里人还讲了另一个故事。布塔在被拘押期间拿到了文学学士学位；刚从久德浦被释放之后，他向当局申请小客车行驶执照。这是政府为了让布塔这类人自力更生而采取的措施之一。有一天，布塔为了执照的事去了一趟贾朗达尔。他没在预定的时间回到家。村里人开始打听，结果知道布塔被贾朗达尔的中央后备警察部队拘捕了。他被拘留了九天。

布塔从未告诉任何人为何被捕，也没提及拘留九天之中发生了什么。他们只知道布塔回来的时候很害怕，后来也绝不愿单独一人离开村庄，譬如到村外的水泵打水，或是去当地的市场。(有人说布塔怕再度被警察逮捕，但这有点不合逻辑。不管有没有人伴随，布塔都可能被警察抓走。有人伴随的话，倒是会让那些恶棍派来的杀手有所顾忌。)

我们终于前往隔壁的死者家，好不容易才穿过那群坐在门口的妇女。她们现在已经不再哭号，而是静静坐着，安静得像阳光下院子里的男人——男人那边桉树的垂直叶子没有投下任何阴影，下午的太阳反倒像是给叶子抹上了一层亮光。住家部分靠院子这边灰泥打底的墙壁被漆成粉红色，门窗上头通风的空心水泥砖被漆成跟门口墙壁一样的薄荷绿：这些是地中海地区的颜色。门窗以及窗上垂直的铁条则漆成较深的绿色。

卧室位于房屋前侧，就在大门两旁。卧室门开向院子，其后墙（有加装铁条的窗子）就靠着村里的路。左边有两间卧室。阿宾纳希告诉我，除了当卧室之外，这些房间也用作储藏室，存放麻布袋装的小麦和稻子。布塔·辛格的父亲睡在院子一角的房间里，凶案发生时，他就是从那房间里跑出来的。

大门右边的卧室是这家农舍的主屋，布塔·辛格夫妻睡觉的地方。它也是客厅。现在房内并无椅子。阿宾纳希说，椅子和大桌已经搬走，因为他们知道凶案发生之后会有客人来访。房内有两张并排的床，床上的寝具没有整理。另外还有一张多余的床，以及锡质行李箱和衣柜。一个架上摆着金庙的纪念品，墙上挂着几幅锡克教月历。在锡克通俗艺术里，历代师尊的瞳仁总是半遮在上眼皮下面，因此眼白比平常露出得更多。这房间里的画像令人觉得不寻常。

房间里有一张布塔岳父的相片，另一张则是布塔自己：好学、戴眼镜的年轻男子。好学和戴眼镜在乡村及农舍中显得有点不搭调。布塔可能刻意培养了那副学者气质，几乎可以确定，他是家族中第一个接受高等教育的人。布塔的妻子巴温德是村里唯一的大学毕业生，应该是以她做榜样，布塔才会在被拘禁于久德浦期间修了文学学士学位。

经过了两三代——不仅勤劳工作，还配合着政治鼓动、政治保障、农业发展、全国经济增长——布塔家族才拥有目前的条件。两三代的时间也让布塔·辛格开始产生求知的兴趣。有了新知之后，他必然会对自己的身世特别敏感。他会更容易想到的是家族所受的不公不义，而不是时代之间的稳定改善；他会觉得像宾德兰瓦勒那类人的基本教义主张可以满足每种情感需求，是具体可行的方案：那套主张可以让不满情绪及受难心结显得崇高，可以将历史简化成往昔荣耀的失落，可以为当代提供仇敌与救赎这两个理念。他陷入这套想法之中，不能自拔。

警方指出，他是因为拒绝加入那帮恶棍的阵营而被杀的。那群辛格们留下的字条则说，他必须为两名重要恐怖分子遭警察枪杀一事负责。两种说法可能都有事实成分。这些事情可不是好玩的。运动的新鲜分子必须先经受血的洗礼，而一旦受过血的洗礼，这些人就脱离不了运动了。布塔一定受了不少苦。大家都说他笃信宗教。他为两个小男孩买了入门宗教读本；他每天到谒师所祈祷两次。何等虔诚！刚开始这可能满足了某种情感及知识上的需求，后来或许只是为了祈求保护。

他这一切都在隔壁房间里结束了。那个房间位于庭院一侧，坐北朝南。房门开着。不过，由于抹了牛粪的庭院里有点刺眼的亮光，以及墙壁粉红色涂料的阳光反射，门内却显得非常幽暗。在房内的阴影中，架子上的铜壶和钢锅闪闪发光。布塔和家人中弹倒下的地板上还留着擦碰的痕迹。事发至今还不到四十二个钟头。不过，擦碰的痕迹也可能是来看个究竟的人所留下的。凶手留下的字条被发现时沾满了血。现在地面上黑压压一片苍蝇，几乎一动也不动。

后来阿宾纳希告诉我，凶案发生三天前，布塔·辛格的妻子——那位大学毕业生——在邻村开了一所以英语教学的学校。那是她长久以来一直想做的事。“我觉得梦想实现了，”她告诉阿宾纳希，“没想到丈夫从久德浦回来竟然造成家破人亡的后果。”

路对面是布塔叔叔纳塔·辛格的房子。他的妻子不识字。她生了五个孩子，最大的有残疾。她告诉阿宾纳希：“我不知道该怎么办，我的整个世界都完了。”

我们走到屋外时，一群人又为纳塔·辛格哭号了起来。画着多色菱形图案、薄荷绿色的大门右边，纳塔从巴德夫家开拖拉机回来后的被害地点，现在坐着一群妇人，她们不时扑倒在地上。有一堆堆牛粪的村路两旁，农村生活并无改变：水牛低头吃着路边墙角槽子里的东西。牵这些动物到外头，牵它们回家，挤牛奶或卸牛轭，喂食、照料它们过夜——这些工作使一天过得有节奏、有意义，人们像遵守教规一样进行着。

村内另外两个人也曾经在久德浦被拘押。妇女在一旁恸哭，水牛在路边嚼食，我们则听着这两个人之一讲他的故事。就在兰吉特在久德浦被释放当天，他弟弟被杀了。兰吉特没说是谁杀了他弟弟，这暗示凶手是那些“弟兄”。他弟弟的尸体在离阿姆利则二十公里外被发现——离我们所在之处不远。结果是，兰吉特在久德浦待了四年半之后回家那天，他弟弟的尸体也运抵家门。这是仅仅一个月之前的事。

他们谈到悲痛时为何还能这么平静？宗教信仰多少让他们有了心理准备。不过，他们能够这样平静，是因为好几百人也受了跟他们一样的苦。阿宾纳希说，像那天下午我们所听说的集体谋杀案，他跟其他记者都见过不止五十次了。正好一年又一个礼拜之前，拉贾斯坦有一个家族的十八个人被杀——其中一半是锡克教徒。AK-47是杀人无赦的武器。它可在两秒半之内射完弹匣内的三十二颗子弹，子弹从许多角度扫射出去，可以在那两秒半之内杀死一个房间内的所有人。某天晚上，阿姆利则的一个区里就有二十六人被杀，包括三十天大的女婴及九十一岁的一家之长。

我们坐车由小路及乡道回阿姆利则，一路上看着肥沃、作物茂盛的农田。还是下午时刻，阳光仍亮，无安全之虞。过了一阵，我们发现我们可能迷了路。我们身处灌溉农田之间的泥土路上。我们看到两个人共乘一辆脚踏车，一人踩车，一人坐在置物架上。置物架上那位的侧坐姿势很优雅，两脚并拢，并没有左右摆荡或往下垂。他的两只鞋子紧紧靠着，并且抬了起来，仿佛是为了避免沾到泥土。我们停下来问路时，他以熟练的动作从脚踏车上滑了下来，然后说可以陪我们一段，把我们带到通往阿姆利则的路上去。

就像我从他在脚踏车上的坐姿所设想的，他是个英俊的男人。他是锡克人，蓄着修剪过的胡子。修剪过的胡子表示他没有正式入教。他听说了布塔·辛格被杀以及其他命案的事，觉得很可怕。他自己不属于任何纯锡克人的政治团体。他经营一点生意，自己觉得还算成功，也感到高兴。他说，他盖了一栋房子，抽水马桶等等设备都有。房子花了他四十万卢比，相当于一万六千英镑。不过，现在他觉得恐怕必须放弃房子，搬离这个地区。他没正式入教，也无意那样做。他不认为自己有办法遵守阿姆利特达里的严规，他不想像其他人那样惹上弟兄们。

锡克教的奠基师尊受尽折磨和苦难，第十代师尊的两个儿子被人用砖块砌堵起来活活闷死一事具有特殊意义。这段情节有点类似莎士比亚《约翰王》和《理查三世》的故事，已经附有几分神话色彩。

下令将小孩——九岁到十岁男童——处死的人是莫卧儿帝国驻西尔信德[1] 城的行政长官。只有一人反对该项酷刑：他是马勒科特拉省督，一位阿富汗出身的穆斯林贵族。接着，他向当局求情，希望能将尸体依礼火化——穆斯林行土葬，锡克教徒和印度教徒行火葬。行政长官说："行，准你择地火葬，唯地点不得大于你能用金币覆盖者。"省督接受了这项条件。他把一部分财宝铺在地面上，两具尸体就在那里火化了。于是，下面两个地点成了圣地：一个是男孩被砌砖闷死之处，一个是他们尸体火化之处。每年殉难纪念日，信徒都会举行一项仪式，从一个地点走到另一个地点。

在缺乏历史意识的人当中，事情只要超过了父辈或祖父辈的记忆范围，只要没有现存的目睹者，那么就可能变成神话。这则关于小孩被砌砖闷死的故事无论发生于两千年、两百年还是一百年之前都无关紧要。事实上，这些事件是有年代可考的。一六九九年，第十代师尊在阿南德普城调制甘露，第一次为锡克教徒举行入教礼，建立了锡克人的军事教团体制。两年之后，他被莫卧儿军队围困在城里。围城历时三年。师尊跟两个儿子脱困逃出，师尊的母亲及另两个儿子则被俘，被带到西尔信德。一七一〇年，锡克人攻占西尔信德。

可以确定年代，加以分析，并且以适当距离跟当前隔开的事件也可能在某个阶段开始变得遥远，变得模糊。神话却历久弥新，它们永远不会失去魅力。虽然一七六二年锡克人在马勒科特拉被入侵的阿富汗军大肆屠杀，一九四七年印度国土分裂，印巴两国人民互相迁移——穆斯林逃往巴基斯坦，锡克人及印度教徒逃离巴基斯坦——一九四七年，由于那位阿富汗贵族在第十代师尊两个儿子的火葬地点铺了金币，没有穆斯林在马勒科特拉受到伤害。二十世纪六十年代，锡克

①旁遮普城市，城中有阿克巴大帝所建的阿加巴格花园。

人的阿卡利党[①]还提名马勒科特拉省督为其候选人，而且他在三次选举中都获得了锡克人的支持。

这些是阿马林德·辛格告诉我的。阿马林德是帕提亚拉[②]王室的族长，非正式而言——因为大公的名号已经废除，大公已经被"取消承认"——他是帕提亚拉的大公。所有锡克人都是"辛格"，他们使用这个共同姓氏，意在消除种姓及阶级差异。这个理想犹存，但几乎从一开始，锡克酋长就纷纷崛起，帕提亚拉王室即是其中最显赫者之一。西尔信德——两个男孩被砌砖闷死之地——纳入帕提亚拉版图之后，师尊之子殉难纪念日的宗教游行活动就由王室负责举办。

"西尔信德是莫卧儿行政长官的驻地。锡克人最后攻下城堡时，里面一无所有。锡克教的器物都已不见，全被莫卧儿人摧毁了。锡克人找到了砌砖的地点，盖了第一间谒师所。谒师所后来经过重建，是我父亲在五十年代早期做的。每年纪念日，我们都会用抬尸架抬着格兰特·沙哈卜师尊，从砌砖地点走到火葬地点。"这是模拟的送葬行列，以第十代师尊定版的锡克教圣经代替师尊的两个孩子。"这个传统一直延续到六十年代，之后阿卡利党控制了谒师所，仪式也改由他们主办。"

王室对锡克教负有特殊责任。"我们是唯一得到师尊两次赐福的家族。"根据锡克人常有的习惯，阿马林德在这里用单数集合名词"师尊"来指代所有师尊。第一次赐福得自第六代师尊哈尔哥宾德，他曾经这样安慰家族里一个正在哭泣的男孩："他为什么哭？他的马匹将会到贾穆纳[③]河饮水。"师尊用这句话预言帕提亚拉领土终将扩展到那条河。

后来的另一位祖先是由第十代师尊举行入教礼的教徒之一。阿南德普灾难过后不久，第十代师尊在查姆库尔战役中写信求援的对象就是这

①印度旁遮普邦的锡克政党，"阿卡利"意为"不朽"。

②印度旁遮普邦东南方城市，旧时旁遮普著名的土邦。

③孟加拉语中布拉马普特拉河的名字，印度中南部主要河川。

位祖先。

“师尊被莫卧儿军团围困在城堡里，但他设法把信传了出来。他在信中说，‘吾家即汝家。正陷危境。速驰援。’但我祖先抵达时，战事已经结束。”师尊的另外两个儿子在那场战役中丧命。“这是锡克卡尔沙教派[①]的第一代。”后来，师尊在前往南方——他在那边死于一七〇八年（锡克人攻下西尔信德两年之前）——途中，曾经针对帕提亚拉家族及其王国的未来疆土提出预言。

师尊从查姆库尔发出的信对这个家族尤其珍贵。阿马林德的父亲或祖父便是从那封信中想出帕提亚拉家族目前的家训：“吾宅即汝宅。”早先的家训是“天堂之光吾家所依”，在帕提亚拉家族的旧陶器上还看得到这句家训。

王宫屋顶上设了一间谒师所。里面唯一的礼拜用品是由数位师尊长年编纂、最后也具有了师尊地位的锡克教圣经。但是，这间谒师所另外还有第十代师尊的遗物。洗过手、头覆上布之后，我被带去看一些遗物：师尊一把插在绒面鞘里的剑；几支矛；一封誊写的信，应该出自秘书或书记之手。

王宫屋顶上呈现的是古老的虔敬：已经成为宗教一部分的三百年前的历史事件（第十代师尊逝于本杰明·富兰克林出生后两年）。王宫本身则体现了新近的转变。这是一座新宫，筑于五十年代，虽然华丽，却不见类似迈索尔大公的欧洲建筑师一九一二年建造迈索尔市王宫时大量使用的那种东方样式。这座帕提亚拉新宫样子像欧洲的乡村豪宅，其品位属于国际或中性风格，以舒适为着眼点，颇适合印度气候，是个宜人

① “卡尔沙”意为“纯洁”，印度锡克教的主要教派，锡克教男女到达青春期后大都会参加卡尔沙教派。该教派是在1699年莫卧儿人残害锡克教徒时，由师尊哥宾德·辛格在阿南德普创立的作战组织，几天之内就有8万多人参加，不久，这个组织取得了教内主导地位，未参加此教派、继续不留须发的锡克教徒称为萨哈达里留斯派，即随便派，两派至今有别。

的地方。各间会客室都有签名照片，就像访客在别的国家参观豪门巨宅时所看到的那种。不过，这里的照片——拍摄的人物是统治者——却标示着一个转化中的世界，一个改变中的景象，一个崛起中的印度：德意志皇帝、意大利国王维克托·伊曼纽尔、比利时王室、铁托、尼赫鲁、英迪拉·甘地。

绘画为数甚多，其中大部分显然是在欧洲购得，值得注意的作品极少。在英国人统治之前不久，锡克人开始发展出一个绘画流派。这个画派的作品是小型纸画，属于私人宫廷艺术，绝大部分是肖像画，一张张作品集成册子或卷在一起，收藏在宫内图书馆里。他们的品位或鉴赏并未扩及欧洲以大型油画为主、用来挂在墙上展示、目的往往并不清楚的那种艺术。因此，虽然资金雄厚，阿马林德的父亲及祖父并未购买古代大师或任何本世纪大画家的作品。

最醒目的是阿马林德父亲的巨幅全身画像。历代帕提亚拉大公的身高都非比寻常。威廉·霍华德·罗素一八五八年在帕提亚拉城见到的帕提亚拉大公身高超过六英尺，体格壮硕。这幅画中，阿马林德的父亲威风凛凛地站着，超乎实际的身材委实令人敬畏，叫人惊愕。另一幅挂在宽阔楼梯上方的大型沙龙画也有同样效果。画中场景是一九三五年在伦敦举行的乔治五世登基二十五周年感恩庆典，画中人物有阿马林德的祖父和其他印度土邦王君——尤以克什米尔和比卡内尔两邦大公为显著——还有韦尔斯王子，后来的乔治六世和王后伊丽莎白，以及他们的女儿伊丽莎白和玛格丽特。

阿马林德说："我祖父是个彻头彻尾的独裁君主。他九岁就继承了王位。一九〇七年十八岁时，他成为手握实权的统治者。从一九〇七年到一九三八年，权力完全在他手中。他使帕提亚拉远近闻名。他用一群很有能力的人治国，他赞助体育运动和音乐。不过，他是个独裁者。"

他认为自己应该享有的，则是他曾经住过的王宫的那般景况：位于帕提亚拉城另一头的帕提亚拉旧宫。

“它有一千个房间，占地四百亩。现在是一所体育学院。从我父亲房间到我房间有四分之三英里。我们有一天实际量过，每一步都算得清清楚楚。实在太大了，于是我父亲在五十年代建了这座宫殿。这一座还是大得不得了，但当时我们一家人才从旧宫搬过来，还觉得有点窄小呢。”

除了那座旧宫——让人一望而知英治时代土邦大公拥有何等雄财巨富的那种印度宫殿——先前还有帕提亚拉的城堡。

“旧城堡碰到战事就派上了用场。有一个塔楼，可以往下发射枪炮。”

城堡从一七一四年开始修筑，所在地原是一位穆斯林苦行圣人的隐居处。苦行圣人使用的火后来被吊起移入建好的城堡内，至今不曾熄灭过。

一八五八年，就是在这座城堡里，当时的帕提亚拉大公（或王公）及宫臣全套盛装隆重接见威廉·霍华德·罗素，向代表印度最高——如今更是胜利无敌的——统治权力的重要代表致敬。帕提亚拉大公应该不会明白罗素的工作是什么，但他总会知道罗素的意见够分量，因此他竭尽所能让对方有好感。骑在装饰华丽的大象上，他走出城堡一段路去迎接罗素。他也请罗素骑象，后者要跨上骑座时，他还有礼地扶了一把——这些欢迎和接待仪式都像哑剧般进行着。

现在城堡已经半毁。它位于帕提亚拉市场区之中，四周街道从头到尾或有一大段是卖鞋子，或是煮熟的食物，或是刺绣服装的——这是帕提亚拉的特产。罗素骑象抵达的前院现在是一些人小便的地方。一栋后来为了招待重要访客而增建、前方有古典圆柱的房子已经快要崩塌。这里被人擅自占住，墙上用粉笔草草率率写着“危险”字样。

到了里面，城堡一下子就变成小院和通道和阶梯构成的迷宫。有一座莫卧儿式小花园，虽然已经荒废了一半，但处于砖块灰泥建筑之间，仍令人觉得宁静。十九世纪末及二十世纪初，帕提亚拉所模仿的高雅风格系来自英国和欧洲。在十八世纪，提供范本的则是莫卧儿人。不过，锡克人在十八世纪仿效外敌莫卧儿人这件事却有讽刺的一面：今天，莫卧儿势力早已消失，锡克教谒师所金碧辉煌的十八世纪莫卧儿式圆顶依然存在，它标示着锡克人的礼拜场所，犹如基督教教堂的尖塔。

除了这座花园，城堡内全盖了建筑，地面全铺了东西，见不到泥土。通道，庭院，平台，屋顶：到处是碎裂的砖块和灰泥，它们比木头更易毁坏。四处是窄小、窒闷、装饰过度、幽暗的房间，墙上挂着幽暗的镜子，天花板上有雕饰。到处是崩塌的天花板；你看得出，为大公和统治者修建的人也使用了如我在贾斯帕尔农舍所见的那种乡下砖造天花板筑法——砖块连接排在木梁上。旧城堡无法修复或保存：这种砖块势必碎裂。像这样的宫殿一旦没人住就完了。处处可见的小型修复——补上的水泥，加涂的石灰——更加强了整座城堡原本就给人的感觉：它被三番四次修筑，房间一一增加，空间持续扩大，直到极限；最后，它被弃置，无人理会。

纵使到处尽是荒败，一些顶层房间里却进行着跟帕提亚拉设城及建堡有关的宗教仪式——仪式中融合了穆斯林、印度教徒和锡克教徒的虔诚信仰。因为仪式还具有神圣性，进房间之前必须脱鞋。那位穆斯林苦行圣人的火自从移入一七一四年原建的城堡之后，至今仍然燃烧：这是帕提亚拉的奇景之一。烧火只用橡木，灰烬供人点圣痣（印度教习俗）。隔壁房间供奉着印度教黑天及时母两位神祇的造像。在另一个门外有屋顶阳台的房间，一个皮肤黝黑的诵经师念着锡克教经文，一个赤脚的侍者拿着掸子在几本覆着上等丝布的经书上掸灰。就这样，像目前居住的王宫的屋顶一样，被弃的城堡顶端也有景象令人想起这个家族是如何起源的。

照理，这个家族在十八世纪早期并不必然会壮大起来。但莫卧儿势力正好在此时衰退了，阿富汗不再入侵，锡克人得以繁盛起来。到最后，帕提亚拉王国的领土近乎七千平方英里，其中大部分是在十九世纪早期取得的。

“十九世纪三十年代，廓尔喀[①]人决定占领整个山脉。他们在一八三〇年进军攻打我们的山地。所有山区大公聚集在一起向我们求援，我们也派出了军队。战事持续了六个月，最后，廓尔喀人吃了败仗，尼泊尔统帅的头颅挂在帕提亚拉城门上，直到裂成碎片。”

帕提亚拉从未跟锡克王兰吉特·辛格交好。“兰吉特·辛格有所威胁时，帕提亚拉跟英国缔结了条约。英国跟锡克人交战期间，帕提亚拉一直保持中立。”甚至在锡克人于一八四九年战败之前，英国人便在帕提亚拉招募了两营非正规锡克军。八年后爆发大起义时，帕提亚拉仍然信守它跟英国的条约。这份支持相当重要。若非如此，英国人在北印度可能会被打败。

“在我们家族的档案里保存着莫卧儿末代皇帝巴哈杜尔·沙的一封信。我们的档案留存了每个统治者的私人文件，其他文件都转移给国家。王宫里有一位图书馆员照料档案。起义者硬要巴哈杜尔·沙当他们名义上的元首，于是他写信到印度各土邦寻求支持。但是，当时他的辖地甚至还不及于整个德里。他的辖地只包括红堡。他的信用英文写，字体相当花哨，应当出自文书之手。它是两英尺长的卷轴。不过，我们跟英国签了互防条约，不得不遵守。”

一八五八年六月，大起义已经大致平定时，威廉·霍华德·罗素“随一行人”到德里红堡见落败的皇帝。红堡已落入英军及廓尔喀兵（像锡克人一样，他们现在被招募来取代属于叛变群体的士兵）之手。皇帝蹲在一个屋顶小阳台一侧空空的通道上。他是个瘦小、衰弱的八十二岁老头，赤脚，穿着一件肮脏的平纹细布长衫，戴着一顶薄麻纱小帽。他在向一个铜盆里呕吐，罗素没有问个究竟。老人对前来好好瞧他一眼的人

---

① 原为 1768 年后统治尼泊尔的王朝名，后指代英国陆军中的一支精锐步兵部队，由从尼泊尔山区招募来的廓尔喀士兵组成。

懵然无觉。他有写诗的癖好，罗素说，一两天之前他才写过一首诗，“用一根烧过的柴枝在他牢狱的墙上（写了）几行不错的诗句”。这并未引起罗素的惊奇或同情，只招惹了他的嘲笑。他压根儿没想问一下那些诗句的意思。

这时，印度的英国人正议论着要把德里的大清真寺炸毁，正如早先有人提议把泰姬陵拆掉，出售其中的大理石一样。英国人甚至对帕提亚拉大公起了疑心，罗素就听到抱怨说他跟皇帝巴哈杜尔·沙有联络。

从阿马林德的话听来，这个说法似乎有几分真实。他说：“因为巴哈杜尔·沙写诗，大公的一位弟弟很喜欢他。他去见皇帝，提供援助。大起义过后，他回到帕提亚拉，英国人要求把人交给他们。帕提亚拉拒绝了，但英国人也无法强求，因为对他们效忠的君主已经没剩几个了。

“于是双方达成了妥协。大公的弟弟离开了帕提亚拉。他最后弃绝凡俗，先是住在喜马拉雅山的里希克希，然后在这世纪早期搬到了南方的班加罗尔。”班加罗尔位于迈索尔王国境内，离英国管辖有些距离。“五十年代他在那里过世，享年一百多岁。他开班授道，别人多少把他看作圣人。他妻子继续住在帕提亚拉旧堡里。他们结的是童婚。她小时候就来到城堡，九岁时丈夫离开了她。直到三十年代，她都住在城堡里，拒绝外出。她从来没有走出过城堡。那时候，女人留在深闺的规定很严格。她从来没见过汽车、火车、王宫外的人、森林、农田。我祖父要她坐车兜兜风。他说了又说，最后——这应该是三十年代早期或二十年代晚期的事——我祖父硬是把她弄上车，带她出去看她从未见过的东西。住在城堡里的时候，她不让任何人替她打井水，因为她要过她设想丈夫所过的那种苦日子。”

这故事颇有疑点。譬如说，如果帕提亚拉大公之弟前去援助巴哈杜尔·沙时是十六岁，他应该出生于一八四〇或一八四一年，而他在一九五〇年代死亡时可要超过一百一十岁了。他那个童年就入门的妻子也活了九十岁左右。无论如何，阿马林德讲的这段故事倒包含了许多印度从大起义到独立之间所经历的巨变。故事中那些人的有生之年不但涵盖了锡克人从边疆悍民到农商百姓的转变过程，也涵盖了其统治者从好战酋长到英国治下大公的转变过程。

阿马林德挥了一下手说："我祖父不会了解这个的。"阿马林德的"这个"指的是独立、国会、全民参政。"你可知道，我祖父把我外祖父关进牢里，有九年之久不让他一家人进阿姆利则，因为我祖父怀疑他加入了普拉贾曼达尔。那是自由运动人士对土邦里国大党的称呼。我外祖父还很有品格，他没有屈服。他家被没收的财产直到我父母结婚时才被归还。"

从一八五八年威廉·霍华德·罗素在帕提亚拉堡所见的佩戴珠宝的统治者，到一九〇七年至一九三八年一千个房间之莫提巴宫极权统治土邦的大公，这之间隔了两个时代。一个角色接着另一个角色：跟英国的关联增加了统治者的荣耀。对阿马林德的父亲而言，境况可就完全不一样了。

"我父亲一辈子都过得不好。他在一九三八年丧父后继了位，那时他二十五岁。一九三九年爆发了大战，接着，从一九四五年以后是独立运动。我父亲是大公联议会的主席，因此要面对许多不稳定的状态。独立时，他率先签署承认书，帕提亚拉跟旁遮普各邦合而为一。对我父亲个人，这是降职，从原先的统治者变成一邦之长。当时有人考虑把帕提亚拉设为印属旁遮普的首府，但首席部长粉碎了这个念头。他认为帕提亚拉对邦的事务肯定不会没有置喙余地，因此想出了在昌迪加尔建造一个全新城市的主意。接着在一九五八年，旁遮普邦联跟前英属旁遮普合并，我父亲落得手中空空如也。"他参选旁遮普邦议员，但不喜欢政治。他被任命为大使，但这并未减轻他的悲痛。"他性格内向，问题都放在心里。他一九七四年过世时——才六十一岁——医生说他的心脏像八十五岁老人的。”

阿马林德自己没有适应的问题。他出生于一九四二年，独立时他五岁。“我在现代环境中长大。”他在宫里受教育：一名英国保姆，一名德国幼儿园老师，还有“一位大师”教他锡克经文、传说和民俗。他在宫外也接受了完整教育：先在西姆拉和卡绍里就读私立小学，再就读一所著名印度公学，最后就读台拉登的印度陆军军官学校。他进陆军服役，加入历史最悠久的锡克兵团——直接从一八四六年在帕提亚拉招募的那两个营发展而来。他喜欢军旅生活，有意在军中发展，但他为了处理家务不得不离开军队。他后来“对政治逐渐上手”——或许有几分展现了他的十八世纪祖先在帕提亚拉王国早期所具有的手腕。

然后出现了传道者宾德兰瓦勒。恐怖行动造成了危机；当局下令阿马林德喜爱的军队进攻他视为圣地的金庙。

“到了关键时刻，我不能让三百年历史化为乌有。锡克人建立了帕提亚拉，两位师尊赐福给我家族，我必须跟人民站在一起。”

回到昌迪加尔，我再度见了古特吉。这时他告诉我一件大家应该都知道的事，即“蓝星行动”——军方对金庙攻击行动的代号——之后，他躲藏了四年多。这一阵子以来，他首次细谈宾德兰瓦勒。那位被免掉文官职位的卡布尔·辛格是古特吉的第一位英雄兼导师，宾德兰瓦勒是第二位。

“他一向是虔诚信教的人，直到最后都没变。他父亲是法里德科特地区的小农。这地区的名称源自法里德，一位十三世纪的穆斯林苏非派[1]圣人；我们的经书里有他写的对句。宾德兰瓦勒出生于一九四七年，兄

①伊斯兰教的一个神秘主义教团，表现为脱离伊斯兰教正统，追求个人进一步与安拉合而为一。“苏非”一词意为“羊毛”，因为早期鼓吹苏非主义的宣讲师身穿羊毛织的长袍而得名。

弟共九人。他是父亲第二位妻子所生。第一位妻子生了七个儿子，第二位生了两个。父亲无法抚养所有儿子，因此在宾德兰瓦勒四五岁的时候把他送到神学院。”

古特吉也生于一九四七年，他也是在四五岁的年纪被送到寄宿学校读书的。还有，他也出身农家，只不过他祖父是拥有三千亩土地的富农。

“他父亲有一些地，那年头还没有集约农耕。一个儿子从军，现在以上尉军衔退役了。另一个儿子前往迪拜，赚了钱，现在回来继续种田。其他儿子也种田为生。

“宾德兰瓦勒那几年都待在神学院，一九七六年以前，我们根本没听过他这个人。那时候他已经结婚，生了两个儿子。他妻子应该是留在村子里，他们的婚姻是媒妁之言。宾德兰瓦勒喜欢沉思默想，对周遭的事一概不理睬。有时他会到家里的田间工作，人家说他工作很卖力。收割从四月十三日开始。那时候非常热，烈日晒得厉害。宾德兰瓦勒从一大早就开始收割，一直做到傍晚，中间不吃也不喝。他意志力很强。这些是他一位兄弟告诉我的。”

谈起乡村的日子、田里的活儿时，这可不是古特吉头一遭那么自然而然地动起感情来。

“一九七七年，神学院院长过世。他先前提名宾德兰瓦勒为继任人。神学院院长是在发生尼朗伽利派争议的时候过世的。”尼朗伽利派：有人认为他们是改革派锡克教徒，有人认为是异端。“他传给宾德兰瓦勒的志业是继续这场奋斗。”

翌年，在锡克宗教岁时祭仪中颇为重要的春祭或收获祭当天，这两派在阿姆利则发生了冲突，宾德兰瓦勒的几个追随者被杀。这件事之后，宾德兰瓦勒有了名气。

古特吉说：“我是在一九八〇年认识他的。一九七四年为我举行入教礼的大祭司在当时过世了，我到他的村里祭吊。在那边我遇上了宾德兰瓦勒。他为人非常正直，是个说话算话的人。他从未出尔反尔。他是个教士圣徒，对神有无限的信心。他只凭良心做决定。他过的是苦行僧的日子。

“一九八〇年，尼朗伽利派的领袖在德里自己的地盘上遇害——就像后来的英迪拉·甘地一样——据说凶手是一个受雇在那边做木工的人。雅利安社的报纸把谋杀案归咎于圣师宾德兰瓦勒，要求当局逮捕他。过后不久，雅利安社那家报纸的主编在贾朗达尔附近遇害，当局以这个案件为由发出拘票要逮捕圣师。

“雅利安社控制了旁遮普的印度教新闻媒体。这个世纪的旁遮普历史充满了雅利安社跟锡克人的争端，问题焦点则在于雅利安社反对锡克人的分离主张。这个世纪初，由雅利安社公开举办仪式，一些锡克‘彻马’”——不可碰触者——“在贾朗达尔重新皈依印度教。雅利安社的人把他们的头发剪掉，然后编成一条绳子公开拍卖。这样做是为了取笑锡克教和锡克人。

“当局签发逮捕圣师的拘捕令时，他正在哈里亚纳邦一个村庄传道。那边有人向他通风报信，可能就是哈里亚纳邦政府里的人，因为他们不希望在自家的地方发生麻烦。旁遮普警察部队抵达时圣师已经离开，他们气得烧了他的巴士，毁了他的圣书。在那之后，警方到梅塔乔克的神学院内执行了逮捕令。他被捕那天聚集了一大群人。警方把他带走时，他求大家平静下来。警方最后还是在镇上对群众开火，结果死了三十四个人。警方声称群众中有人拿剑攻击他们。

“让他不高兴的是这三件事：他的巴士和圣书被烧、他被指控涉及谋杀、他的人民被杀。他坐了几个月牢，然后被无条件释放了。一九八二年他前往金庙。当时情况是这样的：他有两三个追随者被捕，然后他派去为这些人保障法律权益的人也被捕了。他就在这时决定要把大家鼓动起来。

“他长得很高，六英尺一英寸，跟我一样高，也瘦瘦的。他为人很直率，不会拐弯抹角。他的生活习惯很单纯。他也吃得很少，在这一点上可不像喜欢享受美食的卡布尔·辛格教长。他心思敏锐，听得进别人的话。譬如说，他知道我吃肉，但并不在意，从未叫我不要吃肉。有一回，我跟他谈了很久，辩论吃肉是否符合锡克教义。那是一九八三年一月，我们在金庙的永恒圣殿关于这件事谈了两个钟头。他一再和和气气地告诉我：‘你向我证明根据锡克教义是可以吃肉的，我马上就可以吃个一公斤半。’

“他找我们讨论了好几次，有时候只是为了解释经文的某些段落。神学院支持传统的解释。神学院的解释比较接近印度教对经文的理解，也都是用印度教的术语表达的。大多数例子来自印度教神话。我那时候赞成的是比较新的科学解释，那是一九六〇年左右确立的看法。”

我请他谈谈这种科学解释。

“那是辛格先生提出的——根据语言的语法来解释经文。他是一位上人，一位老师。”

这说法——当时我并未完全理解就听了进去，直到好几个礼拜之后才仔细思索——稍微阐明了卡布尔·辛格那本小册子《一个锡克教徒在世俗印度受审记》里一句晦涩的话：“语法与语言之基础是某些形而上学假设、文化模式及人性倾向，这些内容或无法通过逻辑证明，但若不加以接受，则无法正确研究或理解语言与文法……”

我想知道，在金庙里的这些宗教讨论中，卡布尔·辛格的看法会不会通过古特吉传给宾德兰瓦勒，使得他唾弃原先接受的神学院传统，使得他在金庙危机恶化时对英国国家广播公司记者说锡克教徒不像印度教徒，而更像犹太人及穆斯林及基督教徒，是有先知和圣经的民族。

在那次访问中，宾德兰瓦勒也说——使用英语，声音中充满激情——锡克教徒在印度受尽了迫害，以致他们必须“付出一杯血”才能得到一杯水。宗教领袖的这种夸大之词令我困惑。但在当时，我还完全不知道在锡克教徒心中他们师尊的苦痛是怎么一回事。

古特吉这时接下去说的话让我有点明白了宾德兰瓦勒最后几天处在窒困的金庙时的心境。

古特吉说："他最敬佩哥宾德·辛格师尊的品格和牺牲。他对哥宾德·辛格师尊最后几天的事情记得清清楚楚，他记得师尊每天的一言一行。他把师尊的生命重新活过一次。要是你在十二月某天碰到他，他会说，'今天师尊正在怎样怎样'。事实上，连时辰他都记得，真不可思议。他会看看手表，然后说，'再过两个钟头，师尊就要把儿子打理好上战场'。像这样之类的。师尊的苦难从十二月开始，因为那是离开阿南德普·沙哈卜城堡的时候。"阿南德普：师尊的母亲和两位幼子——后来被砌在墙里——遭莫卧儿人俘虏之地。

困在金庙之中时，宾德兰瓦勒必定会把自己设想成困在阿南德普的第十代师尊。

古特吉说："大家不是去找他谈历史或经文的。他家人很少去看他。他们就算来了，也是以虔诚信徒的身份而来。这段时期他没有时间可花在家人身上。

"我每个月到金庙见他一次。有一次他说：'你应该多来几趟。'我说：'我有家要照料。'他说：'有几个小孩？'我说：'两个。'他说：'我也有两个小孩，神会照顾小孩。'然后他引用了一段经文，内容是关于留下后代自己远飞的候鸟的。他说：'它们飞行几千英里，神给它们力量。'"

我问古特吉那几件以宾德兰瓦勒之名犯下的谋杀案，以及别人说是他指使的谋杀案。

"都是捏造的故事，企图中伤他的名誉。"

结束了蓝星行动——军队攻击金庙的行动，造成宾德兰瓦勒和他的许多追随者死亡，也使许多士兵丧命——官方声称古特吉是被击毙者之一。这让古特吉惊慌起来。“他们以一本关于锡克人人权的小册子为据，控告我煽动叛乱。宣称我死亡就是表示他们已经指示军警把我除掉。”于是古特吉躲藏起来，躲了四年多。

“《印度快讯》还登了我的讣告。内容大体上对我还算恭敬，不过其中却说我不跟穆斯林一起吃饭——那可就大错特错了。我投书给《印度快讯》说：‘请任何穆斯林准备好一餐可口的素食，我随时奉陪。’”素食倒不是问题所在，古特吉不是素食者。“但是，我不吃以穆斯林或犹太人方式宰杀的肉。这是第十代师尊的训诫，是我们入教时要接受的。这类宗教禁忌通常有更深一层的意义。”

古特吉对《印度快讯》那篇讣告会有这些反应，当然是因为他坚守锡克教徒的誓约。卡布尔·辛格针对锡克教徒誓约的重要性写了一本大书，古特吉给了我一本。他暂且按下蓝星行动之后转入地下的日子不提，另外讲了一则故事，解释第十代师尊如何告诫信徒不可跟穆斯林女人发生关系。

“西瓦·达斯的《锡克教基础》这本锡克教教本里有一段故事，讲的是十八世纪一个被迫改信伊斯兰教的人。他去找正在主持集会的师尊，告诉师尊说：‘我被迫改信仰了。’‘他们如何叫你改信？’‘我被迫吃了牛肉。’‘那并不会把你变成穆斯林。’‘我被割了包皮。’‘没人会因为那样就成为穆斯林。’‘我被迫念诵卡尔马。’‘那是主的名字，念了也不会使你变成穆斯林。’会众里有个人感到惊讶。他问师尊：‘那怎样才会变成穆斯林？’师尊说：‘跟穆斯林女人结婚，或是发生关系。’这话中有个含意，那就是，婚姻是出于自愿的。‘如果你自己愿意做穆斯林，只要那样，你就是穆斯林了。’师尊就这样让那个人放了心。”

如同一切殉难故事，这段末代师尊晚年的故事也关乎激发锡克尚武团结精神的迫害、悲苦和侵犯。不过，那倒不是古特吉的重点：依他的看法，锡克教是先知和天启的宗教。

我问他躲藏期间靠什么支撑，他说："我想着，我跟族人在一起受难。还有另一个慰藉：这时期我最常读经。经文最强调的是人在世上应该怎样过活才会被神接纳。我认为我过的是那样的生活。我也读了不少，写了不少。因此，我在藏匿期间大有收获。我有机会好好思考事情的道理。"

"你谈到离家就读天主教寄宿学校那段经验时也是这么说的。你躲藏起来的日子可说是童年的重复啰？"

古特吉说："我不知道是个性造就命运，还是命运无法改变。不过，总有些事会使你往某个方向发展。"

躲藏期间让他悲痛的一件事是卡布尔·辛格在七十五岁时过世。古特吉认识、敬爱卡布尔·辛格已经有二十年了。初次见面时对方让古特吉不舒服的爱发牢骚的脾气如今只被他当作无伤大雅的性情，迁就一下就算了，就像他也迁就对方其他任性的行为：他那么喜爱食物，他那么爱吃冰淇淋。他一次吃得下一磅冰淇淋。他常跟古特吉说："你该吃冰淇淋，对肝脏好。"

古特吉说："他很壮硕，倒不是很高，戴了粗框眼镜。身上总是有一两支笔，看来看去都像学者，腋下还老是夹着一本书或杂志，老是那样。"

被控侵占公款、被免除文官职位之后，卡布尔·辛格怨愤了将近四十年，他时而怨之，时而愤之。这没叫古特吉吃不消，也没让他有异心。他说："每个锡克人心头都对不公不义满怀气愤。"他仍然会随时在这案件上为卡布尔·辛格挺身而出。古特吉已经犹如卡布尔·辛格的家人。老人家临终时他未能随侍在侧，这令他感到悲伤。

"最后，最高法院终于让我得到了一些保障。我向最高法院申诉，说当局对我进行的叛乱罪的指控是不实的，政府的用意是想骚扰我，对我进行人身伤害。最高法院裁定我可在七天之内到下级法院申请保释。我那样做了。就法律意义上来说，我还在保释之中。"

因为他被保释了，所以几个月前卡布尔·辛格的弟弟病危时他可以前去探望。古特吉说，那个家族属于一个自从第一代师尊以来就一直以苦行及传教为重的锡克教派——这或许是古特吉尊崇卡布尔·辛格的原因之一。

“他父亲是个小地主——大概有二十来亩地吧。另一个儿子完全未受教育，一辈子务农——卡布尔·辛格却读过剑桥大学。小儿子没读书，因此多继承了十亩地。去年我见到他时，这位弟弟已经垂死，他抱怨说卡布尔·辛格的亲戚想夺走那多出的十亩地。”

古特吉，卡布尔·辛格，宾德兰瓦勒：他们全是农家子弟。他们经历了大风浪；但在一切激情——关于宗教及纯信的激情——之下，小事情可以把他们带回更原始的起点，回到人们临终时对十亩土地的焦虑中去。

一九八四年二月某天，《印度快讯》驻阿姆利则的通讯记者山吉夫·高尔在金庙外被人持刀攻击。

“有一个阿姆利则的老扒手变成了政治活跃分子，首先为英迪拉的国大党效命，后来成为全印锡克学生联盟的会员。我替《印度快讯》写了一篇关于这名扒手的专题。文章刊出那天我前往金庙，他对我狠瞪了几眼。我的消息来源告诉我要小心。

“两个礼拜之后，两个年轻男人拿刀刺了我，其中一个缠了橘黄色头巾。他们先问我名字，然后开始攻击。他们在我大腿上刺了五刀。我听到另一个声音说，‘把他拉到里头’。我心想这下子没命了，因为先前个把月以来，我一直在报道在金庙水沟里发现的麻布袋装的五具尸体——金庙内的恐怖分子所杀的人。被杀的大多是锡克人，恐怖分子怀疑他们向警方通风报信。

“攻击我的那两个人把我丢下了，我往一家诊所走去。大家看着我，血从我裤子里渗出来。观看的人也爱莫能助。如果伸出援手，他们会大大得罪恐怖分子。我请一个摩托三轮车夫——金庙外头有不少——载我去看医生，这时才有两个锡克人帮助我。后来我得知帮我的两个人是共产党员。

“后来，报社把我派到东部，但为了我的安全，却是偷偷摸摸做的。”

另一位记者达利普告诉我宾德兰瓦勒占据金庙之后的情况。

“大家不再到金庙来。我两家邻居都不再去金庙，虽然他们很想去。金庙里发生的事让大家气愤，但锡克政党从未针对宾德兰瓦勒带枪亵渎金庙加以谴责。锡克政党跟金庙中的宾德兰瓦勒煽同样的风、点同样的火，他们也对他有所顾忌。他是个杀人魔，他才不管你是印度教还是锡克教徒——只要反对他，你就是他下手的目标。

“我目睹了他下令执行的一次谋杀。我正坐在师尊那纳克客寮三楼的四十七号房间里。那是他常在金庙里跟追随者待在一起的客寮之一。房里到处坐着武装分子，八个或十个。这是在一九八三年年中。突然，进来了一个家伙。他是个中年锡克人，穿着衬衫和宽裤，神情怏怏不乐。他头发剪短了，胡子修剪得一塌糊涂。他对宾德兰瓦勒说：‘圣师，巡官毕丘·拉姆把我搞成这副模样。他把我带到警局，这样亵渎我。他把我的头发和胡子剪掉了。’

“宾德兰瓦勒马上叫一名助手把事情经过一一记下来。大概十五天之后，那位派出所主管毕丘·拉姆就被杀了。

“第二种运作方式及下达谋杀令的方式是由他在公开场所宣布他想要置之死地的人的名字。从一九八二年七月十九日到一九八四年六月之间，他都是这样做的。他会先做一场演讲，内容总是攻击甘地夫人、印度总统吉亚尼·宰尔·辛格[1] 以及旁遮普首席部长达巴拉·辛格。他会说，这些人伤害了锡克人，应该为此受一点教训。接着，他会批判某些当

①吉亚尼·宰尔·辛格（Giani Zail Singh，1916－1994），印度第七任总统（1982－1987），锡克人，但在印度政府攻击锡克教圣地金庙时袖手旁观。

地的警官。许多被他点到名的人后来都会被杀。阿姆利则的高级警官巴昌·辛格被杀了，一起丧命的还有他的妻子和女儿。

“我常跟锡克人交谈。大体上，锡克人不会跳出来谴责金庙里发生的事。他们怪罪新德里——一切都是新德里惹的祸。他们从不会批评宾德兰瓦勒那伙人。恐怖分子被杀时，锡克人都很气急败坏，他们认为其中必有诈。如果是恐怖分子杀了无辜的人，我从未听邻居表达过任何遗憾。”

达利普跟锡克人有些关联，这说明了为何他会激动。

我说：“有一位跟锡克人很熟的人告诉我，说宾德兰瓦勒那伙人样子看来不对劲。他们眼神迷乱。你看这是不是某种集体疯狂？”

“那是少数族群的恐惧，受迫害情结和死亡愿望。那是一种新宗教，制造了一些杰出的将军和运动员，但从未造就出可以强化信仰的伟大宗教思想家。哥宾德·辛格师尊在一六九九年设立卡尔沙教团之后就没有新进展，一六九九年之后就没出过伟大思想家。

“那是疯狂，那是盲从。实在无法加以解释。独立之后，宾德兰瓦勒这种人竟然被视为哥宾德·辛格以来最重要的锡克领袖，这真是锡克教的不幸。他在世时，许多锡克人把他称为第十一代师尊。他可真是甘地夫人造就出来的人物。甘地夫人让他壮大起来对付锡克人的阿卡利党。”

“这些受过教育的人为何支持宾德兰瓦勒？”

“挫折。”

“你自己什么时候第一次见到他的？”

“一九八二年七月二十四日，在金庙里，那间出了名的四十七号房。他的保镖搜了我的身。一九八二年金庙首度出现枪支，那可是犯了教规。

“一九八二年七月二十日他来到金庙，一九八四年六月六日遗体离开。他害得最深的是锡克人，害得最深的是锡克教。他害了旁遮普，害了印度。

“他的助手盘问我，得知我是记者之后，他们很高兴地笑了，立刻把我带到里面。

“我问候了他。他坐在一张绳编床上，服装打理得不错，穿着那件长及膝盖的白色棉袍，缠着那条蓝色头巾。腰带上挂着他的左轮手枪。他眼中充满愤怒——大家都想知道那双眼睛是怎么回事。他一副瘦巴巴、没吃饱的样子，危险人物的模样。他说：‘你干什么的？’口气很专横。我说：‘我是记者。’我告诉他我替哪家周刊工作，提到我同时也是一家加拿大报纸的记者。‘你要访问我？’‘不，我只是来沾光。’”

沾光是你见到圣人时的收获：信徒只要见到圣人就分享到他的福分。

“他受宠若惊。他笑了，笑出声。我刚进来时，他还一脸严肃兮兮的。

“我看到一个老妇交给他好几沓钞票，老妇也从手上拿下一两枚戒指交给他。站在女人身边的是夏贝格·辛格将军。”夏贝格·辛格少将：五十多岁时因侵占公款被革职，现在是宾德兰瓦勒的军事顾问。

“夏贝格长得很瘦，中等身高，皮肤很白，戴了眼镜，蓄着白色长胡子，穿着宽裤和无领长衫。他说：‘我是夏贝格·辛格将军，孟加拉独立战争期间我带领自由军。’我说：‘先生，你是一位将军，怎么会追随宾德兰瓦勒？’我那篇彩色报导需要材料——这是我在阿姆利则的第一天。他回答说：‘我在他眼中看到神性，他就像哥宾德·辛格师尊。’

“我伤心地离开金庙，想着社群的命运，想着将军把宾德兰瓦勒跟哥宾德·辛格相比的那番话。我坐在打字机前，觉得很悲哀。我知道他不是哥宾德·辛格师尊，我知道他只是被英迪拉的国大党利用来打击敌对的旁遮普阿卡利党的。他不过是个普通人，却被捧成伟人。社群为何要接受他？夏贝格·辛格为何不把他当一般人看待？大家为什么只注意到他的愤怒神色和身边的武装分子。他不是知识分子，不是思想家，他也不是信神的人。”

我想，达利普的意思是说宾德兰瓦勒不是真正的传道者。这个人到底有什么显著的宗教特质？应该有不少吧。“他吃素，爱好音乐。每天清晨三点他就会到金庙的水池边去听盲人乐师在主殿里面演奏的音乐。他们一边弹奏簧风琴，一边念诵经文。那音乐让你平静下来，有庄严的美——他有这种品位还真不简单。四周无人、一片寂静时，你一听到那音乐就会感受到神的存在。他每天早上那样听个把钟头。他也不玩女人。”

吃素，爱好音乐，早起，性节制：在这段陈述里，这几点综合起来让你得以见识宾德兰瓦勒的苦行。当初他四处传道，劝人们向他们的父亲——师尊——学习时，正是这种苦行让大家那么佩服。

达利普说：“他把自己变成了恶魔。”恶魔，这是人们后来用来描述他的字眼。“他开始认为自己会统治这个国家，或统治独立的锡克卡里斯坦。他想要统治什么就是了。别人说他像哥宾德·辛格师尊时，他接受那种恭维。下意识里，宾德兰瓦勒开始想象自己就是哥宾德·辛格师尊——第十代师尊的转世。

“我再谈谈他的两件事。第一件发生在一九八三年年中。我有一位印度某日报的同行写了一篇轰动的报道，说纳萨尔派分子加入了宾德兰瓦勒的阵营。我做了一些调查，发现同行的报道是可信的，再根据我自己的消息来源做了补充报道。宾德兰瓦勒很不喜欢日报上的那篇文章，不过这是我后来才知道的。我自己那篇刊出后隔日，我去找宾德兰瓦勒。我一向都这样做，我写的关于他的东西刊出之后都会去找他。

“在金庙里，同一个房间，四十七号房。现在我可以自己开门，大大方方进去——每个人都认识我了。我带了一个朋友，医学院的人。一打开四十七号房的门，我就看到他充血的眼睛中怒不可遏的神情。他一生气眼睛就发红——他是经常生气的。我看出端倪了。房间里有八九个他的武装追随者，两个记者正在访问他。

“他开始对我大叫，用的是粗俗的旁遮普话，嗓子提到最高：‘你怎么敢把我跟小偷、无赖、游民相比？’他认为纳萨尔派是那类人。他这样对我吼了三分钟，然后命令一个手下去拿刊登我那篇文章的杂志。而我，杂志记者，就像冒犯了老师的学生那样站在他面前。我说不出半个字——我心里怕得很：我看得到四周的枪，我知道如果他想要的话，可以把我杀掉。

“杂志拿出来了，他转交给我。他冷静了一点，但火气还是很大。他要我把我写的内容翻译成旁遮普语，我向他求饶，说我不太会从英语翻译到旁遮普语。他更冷静了。然后，大大出乎我意料——我这才见识到他有多狡猾，他坐在绳编床上做了手势——我就在不到四英尺外——要我走近一点。

“他要我走近一点，当我更靠近坐在绳编床上的他时，他把我头按下去，对着我耳朵细声说话。‘你就像是我的弟弟，’他用旁遮普语低声说，‘你却还写文章攻击我。’

“这次见面就这样结束了，我跟那位医学院的朋友走出房间。他想见宾德兰瓦勒，叫我带他同来，因为身为记者，我可以进出四十七号房。为了那番令人震惊的遭遇，我还向朋友道歉了。

“过后两三天我没再见过宾德兰瓦勒。我心情糟糕透顶。这下子我不知道该怎么报道他了。不错，你必须对他有所批评，但身在阿姆利则而要攻击他，那可真难办了。有那么几个月，我保持沉默。

“但杂志可要有东西登啊。一九八三年十月我写了一篇文章，说宾德兰瓦勒声望日降，来见他的人已经不多了。杂志社炒作了一下：文章被称作《孤立的圣师》，整整两页，还有一大幅那个大人物身穿白色棉袍、半微笑半皱眉的相片。跟往常一样，文章刊出后我去找他。

“他在师尊那纳克客寮的阳台上散步。那时人不多——四五十个吧，大多是他的追随者。他陪着我四处散步。他显然还不知道文章的事。那是我最后一次跟他友好交谈。第二天，我以翻译身份随一群加拿大电视节目人员第二次去见他。这时他已经知道那篇文章了，而就在众目睽睽之下，就在前一天他才陪我一个人散步的师尊那纳克客寮的阳台上，他告诉我，如果我再写文章攻击他，我就没命了。他是用旁遮普语、用象征的方式说的。‘我们知道怎么奉陪。’

“这之后，我不再去找宾德兰瓦勒，我不再报道他，我不再写任何批评文章。我怕了。一九八三年十二月二十三日，他从师尊那纳克客寮搬到永恒圣殿，从宿舍搬到神堂。我跟几个地方新闻记者去见他。他坐在地板上，旁边有五六十个人。他身旁摆了一些水果和甜点。他给了我一块甜点和一根香蕉，说了一些我现在已经忘掉的挖苦话。显然他对我已经没有好感了。几个礼拜之后，我的一位同行在金庙外被刺。这跟宾德兰瓦勒没有任何关系，但在当时的恐怖气氛里，没人对那位受害者伸出援手。他们只是袖手旁观，看他流血。我向报社申请去了别的地方。”

就像古特吉谈到农田和收割时会动起感情，我觉得达利普谈到清晨金庙里的音乐时也带着对这座古建筑之神圣性的特殊崇敬。我问他，军方对金庙采取的蓝星行动让他感到多震惊。

“我对蓝星行动本身不感到震惊，令我震惊的是执行方式。执行得很差劲。我认为，不必流血就可以轻易捉拿宾德兰瓦勒那伙人。我为死亡的九十三名军人感到遗憾。他们选了那么糟的日子去抓宾德兰瓦勒。他们却都没抓到人。”

他在六月六日被击毙，夏贝格将军也丧了命。许多他身边的人在军方下手之前设法离开了金庙。他们活了下来。

库迪普是跟宾德兰瓦勒到最后一刻的人之一，但他好歹活了下来。他躲藏了五年。“那可不好过，苦行的日子，从一个地方转到另一个地方。警察总是有办法找上门，你就又得卷铺盖了。”他曾经积极参与全印锡克学生联盟：一个奇怪的名称，因为这个团体以暴力倾向闻名，其重要成员也不算年轻，要说他们是学生也得用最含糊的定义才算数。

库迪普五十岁上下，样子看来较老。他脸上不但有又深又长的皱纹，还布满了细纹，这显示出除了逃亡日子的压力之外，他还有其他内心压力要应付。他穿了颜色最浅的衣服——他的头巾是最淡的褐色——仿佛不希望引起任何注意。这些颜色、皱纹遍布的脸、小而沉着的眼睛：这是一个心思深沉的人。

他比预定时间早来了一个钟头，直接来到我的旅馆房间。我有一通长电话没打完，只好让他等着。他看来不介意，静静坐在扶手椅里，我不太能相信这个衣着简朴、坐在旅馆房间里的人就是别人告诉我的“活动分子”。我甚至还起了念头，认为他可能是警方派来的人。一开始交谈，我就请他谈谈逃亡的日子。

他说：“那么多跟我一道的人都被折磨死了，被杀了。好几百人被设圈套丧命了。他们为了人类的自由而被杀。”

人类的自由？

没错。当前的锡克运动致力“消除全世界的政治及社会不公”。追求的目标是建立“以锡克宗教准则及锡克宗教力量为依托的政治力量”。终极目标是“一个全球性的宗教体系，一个全球性的精神体系，全球性的人本价值”。

“这只是在旁遮普进行的小型实验。早在兰吉特·辛格王的时代，我们就在旁遮普进行了这场实验。我们希望能恢复那个时代的锡克体系，英国人吞并旁遮普之前的十九世纪锡克体系。我们也想把那个体系推广到全世界。”

我倒没料到这套用词。或许，他果真，或者曾经是受到像卡布尔·辛格那种语言和看法洗礼的学生。

他怎样界定十九世纪的锡克体系？

“一个世俗体系，也是一个社会体系，一个锡克社会主义体系。重点是把锡克宗教、政治体系跟社会主义结合起来。宗教和灵性是人类心理固有、不可少的两部分。同样，支配的欲望、掌握政治权力的欲望也是人类心理的一部分。动物如此，鸟也如此，人类怎么能例外？动物有其领袖，鸟也有其领袖。同样，卡尔沙教派（哥宾德·辛格师尊于一六九九年创建的锡克公社团体）也要成为世界领袖，它的性格中就存在着那不可少的领导素质。”

他认为这个目标可在十年或十五年内达成。目前，运动进行得颇不顺利。“缺乏纪律，没有中央领导。我们失去了控制权，情况对政府有利。这些反社会分子有些是被运动的情感层面吸引而来的半宗教人士。他们书读得不够深，对书读得深、教育程度高的人并不尊敬，因为书读得深的人不主张盲目杀人。毫无疑问，这里有些是政府派来卧底的，但罪都归在锡克人头上。相较而言我们团体”——全印锡克学生联盟——“没有那么多坏分子。”

他出生于一九四七年国土分裂时划入巴基斯坦的旁遮普境内。“我两位曾祖父是兰吉特军队中的将军，一八四三年和一八四九年的两次盎格鲁锡克战争我祖先都参与了。一位率领了三百人，另一位也是。一九〇〇年左右，家族中有一半人改信了伊斯兰教。有人爱上了一个穆斯林女人，于是就改信了。我父母对这件事很不以为然。”一九四七年，家族中的锡克教徒迁移到印度这边，迁移到后来成为哈里亚纳邦一部分的印属旁遮普境内。他们在那边有八十亩左右的土地。“那是我们在巴基斯坦所拥有的十分之一，是我们为自由付出的代价。”

我问他那些地有没有灌溉。在旁遮普，水总是挂在人们嘴上：对其他邦使用旁遮普河水的事，大家都非常气愤（尽管旁遮普的田地依然绿油油，十分肥沃）。

“有水灌溉，但不那么肥沃。”他一位兄弟耕种家里的田，另一位成为老师，还有一位想当律师。这是锡克人的典型模式：我见过的中产阶级人士都还跟土地有关联，许多人一下子就会勾起往昔农家的美好记忆。“现在我们好歹得在哈里亚纳待下来，”库迪普说，“我们可不是那么有钱，过一天算一天而已。”

我请他谈谈他的生平。

“早年我想当工程师，只是因为喜欢‘工程师’这个名称。但我数学没过关。后来我想做大学化学或物理教授。在我看来，大学教授的日子很轻松、很平静。”

我有同感，他的话把我带回了自己的早年、自己的彷徨之中。当时，我（家中第二个读大学的人）也认为大学生活真是平静安稳，想把大学日子延续下去。

库迪普说：“这个念头也没实现。我成绩不够好。当时我二十五岁，在一所学院教应用科学。接着，我想当律师，但终究不喜欢那个工作。后来，我对英国文学产生了兴趣。那时候我三十岁。文学研究对我有吸引力。我在大学修英国文学硕士，花了两年。毕业后在一所学院教英语。”

“那些年读书时，你靠什么生活？”

“刚开始父母会给我钱。”这应该是从农田里挣来的钱。“后来我就靠自己了，有一段日子我还拿生活费给我弟弟。”

二十五六岁以后，他跟一位远近闻名的圣人来往了几年，把那位圣人视为“敬仰的父亲”。“我常找他谈话，他那边还有些其他人。那是在小镇西尔沙[①]。接着我对宗教研究产生了兴趣，不过我对文学研究的爱好大于宗教研究。文学是实在的东西，宗教不那么具体。锡克教的师尊把宗教研究变得像文学研究。”我想，他的意思是说，锡克经书很像文学作品：几位重要的师尊也是诗人。

---

①印度哈里亚纳邦西端小镇，位于印度大沙漠边缘，设有数所大学。

将近四十岁时，他换了工作，转到一个大学学系担任研究员。就在这时，他先投入政治，然后又投入了宾德兰瓦勒的运动。“他答应全额赞助我们准备在昌迪加尔的英文日报。”

我先前问过达利普，他认为是什么东西把大家吸引向宾德兰瓦勒的，那时他说：“挫折”。我并未完全了解他的意思。现在，听库迪普谈了他曲折多变、走走停停、尚未落定的生涯，我才稍微了解这些农家出身、离开了一种生活却未能在新世界安身立命的人。

我问他：“是什么把你吸引向宾德兰瓦勒的？”

“他那有魅力的性格。”

“你觉得他的眼睛充满怒气？”

“不，是充满灵性。当然，他有狮子般的怒气——当他生气的时候。直到蓝星行动之前，他的运动很上轨道，这让政府很不安。”

“他是个暴君？他想当统治者？”

“他不是暴君。他遵守师尊立下的规矩。师尊在战场上下令杀敌。我恐怕不该这么说。师尊没有敌人：师尊只是被迫与人为敌。同样，他也被迫与人为敌。”

在金庙里放置枪械的事又怎么说？不违反教规吗？

“根据锡克教，在谒师所存放枪械并没有什么不对，只要不把枪械用在不正当的事情上。哥宾德·辛格师尊有时会用神秘的武器名称来称呼万能的神。在许多经文中，他就像赞美万能的神那样赞美武器的力量。”

“我听说宾德兰瓦勒后来认为自己是哥宾德·辛格师尊。”

“有时在集会中他会谈到师尊的作为。他在精神上很接近师尊。依锡克教看来，任何真正遵守师尊训诫的人都跟师尊很接近，他也就变成师尊了，而师尊也会变成他。”

他告诉我宾德兰瓦勒生命最后几天的情况。

“从一九八四年三月二十九日到六月六日，我跟他一起住在金庙里。

六月五日我最后一次见到他时是在晚上。我们谈了局势。他很坚定，让我也鼓起了勇气。每个人都准备面对一切。夏贝格将军站在屋外，是他叫我来找圣师的。

“我记得夏贝格最后的话：‘最好的死亡之地是你的宗教最神圣的场所，以及跟你的祖先有关联的场所。’他还说，‘我们现在站的地方都最符合这两点，在这里死亡最好不过。’当时我们在永恒圣殿。”这可以说是金庙内的议事建筑：它的会堂。“要从蓝伽尔”——金庙内的公共厨房：在礼拜场所设公共厨房乃是锡克教的重要规定——“送食物过来很困难，因此大家只好从邻近的屋顶越过金庙的墙把食物送进来。这只是一天之久，我们有一大堆干查那（鹰嘴豆）大家分着吃。水桶里存了水。

“我们有四个人在二楼那两面旗子后面守卫。没人担心，我们都很高兴。克尔坦继续进行着。”那是在水池中金顶主庙内进行的圣歌吟唱。“他们正唱着一个对句：‘信奉万能之神者刀枪不入。’这使我们振奋起来。”

“你知不知道尸体被扔进水沟的事？”

“不知道。”

“现在你会不会觉得那不对？”

“不会。涉及爱情和战争的事，一切都可行。”

他马上变得不安，说必须告辞了。他说几天后会在德里打电话给我。我陪他下楼。到了大厅，他没走向柜台。他轻巧地转个身，沿着旅馆前草坪上的花坛走下去，跨过一条低的隔离带走上车道，最后走出旅馆大门。

一两天之后，警方发布消息，说恐怖分子可能会在德里发动一波炸弹攻击。这让我想到，库迪普向我预告的行踪恐怕有点蹊跷，虽然我实在很难把这个长满皱纹、眼神平静、在我房间那么安稳坐着的人跟暴力行动扯在一起。

我刚到昌迪加尔，向古特吉问起锡克教强调受难的事情时，他曾回答说：“这世界是让许多人活得不快乐的地方，而（悲哀）必须消除。那只有两个办法：不是你让别人受苦，就是你自己受苦。”

在与库迪普约定的日子当天，德里旅馆的接线生打电话上来说：“线路那头有人想跟你通话，但他不想说出姓名。”在我决定怎么办之前，对方已经挂断了电话。像那样的电话我没有再接到过，库迪普再也没跟我联络过。我稍微松了一口气，因为原先关于炸弹攻击的消息可真叫我陷入困境，就像贾斯帕尔和其他村庄的人一样。

第九章　湖中之屋——重返印度

印度到处是游客，人数逐年增加。除了阿姆利则和勒克瑙之外，我去过的所有大城市的宾馆家家客满：一个接一个产品展览、公众活动或假日盛会接连不断，林林总总的外国代表接踵而至。

我在一九六二年造访的那个印度仿佛是个不同的国家。那时印度还不是许多人前往做生意的地方，还不是观光客想去看一看的地方。不管哪一级的旅馆都难得一见。除了主要观光地点之外，旅行都很困难。到了有些地方，你得在火车站的房间里过夜；在某些地方，要是拿得到必要的官方许可，你倒可以待在“驿站小屋”。那是个可爱的名字，令人想起老式的旅行以及旧式的服务。但是，当你抵达日晒、发霉的殖民时代小屋——其多沙的花园里或许有几株百日菊或细茎玫瑰或难以形容的矮灌木丛——你得大声叫看门人，最后，一个衣衫褴褛的赤足的家伙会出现，表示愿意在他自己的役房那边为你准备他为自己烹煮的那种餐食，等送过来时，那些食物可能会有烧火用的木材或牛粪的气味。在没什么家具的卧室里，粗绒毛的“寝具”会有含碱或肮脏肥皂水洗濯过的气味；地板踩起来有沙砾的感觉；蚊帐会有裂缝或破洞；墙顶的通风孔让人有暴露的感觉。你可能会觉得长夜漫漫。

我一九六二年所到的印度像是个遥远的地方，一个值得长途跋涉前往的地方。而且——几乎和一百年前的罗素一样——我从伦敦搭了火车和船前去：火车到威尼斯，船到雅典，船到亚历山大港，船到卡拉奇及孟买。十二年前我从特立尼达岛到了伦敦。在特立尼达成长时，身为来自印度的农业移民的孙子与曾孙，我对自己和印度相隔的距离形成了自己的概念。我和印度的距离远得让我不属于它。我知道种种仪式，却无法参与其中。我听着印度语言，但只能理解较简单的字眼。不过，我跟它也近得让我可以了解其人民的激情，近得可以感觉到自己的命运和这个国家之人民的命运联结在一起。我幻想中、我心中的印度早已消失，不可回复。

那个真实的国家还存在着。我可以前往那里，我一直想前往。但在初次的旅程中，我是个畏怯的旅人。

我计划在印度待一年，我也希望这一年中有部分时间可以在某个地方安顿下来写些东西，虽然我还不太清楚要写什么样的书。我在二月里抵达了孟买。四月初我北上克什米尔：坐火车到德里；坐夜班火车到帕坦科特[①]；然后坐一整天又一个早上的汽车（中途停车过夜：月光照在巴尼哈尔[②]的水稻梯田上）北上克什米尔山谷。

我在镇上一家阴暗、发霉的旅馆投宿。从旅馆房间内无法得知四周环境的样子，看不到湖、山和新雪，只看得到乱糟糟的城镇住宅后院景象。我不觉得我有能耐在那里待上三四个月。湖上有船屋，英国统治的

---

①印度旁遮普邦城市，是前往詹木和克什米尔邦（Jammu and Kashmir）与喜马拉雅山深山的联络城市。

②印度北部城市，是由克什米尔谷地进入印度河平原的重要口岸。巴尼哈尔在克什米尔语中的意思是“暴风雪”。

遗迹。设备完好的船屋——它们就像浮在水面上的白色平底船，那湖水映着四周阴暗山脉上的新雪——对我来说却太贵了。这些船屋有上好的瓷器和手工雕刻家具，以及旧式的英国菜单（而且，这儿那儿还有三十年前——独立之前、战前——英国宾客的照片和几则推荐留言）。较小的船屋则很简陋。但即使我住得起较好的船屋，我也认为自己没办法在船屋的一个房间里写作和生活。你要是想到外头走走，却哪里都去不了，那可会令人有被约束的感觉，我会觉得那是一种囚禁。

老远来到北部之后，我却觉得克什米尔大概行不通。抵达后，我就随时留意哪里有理想的投宿之地，到了第二或第三天，一个身穿蓝色大夹克、头戴黑色毡帽的瘦小男子告诉我一家就在湖上还有专属花园的旅馆，我就让他带我去瞧瞧。

说来难以置信，不过，它就像阿里·穆罕默德——头戴黑色小帽的那男子——所说的那样。我后来和他很熟。有好几个礼拜之久，我经常在上、下午看到他离开他的旅馆据点，带着他的大自行车登上船，过湖到岸上的湖滨大道，然后骑车到巴士站或观光局，或任何他可能招揽到客人——就像他招揽到我——的地方。他倒不会缠人，也不健谈。事实上，他是个害羞、自制的家伙，最喜欢的事就是和朋友在花园尽头的旅馆厨房抽点水烟。

那家旅馆就像一栋小屋。它的名称是丽华大饭店，就是这么写的，我也这么记着它。它有上下两层，有瓦楞铁皮搭盖的斜屋顶。它坐落在它自带的湖中花园里，花园可不是那种用湖泊杂草和泥土堆在一块、可以拉到各处的漂浮花园，而是一片固定的土地。我租下了房屋尽头的一间二楼卧房。房屋这一部分是为了旅游新季刚盖好的——丽华大饭店每隔几年就扩建一次——由于建筑的设计方式的原因，这间卧房没有紧邻的房间。它两边有窗，可以看到湖、山、雪等景致。它有自己崭新的浴室。浴室和卧室有舒爽的新木头和新水泥气味。旅馆的小客厅挨着卧室，我也把它租了下来，因此，几乎可以说我在丽华大饭店里拥有自己的小侧厢。

那真是我天大的好运道。丽华大饭店以及我在克什米尔的时光成为我在印度那一年的一个休憩点，我畏怯的旅程中的一个休憩点，或许它使我得以顺利完成我的印度之旅。我毅然决然离开伦敦，把所有的钱投入这次印度之行中，如果旅途不顺利，如果我熬不下去，事情就惨了。

我在丽华大饭店待了四个多月，认识了在那里工作、在花园尽头的厨房里抽水烟的所有人。开始时十分重要的阿里·穆罕默德很快就退到一旁。巴特先生拥有这家旅馆，但他不会说英语，我们仅以微笑和手势沟通。巴特先生的得力助手是亚齐兹。他不识字。但他有社交方面的敏锐判断力，擅长观看脸色和判断情势；他记忆力惊人；他一口怪里怪气的英语，是单靠耳朵听学来的。在丽华大饭店那四个月，我找人办事的对象就是亚齐兹，和我一起去高地山谷短途旅行的也是亚齐兹。在该地八月的大朝圣期间，亚齐兹和巴特先生为我安排了阿马尔纳特洞窟的远足，亚齐兹还与我同行，以便照管他们为我雇用的一批随从。

我写我的书。原本只是一个念头、一个冲动、一连串联想，在动笔时觉得不真实的东西开始有了它自己的生命，开始在那个有两个景观的房间里施展它自己的力量。觉得一本书一日一日在成长，那也是那个季节令人舒服和安心的部分原因。亚齐兹和巴特先生张罗了一张书桌让我写作。他们还给了我一盏桌灯。

翌年，在南伦敦一套令人难受的附家具的公寓里，我开始写我关于印度的书。我是打算写这样的一本书，但过了几星期我开始放弃这个念头。游记写作对我而言是新经验，我想不出该用什么叙述方式来写一本关于印度的书：我受不了我所看到的苦难。我没写日记，也未记下多少有系统的笔记。但钱已经花了，书非写不可。回来整整两三个月后，我开始下笔。在撰写过程中，克什米尔那段时日也扮演了它前一年在印度所扮演的角色：一个休憩点。日复一日地回想，原先不知如何叙述的问题也随之解决了。

书写成了——整理了记忆的头绪，摸清了叙述的门路，面对并写出了我的印度情结——细节开始模糊。终于，我不再读那本书。克什米尔与丽华大饭店，以及巴特先生和亚齐兹，却仍然鲜明，一个万事顺遂之时节的记忆。在那之后，我可以随时回克什米尔。乘飞机旅行已经把世界变得更为单纯，简化了我们处理过去某些部分的方式。有时，有人会写信告诉我那个旅馆的事。有人寄给我一张照片，让我看那栋建筑的一些改变。我却不曾想要回去。

这次我回来了。我坐飞机前去，因此看到了二十七年前没见过也不曾接近的机场。由于旁遮普局势紧张，德里机场有严格的安检。斯利那加[①]的警戒加强了：克什米尔山谷动荡不安。一九六二年这里也不安定。但是现在印度到处大家都更加紧张，而且对当局采取了不同的态度。

进城的道路正在整修。路旁有许多新的大房子。一九六二年我没见过这种私人财产。市中心一如我记忆中阴沉的中世纪的样貌：仿佛克什米尔那么多原本像颜料盒般缤纷艳丽的颜色都在这里混在一起，结果形成一团像脏泥巴一样的东西。老旧或看似老旧的建筑上，砖木都是泥土色的。街道上所见之物也是泥土色的，那是路人色彩斑驳的衣服所造成的颜色效应。流经城里那条水涨岸陡的河流也是泥土色的——河面间或有一片绿藻或绿藻硬块。这条河流的一个河湾或支流里并排泊满了没有上漆的小船屋：可以十分清楚看出这排船屋是贫民区，这些漂浮小屋就永远停泊在河岸上，在岸上各有附属建筑物。

我对船屋的灰褐色犹有记忆，人潮和拥挤上回倒未曾见识。我也

①印属克什米尔首府，著名的避暑胜地。

想起一九六二年有人告诉过我，英治时代（虽然克什米尔是君主邦国，有自己的统治者），印度人不得在城里的主要道路湖滨大道上行走。那已是陈年往事了。克什米尔印度人的城区已经突破限制，一路沿湖滨大道扩展。这个新扩展的地段可就不是一片灰扑扑，像典型的印度购物闹区一样，这里尽是混凝土建筑、玻璃门窗、新油漆，以及旅馆、店铺、招牌。面对这里，一九六二年还只是一片水的一段湖面上则是一长排观光船屋，每间船屋各有招牌：克什米尔人和观光客像两支列阵相对的球队——观光客受限在船屋里，无法移动自如或声东击西。岸上的克什米尔人却生龙活虎，随时可以应付登陆的敌军，他们这方还有不知会从哪儿冒出来的非正规部队，划着低浅的船在湖上四处来回，有办法窜进敌方最小的缝隙。湖滨大道这一大段人声鼎沸，就像市集一样。

过了这片新开发区一点距离，在湖滨大道尽头，就是坐落在一片宽阔土地上的王宫大饭店。这回我就下榻于此。这家宾馆过去是克什米尔大公的夏宫。它是建于三十年代的庞大而朴素的建筑，低矮宽广，远离湖和大道。倒数第二代大公辟植的苹果园正值开花季节，杏树也一样。和城里的泥土色比较起来，这里的颜色可说是极其鲜艳的春绿。

这座建筑还是真正王宫的时候我来过。一九六二年，大公卡兰·辛格就住在这里，他在克什米尔邦的官职是邦长，我曾不止一次受邀到王宫吃晚餐。有一次赴宴，我乘坐“通嘎”——一种马拉车，马匹颠簸地爬着长而陡峭的车道。我走路都还更快一点。坐在通嘎里让人觉得很荒谬，但我不知该怎么办。这种情景看在等候的官员眼中可算有损尊严：他们终于开了一辆吉普车来救我。

我记忆中的王宫大门及房间已不复存在。楼下走廊的地毯已经磨损。楼上，我的房间外有暖热的厨房气味，在一道混凝土屏障后方，可以瞥见员工的住处。我的房间很大，家具不算完备，粗绒毛地毯是鲜绿色的。已经没有光辉荣耀之景，也没有享福或欢乐的气氛：只是在春天的潮湿空气之中感觉这是一栋破败、如今有太多东西需要修复的巨大建筑，一栋对住在其中的人显得太大的建筑，一栋刚刚为旺季开放、准备迎接夏天和度假宾客的建筑——但你觉察得到，由于山谷里宗教政治动荡，度假的夏日可能不会降临在这里。

从窗口望出去的几座花园倒是整理得井然有序。草坪剪得很短，两棵大树刚截去树梢，花圃呈现各种鳞茎植物的花色以及花种袋上常有的色彩。两个穿牛仔裤的日本女孩先后蹲在红色郁金香前发出小声尖叫，摆着姿势让另一个人拍照。眼前，过了杨树的新枝及柳树柔软的黄绿色新叶这一片春天的新绿，往外和下面看就是湖水。远方的山顶上有新雪。可真身在王宫，这不是一般人能看到的景观：从窗口看不见右边湖岸上的新建筑，较低山腰上的梯阶台地，也看不见左边的一排排船屋。

往左边一点距离就是丽华大饭店。我立刻就朝它而去，不想拖延时间。我上了一辆旅馆出租车。它有最低消费额。那车费坐个两三回都够，我甚至可以走路过去。昔日克什米尔令人愤怒的事情开始越过这许多年重新回到脑海中。

前面大街上的人群让我做了误判，湖上那一团新的杂乱景象使我无法估算丽华大饭店的位置，我在一个登船堤阶上过早下了车，跟当班的船夫你一句我一句谈起到丽华大饭店的船费。船夫只有小孩那般高，他在褐色长袍下的身材也像孩童一样。他的皮肤苍白，有斑痕，有几处颜色不一样；细瘦的颈上是惨白的小脸；浅色的头发，明亮的眼睛。他这形貌是冬天挨过饿的样子，但是他的眼睛就像他讨价还价的声音一样充满了愤怒。一九六二年我不曾在堤阶上见过像这样的人，那时可也没有这样的人群、这样的喧闹人声。

我们谈妥，以二十五卢比的价钱渡湖到丽华大饭店，这相当于一英镑：太贵了，贵了五倍。

流经我的指间的湖水冰凉。尽管有这么多船来来往往，湖水仍然是一片春天该有的清澈。湖里多的是小鱼，确实赏心悦目，湖底的羊齿植物缓缓在水流里摇摆。（过后，在盛夏时，水会变得混浊。）一九六二年还很空旷的湖面，现在是一长排船屋，每个船屋各有招牌和台阶。几个船屋之间似乎以有栏杆、木柱支撑的木头步道相连。

船划过这里，往两边都是商店和补给用船屋的那条水道划去。不久——这段船渡铁定不值二十五卢比——就到了丽华大饭店，现在大招牌上写的是改正过的拼法。它不再是我曾经住过的不起眼的小屋和湖上花园。如今，尽管附近多了那么多商业活动，它可是异军突起的建筑：坚固，混凝土墙，厢房可多呢，山形墙叫你看不完。

几年前人家寄给我的照片中的丽华大饭店是一栋两层建筑。现在看起来屋顶又加高了，添了三楼。山形墙不知怎么在底端斜出、变厚，几乎有曲棍球杆那样的弧度。看那陡峭的斜屋顶，这仿佛是西藏或日本的建筑。

我记得丽华大饭店旁边湖上有一些平坦的莲叶。现在还有几片，但它们没有长在渡船小码头周遭、拦住垃圾的高草那么显眼。这家旅馆一向位于船路交汇之处，现在这一带有如从住宅区变成了商业区。隔着各条船路，丽华大饭店前后左右都是系泊在凌乱的、黑色小岛还没消失部分的船屋店铺，以柱子撑着、用木头和瓦楞铁皮搭建的简单店铺以及手工艺品商店。丽华大饭店在一个角落里设了自己的杂货店，墙面有一张很大的广告，旁边是一家克什米尔皮革及羊毛制品商店。

一条有栏杆的小径从渡船平台径直穿过方形花园中间。它（除了一个角落的浴缸花盆外）还有点像我记忆中的花园。但是，要重建旧地、想起我的起居室及有两个景观的卧室在哪里却没办法了。这个旅馆所在的岛屿——这块土地——本身一定扩建过。

办公室在这建筑的一头，与旅馆商店相对，它是一个有玻璃窗和白墙的小房间。一个高高的柜台，一个褐色钥匙板，一个挂在墙上的月历，打开的克什米尔观光传单。还有麦加的海报：天房的黑色圣石和一个穹顶。昔日的丽华大饭店不曾用那种宗教花招来做装饰。显然有人到过麦加朝圣，或是想表示他的虔诚。

办公室里没有人。一个在外面晃荡的小男孩似乎跟这旅馆有关系。我差遣他去找亚齐兹或巴特先生。巴特先生来了，我几乎不用等。过了二十七年，就是这么简单。他有一道白胡子，朝圣过的男人的胡子。或许在人群中我认不出他，但是在这里，在他自己的地方，他马上就会被认出来：毛皮帽，他喜欢穿的深色衣物，厚眼镜，修长的身材。

他表现得像一个处变不惊的人。事实上，我们两人都像戏剧演员，两人都演练过这一刻。他说，一九六二年这家饭店有九个房间，现在有四十五间。现在住宿费是一晚一百二十五卢比，即五英镑，八美元，包括寝具和热水。他确切地知道一九六二年我在这家旅馆待了多久。我不必问他，他提醒了我。我待了四个月又十五天。就像对我而言写作、事件和情感的整理使得事情比较容易处理一样，为事物加上数字、找对数字可以帮助巴特先生将事情归档，并赋予事件一个模式。

说完旅馆状况——说得非常快——他告诉我的最重要的事就是他要到麦加朝圣。他也提到他的健康状况。“但是我很好，先生。”然后，为了证明，他拉着我的手，用力一握。

我问他有多大岁数。他不太会翻译那个数字。他起先说八十六，然后说七十六，接着说六十六。或许他是六十六，这么说来，他在一九六二年应该是三十九岁，差一岁就到四十——这在当时的我看来似乎是老年了。

他向我提到了其他人。阿里·穆罕默德——他在那个幸运的日子把我带到这里——已经离开了。那个受折磨且喜怒无常、在厨房和花园尽头员工住处制造了各种危机的坎沙玛已经死了。但是亚齐兹还在，非常健康。那一刻他正在他自己的屋子里，他会在下午回到旅馆来。

我说我会在四点左右回来见亚齐兹。巴特先生和我之间有语言的阻隔——或者说缺乏共同语言，一如往常。搜尽了我们共通的语言，我们也说完了当时可谈的事情。于是我搭了湖船回到渡船堤阶，又看到了那个眼神愤怒的男子。

湖岸上有一座叫作商羯罗查尔雅的山丘。山顶有一座印度教寺庙。一九六二年，卡兰·辛格供养着那里的婆罗门。好几个下午我散步上那个山丘，后来就结识了那个婆罗门。他是个快乐的隐者，戴着一顶羊毛无边帽。下雨或是起雾、寒冷时，他用克什米尔方式取暖，即在毯子下抱着一个烧着木炭的小泥盆。要吸收的新东西这么多：直到这一刻——正穿过回荡着来自湖泊和大道的市集喧嚣，要回到渡船堤阶时——我才看到在商羯罗查尔雅山丘旁的小丘上有一座很大的电视天线。我想着那座寺庙和那个婆罗门，不知情况如何。

我在四点左右回到丽华大饭店，再度从王宫大饭店坐出租车，再度花二十五卢比从渡船堤阶坐船。一个小个子的英俊年轻男子在办公室里等我。他穿着一件某种合成布料的蓝色无袖衬垫夹克，和他的发型一样时髦。他说他是“亚齐沙”的儿子——他说的是“亚齐沙”：就我记忆所及，那是“亚齐兹”的昵称。

亚齐兹的儿子！他十八岁，是斯利那加一所学院的学生，读会计。会计学！不过，说的也是，就湖上及城镇的种种活动来看，的确有这种需要。

然后亚齐兹出现了，从早上巴特先生出现的那条走廊走出来。巴特先生还保持着瘦长的身材；亚齐兹则变得身肥体胖，大肚圆脸。他穿了许多衣服：宽松的长裤、长摆衬衫、一件紧紧套住他啤酒肚的套头毛衣、扣不起来的背心（露出一大片衬里）及一件轻薄、宽下摆的夹克。很奇怪，他现在的身材没造成什么差别：他依旧是我所认识的那个男子。他的特色都还在：充满活力、步履轻盈、不露声色，还有他那察言观色的能力，他轻轻眨眼的样子仿佛患了近视。

有什么新消息？呃，他说，那男孩——他指的是他英俊的儿子——想当医生。但他们说服他放弃了那个想法。没有什么生意比得上旅馆业。巴特先生加入了我们的谈话，他轻笑着接着亚齐兹的话说，没有生意比得上旅馆业。

我向亚齐兹问起巴特先生的毛皮帽。在先前的书里我曾谈到某日大雨时那顶毛皮帽子的遭遇：因为想起了那些文字，因为不曾忘记它们，我记得那顶帽子。现在我想知道，那顶帽子是否像巴特先生的胡子一样具有宗教意义，或者它表示巴特先生属于某个特别的家族。

亚齐兹说："你可以花一千卢比买到那顶帽子。"

看来他不会再说什么了。我这时才注意到亚齐兹自己也戴着一顶毛皮帽子，那顶帽子一直是他外貌的一部分，只有一次我看见他没戴帽子——他在厨房大闹一阵之后，衣冠不整大笑着跑进花园里。但是我不必在他帽子上做文章，它对我不具重要性。

我告诉亚齐兹我在渡船阶梯所遇到的麻烦，以及二十五卢比的渡船费。船夫连人带船等着要载我回去。亚齐兹做手势叫船夫过来。我觉得船夫不喜欢被使唤：他看起来像是没看到亚齐兹的手势。

亚齐兹似乎忘了船夫。他拿出一盒照片，他和巴特先生开始找旧照片。他们找出一张一九六二年的旅馆照片，里面是花园和我的起居室。接着他们找到另一张，过度曝光的一张，照片里的是当时的工作人员。巴特先生以及亚齐兹在里面，还有五官不甚分明、表情诚挚的阿里·穆罕默德，他现在已经离开了，以及已逝的坎沙玛。坎沙玛很高大，而且事实上相当好看，有一张比我想象中还受折磨的脸，或许他曾经生病，因此痛苦。

以前那一群人总共不过五六个。现在饭店雇用了二十人，甚至还有一个经理。

那么，亚齐兹是做什么的?

亚齐兹的儿子说:“他是总司令。”巴特先生会心地微笑了。

我向亚齐兹问到巴特先生的健康。巴特先生早上曾暗示他身子不是很好。亚齐兹说巴特先生不应该抽烟，但他偷偷抽水烟，他就是戒不掉。没有笑意的巴特先生做了一个严肃的动作表示没办法。

我提醒亚齐兹船夫和二十五卢比渡船费的事情。

亚齐兹说:“你早上付了二十五卢比？”

当我说是，他看起来很严肃，好像医生碰到了一个严重的、没有料到的症状。但是接着，就像医生一样，他愿意尽其所能。他再度唤船夫过来，这次船夫过来了。亚齐兹和巴特先生跟他谈了谈。亚齐兹后来说，他告诉船夫我是旅馆的老顾客，不是“三日行观光客”。而且在和船夫谈话期间，巴特先生不止一次说“四个月又十五天”。最后船夫笑了，亚齐兹说我可以按照自己的意思付钱给他。我觉得这还不够好。亚齐兹明白这一点，他建议我付十五卢比。

我回想起在旧丽华大饭店花园里调皮活泼、没戴帽子的亚齐兹——当时少见的调皮活泼，而且很难想象当今在我眼前这个有尊严、事业成功的男子那时是那样的。他那时有多大岁数?那时在我看来，他是个成熟、不显老的男子。

“亚齐兹，你多大了？”

“四十八，五十吧。”

那是太年轻了，不过他似乎不知道。

而且，由于他不会读写，只得依赖他的记忆以及他联结自己生命中的事物和外界事物的能力，他无法得知他的岁数。

我们谈到当时他们为我安排的喜马拉雅山阿马尔纳特洞窟朝圣之旅，随行的有骡夫、搭帐篷的和一个厨子，亚齐兹当总指挥。亚齐兹说现在有直升机飞往阿马尔纳特，进香客为数庞大，四拉卡或五拉卡，即四五十万人。

亚齐兹问："你记得果拉仔吗？"

他说的是我们那伙人里的一个马夫。我应该会想写到他的，我的书里原本应该写到那些细节的，但是我已经忘了那个人本身以及和他相关的事。亚齐兹倒还记得。于是我回想起有一个马夫在某个很高的隘口丢下我们，而且在那之前还害我们的一些行李滚下山坡，结果亚齐兹必须把行李弄回来。

一九六二年在阿马尔纳特的旅程之后，由于有丽华团队及他们的装备，我原本会乐于在高海拔的喜马拉雅山区多逗留几天。但是亚齐兹不同意。他催促我回斯利那加看另一场——穆斯林的——宗教庆典。在湖对岸的哈兹拉巴尔清真寺里有一件著名的遗物，先知的一根胡须。它一年展出一次，亚齐兹热切地想为此赶回去。

他喜欢盛大的宗教庆典——那是信仰、市集与假期的混合。现在他的新消息是，跟巴特先生一样，他已去麦加朝过圣，去了两次。朝圣之旅历时三个月。印度政府负责安排行程。你先到吉达[①]，然后搭出租车和巴士到麦加。那不同于阿马尔纳特。麦加的每一样东西都是干净的。他说话的神情显示他是个虔诚的信徒，也显示他对旅馆和居住安排可是内行人。

两度到麦加朝圣：必须拥有金钱、闲暇与不小成就的人才办得到。这可不是我在一九六二年预期得到的亚齐兹。事实上，才干与性情各异的亚齐兹与巴特先生竟然能一直共事这么多年，实在令人惊异。他们互相扶持。巴特先生让亚齐兹成长。旅馆业务的成长超乎了他们的想象。

我问亚齐兹关于旅馆别致的山形墙的事。

他说："风格嘛，风格。你应该看看这边的新建筑。"

---

①沙特阿拉伯中西部海港，位于麦加城以西红海东岸，为沙特阿拉伯的商业重镇和最大的港口，也是赴麦加朝圣的进口港。

他有一个关于我的书的故事。我的书出版之后，旅馆的人被观光局找去。他们说他们对书中关于丽华大饭店的部分很不悦。他们读到宾客将衣服摊在丽华大饭店的草坪上晾干，把衣服挂在窗户外边。观光局不喜欢那些描述。亚齐兹说他不得不非常肯定地告诉那个官员："你不理解那本书。"这是他们总在挑剔的事，但不能让他们乱挑剔：这个故事亚齐兹讲了两遍。

事业成功，但是湖上很拥挤。亚齐兹说，整个印度都拥挤，仿佛这是目前人们必须妥协的事。四十年前，你可以饮用湖里的水（我记得，甚至在一九六二年，游湖的人还用湖水沏特殊的克什米尔茶）。亚齐兹说——巴特先生摇着头表示同意——有些船屋的抽水马桶就直接把废水排进湖里。

然后，突如其来地——仿佛要解释当下的沉静或单调，解释为何没有待客的殷勤——亚齐兹告诉我现在正是斋月。他们不可以说太多话。他们将在当天晚上七点十分结束他们的食戒。

亚齐兹的儿子纳齐尔和我一起坐船回湖滨大道，他说巴特先生曾告诉大家某次我和他们坐在花园里抽水烟的事。我记得那个场合。切得很粗糙的克什米尔烟草闻起来不错、让人想抽，但吸到喉咙和肺里却变得非常强烈刺激，比我抽过的任何烟草都强劲，热烫的木炭和烟草的烟几乎没有被水烟筒碗里的水冷却过。

我想丽华大饭店现在应该没有人有空搞那种玩意儿了。气氛已经不一样了。这一带的湖太多建设工程，太忙碌了。

此刻，从湖、湖滨大道及渡船堤阶传来了一阵傍晚的喧嚣。其中有一个由扩音器传出的颤抖的、令人神经紧绷的声音。那是大道上一座清真寺的毛拉通过扩音器传出的声音；我从未见过这座清真寺，朴素的小建筑，它是新开发地段的一部分，占地几间房子深，位于商羯罗查尔雅丘山腰下的湖滨大道上。这座清真寺十分朴素的特色似乎说明了湖泊上新群体的迫切需求。

亚齐兹和那船夫谈过后说我必须付十五卢比渡船费。船夫自己都笑了，看起来同意我们的任何决定。但是我不是要付给船夫，而是给渡船堤阶上那个瘦小、怒眼、声音恼火的男子。他毫不通融地坚持要二十五卢比。纳齐尔和我同行的部分原因是为了让我不必接受这个价码，但他却尴尬起来。不过，我注意到他并没有和那个渡船堤阶的男子争执，他只说自己愿意付额外的那几个卢比。这个湖无疑有它自己的规矩，有它的各种地盘及势力范围。丽华大饭店的命令、亚齐兹的命令在这里并不奏效。我付了对方要求的数目。然后，纳齐尔热切地把我送上一辆出租车，我坐回王宫大饭店。

还剩下一个多钟头的日照。从旅馆花园看到的湖景召唤着我再度出门去。我走到王宫大饭店的渡船堤阶，上了一条船，在湖上兜了半个钟头。几乎就在我们出发时，两个非常小的孩子把他们的船靠过来，向我的船里丢了芥菜花。他们的举动令我措手不及。我笑了。孩子回我一笑，接着要赏钱。他们是十足的小乞丐：那种微笑，那种哀求，那种侵略性。

接着是兜售者。他们轮番上阵。其中一个男子说，“我们一个一个来。”我以为他是就我的处境在说玩笑话，但他可是正经的。他们和我耗在一起，两个在左边，三个在右边，因此我位于一个由湖船组成的小花朵——雏菊花朵——图案的中间。他们详细展示他们的货品：藏红花、宝石、廉价珠宝，以及各种各样无意义的纸雕。兜售者的船由小孩划着。商人自己斜倚在枕头和垫子上，让人觉得他们从事的是湖上较舒适的行业之一。有一两个人颈部以下盖着毯子，在那毯子下应该有小炭盆。

纳齐尔和我游湖。我们还没划离丽华的渡船小码头，还在旅馆前，乞讨的小孩就出现了。他们迅速划着船，丢几枝芥菜花到我们船里，以一种故作正经而刺耳的嘶嘶声小声说：“赏个钱，赏个钱。”纳齐尔给他们每人一两个卢比。他说：“如果你不给他们钱，他们就不会走开。”他对兜售者也一样和气，他拖延船出发的时刻，既不冒犯兜售者，也未得罪我。

划过一长排船屋之后，我们便进入了宽阔的水域，没有人靠过来。我们经过我记忆中大公的湖亭。我想起在湖滨大道和湖亭之间一条杨树夹道的堤道：如今已无堤道踪影。

一九六二年有一天我还和卡兰·辛格及其妻子在湖亭饮茶。卡兰·辛格对印度教思想有极大的兴趣，喝茶时我们谈论了第九世纪的印度哲学家商羯罗查尔雅——他生于南印度，在短短三十二年岁月中走遍了印度各处（那时印度仍然完好，伊斯兰教徒尚未入侵），传教并建立了至今犹存的宗教会社。湖边那个山丘就是以哲学家之名命名的；卡兰·辛格对山顶那座寺庙有特殊的情感。

我们饮茶地点的景致甚美：亭子、四周的湖水、山岭、杨树夹道的堤道，以及筑在果园与花园之间通往王宫的长长车道. 我问是谁设计了这一切，料想会听到一个建筑师的名字。卡兰·辛格环顾着四周，简单地说："我爹。"

那一刻凝固在我的脑海里。但是现在那里已没有了王宫堤道，没有了高大的杨树，只是开阔一片，一阵微风吹过湖面，越来越强，把我们的船吹到湖亭岛屿四周粗糙的木杆与几段松垮、生锈的有刺铁丝网旁边。岛上的建筑看起来很潮湿，好像关闭了，等着夏天和人群。

纳齐尔和划船的男孩合力撑着、拉着船绕湖亭岛屿走。湖浪仍然汹涌，但是在架设着输送饮水到城里的黑色大水管的堤道那边，湖水却很平静。远处是哈兹拉特巴尔清真寺。它有白色的穹顶和宣礼塔，衬着那一簇黑褐色的两层楼房，那份白显得很突出。

穹顶和宣礼塔是新建的。哈兹拉特巴尔一直是座朴素的清真寺。有一年，哈兹拉特巴尔有名的遗物——先知的一根胡须——不见了，斯利那加发生了暴动。我问纳齐尔这件事。

他说："它在斯利那加被找到了，在一套私人住宅里。"（后来有人告诉我，有一个人脉很广的的妇人病了，她表达了想一睹圣者遗物的心愿，于是它就被带到了她那里。）

东拉西扯之际，纳齐尔说他在和曾经在丽华大饭店下榻过的一个英国女孩通信。他们每个月写一次信。

他以出人意料的认真口气自动自发地说："我会娶克什米尔女孩还是外国女孩都由真主决定。只有真主知道未来。"他提到真主时是认真的，而不是口头禅。纳齐尔说，克什米尔女孩很好，但外国女孩比较"有经验"。我没问他是什么意思。

我问他宗教方面的事。他说他每天都到清真寺去。他自己一个人去，待个把钟头，去为"每个人"祈祷。星期五他去两个半钟头，和其他所有人一起祈祷。他从十岁起就笃信宗教。

我们看到了渔夫，他们三三两两分散着，或站或躺在他们吃水很浅的船里，静止不动，衬着开阔明亮的湖水几乎像标志一样。我们在平静的湖水里一桨一桨慢慢朝他们划去：离船屋与湖滨大道渡船堤阶的喧嚣只有数分钟之远，这真是个美妙的安静时刻。

一个渔夫掷了一面小网到他先前置饵的地方——一个锡罐标记着那个地点。掷下网之后，渔夫用一根长长的叉杆在网里搅动，惊扰藏在芦苇和羊齿植物里的鱼。鱼一旦游上来，便会被困在有重物拉沉的渔网里。网子被提到船上，然后渔夫便把鱼存放在船身上一个有盖的充满水的部分。另外两个男子在刺鱼：他们手里拿着一支矛，蹲在各自平坦的船板边缘，往外探出一点点，头上覆着一块黑布——以便更清楚地看到水下的鱼。他们这样蹲了好几分钟，在刺鱼之前，他们看起来像是船缘上纹风不动的一团东西，手里握的矛在刺下之前一动也不动。

我们从开阔的水域划向或固定或漂浮的花园。固定的花园在其边缘种了柳树，柳树根部形成笼子似的构造，防止土壤流失。离观光湖数百码的地方——仿佛没有办法取得折中之道——是湖上人家的旧式农业生活：芦苇和羊齿植物被人用弯曲的木棍扭开它们湖底的根部，湿漉漉地混着黑色湖泥被拉上来放进平底船，然后拿到花园里去做肥料——花园里的杂草、泥和水整个用宽木铲铲掉。

到处是妇人蹲在菠菜园里忙着，小孩也一起帮忙——就像小孩在湖上、菜园、船上跟着大人一起工作那样。在长条状的菜园之间，覆着水藻的水道上有杨柳低垂。住屋以木材及淡红色砖块建造。在屋子的一侧，人们在一块窄小的空地上洗澡，另一侧，年轻女孩洗着锅盘。一些男子在芦苇间相遇，便待在各自的船上聊了起来，就像他们在街道上相遇时那般。有的男子和男孩用鱼竿和鱼线钓鱼。坐着一个脱脂奶酪贩的船从我们旁边划过。缓缓地——妇人和女孩划着她们的船，妇人和女孩在这里的菜园中更容易看到——我们回到船屋后面忙碌的湖上公路。

我们经过柳树间的一个聚落，房屋是用木头做骨架的灰扑扑的红砖房。一间有着高出水面数英尺之平台的单房铺子展示着一张大大的伊朗阿亚图拉[①]霍梅尼的画像（在伊朗，他的敌人说他事实上是印度人、克什米尔人）。

纳齐尔带着相当的敬畏以及紧张和冷漠轻声说道，“这些都是什叶派。”仿佛他讲的是非常奇怪的人。

亚齐兹在一九六二年曾以那种方式谈到什叶派教徒。在他口中他们和他是不同的人。有一次他甚至说什叶派教徒不是穆斯林。在当时我几乎不明白他的意思。一天下午，几个旅馆的人带我坐船去看旧城的穆哈兰[②]节日游行，但我并不真的知道他们要带我去看什么，只知道那是个什

①什叶派穆斯林的宗教称号，意为“神的标志”，指已经达到什叶派高等教育第三级的神职人员，被公认为权威学者（穆智台希德），年龄须在四十岁以上。

②伊斯兰历新年的第一个月，也是一种宗教庆典之名，什叶派穆斯林会在这个月举行宗教仪式，以纪念穆罕默德外孙侯赛因之死。在列队行进的过程中，信徒们会捶胸或抽打自己。

叶派的庆典。我记得那场庆典是一连串的古代画面：我尤其记得被小小的气窗木框隔绝在里面的妇女苍白、半遮掩的脸庞，那些妇女正在俯瞰下面血淋淋的自戕场面。

我——从垂柳的水道与莲花、菜园所构成的温柔湖水世界中出来——很难相信我那么快就遇到的情景：血淋淋的身体、浸染鲜血的衣服、链子、系着刀子与刀片的鞭子、庆典参与者兴高采烈的残缺的脸庞，以及他们几近夸张的行为。他们推开挡住他们去路的人。我可以相信当时人们告诉我的，说那里看到的事实上大多是动物的血。我并不了解这庆典的宗教历史内涵，及它试图表达的永恒的悲伤。我只是感到惊恐，高兴摆脱了它，高兴自己回过神来，回到我原先所认识的世界里。

纳齐尔说他父亲告诉过他，我曾抱怨什叶派教徒在穆哈兰期间的击鼓活动。现在我觉得，纳齐尔（以及先前他父亲）谈到什叶派教徒时的冷淡之中也含了一些惊奇：我们划船经过、看来安宁的湖泊居民有狂喜欢腾的另一面。

天变阴了。云朵越过山脉移到了湖的一边。正当我们要离开一条航道到船屋和丽华大饭店后面的开阔水域时，吹起了一股强劲的风，把我们往后吹，把我们的船篷吹了下来。这股风也掀起平圆莲叶暗红或赤褐色的叶背，透露了莲株的所在——在芦苇、高草、船屋与补给船周围的垃圾之间。我一直在找莲株。它在六七月间开粉红色花朵，我记得它们是湖泊最壮观的景致之一。但莲株在这里也是一种作物：即使在风中，也可以看到船上的男子采集莲藕，用一种特别的竿子或工具在水里将它们割下拉进船里——不停装进船、卸下船。

船篷有问题，船停止不动，我们被两个乞儿“拦上”了，他们丢过来芥菜花，将他们的船紧贴着我们，向我们要赏钱。

纳齐尔将他们赶开。这是我第一次听到他提高嗓门。他们慑服于他的声音。他解释说：“他们是很坏的一家子。”

或许他们在某个方面破坏了湖泊的规矩。他们的脸庞瘦削，十分瘦小，是湖泊的小饥民（像其他许多人一样），但是他们一发现我们，就无视风雨向我们划过来，细瘦手臂的狂乱动作还展现着掠夺性和令人害怕的气势。

那一长排观光大船屋为我们提供了遮蔽。在其背风处，我们依着有围栏的木质步道——它看起来连接着所有船屋——向旁边移动。然后，风变小了，我们划进主要的水道里，回到那一簇坐落在木桩或石墙上的店铺与棚屋、有旧瓦楞铁皮墙壁的补给船，及坐落在黑色、几乎裸露、湿漉漉的小块土地上的木头与瓦楞铁皮建筑：J&K珍品商店，克什米尔工艺品制造公司，一家杂货铺，一个肉摊前面木头平台上摆着一箱箱罐装饮料，跟丽华大饭店本身手工艺品店及角落杂货铺相对的新潘迪特披肩屋与米尔艺品商场，以及并排在一艘停靠在它自己小岛的小补给船上的几家店，一家皮毛与皮革制品店，一家杂货店及阳光理发厅。

在这个地区，雨停时你可以听见的声音和引人注意的声音是从许多方向传来的人们的谈话声浪——就像在有遮盖的市场里那样——时时会被孩童的声音刺破。

据说现在湖上有两千艘船屋。每一艘船屋都需要一艘补给船或附属的菜园。人们的说法是，湖上及城里的人都赖以为生、吸引观光客的湖泊并不很大，而且正在缩小。

下午又下了雨。云遮住山脉，湖面一片迷蒙。王宫大饭店令人觉得窒闷、荒凉。观光客很少，旅游季节开始得不太顺利。穿着正式、人数多过游客的员工闷闷不乐，他们服装的拘谨使得气氛更为不佳。哈乐金酒吧空空如也，它不卖烈酒。那是个大酒吧，此刻没有人群遮掩它的破旧寒酸：柜台前面的地毯——或说像地毯的东西——有许多地方破了。

一个分离主义的穆斯林团体在城里几个公众地点引爆了炸弹。该团体还提出了一些要求。它要求邦内禁酒，它要求定星期五而非星期天为休息日，它希望将非克什米尔人的居民驱逐出本地。旅馆的人一面等当局采取行动，一面自己开会决定避开麻烦。这就是为什么王宫大饭店的哈乐金酒吧不卖烈酒，为什么——直到一些日本观光客坚持——餐厅里晚餐时甚至不供应啤酒。

下午，在大雨中，一个穆斯林圣人，即珀耳，出现在饭店里，这可把这地方唤醒了。这个珀耳是个非常小、非常瘦、肤色黝黑的男子，发型像是某种小平头。他六十几岁，穿着长及看起来很脆弱的脚踝上方的长袍，打着赤脚。他乘着一辆三轮摩托车来到旅馆，下车时带着一把折叠伞。六辆载满了人的汽车，跟随着他的摩托车。珀耳看起来很恼火。他走到桌边，开始大叫，一面叫一面挥舞他的伞，抓住一个外国女观光客的手臂，然后放掉她，接着他冲过走廊，击倒、挥打挡他路的东西。

工作人员并未加以制止。你必须畏惧圣人的诅咒。同样的，你也会设法得到他的赐福。他会有这番举动，是因为他是神圣的，也是因为——如某人告诉我的——他和神“直接联络”。他的举动和他的心境无法预测，但是毋庸置疑，此刻，当他对王宫大饭店做非比寻常的造访时，他是处于高度的神感之中的。这就是那六辆汽车跟随他的原因。人们不顾一切危险，急着挡住他的去路。一个侍者告诉我，假如你运气够好，有机会坐在珀耳前面，你根本不用告诉他你有什么问题。他马上就会知道你的问题，而且——总是要看你是否有好运气——开始谈这些问题。

然后，他坐着他的摩托车走了，连同他的长袍和伞，那些汽车跟着他，留下旅馆工作人员自己回过神来。

七点十一分——比前一天晚一分钟——湖泊四周各清真寺传出毛拉的呼叫，宣布太阳已下山，信徒可以结束他们一日长的斋月禁食。

宗教、信仰，它似乎没完没了，它的规定没完没了。就像这片人口过多、保护过度的谷地里的敏感事物。

大公统治时，谷地里印度教的想法受到保护。譬如，杀牛是犯罪之举，可处以“严厉囚禁”的处罚。大公卡兰·辛格祖先的画像仍挂在主餐厅过去的主楼梯间里。

旅馆里现在磨损的地毯有些在一九六二年时就存在于王宫里了。它们是特别织造的；有一天晚上我们谈到了它们。过后一个晚上，一个宾客的香烟头掉在我们所谈的一条地毯上，造成了一个烧焦的疤点。卡兰·辛格并不吃惊，也没表现出——停下话来，或使个眼神——在意或甚至注意到此事。

他的家族在这里统治了一百多年，他慷慨的作风是出于本能。对我而言，看这个统治者如何应付较日常的事物也很有趣。有一天傍晚，我们一起到斯利那加看电影。我们晚到，而且在灯还没亮时就提早离开了，接着我们迅速回到了王宫。有一天，我问卡兰·辛格的妻子他们有没有到过食物摊，例如在甜玉米收获旺季造访烤甜玉米摊。她说有，他们的做法是要五毛给一块——这让我现在还很想知道，既然有那样的做法，那么人们对这位统治者的要价会比对老百姓的要价少还是多。

我想买一条披肩，请亚齐兹和巴特先生帮忙。有天早上，我前往丽华大饭店，出于礼貌，我——纳齐尔站在我旁边——看了旅馆商店的存货。我找不到合意的，于是——为了等待与巴特先生有来往的真正的披肩商——纳齐尔带我到丽华大饭店的客厅去。他们先前都要我瞧瞧这间客厅，他们以它为荣。这是位于楼上、墙壁颜色亮丽的大房间，它装了滑动式玻璃窗，从房间看下去是旅馆前船来船往的水道。房间里有一幅金庙的照片——这或许是某个人的某种政治表态。另外还有一张褪色的画像，其中是一位克什米尔女孩。纳齐尔说，这女孩在传说中颇有名；她是个贫穷的农家女，但她的歌声赢得了一位国王的心。

亚齐兹上楼到客厅来。他叫人准备茶。上茶后，他陪我喝了一杯。斋月期间在某些情况下是可以喝茶的：譬如，巴特先生这阵子身体不适，便可以喝茶。亚齐兹带来了几张他在麦加的照片：一脸喜悦，为那趟虔诚之旅满心高兴。他是多么热爱生命啊！

我问亚齐兹："亚齐兹，你记不记得一九六二年我到大公那边去了几次？"

过了二十七年，他还记得清清楚楚。他说："你去吃了三次晚餐，喝过一次茶。"

这时，我想到问他我们在一起数月之久从未问过他的问题。他是在哪里出生的？他说，就在这里，湖上。他父亲是克什米尔人，祖父也是，他是纯克什米尔人。他父亲做生意，开了一家小店。直到十五年前，他说，克什米尔的人都是穷人。现在大家比较有钱了，现在大家已经"好转"，不过——他和纳齐尔都这么想——人比以前多出太多了。话说回来，亚齐兹以见过世面的口吻说，孟买、加尔各答、德里都有这个问题。

我纳闷，为什么一九六二年我那么少向亚齐兹问起他自己的事。羞怯，或许吧；不想探人私事；恐怕也是因为我认为作家该有一套做法：作家应该注重内心的种种，依自己的内心写作，用神奇的眼光观察事物的外表。

亚齐兹下楼去了，过后不久，我就看到披肩贩子的船驶近了丽华大饭店的浮船码头。他穿的褐色薄棉布宽松长裤被塞进拉得高高的厚毛袜里。他是中年人，身材修长，面貌瘦削。他戴了黑色、卷缩的皮毛小帽（跟巴特先生的一样），穿了黑鞋和黑色长下摆的印度式夹克，襟口的钩扣了起来（能看见最上面的钩）：这副模样让他更像中亚人，而不像克什米尔人。他名叫沙里夫。

两个湖上男孩像抬轿子那样把他的锡质小箱抬了上来。他脱掉鞋子，在丽华大饭店客厅里的滑动式玻璃高窗下面的地毯上铺了一块布，然后跪下，从箱子里拿出几件刺绣长衫放在一旁，接着又谨慎地拿出用白棉布包成一小捆的高档披肩。我完全信任巴特先生对这件事的安排，沙里夫先生对其货品的敬慎态度证实了我的判断。他的东西确实不错，布质轻薄保暖，从某些角度看有类似波浪的织纹。他脱下毛皮小帽，让我看插在帽顶的针，然后说——同时指着他稍微红肿的眼睛——他不只卖披肩，他还自己做披肩。

他开价八千六百卢比。我请他卖便宜一点。他降到八千五，然后就不退让了。我要纳齐尔去请巴特先生来。纳齐尔就要下楼照办。他走到楼梯口（那里看下去就是以前我的卧室外的那片水面：现在增加了那么多建筑和船只，积了瓶子、包装材料和其他垃圾，水已经静止不动），停下来叫我。他想知道我站在哪里——意思是说，我有多认真。他说，巴特先生跟沙里夫先生很熟，也交代沙里夫先生要给我看好货、给我好价格。

亚齐兹又现身了。我们把沙里夫先生留在楼上，下楼到办公室去。纳齐尔拿来了我看上的披肩。亚齐兹摸了摸披肩，说他可以为这条披肩担保两年：沙里夫先生也是这么说的。巴特先生从前花园走了进来，接着沙里夫先生自己也下了楼梯。于是我们就在办公室里围着那条牛奶巧克力色、近褐色的披肩开起了会。

亚齐兹说八千五太贵了。沙里夫先生不以为然。亚齐兹说我可不是只来个两三天的观光客。沙里夫先生一言不发地离开办公室，从铺大理石的走廊走往旅馆商店。我看他是有点生气了。

纳齐尔倒说："他要祈祷。"

沙里夫先生从店里拿了一条席子，摊在办公室正外面的白色大理石走廊上，就在这下起雨的时刻跪着祈祷起来。我们继续在办公室里谈价钱。

巴特先生说沙里夫先生是个好人。他们一起到麦加朝圣。纳齐尔说，沙里夫先生在清真寺带大家祈祷。他不但有威望，也言出必行。

沙里夫先生跪在那里祈祷，雨水就在他几英寸外的白色大理石上噼啪作响。

亚齐兹说：“还是给个七千五吧。”

最后就以这个数目成交了。他们根本没再问我，但好歹就搞定了价格。沙里夫先生做完祈祷，卷起席子拿回店里，回到办公室，拿起一份两三个礼拜前的乌尔都文报纸，开始对着巴特先生（他现在戴的眼镜镜片很厚）读起报纸内容。读完报纸之后，他慢慢折起那条可以穿过戒指的披肩，然后，同样慢慢地，从刚刚读过的乌尔都文报纸拿出一张，把折好的披肩包起来。

在这同时，亚齐兹让我看第三张他在麦加拍的照片，我则问了巴特先生一九六二年那几个月都没问的问题。开丽华大饭店之前他是干什么的？他回答说，是建筑商。他在一九五九年开设了旅馆，当时只有五个房间。三十年之后，旅馆变成了四十五个房间。

山谷里近来颇有些资金流入，许多人发达了，受过教育的新时代已经出现。但这些改善有一大部分却因人口成长而被抵消了。

新财富可以见诸湖北岸和哈里山堡下面山腰上的中产阶级新建筑。同时，船屋后方，庸庸碌碌的湖上生活还是老样子地进行着（在阳光下看来颇有妙趣，到了雨后的湿寒就少了几分这种韵味），湖上的人也比过去多。码头上下船堤阶附近竞相拉客的男孩较往日更多。虽然两地背景颇有不同，但这里的气氛很像勒克瑙旧市场的穆斯林贫民窟。

旧城中心似乎还维持着较古老的生活方式。这里，篷顶小船塞满了运河，木砖店铺还是我记忆中的样子，街道雨后不久又满是灰尘——淤泥晾干后又扬起的灰尘。不过，旧城边缘倒有不少看似有点来头的新房屋，包括大学及一栋跟畜牧有关的政府建筑。不过，这些以外，又是亘古不变的稻作农村，仿佛两种生活方式几乎毫无牵扯。

在几畦小水田里，人们徒手或使用木犁工作着。房舍构造简单，以棕红色砖块在木柱之间砌成，屋高两层或更多层。瓦楞铁皮斜屋顶的山形墙部分镂空，在这里（有时则在屋顶的老虎窗内）存放着薪柴、稻秣或谷物。水沿着许多条沟槽流下山坡；柳树和杨树投下沁凉的阴影；潮湿的庭院用石块和树枝围着简略而歪斜的围篱。像别处一样，这里的木头砖块和人们的衣服跟泥土同一颜色。

甚至在这幅状似可怜的乡村生活情景之中——人们披着灰褐色毯子或麻布袋，坐在无墙单房商店内砌高的地板上——你也看得到大型公共工程的迹象，仿佛连这种生活也少不了巨大建设来支撑，譬如供应电力、铺路、提供某种交通设施等等。也随时少不了孩子：年龄很小、总是笑着的一群群孩子，人数比大人多。你一直记得的是这些孩子。

超过某个高度，人们就好像生活在不长树的泥泞里。石造或木造矮屋四周的小块田地刚犁过，土壤浸泡在水里，人们坐或蹲在湿泥土边缘。干枯或濒死树木的枝干或树杈上吊着一束束稻草，好端端不怕沾到泥和水。连这里也有小孩，他们穿着宽松的灰色或褐色长袍，看起来像是小大人，也让你从远处不易判断他们的年龄。

这些是我跟纳齐尔搭车前往索那马格[①]的路上见到的景象。索那马格位于前往东北部的拉达克[②]的途中。我先前不知道有这个地方，或许一九六二年时这条路路况不好，未对游客开放。这条路冬天被封闭了，现在新季节它才刚开放通行。在较高处，路两旁都是高雪堆——雪堆从下方融化，形成小洞及垂悬的雪团，才除掉雪的柏油路面又受到融雪的细水流的侵蚀和挖掘。

到了索那马格，一群瘦男孩围住我们，嚷着要我们坐平底雪橇滑雪坡。“三十卢比，三十卢比。”男孩戴着运动帽，皮肤上有斑块。从路旁标志看来，索那马格似乎是克什米尔和拉达克之间的某种阻隔。这里只

---

①克什米尔城市，距离斯利那加不远，海拔 2740 米，是从克什米尔谷地进入拉达克的最后一个主要城镇。

②克什米尔东部地区，范围包括喜马拉雅山的拉达克山区。

有一些属于政府的小屋、游客旅社及商店。看不到农田和住宅。男孩显然来自一段距离之外的村落。

纳齐尔一定希望我滑滑雪橇，一来假日应应景，二来也给男孩们一点生意。纳齐尔的父亲事业有成。他自己更是一副中产阶级年轻男子的典型模样：修剪得清爽的头发，牛仔裤及跑鞋，深蓝色的连帽夹克（我问过他这件夹克：它是台湾制的，花了他五百卢比，相当于二十五英镑）。这会儿，就像在湖上一样，他却跟克什米尔的孩子维系着这种休戚相关的感情。

回程向下回到较宜人的山谷，我意识到它相对的狭窄，迅速重返稠密人群和狭小空间（在斯利那加郊外，纳齐尔为我指出一座属于巴特先生的小果园，但我们没停车），我在这时又有了像在几处渡船堤阶处的感觉：甚至在这个重峦叠嶂、融雪成川的环境里，人们也像在勒克瑙贫民窟窄巷中一样受到拘束。

翌日，我在丽华大饭店向他们全体道别，那时已近傍晚，大约是他们要结束斋月禁食之前的半个钟头：告别巴特先生、亚齐兹、管理旅馆商店的那个人（我没向他买任何东西）、担任丽华大饭店总经理的那个瘦瘦的年轻人。他们全都在楼下那间白色、玻璃墙的小办公室里。办公室里有钥匙板，挂着月历，还有两张麦加名胜的海报，一张是天房，另一张是镏金圆屋顶。我就要离开之时，他们出于客套问我要不要喝茶。

巴特先生临别的话——他希望我走后记在心上的话——是他去过麦加朝圣了。他不把那趟朝圣看作忏悔之行。在他话中，那反而是欢乐和满足之旅。这使得他在告别时刻欣喜地笑了，出声笑了。

我跟亚齐兹最后谈的是钱方面的事。他儿子纳齐尔花了不少时间陪我，我们一起出游时他偶尔还自己掏腰包。怎么才算恰当的补偿？付款是铁定不必的，亚齐兹说。赏个钱呢？那可就难搞定了：一个卢比、四个便士行得通，十万卢比、四千英镑也不算荒唐。我完全没准了，但亚齐兹也没多说。我最后提了一个数目，亚齐兹听了仍然不动声色——我只好就这样离开了他。

在从旅馆回湖滨大道的船上，心里念着斋月即将结束，我向纳齐尔表示了一个数目。他没说什么就收下了钱，但谁都看得出他只是出于礼貌才这样做的。他表情变了样，他转开了眼睛。我觉得自己煞了风景：纳齐尔虽然带着我这游客走来走去，他恐怕是把我当朋友看待的。我再度而且更加强烈地意识到从一开始就察觉的情况：这位意料不到的俊秀的年轻男子可还有自己的一套追求品位和自我的新观念——可以预料，我跟这位纳齐尔的关系铁定比我跟他父亲的关系复杂。

我不想糟蹋这场合。我说，我那一点意思只是为了向他和亚齐兹和巴特先生聊表情谊。我说了两次。他脸色好看了些，他似乎也发觉必须做点什么来挽回这个场面——片刻之后，到了下船堤阶，清真寺传来日落宣礼声之前，这就要结束的场合。

他表情不再那么僵硬。我们搭的船在航道上平稳前进，经过展卖皮革和毛皮制品、贩卖杂货、设有阳光理发厅的几个小船屋。这段时间里，我们谈起了他的学业。再过几个月，他就可以拿到离校许可了。接下来两年他想到专科学校读商科——以便未来能做个会计师，并且如他父亲及巴特先生所盼能进入旅馆业——然后再读大学。

从他祖父小小的湖中商店，到他父亲顺利的旅馆履历，再到他自己可望实现的大学教育和会计职业——这之间是一步一步的爬升。爬升会继续吗？

他从未离开过克什米尔。此时此日，这个山谷（以及四周的山岭）就是他的整个世界。我认识亚齐兹已有二十七年了，他大体上还是老样子。纳齐尔的情况不会如此。他已经对外部世界有了些概念。由于每月跟一个外国女孩通一次信，他已经考虑到跟外国人结婚的可能性——当然，一切都得依安拉旨意。二十七年之后——我已中年将尽，难以设想如此漫长的岁月，难以预见那个苍茫的未来——纳齐尔将不会是今天的样子。他会有新的观点，他会有新的情怀，来日，这个山谷对他的意义将不同于今天。

二十七年后，我终于做了一趟可以算数的重返之旅，消解了我身为印度裔的焦虑，驱散了那阻隔在我自己和我祖先之间的黑暗。威廉·霍华德·罗素在一八五八年描绘（并且批评）了一个万象俱毁的庞大国家——未受大起义战火波及的地方也是如此。大约二十五年之后，我的祖先离开罗素在那个国家里（以当时办得到的方式）游历过的地区前往圭亚那和特立尼达的甘蔗种植园做契约劳工。这事件所引起的卑屈、挫败、羞辱之感早已烙在我心中。一九六二年，我就是带着这个心思坐火车、搭船慢慢前往印度的，它是我焦虑的起因。（令我惊讶的是，撰写本书期间，当我首度拿起威廉·霍华德·罗素的《印度日记》读读看时，这个心思又浮现了。当时，我读不下那本书，不喜欢那个人，甚至对他的精彩描述无动于衷。）

一九六二年我所不了解或过于认为理所当然的是印度已经改变的程度。我更没想到，走过它的黑暗时代——经历过穆斯林入侵以及北方一再遭受的全面掠夺、帝国的轮替、战争的蹂躏、十八世纪的混乱——印度竟如此大幅度地恢复了原先的模样。二十世纪印度恢复原样的过程历时甚长，结局甚至可以说有几分出于运气。造就一个像罗姆莫罕·罗易（生于一七七二年）那样的孟加拉国改革家远非一蹴可就，造就甘地（生于一八六九年）更非弹指可待。一八五七年大起义之后，英国治下的和平可以说是运气造成的。那段时间促成了知识的复苏。印度正要展开新的知识活动，它对自己的历史和文明有了新的看法。自由运动反映了这一切，后来也获致了最实在的解放。

大起义过后一百三十年左右之间——英国统治的最后九十年以及独立后的前四十年越来越像是属于同一个历史时期的——自由的概念传

遍了印度每个角落。推动独立的人士大体上来自社会高层；独立所带来的自由从上层往下延展。现在到处人们都有一套概念，知道他们是谁，知道他们该享有什么。独立后的经济发展更加速了这一演变。一九六二年隐而不见、难以察觉或刚刚萌芽的现象，如今都变得更清楚了。印度所获致的心灵解放不可能只有纾解的效果。在印度这样贫苦之下还有贫苦、残暴之下还有残暴的国家，心灵解放必然会导致动乱。愤怒和反抗一定会随之前来。当前，印度有一百万个小型叛变。

百万个叛变，撩拨叛变的是二十种群体的激进主张、派系的激进主张、宗教的激进主张、区域的激进主张：或许，这些是自觉的开端，重启了老早就被混乱和动荡扼杀的知识生活。但是今天的印度拥有两百年前所没有的东西：一股凝聚的意志，一套主导的知识，一个国家的理念。印度联邦大于其构成部分的总和，许多激进运动把国家视为法律和情理的依据，因此增强了国家的地位。印度联邦使大家得以卷土重来，让他们免于受某些过激行为之害——那些在另一个世纪或在其他状况下他们必然会面临的过激行为（如邻国所示）：湿婆军的恶毒沙文主义，许多宗教基本教义派主张的独断压制（在印度，大家动不动就在宗教之中寻找慰藉），南方那些明星政客的贪污及种族政治，孟加拉马克思主义分子空洞和无用的言行。

现在，在印度，大家已经看出激进过头的问题。这百万个叛变也促进了整体知识活动的活力，巩固了所有印度人如今都觉得可以依附之价值的正当性和人道精神。而且——这结局倒很奇怪，有几分讽刺——这些叛变不会肉眼不见地消失。它们是无数人新生活开端的一部分，是印度之成长的一部分，是印度之复原的一部分。

回到孟买之后，我联络上电影编剧帕里托希。帕里托希所在的行业是商业电影。他喜爱电影这艺术形态：那是他的使命，几乎是他的宗教。

但是，他不喜欢在印度拍摄电影的那些人。他们害他吃苦，他们令他光火，他在生涯上有过起起落落。

五个月之前我见到他时，他刚结束一段不愉快的日子。那段时间他抛下孟买和电影，回到老家加尔各答休养。后来——他在此时结了婚——他不再愤世嫉俗，回到孟买来重起炉灶。他住在城中区一套没有陈设的单间公寓里。“我在太阳底下就只有这个房间。”他说，同时举起双臂，看着天花板，让房间显得更小。不过，他有一些指望：他回到孟买来跟一位他认识、曾经很有成就的制片人拍一部电影。他们两人每隔一阵就在附近的旅馆见面讨论剧本。

帕里托希决意要坚持下去，一定要让这次成功。他说，他预感会赚笔钱。不过，带我去见帕里托希、跟我们一起坐在房间里的他的那位堂亲倒没那么乐观。帕里托希的脾气会碍事；他会跟人起口角，或者会发生什么枝节；最后他会像每次一样又回到原点。我们经过市场附近的拥挤街道走回郊区火车站时，我一路听着这位堂亲的话，心情变坏，想着住在空荡荡房间里的英俊编剧。现在，过了五个月，我想知道结果如何。

我无须跑一趟路去见帕里托希——不必挤郊区火车，不必坐出租车在孟买高速公路的褐色废气里受苦。他到旅馆来跟我喝咖啡。他很忙，有事得办，忙碌带给他的愉快全写在脸上，过去的愤怒有一部分已经平息。

他已经写出剧本，制片人也找到了投资方。他们已经开始拍摄，也让片商看了前面的一些毛片。片商已经买下了片子。投资方几乎转眼就要获利，他还投资要拍另一部片子——帕里托希满脑子都是点子。帕里托希已经拿到了第一部电影的编剧费，数目可观；他已经在较好的地段买了较大的公寓。五个月之间，他的运道翻了一番，这是在钞票多、有活力、脏兮兮的孟买实现得了的事，这是为什么大家总要到这里来。

他可以从第二部电影中得到较大的利润分配。帕里托希说，相较之下，这部片子是为了自己。让他有钱买公寓的第一部是商业片、大众电影——不过，他不是用这些字眼来批评自己的作品的：他只是在描写某一类电影。

剧情是什么？我在他的小房间见他时，他脑中想来想去的是什么故事、什么角色？他运用的是什么材料？电影故事发生在一个孟买贫民窟，这个城市许许多多的贫民窟之一。男主角是住在贫民窟的年轻人，他前途看好，却被一个帮派分子带坏了。这也是商业电影，但内容有话题性，剧情够力量。（而且像许多虚构作品一样，创作者也不自觉地把自己的困境投射到其中。）

帕里托希说，他们拍这部片子必须自己搭建一个贫民窟。由于法律上的因素，他们不能到真实的贫民窟去拍外景。他们到几个实地拍照片，搭建了一个可以说是混合式的孟买贫民窟。拍摄期间，他们都住在这布景中的几间小屋里。就在前一天，帕里托希说，他们开始拆除这个住了好几个礼拜的假贫民窟。他相当难过。

一九八八年十二月至一九九〇年二月

致谢

当你为了撰写像这样的一本书而旅行时，你往往不知道自己在找什么，直到找到了要的东西。在旅途中，你需要许许多多的协助。在这趟旅程中许多人帮助了我。他们和我分享他们的知识，他们向我引介人物。有三个人从头到尾给予我特别多的协助，他们都是报社编辑：Nikhil Lakshman，Vinod Mehta，Rahul Singh。Vinod Mehta 和 Rahul Singh 两人分别陪着我走了一段旅程；但是我必须强调，我个人要为我所写的内容负责。我想在此对另一些人表示谢意：孟买的 Charu Deshpande 和 Ajit Pillai；班加罗尔的 T. J. S. George；马德拉斯的 K. P. Sunil；加尔各答的 Shekhar Bhatia，Vir Sanghvi，Sunanda Datta Ray 及 Satyabrata Bose；德里的 Rekha Khanna Mehta；昌迪加尔的 Kanwar Sandhu。其他帮助我的人均已在正文内提及。有时，出于一些不言自明的理由，他们的名字和身份都做了变更。

图书在版编目(CIP)数据

印度．百万叛变的今天 / (英) V.S.奈保尔著 ；黄道琳译．-- 2版．-- 海口 ：南海出版公司，2018.11
ISBN 978-7-5442-9365-5

Ⅰ．①印… Ⅱ．①V… ②黄… Ⅲ．①游记－作品集－英国－现代 Ⅳ．①I561.65

中国版本图书馆CIP数据核字(2018)第148098号

著作权合同登记号 图字：30-2011-037

印度：百万叛变的今天
〔英〕V.S.奈保尔 著
黄道琳 译

出 版 南海出版公司 (0898)66568511
海口市海秀中路51号星华大厦五楼 邮编 570206
发 行 新经典发行有限公司
电话(010)68423599 邮箱 editor@readinglife.com
经 销 新华书店

责任编辑 黄宁群
特邀编辑 陈 蒙
装帧设计 韩 笑
内文制作 王春雪

印 刷 河北鹏润印刷有限公司
开 本 850毫米×1168毫米 1/32
印 张 17.5
字 数 451千
版 次 2013年11月第1版 2018年11月第2版
2024年6月第7次印刷
书 号 ISBN 978-7-5442-9365-5
定 价 88.00元